中国古典文学名著

# 英烈传

[明] 徐渭 著

华夏出版社
HUAXIA PUBLISHING HOUSE

图书在版编目（CIP）数据

英烈传／（明）徐渭著. —北京：华夏出版社，
2013.01（2024.09重印）

（中国古典文学名著丛书）

ISBN 978－7－5080－6396－6

Ⅰ．①英… Ⅱ．①徐… Ⅲ．①章回小说－中国－明代
Ⅳ．①I242.4

中国版本图书馆 CIP 数据核字（2011）第 087518 号

出版发行：华夏出版社
　　　　　（北京市东直门外香河园北里 4 号　邮编 100028）
经　　销：新华书店
印　　制：永清县晔盛亚胶印有限公司
版　　次：2013 年 01 月北京第 1 版
　　　　　2024 年 09 月北京第 2 次印刷
开　　本：670×970　1/16 开
印　　张：24.5
字　　数：369 千字
定　　价：48.00 元

# 前　　言

在中国文学史上,明代中期是通俗小说创作日渐兴起的一个特殊时期。受风靡一时的《三国志通俗演义》的影响,从这一时期开始直到清代,先后诞生了大量的以歌颂英雄、演绎历史为主题的通俗小说。这些小说,大都是为了迎合当时市井文化和平民百姓的需要,沿袭了传统小说虚构混搭史实的创作手法,既依托历史资料,又结合民间传说,诞生了一大批人物和故事不局限于史籍记载,内容通俗生动精彩、英雄传奇特征浓厚的文学作品。其中,《英烈传》和《续英烈传》便是当时家喻户晓、流传甚广的一部优秀的历史演义小说。

《英烈传》的作者,过去曾有郭勋和徐渭、徐渭和空谷道人等多种说法,但据很多学者考证,这些说法难以令人信服,目前尚无资料证明。很有可能因为此书在屡遭禁毁中多有改动,先后有多人参与编次梳序。所以,此书的真正作者始终是个谜,今人大多认为是明代无名氏。《英烈传》是由当时民间流传的故事改编而成,又名《皇明英烈传》、《洪武全传》、《皇明开运英武传》等,属章回体小说。其中,《英烈传》中描写的是元顺帝荒淫失政,各地起义兴兵反元。青年朱元璋结交天下英雄,加入义军后在众豪杰的辅佐下,推翻元朝,建立大明,自称太祖皇帝。小说围绕朱元璋的人生经历,用大量夸张虚构的描写,生动地塑造了一批英雄贤士的形象。如常遇春、胡大海、花云、徐达、沐英、刘伯温、郭英、汤和、邓愈、朱亮祖等人物,作者文采斐然,将人物形象刻画得惟妙惟肖、活灵活现、深入人心。至今广为流行的评书、鼓书、评话等曲艺作品,以及在舞台上屡演不衰的系列戏剧,都是根据《英烈传》加工改编所成。

《续英烈传》描写的是朱元璋死后,其孙建文帝登基,引起诸王不满,其叔燕王朱棣以清君侧为名,起兵靖难,逼走建文帝,篡位为帝。后建文帝入寺为僧。30多年后,至明英宗登基后,方被迎回宫内。

《英烈传》的情节架构来自演义小说,细节描写来自民间传说和野史。书中为吸引读者，夹杂了不少迷信和神怪的内容，但全书的主要情节还是依据历史事实架构而成的。这部书，在清代时因被视为邪端异说、含有反清复明内容而遭禁，当时凡写明代的史书，无论正野稗奇，通通严加禁止，一经发现即被销毁。《英烈传》能在这一背景下流传至今，实属不易。

同时，这部小说宣扬了一种天人感应的宿命论思想，通过很多神话传说的铺垫，使全书充满了神秘主义的色彩。虽然《英烈传》在中国文学史上地位不高，但在民间因迎合了市井平民的口味却颇为流行，尤其是对后世的戏曲、曲艺影响颇大。

由于前人对此书不太重视，原书中各种版本出入很大，疏漏较多，这次修订出版经过对各种版本的整理甄别，尽量保持原书风貌，对原书原来缺字的地方用□表示了出来，以使读者更顺畅的阅读。

编　者

2011 年 3 月

# 篇目目录

# 英 烈 传

# 目　录

# 第一回　元顺帝荒淫失政

却说从古到今,万千余年,变更不一。三皇五帝而后,汉除秦暴,赤手开基。方得十代,有王莽自称皇帝,敢行篡逆。幸有光武中兴,迨及灵、献之朝,又有三分鼎足之事。五代之间,朝君暮仇,甫至唐高祖混一天下,历世二百八十余年,却有朱、李、石、刘、郭,国号:梁、唐、晋、汉、周。皇天厌乱,于洛阳夹马营中,生出宋太祖来,姓赵名匡胤。那时赤光满室,异香袭人,人就叫他做"香孩儿"。大来削平僭国①,建都汴梁。传至徽、钦二宗,俱被金人所掳。徽宗第九子封为康王。金兵汹涌,直逼至扬子江边,一望长江天堑,无楫无舟,忽有二人牵马一匹,说道:"此马可以渡江。"康王见势急,就说:"你二人如果渡得我时,重重赏你!"那二人竟将康王推上马鞍,那马竟往水中,若履平地。康王低着头,闭着眼,但听得耳边风响,倏忽之间,便过长江。那二人说:"陛下此去,尚延宋祚②有二百五十余年,但休忘我二人!"便请下马。康王开眼一看,人与马俱是泥做的。正在惊疑,远远望见一簇旌旗,俱是来迎王驾的,便即位于应天府。这是叫做"泥马渡康王"故事。

话分两头,却说鞑靼③国王曾孙,名唤忽必烈,居于乌桓之地。后来伐荆蛮,蹙④西夏,并了赤乌的部落。僭称王号。在斡难河边,破了白登,过了狐岭,直至居庸关。金人因而逃遁。忽必烈遂渡江淮,逼宋主于临安。宋祚以亡,他遂登于宝位,国号大元。传至十世,叫做顺帝。以脱脱为左丞相,撒敦为右丞相。一日,早朝已毕,帝说:"朕自登基以来,于今五载。因见朝事纷纷,昼夜不安,未得一乐,卿等可能致朕一乐乎?"撒敦

---

① 僭(jiàn)国——古代凡诸侯或人臣,夺取王位,自称帝王,即称这个国家为僭国。僭,超越本分,冒用在上的名义或物品。
② 宋祚(zuò)——宋朝福运。祚,福运。
③ 鞑靼——即蒙古。
④ 蹙(cù)——迫。

奏道："当今天下，莫非王土；卫土之士，莫非王臣；主上位居九五①之尊，为万乘之主，身衣锦绣，口饫珍馐②，耳听管弦之声，目睹燕齐之色，神仙游客，沉湎酣③歌，唯陛下所为，有何不乐？徒自昼夜劳神！"正是：

> 春花秋月休辜负，绿鬓朱颜不再来。

顺帝大喜道："卿言最当。"左丞相脱脱进言道："乞陛下传旨，速诛撒敦，以杜淫乱！"帝说："撒敦何罪？"脱脱说："昔费仲迷纣王，无忌惑平王；今撒敦诱君败国，罪在不赦！望陛下听臣讲个'乐'字：昔周文王有灵台之乐，与民同乐，后来便有贤君之称；商纣有鹿台之乐，恣酒荒淫，竟遭牧野之诛。陛下若能任贤修德，和气恰于两间，乐莫大焉！倘效近世之乐，必致人心怨离，国祚难保，愿陛下察之！"顺帝听了大喜道："宰相之言极是！"令近侍取金十锭、蜀锦十匹赐之。脱脱辞谢道："臣受天禄，当尽心报国，非图恩利也。"顺帝说："昔日唐太宗赐臣，亦无不受，卿何辞焉？"脱脱再拜而受。撒敦惶恐下殿，自思烦恼："这厮与俺作对，须要驱除得他，方遂吾之意！"正出朝门，恰遇知心好友，现做太尉，叫做哈麻，领着一班女乐，都穿着绝样簇锦团花白寿衣，都带着七星摇曳堕马妆角髻，都履着绒扣锦帮三寸凤头鞋；如芝如兰一阵异品的清香，如柳如花一样动人的袅袅；丁丁咚咚，悠悠扬扬，约有五十余人，进宫里来。两下作揖才罢，哈麻便问："仁兄颜色不善，却是为何？"撒敦将前情备细说了一遍。哈麻劝慰道："且请息怒！后来乘个机会，如此如此。"撒敦说："若得如教，自当铭刻！"撒敦别过，愤愤回家不提。且说哈麻带了女乐，转过宫墙，撞见守宫内监，问道："爷爷、娘娘，今在哪里？"内监回说："正在百花亭上筵宴哩。"哈麻竟到亭前，俯伏说："臣受厚恩，无可孝顺，今演习一班女乐，进上服御伏乞鉴臣犬马之报，留宫听用！"顺帝纳之。哈麻谢恩退出。且说顺帝凡朝散回宫，女乐则盛妆华饰，细乐娇歌，迎接入内，每日如此，不在话下。

　　一日，顺帝退朝，皇后伯牙吴氏，设宴于长乐宫中，遂命女乐吹的吹、弹的弹，歌的歌，舞的舞，彩袖殷勤，交杯换盏，作尽温柔旖旎④之态。饮

---

① 九五——易经乾卦，第五爻（九五），代表君位。

② 口饫（yù）珍馐（xiū）——饫，饱。珍馐，珍奇的食物。

③ 沉湎酣歌——贪溺酒色、歌舞。

④ 旖旎（yǐnǐ）——委婉柔弱貌。

至更深方散。是夜顺帝宿于正宫，忽梦见满宫皆是蝼蚁毒蜂，令左右扫除不去，只见正南上一人身着红衣，左肩架日，右肩架月，手执扫帚，将蝼蚁毒蜂，尽皆扫净。帝急问道："尔何人也？"其人不语，即拔剑砍来。帝急避出宫外，红衣人将宫门紧闭。帝速呼左右擒捉，忽然惊醒，乃是南柯一梦。顺帝冷汗遍体，便问内侍："是什么时候？"近臣奏道："三更三点。"皇后听得，近前问道："陛下所梦何事？"顺帝将梦中事细细说明。皇后说："梦由心生，焉知吉凶，陛下来日可宣台官，便知端的。"言未毕，只听得一声响亮，恰似春雷。正是：

　　　　天开雪动阳春转，地裂山崩倒太华。

顺帝惊问："何处响亮？"内侍忙去看视，回来奏道："是清德殿塌了一角，地陷一穴。"顺帝听罢，心中暗思："朕方得异梦，今地又陷一穴，大是不祥！"五鼓急出早朝。众臣朝毕，乃宣台官林志冲上殿。帝说："朕夜来得一奇梦，卿可细详，主何吉凶？"志冲说："请陛下试说，待臣圆之。"帝即说梦中事体。志冲听罢，奏道："此梦甚是不祥！满宫蝼蚁毒蜂者，乃兵马蜂屯蚁聚也；在禁宫不能扫者，乃朝中无将也；穿红衣人扫尽者，此人若不姓朱必名赤也；肩架日月者，乃掌乾坤之人也。昔日秦始皇梦青衣子、赤衣子，夺日之验，与此相符。望吾皇修德省身，大赦天下，以弭①灾患！"帝闻言不悦，又说："昨夜清德殿塌了一角，地陷一穴，主何吉凶？"志冲说："天地不和，阴阳不顺，故致天倾地陷之应，待臣试看，便知吉凶。"帝即同志冲及群臣往看，只见地穴长约一丈，阔约五尺，穴内黑气冲天。志冲奏道："陛下可令一人，往下探之，看有何物。"脱脱说："须在狱中取一死囚探之，方可。"当即令有司官，取出一个杀人囚犯，姓田名丰。上说："你有杀人之罪若探穴内无事，便赦汝死。"田丰应旨。手持短刀，坐在筐中，铃索吊下，深约十余丈，俱是黑气。默坐良久，见一石碣，高有尺许，田丰取入筐内，再看四方无物，乃摇动索铃，使众拽起。顺帝看时，只见石碣上面，现有刻成二十四字：

　　　　天苍苍，地茫茫；干戈振，未角芳。

　　　　元重改，日月旁；混一统，东南方。

顺帝看罢，问脱脱道："除非改元，莫不是重建年号，天下方保无事么？"脱

────────────

　　① 弭（mǐ）——消灭。

脱奏道:"自古帝王皆有改元之理,如遇不祥便当改之。此乃上天垂兆,使陛下日新之道也!"帝说:"卿等且散,明日再议。"言毕,一阵风过,地穴自闭。帝见大惧群臣失色。遂将石碣藏过,赦放田丰。驾退还宫。

翌日设朝,颁诏改元统为至正元年。如此不觉五年。有太尉哈麻,及秃鲁、帖木儿等,引进西番僧,诱帝行房中运气之术,号演撍儿法。又进僧伽璘真,善授秘法。顺帝习之,诏以番僧为司徒;伽璘真为大元国师。各取良家女子三四人,谓之供养。璘真尝向顺帝奏道:"陛下尊居九五,富有四海,不过保存有现在而已,人生几何?当授此术。"于是顺帝日从其事,广取女子入宫,以宫女一十六人,学天魔舞,头垂辫发,戴象牙冠,身披缨珞,大红销金长裙,云肩鹤袖,镶嵌短袄,绶带鞋袜,各执巴剌般器,内一人执铃杵奏乐。又宫女十一人,练垂髻,勒手帕长服,或用唐巾,或用汉衫。所奏乐器,皆用龙笛、凤管、小鼓、秦筝、琵琶、鸾笙、桐琴、响板。以内宦长寿拜布哈领之,宣扬佛号一遍,则按舞奏乐一回。受持秘密戒者,方许入内,余人不得擅进。如顺帝诸弟八郎,与哈麻、秃鲁、帖木儿、老的沙等十人,号为倚纳,皆有宠任。在帝前相与褻狎,甚至男女裸体。群僧出入禁中,丑声外布。皇太子深嫉之,力不能去。帝于内苑造龙舟,自制式样,首尾长二百二尺,阔二丈,廊殿楼阁俱全,龙身并殿宇俱五彩金妆。前有两爪,用水手一百二十名,紫衫金带,头戴纱巾,在两旁撑篙,在前后宫海内往来游戏。舟行头尾眼爪皆动。又制宫漏①,高六七尺为木柜,运水上下,柜上设西方三圣殿,柜腰设玉女捧时刻筹,时至即浮水面上。左右列二金甲神人,一持钟,一持铃,夜则神人按更自敲,极其灵巧,皆前朝所未有。又于内苑起一楼,名叫"碧月楼"。朝夕与宠妃宴饮其上,纵欲奢淫,不修德政,天怒人怨,干戈四起。各处申奏似雪片似的飞来,都被奸臣隐瞒不奏。顺帝只知昏迷酒色,哪里晓得外面的灾异。要知后事如何,且看下回分解。

---

① 宫漏——古代宫廷用漏壶作为计时的器具。

# 第二回　开浚河毁拆民房

　　却说屡年之间,顺帝宴安失德,各处灾异多端,人心怨恨盗贼蜂生。都被丞相撒敦、太尉哈麻,并这些番僧等,瞒住不奏。顺帝哪里晓得,终日只在宫中戏耍不提。却说颍州地方,有个白鹿庄:

　　树木森阴,河流清浅。春初花放,万红千紫斗芳菲;秋暮枫寒,哀雁悲蛩争嘹亮。到夏来,修竹吾庐,装点出一个不染尘埃的仙境;到冬来,古梅绕屋,安排起几处远离人间的蓬莱。对面忽起山冈,尽道像黄陵古渡,因声声叫冈做"黄陵";幽村聚集珍奇,每常有白鹿成群,便个个唤村为"白鹿"。

不知哪里来个官儿,摇摇摆摆,走到林间,说道:"真是人间神仙府。"便吩咐跟随的人:"你可去查此处是谁人家的,叫他将这个庄儿送了我老爷,做个吃酒行乐的所在。"跟随的就到庄内问道:"你是什么人家,做甚勾当的? 如何我们贾老爷在此,茶也不送一盏出来?"却见一人身长丈二,眼若铜铃出来应接到:"不要说是'假老爷',就是'真老爷',也休想一点水喝,快走! 快走!"说罢,手持长枪,竟赶出来。那些跟随的人,扯了这官儿,没命的奔出林中。那人也就回去了。那官儿自言自语地说道:"我贾鲁的声名,哪处不晓得,可恶这厮如此无礼,须略施小计,结果了这个地方。"不日,到了京师,朝见拜毕。帝问:"贤卿一路劳苦。且说你一向出朝,孤家甚觉寂寞。"又问:"贤卿回来,一路民情风景如何?"贾鲁便奏说:"一路黄河淤塞,漕运①不通,但听得民间谣道:'石人一只眼,不挑黄河天下反'。依臣愚见:须挑开沿河一带,藉应民谣,且通漕运。"顺帝应道:"我日前在宫中要开些小池沼,那些言官上本说道,民谣汹汹,尽说'石人一只眼,挑动黄河天下反,不宜兴工劳役',照你今日说来,竟不挑的不好了。"贾鲁一向口舌利便,又奏说:"陛下若依言官不挑黄河,由他淤塞了,嗣后这些粮米,将从哪路运来? 南北不通,粮米不济,不反何待!"顺帝

---

　　①　漕运——古时各地为保证京城供给,由水道运米,叫漕运。

说:"极有理,极有理,只是当从何处开起?"贾鲁说:"臣一路经过徐、颖、蕲、黄,处处该开;至如颖川、白鹿庄、黄陵冈,俱被民房占塞,上下四十里,更为淤壅,更宜急开。"顺帝即刻传旨差发河南、河北丁夫七十万人,开浚黄河原路,限定一月之内完工,阻挠者斩。起驾回宫,不提。

却说颖川白鹿庄,日前提枪来赶的,原来是汉高祖三十六代孙,姓刘名福通。全身膂力过人,且又深通妖术。家藏一面镜子,有人要照,只需对镜焚香,镜中就出现官吏、庶民、军士等模样;如前来求照的人心不虔诚,便出现诸般禽兽形像来。又结识一个朋友,叫韩山童,假称世界将要大乱,弥勒佛降生,造出一个"白莲会①"来。所有部下,皆系红巾为号,鼓动那些乡民,如神如鬼的尊敬他。遇着些小事,便去照那镜子问下落。这日,两人正在庄前哄骗众人说:"佛力如此广大,还怕不做皇帝么?"忽听得锣声连连响亮,呼的呼,喝的喝,两人远远看去,认得是本州的知州,坐在马上,带领弓兵三百余人,竟投庄里来,说道:"今奉圣旨开浚黄河,拆去民房,先从白鹿庄与对面黄陵冈开起。"内有里正②禀道:"民间谣说:'挑动黄河天下反。'只怕不便么?"知州喝道:"这是奉旨的,谁敢违逆!况旨上载明,阻挠者斩。今日就借你这头示众。"说罢喝令刀斧手,将里正枭首。知州吩咐将首级用木桶盛着,沿河四十里,号令前去。这些弓兵,便把刘福通住屋,霎时间拆去。妇孺鸡犬,赶得雪花飞散一般。福通低着头,只是捶胸叫苦,思想道:"青天白日,竟起这个霹雳,安排得我竟是无家可归,无地可依,奈何,奈何!"大叫道:"事已如此,反了罢,反了罢!尔等肯随我共成大事的,同享富贵;如不肯随我的,听你们日夜开河,受官司苦楚去。"登时,聚会有五六百人,便向前把知州一刀,执头在手,叫道:"胡元混乱中国。今日开河,拆去民居,你们既肯从我,便当进城,开狱放了无罪犯人,收了库中财宝,包你们有个好处。"又往手中把那镜子,在水中一照,说:"如心中尚有狐疑的,可从河中掘下,自见分晓。"只见左边一伙,也约有五六百人,竟向河中用力掘下。不曾掘得一尺,只见掘出一个石头人来,身长一丈,须眉口鼻都是完全的,当中凿着一只眼。福通大呼道:"众位可晓得么? 一向谣言:'石人一只眼,挑动黄河天下

---

① 白莲会——我国的一个秘密教派,起于元代。
② 里正——古时乡官。

反。’今刚刚在此处掘得石人，这皇帝可不应在此处，你们心上如何？”这些人便合口说道：“敢不从命。”福通便带了众人，竟投州里来。城中掌军官朵儿只班，因杀了知州，便时刻饬备。一声锣响，即刻冲出一标人来，两下厮杀。福通虽是力大，手下的兵，终是未曾习熟，被官军赶杀十余里。韩山童马略落后，却被官军赶上一刀。福通便率杜遵道、盛文郁、罗文素等，勒马回杀，救得后边的人，竟到亳州立寨。因立山童的儿子韩林为王，国号宋大建元龙凤。以山童妻杨氏为皇太后。杜遵道、盛文郁为左右丞相。福通与罗文素为平章，同知枢密院事。① 招集无籍十余万人，攻破罗山、确阳、真阳、叶县等处，直侵汴梁，不提。

且说官军依旧进城，坚闭城门。朵儿只班星夜申奏京师，备陈事情；一边又具揭帖②到中书省丞相处。脱脱见揭，便吩咐见赍本官：“明早随我进奏。”次早，脱脱奏说：“近来僭号称王者甚多。昨日接得各府州县报说：‘贼兵反了共一十四处。’”顺帝大惊，问：“哪十四处？”脱脱说：“颍川刘福通、台州方国珍、闽中陈友定、孟津毛贵、蕲州徐寿辉、徐州芝麻李、童州雀德、池州赵普胜、道州周伯颜、汝南李武、泰州张士诚、四川明玉珍、山东田丰、沔州倪文俊。”顺帝闻奏大惊，说：“如之奈何？”脱脱奏说：“请大兵先讨平徐寿辉、刘福通、张士诚、芝麻李四寇，庶无后患。”帝便说：“着罕察帖木儿讨徐寿辉，李思齐讨刘福通，蛮子海牙讨张士诚，张良弼讨芝麻李。先除大寇，后剿小贼。”敕旨既下，脱脱叩头下殿。那四将各点兵五万，择日辞朝。竟离了燕京，各自寻路攻取。毕竟胜负如何，且看下回分解。

---

① 枢密院事——官名。如以他官主持枢密院，称枢密院事。
② 揭帖——即文告。

# 第三回　专朝政群奸致乱

却说诸官得旨，分讨各处贼兵，谁知皆不能取胜，都带些残兵败甲回来。顺帝见了，日夜忧闷。一日设朝，对文武群臣商议说："目今盗贼蜂生，各处征讨的官兵，没一个奏凯。卿等何策剿除，为朕分忧？"脱脱叩头奏说："今者群奸扰乱，震恐朝廷，黎庶不安，灾伤时见。臣等不能为国除患，心实耻之。臣愿竭驽骀①之力，肃清江、淮，以报皇恩。"顺帝闻奏，降座语脱脱道："丞相若能为朕扫除贼寇，奏凯还日，朕当裂土，以酬心膂②；但中书省是政事根本，不可一日离左右，贤卿若去，朕将谁依？"脱脱又叩头说："尽忠报国，乃臣子之责，岂敢忘恩！但微臣此去，全望陛下亲贤远佞③，以调天和，以安黎庶。"顺帝便敕脱脱为总兵大元帅，以龚伯遂为先锋，哈喇答为副将，也先帖木儿为行台御史，节制兵马，大小官军俱听脱脱指挥，便宜行事。脱脱拜辞，即日领兵望南进发，竟到孟津。宋将毛贵率本部五千人纳降。脱脱便驱兵渡黄河，从虎牢关至汴梁正北安营。宋韩林的探子报知，便集众商议，只见杜遵道说："水来土压，兵至将迎，殿下勿忧，臣当领众迎敌。"宋主即令杜遵道、罗文素、盛文郁三将，急带领五万人马与元军对敌。遵道勒马横枪，高叫道："送死的出来！"脱脱大怒说："反国贼子，敢出大言。"就纵马横刀，直取遵道。二将交马，战上五十余合。遵道力怯，拨马便回，脱脱赶上一刀，斩于马下。元兵阵上，催兵奋杀，宋兵溃乱，生擒一千四百余人，斩首一万七千余级。罗文素等，领兵入城，坚守不出。龚伯遂请道："乘此势攻城，料可必破。"脱脱笑说："我兵千里而来，劳力过多，还当息养，不宜仓促。倘贼兵计穷，冒死血战，不可支矣。"众将唯唯。时韩林见杀了杜遵道，心甚惊恐，决策于福通。福通说："脱脱智勇足备，锋不可当，不若且避，再图恢复。"韩林依计，乘夜弃

---

①　驽骀——劣马。此处系自谦之词。

②　膂(lǚ)——膂力，体力。

③　佞(nìng)——善于谄媚之人。

城而走。次早，元兵到城搦战，只见城门大开，城中老幼，俱顶香迎接，备言贼兵惧威，引兵逃去等情。脱脱大喜，入城抚民。一宿，明日倍道径抵徐州西门外十里安营。打下战书与芝麻李说，明日交战。脱脱到酉刻时候，密唤诸将受计，如此如此。各各依令去讫。

且说芝麻李对众说："元兵远来疲乏，今夜必无准备。我当前行劫寨，尔众随后即来，两下夹攻，必获全胜。"二更时分，果然引兵出城，兵衔枚①，马勒辔，直抵元营，悄然无声。芝麻李暗喜，领兵并力杀入，细看更无一人，心下大惊，速令退兵。忽闻炮响一声，四面伏兵尽起，把芝麻李团团围住，兵卒也不十分来斗，只是没个隙路可逃，贼兵自相残害，约折去大半。及至天明，只见一将传令说："你们可松一条路，放他逃去。"芝麻李听着，又惊又喜，心内暗道："我且杀开一路回城，再作计议亦可。"只见元兵果然放开一条路，让芝麻李回城，将到城边，急叫城上："我被元兵混杀一夜，至今方得逃回，快开门，如迟，恐又赶来也。"正叫之时，举头一望，看见兄弟李通的头，悬挂在城，敌楼边，立着一员大将，紫袍金甲，大喝道："你这贼子，我元丞相已取得此城了，你还不认得？"芝麻李惊得魂飞九霄云外，抱头鼠窜，径往沔阳去了。天色大明，各将论功行赏，因问："元帅为何晓得要来劫寨，预先吩咐埋伏，又离了中军，独去取城？"脱脱笑说："此是乘虚搏将之法：昔日裴令公元宵夜，大张华灯，设宴待客，匹马擒吴元济，正是此样机关，反看便是。他今日以我兵远来，料来疲困，必带雄兵劫寨，城中不过老弱守门耳。我令尔辈四下伏住，等他来时，便围绕混杀一夜，此时我领精兵，乘虚攻取城门，自然唾手可得。"众将又问："围住之时，元帅吩咐不可厮杀为何？"脱脱说："黑夜谁知彼此，我兵只密围数层，虚声叫喊，任他自相残杀，这又是以逸待劳。"众将齐声称说："元帅神机，非我等所及。"脱脱抚恤人民，一面遣牙将奏捷，不提。

且说右丞相撒敦与太尉哈麻，闻得脱脱得胜，上表申闻，计较说："脱脱向来威振中外，使我们不得便宜行事，今又成大功，皇帝必加信用，我辈却是怎生？"哈麻说："这有何难，趁此捷表未上之时，令台官劾②他说：

---

①　衔枚——古代军队秘密行动时，让兵士口中衔着枚（像筷子的东西），防止说话，以免敌人发觉。

②　劾——揭发罪状。

'出师三月,略无寸功,倾国家之财,以为己资;半朝廷之官,以为己用。乞加废斥,以儆官邪。'这个计策如何?"撒敦说道:"此计大妙、大妙!"遂将进表官邀入密房,除了他的性命。因而上个表章,说得脱脱十分不好。顺帝说:"既如此,可敕月润察儿为元帅,以枢密雪雪代他为将,令姚枢持诏赴徐州传示。"不止一日,来到徐州。脱脱拜受了诏书,便对众将说:"朝廷恩旨,释我兵权,即当权与诸将分别,诸将可各率所部听新元帅节制。"只见哈喇答向前说:"元帅此行,我辈必死他人之手,不如今日先死丞相之前,以酬相许夙志①。"说罢,拔剑自刎而死。众将抚恸如雷,将哈喇答以礼殡葬。脱脱单马竟赴淮安安置。未及半月,台臣又劾脱脱贬谪②太轻,该徒云南。脱脱叹道:"我不死,朝中也不肯放过我,倒不如一死,以免众奸荼毒③。"遂服鸩④而死。

却说刘福通、芝麻李闻说脱脱身故,各统兵攻复前据城池,元军阵上哪个杀得他过。数日间,刘福通与芝麻李杀并,一箭射死了芝麻李,复了徐州。毛贵仍归部下。正是:昏君信佞忠臣死,群鬼贪残社稷墟。后来毕竟如何,且看下回分解。

———————————

① 夙志——很久以来的愿望。
② 贬谪——因负罪降调官职。
③ 荼(tú)毒——不堪忍受的苦虐。
④ 服鸩——鸩,一种鸟,羽毛有毒,浸酒,能毒死人。饮毒酒而死,叫做服鸩。

# 第四回　真明主应瑞濠梁

　　却说丞相脱脱，受了多少谗言，以身殉国。那时四海纷争，八方扰攘。刘福通并了芝麻李一部人马，又收了毛贵一党贼众，纵横汹涌，官兵莫挡。这也不在话下。

　　且说淮西濠州，就是而今凤阳府，好一座城池。离城有一个地方，名唤做钟离东乡，据说是当初钟离得道成仙的去处。那里有个皇觉寺，原先是唐高祖建造的。只见那：

　　　　中间大雄宝殿光晃晃，金装成三世菩提；两边插翅回廊影摇摇，彩画出蓬莱仙境。当门望一个韦驮尊天，秀秀媚媚，却似活移来一个金孩儿，见了他哪个不欢天喜地；两侧装四个金刚力士，古古怪怪，又像绘坐定一班铁甲汉，猛抬头人人自胆破心惊。钟声半彻云霄，舞动起多少回鸾翔凤；佛号忽天碧醒觉了万千愚汉农夫。挨的挨，挤的挤，都到罗汉堂前，才明数出前生今世；争了争，嚷了嚷，齐向观音阁上，暗投诚意想心思也修得肩盒抬攒，逐男趁女，汗浴了一片清净佛场，知宾的也难管青红皂白。也有的打斋设供，祈神禧福，澄澈了一点如来道念，大众们哪里晓水火雷风。

　　那寺中住持的长老，唤做高彬，法名昙云。这个长老，真是宿世种得了智果，今世又悟了大乘①。一日冬景凄凉，彤云密布，洒下一天大雪。昙云长老吩咐大众说："今日是腊月二十四，经里面说：'天下的灶君，同天下的土地，今夜上天，奏知人间善恶。'我今早入定时节，见本寺伽蓝，叫我也走一遭。我如今放了晚参，我自进房，你们或有事故，不可来动问我。"嘱咐已毕，竟到房中打坐了。只觉顶门中一道毫光，直透云霄，本寺伽蓝，早已在天门边恭候着。长老二人交了手，竟到九天门下。却好玉皇登座，三官玄圣并一切神祇，都一一讲礼毕，长老也随众神施了礼，立在一

_____

　　①　大乘——佛经中的派别名。

边。只听得玉皇说:"方今世间混乱,黎庶遭殃,这些魑魅①,将如何驱遣?"忽然走出一个大臣,口称说:"臣是明年戊辰年值年太岁。以臣看来,连年战伐,只因下界未生圣主,明年辰年,应该真龙出世,混一乾坤,肃清世界。且今月今日,是天下土地、灶君申奏人间善恶,乞陛下细察。凡世修行阴德的,付他圣胎,以便生隆。特此奏闻。"玉皇说道:"朕也如此思量,但原先历代皇帝降生,都是星宿。如今果要混一天下,定须星宿中,下去走一遭。你们哪个肯去,宜直奏来。"问而又问,这些星宿都不作一声。玉皇恼道:"而今下界如此昏蒙,你们难道忍得不管? 我如今问了四五次,也只不作声,却是为何? 虽然是堕入尘中,也须即速还天上,何故十分推阻?"正说间,只见左边的金童并那右边的玉女,两下一笑,把那日月掌扇,混做一处,却像个"明"字一般。玉皇便问:"你二人何故如此笑? 我如今就着你二人脱生下世,一个做皇帝,一个做皇后,二人不许推阻。明年九月间,着送生太君,便送下去吧。"那金童玉女哪里肯应,玉皇又说:"恐怕下去吃苦么? 我便再拨些星宿辅弼你二人;你二人下去,便于方才扇子一般,号了'大明'吧,不得违误!"只见本寺伽蓝轻轻的对长老说:"我寺中也觉有些彩色……"说犹未了,那些诸方的土地及各家灶君,一一过殿,递了人间善恶的细单。玉皇便说:"今据戊辰太岁奏章,说明岁该生圣主,以定天下。我已嘱咐金童、玉女,下生人世,但非世德的人家哪能容此圣胎,你们可从世间万中选千,千中选百,百中选十,送到我案前,再行定夺。"吩咐才了,那天下各省、各府、各县的城隍,同那天下各省、各府、各县、各里的土地,都出到九天门外,议来议去。不多时,有天下都城隍,手中持着十个折子奏称:"拣选仁厚人家,万中选成了十个,特送案前。"玉皇登时叫取衡善平施的秤来,当殿明秤,十家内看是谁人最重的。只见一代一代较过,只有一家修了三十三世,仁德无比。玉皇即将折子拆开,口中传说:"可宣金陵郡滁州城隍进来听旨。"那城隍就案前伏了。玉皇嘱咐道:"汝可接旨行事去。"便递这折子与他。城隍叩头领讫,玉皇排驾回宫。长老也出了天门,与伽蓝拱手而别,便回光到自己身上。却听得殿上正打三更五点。长老开眼,见佛前琉璃灯内火光,急下禅床,拜了菩萨,说:"而今天下得一统了,但贫僧方才不曾看得那折子,姓张、

---

① 魑魅——木石的精怪。

姓李,谁是真龙,这是当面错过了,也不必提。但方才本寺伽蓝说:'连我寺中有些彩色。'不知是何主意,待我再打坐去细细问他,便知端的。"长老重新入定,去见伽蓝,问说:"方才折子内所开谁氏之子,想明神定知他的下落。"伽蓝对他说:"此去尚有半年之期,恐天机不可预泄。"长老唯唯。只见左边顺风耳跪下,报称:"滁州城隍有使者到门,奉迎议事,立等神车。"伽蓝便起身别了长老,出门不提。

　　时光荏苒,不觉又是戊辰中秋之夕。忽报山门下十分大火,长老急急出望,四下寂然,并无火焰。长老道:"甚是古怪!"便独自从回廊下边伽蓝殿,到山门前来。只见伽蓝说道:"真命天子来也,师父当救之。"长老迅步而住,唯见一男人同一妇女,睡在山门下。长老因叫行者推醒,问他来历。那人说道:"姓朱名世珍,祖居金陵朱家巷人。因元兵下江南,便徙居江北长虹县,后又徙滁州;也略略蓄些资财。昨因失火,家业一空,有三子:朱镇、朱镗、朱钊,又皆失散。今欲与妻陈氏,同上府城,投女婿李祯,织席生意。至此天晚,且妻子怀孕,不便行动,打搅禅门,望师父方便!"长老看朱公相貌不凡,所娠的莫不是真主,因说:"怀孕人行路不便,不如就在此邻侧赁一间房子,与公居住何如?"朱公道:"难得师尊如此。"次日,长老到东乡刘太秀家,赁一间房子,与朱公住了,又与些资本过活。三个失散的儿子,也仍旧完聚了。但未知所生是男是女,正是:今夜月明人尽望,不知瑞气落谁家? 要知后事如何,且看下回分解。

# 第五回　众牧童成群聚会

却说昙云长老赁下房子，与朱公夫妻安顿，又借些资本与他生意。不止一日，却是九月时候，不暖不寒，风清日朗，真好天色。长老心中转念道："去年腊月二十四晚，入定之时，分明听得是九月间真主降生。前月伽蓝分明嘱咐，好生救护天子。这几时不曾往朱公处探望，不知曾生得是男是女，我且出山门走一遭。"将到伽蓝殿边，忽见一人走来，长老把眼看了看，这人生得：

> 一双碧眼，两道修眉。一双碧眼光炯炯，上逼云霄；两道修眉虚飘飘，下过脐底。颧骨棱棱，真个是烟霞色相；丰神烨烨，偶然来地上神仙。行如风送残云，立似不动泰山。

那人却对长老说道："我有丸药儿，可送去与前日那租房子住的朱公家下，生产时用。"长老明知他是神仙，便将手接了，说道："晓得。"只见清风一阵，那人就不见了。长老竟把丸药送与朱公，说道："早晚婆婆生产可用。"朱公接药说道："难得到此，素斋了去！"说毕，进内打点素斋，供养长老。长老自在门首。不多时，只听得一村人，是老是少，都说天上的日头，何故比往日异样光彩。长老同众人抬头齐看，但闻天上八音齐振，诸鸟飞绕，五色云中，恍如十来个天娥彩女，抱着个孩子儿，连白光一条，自东南方从空飞下，到朱公家里来。众人正要进内，只见朱公门首，两条黄龙绕屋，里边大火冲天，烟尘乱卷。众人没一个抬得头，开得眼，各自回家去了。长老也慌张起来。却好朱公出来说："蒙师父送药来，我家婆婆便将去咽下，不觉异香遍体，方才幸得生下一个孩儿，甚是光彩，且满屋都觉香馥侵人。"长老说："此时正是未牌，这命极贵，须到佛前寄名。"朱公许诺。长老回寺去了，不提。

却说朱公自去河中取水沐浴，忽见红罗浮来，遂取去做衣与孩子穿之；故所居地方，名叫红罗港，古迹至今犹存，不提。

且说生下的孩子，即是太祖。三日内不住啼哭，举家不安。朱公只得走到寺中伽蓝殿内，祈神保佑。长老对朱公说："此事也非等闲，谅非药饵可愈，公可急回安顿。"长老正送朱公出门，只见路上走过一个道人，头顶铁冠大叫道："你们有稀奇的病，不论大小可治。"长老便同朱公问说："有个孩子，生下方才三日，只是啼哭，你可医得么？"那道人说："我已晓得他哭了，故远远特来见他；我若见他，他便不哭。"朱公听说，便辞了长老，即同道人到家，抱出新生孩子，来见道人。那道人把手一摇，口里嘱咐道："莫叫莫叫，何不当初莫笑，前路非遥，月日并行便到；那时还你个呵呵笑。"拱手而别，出门去了。朱公抱了孩子进去，正要出来款待道人，四下里找寻不见。此后，朱公的孩子，再也不哭，真是奇异。一日两，两日三，早已是满月儿、百禄儿、拿周儿。朱公将孩子送到皇觉寺中佛前忏悔，保佑易长易大。因取个佛名叫做朱元龙，字廷瑞。四岁五岁，也时常到寺中玩耍。不觉长成十一岁了。朱公夫妇家中，忍饥受饿，难以度日。将三个大儿子俱雇与人家佣工去了，只有小儿子元龙在家。

　　一日，邻舍汪婆走来，向朱公道："何不将元龙雇与刘太秀家牧牛，强似在家忍饿。"朱公思想道："也罢！"遂烦汪婆与刘太秀说明。太祖道："我这个人岂肯与他人牧牛！"父母再三哄劝，他方肯。母亲同汪婆送到刘家。且说太祖在刘家一日一日渐渐熟了，每日与众孩子玩耍，将土累成高台。内有两三个大的，要做皇帝玩耍，坐在上面，太祖下拜，只见大孩子骨碌碌跌的头青脸肿，又一个孩子说："等我上去坐着，你们来拜。"太祖同众孩子又拜，这个孩子，将身扑地，更跌狠些，众人吓得皆不敢上台。太祖说："等我上去。"众孩子朝上来拜，太祖端然正坐，一些不动。众孩子只得听他使令，每日玩耍不提。一日，皇觉寺做道场，太祖扯下些纸幡做旗，令众孩子手执五方站立，又将所牧之牛，分成五对，排下阵图，呼喝一声，那牛跟定众孩子旗幡串走，总不错乱。忽一日，太祖心生一计，将小牛杀了一只，同众孩子洗剥干净，将一坛子盛了，架在山坡，寻些柴草煨烂，与众孩子食之。先将牛尾割下，插在石缝内，恐怕刘太秀找牛，只说牛钻入石缝内去了。到晚归来，刘太秀果然查牛，少了一只。便问。太祖回道："因有一小牛钻入石中去了，故少了一只。"太秀不信，便说："同你去看。"二人来至石边，太祖默祝："山神、土地，快来保护！"果见一牛尾摇动，太秀将手一扯，微闻似觉牛叫之声，太秀只得信了。后又瞒太秀宰了一只，也如前法。太秀又来看视，心中甚异，忽闻太祖身上有膻气，暗地把孩子一拷，方知是太祖杀牛吃了。太秀无可奈何，遂将太祖打发回家。

光阴似箭，不觉已是元顺帝至正甲申六月。太祖年已十七岁。谁想天灾流行，疾疠大作，一月之间，朱公夫妇并长子朱镇，俱不幸辞世。家贫也备不得齐整棺木，只得草率将就，同两个阿哥抬到九龙冈下，正将掘土埋葬，倏忽之间，大风暴起，走石飞沙，轰雷闪电，霖雨倾盆。太祖同那两个阿哥，开了眼，闭不得；闭了眼，开不得。但听得空中说："玉皇昨夜宣旨，唤本府城隍、当方土地，押令我们四大龙神，将朱皇帝的父母，埋葬在神龙穴内，土封三尺。我们须要即刻完工，不得违旨。"太祖弟兄三人，只得在树林丛蔚中躲雨。未及一刻，天清日出，三人走出林来，到原放棺木地方，俱不见了；但见土石壅盖，巍然一座大坟。三人拜泣回家。长嫂孟氏同侄儿朱文正，仍到长虹县地方过活。二兄、三兄，亦各自赘出。太祖独自无依。邻舍汪婆，对太祖说："如今年荒米贵，无处栖身，你父母向日，曾将你寄拜寺中，不如权且为僧何如？"太祖听说，答应道："也是也是。"自是托身皇觉寺中，不意昙云长老，未及两月，忽于一夕圆寂。寺中众僧，只因朱元龙，长老最是爱重他，就十分没礼。一日，将山门关上，不许太祖入内睡觉。太祖仰天叹息，只见银河耿耿，玉露清清，遂口吟一绝：

天为罗帐地为毡，日月星辰伴我眠。

夜间不敢长伸脚，恐踏山河社稷穿。

吟罢，惊动了伽蓝。伽蓝心中转念："这也是玉皇的金童，目下应该如此困苦。前者初生时，大哭不绝，玉皇唤我召铁冠道人安慰他。但今受此迍遭①，倘或道念不坚，圣躬有些啾唧，也是我们保护不周。不若权叫梦神打动他的睡魔，托与一梦，以安他的志气。"此时，太祖不觉身体困倦，席地和衣而寝。眼中但见西北天上，群鸟争飞，忽然仙鹤一只，从东南飞来，啄开众鸟，倾间仙鹤也就不见了。只见西北角起一个朱红色的高台，周围栏杆上边，立着两个像金刚一般，口内念念有词。再上有带幞头抹额的两行立着，中间三尊天神，竟似三清上帝，玉貌长髯，看着太祖。却有几个紫衣善士，送到绛红袍一件，太祖将身来穿，只见云生五彩。紫衣者说："此文理真人之衣。"旁边又一道士，拿剑一口，跪送将来，口中称说："好异相，好异相！"因拱手而别。太祖醒来，却是南柯一梦。细思量甚是奇怪。次早起来，却有新当家的长老嘱咐说："此去麻湖约有三十余里，湖边野

---

① 迍邅（zhūn zhān）——困顿不得志。

树成林,任人采取,尔辈可各轮派取柴,以供寺用;如违,逐出山门,别处去吃饭。"轮到太祖,正是大风大雨,彼此不相照顾,却又上得路迟,走到湖边,早已野林中萤火相照,四下更无一人,只有虫鸣草韵。太祖只得走下湖中砍取,那知淤泥深的深,浅的浅,不觉将身陷在大泽中,自分必遭淹溺,忽听湖内有人说:"皇帝被陷了,我们快去保护,庶免罪戾①。"太祖只见身边许多蓬头赤发、圆眼獠牙、绿脸的人,近前来说:"待小鬼们扶你上岸。"岸上有小鬼,也替皇帝砍了柴,将柴也送至寺内。太祖把身一跳,却已不在泽中,也不是麻湖,竟是皇觉寺山门首了。太祖挑着柴进香积厨来,前殿上鼓已三敲,众僧却已睡熟。未知长老埋怨如何,且看下回分解。

---

①　罪戾(lì)——罪恶。

# 第六回　伽蓝殿暗卜行藏

且说太祖陷在湖中，诸般的鬼怪，也有来搀脚的，也有来扶手的，也有将肩帮衬着太祖的，也有在水底下将背脊肩着太祖的，也有在岸上替太祖砍柴的，也有在路上替太祖挑担的。不多时，已送到寺边门首，说："我们自去，皇帝请进内方便。"那时觉有三更左右，太祖进内就睡，不提。

却说这些和尚说："向来昙云师父在时，只说他后来发迹，不意今朝至此不回，多分淹没湖中了。"说说笑笑，各自归房，次日天明，当家长老叫行者起早烧汤做饭，那行者蓦来蓦去都是柴堆塞的，哪里寻个进厨房的路头，口中不说，心中想道：昨日临睡时空空一个灶房，这柴哪得许多，便是朱行者一个去湖中樵打，怎么便有这山堆海积的柴草。只得叫动大众：挑的挑，抬的抬，出洁了半日，方才清得条走路。太祖起来，自家也看得呆了。心中想道："若是如此看来，莫不是我果有天子之份？但今日没有一个可与计议的，我不如走到伽蓝殿中，问个终生的凶吉，料想神明也有分晓。"将身竟到伽蓝殿来，却有珓经①在侧，太祖一一诉出心事，问说："如我云游在外，另有好处，别创个庵院，不受这些腌臜闲气，可还我三个阴珓；如我不戴禅冠，另作主意，将就做得个财主，可还我三个阳珓；如我趁此天下扰乱，去投奔他人，受得一官半职，可还我三个圣珓。"将珓望空掷下，那珓不仰不复，三次都立着在地。太祖便打动做皇帝的念头，暗暗向神诉说："今我三样祷告，神明一件也不依，莫不是许我做皇帝么？如我果有此分，神明可再还我三个立珓。"望空再掷，只见又是三个立珓。太祖又祷告说："这福分非同小可，且无一人帮扶，赤手空拳，如何图得大事？倘或做到不伶不俐，倒不如做一个愚夫愚妇。再告神明，以示万全。如或果成大事，当再是三个立珓。"哪知掷去，又是三个立珓。太祖便深深拜谢，许说："我若此去，一如神鉴，我当重新庙宇，再整金身。"拜告未

---

① 珓（jiào）经——一种占卜用的书。珓，占卜吉凶的器具，用玉、蚌壳或竹片制成，两片可分合，掷于地，视其俯仰，以定吉凶。俯为阳珓，仰为阴珓。

已，只见这些和尚走来埋怨说："你把这些柴乱堆乱塞，到要我们替你清除，你独自在此耍子。"太祖也只做不听得，竟到房中，收拾了随身衣服，出了寺门，别了邻舍汪妈妈，竟投盱眙县，寻姊夫李祯。

路上不止一日，来到盱眙，见了他姊姊。姊姊说道："此处屡经旱荒，家业艰难，哪里留得你住，你不若竟往滁州去投母舅郭光卿，寻个生计，庶是久长。"太祖应诺。姊姊因安排些酒果相待，不意外边走进一个孩儿来：

> 燕额虎头，蛾眉凤眼，丰仪秀爽。面如涂粉，口若凝朱，骨格清莹。耳若垂珠，鼻如悬柱。光朗朗一个声音，恍惚鹤鸣天表；端溶溶全身体度，俨然凤舞高岗。不长不短，竟是观音面前的善财；半瘦半肥，真是张仙抱来的龙种。

太祖便问："此是谁家的小官？"姊姊说道："此便是外甥李文忠。"便叫文忠："你可拜了舅舅。"太祖十分欢喜，问他年纪。说道："今年十岁。"席中谈笑，甚是相投。当晚酒散。次日，太祖取路，上了滁州，见了娘舅郭光卿，叙起寒温。太祖将父母、兄弟的苦楚，诉说一遍。郭光卿说："你既来此，正好相伴我儿子读书。"次日，竟进馆中。太祖性甚聪慧，郭氏五子，因遂恶之，假以别事哄至空房，以绝太祖饭食。郭氏因有育女马氏，私将面饼饲之。一日，忽被郭氏窥破，遂纳怀中，马氏胸前因有饼烙腐痕，此事不在话下。

光阴迅速，太祖却已十八岁了。郭光卿收拾几车梅子，同太祖上金陵贩卖，进至和州，时适夏初天气，路上炎热。光卿说："你可将车先行，我歇息片时便来。"太祖推车赶路不提。

却说光卿两年前曾与一个光棍争执到官，那光棍理亏输了，便出入衙门，做了一个听差的公人，今却同一伙公差，在途中撞见。那光棍睁开两眼，叫道："仇人相见，分外眼清，郭光卿今日哪里走，且吃我一拳！"光卿喝道："你这厮还不学好，犹敢如此无礼。"那汉子劈面打来，光卿把手一格，那汉子见光卿把手格开，又赶过来一拳。光卿也只不来抵敌，把那身子一闪，那汉子想是虚张的气力，眼中对日头昏花，一跤跌倒，却好跌在一块尖角的大石头上，来得凶，跌得重，一个头撞得粉碎，一命呜呼。那些伙计叫道："你何故打杀了公差，且送到官司，再作道理。"光卿逞着平生武艺，打开一条路，连夜逃奔去了。太祖将车向前等待，多时不见光卿，转来寻觅,路上人汹汹,只说前面有一个人被人打死了,那凶手逃走了。太祖心下思量:"大概是母舅做出这事了。"话未说完,来至三岔路口,正在沉吟,只见那柳阴之下,立着有四五个人:或是舞刀的,或是弄枪的,或是耍棍的;演了一回,又坐息一回。太祖见他们个个都是好手段,便将车子推在一边,把眼睛注定来看。那些人又各演试了一回,从中一个人叫道:"好口渴也!哪得茶吃,一口也好。"却有一个便指着车子说:"你可望梅止渴么?"太祖便从车中取出百十个梅子,送与四五个吃,说道:"途中少尽寸情。"那些人哪里肯受。太祖说:"四海之内皆兄弟也,便收了罢。"再三送去,他们勉强收了。就将梅子匀匀的分做五处,各人逊①受一处,便问太祖行径。太祖一一直说。这也是天结的缘,该在此处相逢。太祖也问他们姓名,只见一个最年少的,便指着说道:"这一个是我们邓大哥,单名唤邓愈,从来舞得好长枪。"又指一个道:"这是我们汤大哥,单名叫汤和,自幼儿惯舞两把板斧。"侧身扯过一个说:"这个是我们郭大哥,单名郭英。七八岁儿看见五台山和尚在此抄化,那和尚使一条花棍,如风如电一般,郭大哥便从他学这棍法。而今力量甚大,用熟一条铁棍,哪个敢近他。"一伙儿正说得好,忽起一阵怪风,那风拔树扬沙,对面不识去路。这四五个人都扯了太祖说:"我们且到家里一避恶风,待等过了,你再推车上路如何?"太祖道:"邂逅之间,岂敢打搅。"这四五个人说:"不必过谦。"只见那后生,先把太祖的梅车,已是推去了,口叫道:"你们同到我家来。"正是:燕赵悲歌士,相逢剧孟家。不知太祖此去如何,且看下回分解。

---

①　逊——退让,退避。

# 第七回　贩乌梅风留龙驾

却说那后生，趁着大风，先把太祖的梅车，如飞似水推着口里叫道："你们都到我家权避一回，再作区处。"这些众人，也把太祖扯了就走。不上半里，就到那后生家里。后生便将车子推进，叫道："哥哥！我邀得义兄弟们到家避风，又有一个客人也到此，你可出来相见。"只见里面走出一个人来，那后生说："这是家兄。"太祖因与众人一一分宾主坐了。那后生说道："方才大风路上不曾通得姓名完备。"因指着郭英肩上一个说："他也姓郭，便是郭大哥同宗，双名郭子兴。专使得一把点铁钢叉，一向在神策营十八万禁军中做个教师，因见世道不宁，回家保护。"他又说："我小可便是吴名祯，家兄名良，原是庐州合肥人。家兄也能使两条铁鞭，约三十余斤，运得百般闪铄。"

太祖便问："长兄方才在柳阴下也逞威风，幸得注目，看这两把长剑，每把约有八尺余长，长兄舞得如花轮儿一般，空中只见宝剑不见人，这方法从哪里学来，真是奇怪罕有，毕竟也有人赞叹，愿闻愿闻！"吴祯说："小可年轻力少，哪能如得这几位义兄。"只见邓愈对太祖说："这个义弟的剑法，前者从云中看见两条白龙相斗，别人都躲过了，不敢看他；他偏看得十分清楚，自后便把剑来舞动。几次有侠客在此较量，再没有一个胜得他的。人人都知道，此是鬼神所授。"

太祖应声说："列位果是武艺高强。但而今混乱世界，只恐怕埋没了列位英雄。"四五个都说："正是如此。前者望气的说：'金陵有天子气。'我辈正在此打探，约同去投纳，至今未有下落。只见昨日有一个道人，戴着铁冠在此叫来叫去：'明日真命天子从此经过，你们好汉须要识得，不要当面错过。'我们兄弟，所以今日清晨在此候了，直至如今，更不见有人来往。"正说时，只见吴良、吴祯托出一盘酒菜来，扯开桌子，说："且请酌三杯。"太祖便起身告辞，吴良兄弟说："哪有此理，今日相逢，也是前生缘分；况外面恶风甚急，略请少停，待风寂好行。"这些义兄弟也说："借花献佛，尊客还请坐。"太祖只得坐了。酒至数巡，风越大了，天色渐渐将晚。

吴祯开口说:"尊客今日不如在此荒宿一宵,明日风息,方才可行。"太祖说:"如此搅扰,已觉难当,怎敢再在此住宿。"众人又一齐说:"即今日色又将西落,此去过了五六十里,方有人家,我们众兄弟,都各将一壶格来,以伸寸敬,便明早去吧。"太祖见他们十分殷勤,且想此去若无人家,何处歇脚?便说:"既然承教,岂敢过辞,但是十分打搅。"说话之间,这些兄弟们,不多时,俱各整顿七八色果肴来,罗列了四五桌,攒头聚面,都来恭敬着太祖。太祖一一酬饮了十数杯,不觉微醉,便说:"酒力不堪,少容憩息片时,再起来奉扰。"吴祯便举烛照着太祖,转弯抹角,到一所清净的书房,说:"请小息,顷间便来再请。"便反手关了房门去了。太祖抬头一看,真是清香爽朗,竟成别一洞天;和衣睡倒,不提。

却说汤和开口对兄弟说:"列位看这梅子客人,生得如何?"众人都说:"此人相貌异常,后来必有好处。"汤和点头说道:"昨日的道人,也来得稀奇,莫非应在此人身上。"正说间,只见外面多人簇拥进来,说:"吴家后面的书房起火了!"众人流水跑到后面看,不见响动,只见一片红光罩着书房,旁人也都散了。汤和说:"此事不必疑矣,我们六弟兄,不如乘此夜间,请他出来,拜从他,为日后张本①,何如?"六个人一齐走到书房。太祖也恰好醒来。六人纳头便拜。太祖措手不及,流水扶将起来。他六个把心事细说一遍。太祖说:"我也有志于此。"因说起投母舅郭光卿事情。是夜连太祖七个,都在书房中歇了。

次早,天清气爽,太祖作谢了众人起身。他们六个说:"我们都送一程。"路途上说说笑笑,众兄弟轮流把梅车推赶,将近下午,已到金陵。金陵地方,遍行瘟疾,乌梅汤服之即愈,因此梅子大贵,不多时都尽行发完,已获大利。太祖对六人说:"我欲往武当进香,送君千里,终须一别,列位且各回家,待我转来,再作区处。"众人说:"我们也都往武当去走一遭。"是日登船渡江,不数日,同到武当。烧了香,回到店中,与六兄弟买酒。正吃间,忽有人来说:"滁州陈也先在此戏台上比试。"太祖说:"我们也去看看。"只见陈也先身长丈八,相貌堂堂,在戏台上说:"我年年在此演武,天下英雄,没有敢来比试的。倘赢得我的,输银一千两。"太祖大怒,便涌身跃上台来,说:"我便与你比比如何?"两人交手,各使了几路有名的拳法。

---

① 张本——预先作后来的地步。

他先欺着太祖身材小巧，趁着太祖将身一低，便一跳将两脚立在太祖肩膀上，喝彩道："这个唤作'金鸡独立形。'"众人就也喝彩。太祖趁势却把肩膀一缩，把两手扭紧了也先的脚，在台上旋了百十遭，喝声道"咤！"把也先从台上空中丢下来，叫说："这个唤作'大鹏搅海势。'"众人喊笑如雷。也先怀羞，连呼步兵数百人，一齐涌过动手。太祖跳下台，望东便走，也先随后飞也赶来。只见邓愈、汤和在左边，郭子兴、吴良在右边，两边迎着喊杀；吴祯、郭英，又保着太祖先走。也先并数百步兵，力怯而逃。这四人也不追赶。天晚走进一个玄帝庙，后殿歇息。一更左右，只听得前边草殿鼓乐喧天，太祖同众探望，却正是陈也先饮酒散闷。太祖大怒，四下放起火来，焚了这草殿，也先逃去了，不提。

次日，太祖与众人离了武当，返回金陵，只见途中一人口里问说："足下莫非武当山台上比试的豪杰么？"太祖便应说："不敢。"那人即同三人拦路就拜。太祖慌忙扶起，问他来见的原由。正是：不惜流膏助仙鼎，愿将桢干捧明君。欲知后事如何，且看下回分解。

# 第八回　郭光卿起义滁阳

　　却说太祖同众人路取金陵而回，却有一个人领着三人，闻说是武当山比试的朱公子，拦路便拜。太祖连忙扶起，看那人一表身材，年纪只约有十五六岁，便问："尊姓大名？"那人对说："小可姓花名云。从小儿学得一条标枪，也要图些事业。因见足下台上本事，且一毫没有矜夸之色，后来必大有为。因同这三个结义兄弟华云龙、顾时、赵继祖来投。伏乞不拒。"太祖不胜之喜，领四个见了邓、汤等众，共到滁州。只见娘舅郭光卿已在家中，甚比常时不同。太祖便问说："娘舅何以遽然显赫？"光卿对说："自那日坏了公人，不敢回家，径到淮东安丰，投顺了红巾刘福通。他见我形表异常，因与兵一万，掠淮西一带郡县。谁知兵到濠州，守将孙德崖闻风投降，我因进城招募豪杰，如今恰好回来，看看家眷。为何贤甥身边，也有这些人归附？"太祖也一一把事情说了一遍，因劝娘舅，何不去了红巾，自立王号。光卿依了太祖，自称做滁阳王，令部下去了红巾，以太祖为神策上将军，便把所育的女儿，原姓马氏配与太祖。太祖因感马氏怀饼前情，遂即允诺。又立一个招贤馆，把太祖招集天下英雄。

　　却说刘福通听了这个消息，便着人来问，何以去了红巾，称了王号？太祖对来人说："方今天下豪杰并起，各据一方，不必相问。若日后你们有厄，我当与你解围，以报起兵之义。"那人回复，不提。

　　太祖在馆，日夕招纳四方英隽。却已是至正十三年。忽一日，两个人走进馆来拜说："小可是定远人，姓丁名德兴；这个濠州人，姓赵名德胜，闻明公声名，愿归麾下。"太祖看那丁德兴：

　　　　面如黑枣，眼若铜铃。穿一领皂罗袍，立在旁却是光黑漆的庭柱；杖一条生铁棍，靠在后浑如久不扫的烟囱，真个是：黑夜叉来人间布令，铁哥哥到世上追魂。

　　太祖因唤他做黑丁。哪个赵德胜膂力异常，魁梧出众，马上使一条花槊①，运动如飞，百发百中，奋勇当先。太祖也命他为前锋。丁德兴即对太祖说："我们定远有一个唤做李善长，此人足智多谋，潜心博古。当初他的母亲怀着他时，梦见一个绯袍的神说道：'不久该真龙出世，我特把洞明左辅星君为汝子。长来做第一位文臣辅佐。'他后来生下此子，聪明异人。又有兄弟两人，一个唤做冯国用，一个唤做冯胜，他两人一母所生，武艺高强。明公若好贤礼士，德兴当去招他。"太祖说："我一向闻李公的名，正愁无门可去通个信息，你当去走一遭。若冯家兄弟同来更好。"德兴出馆而去。不一日，请他们三个到馆中，见了太祖。太祖下阶迎接。说话之间，句句奇拔。冯家兄弟，亦各英伟，因说："果然名下无虚。"遂任善长为参谋；冯家兄弟俱托腹心之任。正说话间，只见外甥李文忠、侄儿朱文正，领着三个人进来。太祖历历说了别来的事务，便指道："这三位是谁？"文忠等说："我们路上正走，不意撞着他父子二人。父亲叫耿再成；令郎唤做耿炳文，俱膂②力过人。路中商量无人引进，故我们把他带来。这位姓孙名炎，字伯容，金陵句容人。一足虽跛，无书不读，善于诗歌，向有文学之名，今亦愿在府中做个幕友。"太祖大笑道："今日之会，叔、侄、甥、舅，文学干戈，都为异集，亦是大快事！"席间便问李善长说："我欲立一员大将，统领军校，未知何人可用？"李善长道："昔日汉高祖问萧何谁人可将，萧何对说：'周勃敦厚少知，灌婴爱欲不明，樊哙勇而无才，王陵气小不大。凡为大将者，仁、智、信、勇、严，缺一不可。国君好贤，贤才必至。'高祖因聘募天下豪杰，不上二月，韩信弃楚投汉，遂设坛拜他为天下掌兵都元帅，后来抚有汉祚。今欲求大将，庶几一人，可当此任。"太祖问说："是谁？"善长说："濠州城外永丰县，有一人姓徐名达，字国显，祖贯凤阳人。精通韬略，名振乡关。如今也约有二十余岁了。徐寿辉、刘福通、张士诚，常遣人来请，他说彼辈非可辅之人，坚意守己待时而出。常说帝星自在本郡，我岂远适他人！若得此人，大事可成。"太祖说："烦公就与我招他如何？"李善长说："昔汤聘伊尹，文王访吕尚，汉得张良，光武求子陵，蜀主三顾诸葛，苻坚任王猛，此乃礼贤之效，还是明公自去迎他才是。"太祖次日，因去对滁阳王说道："麾下虽有数万甲兵，惜无大将。今李善长荐举徐达，特请命欲与李善长亲去请他。"滁阳王依允。太祖即同善长策马去请。正是：欲图一统山河业，先觅麒麟阁上人。未知来否，且看下回分解。

---

① 槊（shuò）——古代兵器，一种杆儿比较长的矛。
② 膂（lǚ 音旅）——脊梁骨。

# 第九回　访徐达礼贤下士

却说太祖同李善长辞了滁阳王，前至永丰县。太祖传令三军，不许扰动居民。两人竟下马步入村中，探到徐达门首，忽听得门内将琴弹了几下，作歌道：

> 万丈英雄气，怀抱凌霄志。
> 田野埋祥麟，盐车困良骥。
> 何年龙虎逢？甚日风云际？
> 文种枉奇才，卞和屈真器。
> 挥戈定太平，仗剑施忠义。
> 蛟龙潜浅池，虎豹居闲地。
> 伤哉时不通，未遇真明帝。

善长便向太祖说："此歌便是徐达声音。"太祖喜道："未见其面，先闻其声，只这歌中的意思，便知是个贤才。"善长叩门良久，只见徐达自来开门。太祖看了，果然仪表非常；又温良，又轩朗，又谨密，又奇伟。三人共入草堂，讲礼分宾主坐了。茶罢一巡，徐达问说："二公何人，怎事下顾？"善长叙出原因。徐达俯谢说："既蒙光召，焉敢不往？但未卜欲某何用。"太祖说："群雄竞起，四海流离，特请公共救生灵。"徐达便说："欲救生灵，还须扫净群雄，统一天下。但今元势尚盛，诸雄割据，亦都富强，以濠州一郡之兵，欲成六合一统之业，不亦难乎？"太祖说："昔周得太公而灭纣，汉得韩信而楚亡；得贤公辈，仗义诛奸，且俟有德者，以系民望，何虑其难？"徐达笑道："从来定天下者，在德不在强，明公能以仁、德为心，不嗜杀为本，天下足可平也。"便安顿了家属，与太祖、李善长三人，并马齐至礼宾馆中。太祖细问战攻之术，徐达说："临时发谋，宜随机转变，岂有定着？但上胜以仁，中胜以智，下胜以勇。仁、智、勇三事，为将者缺一不可。"太祖又问："为国者，有小而致大，有大而反亡者何故？"徐达说："合天理，顺人心，爱众恤物，敬老尊贤，人自乐而从之，虽小可以致大；倘奢淫暴虐，或柔而无断，或刚而少仁，或愚昧不明，或好杀不改，未有不亡者也。"太祖大喜。自后与李善长、徐达同眠共寝。次日，引见滁阳王。王授以镇抚之职。

　　数日后，滁阳王以太祖为元帅，徐达为副将，赵德胜统参军，邓愈统后军，耿再成统左军，冯国用统右军，李善长为参谋，耿炳文为前部先锋，冯胜为五军统制，李文忠为谋计使，率兵七万，攻打滁、泗二州。克日起兵，至泗州界上安营，议取泗州之计。大夫孙炎上前说："泗州张天佑是不才故人，其人刚直忠厚，与我甚契，愿往泗州说他来降。"太祖吩咐大夫用心做事，孙炎辞了出帐，径入泗州城来见天佑。二人叙礼毕。天佑问说："仁兄何来？"孙炎说："某因放志漂流，近投滁阳王帐下。他馆中有个朱明公，才德英明，文武兼备。龙行虎步，必大有为。今提兵取泗州。炎知足下守此，特来相告；倘肯归附，足见达权。"天佑说："我也慕他是一时之英，有人君之度，但我受元爵禄，背之不忠。"孙炎说："今元顺帝以胡元而居中国，淫欲不仁，退贤任佞。君弃暗投明，有何不可？"天佑思量了一会说："遵命！遵命！"即列仪仗鼓乐，出城迎降。孙炎先到营中，具说前事，便引天佑到帐中相见。太祖道："将军来归，真达权知机之士。"遂授中军校尉。太祖引兵入城，抚恤百姓，即留天佑守城。次日起兵，向滁州，以花云为先锋。那先锋怎生打扮，但见：

　　头顶一个晃朗朗金盔，身披一领密鳞鳞银铠。腰边系一条蛮狮锦带，心前扣一个盘龙金环。弓弰斜挂鱼囊，革铮铮弦鸣五色；箭羽横装象袋，钢铄铄簇聚三棱。坐下千里马，白若飞霜；衬着九云裘，花如映日。手中绾七八条标枪，运将来哪管你心窝手腕；袋里藏六七升铁弹，抛将去决中着脑后胸前。喝一声似霹雳卷风沙，舞几回都锋芒飞剑戟。正是：花貌却如观自在，追魂胜过大阎罗。

　　单骑在前，恰遇着贼兵数千，那时花云盼着后军未到，便抖擞精神，保了太祖横冲直撞如入无人之地，惊得那数千贼兵，没有一个敢争先抵挡。

　　元兵溃散，花云因于滁州北门外屯兵。元将平章陈也先横刀直杀过来。后军左哨统制将军郭英，却好迎敌，战了五十余合，不分胜负。元阵上又闪出他儿子陈兆先与姚节、高来助战，早有汤和、邓愈、冯胜、赵德胜，一齐冲杀。只听得东南角上，一支兵呐喊如雷，红旗招展，绣带飞翻。为首一将，坐在马上，竟有五尺余高，生得面如铁片，须似钢针，坐骑赶日黑枣骝，肩挑偃月宣花斧，从元兵阵后冲杀出来。

　　元兵三面受敌，陈也先大败，不敢入城，竟弃了滁州向北路而走。太祖鸣金收兵，驻扎城外。只见那员大将，身长九尺，步到营前下拜。太祖急将手扶起，问说："将军何人？"那将说："小可姓胡名大海。字通甫，泗州虹县人。因芝麻李乱，自集义兵，护持乡闾。闻元帅德名，故来助阵纳降。"太祖便授他军前统制。是日，元将张玉献出城投降。太祖入城抚民，将兵次于滁州，仍分兵取铁佛冈寨，攻三河口，破了张家堡，收了全椒，并大柳诸寨，因分兵围六合。裨将赵德胜，为流矢伤了左股，血染征袍，昏晕数次。太祖亲为敷药调治。随令耿再成同守瓦果垒。元兵急来攻打。太祖逐日设计备敌，探知事势稍缓，欲暂回滁州，早有哨马来报说："元人又集大兵来攻滁州。"耿再成对太祖说："他兵聚集而来，其势盛大，如此如此何如？"太祖说："甚好，依计而行。"众将得令，各自整点军马行事。耿再成率了本部人马，自来应敌。正是：大将营中旗一竖，敌人唯有胆心寒！欲知后事如何，而看下回分解。

# 第十回　定滁州神武威扬

却说诸将各自得令，四下安顿去讫。将军耿再成率了部伍，结束上马，来到阵前一望，只见那元兵，浩浩荡荡，如云如雾的打来。头一员大将，挂着先锋旗号，不通姓名，直杀过来，耿再成见他骁勇，便也不打话，两马相交，战上二十余合，不分胜负。再成便沿河勒马而走，那个先锋便乘机率了元兵，一齐赶来。再成见元兵紧赶便紧走，慢赶便慢走，约将二十里地面只见那柳上插着红旗一面，趁风长摇，再成勒转马来，大喝一声说："元兵阵上来送死也！"喝声未已，火炮一声响亮，左边冲出一标白衣、白甲、白旗、白号的人马来，当先一员大将汤和，左边邓愈，右边冯胜；右边冲出那皂衣、皂甲、皂旗、皂号的人马来，当先一员大将胡大海，左边赵德胜，右边赵继祖，把元兵截做三段。那先锋看势头不好，急叫回军，元军哪里回得及。正惊之间，只见后面城中，又有赤衣、赤甲、赤旗、赤号的人马鼓噪而出，当先一员大将徐达，左有耿炳文，右有姚忠，杀得那元兵血流成河，尸横遍野。那再成挺出凤昔威风，驾着那追云的黑马，向前把先锋一刀，取了首级。有诗为证：

> 杀气横空下大荒，海天雄志两茫茫。
>
> 血痕染就芙蓉水，骸枕堆成薜荔墙。
>
> 树列旌旗千里目，江开剑戟九回肠。
>
> 应知潭底蛟龙现，处处旗开战胜场。

元兵大败，滁州因得安驻军粮。太祖一面差人报知滁阳王，会守滁州，不提。

却说铁冠道人，已知太祖驻兵滁州，一日竟进帐前说："道人善相，将军要相么？"太祖因记前柳阴中邓愈六人等说，遇见道人，戴个铁冠等话，便迎入账，问道："道人高姓？"道人说："我姓张字景和，江西方外之士。将军若听我，我替你说；若不听我，说也无用。"太祖说："君子问凶不问吉，正要师父直讲。"道人说："声音洪亮，贵不可言，但四围滞气，如云行月出之状。所喜者：准头①黄明，贯于天庭②，直待神采焕发，如风扫阴翳③，便是受命之日，然期也不远，应在千日之内。但边头驿马有惊气，南行遇敌，切须戒慎。"太祖说："师父肯在此军中，时时看看气色，以知休咎何如？"道人说："我虽云游天下，却时常可来，你既有盛情，便在此也可。"自此道人常在军中聚首。

且说那滁阳王得了捷报。留都督孙德崖驻扎濠州。即日自率兵到滁州，因命设宴与太祖称贺，且与众官计功行赏。次日，设计攻取和州。却命张天佑、耿再成、赵继祖、姚忠四将，领兵三千，为游击先锋前进。四将得令，望和州进发，直抵北门搦战。城中元将也先帖木儿，急领兵三万迎敌，直取再成。再成舞刀，斗上五十余合，终是元兵势大，两翼冲杀，朱兵溃奔。姚忠接刀复战，恨后队不继，被元兵所杀。日暮，幸天佑等兵至，又大杀一场，元兵方才败走。再成等收兵屯于黄泥镇，损了大将姚忠，折去兵一千余人。二人忧闷，说："必须元帅兵来，方好取胜。"

且说滁阳王闻再成等败绩，因命太祖率徐达、李善长及骁勇数千人，来到黄泥镇。二人见了太祖，备细说了一遍，伏地请死。太祖大怒，说："元兵既盛，只宜坚守，取兵救应，何乃轻敌，以致败误？"喝令斩首示众。李善长说："罪固当诛，但今用人之际，望且姑容这番，待他将功赎罪。"二将叩谢出帐。太祖甚是忧恼。徐达向太祖身边说："如此如此，不怕和州不得。此事还须耿再成走一遭。"太祖即召再成同继祖上帐，徐达便各与缄帖一纸，再三叮咛说用心做事，再成等领计而行。徐达又唤邓愈、郭英、胡大海，领兵二万，去大道深林中埋伏，如此行事。分遣已定，又对太祖说："末将自当领兵一万，当先索战，元帅宜与众将将二万兵殿后。"次日，两军对阵，元阵中也先帖木儿出马，说："若不急退，当以姚忠为例。"徐达说："大兵压境，尔还不识贤愚，尚自夸诩？"二人举刀对杀。元阵上张国升、秃坚帖木儿，混兵直杀过来。徐达觑空转马便走，元兵随后赶来，未及廿里，只见元兵探马飞报说："我们被赵继祖劫了大寨，火烧了营帐。"那也先到戈急走，只见两边伏兵并起，汤和、邓愈、郭英、胡大海夹击而来。

---

① 准头——鼻子的下部。
② 天庭——两眉中间的部位。
③ 阴翳（yì）——阴云。

后面太祖领了大军，又直来攻杀，也先不敢回营，竟领兵奔至和州城边。却见城上都是赤色旗帜，敌楼上徐达大叫说："也先帖木儿，我已取此城，少报前仇，你还来什么？"此是徐达先着耿再成，假扮元兵，待也先帖木儿出战，乘夜赚开了城门，取了和州。正是：

计就月中擒玉兔，谋成日里捉金乌。

那也先回身逃命而走，太祖的兵正在追赶，只见当先闪出一彪兵来，勒马横刀，问说："来将何人？"也先帖木儿说："吾乃元兵，被朱兵十分追急，若将军救我，当有重报。"那将军大喊一声，将自一纵，在马上活捉了也先帖木儿，绑缚直到太祖军前，下马便拜道："小可濠州怀远人，姓常名遇春，闻将军仁义。故来相投。特擒元将为进见之礼。"太祖举眼一看，真个是：

豹头猿眼，燕额虎须。挺一把六十斤大刀，舞得如风似电；驾一匹捕日乌骓马，杀来直撞横冲。惹动了杀人心，万马千军浑如切菜；奋起那英雄志，铜墙铁壁倒若摧枯。黑着一片铁扇脸，咤一声，哪愁霸陵桥不断！矗起两只铜铃眼，眨几眨，忧甚虎牢关难过。飞而食肉，世罕有封侯万里威仪；义而有谋，天生成拓靖乾坤品格。

太祖说："得足下弃暗投明，三生之幸也！"喝令斩了也先帖木儿，屯兵城外，单车入城，抚恤合城百姓，欢天喜地。正是：滁和有福仁先到，神武多谋世莫知。是日，军中筵宴称贺。滁阳王传令加太祖神策将军之职。欲知后事如何，且看下回分解。

# 第十一回　兴隆会吴祯保驾

却说滁阳王立太祖为神策将军，太祖便为各帅之主：掌文的有李善长、孙炎等；掌武的有徐达、胡大海、常遇春、花云、邓愈、汤和、李文忠等共约三十余人。却又有定远人茅成，台山人仇成来投麾下。太祖总兵和阳，与张天佑等议筑和阳城郭，以为守备之计，测限丈数，克日完工，分兵拒守。因集从计议，授常遇春总兵之职。常遇春叩头谢说："小将初至，未有寸功，不敢受爵，乞命为前部开路先锋，庶或可以自效。"太祖正欲依允，忽帐下一人叫说："我来数月，尚不得为先锋，他有何能，敢来压众！"太祖急看，却是胡大海。遇春怒说："主帅有命，乃敢僭越？你欺我无能，敢来比试否？"二人各欲相逞。太祖说："君等皆我手足，今欲相争，便似我手足交攻，有何利益！"因令胡大海为左先锋，常遇春为右先锋，待后得头功的为正先锋，二人各拜谢去；一边令人到滁州报捷不提。此时正是新秋节候，和阳亦喜无事。

一日忽报濠州守备孙德崖，领兵到来。太祖惊疑，与徐达说："濠州不得擅离，他来何意？多是欲分据和阳耳；不然必是濠州失守，故来归附。且容入城，再当议之。"顷刻间。德崖进城，太祖与众将迎入。叙礼毕，因问："何事到来？"德崖说："因无粮草，特来就食。"太祖便问："如此，今令何人守之？"德崖说："空城无用，守他无益。"太祖暗念："濠城是吾等本土，如若失守，取之甚难。德崖此行，是通穴鼠了。"因他同起义兵，且自忍耐。却好滁阳王驾到，太祖将取和州原由，备说一遍。王看见旁边立着孙德崖，大惊问说："你何不守濠州，却在此处？"德崖跪说："为乏粮到此就食。"王大怒说："濠州是吾乡土，安得轻舍！"喝令推出斩首。太祖与李善长说："孙德崖之罪，虽当斩首，还望念故乡旧谊，饶他这次，仍令去守濠州，以赎前愆。"滁阳王即刻与兵一万，前去镇守，吩咐："有失，决不饶恕！"德崖领命去讫。

却说滁阳王未及半月，偶因惊疑成疾，太祖日视汤药，十分狼狈，因召太祖及李善长、徐达等至榻前，说："某生民间，因见元纲解坠，群盗蜂起，吾奋臂一呼，得尔等贤能，共守濠州，希成大业，救民涂炭；不意遇此笃疾，我死不足惜，所恨群雄未除，天下未定耳！朱将军仁文英武，厚德宽洪，尔等可共谋翊运①，以定天下。"太祖顿首说："愚昧不堪承大王之志，然敢不竭尽股肱②，以报厚恩。"少顷，目瞑。后人因有诗咏道：

　　　　和州境上见星飞，濠郡江边掩义旗。

　　　　冈上空垂千树柳，年年春半子规啼。

　　太祖命军中都易服举哀，哀声动地，葬于和阳城白马冈上。众人因议立太祖为王。太祖说："我等受滁阳王大恩，今尚有子在，可共立为王，亦足见你我不背之心。"众人都道："是。"遂立王子为和阳王，改和州为和阳郡。即日封太祖为开基侯兵马大元帅，徐达为副。众官加爵有差。

　　却说孙德崖对儿子孙和说："滁阳既殁，兵权该统于我，今朱君辈外挟公义，立他的儿子，阴窃他的威权，甚可恼恨，我当率兵以正其罪。"孙和说："朱公如此，亦为有名。况他们一班智勇足备，若与争长，恐难取胜。不如在营中设起筵宴，名曰'兴隆会'，假贺新王，请他赴会，席上须逼他引兵来归。倘若见拒，就席中拿住。朱君一擒，权必归父王矣。"德崖大喜，即修书遣人入和州来请。太祖正与诸将议事，却报德崖有书来到，即拆开口念说："都统孙德崖端肃，书奉硕德朱公台下：兹者恭遇新王嗣位，继统得人，下情不胜忻忭③。特于营中设宴，名曰'兴隆'，欲与公共庆雍熙④。翌日扫营敬候。再拜。"太祖与李善长说："此必德崖欲统众军。以我辈立其子，故设酒以挟我耳。不去则彼益疑；若去须不堕其计方好。"徐达说："主帅所料极是，此会犹范增鸿门设宴之意，须文武兼济的辅从，方保无虞。"道未罢，帐前常遇春、胡大海俱愿随往。太祖不许。吴祯道："不才单刀随主帅走一遭。"太祖说："公便可去。"胡大海愤愤不平。太祖说："刀砧各用，鼎鼐不同，吾择所宜而使之。"次日，太祖遂单骑独前，吴祯一身随后，径至德崖营前。德崖见太祖并无甲士相随，心中大喜，

---

①　翊(yì)运——辅佐成就大业的前途。翊，辅佐。

②　股肱(gōng)——股，大腿；肱，臂自肘至腕的部分。比喻左右辅助得力的人。

③　忻忭(xīnbiàn)——喜悦。

④　雍熙——兴盛、和乐。

说："中吾计了。"密令吴通说："你须如此如此。"便即出营迎朱公。就席把盏，酒至数巡，德崖因说："滁阳已薨，兵权无统，以义论之，应属不才掌管，故借此酒相烦。"太祖说："先王有子继统，兵权还该彼掌握。今都统既欲掌时，某回城启知和阳王，即当请在此事。"德崖大喜。孙和思量："朱君才智过人，此言必诈。"把眼觑着吴通。吴通持杯、剑在手，说道："小将有杯、剑二件，系周穆时西域献来，名'昆吾割玉剑、夜光常满杯'。此剑切玉如泥，这杯为白玉之精。向天比明，水注便满，香美且甘。称为'灵人之器'。小将愿持杯为寿，舞剑佐欢。"说罢，便将杯献在太祖面前，拔剑起舞，渐渐逼近太祖。吴祯看他势头不好，掣①开佩剑，大叫道："我剑也不弱!"便飞舞过来，一剑砍去，把吴通砍做两段。旁边吕天寿见杀了吴通，也拔剑砍来。吴祯将身一跳，跳上二三人高，把那剑从空而下，吕天寿的头，早已滚下来。吴祯杀了二人即一手提了剑，一手抠了德崖腰带叫说："德崖，你何故如此无礼，设计害我主帅，即须亲送主帅出营，万事全休；不然，以吴、吕二人为例!"德崖惊得魂飞天外，魄散九霄，便说："将军休怒，即刻送主帅策骑先行。"吴祯约太祖去远，才放了德崖的手，说："暂且放你回去。"即追马保着太祖而行。后人有诗叹赞?

　　　　兴隆会上凛如霜，此处吴祯武勇强。

　　　　剑劈吴吕头落地，雄名应与海天长。

　　毕竟后事如何，且看下回分解。

────────────

　　①　掣——抽出。

# 第十二回　孙德崖计败身亡

却说德崖自知计败，便率精锐数千，四下里从小路追赶。早有李善长传令胡大海前来救应，恰好撞着德崖，便大叫道："德崖哪里走？"德崖措手不及，被大海砍做肉酱，造次①中逃走了孙和。大海、吴祯保了太祖入和阳，众等迎接入帐，都说："三帅受了惊恐。"太祖因说："若非吴祯几乎不保。"备说了会上事情，众将皆称吴祯真是虎将。太祖赐吴祯白金三百两，大海白金一百两。大海不受，但说："主帅向曾有说，得首功者为正先锋。今日诛了德崖，望主帅不食前言。"太祖沉吟不语。徐达说："君虽诛了德崖，尚未为克敌之大，若常将军今日去亦能成功。"众人都说："徐元帅说得极是。"大海方受赏。

话分两头，却说巢湖水军头领俞延玉，有三个儿子：长名通海、次名通源、第三的名通渊。他三个俱膂力异常。能在水中伏得八九个昼夜。大的通海，惯要一个流星锤，索长三丈，转转折折，当着他粉身碎骨。人便有四句口号：

> 一个金锤忒煞精，飞来飞去耀星明。
>
> 忽朝水低轰雷振，搅得蛟龙梦不成。

那次子通源，使一条铁锏，铮铮有声。小时忽下江中洗澡，陡然云雨四合，水中只见癞头鼋开了个大口，竟来吞他。他手中并无别物，却打一个没头拱，直至水底，摸着四五尺长一块条石，他便担在肩背上，一步步儿踏上水面。那癞头鼋正张开四爪，抢到前面，通源叱咤一声，将那石头砍过去，谁知那鼋的头颈，仰得壁直，凑着石上顽锋，竟做两段，满江中都是血水。岸上人不知通源在水中与鼋交战，只见满江通红，惊得没做理会。歇了半个时辰，通源慢慢地将鼋从水中拖到沙边，便把身跳上了岸，拿条索子缚了鼋②脚，叫岸上人拽鼋上去。那岸上张三、李四、王二、沈六等十

---

① 造次——急促、匆忙。

② 鼋(yuán)

来个，哪里拽得动。通源说："你们好自在货儿，只好吃安耽饭，这些儿便拽不起。"从新自来，把那鼋如拾芥一般，提上岸去。那些闲汉说："俞二官人，活的都砍了，我们死的都拽不动，却也好笑。"有人歌道：

> 江中忽起一条鼋，闪烁风云雷雨翻。却逼通源水底石。呜呼一命在水边。鼋也鼋、冤也冤，我们十来个扛勿动，被他一人一手便来牵，真个是天旋地转气轩轩。

还有那第三个通渊，越发了得，每手用一把折叠韭边刀，那刀用开来，二丈之内，令人仵身不得。曾到江边金龙四大王庙中赛神，那庙前路台上，原铸有铁炉一鼎，有等闲不过的，说："这等东西，又无关纽，又无把柄，有人捧得动，输与银子十两。"那通渊时只一十四岁，心里想道："这些儿担不动，恰像终日舞灯草过日子。"走到庙中，虔诚完了神愿，正好来到台上烧纸，只见十五六个好汉，来抬那炉，都抬不动。通渊竟要来拿，看了他们行径，又恐怕掇不动时，反被耻笑。仔细思量，毕竟有斤两数目，铸在上面，近前看得分明。又走过去想道："只是一千斤，该托也托得起。"便走到后殿，先把别样试试看。抬头一望，却有两个大石狮子，在后边甬道上石栏杆边。悄悄的脱下长袍，趁人不见，把左边石狮子一托便托在左手里，颠上几颠，说道："约有千斤还多些。"轻轻的便安在地下。再将右边狮子也托一托，正托在右手上，估估斤两，未及放手，只见一个人大叫道："前上殿二三十人弄不得一个香炉，这俞三官十四五岁一个儿，把石狮子颠来颠去，你们好不羞煞。"道犹未了，这些闲汉都来看。通渊只不做声，把那石狮子连忙放在地下，穿上长袍，望山门外走出去。这些人说："我们有眼不识泰山，俞三官你何故不做个把式我们看看。"那些人拦了又阻，阻了又拦，恰好父亲俞廷玉走来，看见说："三儿，你何故被这些人拦阻?"通渊说："我自在后殿把石狮子托托耍子，不知他们何意拦阻。"那些人便向他父亲备说了原故。廷玉便开口说道："既如此，你便掇掇把他们看看何妨。"通渊被父亲劝不过，只得走向殿前，把只手托了铁香炉，便下路台，那些人喝彩，如雷震耳。通渊又托上路台，如此三遍，轻轻的放在台下便走。却说管庙的长老，埋怨众人说："俞三官又去了，这炉又不放在台上，如之奈何?"那些人说："不要紧，我们几十人包抬齐整还你。"呐喊一声，齐将手来抬，谁知地下是糊泥，这炉越抬越陷下去了，几十个人说："求求张良，拜拜韩信，还须到俞宅劳小官人走一遭。"这些众人说说笑笑,走到俞宅,见了俞妈妈,说了缘故。妈妈笑道:"这个小官人倒会耍人,劳你们远远的走来接他。方才他到后园舞刀去了,你等可到后面见他,他决然肯去。"众人来到后园恳求。通渊只是个笑,也不应他们,大步到庙,仍将手托起香炉,依旧放端正了。惊动得合州县人,哪个不敬他。人也编个歌儿"乌悲词"喝彩他说:

　　俞家又生了个熊黑呀,忒也稀奇,呀,忒也稀奇。手托千斤,奇打稀,稀打奇;甚差池呀,忒也稀奇,呀,忒也稀奇。举起香炉不费力呀,忒也稀奇。佛前狮子,稀打奇,奇打稀,任施为呀,忒也稀奇,呀,忒也稀奇。

　　他父亲做个头领,并三个儿子,率副将廖永安、廖永忠、张德兴、桑世杰、华高、赵庸、赵鉞等,初投个师巫彭祖。后来彭祖被元兵所杀。庐州左君弼,便以书招降廷玉等一班水军。廷玉等谅君弼不是远大之器,不肯投纳。君弼因统兵来攻,廷玉等累战不利,受困在湖中,因集众将图个保全之计。俞通海说道:"今江淮豪杰甚多,不如择有德者附他,庶或来救,不为奸邪所害。"廖永忠便说:"徐寿辉、张士诚、刘福通、陈友定、方国珍、明玉珍、周伯颜、田丰、李武、霍武,皆是比肩分居的。"赵庸说:"此辈俱贪欲嗜杀,鼠窃狗盗之徒,怎得成事! 我说一人,你们肯从么?"正是:知君多意气,仗剑且相投。不知此人是谁,且看下回分解。

# 第十三回　牛渚渡元兵大败

　　却说俞廷玉问诸将："谁处可投?"廖永安数出多人,俱是贪财好色的,哪里是英雄出世之主。赵庸说："我闻和阳朱公,仁德无双,英雄盖世,且将勇兵强。若是投他,他必来救应,可解此危,诸公以为何如?"众人齐声道："好!"因作书,遣人求救,不提。

　　且说太祖,一日与诸将会议,说："此处虽得暂驻,然居群雄肘腋①,非用武之场,必择地方可攻守。"冯国用说："我看金陵乃龙盘虎踞,真圣主之都,愿先取金陵,以固根本。"太祖说："我意亦欲如此,但渡大江,必须舟楫,且钱粮不济,奈何!"正商议间,忽报巢湖俞廷玉等遣人持书来见。太祖拆开看本,书中说道:

　　　巢湖首将俞廷玉,并男通海、通源、通渊;禅将廖永忠、永安、张德兴、桑世杰、华高、赵庸、赵黻等,书呈朱主帅台下:玉等向集湖滨,久闻仁德,冀居麾下,不意左君弼累以书招,恨玉不从,率兵围困,廷玉等,敢奉尺书,上干天威,倘振一旅,以全万人,所有战舰千余,水兵万数,资储器械,毕献辕门,以凭挥令。誓当捐躯报命,伏维台亮。

　　太祖得书,与诸将会议,李善长说："久闻他们为水军骁骑,今危急来归,若以兵去援,必效死力。且借之以取金陵,此天所以助主帅也。"太祖因召使者到帐下,问他名姓。使者答道："名韩成。"太祖说："即阳发兵汝可为向导。"遂留李善长、李文忠等守和阳,总理军务。自率徐达、胡大海、赵德胜等,领兵四万,直抵桐城,进巢湖口。君弼因太祖兵到逃去,俞廷玉迎太祖入寨,备陈归顺无由,蒙提师远救,恩实再生。太祖慰恤备至,驻兵三日。忽报左君弼勾引池州城赵普胜一支兵,截住桐城闸;一支兵,截住黄墩闸。又引元将蛮子海牙,领兵十万,扎住江口,势不可当。太祖大惊,因上水寨,登敌楼观看,果见兵寨数里,旌旗蔽天,金鼓雷振。太祖顾徐达道："此君弼调虎离山之计,引我入湖,顿兵围困,奈何,奈何!"胡

---

　　① 肘腋——比喻切近的地方。

大海答道："主帅勿忧。主帅可领众将压阵,臣愿当先,只须此斧,可破贼围。"太祖说："不然,贼兵势重,你我纵可冲阵而出,部下兵卒何辜,还宜再思良策。"徐达说："必须一人密从水中上和阳,调取救兵,内外夹攻,方能出去。"只见韩成说道："裨将愿往。"太祖即修书付与,吩咐速来,毋得误事。韩成出了水寨,抄巢湖口入江,从牛渚渡河,在水中行三日夜,方得上岸,直抵和阳。见了和阳王,递了太祖的书。李善长说："即须发兵去救!"传令邓愈为正元帅,汤和为副元帅,郭英为参谋,常遇春为先锋,耿炳文为掠阵使。吴良、吴祯、花云、华云龙、耿再成、陆仲亨,皆随军听用,率兵五万前进,其余将佐,与朱文刚、朱文逊、朱文英,率兵保守和阳。众将领兵至江口,与蛮子海牙对阵。邓愈列阵向前,蛮子海牙急令番将二十员迎敌。尚未及前,先锋常遇春挺枪奋击,元兵阵上如摧枯拉朽,哪个敢当。邓愈等催兵并杀,蛮子海牙大败,遂过了牛渚渡。各部将士,都去收拾元兵所弃马匹、器械、粮草、辎重。只有汤和使帐下兵卒,只砍沿岸一带芦苇、茭草,使绳索一一缚成捆束,共约有千余担。常遇春问说："要他何用?"汤和对说："夜间亦可备明。"那时聚集船只,共计一千有余艘。邓愈便令分为五队:邓愈居中,汤和居左,郭英居右,耿炳文压后,常遇春当先,齐往巢湖进发。探子哨知信息,报与赵普胜,普胜遂与左君弼说："你可领兵当俞廷玉辈内冲,我当领兵拒常遇春等外患。"君弼自己整齐船只,截住桐城闸,不提。普胜领了大船五百只,排开阵势,遇春便挺枪来杀,两下交兵。正是:

浪叠千层龙喷海,风生万壑虎吟山。

却说那普胜的战船高大,又从上流,乱把石炮打来,苗叶枪替那箭,像雨点的飞去飞来。朱兵船小,又无遮蔽,不能前进。常遇春正在烦恼,只见汤和领了十数只中样大的船,船上皆把牛皮张定,那些箭石虽然来得猛密,粘着软皮,都下水去了,每船上用水手五十人,齐把那芦苇、茭草点着,恰遇西北风吹得十分紧急,汤和便叫众军放火。那赵普胜的船,都是篾篝竹篷,引火之物,朱兵火箭火炮,飞星放去,便烧起来。风又大,火又紧,咭咭喇喇,把那二百余只船,不过两个时辰,焚毁殆尽。这边众将乘火奋击,贼兵大乱。那普胜只得驾小船向西北上逃走。常遇春恰从上流赶来,大喝一声,把他的兄弟赵全胜,一刀砍落水内。普胜拼命的摇船,径投蕲州徐寿辉去了。邓愈叫鸣金收军,共获战船七百余只,刀杖、器械不计其数。

邓愈说："今日之捷,是汤和居首。"汤和拱手,说道："此是朱元帅天威,众将虎力,与和何干?"常遇春说："我早来见汤公,命军卒束草,只说备明,岂知有此大用。公何不早言之?"汤和说道："机谋少泄,恐反不成。"众将称善。邓愈说："兵贵神速,乘此长驱,俾左君弼无备,一鼓可擒也。"便都即刻解舟,顺流而下。

此时太祖被困日久,苦无出围之计,只见哨子来报,汤和等连破海牙、普胜等寨,已将至桐城闸了。太祖大喜,即同众将登敌楼观望,果然西北角上大队人马杀来。太祖吩咐："我们便可从里面冲杀出去。"当下徐达、赵德胜、胡大海,共领兵五万,大小船约二千零四十余只,列成队伍,竟冲出来。喜得左君弼船大,不利进退,赵德胜便以小船对战,操纵如飞。廖永安又绕出其后,两下夹攻,君弼大败。永安直追至雍家城下,奈贼党萧罗,率众舍命而来,箭石如飞蝗雪片,那永安鼻中,中了冷箭,便叫道："大小三军,更宜努力!"遂将身跳出船头,死力督战。便活捉了萧罗过船,敌人不战而走。

却说邓愈所统大兵,未得入江,太祖船只尚拥溪内,彼此都无策可施。恰好大雨连落十日,看那水势滔天,廖永安喜说："乘势越山可渡。"中间有一条大涧,断开山岭,山脊上有浔阳桥,这些小船尽皆过涧。太祖所坐战舰,正忧难过,意欲弃舟,另坐别船,永安呐喊一声说："圣天子百神护卫,桥神自有灵效。"只见那船倏忽间,乌云绕转如飞,从涧里穿过,一毫不差些须,遂入大江,与汤和等相会。太祖备说了被困的事,且慰劳诸将远征,吩咐筵宴称庆,就与新来诸将相叙。欲知后事如何,且看下回分解。

# 第十四回　常遇春采石擒王

却说太祖出得湖口，与水陆众将聚毕。自此，大将、步将、骑将、先锋将、水将，都已云集。便留步军一万，战船五百，与俞通海、廖永安二将，在牛渚渡扎营操演，其余将士，尽随至和阳。正是："鞭敲金镫响，齐唱凯歌还。"不一日，来至和阳，即欲提兵过江，取金陵为建都之计。和阳王依议，乃留朱文正、朱文逊、朱文刚、朱文英、赵继祖、顾时、金朝兴、吴复等，统兵一万，保守和阳，其余人马，俱随太祖即日引舟东下，向江口进发。恰喜江风大顺，征帆饱拽，顷刻到牛渚渡。俞、廖二将迎接，说道："蛮子海牙屯兵南岸采石矶，阻截要路，势甚猖獗，如之奈何？"徐达说道："兵贵神速，乘此顺风明月驰行，猝然而至，彼必措手不及。"遂分战船为三路：太祖居中队，领战船七百只，郭英为先锋；徐达居左队，也领战船七百只，胡大海为先锋；李善长居右队，也领战船七百只，常遇春为先锋。偃旗息鼓。那时月明风顺，水流江深，这战船如飞驰驶，比至五更，竟到采石矶。元兵哨马报知蛮子海牙，他便挈兵而待，那矶上刀枪麻列，旌旗云屯，水上战船如织，两军相去不及三丈，便摆开阵势。郭英领长枪手，奋勇争先，将及上矶，谁想上面矢石星飞雨洒将来，士卒多伤，不能前进。太祖传令胡大海、常遇春说："二公先锋定在今日，有先登采石矶者，即正先锋。"大海大喜，意在必登，率众向前。谁想岸上炮弩较先更急，大海力不能支。遇春乘快船后至，便领防牌①、神枪手，奋力冲至矶下。元兵见朱兵近岸，炮箭如飞蝗的放来，防牌也不能遮，神枪也无可用，众兵亦欲退后。遇春大叫道："取不得采石矶，誓不旋师！"便舍舟提牌，挺枪先登。那矶在水面上，约高二丈有余。矶上元将老星卜喇正用长矛戳下，遇春便用右手拿住防牌，护了矢石，把左手便捏住矛杆，就势大叫一声，从空直跳而上，就撇了防牌，将枪刺了老星卜喇。三队军士，看见遇春登岸，各催兵鼓噪而登，元兵弃戈奔走，死者不可胜数。蛮子海牙收拾残兵，退驻西南方山。太祖就于

---

①　防牌——即挡箭牌。

采石矶安营,众将各各献功。太祖便说:"常将军奋勇争先,万将莫敌,攻克采石矶,特拜为正先锋。"遇春叩谢,惟大海有不平之色。太祖又说:"此举非独崇奖常将军,正以激励诸将。"大海气方平妥。

是夕,屯兵矶上。正值新秋,月色如画,众将在帐前共玩明月,尽欢而散。

次早,拔寨直抵太平城下。郡将吴升闻知,便开西门纳降。太祖说:"久闻汝是江左名贤,今日相见,犹恨晚也。"即擢为总管。吴升俯伏谢恩说:"主帅如此恤民抚士,无征不服。"太祖遂命善长揭榜通衢,严禁将士剽掠,城中肃清,便进城抚恤士民。恰有元平章李习,率众来见。习本汉人,博通经术,看得元纲不振,特来投见。太祖说:"太平谁是贤才?"李习对说:"有一人姓郭名景祥。又一人姓陶名安,字立敬,少年敏悟。他年少时,邻近有个土地庙,前通大河,后接深巷,神明极灵。那庙祝①先一夜梦见土地对他说:"明日河中有一件异样的事:其中有一人不久便当辅佐真主,安邦立国,你可十分恭敬他,便留在庙中攻书,不可有误。次日,庙祝绝早起来,呆呆的等到日中,也无人来,也无异样的事。庙祝对众僧说:'大分是个春梦。'正说间,只看见对岸十数个小孩儿,只约有十来岁,在大树底下趁着晴明,猜三角五,翻筋斗,叠灰堆耍子。不知哪处,忽然从河中流过一株紫皮大树来,那大树叉叉丫丫,一些枝叶也不曾去。这十数个孩子,便把一条竹竿到河边搭住那树,那树在水中如解人意,竟贴岸边来。这些孩子,都把身坐在上面,有一个略大些的,把那竹竿在水中撑来撑去,正如船中坐定,说说笑笑,拢了又开,开了又拢,却有十数次。只见一个孩子,在树上立起身来说:'偏你会撑,我也会撑撑耍子。'那大些的孩子说:'使得使得,我正撑得没力气哩,让你耍耍。'那孩子按过竹竿在手便撑,方撑得到河当中,倏然间四边黑云陡合,大雨倾盆。那孩子慌了,流水的拼命要撑拢来,冤家的竹竿陷在泥中,再拔不起。顷刻间,那树头动尾摆起来,竟如活龙在水中游来游去,吓吓有声不止。那雨越落得大,把十数个孩子,都荡在水中,没了性命。只有一个穿着一领紫色袍,绾住了树枝,任他颠颠倒倒,只不放手,竟随风浪过庙岸边来,大叫救人。那些僧人,立在山门屋下,望见,便往雨丛中赶去,扯得

---

① 庙祝——庵庙内管理香火的人。

他上岸。转眼之间，那树也不见了。庙祝暗思道：'昨日神明嘱咐，是这位了。'便问孩子：'你是哪村小官人，姓甚名谁，因何到此玩耍？'那人便对说：'我姓陶名安，是对河陶家村里住。'自后，庙祝便留他在庙读书。近来果是知今达古。那徐寿辉、张士诚等，皆慕他的名，遣人来请，他也不屈节轻仕。"太祖说："我也素闻他名字，你便可同孙炎去请来。"不知肯来与否，且看下回分解。

# 第十五回　陈也先投降行刺

却说李习荐了陶安，太祖便叫孙炎同去请。二人叫探子探得陶安在村中开馆，便径到馆中来访。三人叙礼毕，备说太祖礼贤下士的虚怀。陶安便整衣襟，同二人来帐中参见。太祖见陶安儒雅，大是欢喜。陶安见太祖龙姿凤采，也自羡得所主，便说："方今豪杰并争，屠城攻邑，然只志在子女玉帛，曾无救民之心。明公率众渡江，神威不杀，此应天顺人之师，天下不难平也。"太祖因问："欲取金陵，何如？"陶安说："金陵古帝王之都，虎踞龙蟠，限以长江天堑，据此形势以临四方，何向不克。此天所以助明公也。"遂拜陶安为参谋都事。

次日，太祖与诸将计议，起兵进取金陵。忽报元将陈也先，领兵十万，分水陆来犯太平，报滁州①之仇。太祖命徐达等防御。徐达出帐，吩咐常遇春、汤和二将，先领兵一支，往南门攻他水军。自家便与邓愈、胡大海等将，率兵五万，出城北门，挡他陆路。两军对围，徐达正欲亲战，只见胡大海挺斧径奔阵前，与也先对战，未分胜败。忽听元兵阵上，大叫："待吾斩此贼，与父亲报仇！"大海看时，恰是孙德崖儿子——前日逃走的孙和。大海便放出平生气力，独来战他，只见陈也先二子陈兆先、陈明先及韩国忠、陶荣四人，又来夹攻。我阵中早有华云龙、郭英、邓愈、花云向前敌住。恰有常遇春、汤和已攻破了水寨，领着部兵，绕出其后。贼兵见势头不好，矢石交集，汤和被矢中了右臂，却杀气益厉，贼兵各弃甲而走。胡大海赶上，将孙和一斧砍倒。陈明先措手不及，被郭英刺死于马下，踏做肉泥。华云龙飞剑斩了陶荣，死者不计其数。陈也先单骑望西逃走，被遇春截住去路，也先便下马拜降。只有陈兆先与韩国忠，引残兵奔回方山寨，不提。徐达命鸣金收军入城，众将恰拥也先来见太祖，也先连连叩头说："愿饶草命！"太祖便授也先千户之职。冯国用密言道："神将看此人蛇头鼠耳，乃无义之相，不可留于肘腋之间；还当斩首，以除奸患。"太祖然其言，又

---

① 滁(chú)州——今安徽滁县。

思："斩降诛服，于义不当。"次日，乃宰牛马，与也先歃血。也先誓道："若背再生之恩，当受千刃之惨。"太祖仍令统其所部。自此也先虽有异图，然冯国用时时防备，竟不能为害。

一日，太祖遣徐达为元帅，华云龙为副将，郭英为先锋，领兵三万，攻取溧阳等处。那也先见众将俱各分遣，遂乘机带了利剑，蓦夜潜入帐中，看那守帐军卒，又皆酣睡。太祖正在胡床，眠来睡去，再也睡不着，忽觉耳中说："可快起来，可快起来！"虚空似被人扶起一般。心中正起鹘突①，只听得帐门外呀的一声响，太祖便跳将起来，闪在一处。也先便仗剑砍中床干，知太祖已不在床，遂绕帐乱刺。太祖恰欲出来，又恨无寸铁在手，正急间，忽听帐外人马驰骤，正是冯胜、冯国用，夜哨巡来。太祖大呼："有刺客在帐！"二将急入擒拿，也先这时，早已从帐后潜逃在外，径奔他儿子兆先去了。国用等遍帐寻觅不得，便说："此必是陈也先，主帅可传令召他入帐议事。"众军回报，已不见了。国用便说："裨将向谓此贼是无义之徒，今敢如此，誓必杀之，以报主帅。"

至晓，太祖正欲暂尔歇息，待徐达等众兵回时，方图南进，忽江南巡卒来报，蛮子海牙领兵十万，连营采石矶，挡住江口。陈兆先领兵五万，挡住方山路。朱兵南北不通，粮草断绝。太祖大惊，说："我将士渡江，其父母妻孥，皆在淮西，今元兵阻路，是绝我咽喉之地，当用何计破之？"李善长说："他二人连兵来寇，若攻其一处，彼必互相救应，便难取胜。可传令着汤和、李文忠、胡大海、廖永安、冯国用等领兵二万，去攻方山。裨将与众将保主帅领兵攻采石矶。"太祖允议。遂分兵与汤和等去讫。太祖说："采石矶虽离不远，先须设奇兵以胜之。"常遇春便向太祖耳边密密的说了几句话，太祖点头说："好，好，好！"便传命唤耿炳文、陆仲亨、廖永忠、俞通海，入帐听令。四将受令，各自依计而行。只见常遇春率精锐三万，径抵采石矶。哨见元兵尽地而来，蛮子海牙横戟早先出马，遇春骤马对海牙说："你不记昔日牛渚、采石之败乎，还来怎么？"海牙也不打话，舞戟直取遇春。二将战未数合，遇春把身横困在马上便走。海牙只道戟刺伤了遇春，负痛而逃，便望南催兵，只顾赶来。约近十里地面，遇春把号带一拈，忽树林中炮声连天，金鼓大振。海牙急令后兵速退，说未罢，只见耿炳

----

①　鹘(gǔ)突——不懂事，不明白所以。

文、陆仲亨在左边杀来；俞通海、廖永忠，在右边杀来；常遇春复转过马来，直捣中间；太祖又引大兵团团围住，似铜墙铁壁一般。海牙前后受敌，势力难支，逃到东，东无去路；回到北，北是迷途。正是：

> 金盔晃晃，背在肩头，好似道人的药葫芦；铜甲铃铃，挂着几片，一如打渔的破线网。丈八长矛，只剩得半条没头的画棍，只好打草惊蛇；满筒铁箭，惟留得一个滑溜溜的竹管，止堪盛酱盛盐。雕弓半折，将来弹不动棉花；护镜亏残，拿去照不成脸嘴。

只得突围走至江滨，浮舟逃走。遇春、邓愈合兵追赶，更喜顺风，便令将薪草灌了松油，致炮于其中，乘风放火，烈烈的趁着风，飕飕地吹着火，把那海牙的水师并舟筏，一时烧尽。廖永忠、王铭等生擒吴长官辈头目十一人，溺死者不计其数。海牙正坐着小船脱走，忽见上流大船三十来只，也无旗号，向东而来。海牙只道是本军，大叫救应。只见船上一个将军，锦袍、金甲，拈了弓，搭上箭，一箭射来，那海牙应弦而倒。将那残兵杀死殆尽。自此之后，元人再不敢有扼江之战。后人看此，有一篇古风喝彩他：

> 凉风嘘碧海，薄雾喷长天，莽苍江色何茫然。岷峨之流奔腾，急走几千里，嵯峨战舰凌江烟。江烟乍开杀气起，离魂愁魄傲波底。剑上斑斑血溅衣，旌旗拂拂霞浮水。夹岸金鼓声不停，恍惚水底蛟龙惊。氊①奴错认援兵集。谁测阎罗江上迎。左手开弓右挟矢，飞来胸前才一指，蓦然公地渺知无，任是英雄今已矣。挺戈纵杀日为昏，直欲旋乾且转坤。试究根苗谁者子？星日乌精沐氏孙。沐家孙子真奇杰，北净胡尘南靖粤。但愿山河带砺券书新，永俾金瓯无少缺。

太祖便令鸣金收军，诸将各自献功。只见那将也收船拢来，合兵一处。不知太祖看了是谁，且看下回分解。

---

① 氊(shān)——同膻。

# 第十六回　定金陵黎庶安康

却说常遇春大破了蛮子海牙,那海牙正坐小船,向北而走,只见战船三十余只,忽从东下,朱文英将海牙一箭射死。常遇春收兵江口,即向太祖前拜倒,说道:"朱文英适领兵哨江,凑遇海牙船到,把箭射死了,特来献首级。"太祖大喜,升遇春为行军大总管之职。回兵太平,吩咐与众将筵宴。筵上唤过朱文英来,说:"你本是凤阳定远人,沐光之子,沐正之孙。因尔父与我交厚,不幸早亡,母亲亦随丧,就将你寄养于我。彼时尔方十岁,不觉已是九年。今尔英勇善武,与国建功,吾不忍没耳之姓,可仍复姓沐。异日立大功,成大用,可与尔祖父争光。"因赐名沐英。英再拜叩首谢恩,不提。

却说汤和等引兵进攻方山寨,扎寨才定,只见那刺贼也先,挺了枪飞也似杀出来。我阵上廖永安见了他,怒从心上起,便骂道:"你这不忠、不义的贼,主帅待你不薄,你却忍行伤害之事。还有何面目来战!"两马搅作一块,一上一下,一来一往,战上三十余合。永安起个念头说:"我若再在此与他战,他阵上必然有帮手杀出来,我怎的捉住他?不如放个破绽,待这厮奋力来追赶,我恰好拿他。"便往北路而走,那也先纵马赶来。不上三里之地,永安大叫一声,说:"你来得好!"把那马一带,挺着长枪,突地转来。那也先却把身一扭,避那枪头,谁知身子一侧,侧下马来,凑巧脚镫缠住了一只脚,被马横拖倒扯。永安一枪正中其心,手下的兵卒,向前乱砍,也先即时死去。陈兆先因率众而降。汤和领了兆先来到太祖跟前,说道:"望主公不记伊父昔日之罪,以安归顺之心。"太祖便说:"天下有福的,虽百计不能害之;况古人说:'罪人不孥①。今兆先既诚心款服,吾岂念旧恶哉!即可令他入见。"兆先进帐叩头,说:"臣系叛臣也先之子,愿受诛戮。"太祖又说:"大丈夫存心至公,何思报后。尔果同心协力,以救生民,他日功成,富贵与共。"即授千军长左军掠阵头目。便命冯国用选

---

① 孥(nú)——妻子和儿女。

精锐五百,听其挥使。五百人多疑惧不安。太祖熟视军情,是日即唤兆先同五百人上宿护卫,旧军尽退在外,独留国用伴卧榻前。太祖解甲熟睡达旦。五百人个个安心,都道是天地父母之量。

次日,徐达等攻取溧阳等县,全军而回。太祖便议取金陵之计。那金陵地方,元朝叫文臣达鲁花赤福寿、同武将平原指挥曹良臣把守。二人闻知兵至,曹良臣同福寿说:"和阳兵来,势如破竹。公为文臣,可坚壁固守。我当率兵死战,以保此城。我闻兵法说:'军行百里,不战自疲。'彼今远来,今夜乘其不备,先去劫寨,必获大胜。"福寿说:"此计大妙,只待晚来,依计而行。"

却说太祖兵至城下,在北门外安营。那元将却不肯出兵。太祖对徐达说:"彼必度吾疲惫,今夜决来劫营,须宜预备。"徐达对说:"主帅所见与达暗合。可令各军,俱在远处埋伏,只留一个空营,敌人一至,放炮为号。"吩咐已定,那曹良臣果然更深时分,领二万兵出凤台门,衔枚疾走,直至营前。只听得营鼓频敲,那些军士俱拦路熟睡。良臣大喜,即领兵并力杀入营来。谁知:"地上插旗惟伏兔,营中点鼓是羸羊。"却是一个空寨。良臣知中了计,急令退兵,忽听帐外一声炮响,四下伏兵并起,把良臣二万人,困在核心。徐达便令旗牌官执了令旗,四下大叫:"劫寨元将,不必冲阵,今和阳朱主帅率精兵二十余万,围得似铁壁铜墙,若来冲阵,徒伤士卒。我朱主帅圣仁神武,宽厚聪明,若降的自有重用。尔等将士,各宜自思。"良臣正在犹豫,那些头目便说:"昔蛮子海牙,有舟师二十万,三战皆亡;陈也先有雄兵十五万,一战而毙。料今日势必不赢,望元帅开一生路,乘机就机,以活二万人之命。"良臣便令小卒对说:"和阳兵!且待到天明,当得投降。"太祖与徐达说:"彼欲迟迟,恐是诈语。"徐达说:"我军紧困,虽诈何为。"顷之,东方渐白,徐达单马向军前说道:"元将可速投降,免受伤杀。"良臣问说:"公是何人?"徐达说:"我是主帅帐前副元帅徐达。"良臣说:"我也闻朱主帅名誉,人皆以圣主称之,若得一见,果如所誉,便当率众投降。"太祖闻说,即至阵前,免胄①示之。良臣见太祖龙眉凤眼,禹背汤肩,便丢去了手中长矛,率众拜降,说:"久慕仁德,多缘迷谬,归顺无阶。今幸宽宥,当效死力,以谢不杀之恩。"太祖便将部下士

——————————————

① 免胄——脱去头盔。

卒,散与各将调遣,乘胜引兵围困金陵城。福寿见良臣被困,因率兵登城死守。徐达等四面围拢。城上矢石如雨的下来,哪里近得前。一连围了半个多月,不能遽取。常遇春率精锐架起云梯,向凤台门急攻。冯国用又领兵协助,城内便不能支。遇春挺枪先登,三军乘势而入。福寿恰向北拜了四拜,哭说:"吾为国家重臣,不能固守,城存与存,城亡与亡。"言讫,遂拔剑自刎而死。太祖进城,便谕官吏父老道:"元失其政,所在纷扰,兵戈并起,生民涂炭。吾率众为民除乱,汝等宜各安职业,毋怀疑惧。"当日,吏民大悦,且更相庆慰,遂改为应天府。共得兵士五十万。因立天兴建康翊天元帅府。怜福寿死得忠义,以礼殡葬,敕封凤台门城隍。至今香烟不绝。仍优恤其妻子。即遣使迎和阳王迁都金陵。

　　不一日,王到金陵,太祖率诸将士朝见毕,王大悦。奉太祖为吴国公,得专征伐。置江南行中书省,把主帅总事,以李善长为参议官。郭景祥、陶安为郎中,分房掌事。置左、右、前、后、中翼元帅府,进李善长左丞相,徐达总督军马行军大元帅,常遇春前军元帅,李文忠后军元帅,邓愈左军元帅,汤和右军元帅,胡大海提点总管使,张彪、华云龙、唐胜宗、陆仲亨、陈兆先、王玉、陈本等,各副元帅。太祖既掌征伐,日命诸军将,统后以征不服。一日,问曹良臣说:"金陵人物之地,公等守此土,当为我举之。"良臣说:"自今乾坤鼎沸,盗贼如麻。凡豪杰勇士,皆挺身以就群雄;那贤达之士,又韬光以观世变,此处恰不闻得。只知有一个人,小将曾闻得他。"不知国公心下如何,且看下回分解。

# 第十七回　古佛寺周颠指示

却说太祖新受王命,拜为吴国公,便问曹良臣道:"金陵有甚贤才,烦君推举,我当以礼往聘。"良臣答道:"恰是未闻有人,只有一个姓宋名濂,又不是金陵人氏,乃是金华人。一向闻得他有王佐之才,国公何不去请他来,合议天下大事。"太祖说:"我耳中也闻得有此人,但不知何人可去请他。"只见帐下孙炎挺身出道:"卑职愿往。"太祖大喜,嘱咐孙炎去请,不提。

却说处州有个青田县,那县城外南边有一座高山,俗名红罗山,妙不可言。怎见得他妙处,但见:

层岗叠岭,峻石危锋。陡绝的是峭壁悬崖,逶迤的是岩流涧脉。翁翳①树色,一湾未了一湾迎;潺骤泉声,几派欲残几派起。青、黄、赤、白、黑,点缀出嫩叶枯枝;角、徵、羽、宫、商,唱和那惊湍细滴。时看云雾锁山腰,端为那插天的高峻;常觉风雷起岭足,须知是绝地的深幽。雨过翠微,数不尽青螺万点;日摇颍荸,错认做金帐频移。

只因这山,岩穴甚多,内藏妖精不一。闻说那个山中常有毒气千万条出来,或装作妇人去骗男子,或装作男子去骗妇人。人人都说道有个白猿作怪,甚是没奈何他。恰有元朝的太保刘秉忠,他的孙儿名基,表字伯温,中了元朝进士,做高邮县丞。将及半年,猛思如今英雄四起,这个官哪里是结果的事业,便弃了官职回乡。每日手把春秋,到这山下拣个幽僻去处,铺花茵,扫竹径,对山而坐,观书不辍。将近年余了,忽一日崖边豁地响了一声,只见石门洞开,可容一人侧身而进。那伯温看了半晌,便将书丢下,大步跨入空谷中。却有人大喝道:"里面毒气难当,你们不可乱进。"伯温乘着高兴。只顾走进洞中,漆黑难行,有好几处竟是一坑水,也有几处竟如螺蛳湾。伯温走了一会,正在心下狐疑。转弯抹角,却透出一点天光来。伯温大喜,暗想:"此处必有下落了。"又走了数百步,忽见日色当空,

---

① 翁翳(wěngyì)——形容草木茂盛,绿树成荫。

天光清朗,有石室如方丈大一个所在。石室上看有七个大字道:"此石为刘基所破。"伯温心知此是天意,令我收此宝藏。遂抬个石子,向那石上猛击一下,只见毫光万道,即时裂开,一个石函中有朱抄的兵书四卷。伯温便对天叩谢,将书藏在袖中,正欲走出,忽听得豁喇一声,枯藤上跳出一只白猿来,望着伯温张开了口,扯开了脚,竟要扑上来。伯温大喝道:"畜生,天赐宝贝,原说与我刘基的,你待怎样!"那猿便欹形拜伏在地,忽作人言说:"自汉张子房得黄石公秘传之后,后来辟谷嵩山,半路中将书收藏在内。便命六丁、六甲,拘本山通灵神物管守。丁甲大神在云头上一望,看见小猿颇有些灵气,便拘我到留侯面前。那留侯却把手来打一个圆圈,许我在此,只好到山上山下走动走动,再不得出外一要。今日,天意将此书付与先生,辅主救民,要我在此无用,求先生方便,破开圆圈,把小猿宽松些也好!"伯温便对他说:"天书我虽收得,其中方法,竟未曾看着,待我回家细看,倘其中有破开圆圈方法,我方好放你。目下我如何会得?"白猿只是苦苦哀求,说:"先生此时不放我去,何时再得进来?我从前被留侯拘住时,曾问他何年放我,他便说:'留着,留着,遇刘方放着。'今日遇着'刘',便须遇着'放'。先生可怜见,宽放小猿,待我游行洒落,遍看锦绣江山,则感恩不浅!"伯温看他哀求不过,便要从袖中扯出天书来看,谁知那衣袖太小,书本过大,只得扯出一本来,将手翻开,恰是落末一本,凑巧簿面写着,拘收白猿,管守天书事情,看到后面,果有打破圈箍,放白猿的神法。伯温心中原要试验一番,却又不解此中咒语,只好将他当书诵读。谁想把宽放他的法儿读完,只见那白猿朝着伯温拜了几拜,竟从山后跳出去了。伯温也不顾他,遂放开大步,复从原路而回,回头一看,那石壁依然合了。伯温一路且惊且疑,方到家中,只听得人说:"山上有白光一条,光中灿灿的恰如白猿一个,奔到淮西那路去了。"不提。

伯温虽得此书,其中旨趣尚未深晓。因历游名山佛寺,访求异人提醒于他。闻说建昌有个周颠,年四十岁,得了颠疾,便乞食于南昌。及到长成,举措诡怪,人莫能识。每常见人,便大叫:"告天平!告天平!"人也解不出。今在淮西濠州山寺。伯温心下转念道:"一向观望天象,帝星恰照彼处,今日此行,正好探听。"遂收拾了琴剑书箱,安顿了家中老少,次日起身。

不一日来到濠州,打听周颠下落,人都说在西山古佛寺藏身。伯温便往寺中,见哪周颠,身倚胡床,口中念念的看着一本龌龌龊龊、没头没脑的书。伯温近前便拜,说:"请教请教!"那周颠哪里来睬,伯温随即诉道:"小可不辞跋涉而来,全望先生指教!"周颠见他至诚,便把那看的书递与伯温,说:"你拿去读,十日内背得出,便可教你;不然,且去,不必复来。"伯温遂接过书来一看,与前石匣中所得的大同小异。是日,就在寺中读了一夜,明早俱觉溜口儿背得,于是携书入见。周颠说:"尔果天才也。"因一一讲论,未及半月,完全通彻。伯温欲辞而行,周颠说:"此术是帝王之佐,值今乱离,勿可蹉过①。且回西湖,自有分晓。"

伯温别了周颠,来到濠州城,束装启程,便与店家告别。只见店小二混浊浊的自言自语,一些也不对答。伯温焦躁,说:"你这位小官人没分晓,我在此打搅了一番,自然算房钱、饭钱、酒钱还你;你何须唧唧咕咕,不瞅不睬于我。"那小二道:"客官,不是小人不来理值,但只为我主人孔文秀,有个女儿,年方一十五岁,近来为个妖怪所迷,每夜狂言乱语。今日接个医生来,他说犯了危疾,命在早晚,因此怀虑,冲撞了相公。"伯温问说:"什么妖精,如此作怪? 我也略晓得些法术,快对你主人说,我当为你除灭。"店小二不胜之喜,连忙进去与主人报知。顷间,孔文秀出来见了伯温,备诉了妖精事情,因说:"相公果若救得小女,便当以小女为赠。"伯温说:"除灾祛患,君子本心,何以言谢。"便叫文秀领了他到女儿房中,看他光景如何,以便搭救。文秀携了伯温,径到女儿床前,揭起了帐子。伯温轻轻叫道:"可取个灯来,待我仔细观看,便知下落。"正是:伊谁错认梨花梦,唤起闲愁断送春。未知如何捉妖,且看下回分解。

---

① 蹉过——虚度光阴。

# 第十八回　刘伯温法伏猿降

话说孔文秀的女儿,被妖怪迷住,日夜昏沉。恰听得伯温说,有除妖之术,不胜之喜,便领了伯温到女儿房中,观看怎么模样。孔文秀说:"我女儿日间亦是清醒,但到得晚间,便见十分迷闷。相公日间看视,尚未分明,还到晚间,方见明白。"伯温说:"不妨不妨。"揭起帐来看,但见:

　　春山云半蹙,秋月雨偏催。闷到无言。苦厌厌。恍似经霜败叶;
愁来吐气,昏迷迷,浑如烟锁垂条。若明若暗的衷肠,对人难吐;如醉
如痴的弱态,只自寻思。花锁千点泪,回云断雨总成愁;香散一天春,
怕夜羞明都幻梦。扶不起海棠娇睡,衬不上芍药红残。

伯温看了一回,竟出房来,对文秀说:"今夜可将你女儿另移在别处去睡,至夜来我住令爱房中,自有区处。"文秀得了言语,急急安排静室,移女儿别处去睡。将及一更左右,伯温恰到房里,睡在床中,把一口剑,紧紧放在身边。房门上早已贴了灵符,念了咒语。吩咐众人,都各安心去睡,不必在此惊动搅扰。房间中止点一盏璃璃灯,也不大明大暗。约摸二更,只听帘栊响处,妖怪方才入门,那符上豁喇喇一声,真似:"霹雳空中传号令,太华顶上拆冈峰。"这妖恰已倒在地上。伯温近前一看,就是前者红罗山上用法解放的白猿。伯温便问:"你如何直来到此?"那白猿叩头谢了前日释放之恩,便说:"近因城外钟离东乡皇觉寺内,有个真命天子,因此各处神祇都去护卫,我那日便斗胆在云中翻筋斗过来,不意今日撞着恩主,望恩主宽恕!"伯温便吩咐说:"我前日为好把你宽松些,谁知你到此昏迷妇女,本该将你斩首,姑念你保守天书分上,放汝转去。以后只许你在山林泉石之间,采取些松榛果实,决不许扰害人家!"白猿拜领而去。伯温次早将此事说与文秀,文秀便将女儿为赠,伯温固辞而去,径到皇觉寺来寻访真主;恰又想天时未至,因此取路向青田而行。

道过西湖,凑与原相契结的宇文谅、鲁道源、宋濂、赵天泽遇着,便载酒同游西湖。举头忽见西北角上,云色异常,映耀山水。道源等分韵题诗为庆,独伯温纵饮不顾,指了云气,对着众人说:"此真天子出世,王气应在金陵。不出十年,我当为辅,兄辈宜识之。"众人唯唯。到晚分袂而别。

自此，暑往寒来，春秋瞬息，伯温在家中，只是耕田、凿井，与老母妻儿，隐居丘壑之内，不觉光阴已是十年了。那些张士诚、方国珍、徐寿辉、刘福通，时常用金帛来聘他，伯温想此辈俱非帝王之器，皆力辞不赴。

话分两头，却说大夫孙炎，领太祖的军令，来到金华探访宋濂，那宋濂清洁自高，居止不定：

> 也有时挈同侪①寻山问水，也有时偕知己看竹栽花；也有时冒雪夜行，如剡溪访戴；也有时乘风长往，如出兵千里。心上经纶，倏忽间，潜天潜地；手中指点，霎时里，惊鬼惊神。腹中书富五车，笔下文堪千古。

那大夫孙炎，到了宋濂住宅，谁想紧闭着门，门上大书数字："倘有知己来寻，当至台州安平乡相会。"孙炎便勒转马头，向台州安平乡进发。不一日，来到安平乡林莽中，远远望见三个人携手而行，俱戴着一顶四角镶边东坡巾，都着一领大袖沉香绵布六幅褶子道衣。腰间各系一条熟经皂丝绦，脚下都套一双白布袜，踹着的是棕结三耳麻鞋。后面又有一个山童，绾一个双丫髻，随常打扮。肩挑着一担琴剑衣包，自自在在的对面走来。孙炎望见举动，不是个村夫俗子形秽，心中想道："三人之中，或有宋濂在内，也未可知。"便将马拴在柳阴之下，叫从军跟了走来，自家便把巾帻整一整，恰向前施礼，道："来者莫非是宋濂先生的朋友么？"那三人也齐齐行了个礼。其中一个问："尊公要问那宋濂为何？"孙炎看三个虽是衣冠中人，还不知心中怎么，便说："小生久慕宋先生大名，特来拜谒请教，不意昨到金华，他府上门首大书：'可到台州安平乡来寻。'故而来此。远望三位丰采迥异，此处又是安平乡，故造次动问。"那人便道："小生就是宋濂，但从来未识尊面，不知高姓大名？今遇田野之中，又失迎待之意，奈何奈何！"只见那从旁二人说："今尊驾远来，我们虽要出外访友，然此去敝斋不远，便且转去奉陪，再作区处。"孙炎就同三位分宾、主前后而走。那二人也吩咐山童先去打扫等候。但见：

> 东风芳草径泥香，佳景追游到夕阳。
> 兴引紫丝牵步障，春怜新柳拂行觞。
> 夺将花色同人面，望去山光对女妆。
> 歌吹自喧人意爽，安平相遇且徜徉。

未及半刻，已到书斋，四人逊礼而坐，正是：有缘千里能相会，良友相逢亦解愁。欲知后事如何，且看下回分解。

---

① 同侪(chái)——同辈；同类的人。

# 第十九回　应征聘任人虚己

却说孙炎等走到斋中，分席而坐。宋濂对孙炎道："请问行旌从何而来？高姓大名？不知来寻在下，有何见教？"孙炎便说："在下姓孙名炎，今在和阳朱某吴国公帐前。我国公只因元将曹良臣以金陵来降，且荐先生为一代文章之冠，故着在下奉迎，且多多致意。凡有同道之朋，不妨为国举荐，以除祸乱。"宋濂便起身对说："不肖村野庸才，何劳天使屈降。有失迎候，得罪，得罪。"孙炎因问二位朋友名姓。宋濂说："这位姓章名溢，处州龙泉人；这位姓叶名琛，处州丽水人。因道合相亲，今因避乱，在此居住。"茶罢数巡，孙炎又道起吴国公礼贤下士，虚己任人，特来征聘的事情，且欲三位同往的意思。宋濂因说："我有契士①姓刘名基，处州青田人。他常说淮、泗之间，有帝王气。今日我三人正欲到彼处相邀，同到金陵，以为行止。谁意天作之合，足下且领国公令旨远来，又说不妨广求俊彦。既然如此，相烦与我同去迎他何如？"孙炎听到刘基名字，不觉顿足，大声叫道："伯温大名，我国公朝夕念念在口，今先生既与相好，便宜同去迎他。"是晚，筵罢安寝。次日，宋濂仍旧收拾了自己琴、书，打点起身，因与孙炎说："此去尚有二三日的路程，在下当与先生同到伯温处迎他同来。章、叶二兄，可在此慢慢收拾，待三五日后，亦可起身，同在杭州西湖上净慈寺前，旧宿酒店相会。"嘱咐已毕，孙炎叫从人备了两匹马，叫人挑了宋先生行李，一半往青田进路，一半留在村中准备薪米，等待章、叶二先生，收拾行李，会同家眷，择日起身，一路小心服侍，不许违误；如违，以军法治罪。此时，章、叶二人，回家整备行李等项，不提。

却说孙炎同宋濂来请刘基。一路风景，但见：

簇簇青山，湾湾流水。林间几席，半邀云汉半邀风；杯水帆樯，上入溪滩下入海。点缀的是水面金光，恰像龙鳞片片；暗淡的是山头翠色，宛如螺黛重重。月上不觉夕阳昏，归来哑哑乌鸦，为报征车且安

---

①　契士——意气相投的朋友。

止;星散正看朝色好,出谷嘤嘤黄鸟,频催行客且登程。马上说同心,
止不住颠头播脑;途中契道义,顿忘却水远山长。

　　正是:

　　　　青山不断带江流,一片春云过雨收。

　　　　迷却桃花千万树,君来何异武陵游。

　　孙炎因问宋濂说道:"章叶二人,何以与足下相善?"宋濂对说:"章兄
生时,其父梦见一个雄狐,顶着一个月光在头上,长足阔步从门内走来。
伊父便将手拽他出去,那狐公然不睬,一直走到伊卧榻前伏了不动,伊父
大叫而醒,恰好凑着他夫人生出这儿子来。他父亲以为不祥,将儿接过手
来,一直往门外去,竟把他丢在水中。谁想这叶兄的父亲,先五日前,路中
撞见一个带铁冠的道人,对他说道:'叶公,叶公,此去龙泉地方,五日之
内,有一个婴孩生在章姓的家内,他父亲得了奇梦,要溺死他,你可前去救
他性命。将及二十年,你的儿子,当与他同时辅佐真主,宜急急前去。'这
叶兄令尊,是个极行方便的善人,又问那道人说:'救这孩子,虽在五日之
间,还遇什么光景,是我们救援的时候。'那道人思量了半晌说:'你倒是
个细心人,我也不枉了托你。此去第五日的夜间,如溪中水溢,便是他
父亲溺儿之时,你们便可救应。'大笑一声,道人不知哪里去了。这叶公
依言而往,至第五日的夜间,果然黑暗中,有一个人抱出一个孩儿,往水
中一丢,只见溪水平空的如怒涛惊湍一般,径涌溢起来,那孩儿顺流流
到船边。叶公慌忙的捞起,谁想果是一个男子。候得天明,走到岸边,
探问:'此处有姓章的人家么?'只见有人说:'前面竹林中便是。'叶公
抱了孩儿,径投章处,备说原由。那章公、章婆方肯收留,收溪水涌溢保
全,因而取名唤做章溢。后来长成,便从事叶公。章兄下笔恰有一种清
新不染的神骨。

　　那个章公款待了叶公数日,叶公作别而行。到家尚有二三十里之程,
只听得老老少少,都说从来不曾闻有此等异事。叶公因人说得高兴,也挨
身入在人丛中去听,只说如何便变了一个孩儿。叶公便问说:'老兄们,
什么异事,在此谈笑?'中间有好事的便道:'你还不晓么?前日我们此
处,周围约五十里人家,将近日暮时,只听得地下轰轰的响,倏忽间,西北
角上冲出一条红间绿的虹来,那虹闪闪烁烁,半天里,游来游去,不住的来
往,如此约有一个时辰,正人人来看时,那虹头竟到丽水叶家村,竟生下一

个小官人来,头角甚是异样,故我们在此喝彩。'叶公口里不说,心下思量说:'我荆妻①怀孕该生,莫不应在此么?'便别了众人,三脚两步,竟奔到家里来。果然,婆子从那时生下孩儿,叶公不胜之喜,思量:孔子注述'六经',有赤虹化为黄玉,上有刻文,便成至圣;李特的妻罗氏,梦大虹绕身,生下次子,后来为巴蜀的王侯,虹实为蜿龙之精,种种虹化,俱是祥瑞。及至长大,因教叶兄致力于文章,今叶兄的文字,果然有万丈云霄气概。他两人真是一代文宗。在下私心慕之,故与结纳,已有五七年了。"

正说话间,军校报道:"已到青田县界。"宋濂同孙炎吩咐军校,都住在村外,二人只带了几个小心的人,投村里而来。宋濂指与孙炎道:"正东上,草色苍翠,竹径迷离,流水一湾,绕出几檐屋角;青山数面,刚遮半亩墙头。篱边茶菊多情,映漾出百般清韵;坛后牛羊几个,牵引那一段幽衷。那便是伯温家里了。"两个悄悄地走到篱边,但闻得一阵香风。里面鼓琴作歌:

> 壮士宏兮贯射白云,才略全兮可秉钧衡。
>
> 世事乱兮群雄四起,时岁歉兮百姓饥贫。
>
> 帝星耀兮瑞临建业,王气起兮应在金陵。
>
> 龙蛇混兮无人辨,贤愚淆兮谁知音。

歌声方绝,便闻内中说道:"俄②有异风拂席,主有故人相访,待我开门去看来。"两个便把门扣响,刘基正好来迎,见了宋濂,叙了十年前的西湖望气之事,久不相见,不知甚风吹的来。宋濂便指孙炎,说了姓名,因说出吴国公延请的情节。他就问:"吴国公德性何如?"孙炎一一回报了。又问道:"我刘基向闻江、淮狂夫,姓孙名炎,不知便是行台么?"孙炎数俯躬,道:"正是在下。"三人秉烛而谈,自从晌午,直说到半夜,始去就寝。未知后事如何,且看下回分解。

---

①　荆妻——对自己妻子的谦称。

②　俄——突然间。

# 第二十回　栋梁材同佐贤良

那刘基与宋濂、孙炎说了半夜,次早起来,刘基到母亲面前诉说前事,母亲便说:"我也闻朱公是个英杰,我儿此去也好。"刘基便整顿衣装,对孙炎说:"即日起行。"孙炎吩咐军校将车马完备,离青田县迤逦①向东北进发。话不絮烦,早到杭州西湖湖南净慈禅寺。章溢、叶琛挈领家眷并行李,已等候多时。军校们也合做一处同往。正是:"一使不辞鞍马苦,四贤同作栋梁材。"在路五六日已至金陵。次早,来到太祖帐前谒见。太祖遂易了衣服,率李善长众官出迎,请入帐中,分宾主而坐,太祖从容问及四人目下的治道急务,酒筵谈论,直至天晓。因授刘基太史令,宋濂资善大夫,章溢、叶琛俱国子监博士。四人叩头而退。

太祖对诸将说:"今常州府及宜兴、广德、宁国、镇江等处,正是金陵股肱,若不即取,诚为手足之患。"遂着大元帅徐达挂印征讨。郭英为前部先锋,廖永安为左副将,俞通海为右副将,张德胜统前军,丁德兴统后军,冯国用统左军,赵德胜统右军,领兵五万,征取各郡。徐达等受命而出,乃择日启程。临行之日,太祖出郊戒众统将说:"尔等当体上天不忍之心,严戒将士:城下之日,毋得焚掠杀戮,有犯令者处以军法。"徐达等顿首受命,率兵前进。大兵过了扬子江,至镇江府地面,徐达下令安营,为攻城之计。

却说把守镇江府城,乃是张士诚所募骁将邓清,并副将赵忠二人。他闻金陵兵至,便议迎敌之事。那赵忠说:"我闻和阳兵势最大,所至无敌;且朱公厚德宽仁,真命世之英,非吴王(即是士诚)可比。况镇江为金陵向臂,彼所力争。今我兵微弱,战、守两难,奈何、奈何!我的主意:不如开城投降,一来可救百姓的伤残;二来顺天命之所归;三来我们还有个出头的日子。"邓清听了,大喝道:"你受吴王大恩,不思图报,敌兵一至,便要

---

① 迤逦(yǐlǐ)——曲曲折折地走。

投降,乃是狗彘①之行。"赵忠又说:"我岂不知,食人之食,当忠人之事,但张士诚贪饕②不仁,决难成事。何如趁此机会,弃暗投明。"邓清愈怒,即抽刀向前,说:"先斩此贼,方破敌兵。"赵忠也持刀相迎。两个战到数合,邓清力怯,便向后堂走脱。赵忠见左右俱有不平之色,恐事生不测,急忙也跑出衙门,恰遇着养子王鼎,备言前事。王鼎说:"事既如此,若不速避,祸必及身。"他二人因到家,载母、挈妻,策马向东而走。邓清闻知,即聚军民一千余人赶来,适遇徐达兵到,赵忠径望军中投拜,说:"镇江副将赵忠,因劝邓清投降,彼执迷不悟,后来赶杀,乞元帅救我家属入营,我便当转杀此贼,以为进见之功。"徐达心中私喜,便与赵忠附耳说了两三句话说:"如此而行。"赵忠得令自去。徐达即催兵前进,与邓清迎敌,我阵上赵德胜跃马横枪,径取邓清。邓清见德胜威猛,不战而走,众兵掩击直逼城下。邓清正要进城,只见赵忠在城上大呼:"奸贼邓清何往?"清知事势紧急,进退无门,遂下马乞降。原来徐达吩咐赵忠,趁两军相敌之际,你可赚入城门,先夺了城池,以截邓清归路,所以赵忠先在城上。徐达入城抚恤了士卒,安慰了百姓,捷报太祖。太祖加徐达为枢密院同签之职,率数万人,攻打常州。太祖对徐达说:"我查张士诚系泰州白驹场人,原是盐场中经纪牙侩。因夹带私盐,官府拿究,癸巳年六月间,聚众起兵,便陷入秦兴,据了高邮州,今称吴王,国号大周,改元天祐。前者,又遣士德,将五万兵渡海,攻陷平江,松江一带,与常州、湖州诸路,地广兵强,实是劲敌。况渠奸诈百出,交必有变,邻必有猜。尔今率三军,攻毗陵,倘有说客,勿令擅言,便阻了诡诈之弊。营垒可坐困也。"徐达等领命而出,即合兵七万,号称十万,径望常州进发。

　　数日间,来到常州南门外安营。先锋郭英便率兵三千出战,那把守常州的正是吴将统军都督吕珍。原来吕珍有谋智、有胆力,善使一条画戟,年纪约有三十五六岁,正直公平,抚民恤孤,每当只是长声的叹息。人问他,便说:"此身已受了他的爵禄,虽死亦是臣子分内事;但恨当时不择所主,将身误托耳! 常常闻得金陵朱公声息,便道好个仁义之主,天下大分归统于他了。然也是天数,怎奈何他。只是今日,吾当完吾事体。"探子

---

①　彘(zhì)——猪。
②　贪饕(tāo)——贪得无厌。

报说："朱兵攻取常州。"他便纵马挺戟来战。与郭英战到三十余合。彼此心中俱暗暗喝彩。只见营内右哨中张德胜持了一管枪，奋力冲将出来，三将搅做一团。吕珍见两拳敌不得四手，便将马跳出圈子外边，叫说："天色已晚，晚来乘着错误，伤人性命，不见高强，你我俱各记兵多少，来日拼个胜负，方是好汉。"郭英便也鸣金收军。次日，吕珍全身结束，出到城边，早有郭英、张德胜二人迎住，自早又杀到未牌，不见胜负。朱阵上便麾动大军，赶杀过来，吕珍急走入城，坚闭不出；一面做表，唤过儿子吕功，前往苏州去求取接应兵马，不提。

且说吕功抄路往湖州旧馆县，由森林地方，转到苏州。次日，张士诚临朝，文武百官依班行礼毕。吕功出奏，常州被困一事。张士诚大怒，说："彼真不知分量，我姑苏坚甲百万，勇将三千，彼取金陵，我不与争便了，反来夺我镇江，今又困我常州，是何道理！"即召大元帅李伯升，领兵十万往救，又吩咐说："若得胜时，便可长驱收复镇江，破取金陵，以擒朱某。"伯升得令，叩首将出，只见王弟张士德在阶中大喝一声道："何劳元帅动兵，乞将兵三万与臣，去救常州，决当斩取徐达首级，入建康掳和阳王，飞报我主，万祈允臣之奏！"士诚闻奏大喜，说："得弟一行，何惧敌兵哉！"便拜士德为元帅，张虎为先锋，张鹤飞为参谋，率兵五万，前往常州救应。又遣吕功乘势领兵二万，攻打宜兴，以分徐达之势。连夜起行。探事探的实，报与徐达得知。未知后事如何，且看下回分解。

# 第二十一回　王参军生擒士德

却说吴王张士诚，他有兄弟二人：一个唤做士信，一个唤做士德；那士信足智多谋，熟识兵法，人号为小张良，使一条铁鞭，神惊鬼怕；那士德鬼猛过人，雄冠千军，人号为小张飞，用得一条长枪，追风逐电，因辅士诚，夺了苏州，奄有①嘉、湖、杭及松、常、镇三郡地方。又有五个养子，叫做张龙、张虎、张彪、张豹、张虬，在手下操练军士，人因号做"姑苏五俊"。那士诚因吕珍叫儿子吕功求救，便吩咐说："王弟既然肯往，便当拜为先锋，带了张虎、张鹤飞及三万人马前进。"又召吕功乘势领兵攻宜兴，以分徐达兵势。

徐达得了信，对耿再成说："宜兴地界，乃常州股肱，士诚以我所必争，故特分兵来攻，以弱我势。你可领兵悉力据守，一失尺寸，则全军败亡，千万小心在意。"再成得令，临行对徐达说："自从不才从主公于起义之日，得元帅视如骨肉，自谓肝胆惟天可知，今日拜别，决当万死以报国家。倘有不虞②，亦尽臣子马革裹尸之志，惟元帅谅此忠贞！"徐达听了说道："此行将军自宜努力，生死原各听之于天，你我一心，自可表谅，不久即能完聚。"二人洒泪而别。再成率了兵，即日奔赴宜兴，与吴兵对垒安营，日相持抗。

原来再成极善抚众，如有甘苦，与士卒同受；至于号令之际，又极严明，一毫不许苟且③。适有后军一队，是新归义兵，就令原来头目郑金院统领。那郑金院只好酒吃，是日，轮当夜巡，郑金院带酒来与众饮，这些众军，虽支持了半夜，恰到四更时分，铃柝④也不鸣，更鼓也错乱。再成梦里惊醒起来，却见营中巡逻的，俱东倒西歪，熟睡不醒。再成查是郑金院，便

---

① 奄有——全有，统有。

② 倘有不虞——倘若有料想不到的意外事件。

③ 苟且——不循礼法，任意妄为。

④ 柝（tuò）——打更用的梆子。

驰使唤渠入帐,责道:"军中设夜巡,是以百人之劳,致千人之逸。你今玩事如此,设或有敌兵乘夜劫寨,或有刺客乘夜肆奸,军国大事去矣。且记你这颗首级在头上。"发军政司重责四十棍,穿了耳箭,以警众军。郑金院明知自家不是,然痛楚难熬,且对人前似无光彩。次日夜间,仍领了新归一队义兵,径到吕功处投降,备述受苦一事,且将营中事体,一一诉知。再成正在帐中,忽听得探子报说此事,不觉愤怒起来,便不戴帽盔,不穿重铠,飞马去赶捉他。只见吕功阵中密札札的木栅围住,再成却乘势砍破了木栅,杀入营中,无不以一当百,杀得吕功军中,没有一个敢来抵当。吕功恰待要走,早有夜巡铁甲士一千,走来并力助战,被贼一枪,正破伤了再成额角。再成犹然死杀不已,东冲西突,杀透重围,正到本营,只见头上血流如注。再成晓得甚是沉重,便昏晕中,潦草写了劄子①封好,报太祖;又写一封书,寄与徐达元帅,卒于营寝。正是:"赤心未逐身先死,常使英雄泪满襟。"太祖接报,痛悼不已,便令他子耿炳文袭职,统领兵卒,镇守宜兴,不提。

且说士德领兵望常州进发,不数日,来到常州东界古槐滩下寨。徐达闻知,对众将说:"士德勇而无谋,与之相战,未必全胜。"即传令郭英、张得胜二人,如此如此。再唤赵德胜,王玉二人到帐前,徐达吩咐各带所统人马,并付字纸一封,前去本营二十里外拆封看字,便知分晓。徐达自领兵十万,东路迎敌。恰遇士德军到,两阵对圆,前阵廖永安,跃马出战,士德势力不支,落荒便走。永安独马追赶了十里地面,所恨士卒都在后边,士德恰见永安势孤,因勒马转来,团团的把永安围在里面,便叫放箭,那箭如雨飞来。永安把这枪如飞轮的一般,在马上遮隔了一会,慌忙中不意一箭竟射透了后腿,永安奋出平生本事,冲突而出。士德掩杀过来。徐达见士德兵卒渐近,亦不恋战,便望后阵而走。那士德紧紧来追,经过紫云山崖,转过山坡,恰不见了徐达。众人都道:"将军休赶,恐有伏兵在后。"士德回说:"彼势已穷,何有埋伏!"放心赶去。正赶之间,只见赵德胜当先截战,未及四五合,恰又弃甲而走。士德大叫:"快留下首级了去!"德胜也不回话,把马连打几下,如飞的逃走一般,早已是甘露地方。一声炮响,王玉所部的兵卒都在草中齐喝一声说:"倒了倒了!"原来徐达昨日付与

---

① 劄(zhá)子——古代一种公文,多用于上奏。

王玉字一纸,上写:"伏甘露,掘深坑,擒士德,如违者斩。"因此王玉连夜传令众士,掘成大坑,约五十余亩,二丈余深,上将竹簟虚铺盖了浮士。那士德只认徐达与德胜真败,谁想赶到此间,连人和马,都跌下坑里去。真个是:

> 汩汩的惟听水响,混混里只见泥泞。满身锦绣,都被腌臜①,哪认青黄赤白;全头躯骸,尽遭龌龊,难辨口鼻须眉。初起时扑地一声,也不知马跌了人,也不知人跌了马;到后来浑沦一滚,哪里管人离却马,哪里管马离却人。护心宝镜,浑如黄豆,围带在胸中;耀目金盔,却如黑嵌,遮挂着脑后。水护了箭羽、弓衣,显不出劲弓利镞;泥糊了金鞍玉勒,摇不响锡鸾和铃。

正是:

> 昔日湖波淹七将,今朝泥水陷张王。

两侧边却把挠钩扎住,活捉了士德上岸,捆缚在囚车中,送到帐前。那张虎与吕功死战得脱,引了残兵,屯住在牛塘谷。

却说张士诚只恐兄弟士德未能取胜,随后便遣弟张九六率兵二万来援。那九六身长八尺,腰大十围,惯舞两把双刀,骁勇无比。兵马将到常州,就闻得士德被擒的信息,随即督兵到常州东门十里外下营。次早,出阵大叫道:"好好还我御弟,方为上策,不然贪得无厌,命都难保!"朱阵上冯国用奋先迎敌,战才数合,被九六一刀,正砍着马脚,国用连忙下马弃敌而走。九六横刀杀入,早有诸将挡住。徐达传令鸣金收军,沉思了半晌,恰对冯国用、王玉说:"九六骁勇难当,二公可各引兵,即去牛塘谷边,两旁林中埋伏,待白鸽飞起为号,便宜发动,并力夹攻。今日他挥兵杀来,我们便鸣金收兵,他必信我们气怯,不如乘此退三十里屯扎,彼必连夜追赶,我当且战且走,诱至谷中,好便宜行事。"是时,日尚未西,二人引兵,各自埋伏去讫。顷刻,徐达传令众军,即刻拔寨退三十里屯扎。要有心忙意乱光景,倘或迟误,枭首示众。令下,诸部士卒,俱各狐奔鼠窜退去。只见探子探得移营,竟去报与九六知道。九六大喜,道:"我谅徐达怎的敢来对敌,今彼移营,不去追赶,更待何时!"即叫备马过来,领兵追杀。未知后事如何,且看下回分解。

---

① 腌臜——不干净,弄脏。

# 第二十二回　徐元帅被困牛塘

　　却说徐达引兵退三十里屯扎，那张九六果然引兵赶来。徐达且战且走，将到牛塘谷边，是时恰有申牌时分①。徐达见九六赶得渐近，便回身说："张公，张公，得放手时须放手，你何故逼追得紧？"那九六睁开双眼，飞马抢赶上来，徐达又飞马而走。九六大喝道："徐达你何不下马投降？"徐达也应声说："你且看是什么所在，要我投降。"正说之间，恰把手伸入怀中，把一条白带扯出来一抖，恰早是一双白鸽，带了铃儿，咻咻的直飞上半天。那张九六恰把头向天去看，只听一声炮响，左边冯国用，右边王玉，两岸里杀将出来，把九六军马截做两处。徐达见伏兵齐出，便回转马头，并力来战。九六身被数枪，尚不跌倒，负痛而走。才得半里，被王玉拈弓搭箭，叫声道："着了！"正中九六左目，翻身坠下马来，众军就活捉了，缚在马上，同入帐中，众将一一依次献功。便令把张士德、张九六二人，各处监固，不许疏纵；仍令移兵屯扎旧馆。即遣人赴金陵报捷。太祖得了捷报，说："士德是士诚谋主，九六是士诚牙将；今皆被擒，士诚事可知也。"即诏徐达等促兵攻城，复谕廖永忠、常遇春攻取池州，不提。

　　却说张虎、吕功收了残兵，走入牛塘谷，计点人马，折了二万。张虎放声大哭，说："自我国兴师以来，未有如此之败，急须遣人求救，待得兵来，再作区处。"星夜写表驰奏。那士诚见表，顿足切齿，说："孤与朱家，真不共戴天之仇。卿等有能为孤报仇者，决当裂土分王，同享富贵。"只见士信上前，说道："向者二人皆恃勇无谋，故致丧败。臣愿竭弩骀之力，擒徐达，取金陵，以雪二人之冤。"士诚便令其子张虬为先锋，士信为元帅，吕升祖为副将，赵得时为五军都督，统兵十万，来救常州。临行，士诚设酒郊外祖饯。士诚对他们说："孤与卿等兄弟三人，于白驹场起义。以至今日，威镇江南，无人敢敌。今彼纠集党类：据有金陵，侵我镇江，困我常州，杀我之弟，此仇痛入骨髓，卿当用力剿除，以报此恨。"士信叩头受命。当

---

① 申牌时分——下午三时至五时。

日兵出苏州，背道而行，不一日来到牛塘地方。张虎引兵来接，备称朱兵骁勇多智。士信说："不足为虑。"引兵屯住谷口。士信骑在马上，把谷口前后、左右，仔细一望，只见：

> 两边山势巍峨，一片平阳旷荡。峻绝处，便老猿长臂，无可攀援；溪壑间，纵万马齐奔，未知底极。乱石嶙岩，忽露一条石窦，往常见雾销云迷；怪林森列，倏开小洞迤逦，此内惟猿啼虎啸。深长八九里，这边唤不应那边；宽绰千百步，此岸看不见彼岸。缪缪风送草声，险恶山峦，这境界未许神仙来炼性；潺潺涧流泉响，横行水脉，那地面庶几鬼魅可潜形。只有丽日中天，堪见一时光彩；傥或雨云坠地，恍如长夜晕迷。

士信看了一看，便对张虎、张虬说："只此一处，便可生擒徐达了。"就分五万兵，与他两人依计而行。士信自领兵至常州地界，与徐达对阵。徐达便令郭英、张德胜领兵十万，围困常州，自与赵德胜、俞通海、赵忠、邓清领兵十万，与士信迎敌。那士信纵马横枪，直取徐达。徐达也举刀相迎，战下十数合，未分胜败。他阵上吕祖升、赵得时前来冲击；我阵上赵德胜、俞通海恰好接应，杀得士信阵中大溃而走。徐达率众争先，诸军也奋力追杀。追到牛塘谷，方到谷中，被那士信发动伏兵，阻住了东谷口，张虬抗住了西谷口，两壁厢崖上矢石如雨而来。徐达便令："三军勿得惊乱，是我欺敌，中彼诡计了。你们且暂屯守，另图计策。"正在沉吟，只见后军报来："邓清乘胜劫了粮草，往投士信去了。"那徐达听了大惊说："粮草乃兵马生死所关，邓清这贼，直是这般狼恶，誓当擒获，以报此仇。"计点粮草，尚可支持半月，徐达对众将说："半月之内，救兵必到，尔辈皆宜放心！"因下命掘下深壕，中间填起土冈，约高十丈：一来防士信引太湖水浸灌之患；二来据此高冈，亦可探望四山行径，以图出路，不提。

却说郭英、张德胜，探知徐达被困一事，便议说："我辈若撤兵往救，吕珍乘势必蹑①其后；况围或未解，反遭其毒。我等还须紧困常州，以抗张虬、吕珍夹攻之患。星夜着人往金陵求救，方保无虞；不然徐元帅粮草一绝，三军之命休矣。"因遣张天佑持表，急忙趋金陵求救。太祖得报大惊，凑遇常遇春、廖永忠等，取了池州，留赵忠镇守，引军来到。太祖喜见

---

① 蹑——轻步行走，不使人知。

眉睫,说:"常将军回来,徐元帅无虞矣!"即令遇春为元帅,吴良为先锋,领兵五万行南路去救西谷口;汤和为元帅,胡大海为先锋,领兵五万,行北路去救东谷口,即日兼程进发。两日光景,便到常州与郭英、张德胜兵相合。遇春备问消息。郭英便说:"徐元帅已受困十九日了。前日张虬领兵来救常州,我与他相持了数日,彼乃密约城中吕珍,夜来劫寨,内外夹攻,力不能支,因退兵在此。"遇春说:"既然如此,须先救牛塘谷,后攻常州。"便令兵直抵西谷口安营。即令郭英、张德胜领兵先抄谷后埋伏,只待我军交战时,更往张虬寨中,用火烧劫辎重、粮草。

　　却说张虬见常州困解,仍令吕珍守城,复回兵与张虎守住谷口。闻知常遇春来救,对张虎说道:"此来必有勇将,吾兄可与邓清谨守谷口,只我引兵去救,若都去,恐挫锐气。"张虎只得依议。张虬便领兵出营,正与遇春相对。两个斗了四五十合,不见胜败,却被那郭英、张德胜发动伏兵,断绝了他后头粮草。张虎恰待求战,被郭英一枪刺死,屯扎的兵,四下奔溃。时张虬正与遇春相持,只听得后军报道,被朱兵焚了辎重,杀了张虎,心下慌张,殆欲逃脱而走,谁想遇春手到鞭落,重伤了肩背,负痛死命的奔回。吴兵杀死的不计其数。徐达在谷中闻得外面锣鸣鼓振杀气冲天,晓得救兵已到,又引兵杀出来。徐达见了遇春,深谢脱难之恩。遇春说:"以元帅之德器,天必保佑,断不沦于贼人之手;况主公天命有在,你我皆朝廷股肱乎?"当时,汤和也杀败了士信的兵,转回于东谷口相会。只见胡大海、吴良、吴祯、耿炳文、俞通海、赵德胜、丁德兴、赵忠、张德胜等将,俱各引兵来集,内中只不见郭英,徐达百般忧起来。未知后事如何,且看下回分解。

# 第二十三回　郭先锋活捉吴将

且说诸将领兵到谷会齐，内中不见了郭英。徐达烦忧，道："郭先锋不见，多恐没于乱军之中了。但一来他是主公爱将；二来又为不才解围，吾辈不能救取，有何面目再见主上？"因唤过本部士卒细问，都说："不知下落。"便教四下访寻。正忧闷间，只见探子报说："郭先锋活捉了一人在马上，远远望见从东边来了。"徐达听了，便同众将出营去望。俄顷时①，见郭英捉了邓清，到帐前下马，与众将施礼。徐达好生欢喜，问说："将军从何处活捉邓清来？我辈不见了将军，甚是着忙；今不惟得见将军，且得这贼子，忧烦具释，诚生平大快事！"原来郭英一枪刺死张虎，那邓清见势头不好，竟脱身而逃。郭英便单骑追至旧馆桥，生擒了才回，故乱军中不知下落。徐达便指邓清骂道："昔者兵败投降，吾不忍杀你，使为将帅。今反夺了我的粮草，致使我重困半月，如此不仁不义之贼，更有何说！"叫刽子手取张士德一同斩讫报来。左右得令，不多时报说："二犯斩讫。"

徐达次日分兵围困常州。吕珍自思兵丁疲惫已极，孤城必定难守，不若领兵东走湖州，再图恢复，胜败还未可知。徐达看吕珍在城，久无动静，谅他必走。即令胡大海、常遇春附耳说了两句话，二将领令而去。因令兵士们，只从南、北、西三面攻打，东边一门势力独宽纵些，那吕珍到晚，向城上观看，但见东门士卒偃甲而睡，便率兵往东冲出，正及冲开，忽闻火炮震天，左有常遇春，右有胡大海，合领伏兵，截住去路。两兵夹击，斩首三千余级。吕珍只得匹马仍复进城，坚拒不出。徐达仍令四围紧困，不提。

且说张士信、张虬、吕祖升、赵得时，收拾残兵，屯住旧馆桥太湖边，遣使求救。吴主张士诚得报大惊，便思既然难与争长，不若且书给之，骗他退兵，再作防御。遂遣人将书到金陵求和。其书说：

向者窃伏淮东，甘分草野，以元政日弛，民心思乱，乘时举兵，遂有泰州、高邮等地，东连海圩。今春据姑苏，若无名号，何以服众；南

---

面称孤，势所使然。乃二贤以神武之资，起兵滁阳，跨有江东，金陵乃帝王之都，用武之国，可为建大业之贺。向获詹、李二将，礼遇未遂，续蒙通好，理暗未明。久稽行李，先遣儒士杨宪问好，士诚留之不遣。故云今逼我毗陵咎实自贻，夫复何说！然省己知过，愿与请和，以解围困。当岁输粮三十万石，黄金五百两，白金三千斤，以为犒军之费，各守封疆，不胜感仰！

太祖得书，便命移檄①回报说：

春三月取镇江，抵奔牛垒城，彼时来降，继复叛去，咸尔之谋。约我逋逃②之人，拘我通好之士，予之兴师，亦岂得已。既许给军粮，中更爽约，原其所自，咎将谁归？今若果能再坚前盟，分给粮五十万石，归我使者，则常州之师可罢，而争端绝矣。

士诚正与诸将商议，忽元帅李伯升奏说：“此贪兵也；兵贪者败。且今两次败绩，皆因我将逞勇而少谋，实非彼之能为。况贪得无厌，如依其议，彼将终何底止，乞殿下假臣以兵，必能成功。”士诚大喜，说：“元帅之言最当。”即日拜伯升为元帅，汤雄为先锋，领五万人马去救应。伯升受旨，次日率兵往常州进发，前至旧馆，与士信等相见，备细问了前事。伯升笑说：“来日当为大王擒之。”即同士信等起兵至古槐滩安营。徐达对众将说：“李伯升乃吴国名将，未可轻敌。”因令汤和、胡大海、郭英、张德胜四将，仍困常州。令常遇春、俞通海领兵一万，抄径路到牛塘谷口埋伏。令赵德胜、廖永忠领兵一万，去劫他的老营。令邓愈、华高领兵一万，冲左右哨。分遣已定，其余众将，俱随大部东向迎敌。列阵才完，那士信帐中，汤雄将槊出战，德兴拍马来迎。斗到三十余合，德兴力怯而走，伯升、士信各驱兵赶来。那邓愈、华高便分兵直冲他左右两哨，吴兵溃乱。徐达因统大队人马，直追至古槐滩。伯升急急回营，早被廖永忠、赵德胜杀入老营，就将火四散放起，烈焰冲天，吴兵鸦飞雀乱的逃走。伯升与士信死战得脱，幸遇张虬兵合做一处同行。方过牛塘谷，当先两员大将，正是常遇春、俞通海，发伏兵到那里等候厮杀，吴兵死的如山堆一般，哪记得数。遇春急赶着汤雄来战，又遇华云龙领一支兵，攻广德州得胜而回，路经旧馆桥，

------

① 檄——含有讨伐内容的文书。
② 逋(bū)逃——逃亡。

见遇春与汤雄鏖战，便大叫道："常将军待小将来捉此贼。"汤雄就把枪去刺云龙，云龙奋剑砍来，把枪砍做两截。汤雄一惊，将身坠下马来，被云龙舒开快手，活捉在马上，贼兵奔溃。后面徐达又率兵追击，杀得尸横遍野，血染河流。委弃粮草、辎重、盔甲、器械，不计其数。张士信、李伯升，仅以身免。剩得三百残兵，逃向苏州去讫。那吕珍探得援兵尽散，思量独力难支，便开门冲城逃走。郭英驰兵拦住，珍奋力接战，恰有遇春追兵又来，两方夹攻。珍且战且走。竟抄小路，望杭州路回苏州去。常州城池方得底定。大约两兵相持，共将五个月，这吕珍以一身当之；虽是士诚的臣，其功德著在毗陵者不浅。徐达等乃率兵入常州；一面出榜安抚百姓，大开仓廒①，给予士兵，以苏重困。便令汤和率本部镇守城池。徐达与常遇春分兵往宜兴一带地方安辑，并剿捕未降群寇。

却说耿炳文承太祖钧旨，去攻长兴。守将却是士诚骁将赵打虎，单使一条铁棍约五十来斤，在那马上，使得天花乱坠，百步之内，人没有敢近得他。闻得炳文领兵来攻，他便点选铁甲军三千，出来迎战。恰好炳文也披挂上马，但见他：

　　浑身缟练，遍体素丝。戴一顶五云捧日的银盔。水磨得如电光闪烁；著一件双狮戏球的银铠，素净得如月色清明。手揄②画戟，浑如白练飞空；腰系宝弓，严似素蟾吐月。坐着追风骤日的白龙驹，匹脚奔腾，幌幌长天雪洒；佩着吹毛饮血的纯钢剑，七星照耀，飘飘背地生风。只因他父丧三年，因此上一身皓白。韬戈不动，人只道太白星临；奋勇当场，方晓得无常显世。

　　两边站定了阵脚，这场厮杀，实是惊人。未知后事如何，且看下回分解。

------

① 仓廒（áo）——粮仓。
② 揄（yú）——提起。

# 第二十四回　赵打虎险受灾殃

那赵打虎见了耿将军出阵夹战，便叫道："对阵耿将军，你也识得我的才技，我也晓得你是英雄，今日各为其主而来，不必提起。但或是混杀一番，也不见真正手段，你我都吩咐不许放冷箭，只是两人刀对刀，枪对枪，那时方见高低，就死也甘心的。"耿炳文道："这个正好。"两马相交，斗了一百余合，自从辰牌①直杀到未刻②。天色将昏，那赵打虎便道："耿将军，明日再战才是。"耿炳文回说道："顺从你。"两个各回本阵去了。

且说赵打虎来到阵中，对众将说："我的刀枪并矛戟的手法都是天下第一手，谁想这耿家儿子都一一相合；倘得他做个接手，也是天生一对好汉。只可惜他落在别国，倒在此处做了对头，奈何奈何！"心中闷闷不乐，这也不在话下。

却说耿炳文自回帐中，沉想那赵打虎人传他吴国第一好汉，我看来真个高强，不知谁教导他得此手法。明日将何策胜得他，也正在没个理会。只见军中整顿出晚餐，炳文也连啜了几杯闷酒，却有一阵冷风，把炳文吹得十分股栗③。灯烛吹灭了，恍惚之间，忽有一个人来，叫道："炳文，炳文，我是你的父亲。前日因你受了主公钧旨，来此攻取长兴，我便随你在战阵中，今日打虎这厮，好生手段，明日他必仍来搦战，便可对他说，昨日马战，今日当步战，他的气力也不弱于你，待到日中，你可与他较拳，方可赢得；倘他逃走，你也不需追赶。"炳文见了父亲，不觉大哭起来，却被巡夜的锣声惊醒，却是南柯一梦。在胡床上翻来覆去，不得睡着，只听得鸡声嘹亮，东方渐明，炳文坐起身来，吩咐军中一鼓造饭，二鼓披挂，三鼓摆列。不多时，赵打虎早到阵前搦战。炳文一如梦中父亲教导的话对打虎说："今日步战如何？"打虎听了不觉大喜道："我的步战法，哪个不称赞

---

① 辰牌——上午七时至九时。

② 未刻——下午一时至三时。

③ 股栗——两条腿因恐惧而发抖。

的,这孩子反要与我步战,眼前这机关,落在我彀中①了。便应道:"甚好甚好!"两人各下了马,整顿了衣服:一东一西,一来一往,又约斗了六十余合。日且将中,那打虎便叫道:"我与你弄拳好么?"原来这打虎当初是在五台山披剃的长老哪里学了"少林拳法",走遍天下十三省,五湖、四海,处处闻名。因见天下多事,便留了头发,投归张士诚,图做些大事业。他见马战、步战俱赢不得炳文,必然是尽拿出平生本事,方可捉他。谁知炳文梦中先已提破,便应道:"这也使得。"两人便丢下了器械,正要当场,只见打虎说:"将军且慢着,待我换了鞋子好舞。"炳文口中不语,心下思量:"鞋儿是甚结作,怎么反着鞋儿,其中必有缘故,我只紧紧防他便了。"两个各自做了一个门户,交肩打背,也约较了三十余围。那打虎把手一张,只见炳文便把身来一闪,那打虎便使一个飞脚过来,炳文心里原是提防,恰抢过把那脚一拽,打虎势来得凶,一脚便立不住,仆地便倒。炳文就拖了他脚,奋起生平本事,把他墩来墩去,不下三五十墩,叫声"叱"!把打虎丢了八九丈高,虚空中坠下来,跌得打虎眼弹口开,半晌动不得。阵中兵卒,一齐呐喊,扛抬了回阵去了。炳文飞跳上马,横戈直撞,杀入阵来。那打虎负痛在车子上,只教奔到湖州去罢。阵中也有几个能事的,且战且走,保了打虎前去,不提。炳文鸣金收军进城,安慰了士民。恰有水军守将李福、答失蛮等,都领义兵及本部五百余人,至阶前纳降。炳文也一一调拨安置讫。正待宽下战甲,谁想那打虎脚上的鞋子,原拽他时,投入衣中,今却抖将出来。炳文拿了一看,那面上恰是两块钢铁包成。炳文对众校道:"早是有心提防着他,不然那飞脚起来,岂不伤了性命! 所以这贼子要换鞋子,可恨可恨!"一面叫写文书报捷,不提。

且说吴良同郭天禄得令来取江阴,那张士诚闻知兵到,便据秦望山以拒我兵,恰被总营王忽雷奋先力战。适值风雨大作,我军便直上秦望山,杀得吴兵四处奔散。次日,便从山上放起火炮,直打入江阴城中,那城中四散烈焰的烧将起来。四门城上因近山边,人难蹲立,我兵便布起云梯,径杀进城,开了西门。张士诚慌忙逃走去了。遂以耿炳文守长兴,吴良守江阴,捷到金陵。太祖不胜之喜,便对李善长、刘基、宋濂诸人说道:"常州既得,失了士诚左翼,江阴、长兴又为我有,塞住士诚一半后路……"正

---

①　彀(gòu)——箭能射及的范围,比喻圈套。彀,使劲张弓。

在府中商议,乘势攻取事情,忽有内使到阶前,跪说:"我王有命,奏请国公赴宴,顷间便着二位王弟躬迎,先此奉达。"太祖回声说:"晓得了。"那内使出府门出讫,只见李善长、刘基、宋濂诸人过来,说:"和阳王今日请主公赴宴,却是为何,国公可知否?"太祖心中因他们来问,便说道:"诸公以为此行何如?"李善长说:"素闻和阳王有忌国公之心,今早闻说,置毒酒中奉迎车驾,正欲报知,不意适来以国事相商,乞国公察之。"太祖听说,便道:"多谢指教,我自有处置。"府门上早报说:"二位王弟到来,奉迎国公行驾。"太祖请进来相见,叙礼毕,便携手偕行,吩咐值日将官,只在府中伺候,不必迎送;更无难色。两位王弟心中暗喜道:"此行中我计了。怕老朱一人进宫,难道逃脱了不成。"一路上把虚言叙说了数句,将至半途,太祖忽从马上仰天颠头,自语了一回,若有所见的光景,便勒住马骂二王,说:"你等既怀恶意,吾何往哉?"二王假意连声问道:"却是为何?"太祖说:"适见天神说,你辈今日之宴,以毒酒饮我,必不可去,吾决不行矣。"二王惊得遍身流汗,下马拱立,道:"岂敢岂敢!"太祖遂逡巡①而去。他两人自去回复和阳王,说如此如此。三个木呆了一歇,说:"天神可见常护卫他的。"自此之后,再不敢萌动半星儿歹意,这也不提。

且说太祖取路而回,却见一个潭中水甚清漪可爱。太祖便下了马,将手到潭洗濯,偶见有花蛇五条,游来游去,只向太祖手边停着。这也却是为何,且看下回分解。

---

① 逡(qūn)巡——有所顾虑而徘徊或不敢前行。

# 第二十五回　张德胜宁国大战

却说太祖正在潭中洗手，只见五条花蛇儿，攒聚到手边来。太祖暗祝说："若天命在予，遂当一心依附我。"便除下头上巾帻，将五条蛇儿盛在巾内。恰喜他蜿蜿蜒蜒，聚做一处不动。太祖正仔细观看，那些值日将官，并李善长、刘基、宋濂一行人，骑着马向前来迎，太祖连忙将巾帻仍戴在头上，路中备细说了前事，倏忽间已到府门。太祖偕众上堂，解去衣冠，另换便服。忽空中雷雨大作，霹雳交加，望那巾帻中烨烨有光，顷间白龙五条，从内飞腾而去，诸将的心，益加畏服。以后如遇交战，巾里跃跃有声，这也不提。

未及半晌，仍见天清月朗，便同李善长、刘基、宋濂等将，晚膳。杯箸方列，太祖便举箸向刘基说："先生能诗，可为我作斑竹箸诗①一首。"刘基应声吟道：

　　　一对湘江玉细攒，湘君会洒泪斑斑。

太祖蹙眉，说："未免措大②风味。"基续韵道：

　　　汉家四百年天下，尽在张良一借间。

太祖大笑。酒至数巡，却下阶净手，看见阶前菊花，太祖又说："我也乘兴做黄菊诗一首。"遂吟与众人听道：

　　　百花发时我不发，我若发时都吓杀。

　　　要与西风战一场，满身披上黄金甲。

诸人敬服，称赞道："真是帝王气概！"后来天兵俘士诚，破友琼，克元

---

①　斑竹箸诗——出于《雪涛集》："刘诚意初见高皇，与坐赐食，问曰：'先生能诗乎？'对曰：'吟诗，儒生事也。'高皇因举斑竹箸为题。诚意应声曰：'一对湘江玉并看，二妃曾洒泪痕斑。'高皇攒眉曰：'秀才气味！'诚意曰：'汉家四百年天下，总属留侯一借间。'高帝大悦。"

②　措大——寒士。

帝,大约都在八九月间,亦是此时为之谶兆①。当夜尽欢而罢。次日,商议出兵攻讨之事,不提。

话分两头,却说元顺帝一日视朝,文武百官朝见礼毕,顺帝对群臣说:"目今大江南北,贼盗蜂起,江淮之地,十去其五;河南、河北,或复或失,不得安宁。欲待命将出征,怎奈钱粮缺少,满朝卿等,将如何处置?"只见有御史大夫伍十八上前奏说:"今京师周围虽设二十四营,军士疲弱,实可寒心,急宜选择精勇,以卫京师。若安民莫先足食。还宜降发帑钱,措置农具。命总兵官于河南、河北,克复州郡,且耕且战,方合古者寓兵于农之意。又常委选廉能之人,副府、州、县官之职,庶几军、民得所,天下事尚可图复。"言方毕,武德将军万户平章事朱亮祖出班奏说:"此法极善,但可行于治平的时节。方今事属急迫,还望速开府库,以济饥荒,方止得饥民思乱之事。"顺帝说:"若救济饥民,开发府库,使内帑告竭,何以为国?"亮祖复奏道:"今郡县贪官酷吏,刻剥民脂;况以赋税日增,天灾四至,民生因为饥饿所苦,民贫则为盗贼,干戈焉得不起?望陛下听臣之言,不然恐倾亡立至矣。"顺帝听了,颜色有些不喜。右丞相撒敦便迎旨奏道:"方今民顽,不肯纳税,倘或再发内帑,军国之需,何以供之?此乃误国之言。"顺帝听了,因贬亮祖做宁国守御,排驾回宫。亮祖出朝,收拾行李家属出京,取路向宁国府进发。

不一日,来到了该管地方,吏民人等迎接了,不免有许多新官到任,参上司,接宾客,公堂宴庆的行仪,亮祖一一的打发完事,便问民间疾苦,千方百计,抚恤军民。时值深秋光景,忽一日乘兴独步后园,见空阶明月,四径清风,徘徊于篱菊之下,作歌道:

秋风急兮寒露滴,秋月圆兮寒蝉泣。

思乡梦与角声长,去国心同砧韵促。

气贯虹霓恨逐波,时乎奸党奈如何。

空将满腹英雄志,弹剑当空付与歌。

歌罢纵步走过竹林边,只见一个人也对了明月在哪里口吟道:

银烛辉辉四海圆,几人得志几人闲。

未思范老违天禄,欲效韩侯握将权。

---

① 谶(chèn)兆——迷信的人指将来会应验的预兆。

节义有谁怀抱日,忠良若个手擎天?

茫茫大块沉鱼鳖,何处堪容鲁仲连。

朱亮祖听罢大惊,思量决非以下人品,便向前问说:"壮士何人?"那人望见便拜,回复道:"小人是此处馆夫。姓康名茂才,字寿卿,蕲水县人。不知大人在此,有失迴避。"亮祖就对他说:"你既有奇才,何为甘心下贱!明日当以公礼见我,我当重用。"茂才别了亮祖,自思:"我做过江西参政,累建奇功,升为参知政事,见世务不好,因而归隐。那徐寿辉闻我贤名,数使人来迎我,我看他不足有为,潜匿到此。近闻金陵朱公是命世之英,只是未有机会投纳,幸闻徐达早晚来攻取宁国,我因托做馆夫,献城投降。你区区一个守御,如何重用得我!"便连夜逃脱而去。

且说亮祖次日早起,叫人去召馆夫,只见驿司报说:"此人昨夜不知何意,偷了一匹马,连夜逃去,尚未拿获哩。"亮祖沉思:"茂才是个有才无德的人。"便对驿司说:"你可令人慢慢的访问了来回复。"

正说话间,探子报道:"金陵朱公命常遇春倾兵来攻宁国,兵马已到城下了。"亮祖便率兵一万,勒马横枪来到阵前。朱阵上常遇春恰好迎敌,两个战了五十余合,亮祖佯败退走,遇春却拍马追来,被亮祖一枪刺着左腿,遇春负痛还营。赵德胜因提刀接战,力量不敌,返骑而走,却被亮祖获去士卒七千余人。明日,亮祖复出城搦战。骁将郭英挺枪直刺过来,战有六十多合,郭英也觉难敌,恰待转身,那亮祖惹得火性冲天,便勒马直追上来。早有张德胜、赵德胜、耿炳文、杨暻四员虎将,并力斗住。郭英便抄兵转来,五个人振了精神,把亮祖铁桶的围将起来。那亮祖身敌五将,横来倒去,竟不在他心上。又战有两个时辰,恰好唐胜宗、陆仲亨,领了伏兵截他后路,见他们五个未能得胜,放马跑入重围喊杀。七个人似流星赶月一般,密攒攒不放些儿宽松,亮祖纵马杀回本阵,方透重围,冤家的马一脚踏空,便蹶①倒在地。亮祖正跳出马外,却望城内早有一将砍倒了几个把门的军校,纵马杀将出来,引入朱军,都登城上排列,心中正慌,谁知一支箭飕的一声射过来,恰中左臂腕肘之上。诸将奋力赶来,把亮祖活捉了马上,元军大败。常遇春领兵入城,一面抚恤军民,一面请过开城投降的壮士,优礼相见;哪知就是康茂才。亮祖见了茂才,便骂道:"你这卖国之

---

①　蹶(jué)——摔倒。

贼,身为馆夫,也受君上升斗之给,怎么潜开城门投献!"大喝一声,把绑缚的绳索,条条挣断,便要夺刀来杀茂才。却幸得绊脚索尚不曾脱,众将慌忙带住。郭英连捶了三铁筒,亮祖方才不得近前。常遇春喝令左右,拥过亮祖到阶,大怒骂道:"匹夫无知,敢以枪来刺我,幸有护甲,不致重伤。今日被拿,更有何说?"亮祖对说:"二国交锋,岂避生死,今事既然如此,便杀我足矣,又何必与你言。"遇春听了益加气恼,叫左右快推出去斩。亮祖回头说道:"大丈夫要杀就杀,何必发怒,况既到你阶前,任你凌辱,虽怒何为。"大步的向外走去。遇春见他勇壮,心中一时转念说:"有如此不怕死的奇男子,真也罕见。"便对诸将说:"不知亮祖可肯降否?"毕竟后事如何,且看下回分解。

# 第二十六回　释亮祖望风归降

　　那常遇春看了朱亮祖慷慨就死,便转念道:"有如此好汉!"因对众将说:"昔日张翼德释严颜,后来有收蜀之功;今我欲释彼,以取江西如何?"众将说:"常元帅既然惜才,有何不可!"遇春急命且宽亮祖转来,就下帐解了缚索,问说:"朱公肯为我用否?"亮祖回说:"生则尽力,死则死耳。"遇春急唤取上等衣冠来,与亮祖穿戴了,就说:"将军智勇无双,英雄盖世,请上坐指教,以开茅塞。"饮酒间,却把江南、江北攻取州郡的事情访问。亮祖初次也谦让了一会,后见遇春虚心,便说道:"江南、江北十分地面,群雄已分据八九,若欲攻打,必由马驮沙清山县而入。今马驮沙一带,俱属某管辖,料用一纸文书,可定之。"本日极欢而罢。次早,亮祖打发各处文书写出,上公、德化一一招降去讫。却有徐达领兵与遇春相会,遇春便领亮祖相见,商议攻取各处城池。就把取宁国收亮祖事情,申报金陵,不提。

　　且说张士诚见朱兵克取镇江、常州、广德、江阴、宜兴、长兴等处,心中甚是惊恐;欲与亲战,又恐不利,统集多官计较。恰有丞相李伯升奏说:"自古倡伯业者,国先灭亡。今朱某占据金陵,天下群雄皆怀不平,殿下可以书交结田丰、方国珍、陈友谅、徐寿辉、刘福通,约同起兵讨伐,成功之日,分土为王,雄群必来合应;再一面修表到元朝纳款,许以岁纳金币若干,元必纳受,那时即显暴金陵僭窃之罪,要他兴兵来攻,然后我国乘他虚疲,一鼓而取之,失去州郡,可复得矣。"士诚大喜。因修书遣使,各处借兵去讫。

　　且说顺帝一日坐朝,恰有飞报,说:"朱亮祖失了宁国,亦投降了金陵;且勾引马驮沙、池州、潜山等处一带,亦皆投顺。"正在烦恼,忽闻张士诚遣使奉表到来,即命宣人,拆开看道:

　　浙西张士诚死罪上言:臣窜伏东南,岂敢狂图,实谋全命。恒思前事,疾首痛心。臣今一洗前愆①,愿承新命。敬具明珠一斛,象牙

---

①　愆(qiān)——罪过;过失。

二双，敬献。再启：东南盗贼蜂屯，若金陵朱某，尤为罪魁：据名都，夺上郡，诱纳逃亡，事难缕悉。伏乞大张神武，命将征凶，臣愿先驱以清肘腋，不胜引领待命之至。

　　顺帝看罢，与众官参议，只见淮王帖木儿奏说："此乃士诚挟诈之计。臣闻士诚为金陵所困，不过欲陛下代彼报仇耳。我兵一动，彼必乘势去取金陵，不如将计就计，许以发兵，便征他军粮一百万石；一来不费军资，二来亦示朝廷不被其诈，方一举两得。"顺帝又说："不起士诚疑心么？"帖木儿再奏："今士诚已僭称吴王，陛下可赐以龙袍、玉带、玉印、敕①为吴王，使他威镇群雄，他必倾心不疑，乐输粮米矣。"帝允奏，即令指挥毛守郎赍诏及什物，同吴使到苏州册立士诚为吴王。毛守郎衔命出京，不一日来到武昌郡，即三江夏口。当先一彪人马，十分雄猛，为首的高叫说："来者何人？"毛守郎即说了前情。那人说："我是江州蕲王徐寿辉大元帅陈友谅。吾王正欲即皇帝位，龙袍等物，可将与我。"毛守郎不应。友谅纵马向前，把守郎一刀斩讫。正是："奸臣用计才舒手，天使无心却没头。"众军士见杀了守郎，就将什物送与友谅。友谅回到江州，入城见了徐寿辉，俱言得龙袍、带、印之事，寿辉大喜。便聚臣共议称号改元。明日为始，称道：天完国治平元年。以赵普胜为太师；封陈友谅为汉国公；倪文俊为蕲黄公；以刘彦弘为丞相。诏到所属州郡，话不絮烦。

　　却说冬尽春来，正是元至正十八年戊戌之岁，春正月，和阳王病不视朝，未及十日，以病毙于金陵。太祖哀恸，便率群臣发丧成服，择日葬于聚宝山中。李善长、刘基、徐达，表请太祖早正大位，以为生民之主。太祖笑说："诸公专意尊我，足见盛心。但今只得一隅之地，尚未知天心何归，岂可妄自尊大；倘或不谨，以致名辱事败，反遭后羞。唯愿齐心协办，共成大事，访有德者，立之未迟。"十分坚拒不肯，众人因也不敢强。次日，刘基启说："金华、处州、婺州一带，皆金陵肘腋之患，即望主公留心！"太祖便着徐达南取婺州。刘基说："徐元帅现镇宁国、常州等处，若令前去，恐奸雄乘机窃发，还得主公亲征为是。"太祖传令，以常遇春为左元帅，李文忠为右元帅，刘基为参谋，胡大海为先锋，郭英统前军，冯胜统中军，华云龙统后军，耿炳文统左军，领兵十万，择日起行。留李善长、邓愈等，权守金陵，录军国重事。

　　　① 敕——皇帝的诏命。

不一日,到金华城南十里安营。刘基说:"此城是浙东大藩,控瓯引越,诚为重地。然最是坚固,须计取之。常元帅可领兵三千北门外搦战,胡先锋领兵一万攻西门,待他兵出,当乘机取之,可必得也。"二将得令讫。

却说守将,乃元总管胡深,字仲渊,处州龙泉人。颖拔绝伦①,倜傥②好施。彼若周人的急,便倾囊倒橐③,也是情愿。闻知兵至,与副将刘震、蒋英、李福等议说:"金陵兵极强盛,三公可坚垒而守,待我迎敌,看他动静,方以计退之。"即率兵五千出战。两将通了名姓,战到三十余合,胡深一枪刺来,正中遇春坐马的胸膛,那马便倒。遇春就跳下马步战,也有三十余合,忽听得哨子报来:"胡大海已乘机取城,刘震等俱各投降了。"胡深闻言大惊,慌忙领兵向南而走。遇春追杀,元军大溃。收兵回城,具言步战一事。太祖甚加慰劳,因说:"向闻胡深智勇,军师何策使他来归?"刘基说:"且再处,且再处。"次日,令胡大海与降将刘震、蒋英、李福等领兵一万,镇守金华。便引兵南抵诸暨地界。元将童蒙不战而降。南行七十里,向东径通衢州;又东七十里,就是钱塘江。江东杭州,即张士诚之地。太祖来看,此是四通五达之地,便下令胡大海儿子胡德济,坚筑城池以为诸州郡保障,即率兵南至樊岭。只见那岭四围峭绝,险不可登,乃是处州元将石抹宜孙与参将林彬祖、陈仲真、陈安,将军胡深、张明鉴,列营七座,如星罗棋布,阻塞要路。遇春同副将缪美玉,率精锐争先而行,谁想矢石雨点的来,不能进取。刘基说:"此未可以力争。"令遇春引兵向南寨搦战,引出胡深说话。不多时,胡深果出来相敌。刘基向前说:"胡将军,良禽择木而栖,贤臣择主而佐。我主公文明仁德,真天将之英,何不改图以保富贵?"胡深说:"公系儒生,焉知军务,且勿劳作说客。"刘基便说:"我固儒生,公亦善战,然排兵列阵,恐尚未能深晓。我布一阵,公能破得否?"胡深答说:"使得使得!"刘基便附常遇春耳边说了几句话,遇春恰把令旗转来转去,倏忽间,阵势已定,就请胡深打阵。胡深走上云梯,细细看了一会,却走将下来。不知说些什么,且看下回分解。

———————

① 颖拔绝伦——聪明过人,独一无二。
② 倜傥(tìtǎng)——洒脱不拘束。
③ 橐(tuó)——一种口袋。

# 第二十七回　取樊岭招贤纳士

那胡深走下梯来，暗想他居中竖一面黄旗，四方各按着生克，摆列旗帜，便出阵说："此是'太乙混沌阵。'不许放箭，我自来打。"令军士鼓噪而进。胡深骤马直冲中央，要夺那黄色旗号，谁想刘基先叫遇春当中，登时掘下深坑，约有五十余步，浮盖泥土在上。胡深势来得紧，竟跌入坑中，被挠钩手活缚了送与刘基，刘基即忙喝退军士，亲解了缚索，便拜倒在地下，说："望乞恕罪！"胡深木呆了一时，也不作声。即唤军士推过步车来。刘基携了胡深的手，上车同到太祖帐前，便令叶琛以宾礼邀入。

却说常遇春也驰马追杀了元兵回来。顷间，胡深谒见太祖；太祖慌忙把手扶起，说："今日相逢，三生之幸！当富贵共之。"胡深应道："愿展微才，少酬大德。"太祖即令设宴款待。酒至数巡，刘基说："今日之事，不必久延，即晚便劳胡将军取回樊岭。"就附胡深耳边，说了几句话，见胡深慨然前往，即令郭英、康茂才、沐英、朱亮祖、郭子兴、耿炳文六将，各领兵一千随往。时约三更，胡深却向岭下高叫："山岭守卒，我是胡元帅，早吃他用计捉去，幸得走脱，你们休投矢石。"元兵听是元帅声音，果然寂寂的不响。胡深领了兵，径上岭来，杀散守岭士卒。朱亮祖、沐英、郭英等，六路分兵，驰到六营，各用火炮攻打，顿时六寨火起。宜孙等并力来战，哪能抵挡。宜孙领了部兵，望建宁走了。林彬祖见势头不好，也投温州去讫。六将据住岭北，待至天明，大军齐到，便过岭直抵处州城边。城中守将，乃是李祐之、贺德仁，二人料来难守，开门纳降，太祖入城，吩咐军校不许惊动土民。次日下令，着耿炳文镇守，即率兵南攻婺州。

不数日来到地界。太祖看了地势，命在梅花岭安营，传令着邓愈、王弼、康茂才、孙虎率兵取岭。守岭元将叫做帖木儿不花，闻知，因下岭搦战。自早到晚，不见胜负。邓愈把令旗一招，恰见茂才先去攻岭北；王弼去攻岭南，三路并进，遂拔了老寨。不花早被众军拿住，送到帐前斩讫。太祖安营岭上。却有胡大海领乌江儒士王宗显来见，太祖问取婺州方略，宗显说："城内吴世猷与显旧相识，待我进城打探，事情虚实何如。"太祖说："极妙极妙!"宗显装起行李,只说来探望亲戚,入得城来,竟到吴家安下。因知城中守将,各自生心。次日,即别了吴世猷,径到帐中,备说细底。太祖说："若得婺州当命汝为知府。"次日,令金朝兴统领锐卒骂战,再令茅成驻节皋亭山接应。茅成得令前去。元将先锋是李眉长出兵迎敌,战未数合,那眉长转身不快,却被金朝兴擒住。胡大海率领缪美玉趁势追杀,谁想石抹宜孙闻知大兵到来,便率兵从狮子岭抄路来救。太祖就着胡大海、胡保舍分兵梅花岭边,截住救兵,却令郭英引兵一万,扣城索战。守将是僧住、同签帖木烈思、都事宁安庆、李相。那僧住同诸将计议,说："彼兵乘胜而来,暂且坚守,待其少倦,方分兵三路应之。可先在瓮城①中掘了陷坑,我领兵出北门与战,佯败入城,他必追赶,待至城门,以炮火齐击,必然跌入坑内。将军辈宜各领兵三千,出东、西二门截杀,定可取胜。"分布已定。

　　歇了数日,早有郭英纵兵赶来,看见城门大开,争先而入,都落在坑内,四壁木石弓弩,如雨般下来。郭英急退,又有两个大将截住去路。郭英冲阵而出,二将追杀了许多地面,方收兵回去。郭英收了残兵来见太祖,太祖惊说："行兵多年,尚然不识虚实,损威折士,罪过不小。"刘基向前,说："乞主公宽宥,待彼将功赎罪。"便密付一纸,递予郭英,说："将军可乘今夜,再取婺州。"郭英接过封札在手,却自想道："白日里尚不能成功,黑夜如何施展。"但不敢不去。此时乃是正月下旬,天色正黑,郭英只得领了兵卒,奔到婺州城边,只带一个火种,便拆开军师封札来看,内中陈说,可竟到东南角登城。看毕,便领了兵马,依令而行,走至其处,却见城角损坏不完。郭英便分兵五千与部将于光,令他南门外接应,只亲率兵二千,从缺处悬石而上。那士卒因地方偏僻,全不提防,都酣酣的大睡。英便轻步捷至南门,守将徐定仓促无备,遂降。乃大开城门,引于光五千兵杀进城来,径到府前。李相因与帖木烈思不和,大开府治以纳我兵。僧住急与宁安庆、帖木烈思等率兵夺门而走。却有朱亮祖、胡大海、金朝兴引兵截住,僧住身被数枪,且战且走,回看四百残兵,更不剩一个,便谓宁安庆等说："受王爵禄,不能分王之忧,要此身何用!"遂拔剑自刎。安庆、烈思随下马拜降。

---

①　瓮城——大城外面的小城。

太祖领兵入城,抚谕了军民,以王宗显为知府。宁越既定,命诸将取浙东各郡;且对诸将说:"克城以武,安民须用仁。吾师入建康,秋毫无犯,今新取婺州,民苟少苏,庶各郡望风而归。吾闻诸将皆不妄杀,喜不自胜。盖师行如烈火,火烈而民必避;倘为将者,以不杀为心,非惟利国家,己亦必蒙厚福。尔等从吾言,则事不难就,大功可成。"诸将拜受钧旨。便召宁安庆、李相、徐定,问说:"婺州是浙之名郡,必有贤才,尔等可为召来。"徐定答道:"此地有个文士姓王名祎,系金华义乌人。自幼儿生的奇异,他见了元朝政事日非,便隐于青岩山。近因饥馑,徙居婺州。又一个武士,唤帮薛显,原是沛县人,勇略出群,曾做易州参将。他也见世事不好,弃职归山,然而家贫,因以枪刀弓矢教人,今流寓在此。倘主公欲见,当为主公请来。"太祖说:"招贤下士,吾之本愿,你可急急去走一遭。"

徐定出帐前去。宁安庆因进婺州户口文册,共二万七千户,计十二万三千五百余人。明日,徐定请了王祎、薛显二人,早至帐下。太祖令文武官将迎入帐中。太祖见二人超脱,因细问治平攻取之策,二人对答如流,太祖大喜,授王祎参奏大夫,薛显帐前指挥使。自是太祖在婺州半月时光,各处州郡,都望风归顺。乃遣胡深镇婺州;耿炳文镇处州,其子耿天璧守衢州;王恺守诸暨;胡大海守金华,其子胡德济守新城。分拨已定,遂率大队人马,向金陵而回。不多日子,却便到了金陵。未知后事如何,且看下回分解。

# 第二十八回　诛寿辉友谅称王

那太祖领了大队人马，自婺州回至金陵，文武官员，出城迎接庆贺，不提。且说江州徐寿辉，有手下陈友谅夺得龙袍、玉带什物，献于寿辉，择日改了国号，即了天子之位。常虑安庆府为江州左肋之地，不可不取。屡屡遣兵命将，皆不得利，寿辉甚是恼怒。一日早朝已毕，遂遣陈友谅为大元帅，统了十万兵马，驻小孤山。都督倪文俊，领精兵五万，夹攻安庆。那安庆府城，元将姓余名阙，字廷心。世家威武，父亲在庐州做官，遂居住在庐州。元统元年，举进士及第，除授湖广平章，真个是文武全才，元朝第一员臣子。把那徐寿辉麾下攻打的军马七战七败。闻知陈友谅领兵来攻，便纵步提戈，当先出马，与那先锋赵普胜战到八十余合，不分胜败。天晚回兵，将及二更，恰有祝英领兵二十万来接应。陈友谅便叫赵普胜攻东门，倪文俊攻南门，祝英攻北门，自统大兵攻西门，四面如蚁的重重裹来。余阙见西门势头更急，心知寡不敌众，便督敢死士三千，出城与陈友谅对战。从古说得好："一人拼命，万夫莫当。"那余阙到友谅阵中，奋起生平气力，这些随来的精勇，个个拼死杀来，真个是摧枯拉朽，直撞横冲，杀得友谅远走二十里之地。正好追赶，恰听得倪文俊攻破了南门，余阙大惊，把头回看，但见城内火焰冲天，便勒马回兵来救。那友谅也骑马追来，赵普胜、祝英又杀入城中，随行兵将，俱各逃散。余阙独马单枪，与贼死战，身中了十余枪，路至清水塘边，以刀自刎，死于塘内。其妻蒋氏及妾耶律氏，抱了儿子德臣、女儿安安、外甥福童，皆在官署中投水而死。那余阙死时，年才五十有六。著有五经余氏注疏，至今学士遵为指南。葬在南门外。后来太祖一统登基，特嘉其忠，立庙于忠烈坊，岁时致祭，这也不赘。

且说陈友谅既取了安庆，留旗将丁普郎镇守。自领兵回到江州，朝见徐寿辉，备说安庆已取，留兵镇守一节。寿辉大喜，正将赏功，只见倪文俊出班大喊如雷，说："攻取安庆，全是微臣之功，不干友谅之力！"寿辉变色，问说："怎见是卿之功！"文俊奏道："友谅攻打西门，被余阙领敢死之士三千，出城大战，友谅奔走二十里外。臣率士卒奋勇先登，众所共知，怎说是友谅的功绩?"寿辉大怒,对友谅说:"你为元帅,不能对敌败走,且欲冒领军功,欲学晋时王浑乎?"友谅说:"初时四面攻打,余阙只是固守城池,我们兵马谁敢先登;后来余阙因臣攻西门势急,只得引兵出战,臣假作佯输,哄他来赶,文俊方得领兵入。设奇指示,皆臣之力。"寿辉便叱说:"休得胡说。本当治以军法,姑念汝旧功免死。"即刻令左右拘拿印绶,不许与共军国事;惟令朝参。友谅此时真个是:"地裂无处遮丑面,鬼门难进免羞惭。"退出朝堂,闲住在家,甚是恼恨。

原来张定边、陈英杰两人与友谅相善,俱有万夫不当之勇。向来彼此依附,往来极密的。一日,友谅接两人到家,说:"寿辉昔日蕲黄起义,今日据有荆、襄地面,坐享富贵,皆出我万死一生之力;今一旦削我兵权,安置私第,真是无义之徒,令人可恼!"定边对说:"事有何难,今宅中家兵有五百余人,明早可令暗藏利器,伏于朝外,只唤二人带剑随行。元帅佯言上殿奏事,寿辉必无所备。元帅便可挺剑行事,我二人乘机杀了倪文俊,号令满朝文武,事可顷刻而成。"友谅大喜,说:"若得事成,富贵同之。"二人别去,不提。友谅便令家兵准备器械。

次日早晨,友谅便把家兵五百,暗暗的四散伏于朝门之外,只引力士二人跟随。依班行礼毕,便挺身上殿,说:"昔日蕲黄起义,直到如今,无限大功,皆我一身死力成事,今日何故忘我的功劳,夺了我的兵权?"寿辉闻言大怒,喝令左右擒获。友谅便把剑砍了寿辉。倪文俊急夺武士铁挝,还击友谅,早被张定边在后一剑杀死;遂同陈英杰按剑高叫说:"徐寿辉不仁、不义,不足为王;陈元帅英武盖世,才德兼全,我等宜共立为帝,享有大宝。倘有不服者,以文俊为例!"群臣哪个敢再作声。那张定边即令扛去了寿辉、文俊尸首,率群臣下殿,呼拜万岁。友谅说:"今日非我忍为此不仁之事,但寿辉负我恩德,吾故仗义行诛。今张元帅扶我为主,卿等俱宜协力同心,铺成大事,所有富贵,我当照功行赏。"群臣听命。当日,友谅立妻杨氏为皇后,长子陈理为太子,以杨从政为大丞相,张定边为江国公,兼掌兵马大元帅,陈英杰为武国公,赵普胜为勇德侯,各兼平章政事。胡美、祝英、康泰三人,守淇都。建都江州,国号汉。颁诏所属州郡,退朝回宫,不提。

却说陈友谅原是沔阳人,渔家之子。大来做个县吏,嫌出身不大,因弃去了职业,学些棍棒,会徐寿辉起兵,便慨然从之。尝为倪文俊所辱,后来领兵为元帅，与倪文俊争功，便杀了寿辉，害了文俊，自称为汉帝。此时正是至正十九年十二月初旬的事。次日设朝，勇德侯赵普胜出班奏说："今有池州地界，实为我国藩篱，近被金陵窃据，我国未可安枕，望我王起兵攻之。"友谅准奏。即令普胜为元帅，率兵五万，攻打池州，择日起兵。友谅对普胜说："金陵人多智勇，猝难取胜，可扬言攻取安庆，使其无备，庶可一鼓而下。"普胜领命，因率兵从南路来寇池州。不一日到城下安营。朱兵镇守池州，向是张德胜、赵忠二人，闻得汉兵猝至，便议道："此明是袭我无备耳。"赵忠说："元帅可设备坚守，我当领兵对敌。"次早率兵一千出战，赵忠奋勇先驰，部卒都死力争赴，贼众大败。赵忠乘势追逐，约有五十余里，不意马仆，被贼兵捉去。阵上刘友仁急来救时，又被贼兵万弩俱发，当心一箭，死于阵中。那普胜便领兵围困了池州，攻打甚急。张德胜在城上，把那飞弩、石炮掷将下来，贼兵虽是中伤，然众寡莫敌。正没理处，只见正西角上一支人马飞奔赶来，摆开阵势。德胜把眼细看，却是俞通海取了黄桥、通州一路，得胜回兵来援。那通海水陆并进，士卒勇敢，普胜只得弃州而遁。通海也因升了签书枢院密事，便与张德胜稍稍叙些心事，即日向金陵而回。

　　且说普胜途中闻知俞通海兵已回去，仍复引兵前来攻打。张德胜出兵对敌，普胜败走，德胜飞奔来追，不防普胜放一标箭，正中右腿，德胜负痛奔回，四下里被普胜紧紧围住。却有养子张兴祖对德胜商议，说："如此重围急须向金陵求救，方可解脱；不然恐粮草不支，是为釜中鱼矣。"德胜说："这般铁桶，谁能出去？"兴祖说："今夜一更，父亲可选精锐兵三百，儿当舍命前往。"德胜依计，草了奏章，至夜付予兴祖，领兵冲出。果然杀透了重围。普胜因见他所部军卒甚是骁勇，也不敢十分赶来。此行却是如何，且看下回分解。

# 第二十九回　太平城花云死节

那张兴祖领了三百铁骑，连夜冲出重围，离了池州地面，哪里有晓起夜眠，浑忘却饥餐渴饮。在路行了一日两夜，方至潜山地界，正遇常遇春领兵巡行，兴祖便具诉危困的事情。遇春说："我已知之，特来相救。"因对兴祖说："吾闻汝智、勇，汝须如此先行。"兴祖受计去讫。便令郭英、俞通海、朱亮祖、康茂才，前去四下埋伏。次日，兴祖过了九华山，径到池州与普胜对阵逆战。普胜便来迎敌，未及数合，兴祖勒马就走，普胜料无伏兵，乘势赶来，约及五十余里，日已将西，恰到九华山谷，兴祖便把马转入谷中。普胜心中想道："这黄头孺儿，恰不是送死么？到了谷中，怕他走到哪里去。"纵马正赶得紧，只听得一声炮响，两崖上木石、箭弩、铳炮如飞蝗云集的下来。普胜急待回转，那一彪兵马，旌旗蔽日，尘土遮天，恰是常元帅旗号，只得挺枪来战。未及数合，遇春把旗纛①招动，左有郭英，右有俞通海、廖永忠，前面有朱亮祖、赵庸，后边有康茂才、张兴祖，四面夹攻，贼兵大败，斩二万余人，活捉的也有五千余人。普胜单人匹马，躲在茂林中。次早，收拾残兵，只有一千余人。低头叹气，说："今日折兵败北，有何面目去见汉王！况汉王立心猜疑，若是回去，彼必不容，不如且走汉阳，使人求救，再作计议。"便使人诣友谅处奏知。友谅大怒，正欲唤取殿前刑官，械送普胜回朝取决，张定边轻声向前，奏道："普胜奸诈多端，膂力出众，今驻兵求援，是欲观陛下何意耳。若以怒激，他必引兵投降别处，是又生一敌也。主公当以好言语慰之耳。"友谅允奏，因遣人到普胜帐前，说："元帅之功，吾已素知，必欲即日率兵亲征，元帅可引兵来会。"普胜得报大喜，便率兵驰会江州。友谅见了普胜大喝道："败兵折将，罪将谁归！左右快推出斩讫报来。"普胜悔恨无及。友谅既杀了普胜，因对众人说："池州之仇，决当亲征报复。"因令太子陈理守国，以张定边为先锋，陈英杰为副将，张强为参谋，选精兵三十万，战船五千只，克日离江州，水

---

① 纛（dào）——古代军队中的大旗。

陆并行,向池州进发。

　　不一日,来至采石矶太平府。守将却是花云,并都督朱文逊、签事许瑗,更深夜静,不提防汉兵直抵矶下,鼓噪而前,惊惶无措。花云、朱文逊,急急忙忙引兵出迎,力战不利,便奔回太平。友谅便乘势追至城下,四面紧困。花云与王鼎、朱文逊分兵拒守。是月十九日,贼将陈英杰舟师直泊城南,士卒缘舟攀尾而上。那王鼎百计力拒,可恨汉兵强盛难支,且战且骂,中枪而死。陈友谅兵奔杀入城。花云闻西南城陷,急同朱文逊来救,却遇张定边、陈英杰、张强三人,一齐逼攻,云等力不能支,都被钩索缚住。云妻郜氏闻夫被擒,便抱了三岁儿子花炜,拜辞了家庙,对众人说:“吾夫忠义,必死贼手,吾岂可一身独存。花氏只此一儿,汝等宜善视之,勿令绝嗣!”言毕投水而死。侍女孙氏大哭,径抱了花炜,逃难去了,不提。

　　且说友谅进城,直登堂上,定边拥两将来到阶前。友谅吩咐先将朱文逊斩讫,朝着花云说:“你还欲生乎欲死乎?”花云对天叫道:“城陷身亡,古之常事。你这杀君之贼,谁贪你的富贵,还欲多言。今贼缚我,若我主知之,必砍贼为肉脍①。”言罢,大喝一声,把身一跳,那道麻绳,尽皆挣断,夺了阶下人手中的刀,便向前来,又杀了五六人。张定边等一起奋力拿住。友谅便令缚在厅墙之上,着众军乱箭射来。花云至死,骂不绝口,是年方得二十九岁。友谅传令安营。夜至三更,在帐中寝睡不安,只见阴风透骨,冷气侵人,恍惚中忽听得两个人自远而近,渐渐前来,高声说:“友谅,友谅,你这逆贼,快快偿我命来!”友谅近前一看,恰是朱文逊与花云,各带死伤,被他们抱住不放。友谅大惊,极力挣脱,却欲回避,早被花云一箭,正中着左边眼睛,贯脑而倒,大叫一声,醒来乃是一梦。友谅自知不祥。次早对诸将说知,心中正是闷闷不乐,忽报张士诚统兵十五万来取金陵,现在攻打常州。张定边近前,奏说:“此乃上天假陛下取金陵之便也。两虎相斗,必有一伤,陛下但默观动静;若士诚克了常州,乘胜而进,则金陵必当东南之患,我兵乘虚径入,金陵唾手可得矣。今即遣一使,前往吴国通和,然后会同发兵,必成大事。”友谅大喜,遂唤中军参谋王若水,领了健卒数人,前往苏州进发。行有三百余里,忽见当先一队人马,为首一将高叫:“来者何人?”若水答道:“我乃汉王驾下参谋王若水,使吴通好,

---

　　① 脍(kuài)——切得很细的肉丝。

望乞借路。"那将军大怒,近前大喝一声,竟把若水捉住,王若水连声叫道:"将军饶命!"那将军说:"我与汤和元帅,镇守常州,因不曾与那友谅逆贼交锋,怎么你们悄地犯我太平,把我花、朱二将乱箭射死,今又来与那士诚通好,合兵来攻我们;我华云龙将军,天下闻名,谁人不晓。你却要我假道,且同你去见主公,再作区处。"原来汤和因士诚困打常州,特着华云龙引五百人冲阵,往金陵求援,恰遇着王若水,便捉了解送金陵,不提。

且说探子打听来情,报与太祖;太祖悉知了底里,就集众将商议,说:"我兵虽有三十万,胡大海等镇守湖广,分去了五万;耿炳文等镇守江阴,分去了五万;常遇春等救援池州,又分去了五万;今在帐下,不过十万有余。彼汉兵三十万,吴兵十五万,合谋来攻打,如何抵敌?"俞廷玉说道:"友谅之兵善水战,深入我境,金陵必危。不若且降,再图后计。"赵德胜说:"不可,不可!主公德被四方,名高天下,岂可称臣逆贼。今钟山险峻,夜观天象,旺气正盛,不若权奔钟山,且为固守,再从别议。"薛显上前说:"此亦不可。金陵根本重地,若弃而为贼有,岂可轻易复得,是与宋时簸帝航海无异也。今城中尚有强兵十余万人,同心协办,战未必不胜,岂可议降议迁!"众论纷纷,莫知所定。旁有刘基笑而不言。太祖便问:"先生何独默然?"刘基说:"主公可先斩议降与议迁钟山的,然后贼可破耳。古人说:'后举者胜。'宜伏兵示隙以击之。取威制敌,以成王业,正在此际。"太祖叹说:"先生真不在卧龙之下。"即日取金印拜为军师,刘基力辞。太祖说:"方今苍生无主,贼子猖狂,金陵危在旦夕,定赖先生出奇调度,何乃固推?"刘基方肯受命。恰好华云龙入见,备说张士诚分兵三路攻打:吕珍引兵五万困江阴,李伯升引兵五万困长兴,张士诚引兵五万困常州。特奉汤元帅之命,来求救兵。太祖说:"我已遣徐元帅提兵往救,想此时也到了。"云龙又备说途中遇着王若水事。太祖大怒,令武士推若水出帐斩之,便唤指挥康茂才入帐听令。不一会,茂才向前领旨。太祖对茂才说:"陈友谅将寇金陵,吾意欲其速到,向闻汝与友谅称为旧交,可修书一封,遣人诈降,约为内应,令彼分兵三道而来。倘得胜时,当列尔功为第一。"茂才便说:"养子康玉向曾服侍友谅,令彼赍①书前往,彼必不疑。"太祖大喜。茂才领命而出。不知后事如何,且看下回分解。

---

①　赍(jī)——把东西送给人。

# 第三十回　康茂才夜换桥梁

那康茂才领了太祖军令，即到本帐修起一封书来，付与康玉，叫他小心前去，不提。却说李善长见太祖如此传令，便问说："太祖方以寇来为忧，今反诱其早至，却是为何？"太祖说："大凡御敌，促则变小，久则患深。倘二贼合并来攻，吾决难支。今如此计诱他，友谅必贪得，连夜前来，我自有计破之；士诚闻风胆落矣。"善长极口称妙。

再说康玉赍了书，径到友谅营前，见了营士卒，备细说有密事奏汉王。守卒报知友谅，友谅认得是康玉，便惊问说："你随尔主在金陵，今竟到来，欲报何事？"康玉不说，假为左右顾盼之状。友谅知他意思，即令诸人退出帐外，止留张定边、陈英杰二人在旁。康玉见人已退，遂在怀中取书，递与友谅。友谅拆开，读道：

> 负罪康茂才顿首，奉启汉王殿下：尝思昔日之恩，难忘顷刻。今闻师取金陵，虽金陵有兵三十万，然诸将分兵各处镇守，已去十分之八。城中所存仅万，半属老羸，人人震恐。今主公令臣据守东北门，江东大桥，乞殿下乘此虚空，即晚亲来攻取，当献门以报先年恩德。倘迟多日，常遇春、胡大海等兵回，势难得手。特此奉闻，千万台照。

友谅见书大喜，便问："江东桥是木是石？"康玉说："是木的。"友谅说："你可即回报与主人，吾今夜领兵到桥边，以呼'老康'为号，万勿有误。事成之日，富贵同之。"因赏康玉金银各一大锭。康玉叩首而归。张定边奏道："此书莫非有诈么？"友谅说："茂才与我道义至交，必无有诈。今夜只留陈英杰守营，卿等当随孤领兵二十五万潜取金陵。"吩咐已定，只待晚来行事。

且说康玉回见太祖，具言前事。太祖拍手，说："他已入吾掌中矣。"李善长进奏道："此事尚未万全。若友谅引三十万精锐，径过江东桥来攻清德门，亦是危事！据臣愚见，不若即刻将桥砌换铁石，使友谅到此，顿时起疑心，不敢前进。又于桥西设一空寨，他望见营寨，必然来劫。及至寨中，一无所有，令彼惊疑奔溃。然后四围用火攻击，可得全胜。"太祖大喜,即令李善长如法布置,仍听军师刘基调遣。刘基便登将台,把五方旗号,按方运动,发了三声号炮,击了三通鼓,诸将都到台下听令。刘基传下钧旨,说:"今夜厮杀,不比等闲,助主公混一中原,廓清①妖秽,踏平山海,俱是今日打这脚桩;你等显亲扬名,封妻荫子,带砺山河②,也俱在今日。施展手段,稍不小心,有违军令,决当斩首不饶。"诸将一一跪说:"愿领钧旨。"刘基便令冯胜、冯国用、丁德兴、赵德胜四将,领兵三千,埋伏江东桥,据虎口城诸处险隘,只等待友谅阵中马乱,便用神枪、硬弩、火炮等物,一齐击杀,任他奔走,不得阻拦,都只在后边追赶;再令华高、赵良臣、茅成、孙兴祖、顾时、陆仲亭、王志、郑遇春、薛显、周德兴、吴复、金朝兴十二员将佐,领兵二万,在正东深处埋伏,西对龙江,汉兵若败,他必沿江北走,便可率兵从东攻杀;又令邓愈领兵三万,待友谅兵来,便去劫他老营,截他归路;又令李文忠领兵二万,即刻抄龙江竟入大洋,将汉兵所有船只,尽行拘掠,止留破船三百只于江南边,待他败兵奔渡。太祖听令,便在台下称说:"此举宜令片甲不存,军师何以留船与渡?"刘基说:"兵法上说:'陷之死地,必有生路。'昔者项羽渡河,破釜沉舟,以破章邯;韩信背水列阵,以破赵军,俱是此法。倘汉军三十万逃奔采石,无船可渡,彼必还兵死战,胜败又未可知。惟留此破船,待他争先逃渡,若至江心,我军奋力追赶,破船十无一存,始为全胜。"分拨已定,诸将各自听令行事,不提。

却说陈友谅亲督元帅张定边,及精锐二十万,待到酉牌时候,都向金陵进发。偃旗息鼓,备道而行,将及半夜,方到江东桥。友谅便问:"桥是如何?"只听前哨报说:"是铁石造成的。"友谅惊说:"康玉分明说是木头的,何故反是铁石,可再探到前面还有木桥否?"那哨子上前探看良久,回报道:"此桥长二十步,尽是铁石甃③砌成,上前去探,更无木桥。"友谅心疑,便自领兵前行数百余步,只见营鼓频敲。友谅喜道:"此必茂才扎下营寨。"即令张志雄领兵前往,密呼"老康",以为内应。谁想志雄前至寨口,隔栅遥望,营中并无一个士卒,只是悬羊驾犬、击鼓如雷。领兵急回阻住,备说前事,不可前往,必有伏兵在彼,勿堕奸计。友谅大惊,说:"吾被

---

① 廓清——清理一切。

② 带砺山河——古时封爵的祝颂语,意即封国永存。

③ 甃(zhòu)——砌,垒。

茂才诱矣。"下令急回兵北走，众军胆碎心惊，奔溃争先。看官看到此想说："若是陈友谅果有智量，且按兵不动，列阵以待，虽有伏兵，见如此强盛，也决不敢轻犯。"谁知智不及此，只是鼠窜狼奔，哪里挡得住。此时正值暑热，太祖穿着紫衣茸甲，张着黄罗伞盖，与军师登城，坐敌楼中细细而望。众将见友谅兵马奔溃，急欲出战。军师且下令说："红日虽升，大雨立至，诸将且宜饱餐，当乘雨而击之……"说话未完，果然风雨蔽天而来。太祖便击鼓为号，只听得信炮震天，伏兵并起。冯胜、冯国用、赵德胜、丁德兴四将，把那火器追击，驱兵来杀。友谅军中，唯有各逃性命，人上踏人的逃走。张定边见事危急，高叫说："三军休恐，当并力杀出！"这些军士，哪里听令。四将分兵两翼而攻，容贼夺路而走，只是随后追杀。友谅急奔走本营，那本营已被邓愈杀入，四围放火，黑焰迷天，十万之师，都皆逃散。友谅领了残兵，只得沿大江岸边奔走。正行之际，当先一路兵截住，为首一员大将，正是康茂才，高叫"友谅可速来，老康等候多时了。"友谅听了大怒而骂，便叫："众将中若能擒得此贼，富贵同之。"张定边拍马来迎，茂才横枪敌住，从中大叫麾军奋击。定边力不能支，勒马转走。茂才乘胜追来，活缚将士共二万余人。张志雄、梁铳、俞国兴，解甲投降。陈友谅引兵突围北走。约有二十余里，忽见旌旗盖天，四下金鼓齐鸣，当先排着华高、赵良臣、茅成、孙兴祖等十二员大将，从东驱兵掩杀过来。友谅不敢恋战，便与张定边斜刺杀出。恰遇李文忠、俞通渊等拘掠友谅战船方回，路至慈湖，又是一番鏖战，擒得副将张世方、陈玉等五人。此时友谅军人已死大半，约剩七万有零，沿岸奔走，自分到江边再作区处。哪想到江一望，楼船、战舰，十无一全，访问舟人说："李文忠率了精锐焚掠殆尽。"友谅仰天捶胸，忿叫说："早不听张公之言，竟至如此！"腰间拔出宝剑，将要自刎，那张定边忙来抱住，劝说："古之圣人，俱遭颠沛，臣替陛下忍一时之小忿，图后日之大功，未为晚也。"友谅只得上马再行，料得来路已远，再无伏兵，无可从容而行。哪想采石矶边，扎驻大营，正是常遇春、沐英、郭子兴、廖永忠、朱亮祖、俞通海、张德胜，倍道从僻路在此阻截，杀得友谅单骑而奔。恰又遇着薛显兵到，大杀一阵，活捉了贼将僧家奴等一十五人。只有张德胜深入贼阵，面中流矢而死。友谅慌忙同张定边逃走，幸得陈英杰领残兵亦至采石，合兵一处，只见破船二三百只，泊在江岸。要知后事如何，且看下回分解。

# 第三十一回　不惹庵太祖留句

却说陈友谅同张定边逃窜，幸得陈英杰领了残兵，亦到采石矶，合做一处，只见破船二三百只，泊在岸边。友谅且忧且喜，说："我还有一线之路。"那些军士争先而渡。不移时，常遇春等将，一齐赶杀来到，硬弩、强弓、喷筒、鸟枪，飞也似的打将过来。比至江心，这些破船，一半沉没。常遇春鸣金收军，共计斩首一十四万三千余级，生擒二万八千七百余人。所获辎重、粮草、盔甲、金鼓、兵器、牛、羊、马匹，不可胜数。复取了太平城，引兵回到金陵。恰好徐达同华云龙率兵去救常州，与士城连战得胜。士诚见势头不好，便退兵攻打江阴。徐达等随救江阴，正在交兵，忽报友谅大败亏输，士诚心胆俱碎，连夜逃遁，回苏州去了。徐达等也班师回到金陵。太祖不胜之喜，相与设筵，庆贺诸将，各论功升赏有差。

此时已是暮秋天气，营中无事。太祖吩咐李善长及翰林院，都各做起文书，分驰各处镇守将吏，俱宜趁闲修造兵器、甲胄，练习部下士卒；至于牧民州府，俱要小心抚安百姓。秋收之后，及时播种麦、豆、栽桑、插竹，尽力田亩，毋得扰害民生，以养天和；至于远近税、粮，俱因兵戈扰攘，一概蠲免①；所有罪过人犯，除是十恶难赦的，俱各放释回家，并不许连累妻孥，羁縻②日月。文书一到，大家小户，哪个不以手加额，祝赞太平天下，这也不必赘提。

忽一日，太祖心下转道："太平府地界，近为伪汉友谅所陷，至今百姓未知生理如何。"便带了十来个知心将佐，潜出府中，私行打探。却到一个庵院住宿，把眼一看，匾额上写着"不惹庵"。迅步走将进去，只见一个老僧问道："客官何来，尊居何处？"太祖也不来应。那老僧又问道："尊官何以不说居处姓名，莫不是做些什么歹事？"太祖看见桌间有笔砚在上，便题诗一首；

---

① 蠲（juān）免——免除（租税、劳役等）。
② 羁縻——系牛、马的绳。比喻牢笼拘束。

杀尽江南百万兵,腰前宝剑血犹腥。

山僧不识英雄汉,只顾哓哓①问姓名。

写完就走。恰有一个癫狂的疯子,一步步也走进来,替那小沙弥②们一齐争饭吃。太祖近前一看,却就是周颠。太祖因问道:"你这几时在何处,不来见我?"他见了太祖,佯痴作舞,口叫"告太平"一会,便塌塌的只是拜,在庵中石砌甬道上,把手画一个箍圈,对了太祖说:"你打破一桶。"太祖一向心知他的灵异,便叫随行的一二人,扯了他竟出庵来,把马匹与他坐了,径回金陵而去。那周颠日日在帐中闲耍,太祖也不十分理论。只见一日间,他突突的说:"主公,你见张三丰与冷谦么?"太祖也不答应。他也不再烦。谁想满城中画鼓齐敲,红灯高挂,早报道元至正二十一年岁次辛丑元旦。太祖三更时分,拜了天地神明、宗庙、社稷,与文武百官宴赏。却有刘基上一通表章,道:

伏维殿下仁著万方,德施四海。如雨露之咸沾,似风雷之并震。窃念:伪汉陈友谅,盗国弑君,乃纠伪吴张士诚,残害善良,如兹恶逆,不共戴天。望统熊虎之师,扫清妖孽之寇,先侵左患,后劫右殃;况观天时,有全胜之机。惟赖宸衷,奋神威之用。冒赎严威,不胜惶恐。谨拜表以闻。

太祖看了表章,对刘基说:"所言正合吾意。"因命徐达掌中军为大元帅,常遇春左副元帅,邓愈右副元帅,郭英为前部先锋,沐英为五军都督点使,赵德胜统前军,廖永忠统后军,冯国用统左军,冯胜统右军。其余将帅俞通海、丁德兴、华高、曹良臣、茅成、孙兴祖、唐胜宗、陆仲亨、周德兴、华云龙、顾时、朱亮祖、陈德、费聚、王志、常遇春、康茂才、赵继祖、杨璟、张兴祖、薛显、俞通源、俞通渊、吴复、金朝兴、仇成、张龙、王弼、叶升等,皆随驾亲征调用。止留丞相李善长、军师刘基、学士宋濂等,率领后军,镇守金陵。择日大军进发。刘基等率群臣饯送,随对太祖说:"此行径逆大江而上,从安庆水道,越小孤山直抵江州,以袭友谅之不备。彼若迎战,我当即发陆兵围之;彼若败走,弃江西而奔,主公不必追袭,惟尽收江西诸郡,然后取之未迟。"太祖说:"军师所谕最是,孤不敢忘。"宋濂因仿渔家傲一

———————————

① 哓哓(xiāo xiāo)——乱嚷乱叫。

② 小沙弥——初出家的小和尚。

阙，以饯。词说：

> 红日光辉万物秀，春风披拂乾坤垢。英雄豪气凌云透，好抖擞，
> 长驱虎士除残寇。圣明诛乱将民救，至德仁心天地厚。旌旗指处群
> 雄朽，须进酒，玉阶遥献南山寿。

太祖大喜，即命李善长草记其事，刻时起兵。刘基等送至江岸而别，自去不提。

太祖不日兵至采石矶，令军士登舟逆流而上。但见江水澄清，洪涛巨浪，风帆如箭。俄报兵至安庆。太祖因留郭英、邓愈分兵一万，攻取安庆。自率大兵，经过鄱阳湖口，前至小孤山。有一员大将：

> 身长八尺，阔面长须。一双隐豹的瞳仁，两道卧蚕的眉宇。不激
> 不随，又似化成王，又似阎罗王，能强能弱，既如佩着革，又如佩着弦。
> 提起青龙偃月刀，晃晃狼狼，扫尽环中妖孽；跨着赤兔追风马，腾腾烈
> 烈，拓平海内山川。真是人世奇男，原说天边灵宿。

这个将军，你道是谁？就是陈友谅授他做前将军平章指挥使，姓傅，双名友德的便是。当初祖上住在宿州，后来移居颍川，今又徙砀山，傅善人的儿子。他祖上自来好善，施行阴德。一日间，门首忽有一个道人，浑身遍体，都是金箔般装成的光彩，哄动了一街两岸的人，都来看他。傅善人也走出来看看，便问："师父何来，尊姓大名？一一求教。"那道人说："我贫道两脚踏地，双手擎天，大千世界①，那个不是这庐。方今从山西平阳地方过来，俗姓姓张，人都称我为张金箔。"这善人又问说："怎么称师父为金箔，其中必有缘故？"那道人又笑了一声，便道："你定要打破砂锅问到底。"便脱下了衲褡，叫唤众人，说："你们午间如若未有米饭的，日来未有柴烧的，家中或有老父、老母、幼女、稚男，没有财物侍养的，或有官司横事没有使费的，都走到我身边来，揭金箔取些用用也使得。"未知如何，且看下回分解。

---

① 大千世界——佛家谓世界有无数，合无数世界为大千世界。

# 第三十二回　张金箔法显街坊

那张金箔叫唤，人间若没有钱钞使用，无可奈何的，便到我身边来揭取些金箔，去用用也得。只见那些人一个也不动手来取。那道人又唤道："还有东来西去、一时没了盘缠的，贫穷落难、一时病死没有葬费的，都可来取些用用。"又叫道："如有稀奇古怪、百计难医的病症也可取些去吃吃。包得你们都好。"如此叫喊了三四遍，那些人都来把他脸上的、或身上的、或腿上的金箔，都去揭取下来。也有重三分的、也有重半分的、也有重一钱的，揭了起去也不见有些疤痕，仍旧见有金箔生将出来。这些人，把金箔放在火中一煎，恰是十成的宝贝，真正好去买卖东西，做正果实用。那善人便向前，问道："师父，你的功德，真是无量；但不知缘何有厚有薄，不同的份量？"那张金箔又道："这是我因物平分，称他的行事，给付与他的。孔子也曾说：'周急不继富。'怎么可滥予他！"傅善人便说："请师父到我家素斋了去。"那道人说："我也要到你家中一看耍子。"这些街上人来取金的，成千成万，一会儿也都把些去了。那道人穿了衲褨，便同善人走入家里来，从袖中取出一个小鸟儿，鸦鸦的叫，对善人说："这是毕月鸟精。我闻你家良善，今日远远的特送与你，晚来自有分晓，公可收取在卧房床帐之内。"善人接了上手，好好的走进卧房，把鸟儿放在帐子内。正好走得出来，见这些取金箔的人拈香点烛，一齐拥将进来，说："我们二三十年不好的病，吃这金子下去，没有一个不好。"还有那揭去买菜、籴①米的，侍养爷、娘、儿、女的，了结官司的，殡送的，都进来把张椅子掇在厅前中心，众人正好礼拜，一阵风过，那道人不见了。众人说："从来未见过有这样神异。"各各散去，不提。

且说傅善人见众人各自回去，走进房中，对了婆婆说了神异，便也同去看帐中鸟儿。那鸟儿驯驯伏伏，也不飞，也不叫，停在帐竿柱上，一眼儿只看他夫妻两个。他二人看了一会，说说笑笑，道："不知这师父将他送与我们何意。"善人说："且到夜来再处。"转过身到外边，吩咐司香的，烧

---

① 籴（dí）——买进（粮食）。

佛前午香,只见丫环翠儿说:"外面钱太医,因院君将产,着人送保生丹在此。"善人说:"可多多致谢他。"丫环便出去回复,不在话下。

看看红日西沉,银蟾东起,不觉又是黄昏时分了。那院君身子甚是不安,却要上床来睡,谁想这鸟儿不住地叫了两声,在帐内飞来飞去,忽然跌在席上,骨碌碌的在席边滚做一团。那院君急把手来捉他,一道清光,径从口中直灌进去,吃了一惊。那鸟便不知何处去了。将近半夜,生下傅友德来,甚是奇伟。将及天明,那张金箔直到傅善人堂中叫了恭喜,便说:"不三十年,令郎自当辅佐真主,建立奇功。"遂别了自去。

那友德长成,果然灵异非常。他见元纲不整,便从山东李善之起兵,剽掠①西蜀;后来李善之事败,便下武昌,从了友谅。前日,友谅为朱兵败于龙江,因使友德把守小孤山。他明知友谅所为不正,特来投降。太祖见了他,心中暗喜,便问道:"既为汉将,何以复来?"傅友德拜说:"良禽择木而栖,贤臣择主而事;昔陈平弃楚,叔宝投唐,皆有缘故。闻殿下神明英武,圣德宽宏,愿竭驽骀,万望不拒。"太祖便授帐前都指挥。即日领兵直抵九江五里外安营,不提。

且说友谅自龙江败回,懊悔自家远出的不是,因此只守原据地方。只道自不来惹人,人也不来惹他,只与诸姬嫔,每日在宫内饮酒欢歌的快乐。一闻天兵突到,以为从天而下,惊得魂不附体,急召张定边议论抵敌。定边说:"金陵将士,足智多谋,前者三十万兵马入龙江,被他一鼓战败。今孤城弱卒,怎能抵当!倘先困吾城,进退无路了。以当今之计,不如暂幸武昌,以图后举。"友谅依计,即刻传旨,令眷属收拾细软、宝贝,轻装快辇,率近臣今夜开北门,径走武昌权避。次日,太祖列阵,叫探子去下战书。探子回报:"城门大开,城中父老皆出城迎伏道左,说:'汉王昨夜挈②官潜遁去了。'"太祖大喜,便率将佐数员,及文官几人,入城安抚百姓。收获友谅华盖③、日月旗伞等物。其余军卒,并不许骚扰地方。次日,留黄胜、章溢镇守。即统本部进至饶州。守将李罗庚,开城十里外迎接。因把兵马直趋南

---

① 剽掠——劫夺。

② 挈(qiè)——携带。

③ 华盖——天子的伞,用绸帛制成。相传黄帝与蚩尤战于涿鹿,常有五色云气,金枝玉叶,盘旋于皇帝头上,像花葩一样,故而作华盖。

昌府。守将王交任，也出城投降。太祖分拨叶琛、赵继祖守南昌；陶安、陈定守饶州。陶安向前，说："自从主公车驾往返，皆得朝夕依附，今承命守饶州，遂未能日侍主公颜色，奈何奈何！"太祖说："如此重地，非公不可抚理。"陶安拜谢，自去料理府事，只见袁州欧普祥，龙泉彭时中，吉安曾万中等，俱献表纳款。又有康茂才前奉军令，引兵直下蕲黄、兴国、沔阳、黄梅、瑞州等处。谁想各郡闻知大驾亲征，没一处不闻风来降。是日，茂才领全兵而回，尽有江西之地，进帐复命。太祖正在欢喜，却有探子报说："南昌府原任汉将祝宗、康泰二人，同谋杀了知府叶琛，守将赵继祖，复据了城池，甚是毒害无理。"太祖闻报大怒，便遣徐达、邓愈、赵德胜等，领兵一万，即刻攻复。临行吩咐："不五日，大队人马便到，尔等宜尽心征捕，毋得走了逆贼。"那徐达星夜兼程而往。不一日，来到南昌，四下里把兵围住，就布起云梯。顷刻间，军士奋勇上城，把祝宗、康泰二人捉住，落了囚车。次日，太祖恰好也统兵来到，徐达等出城迎接了，便解送囚犯到太祖面前。太祖吩咐军中设祭，遥望叶、赵二灵所葬之处，将祝宗、康泰，斩首致献讫。因对诸将说："南昌为楚重镇，又是西南屏藩①，今得其地，是陈氏断右臂；而士诚亦为胆寒。"即遣朱文正、邓愈等镇守南昌，自回金陵，不提。

　　且说原先太祖下了处州，有苗将贺仁德、李佑之投降。太祖因命耿炳文暂离长兴，来此镇守。后来长兴一带地方，被士诚搅扰，便着孙炎知府事，以元帅朱文刚、王道童等协力抚治。耿炳文仍去镇长兴。那贺仁德、李佑之二人，各怀异心，只恐镇守金华胡大海来援，因是未敢动手。乃密交金华苗将刘震、蒋英、李福，约定彼此各杀守臣，共据其地，以图富贵。刘震等允许，便招集苗兵数百，只乘空隙儿下手。适值二月初九，李佑之、贺仁德、阴谋乘元帅朱文刚与知府孙炎、王道童，在衙设宴，暗率苗兵三千余围定。一声锣响，杀将进来。朱文刚即提剑上马接战，大骂道："国家何负于汝，汝乎反耶？若不急降，砍汝万段。"李佑之提枪来战，文刚连断其槊。他见势难抵敌，便把手招动，苗兵乱来攒住，文刚转战杀出，不提防贺仁德从后心一枪，坠马而死；王道童亦遇害。仁德把孙炎夫妻二人，幽拘在暗室中，逼他投服。孙炎自思不久救兵便到，就哄他说："倘若不杀我，即成汝谋。"李佑之看他终是不屈的心事，因对贺仁德说："到晚来再处。"后事如何，且看下回分解。

────────────

　　①　屏藩——屏障。

# 第三十三回　胡大海被刺殒命

　　且说李佑之见孙炎终有不屈的光景,恐留着他反贻后患,约摸黄昏时候,将酒一斗、雁一只,送与孙炎,说:"以此与公永诀。"孙炎拔剑割雁肉来吃;且举卮①酌酒,仰天叹了数声,说:"大丈夫为鼠辈所擒,不及一见明公,在此永诀;然万古之下,芳名自存。恨这贼奴,天兵到来,难逃凌迟碎剐。但笑肉臭,狗都不要吃他。"苗兵大怒,瞋目而视。孙炎饮酒自若,持剑在手,喝令士卒前向罗跪,吩咐说:"我且死,这身上紫绮裘,乃主公所赐,不得毁乱。"回顾其妻王氏已自缢而亡,遂自刎而死。贺仁德、李佑之,因据有其城。千户朱绚,潜夜驰赴金华,报知胡大海;大海大惊,急命刘震、蒋英、李福等,点兵前去,拿获逆贼。那刘震向前,说:"此贼全丈标枪,元帅往战,须备弩箭才好!"大海便入帐中,独背自备弩箭,不想蒋英从背后,把剑直刺透大海前心,一时身死。次子关住、郎中王恺、总管张诚俱遇害。适有大海长子胡德济,在诸暨闻变,便奔到李文忠帐前,诉说前事。文忠即刻点兵攻复,路至兰溪,众贼弃城而走。德济奋力直追,以报父仇。恰好追到一个去处,上临星斗,下瞰深溪。刘震、蒋英、李福三贼,见无去路,也冒死杀来。德济眼到手落,一刀削去,把李福腰斩做两段。刘震正待持枪来刺,那刀头一转,把枪头砍将下来,德济大叫:"贼奴休走!"刘震连人和马跌落深溪,被朱兵乱刀杀死。蒋英自知无用,连忙跳下马来投降,德济说:"杀我父亲,正是你这贼子,不杀你等待何时。"也一刀砍下头来,转马回报文忠,不提。
　　却说千户朱绚,见刘震等三贼刺死胡大海,便独马奔出金华,乃潜身到处州地面,纠集向来所与将士,约有兵五六百人,攻打处州。那贺仁德、李佑之,一齐杀出,被朱绚背城而战,径据了城门,不放二贼回城。那二贼只得奔走刘山。朱绚吩咐将士百人,守住四门,前领众军追杀。仁德且战且走,恰巧为马所蹶,被军士活捉了过来。李佑之见捉了仁德,心下自慌,

---

　　① 卮(zhī)——古代盛酒的器皿。

枪法都乱了，急急落荒而逃。朱绚拈弓搭箭，一箭正中佑之咽喉而死。收军回城，把仁德斩首号令，差使报捷金陵。太祖闻报，深羡胡德济为父报仇；朱绚独身恢复，实是难得，各令赏金百两，银五千两，嘉赏功勋，升受有差。因命耿天璧镇守处州。且对军师刘基说："自随我征战以来，攻城守隘，死于国事者，皆忠义之臣，不可不封，以奖励将士。"即唤工作局设庙于金陵城，塑耿再成、胡大海、廖永安、张德胜、桑世杰、花云、朱文逊、朱文刚、孙炎、叶琛、赵继祖等像，论功追封，岁时祭祀，不提。

却说花云的侍女孙氏，见主母郜氏身死，便抱了三岁孩儿花炜逃难，谁想被友谅部下百户王元所掳。元见孙氏色美，强纳为妾。孙度不从，必与此儿同被杀害，因不得已从之。后来友谅侵入龙江，王元往江州运粮，因挈孙氏与妻李氏同住。花儿昼夜啼哭，妻李氏甚恶之，欲置之死。孙氏跪泣，说："万望夫人怜悯勿杀，妾当丢在草野之中，把人抱去，乃是夫人天地之德。"李氏听了，吩咐："抱了去，可就来。"孙氏出门，抱至江边，拜告了天地，说："花云是个忠义好汉，死节而亡，天如怜念忠魂，俾其有后，顷刻之间，当有舟师救渡；倘命或该绝，妾身当抱此儿，共赴江水，葬于鱼鳖之腹……"言未了，只见芦苇中簌簌的响，有一个人似渔翁打扮，出来备问其故，孙氏对他说知，渔翁嗟叹不已，便说："我当为你哺育此儿。"因引孙氏到家中。孙氏细细看了所在，认识了东西南北，便在身上取出金环一只、银钏一只，与渔翁，说："此物权为收养之资，后日相逢，当出环钏配合为记。"再三叮咛，洒泪而别。仍归王元家中，服侍正室李氏。至次年辛丑，太祖举兵伐汉，友谅见势大难敌，竟弃江州奔到武昌。王元也带军前去，唯留妻与妾孙氏在家。孙氏闻太祖驻扎江州，因往渔家索此儿，以献太祖；不意渔翁无子，且爱他聪明，决不肯还，孙氏只得归去，号哭了七日七夜，因正妻李氏怒骂而止。后复往渔家索之，凑巧渔家往江上捕鱼，其妻亦送饭，反锁此儿在屋子里。孙氏撬开房门，竟负此儿而逃。奔至城中，谁想太祖大驾已去江州。孙氏进退无路，又恐渔翁追寻，只得向夜到江渚边、深草内歇了一夜。次早，出江口买舟过江，又遇陈友谅南昌兵败，争船而渡，造次中，孙氏并花儿，俱被捱落水中。孙氏落水，紧抱花儿不放，出没波浪中，忽见水上有大木如围一条，流将过来，孙氏大喜，遂挈儿攀木而坐，漂来漂去，倏入一个莲渚间，内外、上下俱有荷叶遮蔽。孙氏与儿躲闪不出，因摘莲子充饥。凡在浅渚坐木上，已经八日，得不死。孙氏默祈天神保护。时已半夜，急闻岸上有人说话，孙氏高声求救。只见月明中，一老翁驾了小船，行入渚中，细问来历，因引孙氏并儿上船，且说："你既是忠臣之裔，我当送至金陵，你勿惊慌。"孙氏与儿坐船内，耳边但闻如暴风、疾雨，眼里只见这船或旋上顶，或涉江滩。欲知孙氏能否脱险，且看下回分解。

# 第三十四回　花云亲义保儿郎

却说老者将孙氏送到金陵,说道:"天色方明,金陵已到,我当送你进城。"进得城来,正遇李善长路间判断公事。吏人将此事报知,说:"有太平府花云侍女,抱小儿来见。"善长即便唤到面前,那老者具说了一遍。善长叹说奇异,就引孙氏等来见太祖;太祖把花炜坐在膝间,谓众官说:"我不意花将军尚有此儿,真是将种。"因唤老者入问名姓,并赐以金帛。

太祖说:"花将军殉身报国;孙氏艰苦救儿,忠义一门,真正难得。"诏封孙氏为贤德夫人,花炜袭父都指挥之职。待年至十六岁,相材任用。选给官房一所与住,月支米禄优养。

光阴无几,又是元至正二十三年,岁次癸卯,三月天气。那陈友谅逃至武昌。建筑宫阙、都城、朝市、宗庙。时当初夏,友谅视朝,诸文武百官,三呼拜舞礼毕。乃宣江国公张定边向前问道:"金陵恃强侵我江西,此仇不可不复,寡人也日夜在心。前者下诏命卿等招兵买马,不知到今,共得几何?"定边对说:"主公虽失江西,而江北两淮、蕲、黄等处地方,粮储不少。即今诸路年谷不登,人民饥馑。闻殿下招兵,俱来就食。群雄、草寇来投服者,计有六十余万人。"友谅又说:"军兵虽足,这些盔甲、器械、舟船、艘橹①,恐未能悉备停当。"定边说:"臣同陈英杰百计经营,幸已周备了。"友谅又问:"粮草济得事么?"定边把手指计算了一番,说:"以臣计料,也有一百三十余万,尽可支持。"友谅大喜,说:"既如此,便可发兵收复江西,并下金陵,以报前仇。……"言未毕,只见丞相杨从政,出班启奏:"若论此仇,不可不复,奈金陵君臣,智勇足备,不可轻敌。以臣愚昧,细思吴王张士诚,他与朱家久是不共之仇,且兼三吴粮多将众。今主公既欲收复失地,并取金陵,莫若修一封书,遣一个能言之士,往吴国连和,说以利害,使彼愤怒发兵,与朱家作对。主公再令二人,一往浙东说方国珍;一往闽、广说陈友定,一同发兵攻打金陵,则朱兵必当东南之敌。主公然

---

① 艘(lóu)橹——即大战船。

后统了大军，前驱而进，那时取金陵，在反掌之间矣。"友谅听了大喜，说道："此计最妙。"遂遣邱士亨往苏州，孙景庄往温州，刘汝往福建，克日启程。

且说邱士亨不日间已至姑苏，竟到朝门外伺候。却有近臣奏知，因引他入见。士诚问了些闲话，便拆书观看，念道：

> 寓武昌汉王陈友谅，书奉大吴王殿下：伏为元纲解纽，天下纷纭，必有英才，后成功业。兹有金陵朱某，窃形胜之区，聚无籍之徒，侵吴四郡，夺我江西，心诚恨之，时图恢复。乞念旧好，共成其势，两力夹攻，必可瓦解。两分其地，各复其仇，利莫大焉。特命小使会约，乞赐明旨。依期进兵，万勿渝信。友谅顿首再拜。

士诚得书大喜，因对士亨说："孤受朱家之耻，日夜饮恨，力不能前。若得尔主同力来攻，孤之愿也。"因重赏士亨，约期起兵，令他回国，不提。

次日，士诚便同元帅李伯升、御弟张士信、副帅吕珍，商议乘汉兵夹攻，即当亲征，以复故土。只见丞相李伯清进奏道："汉王从江下攻金陵，舟师甚便。我若先投其锋，彼必与我相迎，那时汉兵乘虚而入，是于汉有益，于吴有损。以臣愚见，可先领兵从牛渚渡江，攻采石、太平、龙江等处，只约汉兵攻池州西路，则金陵之师，必悉力以拒二敌，此时殿下统大兵，乘虚直捣金陵，势必攻破矣。"又说："宋主韩林，近处安丰，亦我之肘腋。以兵攻之，彼必不胜，决请救于金陵，是我得安丰，且分金陵势也。"士诚听计，说："极妙！极妙！"遂宣吕珍、张虬、李定、李宁四将，领兵十万，攻取安丰。自领大部人马，竟向金陵进发。又说："卿等宜戮力同心，攻复旧壤，平定宋地，并取金陵，遂有淮东，俱当割地封王，以酬功赏。"四人领命，竟取路望安丰而来。

宋主韩林，闻说吴兵骤至，大惊，急请刘福通计议。福通说："主上勿忧。"便引罗文素、郁文盛、王显忠、韩咬儿，率兵二万迎敌。吴兵阵上，早有张虬领兵一万，到城下搦战。这边罗文素等四将，力战张虬，张虬力不少怯，斗上四十余合。却笑罗文素、郁文盛二将，并马转过东来，那张虬一锤飞去，连中二人面门，都翻身下马，被乱枪刺杀。韩咬儿见势不好，持鞭赶来，张虬也转过一锤，把他脑盖打得粉碎。王显忠急要逃走，张虬纵马奔到，大喝道："休走！"轻舒猿臂，把显忠活捉了在马上。刘福通因此弃阵逃回，吴兵拥杀过来，十亡八九。韩林传令坚闭城门，再处。便同福通商议,说:"吾闻金陵朱公,兵强将勇,仁义存心,若往彼处求救,必不见拒。"便修表,遣太尉汪全从水关浮出,抄河路十五里,方得上岸,星夜奔赴金陵。

正值太祖升殿,早有近臣上前,启说:"北宋韩林,有使臣到此。"太祖召见了,便拆书来看道:

北宋王韩林,顿首再拜上,金陵吴国公朱殿下麾前:切念我公威震海内,德溥四方。林本欲助手足之形,佐张皇之势;奈因奸党阻梗。今汉贼窥伺江西,吴寇攻扰安丰,望驱一旅之师,以解倒悬之急。林虽无用,亦当图报。势在旦夕,悬拜垂仁不宣。

太祖看书毕,便令汪全馆驿筵宴。遂对众将说:"今吴困安丰,韩林求救,此事如何?"军师刘基说:"此正士诚'假途灭虢之计①'。欲图我金陵耳,安丰是淮西藩蔽,若有疏失,则淮西不安;彼得淮西,必取江南。汉兵又从江西来夹攻,则我有分争之祸矣。"太祖听得,细思了一会,便问:"似此奈何?"刘基说:"凡有病,须医未定之先。主公可同常遇春领兵先救安丰。便遣人往江西调徐达兵来,随后策应,庶几淮西、江南、两保无虞。"太祖又说:"我离金陵,吴兵必来袭我;徐达离江西,汉兵必来攻扰,是内外交患了。"刘基说:"臣与李善长、汤和、耿炳文、吴良、吴祯领兵十万,镇住金陵、常州、长兴、江阴一带地方,便足拒绝吴师。江西有邓愈、朱文正,领兵五万,亦可拒友谅。主公此去,若定淮西,然后或破汉或破吴,但灭得一国,大事可成矣!"太祖称善。便令汪全先回,教宋主坚守城池,自领三军,即日来救。汪全拜谢先去。次日,令常遇春、李文忠,领兵十万征进。留世子朱标,权理朝政。刘军师同李丞相协掌军国重事;再传檄与汤和、邓愈知道,须严整军马,提防东吴及北汉之寇。分遣已定,克日领兵,往安丰进发。

不一日,进泗州界上,传令安营。忽汪全驰至,泣拜说:"臣未到安丰。中途闻知吕珍、张虬,攻破城池,把臣主及刘福通等,尽皆杀害,据有安丰了。"太祖听说大怒,下令诸将,努力攻取,拿获二贼,与宋王报仇。又对汪全说:"尔主既灭,你亦无所归,不若留我麾下,复署旧职。"汪全拜

---

① 假途灭虢(guó)之计——春秋时,晋国向虞国借路去打虢国。灭虢之后,回来把虞国也灭掉了。

谢受职。即日兵至安丰,正南七里安营。

且说吕珍、张虬,得了安丰,不胜之喜,终日饮酒为乐。忽报朱兵来救,二人大惊,吕珍说,"金陵兵未可轻敌。今夜可令部将尹义,先将金帛辎重,送赴泰州,明日我辈方领兵对敌,胜了不必说起;若是不胜,便弃城而走,仍奔泰州,以图后举。"张虬说:"极妙!"当夜收拾起细软货物,付尹义押赴泰州去讫。次日,分兵五万,张虬镇后,吕珍当先,旗门开处,早有常遇春横枪在马上杀来。吕珍与常遇春战有许久,吕珍力怯便走。遇春追赶约有十数里,猛听一声炮响,却是张虬领兵五万突出,把遇春三千兵困在核心。遇春大怒,奋勇喊杀如雷。却好太祖大队人马也到,遇春望见我兵军旗号,催兵在内冲杀,三人阵中,三拔其帜,吴兵大败。吕珍、张虬领兵径奔泰州去了。太祖鸣金收军。入城抚民方罢,忽有哨子报说:"左君弼领兵来取安丰。"太祖对诸将说:"吾方欲乘此取庐州,可奈这贼又来攻扰,是自取其祸了。"即令众将披挂上马迎敌。只见左哨上郭英挺枪直取君弼。战未数合,后阵上常遇春、傅友德、李文忠、廖永忠、朱亮祖、冯胜、冯国用、康茂才、薛显,一齐拥杀过来,君弼舍命急走。忽撞一彪军马又杀将来,正是徐达,在江西得胜,领兵而回,当先阻住。君弼无心恋战,领残兵奔入庐州城,坚守不出。朱军四面围打,徐达收兵,参见了太祖,备说主公威德,江西已定。今蒙军令,特来庐州策应军情。太祖因与徐达计议。未知如何,且看下回分解。

# 第三十五回　朱文正南昌固守

却说太祖与徐达合兵一处，日夜计取庐州，不提。且说伪汉陈友谅，一日设朝，张定边出班奏说："近闻金陵朱某，领兵十万去救安丰，杀败了张虬、吕珍；不意左君弼来相助，亦遭困败，迫至庐州，坚闭不出。徐达亦往庐州接应，日夜攻打，即今金陵与江西两地皆虚，主公正好乘隙，以图报复。"友谅说："朱某既空国远战，卿等可领兵直捣其境，先取了江西，后克了江南，金陵便可图了。"因令丞相杨从政权军国重事；皇后杨氏权朝政。自与太子陈理、张定边、陈英杰等，率水陆军兵，共六十万，战船五千只，克日由武昌进发，竟过鄱阳湖登岸，至南昌府，离城十里安营。

却说南昌正是太祖侄子朱文正，同左军元帅邓愈、赵德胜把守，闻知友谅兵到，便商议说："此是知我主公远在淮东，故乘虚入境，来取江西耳。但城中兵少，恐难抵敌，似此奈何？"德胜对文正说："将军且勿忧，如今只留一千兵守城，待小将同张子明，夏茂诚，率兵一千出城迎敌。"朱文正说："虽然如此，贼兵势重，未可轻视。"德胜说："不妨。"便领兵出阵来战。汉兵阵上，早有张定边儿子张子昂，纵马相对，被德胜一枪刺于马下。那阵中有金指挥急来抵敌，又被德胜飞箭射倒，斩了首级。德胜便把子昂的头悬在枪竿上，高声叫说："再来战者，当以为例！"定边看见儿子的头，放声大哭，便举刀上马，奔出阵上，与德胜战到三十余合，不分胜败。陈友谅见定边势力不加，便催兵混杀过来。德胜阵上张子明等四将，一齐挡住。那德胜奋勇争先，以一当百，杀得汉兵大败而奔。德胜也不追赶，收兵入城。朱文正说："今日元帅虎威，足破贼兵之胆。但势终难敌，彼必复来困城，还宜修表，令人急往庐州求救，庶保无失。"即遣百户刘和，赍表前去。谁想刘和出城未数里，竟被贼兵拿住。刘和见事败，便将表章扯得粉碎，把口嚼做糊泥一般，只字也看不出，就跳入江中而死。友谅心知此是求援，便于夜间把南昌四面围住，高叫："城中将士，可速来投降，共图富贵。"邓愈等厉声大骂道："弑君之贼，还不知天命，贼巢不守，反来图谋江西，是自取败亡了。"因令众将分派各门拒守，日夜提防。那友谅用云梯百计攻击,邓营将士却用炮石等项,飞打过去,汉兵中伤者,不计其数。时已月余,文正等计算说:"刘和去久不回,大都途中为贼兵所害,还须令人再行方好。"只见张子明向前说:"待末将驾着小船,乘夜越关而出,必然无害。"文正便修表,着子明赉发,依计向夜而行。谁想友谅围住南昌,又分遣知院蒋必胜、饶鼎臣等,将兵一万,攻打吉安。那吉安守将明道,与参政粹中、亲军指挥万中,两情不睦,那明道潜通必胜约期来攻,以城中火起为号。万中迎战被杀,粹中见势便走,又被仇家黄如润所执,便与知府朱华、同知刘济、赵天麟,一齐械送至友谅帐前,被友谅杀了,统号令于南昌城下。文正等安然不理。是日,攻城益急。指挥赵显锐卒开门奋战,杀了汉平章刘进昭、枢密使赵祥;又有谢成,首冒矢石,竟活捉他骁将三人,贼兵方退。惟是赵德胜夜里巡至东门,被贼一箭,正中腰眼,深入六寸。德胜负痛拔出,血流如注,因抚腹叹道:"吾自从军,屡伤矢石,其害无过如此。大丈夫死何足惜,但恨不能从主上扫清中原,勋垂竹帛耳!"言讫遂卒。文正等三军大哭失声,即具棺椁殡殓。益加小心坚守。

却说张子明潜夜驾小船,越水关,晓夜兼行了九日,方抵牛渚渡登岸。又经四个日头,到得庐州,入见太祖,上表求救,太祖说:"这贼乘虚取我江西,大为可恨。"因问:"兵势若何?"子明答说:"彼兵虽多,然闻死者亦不少,此时江水日涸,贼之战舰,皆不利用;况师久乏粮,大兵一至,必可破矣。"太祖因嘱咐子明先回,说:"但坚守一月,吾当取之。"子明辞了出帐,还至湖口,恰被友谅巡兵捉住,送到友谅帐前,子明略无惧色。陈友谅便说:"你招得文正来降,必有重用。"子明暗想道:"若不假从,必至误了军国大事,不如顺口应承,且到城下,再做区处。"便应道:"这个尽使得。"友谅大喜,就封子明为亲军万户侯之职。子明拜谢,便说:"待我去招他来降。"走至城边,大叫说:"前蒙元帅命末将到庐州上表,主公吩咐道:'元帅谨守城池,目下便统大兵自来。'不期回至湖口,为汉兵所获。友谅要我招元帅来降,我特佯诈脱身,来见元帅,告知此情。我今必然死于贼人之手,望元帅尽忠报国,与主公平定天下!"言讫下马,撞阶而死。友谅大怒,说:"吾被这厮所诱了。"命左右枭子明首极,悬于南昌城外示众,不提。

却说太祖闻南昌被围,因还金陵,集诸将商议说:"我今欲救江西,犹恐吕珍、张虬、左君弼,袭我之后;又闻张士诚起兵二十万,侵犯常州四郡,汤和等与战,又不见胜。似此二路兵来,如何设法应敌?"众将都说:"江西离此尚远,今苏湖一带地方,民众肥饶,宜先攻打,待士诚平复,尽力去攻友谅,庶金陵无肘腋之患。"惟刘基说道:"士诚自守弹丸,今虽侵犯东南,有李丞相、汤鼎臣、耿炳文等,连兵拒守,包得不妨。若吕珍、张虬、左君弼等,乘虚袭后,可留一条,领兵五万,驻于淮西,则三贼亦不足惧。惟友谅居上流,且名号不正,宜先剿灭陈氏,后除士诚,如囊中物矣。"太祖想了一会,说:"陈友谅剽轻而志骄,专好生事;张士诚狡懦而器小,便无远图;若先攻士诚,友谅必空国袭我金陵了。"攻取自有先后,军师所见极是。因令常遇春、李文忠,发兵十万,再起淮西水军十万,同救江西,攻取友谅。克日从牛渚渡入大江,逆流而西。

此时正是至正二十三年癸卯,秋七月中旬。太祖乘龙舟中,有王祎、宋濂、常遇春、李文忠等在侧,太祖叹说:"秋江入目,忽起壮怀,卿等可作一词,以记秋江之景。"王祎援笔而就,大祖取来一看,只见写道:

芦花飘白絮,枫叶落红英。霜凋嫩枝,又青又赤映清波;露滴残荷,半白半黄浮水面。渔舟横荡,商韵彻青霄,画舫轻摇,网珠罗碧水。又若万点寒云,归鸦飞落晚州前;一团练雪,野鹭低栖平渚上。岸畔黄花金眼,树头红叶火龙鳞。

太祖看毕赞道:"直写出秋江景色,极佳,极妙!"宋濂亦赋诗一首道:

清水秋天晚,孤鸿落照斜。

一航风棹稳,迅速到天涯。

太祖大悦,说:"浙江才士,二人不相颉颃①。学问之博,王祎不如宋濂;才思之宏,宋濂不如王祎,各成其妙。"两人俱赐帛五匹。说话之间,却报前路人马已抵鄱阳湖口,早有探马报于陈友谅得知。友谅便宣张定边及帐内多官计议迎敌。张定边沉思半晌便上前奏道:"臣已有计在此。"不知如何,且看下回分解。

----

① 颉颃(xié háng)——比喻上下。颉,鸟向上飞的样子;颃,鸟向下飞的样子。

# 第三十六回　韩成将义死鄱阳

那张定边因友谅会集多官，计议迎敌，上前奏道："可先驱船据住水口，彼不能入，则南昌不攻自破；不然彼得进湖，与邓愈等里应外合，必难取胜。"陈友谅说："此见极是。"急传令取南昌兵及战船，入鄱阳湖口，向东迎敌。两家对阵，在康郎山下。朱营阵上徐达当先奋杀，把那先锋的大船拥住，杀得血染湖波，船上一个也不留，共计一千五百零七颗首级，乃鸣金而回。太祖说："此是徐将军首功，但我细想，金陵虽有李善长众人保守，还须将军镇慑方可。"因命徐达回守，不提。

次日，常遇春把船相连，列成大阵搦战。汉将张定边率兵来敌。遇春看得眼清，弯弓一箭，正中定边左臂；又有俞通海将火器一齐射发，烧毁了汉船二十余只，军声大振。定边便叫移船退保鞋山。遇春急把令旗招动，将船扼守上流一带，把定湖口。那俞通海、廖永忠、朱亮祖等，又把小样战船，飞也来接应，定边不战而走，汉卒又死了上千。到了明日，友谅把那战船洋洋荡荡一齐摆开，说："今日定与朱某决个雌雄。"太祖阵上，也拨将分头迎战，自辰至酉，贼兵哪里抵挡得住。却见朱亮祖跳到一只小船来，因带了七八只一样儿飞舸，戴了芦荻，置了火药，趁着上风，把火刮刮燥燥的直放下来。那些贼船，烟焰障天，湖水都沸。友谅的兄弟友贵，与平章陈新开，及军卒万余人，尽皆溺死，贼兵大败。友谅见势力不支，将船急退。那廖永忠奋力把船赶来，见船上一个穿黄袍的，军士们尽道是友谅，永忠悬空一跳，竟跳过那船上去，只一枪刺落水中。仔细看时，并不是友谅，却是友谅的兄弟友直。原来友谅兄弟三人，遇着厮杀，便都一样打扮，混来混去，使我们军中厮认不定，倘有疏虞，以便脱逃，此正是老奸巨猾处，然也是他的天命未尽，故得如此。太祖鸣金收军，在江边水陆驻扎，众将依次献功。太祖说："今日之战，虽是得胜，未为万全，尚赖诸卿协力设法，获此老贼，以绝江西日后之患。若有奇谋者，望各直陈。"俞通海说："我们兄弟，今夜当领兵暗劫贼营，使他大小士卒，不得安静。来日索战，却好取胜，此亦以逸驭劳之法。"只见廖永忠也要同去。太祖便令点兵五百,战船十只,嘱咐俞通海等小心前去,约定二更时刻,将船悄悄的掉到友谅寨边。那些贼兵屡日劳碌,都各鼾鼾熟睡。朱兵发声大喊,一齐杀入,贼兵都在梦中,惊得慌慌张张,那辨彼此。朱兵东冲西突,直进直退,那贼人只道千军万马杀入寨来。混杀了一夜,天色将明,乃转船而走。陈友仁纵船赶来,忽见前面却有三十只船,把俞通海等十只船尽皆放过,拦住去路。为首一将,白袍银甲,手执铁棍,正是郭英,向前接应。陈友仁见了郭英大怒,直把船逼将过来,却被郭英隔船打将过去,把友仁一个躯骸,连船打得粉碎,贼兵大败逃回。郭英便同俞通海合兵一处,来到帐前,备说了一番。太祖说:"昔日甘宁以百骑劫曹营,今日将军以十船闯汉寨,郭将军又除他手足,其功大矣。"

且说友谅被混杀了一夜,折了两千军马,心中纳闷,没个理会处,却有参谋张和燮①说:"臣有一计,可将五千战船,用铁索拴为一百号,篷、窗、橹、舵,尽用牛马的皮缝为垂帐,以避炮箭。外边即于山中砍取大树,做了排栅,周围列在水中,非特昼不能攻,亦且夜不得劫。"友谅听了大喜,即令张和燮督理制造。不数日,闻俱已编挛停当。友谅看了,赞道:"真个是铁壁银山之寨,朱兵除非从天而来。"因着张和燮把守水寨,自同陈英杰领了三十号船,出江来战。太祖见了友谅,劝说:"陈公,陈公,胜负已分,何不退兵回去?"友谅对说:"胜败兵家之常,今日此战,誓必捉你。"那陈英杰便统船冲来。只见常遇春早已迎敌,金鼓大振,战了三个多时辰,遇春将船连杀入去。即恨太祖坐的船略觉矮小,西风正来得紧,友谅的船,从上而下,把太祖船压在下流,众将奋力攻打,炮石一齐发作,俱被马牛皮帐遮隔了,不能透入。顷刻间,太祖的船,被风一刮,竟搁在浅沙滩上。众将船只,又皆刮散,一时不能聚合。那陈英杰见船搁住马家渡口,便把旗来一招,这些军船团团围绕,似蚁聚一般。太祖船上只有杨瞡、张温、丁普郎、胡美、王彬、韩成、吴复、金朝兴等八将,及士卒三百余人,左右冲击,哪里杀得出。陈英杰高叫说:"朱公若不投降,更待何时?"太祖对众叹息说:"吾自起义以来,未尝挫折,今日如此,岂非天数!"杨瞡等劝解说:"主公且请宽心。"太祖说:"孤舟被围,势不能动,虽有神鬼,亦奚能为……"正说之间,却见韩成向前,说:"臣闻杀身成仁,舍生取义,是臣子理

———————————

① 燮(xiè)。

之当然。昔者纪信诳楚，而活高祖于荥阳。臣愿代死，以报厚恩，敢请主公袍服、冠履，与臣更换，待臣设言，以退贼兵，主公便可乘机与众将逃脱。"太祖含泪说："吾岂忍卿之死，以全吾生……"正踌躇间，那陈英杰把船渐放近来围逼，连叫投降，免至杀害。太祖只得一边脱下衣冠，与韩成更换，因问："有何嘱咐？"韩成说："一身为国，岂复念家！"太祖洒泪，将韩成送出船来。韩成在船头上，高叫："陈元帅，我与尔善无所伤，何相逼之甚？今我既被围困，奈何以我一人之命，竟把阖船士卒，死于无辜。你若放下将校得生，吾当投水自殉。"只听得陈英杰说："你是吾主对头，自难容情，余军岂有杀害之理？"韩成又说："休要失信。"英杰只要太祖投水，便说："大丈夫岂敢食言。"韩成说："既如此，便死也甘心。"就将身跳入湖中。后人却有古风一篇，追赠韩成说：

> 征云惨惨从天合，杀气凌空声唵嗒①。貔貅②百万吼如雷，巨舰艨艟环几匝。须臾水泊尸作丛，岸上鹃啼血泪红。古来多少英雄死，谁似韩成待主忠。人道天命既有主，韩公不死谁焉取。不知无死不成忠，主圣臣忠垂万古。此时生死勘最真，舍却一身活万身。圣人不死人人识，韩公非是痴迷人。而今湖水涨鄱阳，铁马金戈谁富长。唯有忠魂千古在，不逐寒流去渺茫。

未知后事如何，且看下回分解。

---

① 唵嗒——形容声音宏大响亮。
② 貔貅(pí xiū)——古书上说的一种猛兽，比喻勇猛的军队。

# 第三十七回　丁普郎假投友谅

却说韩成替太祖投入湖中,那陈英杰对众将说:"尔主既死,何不归顺汉王,以图富贵?"杨睍说:"我们村野鄙夫,久为战争所苦,每每不欲从军,乞将军高鉴!"两边正把言语相持,忽听得上流呐喊连天,百余只战船冲将下来,剑戟排空。却是常遇春、朱亮祖,闻得太祖被围,急来救应。陈英杰奋力来拒,那亮祖上了汉船,横杀了十余人。陈英杰认说太祖既殁,想他成不了大事,因而转船回去。遇春、亮祖,救得太祖船出,都来拜伏请罪。太祖说:"这是数该如此,但若得早来半个时辰,免得忠臣枉死耳。"便说韩成的事。乃命诸军移船罂子口,横截湖西口子,且将书与友谅,说:

> 方今之势,干戈四起,以安疆土,是为上策。两国纷争,民不聊生,策之下也。曩①者公犯他州,吾不以为嫌,且还所俘士卒,欲与公为从约之举,各安一方,以俟天命也。公复不谅,与我为仇;我是以有江州之役。遂复蕲黄之地,因举龙兴等十郡。今犹不悔,复起兵端,二困于洪都,两败于康山。杀其弟、侄,残其兵将,损数万之命,无尺寸之功,此逆天悖人之极也。以公平日之强,宜当亲决一战,何徘徊犹豫,畏缩不前,毋乃非丈夫乎?公早决之。

友谅得书不报。太祖因韩成替死一节,也只是心中不忍,时时长吁短叹。只见帐外报说:"周颠在外面,大步的跨进来了。"太祖便说:"你这颠子,近从哪里来?"他也不做一声。太祖又问说:"我今在此征友谅,此事如何?"周颠大叫:"好,好!"太祖说道:"他如今已称为皇帝,恐我难以收功。"周颠仰天看了一会,把手摇着说:"上面没他的,上面没他的。"便把拄的拐儿高举,向前做一个奋勇必胜的形状。太祖便留他在帐中宿歇。

当晚,俞通海对众商议,道:"湖水有深有浅,不便来回,不若移船入江,据敌上流,彼舟一入,必然擒住。"方欲依议而行,那陈英杰复来搦战。太祖大怒,说:"谁与我擒此助虐之贼,以报马家渡口之仇?"恰有杨璟、丁

---

① 曩(nǎng)——从前。

普郎,向前迎敌。英杰望见了太祖,方知昨日为韩成所诱。两边混杀多时,只见俞通海、廖永忠、赵庸、朱亮祖、郭英、沐英六将,各驾着船,内载芦草、火器,杀将上来。且战且进,谁想那贼连着巨舰拥蔽而行。船上枪戟如麻,以拒朱军。太祖看六将杀了进去,一个多时辰,再不见形影。太祖捶胸顿足,叫说:"可惜了!"六员虎将,陷于汉贼阵中,正没个区处,忽然间,看那友谅后船,腾空焰焰的烧将起来。但见:"江水澄清翻作赤,湖波荡漾变成红。"不多时,那六员虎将驾着六船,势如游龙绕出,在贼船之后,杀奔而出。朱军阵上看见,勇气百倍,督战益力,摇旗呐喊,震天动地,风又急,火又猛,杀的贼兵大败。友谅见势头不好,急令众船向西走脱,方得数里,早有张兴祖红袍金甲,手执画戟,挡住大路,大喝道:"友谅逆贼走哪里去!"一戟直刺入脑上,倒船而死,兴祖便跳过船来,割下首级,仔细一认,却是友谅次子陈达,不是正身。鸣金而还。太祖依着俞通海屯兵江中,水陆结寨,安妥了诸将,各自次第献功讫。太祖对众将说:"适六将深入贼中,久无声息,我不胜凄惋,幸得以成大事。今日之功,六将居首。"因命酒相庆,席上复着书,着人传与友谅。中间皆劝其何苦自相吞并,伤残弟、侄,勿作欺人之寇及要友谅即去帝号,以待真主等意。友谅复不答。太祖发了书去,便与众将计议攻取之术。恰好军师从金陵来见太祖;太祖便问军师与张士诚交战胜负的事体。刘基对说:"李善长并汤和、耿炳文、吴祯、吴良等,连兵累败了张士诚三阵,他如今退兵在太湖安营。此乃鼠窃之贼,不足计虑。夜观天象,西北上杀气,甚是不祥,应当一国之主,想来陈友谅合当复亡。然中天紫微垣,亦有微灾,故不放心,特来相探。"太祖把船搁在沙上,韩成替死的事,细细说了一番,就问:"目今陈友谅有五百号战船,每一号计船五十只,兼领雄兵六十余万,联栅结寨,实是难破,奈何,奈何!"刘基听了结寨的光景,便笑道:"孙子曾说:'陆地安营,其兵怕风,水地安营,其兵怕火。上冈者恐受其围,下冈者恐被其陷。'今水上联船结寨,正取祸之道,岂是良策。有计在此,令六十余万雄兵,片甲不回。"太祖听罢大喜,便问:"计将安出?"刘基说:"此须以火相攻,必然决胜。"太祖又说:"两三次俱把火攻,但贼寨深大,四面尽有排栅、铁索穿缚,外面的火,焉能透到里头?"刘基又说:"主公可有友谅部下来投降的将校否?"太祖说:"尽有,尽有。"刘基便令唤来。不多时,却有许多,都来听令。刘基因对他们道:"公等来降,皆是弃假投真,识时务的好汉。今主公欲破贼兵水寨,要用公等,里应外合,此事甚不轻易,必须赤心报国者方能成就。若不愿行的,亦听各人心事,不敢相强。"说罢,却有丁普郎等三十五人,挺身向前说:"向受主公厚恩,愿以死报。"刘基便嘱咐说:"你们今夜可去诈降友谅,明夜只看外面火起,却从内放火为应。"众将听计说:"举火不难,只怕友谅不信,有误军国大事。"刘基便附普郎的耳朵说了两声,各人便整理随身要用的物件,到晚驾一只战船,径抵康郎山下。正是友谅与张定边、陈英杰帐中饮酒,哨子报说:"有丁普郎等来见。"友谅唤至帐下说:"尔等既降朱家,今夜来此,有何议论?"普郎对说:"前守孤城,力不能敌,一时无奈,所以诈降。今夜得便,故率众逃回,望主公容纳!"友谅说:"你必为朱家细作,假意来降。左右们,可尽力捉下,斩讫回报。"只见三十五人,齐声叫道:"我等特来献功,主公反生疑忌。"友谅便问:"你等来献何功?"普郎说道:"我等听他定计,叫常遇春来日领二万雄兵,抄路往康郎山袭取水寨,所以冒险来报,指望封赏,反要杀害,此冤哪个得知。"友谅听了大惊道:"不说不知,几乎杀了好人。"因唤三十五个,都入帐中赐予酒食。未知后事如何,且看下回分解。

# 第三十八回　遣四将埋伏禁江

却说丁普郎等三十五人,说起常遇春要劫水寨一节,友谅惊得木呆,说道:"早是你们来报消息,我可预备接应。"便赐予众人酒食。只见张定边、陈英杰在侧,说道:"不可收用。"友谅回说:"他是我手下旧臣,何必多疑。"因与商议,倘遇春来夺水寨,何计御敌。张定边说:"主公且莫惊忧,待臣领兵三万,将康郎山小径,截住了遇春来路。主公若破得朱兵,便引大队人马随后夹攻,定然得胜。"友谅听罢,便令张定边点兵三万,驾着战船三百只,辞去把截,不提。

次日,太祖升帐,思量刘基所议,水战火攻,亦是兵家之常。但未知今日制变之法何如。吩咐军中整顿,特请军师行事。只听得辕门之下,画鼓齐鸣。擂了大鼓一通,四下里巡风角哨的,都去通知诸将官,在本帐整齐披挂结束。却有一刻时光,四角上军中鼓乐喧天。太祖大帐前,九紧九慢,又发下一通花鼓。只见诸将官,如云、如雨,似蚁、似蜂。但手各执刀枪,腰挎了宝剑,东西南北,一一的依次排立在行营门外。只待军师升坛布令。又有半刻时光,传说太祖帐内,把云板轻敲了五声,帐外便接应号子三声,画角三声,粗乐、细乐各吹打了两套。早有里班的军卒,把那五军的旗牌,唱名的点单,并要用的什物,俱一一的摆列在坛上、朱红桌子高处。恰好军师高足大步的出来,与太祖分宾主行礼讫。太祖便说:"今日特请军师登坛,遣兵调将,破敌除残,末将敬率偏裨,听命于法坛之下。"军师与太祖拱一拱手,竟步步登上坛来。便有五军提点使同那五军参谋使,先进帐中,向军师行了个礼,分立在坛下两边。只听得鼓儿冬冬的响,提点使将五色旗号,各各麾动。那些将官,一一的走到坛前,按方而立;提点使又将五色旗幡总来一展,那些将官又一一的鱼贯而行,序立在坛边,向军师总行了一个礼。那提点使,即将一色素带,飘飘摇摇,在坛中展了一回,那些将官,便一一左右分班,不先不后,序立在两行。走过五军参谋使,即来禀道:"众将已齐,请军师法旨。"军师随吩咐说:"主公一统之策,全在今朝。众将官俱宜悉心尽力,无落吾事;有功者赏,违令者诛。"众将官俱说："听令。"军师便将红旗一面在手，唤过俞通海为南队先锋，俞通渊为副，带领华高、曹良臣、茅成、王弼、孙兴祖、唐胜宗、陆仲亨七将，率兵一万，驾船二百只，都是红旗、红甲，头戴冲天彪炽赤色金盔，手执铁焰火燃八龙吐烈枪，按着南方丙、丁、火，往南路进发，待夜分风起时，各将木栅锯开，攻打汉贼西边水寨。又将青旗一面在手，唤过康茂才为东队先锋，俞通源为副，带领周德兴、李新、顾时、陈德、费聚、王志、叶升七将，率兵一万，驾船二百只，都是青旗、青甲，头戴太乙蛟飞翠点紫金盔，手执点铜钢七叶方天戟，按着东方甲、乙、木，往东路进发，待夜分风起时，只看木栅砍开去处，竟冲入水寨军中，砍倒汉贼将旗，从中相帮放火。又将黑旗一面在手，唤过廖永忠为北队先锋，郭子兴为副，带领郑遇春、赵庸、杨璟、胡美、薛显、蔡迁、陆聚七将率兵一万，驾船二百只，都是黑旗、黑甲，头戴玄都豹翼黑色金盔，手执水纹钢链九龙取水枪，按着北方壬、癸、水，往北路进发，待夜分风起时，各将木栅砍开，攻打汉贼南边水寨。又将白旗一面在手，唤过傅友德为西队先锋，丁德兴为副，带领韩正、王彬、梅思祖、吴复、金朝兴、仇成、张龙七将，率兵一万，驾船二百只，都是白旗、白甲，头戴太兄龙蟠珠衔金盔，手执蛟腾出海熟铁点钢叉，按着西方庚、辛、金，往西路进发，待夜分风起时，各将木栅砍开，攻打汉贼东边水寨。又将黄旗一面在手，唤过冯国用为中队先锋，华云龙为副，带领陈恒、张赫、谢成、胡海、张温、曹兴、张翠七将，率兵一万，驾船二百余只，都是黄旗、黄甲，头戴地平雉翅五色彩金盔，手执十二节四方铜点龙吞铜，按着中央戊、己、土，往中路进发，待夜分风起时，各将木栅砍开，攻打汉贼北边水栅。再调常遇春、郭英、朱亮祖、沐英四将，各领战船三百只，水兵一万，左右参差，埋伏禁江小口两旁，若友谅逃出火阵，必走禁江小口，四将宜奋力截杀，擒获友谅，务成大功。又调李文忠同冯胜，领兵十万，驾船随着太祖，把住鄱阳湖口，不许友谅的兵一个逃脱。复唤周武、朱受、张钰、庄龄四将，即刻领兵一千，从小路驰到湖口西北角上，架筑木坛一座，高二十四丈，按着二十四气；大十二围，按着十二个月；四边柱脚，上下一百零八，按着三十六天罡、七十二地煞；层坛之上，整备香烛、素净祭品。分遣已定，诸将各各领计，出帐施行。

　　军师下得坛，便同太祖驾着赤龙舟，沿岸而走，忽然周颠说："我也要附舟前去。"太祖吩咐水手，可扶颠子上船。只恨烈日中天，一些风也不生,大船哪里行得动,周颠在船上大叫道:"只管行,只管有风。倘是没胆气行,风也便不来。"太祖便令众军着力牵挽。行未二三里,那风果然迅猛的来。倏忽之间,便至湖口,却望见江豚在白浪中鼓舞。周颠做出一个不忍看的模样来。太祖取笑问道:"为着甚的?"那颠子便对说:"主损士卒。"太祖听了大怒,即令众人扶出在船上,推他下水去。将有一个时辰,他复同这些士卒到船里来。太祖因问:"何不溺死了他?"这些众人说:"把他设在水中十来次,他仍旧好好的起来,怎么溺得他死。"周颠却把衣裳整一整,把头也摩一摩,倒像远去的形状,恰到太祖面前,伸直了头颈,说:"你杀了我吧。"太祖说:"我也不杀你,姑饶你去。"颠子便在船中一跳,跳在水里去了。不提。

此时却已日坠西山,月生东岭,太祖便同军师登岸。那四将已把木坛依法筑成,太祖上坛看了一回,但见浮云一点也不生,河湖澄清,新秋荐爽。日间的风,又是寂了。却问军师:"怎得大风来?"刘基回说:"但请放心,自当借来助阵。"就一边唤四将,作速摆列行仪。军师整肃衣冠,登坛礼请。不多时,果然风起。

这个大风,从来也不曾有,便吹得那人人股栗,个个心寒。陈友谅水栅中,摇摇曳曳,哪里有一息儿定。此时却有二更有余,三更将近时分,诸军将士恰待将睡。未知后事如何,且看下回分解。

# 第三十九回　陈友谅鄱阳大战

却说大风陡的发将起来，刮得那友谅寨中，刺骨寒冷，那些军士也不提防，况是虎吼龙吟的声响。朱军水上往来，砍关截栅，他帐中一些也不知觉，俞通海等五支人马，四面团团的围绕，三军奋力向前，劈开寨栅，却放起火铳、火炮，只是从里攻击。不多时，四面刮刮燥燥，烈烈腾腾的延烧起来。丁普郎等，见外面火起，知是大兵已到，遂于柴场内也放火烧将出来，内外火势冲天。早又有康茂才等七将，竟冲杀中心，砍倒了将旗，四下里放流星火箭，只是喊杀。陈友谅在帐中方才惊醒，急唤太子陈理并陈英杰细问，谁想火势已在面前，对面不知出路。陈英杰说："势不可救。主公可速奔康郎山，投张定边陆营权避。"陈友谅依议急出，登山涉水而逃，耳边但闻喊杀之声，震撼山谷。此时丁普郎等三十五人，肆行冲击，忽被一阵黑风烟贯将来，把众人一卷，大都烧死。只剩普郎舍身杀出，又避逃兵，互相践杀，把普郎身上刺了十余枪，头虽落地，犹手执利刃。次日，朱军收拾烧残兵器，见普郎直立不仆，说与太祖；太祖隆礼埋葬康郎山下，不提。

且说友谅君臣父子三人走至张定边寨中，备言火烧一节。定边说："此皆是诈降之计，然亦是主公合当有此厄。如今他必乘势来追，决不可在此屯扎，不若竟抄禁江小口，奔回武昌，再作计议。"友谅传令即行。回看康郎山，火势正猛，顿足大哭说："可惜五十余万雄兵，俱丧于此！"比及天明，渐近禁江小口，张定边向前笑道："刘伯温之计，尚未为奇，倘此处伏兵一支，吾辈岂有生路！此正主公洪福，天命有归……"言未罢，忽听炮响连天，两岸伏兵并起。左有郭英、朱亮祖；右有常遇春、沐英四将，截住去路。陈友谅慌忙无措，急令张定边催兵迎敌。

且说太祖正与军师刘基，同坐黄龙船上，细看将卒搏战，那刘基忽然跳起，大呼一声，双手把太祖抱了，跳在别一只船内，太祖一时见他的模样，也不知何故，只听刘基连声叫说："难星过了！"太祖回头一看，适才坐的龙船，被火炮打得粉碎。朱将挥兵涌杀，自早晨直至酉牌，转战益力，军声呼啸，湖水尽赤，汉兵大败。友谅看事势穷蹙，即与长子陈理同陈英杰、张定边，另抢了一只船，径往北奔走。谁想猛风当面刮来，把友谅这只船，盘盘旋旋，倒像缚住的，哪里行得动。黑风影里，友谅却见徐寿辉、倪文俊、花云、朱文逊、王鼎等，立在面前讨命。友谅昏昏迷迷，也竟不晓是南是北，恰有常遇春又来追着。友谅的船，且战且走，未及数里，那郭英、沐英、亮祖，又截住了来杀。两船将近，只见张定边拈弓搭箭，正射着郭英左臂，那郭英熬着疼痛，拔出了箭头，也不顾血染素袍，便也一箭，正中着陈友谅的左眼，透出后颅，登时而死。朱亮祖看见射死了友谅，便俘了次子善儿及平章姚天祥、陈荣、萧寿、吴才等，共军士十万有余。常遇春独夺得战船五千七百余只。那湖中浮尸蠢动，约有四五十里。所获辎重、衣甲、器械，山堆一般。太祖鸣金收军，驻在江岸。众将各各献功，唯有郭英不说起射死友谅的事。朱亮祖见他不说，因对太祖细说："郭英一箭射死友谅，此功极大。"太祖大喜，称赞郭英一箭胜百万甲兵，有此大功，并不自逞，人所难及。先令人取黄金百两，略酬今日不施逞的大德。当日聚会水陆诸将，筵宴庆赏。大小三军，俱各在本帐宰杀马牛，分给酒食犒赏。

次日，太祖旋师，再入鄱阳湖里来，只见康郎山边，尸首交横，血肉狼藉，不觉泪下潸潸，对众将士说："我当初从滁阳王起义，今日如此大战，幸得诸将成功，却不见了滁阳王；二来丁普郎等三十五人，并军士三百名，为我立功，一旦身死，忠臣义士，实可怜悯；三来友谅领雄兵六十万，与我交锋，为主者思量大位为天子，为臣者思量富贵作公侯，今者，一旦主死臣亡，三军覆没，尸骨山堆海积，血水汪洋，令我不忍目睹。"刘基等启说："昔在殷者为顽民，在周者为顺民。彼不顺主公，是自取其死，非人所能害之也。"太祖说："这也说得是。但如陈兆先是逆贼也先之子，克盖前愆，更可伤心。"因命于康郎山下，建立忠臣庙，春秋二祭。追赠三十六人的官爵，以韩成为首。

韩成高阳侯。丁普郎济阳郡侯。陈兆先颍天侯。宋贵京兆郡侯。王洽代原郡侯。李信陇西郡侯。姜润定远侯。王咬柱太原郡侯。王凤显罗山县侯。李志高陇西侯。程国胜安定郡侯。常惟德怀远侯。王德合淝县侯。张志雄清河侯。文贵汝南郡侯。俞泉下邳郡侯。刘义彭城郡侯。陈弼颍川郡侯。后明梁山县子。朱鼎合淝县子。王清盱眙县子。陈冲巢县子。王喜先定远县子。汪泽庐江县子。丁官含山县子。逯德山汝阳县子。罗世荣随县子。史德胜安定县子。徐公辅东海县子。裴轸永定县子。郑兴表随县男。常德胜寿春县男。华昌虹县男。王仁丰城县男。王理五河郡男。曹信含山县男。随死军士三百人,各依姓名,赠为武毅将军,正百户,子孙世袭。

　　说话间,船已出彭蠡湖口。太祖令余兵俱随常遇春屯扎湖口,只同刘基领兵三万,向南昌而行。早有朱文正、邓愈等将,出城迎接。太祖备称汉兵攻困三月不克,俱是尔等防御之密,即命取黄金二百两、白金一千两、彩缎一百匹,给赏众将。文正因启拒战死事之臣。共一十三人,乞赐褒忠,以慰九泉。太祖便问:"赵德胜为我股肱之将,何以遇害?"邓愈便历历把前事,说了一遍。太祖说:"可怜忠良俱被战死。"吩咐邓愈,依照康郎山,于南昌城中,建庙致祀。却有宋濂在旁,又说:"前日叶琛死王事于豫章,亦宜列位并祀为是。"太祖说:"我正有此意,中书省可议追赠的官爵来。"因定豫章忠臣庙,共祀十四人,以赵德胜为首:

　　　　赵德胜梁国公。李继先陇西侯。刘济彭城郡侯。许圭高阳郡侯。赵国昭天水侯。朱潜吉安郡侯。牛海龙山西侯。张子明忠节侯。张德寒山千户。徐明合淝县男。夏茂成总管使。叶思成深直侯。赵天麟天水伯。叶琛南阳郡侯。

　　太祖定了追赠的官爵,便对宋濂等说:"你们还可做一篇祭文。"令祝史于致祭时,朗诵一遍,且同绢帛焚化。宋濂承命,草成祭文,把与祀宫,不提。

　　且说当晚,太祖在帐中晚膳才罢,却见明月如洗,夜色清和,正是孟冬望日①。徘徊月下,忽有金、甲二神,随着两个青衣童子,走入帐来,说:"臣系武当山北极真君座下符使。大圣有命致意大明皇帝。顷刻大圣即当进帐说话,万勿严拒。"太祖听了便吩咐大开重门,奉延真君圣驾。早有香风缥缈而来,抬头一看,真君已在面前。太祖急急迎进,分宾而坐,未及开口,只见真君就说:"自从前者皇帝来武当赐香以后,未及再晤,今伪汉友谅已亡,其子不久归附,潇湘之上,荆楚而南,不数年间,亦当尽入版图。小神今特奉迎,若草庵见毁一节,成功之后,万惟留心。"太祖应道:"今者友谅虽死,其子又立,本宜乘胜而往,但彼国土卒伤亡已多,一时穷追,恐无完卵,于心惨然。进退正在犹豫,望神圣指教。"真君对说:"这也是劫数应该,何必过虑。"风过处拱手而别,却是睡中一梦。未知后事如何,且看下回分解。

————————

　　①　孟冬望日——孟,起初,开始;孟冬,初冬。望日,阴历每月十五日称望。

# 第四十回　归德侯草表投降

却说太祖次早起来，聚集诸将，商议兴兵伐北之事，恰令军师刘基仍回金陵，与李善长等画策攻取东吴。刘基方要起身，太祖恰也送出帐外。此时正是晌午时节，只见红日当中有一道黑光，从中相荡。太祖仔细看了一会，对刘基说："莫非闽、广之地，有小灾么?"刘基说："此不主小灾，还主东南方有折损一员大将之惨，主公可遣使往东南，晓谕将帅谨慎防御。"遂辞了太祖，竟回金陵，不提。太祖便作书，往谕东南守将胡琛、方靖、胡德济、耿天璧等，各须谨慎军情。四下遣使去讫，因对朱文正说："汝可谨守南昌，吾当先下湖、广，次定浙西，然后还建康。"文正等应命。即日，太祖领兵离南昌，至湖边，常遇春接入水寨，吩咐检点军士，共有一十六万。太祖下令诸将，各统本部军卒，悉上武昌，待凯旋之日，一总封赏。言罢，大兵顺流而下，竟过潇湘。太祖乘兴作诗：

> 马渡沙头苜蓿香，片云片雨过潇湘。
>
> 东风吹醒英雄梦，不是咸阳是洛阳。

不一日，竟抵武昌郡岳州府。原来此城三面皆水，惟北边是陆路。太祖便令正北安营，即令廖永忠、康茂才于江中联舟为长寨，绝他出入救援之路。

却说张定边在鄱阳大败，便夜里把小船装载友谅尸骸，并长子陈理，奔回武昌发丧成服。因立陈理即了皇帝的位，建元德寿。恰有探子报知，陈理听了大惊，即时与张定边计议。张定边说："臣荷先王之恩，自当死报。"乃率兵二万，屯于高冠山。那山极其峻伟，朱师仰面而攻，甚难措办，彼此相持，将有半月。太祖虽愤怒，亦无可奈何。因对众将说："来朝敢有奋勇先登者，吾当隆以上赏。"只见阵中傅友德当先直上，面上中了一箭，胁下腹中一箭，友德呼噪愈力，颜色不变，郭子兴看友德猛力争登，因相与夹攻，被贼一刀，伤了左手，犹然洒血驰击，斩获甚多，贼遂四散而走。我们军士，便据了此山，俯瞰城中，毫忽都见。太祖亲为友德敷调创药，赞叹说："便是关、张骁勇，亦只如此。"太祖便率兵环攻保安门。

恰说陈英杰见朱兵攻门甚急，便启奏陈理，说："昔关羽以单刀斩颜良于百万军中，张飞以一骑当曹兵百万于霸陵之左。臣虽不才，愿以死报主公,冲入敌营,斩那朱某首级回来。"陈理说:"他那里有雄兵二十万,勇将千员,不可轻去。"英杰回说:"彼处方才安营,各将决然都在帐整顿队伍,骤然冲入,必可成功。"陈理说:"纵使成功,恐亦难出敌人之手。"英杰仰天叹息,说:"若杀得朱君,志愿毕矣,虽死何惜。"便纵马持刀,直入辕门。太祖方才坐定在胡床上,只见英杰径至帐中,太祖大惊,只有郭英在帐中,便叫:"郭四为我杀贼!"那英杰径对太祖刺将过来。郭英奋呼直入,手起一枪,把英杰登时槊死,将剑枭了首级。太祖即解所御赤战袍,赐予郭英,说:"真是唐之尉迟敬德。"郭英拜受说:"即今可将这贼首级,招陈理来降。"太祖听计。郭英拿了首级,走至辕门,看着众将,说:"因何不守营门,让贼人肆志冲入?犹幸有我在此救主公,你们合当斩首示众。"这些军士齐齐跪下,道:"果是不小心。奈贼人一路杀死了七八人,凶勇得紧,不能阻挡。且营帐未定,都各自去整理,因此疏虞,望将军宽宥!"郭英吩咐:"姑恕你们的死,发令军政司,各打六十,以惩后来。"说罢,匹马单枪,径直向武昌北门而走。陈理同张定边正在城楼上遥望,只见一将提着首级,飞马而来,二人大喜,只说:"是英杰手到功成。"忽然转念道:"陈将军去时,却是紫袍、金甲,却缘何是白袍、银铠?"便同众人仔细认识,方晓得是郭英。渐渐的来至城下,大叫:"尔等犬羊之徒,焉敢充作虎狼,而戏蛟龙乎?吾今掷还陈英杰首级,汝等若知时务,可速投降;不失富贵。"便将英杰首级从马上一丢,直丢进城里来。又说:"我郭将军且回去,你们可清夜思量。"把马勒转而去。太祖说道:"郭英此去,陈理等必然寒心;然尚在犹豫未决。"便唤编修罗复仁,再到城下,极口备陈利害。那陈理回到殿中,对众人说:"欲降则失了先君的事业;欲不降,则兵粮俱乏,如之奈何!"却闪过杨从政来,说:"昔日秦王子婴降汉,汉且全之;今闻朱公仁德,倘是去降,非惟保身,亦可免及九族黎民之厄。"陈理回看张定边,那定边道:"社稷已危,有负先王之托,惟死而已。"遂拔剑自刎。陈理放声大哭,说:"定边、英杰,是先王托他辅助寡人骁将,今皆身死,孤将何恃!杨丞相可草表投降。"一面吩咐将张定边尸骸,及陈英杰首级俱以礼葬于城外,即进宫中见母亲杨氏,具言纳降一事。杨氏说:"我不能为孟昶①之母。"将头撞柱而死。

———————

①　孟昶(chǎng)——五代后蜀主昶,耽于声色犬马,尚奢侈。时中原多故,蜀据险一隅,得以无事,及宋师伐蜀,昶军败降,至京师,封秦国公,七日而卒。

陈理次日，率群臣换了缟素，拜辞家庙，及友谅的灵，开北门，径到太祖帐中。太祖看见，甚是不忍，令人解其缚。陈理向前俯伏请罪，蒙主上宽释了，便步随车驾入城。凡府库储积，俱令陈理恣意自取，不杀戮一人，所积仓粮，下令散给远近百姓，以舒饥困，百姓大悦。太祖升殿后，陈理复叩头阶下。太祖说："待我还到金陵，授你官职。"太祖即令陈理发檄与湖、广未附州县。不数日，尽行纳款。因立湖、广行中书省，以杨璟为参知政事，且籍户口、田地、赋税，并记友谅原留宫殿什物器皿，太祖一一细看。后籍上却写友谅镂金床一张，太祖笑说："此与孟昶七宝溺器①何异，如此侈奢，焉得不亡。"即令毁弃。此时却是至正二十四年，岁次甲辰二月光景。太祖留军镇守，仍领兵望金陵而回，复入江西至南昌。朱文正、邓愈等，迎接称贺平定武昌一事，不提。

且说太祖偶出营前散步，但见四面山水清幽可爱。

正是：

依依柳绿，灼灼桃红。奇花异草，翠柏青松。

正看之时，忽听莺声鸟语，林木青苍，心中不舍，只管信步行去，耳畔微闻钟声。太祖定睛一望，只见一所古寺，周围水绕，寺前又有一座石桥，太祖缓缓行至桥上，但见云浪腾空，波涛汹涌。太祖心中惊惧，站立不住，只得走过桥去，已到寺前。山门口上悬一匾，写着"古雷音寺"。太祖正欲进去，不想一阵怪风响过，跳出一只吊睛白额锦毛花斑虎来，好生厉害。太祖猛然一见，早已跌在山崖石边，口内说道："吾命休矣！"只见寺中忙奔出一个老僧来，形容古怪，须眉皓然，手执竹杖，口内吆喝："孽畜，休得无理！"那虎俯伏崖边不动。老僧走近前来，用手扶起太祖，便说："不知陛下驾临，有失迎候，被这恶畜惊了圣躬，实老僧之罪也。"太祖起来，整整衣冠，看见老僧举止异常，乃开口道："偶然闲步，何幸得瞻慈容，更劳驱逐恶畜，诚万幸也。"老僧又道："陛下连日运筹帷幄，因便至此，请方丈一茶，少尽山僧微意。"太祖欲待不去，看见景致清幽，心中羡慕；欲待竟去，犹恐久坐耽迟，碍于长行。正在沉吟，和尚又道："陛下不必迟疑，请献过茶，即送驾返，决不相羁。"太祖遂举步走进山门。但见松柏森森，云连屋宇。又走到一重门首，似王母瑶池，真非人世。不觉已至大殿槛外。太祖抬头一看，正是：

---

① 七宝溺器——七种宝物合成的小便器具。

　　黄金殿宇,白玉楼台。一带平坡,尽是玛瑙砌就;两过阶级,犹如宝石嵌成。碧栏外,万朵金莲腾瑞色;宝殿上,千颗舍利放光明。白玉瓶内,插九曲珊瑚树;矮铜鼎中,焚八宝紫真氲。一对青金榻,两扇白玉屏。珍珠亭,焰焰宝光连白日;琉璃塔,腾腾瑞气接青云。三尊古佛,指破有为、有相;十八罗汉,参透无灭、无生。香风细细菩提树,花雨纷纷紫竹林。

　　老僧引太祖进殿,众僧参见,俱道:"陛下享人间富贵,一朝帝主,今到寒寺,山荒径僻,多有亵尊之罪。"太祖道:"今来宝刹,得睹人间未见之珍,天下罕有之物,令人目眩神摇,不知身在何世。"众僧说:"请陛下一观。此处虽系山径荒凉,也是难得的。"太祖微笑,抬头四下观玩,真是一尘不染,万虑俱消。只见十数众僧人,身披袈裟,手敲钟鼓,诵经礼忏。太祖看毕,将头点了点,道:"真有诚心!"老僧引着太祖行至方丈。老僧躬身,奉请太祖上座,老僧下席相陪。少顷,小沙弥捧上茶来。须臾茶罢,又摆素斋。老僧说道:"山中无物为敬,多有亵渎!"太祖连称:"不敢,后当报答高情。"斋毕,老僧遂于袖中取出一个缘簿来,面上写着:"万善同归"四字。双手递与太祖,又说道:"愿主上早发慈悲之心!"太祖接过缘簿,揭开一看,俱列历代帝王名讳:第一位是汉文帝,喜施马蹄金一万;第二位却是梁武帝,愿施雪花白银一万;第三位便是唐玄宗,乐施珍宝六斤;第四位是傅大士,施财一万;第五位却是吕蒙正,乐助白金二万;第六位宋仁宗,乐输银三万;第七位晁元相,喜助黄金二百两;第八位则天后,发心乐施七千金。老僧在旁,便说:"如今正在起黄金宝殿,尚少一位未得完成,望陛下发念。"太祖心中想道:"行军需用,尚且不足,那有许多金银布施。"没奈何,提笔写道:"朱元璋助银五千两。"老僧接缘簿,深深一揖,再三致谢,即送缘簿回房。太祖自思道:"那簿上如何有前朝的人,想是历代留下来的亦未可知。"又说道:"和尚不是好惹的,见面就要化缘。我本无心到此,被他将茶果诓住,写上许多银子,若我日后登了大位,当杀此贪僧,灭尽佛教。"猛想起道:"我在此游了一会,何不留题,也不枉来此一场。"遂题于碧玉门上:

　　　　手握乾坤杀伐机,威名远镇楚江西。

　　　　青锋起处妖氛净,铁马鸣时夜月移。

　　　　有志扫除平乱世,无心参悟学菩提。

阴阴古木空留意,三啸长歌过虎溪。

朱太祖题毕,老僧出来,看诗句,变色说道:"我这寺里,是清净极乐之乡,无生、无灭之地。今主上杀伐太重,昨日烧汉兵六十万;江东大战,又伤军卒二十多万,虽然天意,亦当体念民生。贵贱虽殊,痛痒则一。尧、舜率天下以仁,而民从之;桀、纣率天下以暴,而民不从。仁与不仁,其理迥别,愿陛下察之。方才以布施之事,陛下即动嗔念,吟诗又动杀机,陛下即有天下,易得之,亦易失之。"遂叫沙弥洗去字迹。太祖自觉惭愧,即便辞回。老僧道:"此地山路险峻,虎狼且多,吾当远送。"二人同行,来至桥上,只见那虎仍然俯伏崖边,太祖看见畏惧。老僧道:"陛下勿惊,此乃家兽耳……"话未说完,老僧又道:"请看军兵,乘舟来寻陛下了。"太祖举目忙看,老僧将手往下一推,扑通一声,跌下河去。太祖大叫道:"死也!"急忙睁眼看时,已在自己营前。众将一见,甚是欢喜,向前问道:"陛下何处去来?吾等水陆寻了三日,今幸得见天颜。"太祖说:"我才去了半日,如何便是三天。"遂把闲游事体,细细说了一遍,众将称异。当晚即在营内治酒贺喜,饮至更深方散,各归寝处。前人有诗说:

> 庐山高万丈,原何不接天。
>
> 一朝云雾起,天与地相连。

此段即是太祖误入庐山也。不提。

却说次日,太祖出城取路而回。不一日,便至金陵。李善长、刘基、李文忠率文武迎于城外。即上表劝登帝位,太祖不允。次日,复同百官劝进,因择三月朔日,即吴王位,升奉天殿,群臣参拜称贺。次日,太祖告庙,建百司官属,并赐平汉功臣,论功行赏,封陈理为归德侯,又顾李文忠问:"卿等与吴兵交战,胜负如何?"文忠说:"臣与汤和,合兵大败士诚,追至湖州旧馆而回。士诚却从杭州过钱塘,侵婺州等处。后闻陛下大破陈友谅,进克武昌,士诚大惧,连夜领兵,仍还苏州去了。"太祖笑道:"此真穴中鼠耳,但我近日闻陈友定为元把守汀州,今却甚是跋扈,迫胁元福建省平章燕只不花,此事你们得知否?"未知如何,且看下回分解。

# 第四十一回　熊天瑞受降复叛

却说太祖说："陈友定为元把守汀州,闻近来甚是贪残,迫胁元臣,骚扰郡县。我欲遣兵剿灭这厮,你们众官意下如何?"众官都说："主上不忍生民涂炭,此举甚好。"因命朱亮祖率兵五千,前伐友定,攻取浦城、建阳、崇安等县。亮祖克日领兵,望汀州进发,不提。却有江西守将朱文正等,檄文来报说:"伪汉陈友谅旧将熊天瑞,向守赣州、南雄、南安、韶州等郡,复负临江之固,不肯来降,望乞兴兵攻讨。"太祖看罢大怒,说:"熊天瑞既已请降,受了厚赏,今复背初言,据我地方,理宜讨罪,以安百姓。"便令常遇春总兵,陆仲亨为副,领兵　万,协同南昌邓愈,合兵南下赣州。遇春得令前去。

话分两头,却说陈友定前者见陈友谅攻陷汀州,便起兵替元朝出力,复下汀州地面。那元顺帝便敕他镇守汀州,十分隆礼他。他一朝威权在手,因迫胁福建平章燕只不花,把他管的军卒,俱纠集在自己部下。近地州县,所有仓库,俱搬运到自己家里来。至于一应官僚,悉要听他驱使,稍不如意,辄行诛戮。威震闽中、福建地面,正是十分强梁。却闻得金陵兴师攻讨,便与手下骁将王遂、彭时兴、江大成、叶凤计议,说:"金陵将帅,是难惹他的,我们如何迎敌?"那彭时兴思量了一会,说道:"此去城东二十五里地方,有座鹤鸣山。这山四面陡绝,两头只有一条出路,又是奇石峻岩,路口只可以一人一马来往。谷里相传有一个火神庙,甚是厉害;若有人在谷中略有声响,惊动了火神,就是青天白日之下,他放出火驴、火马、火龙、火鼠、火鸡、火牛,不论你多少人,俱登时烈火奔腾,活烧熟来吃了,那地方上人,若要在谷中砍伐些柴草,或牧养些牛马,俱要本日投诚,先献了三牲福礼,又于春、秋二祀,将童男、童女祭献,一年之中,方才免祸。如今金陵兵来,须从这山外大道经过,我们可先遣精兵,在山口埋伏,又于牢中,取出该死的罪犯三六十人,假插将军旗号,径在山外大道截战。若战得他过,便可将功赎罪;若战他不过,就可望谷中而走,引他进来,那时只消借火神一餐之饱。更不然,两边伏兵困住他在里面,多则半月,少则十日,命必休矣。此计如何?"那友定听了,拍手大叫道:"大妙,大妙!依计而行。"正说话间,恰报朱亮祖大军,已将到鹤鸣山左近。友定便吩咐叶凤,领兵一千,埋伏山东口子,江大成领兵一千,埋伏山西口子,只待炮响,两边伏兵齐起,不许放走一人。王遂、彭时兴领兵三千,不时在山中前后提防接应。自己领兵五千,镇守汀州。发出该死罪犯百名,打起先锋旗号,在山外大路截战。若是势力不敌,便往山谷中逃匿,引诱朱兵追赶。众人得令去讫。那朱亮祖一路上率了五千人马,果是:

　　旗开八面,马列双行。一对对整整齐齐,一个个精精猛猛。阃内用严,阃外用宽①,真是利用张弛;望星而止,望星而行,恰如庶几凤夜。晓得的说是东征西讨,丝毫不犯王师;不晓得的,只道人喜神欢,春秋祭赛的佛会。

　　前军报道:"却是汀州鹤鸣山下。前边金鼓齐鸣,想是有贼人截战。"亮祖把弓刀一整,当先迎敌。只见这些贼人,也不打话,竟杀过来。亮祖手起刀落,连杀了三十余人,心下思量:"这伙人,刀也不会拿一拿,分明是伙毛贼,我不如活捉几个,问他下落。"杀近前去,把一个竟活捉了,带在马后。这些贼看了,都拍马而走,竟望鹤鸣山谷里去。亮祖也纵马赶来,方才全军进得谷里,只听一声炮响,两下伏兵俱起,东有叶凤,西有江大成,密密层层,将两头山口把定。亮祖即传令,且下了马,另思计议。便带过那活捉的人问道:"这是什么去处,有无去路? 你若说个明白,便放了你。"那人备细把火神庙吃人厉害的事,并我们一班俱是罪犯人,假拽旗号,引入谷中的缘由,告诉了一番。亮祖说道:"既然如此,你们众兵俱不可声响,且各队埋锅造饭,众军都可饱餐了,便着三百精兵,随我步行,前后探望些出门入户的路头;一边整齐洁净祭品,待我到庙中祝告他,看这神道是什么光景,何以如此厉害。"吩咐才罢,只见那犯人指道:"山顶上红焰焰的火骡、火马等物,不是精怪来了么? 将军可自打点应付他。"亮祖便叫三军一齐都跳上马,不要心惊,就如上阵,也迎他一回,再作计较。方说得完,看他殿中烈烈炽炽,杀奔一阵,火焰,及牛、马、龙、蛇等物出来,中间拥着一个绯袍、金冠、红发、赤脸的妖神,骑着一条火龙,竟向朱

---

① 阃(kǔn)内用严,阃外用宽——阃,郭门。《史记·张释之写唐列传》:"阃以内者,寡人制之,阃以外者,将军制之。"此处形容纪律森严。

军阵上赶来。亮祖定着眼睛，拈弓搭箭，把那冲锋的火马，一箭射中，那马仆地便倒。这个妖神吩咐队下小鬼，把那箭拔了来看，是什么人如此无礼。小鬼得令，把箭拔来，细看了朱亮祖三字。那神便道："我道是谁，快回殿中去吧。"原来上阵的箭，恐怕人来争功，那箭上都刻着某人的名字。这个火神，所以晓得是朱亮祖。顷刻之间，山色仍旧清雯。亮祖下了征鞍，对众军说："这箭虽退了这火神，但不知还是祸还是福，我们还须上山，到殿中探望一番。祭品倘然齐整，即可随用。众军还须各带利器，以备不测。"众人听了，俱说耳朵里也不得闻，眼睛里也不曾见，要都跟随了元帅上山，到庙中探望。亮祖当先，大步地走，行有一里多路，却是山腰光景，造有一个亭子，匾额上写着"天上罗睺"四字。自此直上，俱是大块的火石砌成，约有一丈多阔路道。两边都是松柏的皮，却又似榴树的叶。指着这树问那捉来的人，他说："这树向来传说是无烟木，火中烧着时，只有焰却无烟，因此人唤他做'无烟木'。"亮祖又走了百十步，早有一阵风来，都是硫磺焰硝气味，却带有腥秽难当之气。那捉来人便说："这风叫做'火风'。这腥臭便是时常有人不晓得的，来冲撞了神明，便烧杀他吃。那山涧中白骨如麻，都是神道所享用的。"亮祖也不回答，只是放开了脚步。又约有半里地面，却又是三间大一个亭子，四围把砖封砌，匾额上题着"蛮天"二字。只一条路上去。那封砌的砖上，大字写道："来往人各宜自保，勿得上山，恐触神怒。"那人便立住了脚，对亮祖说："元帅，到此是了。我们每当地方上祭献，也只摆列在此。"亮祖说："怎么上面不可去？岂有此理！上面有通衢大路，怎么我们便上去不得？"那人说："元帅，且看那亭子上，现写着不可去的字，小人怎敢抵挡。"亮祖也只是走，那些随行的军校，也都随从上来。又约有半里路途，只见万木影遮，一亭巍立。亭子前后左右，俱生有四块万刃插天的石壁，只有一条小路，从旁可走。远远地却听见木鱼响声。亮祖心中自喜，便在亭子中立了，对那罪人说："你道没有人上山，缘何有木鱼声嗒嗒的响？"那人也不敢答应。亮祖再将身走上路来，恰好一个道人，带着个铁冠儿，身上穿一领黄色道袍，手中拄一条万年藤的拐杖，背上背四五个药葫芦，一步步走将下来，见了亮祖，拱一拱手，说："将军你要上山，可往这条路去。"亮祖正要问他话时，他把手一指，转眼间恰不见了。未知后事如何，且看下回分解。

# 第四十二回　朱亮祖魂返天堂

却说朱亮祖山上见了铁冠道人，正要问他火神光景，那道人把手一指，转眼间却不见了。转过山弯，已是罗睺神庙。朱亮祖走到殿中，这些军从却把祭品摆列端正。亮祖便虔诚拜了四拜，口中祷告一会，又拜了四拜。军士们将纸马焚化毕。亮祖在殿中细看多时，更不见有一些凶险，唯有这些军士们，只在背后说了又笑，笑了又说，不住的聒絮。亮祖因而问道："为何如此说笑？"军士们哪一个敢开口，却有活捉的犯人对着说："他们军士看见庙中塑的神灵，像元帅面貌，一些儿也不异样，不要说这些丰仪光彩，就是这发髯也都像看了元帅塑的，所以他们如此说笑。"亮祖也不回言，只思量怎么打开敌人，出得这个山的口子。不觉的，那双脚信步走到后殿边，一个黑丛丛树林里。亮祖抬头一看，却是石壁峻岩，中间恰好一条石径。亮祖再去张一张，只听得里面道："快请进来，快请进来！"亮祖因而放胆，跨脚走进石径里去。转转折折，上面都是顽石生成，只有一个洞口，倒影天光，并不十分昏暗。如此转有二三十折，恰见一块石床，四面更无别物，床上睡着一个神明，与那殿上塑的神道，一毫无二。亮祖口中不语，心下思量说："想必此神在此山中显灵作怪，今趁他睡着，不如刺死了他。也除地方一害。"于是怒从心上起，恶向胆边生，把手掣出腰间宝剑，正要向前下手，只听得豁喇喇响了一声，山石中裂开一条毫光，石壁上写道：

> 朱亮祖，朱亮祖，今生今世就是我。暂借你体翼皇明，须知我灵成正果。天上罗睺耀耀明，舒之不竭三昧火。六十余年蜕化神，已未花黄封道左。北靖胡尘西靖戎，尔尔我我随之可。
>
> ——铁冠道人谨题

亮祖看了一会，心中想道："有这等的事，怪不得从来军士说，殿上神明像我。可见得我这身子，就是罗睺神蜕化的。方才路上遇着的道人，戴着铁冠，想就是题诗点化我来。不免向我前身，也来拜他几拜。"才拜得完，只见一片白光，石壁也不见了。亮祖转身仍取旧路而出。这些军士看见一惊,禀道:"元帅不知道往哪里进去了,众军人正没寻处,元帅却仍在这里。"亮祖道:"我也不知不觉,走进一个所在去,你们寻有多少时节?"众军说道:"将有一个时辰。但下山路远,求元帅早起身回去。"亮祖应道:"说的是。"便将身走出前殿,辞了神祇,竟下山来。只听山下东西谷边,呐喊摇旗,不住的虚张声势。亮祖在山腰望了半晌,没个理会。顷见红日沉西,亮祖也缓缓步入帐中。这些军士进了晚膳,各向队中去讫。亮祖独对烛光,检阅兵书,想那冲围出谷的计策。忽见招招摇摇,一阵风过,只见日间到山上祭的神道,金盔、绯甲,来到面前。亮祖急起身迎接,分宾而坐。那神说道:"将军此身,今日谅已知道。六十年后,仍当还归此地。但今日被友定困住,将军何以解围?"亮祖说道:"此行为王事而来,不意悟彻我本来面目。今日之困,更望神灵显庇,大使法力,与我主上扫除残虐,绥靖封疆。"那神明道:"这个不难。此东西山口,我一向怪他狭隘昏黯,有害生民来往,但我这点灵光,又托付在将军阳世用事,因此不得上玉皇座前,奏令六丁、六甲神将,开豁这条门路。今将军既在此被困,今夜可即付我灵光,上天奏闻;奏回之时,仍还与将军幻体。明日三更,我当率领丁甲、山鬼、神将、东、西、南路,用火喷开,将军即可分兵,乘火攻杀出去。"亮祖说:"这个极好。但我近到山中,闻神祇用火射人,春秋必须童男童女祭献,此事恐伤上帝好生之心。"那神明对说:"此是将军本性上事,将军蜕生时,该除多少凶顽,多一个也多不得,少一个也少不得。只因带来这分火性,自然勇猛难消。既然如此说,今夜转奏朝廷,把将军烈火按住,竟做个水旱有祷必灵的神道何如?"亮祖大喜,说:"如此便好!"于是拱手而别。亮祖便上胡床,恰如死的一般,睡熟在床上。直到五更,天色将曙,那神道从天庭奏事而回,旋入帐中,嘱咐亮祖说:"我已一一依昨晚所说,奏请玉皇,都依允了。灵光仍付将军,将军可醒来,吩咐三军,晚来攻出重围,相逢有日,前途保重!"亮祖醒来,梳洗了,仍领军士上山,焚香拜谢。到得日暮,作急下山,吩咐今夜三更攻打,不提。

却说陈友定在汀州府中,那王遂等四将,把引诱来军攻打消息,报与友定得知,十分欢喜,大开筵宴庆赏。且打发许多酒食,送王遂等四人帐中,说:"功成之日,另行升赏,今日且各请小宴。"这四将也会齐在山前一个幽雅所在,呼庐浮白的快活。亮祖却吩咐三军上山砍取柴竹,缚成火把五六百个,待夜间以山上神光为号。神火一动,军中便点着火把,协力乘火杀出口子。众军得令，各处整理齐备。恰有二更左右，帐中军士，果然望见山上殿中火光烛天，那些火马、火骡、火鼠、火鸡、火龙、火牛等件，一些也不见，只见东西各路，都是些执着斧、锤、锯、錾的牛头、马面，每边约有一二百个，竟奔下来。朱军一齐点起火把，神兵在前，朱兵在后，从东、西山口，悄悄地直杀出来。谁想神兵斧到石落，把口子上的军士，都压死在石头下面。杀到大路，那神明便把手与亮祖一拱说："此处便有幽明之隔，不得同事，趁此静夜无备，将军可逾山而上，径到城中，攻取城池。那友定恶贯未满，尚得逃脱，不必穷追了。"这火神自向山中去讫。亮祖听言，因令三军直登前岭。谁想这城依山而筑，东南角上，果是依山作城。军士衔枚疾走，下得岭来，已在城中。正是友定府墙。三军便团团围住，亮祖当中杀入。那友定在梦中走将起来，只得在茅厕墙上，跳出逃走，径向建宁而去。亮祖待至天明，安抚了远近百姓，便将檄文前往浦城、建阳、崇安等处招谕。不止一日，三处俱有耆老，里甲，带了文书，投递纳降。亮祖自领全军，竟回金陵奏复。

　　且说陈友定从厕中跳墙而逃，恐大路上或有军马赶来，也向东南角上，登山逾岭，径寻鹤鸣山一路行走。手下只带有一二百精壮。走过山口，但见东西两路二千个士卒，都不是刀剑所伤，尽是石头压死的。至于王遂、彭时兴、叶凤、江大成四将，竟像石栏圈一个，把四将头颈箍死在内。友定摇头伸着舌，说："这朱亮祖甚是作怪，怎能运动这些石片下来攻打，稀奇，稀奇！"回看山口，又是堂堂大路，与前日光景，一些也不同。叹息了一回，寻思元朝建宁守将阮德柔，极是相好，不如且去投他，做些事业，报复前仇，也还未迟。一路之间，提起朱亮祖三字，便胆战心寒。说总有神工鬼力，哪有这等奇异，说话之间，已到建宁地面。友定走进德柔府中，将石压军士，失去浦城等事，与德柔细说一遍。那德柔也惊得木呆，半日做不得声。未知后事如何，且看下回分解。

# 第四十三回　损大将日现黑子

　　且说元将阮德柔把守建宁，却有陈友定从汀州逃脱来见。那德柔听了朱亮祖劈开石壁，杀伤士卒稀奇的事，便说："仁兄此来，我当为你报仇。此地离处州界限不远，我如今点兵四万屯住锦江，复领一支兵绕出处州山背，便当一鼓攻破城池。"友定应道："绝好！绝好！"就整顿军马起行，不提。

　　却说处州镇守大将，姓胡名深，字仲渊，此人沉毅有守，智勇兼全。又评论时文，高出流辈。大小三军，莫不畏之如神，亲之如父；真是浙东一方保障。探子报知信息，他便上了弓弦，出了刀鞘，统领铁甲雄军三千，上马出城迎敌，正遇友定兵到，两边射住了阵脚。

　　友定看胡深人马不多，纵马直杀过来，胡深把大刀抵住，你东我西，你来我往，战上五十余合。胡深兵十分精猛，各自寻个对手相杀；杀得友定阵中，旗倒盔歪，十停之中，留有五停，友定大败，忘魂丧胆。天色已晚，两家收兵，明日再战。友定自回本阵去讫。胡深领兵入得城来，恰好儿子胡祯迎着，问："今日之胜，虽荷主上洪福得胜，但父亲不着孩儿出阵，决要自战，却是为何？"胡深说："你不晓得，那友定因输与亮祖，又失了若干地方，此行倚仗阮德柔，以图报复。其势必劲，其谋必深，你少年人那识行兵神妙。但我今日虽然得胜，此贼明日必另有诡计应付我师，我前日接主上密札，吩咐说：'日中有黑子，主东南主将不利。'我连日坐卧不安，心神若夫，不意此贼搅扰界限，倘有疏失，我当万死以报主公。你为我子，更宜戮力为国尽忠，为父争气。"言毕不觉泪下。胡祯慌忙答应："父亲放心，料当必胜。"军中把酒已罢。

　　次日，黎明时候，胡深传令军中造饭，结束齐整，三千铁甲兵，没一个被半点伤痕。正要上马，只见走过儿子胡祯来说："父亲今日可令孩儿出阵搦战，稍稍替你气力，父亲可督中军压阵。"胡深笑道："孩儿不需挂心，我今日若不出阵，那友定便说我畏惧，气力不加，反被贼人笑侮。你可领兵去镇守城池。"吩咐才罢，便跳上马，把身子一扭那马飞也似当先去了。

刚刚排列阵势完成，早有陈友定前来，大叫道："胡将军出来相对，决个胜负。"胡深听了，便说："陈元帅你为何迷而不悟？你阵上四万甲兵，到晚点数，不上二万有零；我兵三千，全军而返。昨日之战，已见分明，元帅何不顺天来归？我主公仁明英武，群臣乐用，不久四海自当混一。昔日窦融归汉，至今称为英雄。元帅请自三思，何苦伤残士卒！"友定听了一会，也不回言，驰兵竟向阵中杀入。胡深大怒，领三千铁甲兵，杀入重围，把那贼大寨栅登时斫倒，杀到核心。那二万余人，又去了十分之四。友定大败，勒马向建宁路上逃走。胡深纵马赶来，约有二十余里，看看较近，那友定心下转说："前者被亮祖出奇兵夺去了建阳、崇安、汀州等地，无可安身，幸有阮德柔肯分兵与我报仇，今只存得残兵万余，虽然回去，有何面目见江东父老。谅他后面又无接应兵马，不如拼死与他再战。"这也是胡深命合当休，上应天象，那友定大喊一声，转马来杀。胡深道："你正该受死。"两马正将凑合对敌，谁想胡深坐的马，被那旗幡一动，日光竟射过来，只道是什么东西，把双脚一跳，凑巧前脚踏着一把长草，那草把后蹄一绊，绊倒在地。胡深虽便跳下马来，却被贼兵挠钩搭住不放，众军便活缚了过去。三千铁甲兵直冲过来救应，那友定奋力杀奔前来，无可下手，三千铁甲兵士，只得含泪逃回，报胡祯得知。那友定见军士四散，便拍马先回建宁城中见了阮德柔，说。"捉大将胡深到来。"德柔大喜，就请友定暂回本营，解甲安息，待众军解到胡深，方请公堂筵宴庆贺。友定回至本营，未及半刻，众军把胡深解到。友定便下了阶，解去了缚，说："且请上堂说话。"胡深只得上堂，便开口说道："既然被擒，愿得一死。倘如释放，便当与公同事圣明，不枉了君明臣良之大道。"说了又说，劝了又劝。友定心中甚是尊爱。不想阮德柔处，屡次打发人来请赴宴，因友定听了胡深言语，只是沉吟，不见发付，便不敢上堂相禀。谁想德柔之贼，坐在自己堂上，正要十分施逞快活，怎奈二三十个差去接的人，都不去回复，忍耐不住，便放开脚步，走到馆门首，大喝到："陈将军把这胡深一刀两段便了，何必待他说张说李，终不然放了他不成？"友定慌忙下堂迎接，那德柔已到堂前，喝令中军把胡深斩讫报来，连友定也没做理会。顷间，军士献上首级。德柔同友定到府中筵宴。

话分两头，胡深儿子胡祯，在城上自早盼望到晚，杳无消息，自要领兵出城接应，又恐孤城失守。正在狐疑不定，心惊肉跳，却有一种口里说不出的光景。隔不多一会,铁甲兵士到来诉说,马绊被捉事情。胡祯放声大哭,哀动三军。晕倒了半日方醒。次日,申发文书,知会四方接应:一面将事情上表奏闻太祖,申请急调兵将把守,不在话下。

却说朱亮祖承命攻取汀州等处,得胜而回,不日来到金陵。次日,入朝朝见,礼毕出班,将前事一一面奏。太祖不胜欢喜,便令御马监将自己所乘骏马,并库中金、银、彩缎,及表里赐予亮祖;亮祖拜谢出朝。只见殿中走过一位使臣,将表章托在手上,口称:"处州府镇守胡深子胡祯,遣来奏闻的表章。"太祖听了"胡深子胡祯"五字,吃了一惊,便问:"胡元帅好么?"那使臣不敢答应,只是两眼泪汪汪。太祖慌忙把表章一看,方知胡深被害,便对宋濂说:"胡将军文武全才,吾方倚重,不意竟为友定这贼所害!"即追赠"缙云伯",遣使到处州致祭。就荫长子胡祯处州卫,用为将军指挥佥事之职。正在调遣间,恰好徐达领兵回见太祖。太祖见了,便问吕珍消息。徐达回奏:"吕珍闻主公取了湖广,因遁迹苏州。那左君弼来攻牛渚渡,幸托主公洪庇,被臣连败六阵,追至庐州。左君弼复弃庐州,北走陈州。臣即俘其老母妻子解送军前。"太祖令将君弼家眷,择深大宫舍寓寄,支领官俸,优恤隆眷。即对徐达说:"前者军师刘基,在豫州别我时,曾言日中黑子相荡,主损东南方大将之象。今胡深与陈友定相持,马蹶被捉,不屈而死,大可痛怜。我今思量,向年廖永安领兵往救常州,被吕珍所获,后来我兵活捉张九六,他要将永安来换,彼时不知主何意思,不换与他。至今守义不屈,被其羁禁。你可唤咐中书写诰文与他,遥授光禄大夫程国江淮行省平章事楚国公,以表孤不忘远臣至意。"徐达领命而出。未知后事如何,且看下回分解。

# 第四十四回　常遇春收服荆襄

话说太祖因胡深不屈身死,辗转念及廖永安,陷于张士诚,守义有年,敕授官爵命中书写诰与他家内,以勉忠贞。早有细作报与士诚得知,且说太祖加称吴王封号等事。士诚即自称为帝,改国号为大周,改年号为天祐。立长子张龙为皇太子;次子张豹、张彪、张虬,总理军国重事;以大元帅李伯升,领兵十万,把守湖州;以潘原明领兵五万,把守杭州,阻住钱塘江口;以万户平章尹义,守住太湖。封弟张士信为姑苏王,李伯清为右丞相。一面请命于元朝。而今他也晓得元朝遮护他不得,且做事还有妨碍,尽把监制他的元臣,一一逼胁身死,放情自纵。每常只有提防朱家兵马、征伐浙右意思,这也慢表。

且说常遇春同邓愈领兵进攻赣州,贼将熊天瑞,从东门外十里列阵迎敌,相持日久,胜负未决。太祖乃遣左司郎中汪广洋前往参谋。因谕遇春等道:"天瑞困守孤城,犹笼禽阱兽,谅难逃脱。但恐破城之日,杀伤过多,尔等须以保全生命为心:一则可为国家使用,二则可为未附者戒,三则不妄诛杀,子孙昌盛,汉时邓禹可以为法。前者,友谅即败,生降诸军,或逃归者,至今军为我用,民为我使。后克武昌,严禁军士入城,故得全一郡之命。苟得郡而无民,虽得何益。"正说间,汪广洋来到军中,传与上命。当时幕冬天气,江西近赣诸地,颇苦严寒,闻有天命来谕,保全民命的话,便觉阳和春色,一时照临,都如挟纩①一般。遇春见天瑞拒守益坚固,命军士深掘沟池,广立栅闸,周匝围绕,以防救援,且绝城中往来信息。日复一日,已是元至正二十五年,岁在乙巳正月元旦。常遇春等领诸军,在赣州东向金陵称臣祝寿,呼天动地。那天瑞在城上遥望了一会,对那些军士说:"朱家真好臣子,真好礼体,以此光景,颇有一统规模。但未识朱公德量如何? 前闻使者到军中传谕,不许妄杀,未知果否?"自言自语下城调遣军士把守。此时春色已动,朱军加倍精锐。又将半月,天瑞自揣力不能

---

① 挟纩(kuàng)——比喻受人恩惠,像穿棉一样温暖。纩,丝绵。

支，只得写降书，开门送遇春营内。遇春细看了来情，并问来人心事，已知天瑞困迫。因对来人道："前者我王驾到江西，你将军已是投降，并收了我主许多赏赍。不意他复生歹心，劳我师旅。今日本当不受纳降，但我何苦为你将军一人之头，带累许多无辜之众。你今回报，叫他再清夜自思，不可造次做事。倘或目下势迫而降，后来仍如今日叛逆，天兵一到。决不容情。"那人回城，备讲了这一番话。次日，天瑞亲到军中负荆纳款①。遇春因传令诸军，不许搅动村居百姓，各守队伍。倘有一军走入民居者，刖足②示众。号令已毕，只率从者十人进城，调查户籍，释放无罪良民，将存有仓储，尽行散给远近人民，以济骚扰之苦。一面申奏朝廷，一面传檄南安、南雄、韶州等郡，曲谕主上之德意，诸处望风而降。因令原守韶州同知张秉彝，仍守韶州；指挥王屿守南雄；自己统领三军，不日回至金陵。太祖临御戟门颁赏犒劳，因对遇春说："孤闻将军破敌不杀，足称仁者之师。曹彬之下江南，何以有加。此真天赐将军，以隆我国家也。但思安陆及襄阳一带地方，正是江西肩背，不可不取，还烦将军一行。"遇春拜谢赏赍，口衔新命，即日出城，往荆州进发，不表。

且说伪周张士诚、元帅李伯升，见朱兵往江西一带征取，湖州谅来无事，悄地率众二十万，星夜兼程而进，竟把诸全新城围住。主将胡德济坚守，即遣使往李文忠处求救。李文忠得报，便率众来援，未至新城十里，土名龙潭地方，文忠传令前军，据险安营搦战。德济知文忠已到，遣人间道对文忠说："众寡不敌，将军少待大兵，一齐攻杀，方保无虞。"文忠对来使说："以众论，则我非彼敌；以谋论，则彼非我敌。昔谢玄以兵八千，破苻坚雄兵八十万。若未与战，便遽退避，则彼势益炽，纵有大军到来，难为攻矣。莫若与之一战，死中求生，正在今日。"遂下令说："彼众而骄，我寡而锐，可一战而擒；擒彼之后，轻重车马，任汝等所取，汝等当戮力同心厮杀。"明日，两军相对，文忠仰天大叫："朝廷大事，在此一举。敢自爱其身，以后三军哉！"即横槊上马，领了数十铁骑，乘高而下，直捣伯升阵后，冲开中军，一把刀登时砍倒二十余人。即督众乘势四下赶杀，贼兵大溃，自相践踏。胡德济在城，闻知文忠力战，因率城中将士，鼓噪而出，声震山

---

① 纳款——指投降。古时战败投降，要缴纳投降的条款。

② 刖（yuè）足——古代砍掉脚的酷刑。

谷,旌旗蔽天,无不以一当百,斩首万级,血流成河,河水尽赤。伯升却要望东而逃,又遇左翼指挥朱亮祖,却好领兵杀来,把大营四下放火腾烧,活捉同金韩谦、元帅周遇、萧山等六百余人,散卒军士七千余众,马一千八百余匹。弃去的辎重、铠甲、器械,山堆阜积。众军士搬运了五六日,尚不能了。李伯升领残兵万余,保伪周五太子,星夜赴苏州而去。文忠仍领兵镇守旧地。

话分两头,却说太祖命元帅常遇春往取安陆、襄阳、复调江西省左丞邓愈,为湖广平章事,领兵接应。因使人谕知邓愈说:"凡得州郡,汝宜驻兵抚辑降附。近闻元将王保,现集兵汝宁,他的行径,如筑堤壅水,惟恐漏泄。尔往荆南,倘能爱恤军民,则人心之归,犹水之就下。是穿其堤防,使所聚之水,都漏泄也。用力少而成功多,正在今日,尔宜敬之。"邓愈奉命,来至遇春营前,那遇春正与安陆守将任亮血战。看那任亮甚是骁勇,二将斗到五十余合,未分胜负。邓愈大叫道:"常将军,待末将为公活擒此贼⋯⋯"声未绝,手中展开锦索,向天一撒,把那任亮活捉到马上去了。一个回马,把马一拍,向自己营中跑回。着三军将任亮打入囚车,解金陵候旨发落。遇春见邓愈捉了任亮,便纵马入城,抚慰百姓。即令沔阳卫指挥吴复,在城把守。次日,发兵前至襄阳。只见城门大开,百姓携老扶幼,一路跪接,备说镇守元将,闻风逃遁。遇春吩咐后兵传言,请平章邓愈进城,安辑人民,出榜晓谕,自己统领大兵追杀元将五十余里,因俘士卒五千余众,获马七百余匹,粮一千余石。正要转身回军,恰有元金院张德山、罗明,跪在马前,将毂城一带地方,与思州宣抚并湖广省左丞田仁厚等将,所守镇远、吉州军民二府;婺川、功水、常宁等十县;龙泉、瑞溪、沿河等三十四州,尽行附降。遇春即令军中取过马匹,与三人骑了同至襄阳城中。早有邓愈在府整备筵宴邀入相聚;一面再将得胜纳降事务,修成表章,申奏金陵。内并请改宣抚司南镇西等处宣慰使司,仍以田仁厚为宣慰。未知后事如何,且看下回分解。

# 第四十五回　击登闻断明冤枉

却说常、邓二将军,统兵攻取荆、襄之地,恰有张德山、罗明、田仁厚三人,闻风而来,归有许多地面。因一面申文保留仁厚为宣慰使,又备说元将任亮,虽被擒获,然壮毅可用。太祖俱允奏。以田仁厚巡抚荆南,仍授宣慰之职;释任亮为指挥金事;敕令邓愈为湖广行省平章,镇守襄阳;常遇春暂领兵回金陵,听遣征讨。

是时湖广江西皆平,太祖因会集多官计议,说道:"张士诚贪得无厌,僭称皇帝,倘不及时剪灭,小民何忍受其凌辱!"因吩咐将士:"明日在教场观兵,倘能战胜者,受上赏;其有被伤而不退怯者,亦是勇敢之气,受中赏。"诸将帅领命退朝,整点各部军马去讫。次日五更,太祖出宫,排驾直到演武场中坐下,即谓起居郎官詹司,从旁登记今日比试胜负于簿上,以便赏罚。大小三军,个个抖擞精神:遂队、遂伍、遂哨、遂营,刀对刀,枪对枪,射的射,舞的舞。十八般武艺,从大至小件件比试过了。又命火药局装起火铳、火炮、火箭、鸟嘴喷筒等项,都一一试过。自黎明至天晚,太祖照簿上所记胜负,各行赏罚。排驾回宫,昏暗中远远望见一人,倚墙而立,太祖问巡街兵马指挥说:"那人是谁?"指挥即刻将此人拘押到驾前,询问籍贯、姓名。那人回说:"小人攸州人氏,姓彭,双名友信。县官以臣文学,齐发来此。今早方到。闻吾主选拔将士,不敢奏闻,适见驾回,遍走民家回避,以面生可疑,无人许臣进门,因此倚墙而立。"太祖听他言辞清亮,且举动从容,抬头一看,天边霓色粲然。因说:"我方才登驾,以云霓为题,得诗二句。你既有文学,可续成么?"友信奏说:"愿闻温旨!"太祖吟道:

　　谁把青红线两条,和云和雨系天腰?
友信接应答道:
　　玉皇知有銮舆出,万里长空驾彩桥。
太祖听罢大喜,即令明早入朝进见。次日,钟声方歇,太祖密着内臣出朝,探视友信来否。只见友信整衣肃冠已到多时。太祖视朝礼毕,对侍臣说："此有学有行之士，我欲任为翰林编修，众卿以为如何？"廷臣齐声应道："极当，极当！"友信拜谢方毕，只听朝门外鼓声咚隆的响，原来太祖欲通天下民情，及世间冤枉，倘无人替他伸理，便任百姓到朝挝击此鼓，名叫"登闻鼓"。如有大小官军，阻遏来人者，处斩。太祖听见，便宣击鼓的进见。不多时，只见一个极美极洁的妇人，年纪只有二十余岁，飘飘冉冉，走向殿前叩了几个头，跪着诉说："小妇人周氏，父亲是扬子江边渔户。将奴嫁与李郎，在金山寺附近捕鱼为业。方嫁两载，生下一个孩儿。时常有邻家江妈，送我些胭脂花粉，小妇人亦时常把些东西回她，因此往来甚是亲密。一日，李郎捕鱼未回，妇人因邀江妈到家相伴同睡，谁想江妈，暗将僧鞋一双藏在床下。次早，江妈回去，恰好李郎归来，在床下见有僧鞋，疑是妇人与和尚通奸。任我立誓分辩不信，逐我回到娘家。离别时，曾占诗一首，诉明衷情。那诗记得说：

> 去燕有归期，去妇有别离。妾有堂堂夫，妾有呱呱儿。撇了夫与子，出门将何之？有声空呜咽，有泪空涟涟。百病皆有药，此病最难医。丈夫心反复，曾不记当时：山盟与海誓，瞬息竟更移。吁嗟一妇女，方寸有天知！

李郎也只做不闻，只得长别。自此，将及半年，有个新还俗的僧人，叫做惠明，原是金山寺和尚，托媒来说，要娶妇人。父亲做主，便嫁了他。前晚酒中说出，当年江妈妈时常送些花粉、胭脂，及藏僧鞋的事务，原来都是这和尚的奸谋，因此将小妇人夫妻拆散。后诉本地知县做主，谁想他又央人情，不准呈词。这段冤枉，全仗皇上审理。"太祖听了大怒，即唤殿前校尉，星驰拿促奸僧、江妈并本地知县，同金山寺合寺僧众到殿前鞠问。不一日，人犯齐到，一一都如妇人所言。登时，命将惠明凌迟处死；江妈主媒枭首。同寺内十二个僧人，坐知情罪杖责；知县遏绝民情，收监究问；其余寺僧，具发边远充军；这妇人仍着原夫李郎领回，永为夫妻。判讫。

暑往寒来，不觉又是孟冬天气。太祖对徐达、常遇春说："今日士卒训练已精，资粮颇足，公等宜率马、步、舟师，一齐进取淮东，先克淮安。顺便攻泰州一带，剪去士诚东北股肱之地。"二将领名辞朝，择日率兵二十万，向淮东一路进发。

且说士诚知朱军攻取风声，即召满朝文武商议。恰有四子张虬向前奏说："臣意金陵兵马，本欲先取淮安，后攻泰州，我处不如遣舟师进薄淮安,次于范蔡港口,以疑彼师,使他进退两难,彼此分势,日久师老,不战自退。"士诚听了称说有理,即令张虬带领舟师,依计而行,一面又遣人驰赴泰州,令守将史彦忠,小心防守不表。

且说太祖在金陵,探子报知士诚如此行兵信息,因作书谕徐达道:

贼兵驻扎范蔡,不敢陈于上流,分明是欲分我兵势耳,非真有决机之谋也。宜遣廖永忠等,率舟师御之。大军切勿轻动,待他徘徊江上,听其自老。乘其急惰,攻之必克矣。泰州既克,则江北瓦解,不卜可知。

徐达接谕,即率兵驰赴,由淮安至泰州安营。泰州史彦忠早已知风,便对众人商议说:"金陵兵势浩大,若与对敌,必不得利。以我见识,城中粮饷甚多,只宜固守。一面使人往姑苏,求取救兵接应,方可迎敌。"众人都说:"元帅高见。"史彦忠即修表,遣人往苏州求救,调各将士固守城池。朱兵直抵城下,每日令人大叫骂战。彦忠只是坚闭不出。徐达传令,在正南上七里外安下大营。众将都来议围城攻击之策。徐达说:"吾知此城极其坚固,而且兵多粮广,以力攻之,必不易克,徒伤士卒之命。莫若乘机另生计较。"因命众将每日遣小卒在城下百般毁骂,激他出战。那史彦忠只是在城坚守,不许一人出城,一连相持了半月。徐达见众军无事,即令冯胜帅所部军马一万,进攻高邮去了;又有七八日,又命孙兴祖领兵一万,把守海安去讫;又对遇春、汤和、沐英、朱亮祖、郭英等,说:"我想史彦忠乃东吴善守之将,不若乘此严冬,人将过岁,吾有方略在此。只是事机要密,诸公幸勿漏泄。"即向众人耳旁说了几句,如此,如此。众将说:"元帅之计,甚妙。"次日,徐达传令:"诸军在此,以客为家。今彦忠既不出战,亦且听其自然。目下已是除夜元旦,汝等自宜庆贺数日,以享韶华。"说完,即在帐下设一个大宴会,齐集众将,高歌畅饮,扮戏娱情,一连的热闹了七八日。未知后事如何,且看下回分解。

# 第四十六回　幸濠州共沐恩光

　　且表徐达见史彦忠坚守不战，因此设计，令军士也不攻城，趁着三阳佳节，解甲休兵，大吹大擂，一连饮了七八日光景。早有细作看了朱军这般光景，报与彦忠知道。彦忠大笑，说："如此村野鄙夫，岂堪出任大将。今彼既自骄自肆，上下各无斗志，不如乘机破之，何必定要外兵来援，方才迎敌。"彦忠又恐未必的实，就唤儿子史义说："我令你前往打探虚实，汝可将书一封，假以投降献城为名，观其动静，事成之日，重重奏请升赏。"史义领令，赍①了降书，径投徐达营前，令士卒报入。那些士卒也不阻止。史义直入营中，但闻笙歌聒耳，嬉戏的妆生妆旦，抹朱搽粉，在堂中搬演杂剧。那个徐达元帅，与这些众将，沉酣狼藉，略无纪度。史义在旁，细看了一会，也没有人来查他姓张姓李，又是半晌走到桌子边，摸出书来投递。徐达假作醉眼，问他："你是何人？"史义答说："小的是史彦忠帐下将书来的。"徐达慢慢地拆开，念说：

　　　　泰州守将万户侯史彦忠端肃书奉大德总戎徐公麾下：伏念彦忠
　　思圣泽，愿沃仁风。昨闻师临敝邑，即欲衔命投降；奈吴有监史，未得
　　隙便。今监使已回，谨献户归降；乞保余生。特此先容，余当面禀。

　　徐达看书大喜，便以酒与史义吃，问说："主师几时来降？"史义权对说："明日即来。"徐达即传令军中，说："泰州已降，正可设宴作贺。明日可增多筵席十桌。至如带来军士，且到临时，宰杀牛、马犒赏。"史义即时出得营来，又听得帐里鼓吹声歌，不住交作，喜不自胜，即刻回到了泰州，备说三军的榜样。彦忠大喜，说："今夜不杀徐达，永不为大丈夫。"是日，正是元至正二十六年，丙午正月七日。约摸一更左右，彦忠率兵二万，出泰州南城，悄悄的驰至徐达营前。但闻营中更鼓频敲，便引兵直向营侧，只见满地士卒，皆熟睡不醒。彦忠吩咐将卒说："汝等不必杀死士卒，径杀徐达，方为大功。"帐中灯烛微明，遥见徐达隐几而卧。彦忠遂令三军，奋力杀人。谁想方踏进营中，都落入坑中。坑深达四丈，下面都是两头尖

---

　　①　赍(jī)——拿着，带着。

的铁钉、狼牙、虎爪，陷入即死。仔细一看，却是草人。彦忠大惊，倒戈退步而走，忽听得一声炮响，伏兵尽起。东、南、北三面，密密丛丛的军校，杀将拢来。只有西面兵马少些，彦忠便命令军士投西而走。徐达传令，即将火铳、火炮、火箭、长枪手，一齐追来。面前皆是大沟，阔有二丈零，深有三丈零。泰州兵马，坠死不计其数，只约剩有百余士卒。彦忠只得踏着浮尸而逃。此时天色已明，彦忠深恨为朱兵所诱，且行且怨。只见当先一军阻住，为首大将却是汤和，高叫说："不如早降，免得身死！"颜忠大怒，纵马来战。汤和便举刀相迎。未及数合，彦忠勒马而逃。汤和乘势追杀。将到泰州城边，唯见城上摇摇曳曳，曜日遮云，俱是金陵常元帅旗号。吊桥边旗杆上，早将史义首级，悬在高头。彦忠自度力不能胜，拔剑自刎而死。徐达带领数十人，入城安抚人民。其余军士，不得乱离队伍。次日，发兵一万，前往高邮助冯胜攻打。那高邮守将俞中，被冯胜日夜督战，正在危急，俄闻泰州又破，且益雄兵万余，前来攻打，只得出降，不提。

　　且说太祖一日说："濠州是吾家乡里，今被士诚所据，是吾虽有国而实无家！"前者，命韩政率顾时领兵攻取，谁想守将李济领兵拒敌。又着龚希鲁去说萧把都，亦观望未决。因点兵一万，攻他水濂洞内城，又连兵攻打西门。那李济拒守益坚，伤残士卒，难以下手。徐达即取泰州，太祖即驰书与韩政、顾时，命以云梯、炮石，四面并力攻打，誓在必克。李济力不能支，遂出城纳款。太祖得了捷报，大喜，说："吾今有国有家矣。"即日启程，驾幸濠州，拜谒陵墓。礼毕，即与诸父老排宴欢叙。因令修城浚池，着顾时驻扎。驾留五日，仍回金陵而去。濠州即降，淮东遂失左臂。于是淮安伪周守将梅思祖、徐州、宿州守将陆聚，皆望风来归。

　　却说孙兴祖前领徐达将令，把守海安。那兴祖方才扎营十余里，士诚的兵果然来寇海口。兴祖便率兵并力攻杀，活擒将士四百余人，杀死约二千余众。士诚的兵，遂连夜逃遁而去。孙兴祖即进攻通州。那通州守将吴魁，严兵相拒。兴祖向东城外五里安营，便排开阵势，单刀纵马杀来。对阵中米尔忠、张大元、虎布武、李通，一齐接住。兴祖统兵大叫，声震天地，河水若立，把四将一齐杀死，斩首数百级。吴魁连忙奔入城中，紧闭了城门不敢出战。兴祖也暂领兵而回。

　　却说徐达见淮安等处投降，便统兵渡江，过了常州，从长兴大路进发，径到太湖，贴着湖州岸上安营。早有伪周守将尹义，练着战船一千余只，在东岸截住去路。哨子探知来报,徐达思量太湖是东吴要地,正宜固守,即遣郭英驰入长兴,取船二千余只,同耿炳文调水军在湖边驻扎。次日,即领兵径泛太湖。郭英得令,遂向长兴进发。明日黎明,已同耿炳文到军前来会。徐达见了炳文,便道:"自从将军镇守长兴,备御多方,贼人远遁,毫不敢犯,真非他人所及。"炳文回说:"卑职效劳,是臣子分内之事,末将愧无才能,但心中可尽,不可不为耳。"徐达因问郭英说:"昨劳先锋料理船只,可曾完备否?"郭英道:"已有三千余只,整备湖口了。"徐达便别了耿、郭二人,领兵直至太湖,望东南而行。但见绿水潺潺,清波渺渺,南接洞庭,东连沧海,西注钱塘,北通扬子。五湖之景,此为第一。徐达回顾湖景,因对众将说:"湖光浩荡,长天一色,吾恨无才,不足以写其妙。聊作春湖歌一首,念与诸公请教:

> 紫气参差烟雾绕,清波荡漾连蓬岛。
> 湖中落日映金盘,水上风生飞翠鸟。
> 芦舞银花白蒂轻,荷生翠点青钱小。
> 洪涛滚滚连天涯,雪浪滔滔连海表。
> 睍睆①黄莺诉景和,呢喃燕子啼春老。
> 鱼龙吹浪水云腥,珠浸湖中烟月晓。
> 岸边游士唤开舟,船上渔翁拖短棹。
> 南越凭依作障篱,东吴倚借为屏保。
> 千团星月玉珠帘,万里烟霞瑞气好。
> 胜景繁华第一寺,轻帆破浪奸邪扫"。

歌毕,众将俱称嘉美。满湖中但见旌旗蔽日,金鼓喧天。远望东岸,一派号旗林林的布立得整齐。岸下战艘蜂屯,正是伪周虎将尹义屯扎的水寨。他兵望见朱师将至,便摆开船只,头顶着尾,尾旁着头,一字儿摆开,飘飘荡荡,恰有十里之路,每船上只见头上立着二人,艄上一人,中间舱内五六人,也不呐喊摇旗,鸣金击鼓,俱是一把长枪在手,直冲前来。常遇春与众将看了,大笑说:"这是渔翁的把式,说什么舟师!"惟是主将徐达见如此形势,急传令三军:"且宜慎重,万勿轻敌。我看他们,必有诡计……"传令未完,不料他军看见如此光景,便纵船杀入。约有五百余号,后船略不相接。只见小船上号炮一声,那些头尾相接的船,飞也似围将过来。未知后事如何,且看下回分解。

---

① 睍睆(xiànhuǎn)——形容鸟声清和圆转。

# 第四十七回　薛将军生擒周将

　　话说我们水军,前船杀进,约有五百余只,后船不继。谁想伪周的小船上,一声号炮,那些一字儿摆开的兵船,却飞也似围将拢来。先前每船上只不过有六七人在上,不知而今平白里,倒有七八十人。画角一声,重重叠叠,如蜂似蚁的围住。朱军的船在内,前后分作两段。只是虚声呐喊,却也不近前厮杀。

　　且说常遇春、王铭、俞通源、薛显四员虎将,分头杀出,但是我军将到,他们军士便都跳下水去,我船略开,他们仍然跳回船上来。遇春传令说:"他军既然如此,不过欲老我兵耳。但是我军粮草不继,如此三日,则枵腹①了,何以当劲兵? 我们的船,且集在一处,再作商议……"说还未已,只见船上都说道:"不好了,不好了! 我军船底被他们凿破,涌进水来了。"众军着急,都去舱内补塞。未及半晌,那些水军纷纷的在水上,如履平地而来。将我在外的船只,提起铁锤,只是乱打。顷刻间,朱军溺死的已是一千余人。常遇春等无计可施,遥看三面俱是芦荡,约有二十余里。芦荡之外,仍是无边水面,要望外边援军,他又尽将巨舰在十里之外,重重隔断,声息无闻。遇春仰天叹说:"不意此身沉没在此。"薛显说:"常元帅,你且慢着心焦。这场事务,须从万死一生中,寻个计策。我们且把船一齐荡开,不可聚在一处。倘若他四下里以火相攻,比凿穿船底尤是厉害。我有一计,即唤众军收捞已坏的船只,尽将舱底打,只留船底,将铁链缚船成,铺浮水面。每片约长十丈,阔二十五丈。板多则负重。每板上立四十人,各持火铳、火炮、火箭等物,乘他巨舰挨挤水面之时,今夜以火攻向前去。其余不坏船只,紧随火器厮杀,必能杀开重围。"俞通源听了摇头说:"不可,不可! 我军驾着船板而行,仰视艨艟巨舰,多有二三丈之高,一时难得上去,且风又不便,二者毫无掩蔽,则重伤必多,此计未妥。我仔细思量,尹义守此,不过十万之师,他如今驾着大船,当湖心截住前

_____

　　① 枵(xiāo)腹——肚子饥饿空虚。枵,空虚。

后,则众军必然尽罄的俱在水面上把守。岸上陆兵见我们前后不应,必不准备,莫如今夜将船分半,竟抵彼岸,直劫他岸兵。这叫做出其不意,攻其无备之法也。未知将军以为可否?"遇春听了便说:"二位的议论都好,我如今都用。但只与二位相反的:薛将军说将船底连拢去向后边放火,俞将军虑及以下攻上,且无掩蔽,重伤必多。我如今尽将好船带领火器,到他拦阻的船边放火攻杀,便有遮隔,也无俯仰之苦。俞将军说将船直抵彼岸,乘其无备,劫他岸兵,我们又苦无船可渡,薛将军将船底连拢渡去,此正如破釜沉舟,置之死地而后生的计策,使他两下救应不及,二位以为如何?"众人都说:"绝妙,绝妙!"即令众军将打坏不能装载的船,尽行拆散,把铁链如法连成一片。如今反将底面向天,以防钉脚损伤士卒,及到岸边,仍然翻转,将面子向天,防他水兵被火,逃脱上岸,一时触伤脚底,难以向前。又令在船众军,整理火器等件。俞通源、薛显领兵攻打水寨。自同王铭领兵攻劫岸兵。只待夜间,分头行事。急忙料理,不觉红日西沉,但见湖中清风徐来,水光接天,众籁无声,一碧万顷。可惜只为王中在身,无心盼睐①烟光景色。

却说元帅徐达,在中军听得一声炮响,忽见尹义阵上的船,如飞围绕,把我截做两段。倏忽之间,大船如云而来,似铜墙铁壁,拦阻在湖心内。自知中他奸计,急令军士慢施橹棹,且集众将细议攻打。军令一下,众将会集到船,都说:"起初之际,更不见一只大船,只是几处芦苇荡边,有些捕鱼小船,我们因此也都放心,谁知落他的圈套。"正说话间,那些被溺死的军士,飘飘荡荡,竟如雪片的流到船边,心中十分不忍。欲要打探,更无去路。又不见里面一些响动。俞通海、俞通渊因有兄弟通源截住在内,不觉放声大哭起来。众军汹汹茫茫,也没有个理会。徐达此时待将转回湖口,又思前军无人接应,欲杀向前去,那船上只是把喷筒、火炮、火铳等物,不住地打过来。刀枪、剑戟,密密摆列船上,不让你近前。徐达只是口中不住的叹气,看看傍晚,无计可施,但只吩咐各船上,夜间小心巡哨,静听里面,恐有声闻,以便救应。众将得令。但听得伪周船上鸣锣击鼓,画角长鸣,四下里分头巡更,不觉已是初更左右。只见月色朦胧,星火暗淡,朱军侧耳细听,并不见有一毫动静。将近二更,只见水面上刮起波纹,早有

---

① 盼睐(lài)——欣赏或领略之意。

软浪,打到船头。徐达独坐舱中,闻得风声,愈加烦闷。且说里面被围,水帅俞通源、薛显传令,凡是好船,都撑转船头,仍从原路而行。恰好趁着顺风,倏忽之间,都顶尹义大船的舵上,只待常遇春等船板渡军上岸,以放炮为号。一边放火杀出,一边上岸杀入。且喜他的船上,都料如此布列,万无一失,俱各放心安睡。起初,敲更鼓的,与那提铃、喝号的,虽是严明,挨至三更,俱各倦然睡去。我们在船板上渡水的军,虽遇了风,幸无篷扇,止得一片光板,奋力撑持,已到彼岸。遇春即令将船板尽行翻转,塞满岸边,即衔枚疾走,不及一里,已是尹义陆寨,更没有一人巡视。遇春吩咐军士,四下里放起火炮。一时火光烛天,直杀入寨里去。此时只有伪周副将石清在寨把守,梦中惊起,不知此兵从何而降,盔甲都不及穿。遇春带领虎将王铭,横冲直撞,喊杀连天,没一个敢来迎敌。即将石清擒住,不表。

且表俞通源、薛显,因顺风船到得早,即令齐将火炮、火铳、火箭及芦苇引火之物,轻轻着水军抓上各船艄上,设法准备。正好安置妥帖,只听得一声炮响,即便同时发作起来。火又猛,风又大,尹义听得喊声从后而起,即披甲跳出舱来。只见火光彻天,一时间,水上连拢的船一只也放不开,只得向小船中逃走。外面徐达船上,看见敌船上火起,不住地喊杀,也杀将进来。不上一个时辰,将三千敌船,尽皆烧了,没有一个逃脱的军士。真好一场厮杀。正是:

万道红光,满天烟障。远望似片片云霞,罩着湖中绿水,近观如条条锦绣,映来水面清波。三江夏口,那数妙计周郎,骊山顶头,不羡美人褒姒。起初间烈焰焰一丛不散,便浮梁御器厂闪烁惊人,到后来虚飘飘万点移开,便深秋萤火虫焰光满目。沸水腾川,不让昔咸阳三月,炊人爨骨①,谁说道鬼火神灯。真是:丙丁烘得千千里,萤火烧得万万魂。

尹义落得小船逃走,回看一眼,伤心顿足,道:"可怜!可惜!只说要围他,谁知反受其害。"正在顿足不暇,又被朱亮祖、沐英,将小船杀近前来。约到岸边,满岸口都是船板,钉头向天,正要提步而走,早有朱亮祖追上,一锤打落水中,活捉去了。未知后事如何,且看下回分解。

————————

①　爨(cuàn)骨——烧煮。

# 第四十八回　杀巡哨假击锣梆

且说常遇春分兵两支,水陆夹攻,前后接应,将及天明,一齐会集。徐达传令鸣金收军,与常遇春、俞通源、薛显、王铭等相见。真如再生兄弟,梦里重逢,不胜之喜。即唤军士将尹义、石清枭首。随集众船,直走湖州的昆山崖边屯扎。与伪周的兵,水陆交战,共计有五阵,伪周兵马大败。遂统三军,直抵湖州城下。丞相张士信闻知大惊,即率境内精兵十万,径往旧馆地方,以击朱军之背。常遇春探知此信,便对徐达说:"贼兵此计,是欲使我兵前后受敌。既来困我的兵,又来分我的势,不可不防。不如待末将与朱亮祖、王铭拣选健士三千,径从大全港而入,结营东阡,复抗敌人之背。因令军士负土阻塞港口,绝其归路,此计何如?"徐达道:"所见亦妙,常将军依此而行。"遇春领令,即引兵前往东阡屯驻。士信阵上,早有先锋徐义出马迎敌。遇春一边摆开阵势,一面唤众将士,吩咐说:"今日士信有兵十万,我兵仅止三千,尔等切须努力尽心,功成之日,当受上赏,决不食言。"便传令军中将酒过来。遇春酌酒在手,对众将说:"敢有面不带矢,身不被伤者,有如此酒。"即持刀勒马,当先而出。一见徐义,也不打话,便把刀乱砍,好似剖瓜切菜。那三千人看见,即放马杀去。杀得士信阵上的兵,人人胆战,个个心寒,只得四散而脱。徐义引残兵数百,向树林中伏了一夜,方才脱逃得去。遇春一领绿色征袍,及一匹追风白马,俱被染得浑身血迹。东阡前后五里地面,东倒西歪,都是死尸堆积。张士信连夜申奏士诚,说:"金陵兵势浩大,望御驾亲征。"士诚允请,即刻带五太子及吕珍、朱暹等,再添兵五万,驾了赤龙船,列阵于乌龙镇上,与朱军相去不远。常遇春即唤副将王铭说:"我闻五太子虽然矮小,其实精悍,力敌万人,人都说他平地能跃起三丈。又吕珍亦是力雄气足,非比寻常。今又加兵五万前来。我兵三千,明日何以抵敌?今我再三思量,士诚驾了大舟而来,其兵必疲,不如今夜乘其困惫,汝速领水军驾小舟百只,各带火具,傍近大船,四散放火攻杀。他见势头不利,必然登岸而逃。我于东、南、北三面树林中,插旌旗,挂灯火,令军士五百人击鼓呐喊。他必向西路而走,我同朱将军带领二千勇士,于西路左右,参差犄角,待他来时,分头而出,倘不能擒,亦必破胆。"王铭领命。将近初更,先驾一舟前往。恰好士诚水寨中有五六个一队,在岸上左右巡哨过来。王铭向前,将一个敲锣的一把扭住,说:"你且勿叫,若叫起来,吾即杀你。你本身姓甚名谁?派在何营巡哨?"那人便说:"我姓王,排行第七,叫做王七星。派在前营巡风,一连六个人。"王铭一一问个仔细,将六人杀了,把号衣剥将下来,交与面貌相似的六人,依照巡哨的打扮,即叫军士把那六人尸首,丢在远处河中。正好收拾停当,又见一伙儿六人,又慢慢地提铃击梆走将过来。王铭叫道:"阿哥,我王七星早在镇上抢有熟牛肉一包,我们同伴邱大元又抢有白酒一樽。我们今日辛辛苦苦,到晚上却要坐享了,到船艄上去安睡,不意又派令巡哨。阿哥们,可怜儿见,替我们在此巡哨一回,待我兄弟们走到船吃些儿就来,也不枉了同伙共事。"其中有两个便说:"这个有何不可,但我们也要吃一盅酒,嚼块儿肉,方肯替待替待。"王铭便答应说:"这些酒,这些肉,又不是真金白银买来的,不过是用首饰货换来的。俗说:'首饰买的,将来结交兄弟。'有何不可,就请下船。"直到半路光景,中间一个说:"我们两处巡哨人,俱走了来,倘有失误,明早吃军政司棍子。王七哥,你可先同他们伙中四位去吃一些儿,再来换我们。公私两尽何如?"王铭答道:"好,好,好!"一头走,一头问他们是张三李四的名字。倏忽间,将近船边,王铭先跳上船,把后脚将岸一蹬,那船忽地里离岸有二三丈。王铭便把篙子在手,撑将过来,说道:"列兄,逐位儿请下船,但船小不堪重载。"舱中早有一个知心的持刀在手。王铭先把手接着一个下船,便将身子故意一推,将那人推进船舱里。那人叫一声:"啊呀!"就不见响。王铭因而再把手接一个下船,接连四个,皆如此做作。谁知那人叫得一声,俱被舱中人杀了。王铭即时收拾起四人尸首,把他衣服与我军士四人穿了。又到岸上来,叫两个吃酒。那两人又被朱军照前方法结果了性命。王铭侧耳一听,已是三更一点,即唤从军招呼众船,到来行事。正说之间,又有南边巡哨的人六个走来。王铭把嘴一拱,只见我军士即将他们两个扭住厮打,说:"今朝为何没有饭分与我等吃?"那二人说:"我何曾认得你!"扭来扭去,四个滚作一团,一滚直滚落河岸边去了。朱军即掣出刀来砍了。口里叫说:"你便诈死,我明日与你哨长处讲理。"扒上岸来,那四个人亦被王铭一般把来结果了性命。三处巡哨的,此时却已都是王铭手下所扮的，敲锣击柝，走来走去，不上半会，只见朱军的船如蚁而至。王铭便在岸上大叫说："张千户，偏你护驾来迟，王爷发怒，方才被我们遮过也。如今你这百只小船，不可在外，可分投里面去支值，省得再误大事，招惹受军政司计较。"那小船上便应道："岸上招呼的莫不是羽林卫左哨王七哥么？"王铭应道："正是，正是。"那人叫声："多谢回护，明日店中相谢。"便领了小船儿，只向大船儿边撑进去。那船上人只道果是护驾的官军，又是王七星在岸上打话，哪里来提防他，任他分头在船旁往来。再停了半会，将近三更左侧，王铭在岸上越发敲得响朗，即对船上说道："船上官长，趁我此时精神，可以略略睡一睡儿，若到四更左右，我招呼你们苏醒，那时候待我们也偷些懒儿如何？"船上人说："这等甚好，你们却要小心。"王铭说："这个敢替你取笑耍子哩。"那船上因此也都去打睡了。王铭低叫众军说："此时不动手，更待何时？"那小船上人，便即四下放起火来。王铭看见火热已猛，四下已难救了，便唤众人驾的小船，一一放开，在岸上大喊道："船中有火，可起来，可起来……"方叫得完，那船上的人，梦中惊跳起来。见士诚龙舟上已是烈焰腾空，连自家带来的火具，见火一齐发作。五太子见势头不好，便从烟火中抢得士诚出来，便登岸而逃。吕珍、朱暹在后面相随。其大小官军，约摸烧死了大半。逃得性命的，昏昏花花也分不清东南西北。王铭假意上前跪说："王爷还向西路而行，庶于姑苏近路。"便又指南边、东边、北边三处说："他三路兵，又赶来了。"众军也说陛下还是向西边为妙。士诚说："巡哨军士，极说得有理，明日可到军前请赏。"王铭一路走，一面喝道："小的是左哨王七星，求王爷抬举！"未及半里，忽见一个水缺，假意一跌，直跌到河边，大叫："疼杀我也！"那士诚及残军，已去的远。走上岸来，一望，那水寒正聒聒噪噪，火势十分猛烈。恰有朱船一只摇来，王铭跳上船头，自回营中而去。那五太子保着士诚向西而行，说道："远望朱兵都从东、南、北三面追赶，偏独不晓得我们从此逃脱，是天赐一条便路，以宽我王之忧。"未知逃出性命否，且看下回分解。

# 第四十九回　张士诚被围西脱

那士诚从水上逃脱，因王铭假说，果然向西而走。又见朱军东、南、北三方尽布旗旆①，越发不敢向别路去。但只见：

路途间高高低低，也分不出是泥是石；黑暗地挨挨错错，又那辨得谁君谁臣。一心要走苏州，恰恨水远山遥，不曾会得缩地法；转念回思水寨，猛可天昏地黑，谁人解有反风。虽船底便是波涛，救不得上边烈焰，说什么火水既济，本性原无尔我。突地的竟成仇敌，哪里是四海一家。乌龙镇上驻不得赤龙舟，搅得翻江震海；大全港中做不得周全事，空教拔地摇山。

此时天色已是黎明，士诚带领残兵，放心前行。远远望见一座丛林，正要走近，谁想一声炮响，杀出一支人马来。当先一员大将，正是朱亮祖，在前阻住。士诚见了，慌做一堆，说："如此残兵，何能对敌？"五太子走上前来，说："臣儿敌住朱军，父皇可与吕珍、朱暹竟从荒郊之内，保驾而走，庶可保全。"众将都道："有理。"五太子领兵万余，排开阵势，叫道："谁人敢来阻挡，可晓得五太子么？"朱亮祖便持刀杀出阵来，喝道："好不识天时。你若与父同降，包你后半生受用；不然，恐大祸一到，悔之无及。"五太子听了大怒，直抢刀乱砍。亮祖因而抵敌，来来往往，约有二十回合。那五太子虽然勇悍，因夜来被火惊呆了，且一心上要保护士诚，哪里有心贪战。亮祖明知伪周的阵上，只有他与吕珍，略略较可，我如今不放他宽转，便听士诚落荒而走，料常遇春在前，必捉得住。因此只是诱他相杀。古来说得好："一身做不得两件事，一时丢不得两条心。"那五太子没了心思，刀法渐渐乱了。朱亮祖心中忖道："杀死了他，也不为难，不如活捉了这贼。走向前面，把士诚看看寒心，恰有许多妙处。"便纵马向前而去，五太子只道亮祖竟去追赶士诚，也纵马赶来。亮祖轻轻放下大刀，带回马头，喝道："哪里走！"这一声，真个似地塌天倾，山崩雷震，吓得五太子打一个寒噤，即便抢上一步，劈

---

① 旗旆(pèi)——泛指旌旗。

手的将五太子活捉过来,唤军士用软索团团的捆了。那太子身原矮小,团拢来竟像一个大牛粪堆。落了囚车,解往军前而去。只听得后面叫一声:"朱将军,你捉的是何人?"亮祖回身一看,恰是王铭,打发水军船往河里自回。他率精兵一百人,从陆路赶来,帮捉士诚等众。亮祖说:"你来得正好,前面烟尘蔽天,必定是常将军发动伏兵,挡住士诚不放。我如今和你分为左右二翼,前去接应,杀一个干净,心上也爽利些。"二人行约里许,果见吕珍、朱暹同遇春三人,杀做一堆,在狭隘路口阻住士诚过去。看官看到此处,必以为既有遇春与二人相敌,又有亮祖、王铭杀来,不要说一个士诚,便十个士诚,走哪里去。谁知士诚的性命,尚未该绝,忽地里起了一阵狂风,飞沙走石的卷来。恰好遇春、朱暹二人的马,一齐滚下田坡里去。那坡底有一丈余深,泥泞坑坎,一时难得起来。吕珍即领残兵,保了士诚,如飞的过了这个路口去了。那些军士也都乘势逃脱而行。那两个在坑中光拳的厮打。亮祖即同王铭另寻一条下嵌①的小路,走上前去,轻舒猿臂,把朱暹捉住,陷在囚车上,即忙与常遇春另换了身上衣服,整顿上马。遥望士诚的败兵残卒,已离有十余里,追之料来不及。因率兵前往湖州,与徐达相会。那士信闻知士诚兵败,也舍了旧馆地面,领残兵而回。

恰说湖州正是伪周虎将李伯升,领着十万雄兵镇守。闻知朱兵攻打,他便引兵迎敌。阵上常遇春当先出马,叫道:"李将军何不早献城池,以图重用。"伯升回道:"你不守地方,犯我境界,丧亡就在眼前,为何反说大话!"遇春听了这一句话,怒气填胸,无明火直高三丈,手起鞭落,打中伯升后心,那伯升负痛而走。遇春催兵追杀过来,死者不计其数,降的也有万余人。伯升连夜申奏苏州求救,即紧闭城门,不敢出战。徐达乘势便令大小三军,将那湖州围住。不上两日,丞相李伯清接着湖州求救的表文,即转奏士诚说:"金陵的兵围困湖州甚急,乞早定退兵之策……"说犹未了,只见张士信过来,说:"臣愿领兵前往,以保湖州。"李伯清说:"朱兵粮多将勇,今若与战,恐未必胜;以臣愚见,不若径往建康,说以利害,使两国休兵,庶为长策。"士诚听了,便说:"此事即烦贤卿一行。"仍遣士信为元帅,吕珍副之;张虬为先锋,领兵十万,前往湖州救援;一面打发李伯清到金陵讲和,不表。

且说太祖见士诚遣兵调将,都去救援湖州,因对军师刘基商议,说:"不

————————

① 嵌(kàn)——山崖。

如趁着此时,攻取浙江一带何如?"刘基道:"好!"即传令速到金华,命李文忠总水陆军兵,向临安、富春一路进发,全收江北地面。军师刘基致书道:"此行不数日间,即当获一伪周细作,元帅可以正理折之。"文忠领旨,取路前进,分遣指挥朱亮祖、耿天璧前攻桐庐。那守帅戴元,闻知亮祖来到,摇头伸舌,对军士说:"这就是与陈友定交兵,运石劈死士卒的朱将军。我们何苦送死。"便率众出降。文忠在军中闻报,随着亮祖同耿天璧及指挥袁洪、孙虎进克富阳。那富阳县治,前面大江,后枕峻岭,右有鹤山,插出江口,石骨崚嶒①,朝夕当潮水浸射。再下又有大领头,又有扶山头,都是山高水深,易于把守。至如左边有鹿山,绕住水口;再上十里,有长山弄;再行三十里,有清水港,重重围绕。真个是"一夫当关,万人莫敌"的去处。那亮祖得了将令,因对三人说:"此行不可当耍,我们须把水、陆二军,俱屯扎在幽静所在,且先向前打探出门入户的径路,并看好我军可埋伏接应的所在,方可进攻。"便令天璧、袁洪二人,带领能事的十余人,驾着小舟,扮着长江上打鱼的渔户,往前面打探水路,及沿江共对岸动静,自己便同孙虎带领壮兵二三千人,手持钢叉、戈箭,穿上虎、豹、麋鹿等皮袄,扮作捕野兽的猎户,径往后面山上寻取小径,探望陆路关隘及城中消息。再着报子知会文忠,叫他水、陆军马,缓缓而来。又吩咐本部水、陆官军,亦不许擅离部位,如违,按军法处斩。

　　且说耿天璧、袁洪同十数人坐着六只小船,带了捕鱼网罟②,依着萧山岸边捕鱼地方慢慢的放过富阳扶山头来,一望渺茫,再没有一个船只往来。只见大岭头左右战船约有二百余只,屯在江里。那六只船,或前或后,顺流撒起渔网来。船后艄敲着渔梆,舠舠③荡荡,正贴拢岸边而来。只见兵船上几个人,在舱中伸出头来,看了一看,叫道:"这是什么太平时节,你们大胆在此捉鱼哩!"那渔船上便应道:"船上长官,我们岂不知生死,因诸暨县太爷,不知要办什么酒席,发出官票来,要取鲥鱼④二十尾,每尾俱要八斤重,一样的大。小人也曾禀知:'江上防守甚严,一时措手难办。'他便大怒,把我们各打三十大板,克期定要。"未知如何,且看下回分解。

---

①　崚嶒(léng céng)——形容山高。

②　罟(gǔ)——捕鱼的网。

③　舠舠(liǎo)——舠,小船。舠舠,此处指小船一条挨一条。

④　鲥(shí)鱼——是一种名贵的食用鱼。属于海产鱼类,春季到珠江、长江等河流中产卵。

# 第五十回　弄妖法虎豹豺狼

且说兵船上人看见打鱼的船,渐渐傍来,即便喝道:"你船上捕鱼的,敢是铁做的头么,敢在此来往。"船上一齐应道:"长官且听,我们也只为官差,没奈何,在此辛辛苦苦的。你们不信,臂腿打得破烂在这里……"说未完,一个人便脱下裤子来,两腿上血淋淋的怕人。那些军士便都道:"可怜!可恨! 就似我们县里的瘟官,一样不通人情的。"又有一个打鱼的说:"你们县官,一向闻将说好,怎么你们也说这个话儿?"恰有一人道:"好,好,好! 只恐干事不了,我们这个李天禄,终日克减军粮,如今却要我们当风抵浪,可惜只是朱兵不来;若来呵,我们这伙儿散了,还在这里不成。那打鱼的摇着船,也笑道:"长官,长官! 怕众人不是你一人的心哩。"那人又道:"这个倒是人人的真情,怕他做甚?"渔船上因唱个吴歌道:

> 峻嶒石壁倚江干,水阔渔船卧晚烟。
>
> 夕阳万树依岩岸,秋影千帆接远天。
>
> 接远天,接远天,寒云落雁渡沙边。
>
> 耳中听说心中语,说道无缘也有缘。

一边摇,一边唱,渐到鹤山嘴子上又望见一丛兵船,大大小小也有二百只,恰一般如此,懈懈的不甚提防。那六只渔船,摆来摆去,不住在东西打探实落消息。又只见一个官儿,远远的骑着匹马,前面却有数十对弓兵,俱执着枪刀或火器的。又有两个人,背着两面水牌,牌上写许多字迹。一声高一声低,喝将过来,在水兵船边坐下。这些船上官兵,俱披挂盔甲,手执器械,在船边立着。赵甲、钱乙、孙丙、李丁逐名的点过去。一船完了,又是一船。看看点完了,又听得那官口里吩咐道:"主将有令,建康朱兵不日到来,你们须要小心把守。岸上人不许下船,船上人不许上岸。江上船只不许一个往来,恐有奸细。若是岸上有些疏失,罪坐陆兵;若是江上有些疏失,罪坐水兵,杀得朱兵一个,赏银十两;杀得十个,赏银百两,官升三级。前者,或有粮饷扣除,今尽行补足外,又每日每名加给行粮银二钱。汝等须要努力同心,务在必胜。"吩咐才完,人人皆奋勇十倍。那官儿正欲起身,忽指着这渔船说:"这些船决不许一个拢来,你们可吩咐他们,火速回去;倘若不从,拿来枭首示众。"那渔船听了,便也慌忙依他撑过鹤山去了。渐到江心,六只船商议道:"看了起初光景甚觉容易,及至号令,便大不相同。我们且把船荡去,看鹿山头边施为怎么,方可计较用事。"说说笑笑,因指一个说:"你先前腿上的血,从哪里来的?"那军士应说:"这就是早时杀鸡来吃饭的鸡血。"十余人拍手大笑。不觉的船到鹤山嘴上,只见远远的兵船,望见我们的渔船,便都立在船头摇着旗,弯着弓,喝道:"你们这些船做什么的?"渔人见问,便流水将网撒到大江中去。这些水兵看是捕鱼的,各各下舱去了,众人打个暗号,仍旧放到江心里来。日间大都如此了,夜里再放了船去打探,话不絮烦。

且说亮祖同孙虎带了些人,径寻富阳后山小路而行。由先贤程伊川的衣冠墓,上鹿山麦阪岭,又过了十来个山头。天色向晚,路径错杂。远远望见一个坡里,盖着几间茅屋,一点灯光射将出来。亮祖便领众人上前叩门,只见一位六十多岁的老儿在门里盘问说:"是哪一个?"亮祖便应说:"我们是桐庐猎户张十七,因赶一个野兽儿在这近边,如今天晚,不便找寻,特到府上讨扰一宵,明日奉酬金帛。万望父老相容。"那老儿摇得头落说:"客官请别处方便,我这里一来浅窄;二来寒舍偶有小事;三来前面不上半里路,就有宿店,何不到那边倒稳便。"才说得完,即走进里面去了。亮祖因叫人去前后树林探望,再没有一个人家可以借宿,只得再去叩门。哪里面任你怎么叫,再不来睬你。惹得孙虎火性起来,跑到后门边,恰有一只犬,猎猎①的吠,他即抽出腰刀一刀,说:"你家里人,一毫不晓事。我们奉了上司明文,到此要虎胆合药,限定时日,不许有违。在山砍山,遇水渡水。先前明明赶了个大虫到你后园,你这人家怎么如此大胆,竟闭了门,不许我们来捉。你等今日既不开门,只恐明日禀知上司,教你这老头,死不死,活不活的苦哩。"别叫几个军士,假意在后树林中,不住的叫喊。又爬到树上,故意截些竹、木,在屋上草里乱丢下去。顷刻间,又砍了一堆茅草,放在他的房边,便把取火的石头敲了几下,那火烘烘的着起来。里面人只当延烧屋宇,慌忙开了后门来救。那些军士,一个做恶,一个做好,早把身子捱进他家里去。那老儿见势头不好,只得张起灯来,

---

① 猎猎(yín)——群犬吠声。

开前门接入。亮祖等一伙人，进内坐下。朱亮祖到堂上与老儿施了个礼，说：“老丈休得见怪，我们只因前后没处安身，故此兄弟们造次行事。”老儿道：“列位大哥，休要发恼。我这里地名叫做塔前。近来有个姓宋的，专能行妖术，兄弟四人，俱会剪纸为马，撒豆成兵。平日间，只在村坊上，或邻近地方，卖些符法；敬重他的，他便乘机骗些财帛，或是酒食；倘若不敬重他，他便在人家门首边，或厨头边，或厅堂边，做下些妖法，使你家中日夜不得安稳，然后待人去请求他，他便开了大口，要多少谢仪，方肯替你收拾回去。因此，人都称他做宋菩萨，或称为殿下，今者我们县官，为建康朱兵杀来，因此礼请这宋殿下，要他在军中作法救护。他说一句话儿，官吏无不奉行。我们近邻与他有口舌的，他就乘机报复。今早，又叫县官行牌来说：‘朱兵既取桐庐，谅不日要来攻打，必有细作到来打探虚实，须要严行保甲，不许容留一个来历不明的人。’在下原与他有些小隙①。今见大哥们一伙人，又不是我本县居民，倘有些山高水深，必然落在他的圈套里，所以方才不敢应命。”亮祖说：“我们只道为着甚的，原来如此，请老人家宽心！”那老儿叫伴当快关好了前后门，便告辞进去了。亮祖因吩咐从人做了晚膳，各取出被铺来睡了。次早起来，吃些早膳，仍然猎人打扮，别了老儿，上山取小路而行。翻山过岭，约有十余里，恰见树木参差，郁葱葱的俱是长松翠柏，地上俱是矮蓬的竹条荆棘。真个是上不见天，下不见地。亮祖把眼细细一望，正是官衙后面，所以荫养这些草木。亮祖便对孙虎说：“你可记着此处。”孙虎应道：“得令。”正待要走过去，只见摇旗呐喊，火炮连声。亮祖吃了一惊。原来县官在哪里操演军士。亮祖因而立住了脚，细细看他的光景，马军步卒一共也不上五千之众。未及半个时辰，恰见一连三四个，都一般披了发，叉了剑，口中念念有词，喝声道：“如律令！”只见一个红葫芦，早有许多盔甲、军马，分着青、黄、赤、白、黑五方旗号，倒将出来。又有一个把药葫芦一倾，却是许多虎、豹、狮、象，张牙舞爪，在演武场中扑来扑去，把这些军士赶得没处安身，那县官也没做理会。未知如何，且听下回分解。

--------

① 隙——仇怨。

# 第五十一回　朱亮祖连剿六叛

却说那四个人，起初一个，从葫芦内放出许多兵马，在场中厮杀。又一个，放出花花斑斑一阵的虎、豹、狮、象，往来扑人，那些人东奔西走，不住逃避。正在没可奈何，恰又从中一个，把手一伸，将头发一抖，那头发便冲出万道火光，直射出来，这些人马、走兽，都在火中奔窜。谁想走过人来，把剑一指，陡地飞沙走石，大雨倾盆，那火也渐渐没了，人马、走兽也都不见了。须臾仍然天清月朗，雨散云收，演武场上打了得胜鼓回军。朱亮祖看了一番，同众人取旧路而回，径到鹿山嘴上，远望江中恰好六只渔船，也趁着月色摇上来。众人立在岸边，打个暗号，都落了船，回得本寨，便商议道："明日耿天璧，可领兵四千，驾船百只，往对岸而行，待我陆兵交战时，以百子炮为号，炮声响处，便将船直杀过来；再令袁洪带领水军一千，往来江上接应；孙虎今夜更深时候，率领短刀手，带着防牌，仍到山边小路，直到县治背后，树林里埋伏，也待百子炮响，竟在山后杀出，放火烧他衙署。"亮祖自领岸兵，到大路上攻打，水陆兵马，俱带牛、羊、狗血，装贮竹筒，若遇妖人，便一齐喷出；一边着人火速催赶元帅李文忠大队人马到来督阵。分调已毕。

次日黎明，拔寨而进。探子报知李天禄，天禄即请宋家兄弟四人，在阵后相机做法对战，自领岸上人马，直来抵敌。两马相交，那天禄战了不上两合，便往本阵而走，亮祖督率三军奔杀过去，只见黑风过处，有许多人马，分着青、黄、赤、白、黑旗甲，并那些虎、豹、狮、象等兽，狰狞咆哮的，一齐乱杀出来。亮祖已知他是妖术，即令三军把马头掇转，团团的驻扎在一处，其余步兵，依着马军向前而立。一个槟榔间着一个钢叉，一个滚牌间着一个鸟嘴，并一个长枪，五个一排，五个一排，周围的扎着。听他横冲直撞，只把牛、马、猪、狗等血喷出，不许乱动。众人得令，但见这些妖物，撞着血便飘飘化着纸儿飞去。那宋家兄弟，看大军不退，便把妖火来攻杀。朱兵也识得破，全然不怕。亮祖便着三军叫道："你这宋贼妖法，我们阵中个个晓得，不必再来施逞。"李天禄听了，因此舍命而逃。未及半里，只

听得一声百子炮响,震得:

> 天柱折了西北,地角陷了东南。蛟龙在海底,惊得头摇;猛虎在林间,忙将尾摆。

亮祖乘势紧紧地追来,将到鹤山嘴边,早有孙虎在山后,领着群刀手奋杀出来。四下里杀入官衙,把火炽炽放着。军马杀伤大半,这些妖人,幸得逃脱。天禄便舍命逃到江口,跳下船来。那船上人欣欣的说:"元帅可将身钻进舱中,免得建康军看见了来赶。"天禄把头一低,正要进舱,被这船头上人,将手来反绑了,说道:"你这贼,可不认得耿将军,竟来虎头上搔痒,船上军人可把他捆了,解送营里去。"正好捉得上岸,恰有李文忠大军已到。朱亮祖、耿天璧、孙虎、袁洪等来到帐中。文忠对亮祖说:"桐庐、富阳是杭州东南要路,将军一鼓而下,功绩非轻。明日将军可合兵进围余杭,然后议取杭州。"当日驻扎富阳,寨中筵宴,不提。

且说伪周丞相李伯清,承命到金陵讲和,晓得湖州有兵阻隔,行路不便,乃抄杭州望钱塘而去。渡江来到富阳,当先遇着一彪哨马,伯清知是朱军,急下马而走,被哨军捉住,送到文忠帐下。原来伯清前曾通使金陵,太祖命文忠陪他饮酒,因此识面,便问说:"你莫不是东吴丞相李伯清么?"伯清低着头应说:"不敢。"文忠便令解去绑缚,问道:"何故私行过江?"伯清说:"不敢相欺,只因徐元帅围住湖州,故奉主命讲和以息兵争。"文忠说:"此意虽美,但大势所在,丞相知之乎?据丞相论,今日尔主与我主,品孰优劣?"伯清说:"俱是英雄。"文忠便道:"品既相同,吾恐一穴不容二虎,英雄不容并立。昔日友谅势力十倍于尔主,友谅既灭,天心可知。尔主今日来顺,方不失为达变①之计,奈何兵连祸结,累年战争?今吾主上告天地,有灭周之心,因令徐元帅攻打北路,我攻打南路,尔国之亡,且在旦夕,犹欲讲和,是以杯水救燎原,势必不得已也。"伯清低着头,沉吟无语。文忠因讽他道:"足下亦称浙西哲士,请审汝主何如?不然他日就擒,恐悔无及。"伯清长叹一声,说道:"背主不仁,事败不智!"恰把头向石上一撞而死。文忠笑说:"这狂贼汝待欲降,谁肯容你降。"便令左右扛去尸首,埋于荒邻之下。因思前日军师有书来说,有伪周细作来见,不知军师何以先晓得?真稀奇,真稀奇。正与亮祖等说话间,忽听辕门外击

---

① 达变——遇有特殊情况,须采用从权应变的非常办法。

了大鼓四声,大门上便击有花鼓四声,二门上也击有云板四声。文忠说:"不知何处来下文书?"因同众将到帐前,着令中军官领来究问。没多一会,那中军官领一个人报说:"谢再兴同子谢清、谢浚、谢洧、谢洪、谢洋,领兵五万,连营阻住钱塘江口,水军不得直下。"文忠大怒,骂道:"再兴曾为主公部将,今复叛降士诚,又来阻路,若不擒此贼,永不渡江。"遂折箭为誓,即刻令大军登舟东渡。只见贼军剑戟如林,朱军难于直上。文忠传令战船列为长阵,用那神枪、弓弩,间着铳炮,飞去冲击,岸兵大溃。文忠因同亮祖等,挺戈先登。他长子谢清、谢洋,跃马横刀砍来。亮祖也不及排列阵势。向前直杀过去,手起刀落,把谢清一劈,劈做两段。那谢洪、谢浚见势不好,帮着谢洋来杀。文忠拈弓搭箭,叫声道:"倒了!"便把谢洪当心射死在马下。再兴便挺戈同三个儿子前来报仇,朱军阵上亮祖领兵在右边,耿天璧领兵在左边,文忠率着中军,大队混杀。再兴恃着有力,大呼入阵,又被文忠一枪,刺入左膛,坠下马来,军中砍做肉酱。谢洋正要来救,遇着天璧,战了四十余合,自知气力不加,恰待要走,被朱军砍断马脚,翻个筋斗,跌下马来,颈骨跌做两段。众将乱蹿,骨头也不知几处。谢洧方与亮祖迎敌,那谢浚也赶来夹攻,谁知谢浚一枪,这枪头恰套着亮祖刀环里,那亮祖奋力一搅,把枪杆搅断,谢洧连忙转身,把亮祖一戟,那亮祖左手正接戟的叉口,右手乘势把戟一扯,那戟早夺将过来,便大喝一声,把刀砍去,将谢浚腰斩而死。谢洧把马勒转,飞走逃命,亮祖一箭正中着后心。众兵勇气百倍,杀得那伪周军士,百不留一。文忠传令收军。就于诸暨抚民。一宿,次日起兵,径至杭州,向北十里安营。正集诸将商议攻打之策,只听外边有人来报。不知何事,且看下回分解。

# 第五十二回　潘原明献策来降

　　且说李文忠率领大兵,驻扎在杭州江上,向北十里安营,正集诸将商议。文忠说:"此城粮多将广,况是守将潘原明。向闻他是个识时务、爱士民的汉子,甚难下手,奈何,奈何!"只听外边有伪周员外郎方彝,奉主帅潘原明来书献城纳降。文忠便令他进见。方彝走进辕门,但见剑戟森森,弓刀整肃,远远望着里面,文忠凛然端坐,阶前如狼如虎的将官,排列两行,就如追魂夺魄的一般,甚是畏惧,缩缩的走至帐中。文忠高声说:"大军未及对阵,而员外远来,得无以计缓我么?"方彝答道:"元帅奉命伐叛,所过地方,不犯秋毫,杭州虽是孤城,然有生齿①百万;我主将实是择所托而来,安有他意。"文忠看他真心,便引入后寨欢笑款待,因命他规面入城次第,明朝即着回去。那原明便封了府库,把军马、钱粮的数目,一一登记明白,且捉了苗将蒋英、刘震贼党,带出城来,叩见文忠。文忠当晚便宿在城内,下令如有军人敢离队伍,擅入民居者斩。恰好一个才走民家,借锅煮饭,文忠登时杀戮示众。全城帖然②,更不知有更革事务。当日申奏金陵。太祖以原明全城归降,百姓不受锋镝,仍授浙江行省平章。随令军中悬胡大海画像,把刘、蒋党众,割其心血致祭。且下平伪周榜文说:

　　吴王令旨:尝闻王者伐罪救民,往古昭然;非富天下也,为救民也。近睹有元,生居深宫,臣操威福,官以贿求,罪以情免。羞贫优富,举亲劾仇。添设冗官,又改钞法。役民数十万,湮塞黄河,死者枕于道途,哀声闻于天下。不幸小民复信弥勒为真有,冀治世而复苏。聚党烧香,根蟠汝、颍,蔓延河、洛。焚烧城郭,杀戮士民。元以天下之势而讨之,愈见猖獗。是以有志之士,乘势而起,或假元世为名,或托香车为号,由是天下瓦解土崩。余本濠梁之民,初列行伍,渐主提兵。见妖言必不成功,度元运莫能济事,赖天地祖宗之灵,仗将相之

---

　　① 生齿——人口。
　　② 帖然——顺从。驯服。

力,一鼓而有江左,再战而定浙东。鼓蠡交兵,陈氏授首,兄弟父子,面缚与衬,既待之不死,又爵以列侯。士位于朝,民休于野。荆、襄、湖、广,尽入版图,虽教化未臻,而政令颇具。惟兹姑苏张士诚,私贩盐货,行劫江湖,首聚凶徒,负固海岛,其罪一也;恐海隅一区,难抗天下,诈降于元,坑其监使,二也;厥后掩袭浙西,兵不满万,地无千里,僭号改元,三也;初寇我兵,已擒其亲弟,再犯浙省,又捣其近郊,乃复不悛,首尾畏缩,四也;诈害谋杨左丞,五也;占据浙江,连年不贡,六也;知元纲已坠,僭立丞相、大夫等,七也;诱我叛将,掠我边人,八也。凡此八罪,理宜征讨,以靖天下,以济斯民。受命左相国徐达,统帅马步舟师,分道并进,歼厥渠魁,协从罔治。凡逋逃臣民,被陷军士,悔悟来归,咸宥其罪;凡尔张氏臣僚,识时知事,或全城附顺,或弃刀投降,名爵赐贵,予所不吝;凡尔百姓,果能安业不动,即为良民。旧有田舍,仍前为生,依额纳粮,以供军储,更无苛取。使汝等永葆乡里,以全家室,此兴兵之故也。敢有千百相聚,抗拒王师者,即当剿灭,且徙宗族于五溪、两广,以御边戎。凡余之言,信如皎日。咨尔臣庶,毋或自疑。

这榜文一下,海宇内外,人人都生个喜欢心。

且说张士信领兵十万,来救湖州,却在正东地方皂林屯扎。探马报知,徐达因对众将说:“士信是伪周骁将,伯升又坚城固守,倘或他约日内外夹攻,势恐难敌。众将内敢有东迎士信的兵么……”话犹未了,只见常遇春说:“我去,我去!”徐达向他道:“将军肯去,此贼必擒。但士信狡猾之徒,切须谨慎。”遂令遇春同郭英、沐英、廖永忠、俞通海、丁德兴、康茂才、赵庸等,领兵七万,离了大营前去。遇春因唤赵庸、康茂才领兵一万,抄着湖边小路,径入大全港,过皂林,约在战日,劫他老营。郭英、沐英领兵二万,到前面大路边埋伏,只看流星炮为号,便发伏兵奋力夹攻。廖永忠领兵二万,自去搦战,可佯输诱他追赶。分拨已定,廖忠因领兵前去皂林,摆开阵势。

且说那伪周阵上,早有一将,身穿铠甲,坐骑乌骓①,勒兵向前,说:“来者何人,可晓得丞相张士信手段么?”永忠就说:“想吾兄永安,为你士

---

① 骓(zhuī)——毛色苍白相杂的马。

德所杀；士德虽亡，恨尚切齿。吾今上为朝廷，下图报复，何必多言。"便举刀直向士信杀去，战未数合，忽闻喊声大起，左边张虬、右边吕珍，两翼冲击出来。永忠随回马而走。士信催兵奔杀过来，约有十里之地，只听一声炮响，常遇春领着大队人马，高叫："张士信何以不降，还来迎敌！"士信便独战了遇春。张虬、吕珍夹攻着永忠，又战数合，恰好哨探报说："我们老营却被朱兵劫了。"士信回头一望，果然本营四下里烘天焰日的大火，急回救取。常遇春、廖永忠驱兵逼来，谁想速的一声，一个流星钻在半天，遥遥的分作两条龙一般下来了。早有沐英在左，郭英在右，深林中突然挡住了相杀。此时士信人马杀死大半，士信也没可奈何，幸喜得张虬、吕珍拼命的保护；恰又有康茂才、赵庸两将劫寨而回，大叫道："张士信，你的老营已是块空地，要走哪里去！"挺着枪径抢过来。士信只得单骑脱围而走。丁德兴、廖永忠也来紧紧追着，只不放宽。那张士信又不见了帮手，便向壶中取了支箭，将身扭过，正要拈弓射来，不防前边是个大坑，连人和马，跌将下去。军中就用挠钩钩起，活缚到阵里来。常遇春即日拔寨，仍回湖州；恰好徐达升帐，即与遇春相见。那些军士已将囚车解入送来。徐达看了士信说："你弟兄何不早降？自遭其祸。"士信回说："昔日原与你为唇齿之邦，今日你等来取湖州，是你等先解好成仇。皇天不佑，将我堕马，岂真汝等之力乎？"徐达大怒，命把士信枭首。未知后事如何，且看下回分解。

# 第五十三回　连环敌徐达用计

那张士信被军士捉住,解送到帐前来,徐达吩咐推出斩首。恰说张虬、吕珍领了残兵东走,只得在旧馆驻扎,即日修了表文,令万户徐义,前往苏州求救。士诚见了放声大哭,说:"吾两弟一兄,皆死于仇人之手。李伯清到金陵已久,生死又未可知。杭州潘原明,又以城投降金陵,使我束手无策,奈何!奈何!"徐义便说:"今事在危急,何不招募天下勇将,以当大敌?"士诚叹息几声,说:"仓促之间,何处去寻。"只见殿前都尉韩敬之向前,奏道:"重赏之下,必有勇夫。臣举二人,可以退敌,不知殿下用否?"士诚便道:"此时正是燃眉之急,岂不用他。但不知卿举者何人?"韩敬之说:"吾闻临江有兄弟二人,一个叫金镇远,身长丈二,腰阔三尺,就是个巨无霸,一只手能举五百斤;一个叫纪世雄,身长一丈,腰大体肥,浑似个邓天王,膂力千斤。他二人一母两父,因此各姓。只为世乱,没人晓得他,所以潜居草野,以武艺教人过活。"士诚听了,便着韩敬之到临江召来,二人参见已毕。士诚见了,果是奇异,不胜之喜,就说:"今徐达围困湖州甚急,汝能与我迎敌么?"二人答道:"若论文章,臣不能强;若论相杀,臣敢当先。"士诚叫取金花、御酒过来,便授二人同金先锋之职,若得胜时,世袭公侯。二人叩头拜谢。

次日,正是黄道吉辰,敕令世子张熊权朝,张彪授元帅印,张豹副元帅,随驾亲征。率兵二十万,取路望旧馆进发。吕珍、张虬,闻知士诚驾到,出城迎接,备把遇春用埋伏之计,擒了士信,不能取胜的话,说了一遍。士诚说:"今后发兵,必须审度虚实停当,方可进战。"连同旧馆兵六万,共合二十六万。翌日起行,直抵皂林。那徐达在帐,探子将士诚亲领兵三十万,来救湖州,已抵皂林的事报知,徐达因对众将说:"士诚倾国而来,其计必然穷蹙,众将军须努力此战,东南混一之机,全决于此。可留汤元帅分兵七万,与耿先锋、吴将军等,牢困湖州。我自己与诸将领兵十三万东破士诚,如此方无前后腹心之虑。"众将齐声道:"此真万全之术。"即日,徐达起兵东行,与士诚兵隔五里,驻扎大寨。士诚闻知兵至,便排阵迎敌,左右诸将簇拥着士诚出马。徐达认是士诚当先,自己也披挂了出来,说道:"衣甲在身,乞恕不恭之罪。"士诚就将鞭指说:"孤与尔主,各居一天,何故屡相攻杀?"徐达答道:"天命归一,群雄莫争。昔唐太宗不许窦建德三分鼎足;宋太宗不容卧榻之中,他人鼾睡。今元世衰亡,英雄竞立,不及十年,吾主公剪灭殆尽。天命人心,已自可知。足下若能洞悉时务,真心纳款,谅不失为藩王之贵,何自苦乃尔!"士诚大怒,说:"天下有孤及元,岂得便成一统,汝等徒生这妄想耳。"徐达便说:"足下不听好言,恐贻后悔。"言毕,两马俱回本阵。那士诚左哨上,恰有新先锋金镇远突阵杀来,常遇春便纵马迎敌,未分胜负。沐英见遇春不能胜他,因奋勇大叫,出来助战。金镇远就舞刀直取沐英,被沐英起手一枪,正中镇远的左臂,这把刀便拿不住,直堕下地来。遇春就把枪刺中左胁,堕马而死。敌兵大溃。徐达因把大旗麾展,这些大队军士,追杀过来。赶得士诚守不住皂林,只得拔寨十五里外屯扎。天晚收军。士诚闷闷不悦,对纪世雄道:"今日之战,先锋金镇远败没,又折兵六万有余,将何处置?"世雄说:"朱兵智巧勇力,谋出万全,恐非一战便能得胜。今日他追杀十余里,战既得胜,必众心疏略,我们不如同众将暗去劫营,这是乘其不备,必可生擒徐达矣。"士诚听计,便令众将整备劫营,不提。

且说徐达回到帐中,说:"今日士诚虽败,其锋尚未尽颓,明日还宜相机度势,使他片甲不反,方才丧他的志气……"正说间,忽见帐前黑风骤起,吹得烟尘陡乱,树木摧摇。徐达看了风色,对众将说:"此风不按时气,主有贼兵劫营。今夜与明日之战,非同小可,当用'八方连环阵'抵敌,擒拿这厮。尔等急宜造饭饱餐,到营前听令。"诸将听了吩咐,即刻来到各营,蓐马①饷军。没有半个时辰,早听得大帐中擂鼓一通,催发各营军将披挂起身。又没有一顿茶时,恰又把画角吹了七声,那些军将,都齐齐排列在辕门之外。只见云板五下,主帅徐达升了中军帐。五军点提使,已把名字逐一在二门上挨次点将进来,诸将鱼贯而行,都一一排立在阶前左右。元帅便道:"今日东、西二吴,势无并立。从古帝王之兴,全赖名世之士;今日我主上高爵厚禄,优待我辈,全图我辈舍生拼死,受怕担惊;我辈所以血战心劳,亦指望个带砺山河,封妻荫子。今日诸将军,宜各尽力,

---

① 蓐(rù)马——喂饱马匹。蓐,丰厚之意。同"蓐食"。

以成大功。倘若有违,吾法无赦。"诸将齐声应道:"是,谨听令。"元帅便将令箭一支,唤俞通海、俞通源、俞通渊三将向前,着领水军三万,即刻抄小路到大全港口,闸住上流,待吴兵半渡,只听连珠七声炮响,将闸边四下掘开,决水冲入,溺死吴军。又将令箭一支,唤郭英、沐英二将向前,着领马兵二万,即刻到士诚老营埋伏,且先分军一队,假装西吴探子,径到士诚营中报说,纪世雄前去劫营,被朱兵大败,现今徐达乘势追杀将来,待彼拔寨而起,便发伏兵追击。又将令箭八支,唤康茂才、朱亮祖、廖永忠、赵庸、丁德兴、张兴祖、华云龙、曹良臣八将向前,着每将各领兵马五千,分着方向,到旧馆要路上埋伏,但听轰天雷八声响亮,八方虎将,应声齐起,团团围杀。又将令箭一支,唤常遇春同左哨薛显、右哨郭子兴向前,着令马步军校三万,前至白沙岛,截住士诚去路。自家带领大队人马,纷纷的拔寨,乘夜便往西北而行,待他追赶。调遣已定,众将各各领了号箭,分头自去,不提。

将近一更光景,张士诚犹恐徐达帐中有备,因使纪世雄率兵三万为前队,张虬率兵三万为中队,吕珍率兵三万为后队;一队被害,二队救应。世雄等领命出营。约摸二更,将至徐达寨边,但听营中鸦飞雀乱的扰攘,世雄便先令哨子去探虚实。没有半响,那探子报说:"朱兵想是因我兵来,俱向西北逃窜,并无埋伏。"世雄大喜,便催兵追杀。比及五更,只见大全港中,徐达带了甲兵,如蜂似蚁的,在港中争渡。世雄在马上把眼一看,那水极深处也不满二尺,便道:"不杀徐达报仇,不是大丈夫! 夺得头功者,即时奏闻,加官重赏。"催动后军,过河冲击。三万军士,个个争先。此时已是黎明,军士正在半港,猛听连珠炮响,徐达的军便从闸口掘开,河水骤涌起来,横冲三十里地面。世雄的兵进退无路,溺死者二万有余。纪世雄也做了膨膨气胀的水鬼。其余爬得上岸,被众军活捉的也约有八千有零。未知后事如何,且看下回分解。

# 第五十四回　俞通海削平太仓

　　话说纪世雄三万军马都没于河水之内，或有识水的，挣得上岸，亦被朱军捉住。主帅徐达，因收兵在河口安营。那士诚见世雄等三队人马去了，半夜不见回来，正在疑惑。恰见一队哨马，约有五十余人，径撞前来，报说："大王爷，祸事到了，还不晓得？"士诚连忙问说："祸从何来，事在哪里？"那哨子就在马上指道："纪世雄三万人马，都被河水淹死，一个也没留。现今徐达乘势赶来，正要活捉大王，大王可急急拔寨而行，还且自在哩。"便把哨马紧紧的一路叫喊道："快快逃命！快快逃命呀！"士诚听罢，惊得魂不附体，即令三军望苏州进发。这些军士只恐朱军追及，哪里肯依行逐队，都争先奔溃而走。未及一里，忽听一声炮响，左边郭英，右边沐英，两处伏兵冲出击杀。幸有张彪、张豹分身迎敌。士诚在车中吩咐："且战且走，不可恋敌。"那张彪、张豹也只要脱离苦难，谁想战未数合，郭英、沐英放条生路，拨马向前而去。半空中如雷震一般，轰天炮响，不住的震了七八声：正东上康茂才，正西上朱亮祖，正南上廖永忠，正北上赵庸，东南上丁德兴，西南上张兴祖，东北上华云龙，西北上曹良臣，各带精兵五千，团团的杀将过来，把士诚铜墙似的围困在内。他使张彪、张豹拼死的杀条血路逃走。八员虎将，拼命也追杀不放。约有五里地面，正是白沙岛边。常遇春又在柳阴深处杀将过来，挡住去路，大叫道："士诚，你此时不降，更待何时！"吓得士诚正是：

　　　　胆破心惊，手摇脚战。一张脸无些血色，浑如已朽的骷髅；两只眼没个精芒，径似调神的巫使。一个降祸祟太岁，领着八大龙神，哪怕野狐精从天脱去；四对追灵神魔王，随着阎罗天子，便是罗刹鬼何地奔逃。

　　正是：任他走上焰摩天，脚下腾云须赶上。

　　谁知士诚乃是苏州人，毕竟乖巧，便将黄袍玉带，并头上巾帻，都脱下来，扎起一个草人，将前样服色穿带了，缚在六龙盘绕的香车绵帐之内。

自己随换了小军衣服,跨上一匹蹑云捕影①乌骓,与张彪、张豹打个暗号,趁个时机,带领一队人马,飞也似逃走。那张彪、张豹假意儿只保着龙车厮杀。约摸士诚相去已远,又望见一彪人马,恰正是吕珍、张虬赶来救主。他二人便卖个破绽,一道烟落荒寻着士诚,同路而行。追来九个将军,哪知道这个缘故,只望着龙车儿围困过来。就是吕珍、张虬也不解此事,死命保着。看看天晚,恰好郭子兴、薛显又分两翼喊杀向前,把眼在车中一望,见是草人,便叫道:"列位将军,只捉了吕珍、张虬也罢,这士诚想是去远了。"众人才知堕了奸计。常遇春因对吕、张二人说:"二位何不揣度时势?我主公英明仁武,统一有机,二位何执迷如此?"吕珍接应说:"元帅所言亦是,但降服者降服其心。昔日吕布辕门射戟,心服纪灵。如元帅也有射戟的手段,吾辈即当纳降。"遇春笑道:"这有何难。"便令人三百步外,立一戟。连发三矢,三中其眼。吕珍、张虬大惊,下马拜说:"真天神也!吾辈敢竭驽骀②之用,情愿领兵六万投降。"遇春大喜。便令军政司计收器械、盔甲。因着俞通渊领下步兵三千,押送新降士卒,前至金陵,请太祖令旨,或令为民,或分编各队。即日起行。遇春检点降兵去了,便登帐请张虬、吕珍进见。吕珍说:"败降之卒,愿受抗军之罪。"遇春笑道:"何罪之有?东汉岑彭,初佐王莽,与光武大战,光武几受其危。后知天命在于光武,因弃邪归正,名列云台③。前后事体。略不相妨。但今日之降,在吕将军可留,若张将军乃吴世子④,我当择日送还姑苏。"张虬说:"元帅勿疑,自当尽力图报!"遇春回说:"假如着将军去攻姑苏,岂有子弒父之理。吾岂不爱将军雄杰,但天理人情上,难以相款。"张虬听罢,对天叹息了数声,便说:"吾听常将军之言,反为不忠不孝之人矣,有何面目再生人世乎!"登时自刎而死。遇春假意吃惊说:"将军为何如此,是我之罪也!"传令军中具玉带、朱冠、棺椁葬回旧馆兰水桥下。因留胡济美统本部兵,屯扎旧馆。仍令大军回至湖州,见了徐达,且将前事说过了一遍。徐达说道:"将军处分极是。至如先令六万降军,散回金陵,使张虬进退

————————

①　蹑云捕影——比喻快。

②　驽骀(nútái)——驽、骀皆劣马,比喻庸才。谦词。

③　名列云台——比喻功名高大。云台,汉宫高台,因其高耸入云,故名云台。

④　世子——古时称诸侯的嫡长子。

无路,更是高见!"遇春便对徐达商议:"湖州久不能下,以卑职拙见,乘此长胜之势,即令吕珍往说何如。"吕珍向前说:"自思不知顺逆,悔恨归降之晚。元帅有令,即当尽心。"徐达大喜,便着沐英、康茂才领兵一千,护送吕珍直至湖州城下。李伯升闻得消息,急上城问说:"吕将军因何到此?"吕珍回说:"自元帅受困,主公两次亲来救援,前者被火攻,今者又被水溺,折兵共约廿万,暂且遁回。今姑苏士卒与粮饷俱已空虚,士信与张虬皆已身死。我见常遇春射戟神手,因也拜降,特来告知元帅。想是西吴亡在旦夕,元帅可早顺天命,开门纳款,庶不失为达人 ①哲士。"李伯升听罢,沉思半晌,狐疑未决。吕珍又道:"元帅岂不闻韩信弃楚归汉,敬德弃周降唐? 见机而做,方是正理。"伯升便道:"是,是,是。"遂率左丞张天龄等,同吕珍到帐前纳降。徐达见了,设宴相待。次日带领侍从十余人,入城安抚,便留华高领兵二万,镇守湖州等处,已毕,一边申奏金陵;一边令华云龙率本部取嘉兴;一边令俞通海率本部攻太仓;一边仍率兵二十余万,径向苏州进发。兵过无锡,那守将莫天祐坚闭不出。常遇春即欲攻打,徐达说:"若攻打非数日不能下,况苏州离此不上百里,张士诚得知,必生异谋,反为不便。不如长驱先破苏州,则此城不攻自下。"遇春依计,遂过无锡,径到苏州城外安营,不提。

且说张彪、张豹,看见吕珍、张虬接应,便一道烟落荒寻小路而走,赶着士诚,一齐登路。计点人马,只约二万有零。渐到苏州,太子张龙早有哨马报知逃窜信息,便发兵出城五十里保驾。进得城门,真个是父子重逢,君臣再会,忧喜交集。次日坐朝,士诚聚群臣议救湖州之危。只见哨子报道:"李伯升把湖州,吕珍把旧馆,俱降建康。张虬自刎而死。今徐达亲领雄兵二十万,虎将五十员,在正北十里外安营搦战。"士诚闻报,不觉两行泪下,说:"四子张虬,膂力超群,同五太子一般精悍,今两弟沦亡,两儿继丧;若吕珍向称万人之敌,又到彼麾下,此事怎了!"恰有平章陶存议启说:"今朱兵强盛,所至郡县,莫敢当锋。以臣愚见,不若献玺出降,庶免刀兵之苦,不然天时已迫,必非人力能支。……"言未已,只见一人大骂道:"辱国反贼,长他人志气,灭自家威风,此事断然不可!"士诚定睛来看,恰正是三王子张彪。士诚便问:"吾儿,你的意下如何?"且看下回分解。

---

① 达人——通达事理的人。

# 第五十五回　张豹排八门阵法

却说三王子张彪，听了陶存议的说话，大恼道："吾父王威镇江淮数年，岂可一旦称臣于孺子，贻笑于后世？城中尚有铁甲五十万，战船五千艘，粮积十年，民多富足，乃不思固守，却欲投降，甚非远图。况此地离太仓不远，万一不胜，还可航海远通，以为后图。臣意正宜死战，是为上策。"士诚与太子张龙俱说："最是！最是！"便开库取出金银财宝，置在殿中，谕群臣中有勇敢当先，舍身保国者，随意所取。待退敌之后，裂土封王，同享富贵。当下就有都尉赵玠、平章白勇、万户杨清、指挥吴镇、千户黄辙、总管万平世、统制李献、佥院郑禄八人，公然上殿分派了宝物，向前启说："臣等各愿领兵一万，为主公分忧。"士诚便敕张豹为总督都元帅，张龙为左先锋，张彪为右先锋。八个新领兵的，俱带本身职役，阵前听令。张豹当日簪了两朵金花，饮了三杯御酒，挂了大红剪绒葡萄锦一匹，跨着雪白腾空战马，大吹大擂，径到演武场中军厅坐下。

众将官自小至大，一一依军中施礼毕，张豹便吩咐说："今日之战，国家存亡，在此一举。惟不曾卧薪尝胆，因此须破釜沉舟。凡我三军，各宜努力！我今排下了一个太乙混形、九星户转的阵法。你们俱要认着方向，击父则子应，击首则尾应，击中则父子首尾皆应。恰又变化无端，便是鬼神莫测。你等要小心听令而行。"那张豹便着军政司，将青色令旗一面招动，千户黄辙一营军马向前。吩咐本营驻扎正东方，俱青旗、青甲，坐着青骢马，上按北斗贪狼星镇寨，将白色令旗一面招动，都尉赵玠一营军马向前。吩咐本营驻扎正西方，俱白旗、白甲，坐银骢马，上按北斗破军星镇寨。将黑色令旗一面招动，指挥吴镇一营军马向前。吩咐本营驻扎正北方，俱黑旗、黑甲，坐着乌色骓，上按北斗文曲星镇寨。将红色令旗一面招动，万户杨清一营军马向前。吩咐本营驻扎正南方，俱红旗、红甲，坐着大红骝①，上按北斗廉真星镇寨。将黑间白色令旗一面招动，总管万平世一营军马向前。吩

---

①　骝——良马。

咐本营驻扎西北方,俱白镶黑色旗、白镶黑色甲,坐着黑间白点子马,上按北斗武曲星镇寨。将黑间青色令旗一面招动,平章白勇一营军马向前。吩咐本营驻扎东北方,俱青镶黑色旗、青镶黑色甲,坐着青鬃马,上按北斗巨门星镇寨。将青间红令旗一面招动,金院郑禄一营军马向前。吩咐本营驻扎东南方,俱红镶青色旗、红镶青色甲,坐着火色青鬃马,上按北方辅弼二星镇寨。将白间红色令旗一面招动,统制李献一营兵马向前。吩咐本营驻扎西南方,俱白镶红色旗、白镶红甲,坐着火色白点马,上按北斗禄存星镇寨。将黄色令箭一支招动,自己主帅帐前大队人马向前。吩咐当于本营之中,俱黄衣、黄甲,坐着黄色马,上按北极紫微垣临镇中宫。按着本日的干支,移换那队的旗甲,倘有疏虞,八营齐应。将赤色令箭一支招动,王子张彪所部人马向前。吩咐当于紫微垣前,东南相向,俱红间黄的旗甲,坐着青黄杂色的龙驹,从正东方起,环列至西南方止,上按太微垣,外应正东、正南、东南、西南四营的不测。将金色令箭一支招动,太子张龙所部人马向前。吩咐当于紫微垣后,西北相向,俱黑间黄的旗甲,坐着黄黑杂色的乌骓,从正西方起环列至东北方止,上按天市垣,外应正西、正北、西北、东北四营的不测。这些将士,看张豹分拨已定,便发了三声号炮,呐了三声喊,一直的径到十里之外,登时依令屯扎了营寨。那张豹也轩轩昂昂,在后面徐徐而行。

早有哨马报与徐达得知,徐达便叫军中搭了云梯,同常遇春、沐英、郭英、朱亮祖四人,仔细一看:但见各阵有门,各门有将,有动有静,倏开倏闭。中间一片的浩浩荡荡,列列森森,不知藏着几十万兵马。徐达笑了一笑,对着四位说:"不想此人也有这学问,且到明晨挑战,方知他的光景。"下得云梯,恰好俞通海取了太仓并昆山、崇明、嘉定、松江等路;华云龙取了嘉兴等县,全军而回,来见主帅。徐达见二将得胜,喜动颜色,吩咐筵宴,与二将节劳。此时却是暮冬天气,瑞雪飘飘而下,虽然酒对数巡,诸将见徐达只是踌躇不快,便问:"元帅却为什么来?"徐达对说:"方才看见张豹这厮,排下那阵,甚有见识,我忧此城,但恐一时急攻难下,故深忧耳!"正说间,辕门外传鼓数声,传说王爷有令旨到。徐达慌忙撤席,接入看时,原来是文武各廷臣,屡表劝进大位,太祖从请,自立为吴王。议以明年为吴元年,立宗庙社稷,建宫阙①。令部下官员,将宫室图画以时。命协律

---

① 阙——这里指帝王住所。

郎冷谦,以宗庙雅乐音律,又钟磬等器并乐舞之制以进,晓谕天下,故军中咸使闻知。徐达同诸将以手加额,说:"只这几件事务,便是主公唐、虞三代的盛心了。"当晚极欢而罢。

次日黎明,探子来报:"周军摆阵。"徐达细思了一番,说:"此行还用常、朱二将军走一遭。"便命常遇春、朱亮祖两将迎敌。临行之时,对二将说:"二公可先往,我当另遣将接应。但此阵甚难测度,倘得胜时,切勿轻骑追赶,防他引诱。"二将得令,便率兵一万前去,阵前摆开厮杀。只听张豹阵上传令说:"今日须是吴指挥出阵,黄千户、赵都尉接应。"吩咐才了,但见正北营门内,放了三个轰天的响炮,挨挨挤挤,轰轰烈烈的拥出一万有余兵马,直杀过来。遇春、亮祖见他来的势猛,便分开两路夹攻前去。那吴镇毫无惧怕,三将正好混杀。谁想正东营里,与那正西营里,倒像约会的一般,不先不后,一声锣响,两边人马盖地而来。未知后事如何,且看下回分解。

# 第五十六回　二城隍梦告行藏

　　话说遇春、亮祖正对着吴镇厮杀，谁想一声锣响，正东营里，与正西营里，两彪人马，盖地里围将拢来，把遇春军马截做两段。遇春叫说："朱将军，你去救援后军，我当保着前军，力战那厮。"亮祖拼命的撞入后阵来，那些军士看见亮祖来救，就是如鱼得水，欢天喜地的跟着喊杀。两个将军分做前后对敌，自辰至午，互相杀伤，更不见一些胜负。只见北边一队人马，恰是郭英、汤和、孙兴祖、廖永忠前来接应。张阵上见遇春兵来，便将重围散开，各自寻对头相并。前后六将，合做一处，对着黄辙、赵玠、吴镇三匹马又战了两个时辰，看看天晚，两边收了军马，明日再战，两阵上各回本营，不提。

　　却说遇春等领兵回寨，备说了他出兵的方向，并救应的事体。徐达便取过历头来看了，说："今日是壬子干支，遁甲①宜该在坎方做事。但不知何以正东、正西上出来接应。"自此以后，一连相持了半月。但见他阵中甚是变幻，一时难得通晓。恰好明日是吴元年，岁次丁未的元旦。徐达在帐中为着一时难得取胜，十分烦恼。忽听帐外报道："伪周阵上遣使来见。"徐达因升帐问来使道："你三将军张豹，因何着你到来？"那人答道："我主帅多拜上将军说，明日系是元旦，彼此相持，未便见分晓，且各休息数宵，待好良辰，再下战书迎敌，特此来约。"徐达因胸中也未有决胜之策，便随口应说："这也使得。"那使者领了回音，出帐而去。次早，徐达率众将在营中朝北拜贺毕，便与众人各各称庆。筵席间细商破敌之计，恨无长策。当晚筵罢，各散回营。徐达独坐胡床，恍惚中见一个金童，向前说："滁州城隍同姑苏城隍，二位到帐相访。"徐达急急披衣延入，分宾主而坐，便道："草茅下士，荷蒙神圣降临，有失远迎，望乞恕罪。"滁州城隍回说："自从元帅诞生之后，一缘幽明阻隔，二以元帅时出省邑征讨，因此甚

---

　　①　遁甲——星象家一种迷信的说法，依干支推算以趋吉避凶的一种术数。

相疏阔。今主公改元，不三年间便成一统，主帅倘念及桑梓①之地，乞于皇帝前赞助，褒崇赐号，以显小神护翊②皇明之灵，是所望也。"徐达便应道："某致身王家，十有余年，仰荷天地眷佑，圣主洪威，所在成功；但今受命攻吴，谁料张豹布成此阵，两月以来，不收寸功，尚未知后来是何景色。适闻神明所言，三年之间，便成一统，恐不若此之易。"只见姑苏城隍说："此阵虽是有理，不过以北斗九星八方生克。元帅只从克制的道理，分兵八队前去攻打，他自然救应不及。又里面他列为紫微、太微、天市三垣，分应八宫，元帅当以太极、两仪③之理制之。士诚气数不上一年，元帅何必过虑。但恐攻城之时，有伤虎将，为可悲耳。"徐达听得有伤虎将一句，惊得木呆了半晌，便道："我同来将士，俱各赤心图报朝廷，分有偏裨，情同骨肉。此时全望神明佑助；倘得一旅不伤，一将不损，降城之日，即当重修庙貌，申请褒封。"那城隍道："今以元帅至此行军，我们便在此保护，但其中也有在劫在数的，怎么十分救应得无事。元帅既如此嘱咐，当曲图遮蔽，全他首领便了。"两神整衣而起。徐达方送得出营，却被巡哨的一声锣响，把徐达猛然惊醒，知是一梦。次早起来，吩咐各营趁闲整理军器，待彼下书交战，另行调遣，不提。

且说伪周无锡守将莫天祐，从小儿便习武艺。身长丈二，面如喷血，有万夫不当之勇，人都称他为莫老虎，善使一把偃月刀，屯兵十万，在无锡城中，足为士诚救应。他见朱军驻扎姑苏，日夜攻打，终有难保之势，心思一计，修下三封书：一封着人往方国珍处投递；一封着人往陈友定处投递；一封着人往扩廓帖木儿王保保处投递。约他趁朱兵攻打苏州之时，正好乘势侵扰地方，朱兵彼此不支，必然得胜。他三处得了天祐来书，果然友定从闽、广来到界上侵扰；国珍从台州来到界上侵扰；王保保遣左丞李式来到陵子村，在徐州界上侵扰。三处的文书，齐至金陵，太祖便令李文忠率钱塘兵八万，东敌方国珍；令胡德济、耿天璧率婺州、金华兵八万，东南上敌陈友定；令傅有德率兵五万，西北上敌李式；一面又着人到徐达帐前

① 桑梓——乡里。
② 护翊——在旁保护。翊，辅助。
③ 太极、两仪——太极，古时传说，天地起初是混沌一体的，未加开辟，叫做太极。两仪，指天地。

知会,各家兵马俱动,都是莫天祐之故,可仔细提防。徐达得了信息,朝夕在帐计议。

只见张豹打下战书说道:"上元已过,十八日交战。"徐达将姑苏城隍嘱咐,生克分兵相制的话,仔细思量了一夜。次早,升中军帐,着军政司打了几通鼓,吹了几声画角,那些将军依次聚在帐前。徐达便道:"明日交兵,诸将俱宜小心听令而行,以济大事;倘不遵法,罪有难逃。"诸将齐声道:"听令。"徐达恰取号箭一支,唤过俞通海充正西队先锋,华云龙、顾时为左右翼,领精兵五千,俱用白色旗甲,攻打伪将正东营。取号箭一支,唤过耿炳文充西北队先锋,孙兴祖、丁德兴为左右翼,领精兵五千,俱用黑白杂色旗甲,攻打伪将东南营。取号箭一支,唤过朱亮祖充正南队先锋,张兴祖、薛显为左右翼,领精兵五千,俱用红色旗甲,攻打伪将正西营。取号箭一支,唤过吴祯充正北队先锋,曹良臣、俞通渊为左右翼,领精兵五千,俱用黑色旗甲,攻打伪将正南营。取号箭一支,唤过郭英充西南队先锋,俞通源、周德兴为左右翼,领精兵五千,俱用黄色旗甲,攻打伪将正北营。取号箭一支,唤过沐英充正东队先锋,赵庸、杨瞡为左右翼,领精兵五千,俱用青色旗甲,攻打伪将西南营。取号箭一支,唤过康茂才充东南队先锋,王志、郑遇春为左右翼,领精兵五千,俱用青红杂色旗甲,攻打伪将东北营。取号箭一支,唤过廖永忠充中将左哨先锋,唐胜宗、陆仲亨为左右翼,领精兵一万,俱用黄黑杂色旗甲,从东南营杀入,攻打伪将太微垣。取号箭一支,唤过冯胜充中军右哨先锋,陈德、费聚为左右翼,领精兵一万,俱用黄红杂色旗甲,从东北杀入,攻打伪将天市坦。取号箭一支,唤过汤和充中军正先锋,郭子兴、蔡迁为左翼,韩政、黄彬为右翼,统精兵三万,俱用纯青、纯白、纯红、纯黑四色旗甲,从正北营杀入,攻打伪将紫微垣,砍倒将旗,四围放火。取号箭一支,唤过王弼、茅成、梅思祖三将,各领兵五千,出阵迎敌,待他明日那营出兵,必有两营接应,只可佯输,诱其远赶,以便我兵乘势夺寨。取号箭一支,唤过陆聚、吴复二将,各领本部人马,坚守老营,以防冲突。常遇春独领精兵五千,沿路冲杀,只留西北一营不去攻打,以便彼兵逃窜。自率大队从后救应。分拨已定,只等明日行事。且看下回分解。

# 第五十七回　耿炳文杀贼祭父

却说徐达依了苏州城隍托梦,分兵做十路攻打,调遣已定。次早正是十八日,只见哨子来报,东北营中平章白勇领兵一万杀过来了。我军阵上,早有王弼持刀迎敌,未及半个时辰,他正南上杨清,西北上万平世,各领兵前来接应。恰好茅成、梅思祖放马前来拦挡,六匹马搅做一团。只见梅思祖卖个破绽,径落荒而走。杨清便勒马来追,那白勇与万平世,恐杨清得了头功,因一齐赶上来。王弼、茅成也装一个救思祖的模样,也将马放来厮杀。正杀得十分热闹,只听得寨中一声炮响,十路兵马,都杀出来,径往张彪阵中分头去攻打。他营中只说朱军与阵上军马相杀,哪晓得这般神算,慌促之中,俞通海等杀入正东营内,朱亮祖杀入正西营内,汤和率了中军,径杀入紫微垣。惊得张豹上马不及,汤和便一刀砍折了马脚,张豹只得从军中逃窜。郭子兴两翼军马,就营下放起火来,中军帅旗,早被乱军砍倒,烟尘满眼,个个只得寻路而走,那一个敢来对敌。吴祯杀入南营,谁想杨清一营已在外边接应白勇,竟是一个空寨,便帮着耿炳文等杀入东南上。那营中正是金院郑禄把守,他看朱军杀入,便也率众相持。炳文大叫说:"郑禄,你记得当初带了义兵,投降吕功,致我父亲追赶,撞木栏而死,你今日当碎剐万段,还走哪里去!"手转一枪,正中着郑禄左腿,耿炳文便活捉了,吩咐军士押在囚车内,杀得营中一个也不留。吴祯对炳文说道:"杨清既在阵前,我自赶去杀了杨清,才完得我的事。"炳文点着头说:"是,是。"吴祯也自去了。炳文径杀入张彪阵内,那张彪正与廖永忠三将相持。炳文大喊一声杀来,张彪见不是事,即带了残兵,只向兵少的去处逃走。那朱亮祖杀入西营,只见些散军一路跪着迎降,更不见有赵玠,亮祖便坐在本营厅上问道:"你们赵玠走往何处?"那些小军回说:"赵都尉闻知将军杀来,便登时逃走,不知去向……"说犹未了,谁想这贼躲闪在门后,把刀向背上竟砍将过来,幸得恰是刀背,把亮祖肩上击了一下。亮祖忍着疼痛,跳转身,急抢刀在手,就在堂上两个战了数合。那赵玠看本事难当,拖着刀向外便跑,亮祖赶上一刀,分为两段。张兴祖、薛显,起初看见营中投降,只道无事,把马在外边寻人相杀,听见营中喊声,方杀入来,那赵玠已结果了。营中一万人马,尽皆投降。亮祖仍出营来,见沐英三将,已杀了李献;俞通海三将已杀了黄辙;郭英三将,杀了吴镇;四哨人马,合做一处,望着张豹的中营,且是烈焰焰的烧得好,便将马从西北上放来,听得天市营内喊声大震,沐英、郭英、朱亮祖、俞通海吩咐各哨两翼将军,俱率兵在外,不必随入相混,只四马赶入,看他光景。只见张彪、张豹领了残兵,聚集天市营内,保着张龙太子,与冯胜、汤和、廖永忠、耿炳文等厮杀。沐英四将,乘势赶进救应,杀得他尸如山积,血似河流。张彪保着张龙,拼命向西北路上奔走,张豹一人力敌众将。那阵下白勇、万平世、杨清,正与王弼等交战,忽听得朱兵分头杀入老寨,回头一看,烟障冲天,三个飞也似赶回。恰撞着吴祯一彪军来,手起一枪,正中着万平世的心口,立死于马下。白勇急上前来救,那枪梢转处一带,径把白勇一只眼珠带将出来。俞通渊赶上一刀,连人和马砍做两截。杨清便勒马腾云的相似,往别路逃走去了。张彪保着张龙而行,只见林丛中叫道:"还哪里走!"睁眼看时,是常遇春挡住去路。兄弟二人道:"一身气力,杀得没有些儿,又撞着对头,奈何!奈何!"正没做理会,恰好张豹带了残兵逃走过来,兄弟合做一处,也不与遇春相对,径冲阵而走。遇春飞马追赶,将到城门,那城上矢石铳炮如雨的飞下来,遇春也不回兵,便令后军迎元帅大队人马到来,分头攻打苏州。

　　顷刻之间,诸将军毕集。吴祯把万平世首级,沐英把李献首级,朱亮祖把赵玠首级,郭英把吴镇首级,俞通渊把白勇首级,俞通海把黄辙首级,一一到帐前依次献了。只有康茂才一哨人马,竟无消息,徐达令探马四下哨探消息,恰有耿炳文令军卒推过囚车上帐,说:"先父因金院郑禄投降伪周追赶身死,今托虎威,活捉此贼到帐,乞主帅下令处置!"徐达便命军中急办牲醴,把耿君用公神像中堂悬挂,自己同诸将行了四拜礼。那炳文在旁边回了四拜,即下堂朝了元帅及诸将军拜谢了,依旧上堂,换着一身缟素便服,朝着父亲神像,拜了又哭,哭了又拜。徐元帅一边唤了军校,把金院郑禄活绑过来,就一刀剖出心肺,放在盘子里,供养君用像前。那炳文看见摆列着那清清的酒卮,香香的肴馔,活鲜鲜的肺心,爽爽朗朗的香烛,仪容空对,音响无闻,眼泪不止,一路的捶胸顿足,愈觉哀恸①起来。帐前军士,没一个不酸心含痛,声彻天地。惊得那张士诚在城里也不知为着甚的。约有一个时辰,徐元帅同着诸将齐来劝说:"耿公请自宽心,今日公能为父报仇,又为国出力,忠孝两全;便是先公灵在九泉,也必喜悦。万勿过伤,且请治事。"炳文只得住了哭声。一日之间,不住欷歔②,杯酒片肉,毫不粘牙,真实难得。话不絮烦。

　　却说康茂才同着王志、郑遇春带了人马,杀人东北营中,只有二三百个守营的颓③卒,因各转身沿路去寻白勇下落。只听人说:"白平章今日当先骂阵,倒不见这般凄怆。"茂才听知,便往场上杀来,恰撞着巡哨贼徐仁、尹晖两个,带领五千精兵,从北路而行,阻住去路。茂才心中转道:"这送死贼,倒替了白勇的晦气了。"便排开阵势,匹马混杀了一个时辰。后来徐仁望见中营火起,即刻同尹晖脱身,朱军阵上哪个肯放,古人说得好:"心慌意乱,自没个好光景做出来。"那尹晖枪法渐乱,茂才转过一刀,结果了残生。徐仁便杀条血路而走,茂才招动人马来追。谁知杨清见吴祯杀了万平世,俞通渊杀了白勇,便领残兵逃走,正撞着徐仁,合兵做一处。那徐仁见杨清既来,茂才一面兵又没接应,仍来迎敌。且说郑遇春看见徐仁马头将近,大叫一声,道:"看箭!"徐仁只道果然有箭,把头一低,遇春趁着势一刀,正把头砍将下来。茂才心知杨清又要逃走,把旗一招,朱军便密匝匝只围他在中心。茂才等三将,横来直往,把他围在核中厮杀。未及半响,被王志一枪中着马脚,那马仆地便倒,众军向前,把杨清砍做数段。茂才方得收兵转来。哨马望见了茂才一彪人马,飞也似报与元帅,说:"康将军从东路来了。"徐达听得,便同众将出帐外来望,恰好茂才下马进来,备说前事。徐达大喜。未知后事如何,且看下回分解。

――――――――――

① 哀恸(tòng)——哀痛过度。
② 欷歔——悲泣貌。
③ 颓——衰老之意。

# 第五十八回　熊参政捷奏封章

　　且说徐达大军驻扎在姑苏城下,只不见康茂才这支人马,正在狐疑,恰有哨马报道:"康将军得胜,由东路回来了。"徐达不胜之喜,因令冯胜为首,协廖永忠、郭英、吴祯、赵庸、杨璟、张兴祖、薛显、吴复、何文晖九员虎将,将兵二万,围住葑门。汤和为首,协曹良臣、丁德兴、孙兴祖、杨国兴、康茂才、郭子兴、韩政、陆聚、仇成九员虎将,领兵二万,围困胥门。常遇春为首,协唐胜宗、陆仲亨、黄彬、梅思祖、王弼、华云龙、周德兴、顾时、郑德九员虎将,领兵二万,围困阊门。沐英为首,协俞通海、俞通源、俞通渊、费聚、王志、蔡迁、郑遇春、金朝兴、茅成九员虎将,领兵二万,围困娄门。朱亮祖领兵三万,屯扎城西北上。耿炳文领兵三万,屯扎东南上。筑设长围,架起木塔,树着敌楼,四处把火炮、喷筒、鸟嘴火箭,及襄阳炮,日夜攻击。徐达自统大军六万,环迭诸军之后,相机救应,防御外边来救兵马。诸将得令,各自小心攻打,不提。

　　且说张龙、张彪、张豹,领着残兵,不上万余,逃入苏州城,见父王张士诚,哭诉朱兵十分厉害,无可处置。士诚正是烦恼,恰见探子慌忙入朝,报道:"朱兵四下密布,重重地把各门围了。"士诚惊得手脚忙乱,便集民兵二十万,上城看守,炮弩、矢石、防设甚严。朱兵屡被伤折。围有三个月日。太祖在金陵闻知难于攻打,因此使人传谕,令三军勿得轻动,以待其自困。徐达接旨,对使者说:"我也不敢急性行事,但虑莫天祐这厮,奸谋百出;前者以书招三处贼兵,幸我边境东南闽、广诸路,有峻山阻隔,谅无他虞。但患彭城一带;彭城四无险阻,倘或天祐约渠顺黄河而下,间道由江北抵吴淞与姑苏结为表里,便一时难为支吾耳。"那使者对道:"元帅如此说,还未知那傅将军近来行事哩。"徐达便说:"我正在此记念他,近日如何行事,并未有消息,是以日夜不安,你且细说与我听着。"使者道:"前日主公着我来时,正在殿中给予我的路引,只见通政司一员官过来,奏道:'徐州参政熊聚差人奏捷。'主公便道:'连人与表章即刻一齐进来……'说犹未了,那承差跪在殿外,备说徐州熊参政令指挥使傅友德率兵三千,逆水而上,舟至吕梁,正遇元将左丞李式出掠。傅友德率众便舍舟登岸,击元兵。李式即遣裨将韩一盛引兵接战,友德手起枪落,把一盛刺死马下,元兵败走。友德揣李式必然广招部将来斗,即令人驰还城中,开了城门,着兵卒布列城外,皆坐地持枪而待,以鼓声为号,一齐奋发。顷刻之间,那李式果招上许多毛贼到来。友德望贼将近,鸣鼓三声,我师猛发,直冲过去,贼众大溃,争先渡水而逃,溺死者不计其数。现生擒李式及其他头目二百七十余人,获马百余匹,乞令旨发付。主公听了大喜,令把李式在西郊外枭首,其余所虏人犯,羁候细审,重赏来差,即手书褒嘉友德加升三级。我临行目睹来的。"徐达听了,说:"如此,姑苏便不足虑矣。"遣使者出帐回金陵而去。

　　正转身回寨,忽人报水关巡军,获得一个细作,特送到元帅帐前发付。徐达便令押至军前,问说:"汝是何人,敢来越关? 若从直说来,饶汝之死。"那人说:"小人是无锡莫天祐手下总领官杨茂。惯能游水,特往姑苏上表的。"徐达因问:"表在何处?"杨茂站起身来,把肚兜解下,摸出一个蜡丸子,说:"这表在丸子里。"徐达将丸剖开,细看了表章,就问:"你家还有谁人,还是要生还是要死?"茂回报:"有老母及妻子,望元帅活蝼蚁①之命!"徐达把杨茂发去俞通海处做个水军头目。随暗地唤华云龙入帐,着领小心聪慧军校二十名,潜往无锡,去诱杨茂家小,并且探听城中虚实。云龙得令,随见杨茂,备问了住处及儿子名字,来到营中,说:"莫天祐这厮,不是戏耍,他看我军攻打苏州城时,必定仔细盘话。我们二十人,可分作六七样打扮。闻无锡大小人家,也都结蒲鞋面贩卖,我们着五个会打绍兴乡谈的,扮作贩鞋客人。县前专做好鱼面,我们可着两个,买大鱼数头、鳝鱼数斤,挑了鱼担儿,沿街卖货入城。再着三个扮作福建打造那假银首饰的银匠,细巧锥凿,俱要随带备用。又将牲口五只,装着糙粞②、大麦,把五人扮作乡间大户人家,籴③来粞麦,挑进城内糖坊里用。后面即着两个挑了糖担,一头办有摇鼓儿、引线儿、纸糊小匣儿,丁丁当当,跟着糖铺的人,一伙儿走。都约在西门水濂街会齐。"吩咐已定,各人整备了。

---

①　蝼蚁——蝼蛄和蚂蚁。比喻轻微渺小的东西。

②　粞(xī)——粹米。

③　籴(dí)——买进米谷。

次早，走到城边，那城上果然逐一查问。一伙过了又是一伙，都被这巧计儿零星走入了城。他们穿街走巷，城中虚实，早已打探清楚，便径到水濂街。那云龙走到一个裁衣人家，便道："师父，此处总领杨茂官人在那家是？"那裁衣说："杨官人正在转弯红角子门里。"云龙问的的确，叫声起动，转过弯来，直到红角子门里撞进，连声叫道："杨名官在家么？"那杨名知有人叫他，就走出来问道："客官何来？"云龙回报道："你们父亲承着官差，一路上得病未好，今已到西门外。那病十二分重，命在须臾，要见你母亲及祖母，与你一面，特央我来通知，你们可急急去；倘得见他，也好永诀。"杨名走进去说了，祖母与母亲又出来问了详细，便同云龙直到西门。只见两个鱼担儿，三个糖担儿及五六个贩鞋面的，五六个空手走的，笑笑说说，看看云龙道："这客官就是前面酒店里病人，央来报信的，恰也又出来了。世间有这等热心人，真个难得。"云龙把眼一梭，这些人三脚两步，四下都走前面走了。约至五里路程，只见路上有个小车，辘辘的往前面推着。云龙便叫道："推车的长官，我有两位内眷，到前面王家酒店里，探望一个病人，他们弓鞋脚小，一时赶不上路，劳你带一带在车儿上，我重重送酒钱与你。"那汉子便站定说："上来上来，前面酒店路也不多，谅想你们也不亏我。"云龙便扶着他祖母与母亲上了车儿，自同杨名一路的说，一路的走。那个推车的，推动这车似飞而去。云龙故意叫道："长官，长官，便慢着些儿也好，倘若先到王家酒店，千万坐坐，待我数钱与你买酒吃。"那汉子指一指道："日已西了，还迟到几时！"约摸二十余里，杨名又问道："还有多少路？"云龙笑着说："你且跟我来。"不上里许，却是个黑林子。但见十六七人叫道："杨名你还待怎的？吾奉金陵徐元帅将令，你父杨茂越关被获，已愿投降。徐元帅恐莫天祐害及你家属，特来取你归营；你若狐疑，有剑在此。"杨名同他祖母、母亲三个，都呆了口，也没得回报。华云龙脱下了便服，换了盔甲，便叫杨名一起同众军跨着飞马，押了车子，紧赶着上路，将及二更，已到军前，不提。未知后来如何，且看下回分解。

# 第五十九回　破姑苏士诚殒命

却说那华云龙用了一番心机，挈取杨茂家属，将及二鼓，才到军前。辕门上把守的禀道："元帅正在帐中相等。"云龙便进去，备数了事情一遍，且说他家属现在营外。徐达即令送至后营，因唤杨茂说："吾恐莫天祐害你家小，已令人挈取来营，足下可去相见。"杨茂见了母子、妻儿，不胜之喜，便说："殒首碎躯，莫能图报！"当晚归本帐而去。过了数日，徐达写了一张柬帖，唤取杨茂到帐，说："我欲你干一件事，你可去么？"杨茂说："小人受了大恩，赴汤蹈火，甘心前往。"徐达便取柬帖递与，吩咐出营五更，可看了行事。杨茂接过在手，走至前途，开封一看，大笑道："元帅要我去赚莫天祐，这有何难。"便放脚走入无锡城中，参见了莫天祐。天祐见杨茂回来，大喜问道："主公有何话说？"杨茂道："主公吩咐，徐达军粮屯于桃花坞中，明晚是八月十八，城中当举火为号，主公领兵冲阵，命元帅赴桃花坞烧毁他的粮草，即往东攻杀围兵，内应外合，不得有误。"天祐说："这计较极好！"遂留兵五万守城。次早，带领精锐五万出城，径到桃花坞密林中屯住。将及二更，遥见东门起火，天祐便唤杨茂引路，将到坞边，只听一声炮响，四下伏兵齐起。天祐大惊，说："吾中徐达奸计了！"连叫杨茂，不知去向，因引兵冲西而走。徐达阵上俞通海拼命赶来，身上被了四箭，头上被了一箭，血染征袍，白练尽赤，犹是奋勇冲杀，尸横遍野。殆至黎明，才知此身带着重伤，负痛而返。徐达只得令本部士卒，星夜送还金陵调治，不提。

那个天祐逞着骁勇，冲阵回至无锡，唯见城上遍插的是金陵徐元帅旗号。大濠之间撞见郭英、俞通渊杀来，大叫："莫天祐若是早降，免得一死！"天祐纵马来敌，恰被俞通渊后心一枪，下马而死。徐达入城，抚辑①了军民才去。原来十八之夜，徐达先令四将，各提兵一万，前来攻杀。一夜之间便取了无锡而回。仍令众将回攻姑苏。忽见前军报道："军师刘

---

① 抚辑——安慰调和。

基来访。"徐达迎入帐中,诉说苏城久攻不下,全望军师指教。

次日早起,刘基、徐达二人同在城下,走来走去,熟察形势。忽见一个头陀①与一个金色道人,飘飘的乘风从胥门城脚而来。那头陀一跑跑到身边,叫道:"刘军师,徐主帅,一向好么?为何二人在此来往?"刘基一看就是周颠,便问:"你一向在哪里?"颠子应道:"我自在这里,你自不见哩。"呵呵的只是笑。徐达因问:"这位师父是谁?"颠子说道:"这是张金箔。就是与张三丰一班儿在铁冠道人门下的,你还不认得么?"军师与元帅心知他们俩是异人,便四个交着手,走向营里来。杯酒之后,共谈破城之法。张金箔说:"此城竟是龟形。盘门是头,齐门是尾。龟之性,负水而出,乘风则欢。今暮秋之时,正水木相乘之会,刘军师当择水木干支的日子,借风驳击其尾,则其首必出,决当歼灭伪周矣。"元帅听了大喜。刘军师把手掌一轮,说:"事不宜迟,明日便可动手。"急令各将于各城大河外四周,筑成高台十座,每台长五十步,阔二十步,与城一样高。上盖敌楼,以便遮蔽。整备铳弩攻打。未及三个时辰,各营齐报高台依法齐备。

那士诚看见外面如此光景,与群臣设计抵挡。张彪奏说:"不如潜夜出城,径作航海之行为上。"士诚听了,便收拾宝玩、细软财物,挈领家眷,深夜开城,突围而走。常遇春一见,便分兵截住,那士诚军马,拼死的厮杀良久,胜负未分。此时王弼统领左军,遇春见了抚王弼肩背说:"军中皆称足下与朱亮祖为雄,今亮祖独屯兵于西北,不当机会,足下何不径取此贼?"王弼听了,直挥双刀,奋勇向前,敌众方得少却;遇春便率众乘之。恰好亮祖又到,三面夹攻,喊杀将来。士诚兵马大败,溺死沙盆谭者,不计其数。士诚坐着飞龙追日千里马,也几乎堕入水中。遇春同亮祖并力追赶,一枪刺去,正中世子张龙,下马而死。士诚惊忙逃回城中,坚闭不出。

次早,周颠与张金箔作别要行,军师与徐元帅再三留住,他们却说:"后会有期,不必苦留。"说罢便出帐而去。刘基看高台已筑,因令众将率军校上台攻打,只留正东的台听起自用。刘基按定吉期登坛,披发仗剑。不一时间,忽见雷霆霹雳交加,大雨奔注,台上众军一齐放起火箭、神枪、火铳、硬弩飞将过去,盘门果然大开。城上民军,争先冒雨奔走。只听大震一声,把姑苏城攻倒三十六处。徐达便传令四面军士,俱依队伍入城,

---

① 头陀——和尚的别称。

不许越次乱杀。如有生擒张士诚者,与金千两;斩首来献者,与金五百两;斩渠①妻子一人者,与金百两。那士诚看见城破,便率了子女及妻刘氏,并家属同登齐云楼,于天泣道:"今日至此,免为他人所辱。"自行放起火来,把合家烧死了。自走至后苑梧桐树边,大叫数声:"天丧我也! 天丧我也……"正要解下丝绦自缢,突然走过沐英,一箭射断了丝绦,士诚仆然堕地。沐英着军校上前捉住。徐达收了图籍并钱粮器械,即与众将启程,回到金陵,只留数将在苏镇守。谁想那士诚拘在军中,只是闭着双眼,咬着这口牙齿。军校们劝他吃粥吃饭,只是不吃。

将到金陵,徐达先遣人报捷。太祖便命丞相李善长远出款接。士诚也毫不为礼。善长戏道:"张公,你平日据土称王,智勇自大,今日何为至此! 且吾之尽礼于足下,正以王命,不欲自失其仪,足下还重己轻人乎。"顷刻,已至龙江,诸将把士诚缚了,送到太祖面前。士诚也只低头闭目,朝上着地而坐。太祖叱他道:"你何不视我!"士诚大声答道:"天日照你不照我,视你何为!"太祖大怒,命人将士诚监禁,排驾回宫去了。士诚自思赧颜②,泣下如雨,至夜深以衣带自缢而死。太祖敕令为姑苏公,具衣冠葬于苏城之下。这些高官厚禄之臣,闻知苏州城破,或投降的,或逃走的,且有替我兵私通卖国的,更没有一个死难。后来唐伯虎有"清江引"词,道:

　　皂罗辫儿锦扎梢,头戴方檐帽。穿领阔袖衫,坐个四人轿;又是张吴王米虫儿来到了。

太祖次日早朝,将削平伪周诸将,一一升赏有差。恰有徐达奏道:"臣等攻打苏州,曾檄俞通海提兵到桃花坞荡贼老营,身中流矢,因毒甚,送还京师。闻主公亲幸第宅,问他死后嘱咐何事,通海已不能语,主公挥泪而出。次日报身没,车驾复临恸哭,惨动三军,莫能仰视。臣等身在远方,闻此眷注,不胜感激。又阵中丁德兴,被刀折其左股而亡,茅成被火箭透心而丧,俱乞殿下褒封,以表忠节。又前者正月朔日③,臣夜梦姑苏城隍与滁州城隍,同至帐中,恍惚言语,谓主公三年之间,混一大统;士诚不

---

①　渠——同"他"。

②　赧颜(nǎn)——因羞愧而脸红。

③　朔日——阴历每月初一日。

及一载，决至沦亡，但虎将不免殒伤。臣因求其保护，今皆保回首领而没。全望主公勉赐褒崇，以表神爽；又今苏城天王堂东庑①，土地神像，俨然像圣容，三军无不称贺，亦望主公裁处。"太祖便说："随吾渡江精通水战者，无如廖永安、俞通海。又丁德兴、茅成俱是虎臣，今功成而身死，深为可惜！"因命有司塑像于功臣庙中致祭，永安向死于苏州，可迎葬于钟山之侧。未知后事如何，且看下回分解。

---

① 庑(wǔ)——正房对面和两侧的小屋子。

# 第六十回　哑钟鸣疯僧癫狂

　　且说太祖下命，着有司将廖永安等塑像于功臣祠，岁时祭祀；一边迎永安灵柩葬于钟山之侧；又说："滁州城隍与苏州城隍，军中显灵，可同和州城隍，共敕封'承天监国司命灵护王'特赐褒崇。其敕书用锦标玉轴，与各处有异；至如天王堂东庑之土地神像，重建金殿遮盖。"徐达领命出朝而去。

　　却说当初唐时有个活佛出世，言无不灵应，甚是稀罕，人都称他做宝志大和尚。后来白日升天，把这副凡胎，就葬在金陵。前者诏建宫殿，那礼、工二部官员，奏请卜基，恰好在宝志长老冢边。太祖着令迁去别处埋葬，以便建立。诸臣得令，次日百计锄掘，坚不可动。太祖见工作难于下手，心中甚是不快。回到中宫，马娘娘接问道："闻志公的冢甚是难迁，妾想此段因果，亦是不小，主上还宜命史官占卜妥当，才成万年不拔之基。且志公向来灵异，冥冥之中，岂不欲保全自己躯壳？殿下如卜得吉，宜择善地，与他建造寺院，设立田土，只当替他代换一般，做下文书烧化，庶几佛骨保佑，不知殿下主意何如？"太祖应道："这说得极是。"次早，便与刘基占卜。卜得上好，就着诸工作不得乱掘。太祖自做下交易文书，烧化在志公冢上。因命在钟山之东，创造一座寺院，御名灵谷寺。遍植松柏，中间盖无梁殿一座，左右设钟鼓楼，楼上悬的是"景阳钟"。又唐时铸就铜钟一口，欲为殿上所用。铸成之日，任你鼓击，只是不响。那时便都叫道"哑钟"，且有童谣说道：

　　　　若要撞得哑钟鸣，除非灵谷寺中僧。
　　　　殿造无梁后有塔，志公长老耳边听。

　　殿成之日，寺僧因钟鼓虽设，然殿内还须有副小样钟鼓，逐日做些功课，也得便当。正在商议，忽然有个头陀上殿说："那'哑钟'不是好用的。何必多般商议。"这些僧人与那诸般工作，拍手大笑，道："你既晓得'哑钟'，用他怎么？"那头陀回说道："而今用在这殿中，他就不哑了。"众人也随他说，更不睬他。那头陀气将启来，大叫道："你们不信，贫僧也自由你。若我奏过朝廷，或依了我，悬挂起来，敲得旺旺的响，那时恐怕你们大众得罪不小，自悔也迟。"便把衲袄整了一整，向长安街一路的往朝里来。这些人也有的只说这头陀想是疯子，不来理他；也有的只说此钟多年古物，实是不响，这头陀枉自费心；也有的说我们且劝他转来，倘或触动圣怒，也在此自讨烦恼，便一直赶来劝他。那头陀说："既是你们劝我，想你们从中也有肯依我的了，我又何苦与你们作对。"因也转身到寺里来。那些人因他到了，都不做声，开着眼看他怎么。那头陀便向天打了一个信心，就向这钟边走了三五转，口里念了几句真言，喝声道："起!"这钟就地内平空立将起来。这头陀把钟上泥，将帚拂拭净了，看殿上钟架恰好端正的，便以手指道："你自飞悬架上去罢。"那种又平地里走入殿来，端端正正挂在架子上。看的人堆千积万，止不住喝彩。头陀便从袖中取出一条杨枝，与一个净瓶来，将瓶内画了道符，那瓶内忽然现一瓶净水，便念动几句梵语，将净水向钟上周围洒了三遍，取一纸来焚化在钟边，把手四下里一摸，只听得铿然有声。他便取木植一株，轻轻撞将过去，那钟声真个又洪又亮，这千千万万人，齐声道："古怪! 古怪!"合寺僧人，同那善男信女，纳头拜道："有眼不识活佛，即请师父在此住持。"那头陀道："我自幼出家，取名宗泐①。去无踪，来无迹，神通变化，哪个所在能束伏我这幻躯？近闻大明天子，将我师父志公的法身迁移到此，且十分尊礼，我因显这个小小的法儿，你们不须在此惊扰。"正在这边指示大众，谁想在那边监造的内使，见他伎俩，飞马走报太祖。太祖便同军师刘基及丞相李善长一行人众，齐到寺来。宗泐早已知道，向前说："皇帝行驾到此，我宗泐有缘相遇。但今日也不必多言，如过年余，还当再面。"在人丛中一撞，再不见了。太祖看殿已造完，便择日迁起志公肉身，犹然脂香肉腻，神色宛然如生，另造金棺银椁藏贮。即发大愿说："借他一日，供养一日。"椁上建立浮图，大十围，高七层，工费百万。再赐庄田三百六十所，日用一切之资，来给志公供养。

天色将晚，太祖便同刘基等从朝天宫微服步行而回。忽见一妇人，穿着麻衣，在路旁大笑。太祖看他来得怪异，便问："何故大笑?"妇人回说："吾夫为国而死，为忠臣，吾子为父而死，为孝子；夫与子忠孝两尽，吾所

---

① 泐(lè)。

以大喜而笑。"太祖因问："汝夫曾葬么？"那妇人用手指道："北去数十里，即吾夫葬所。"言讫不见。次早，着令有司往视，唯见黄土一堆，草木葱郁，掘未数尺，则冢头一碑，上镌着："晋卞壶之墓"五字。棺已朽腐，而面色如生。两手指爪绕手六七寸。有司驰报，上念其忠孝，遂命仍旧掩复，立庙祭祀。正传诏令，恰好孝钧城西门之内，也掘出个碑来，是吴大帝孙权之墓。众臣奏请毁掘行止，上微笑，说："孙权亦是个汉子，便留着他守门也好；其余墓坟，都要毁移。"

明日，正是仲冬。一日，李善长、刘基、徐达率文武百官上表，劝即皇帝宝位。太祖看了表章，对众臣说："我以布衣起兵，君臣相遇，得成大功。今虽拥有江南，然中原未定，正有事之日，岂可坐守一隅，竟忘远虑。"不听所奏。过了五日，李善长等早朝，奏说："愿陛下早正一统之位，以慰天下民心。"太祖又对朝臣说："我思：功未服，德未孚，一统之势未成，四方之途尚梗。昔笑伪汉，才得一隅，妄自尊大，迨至灭亡，贻笑于人，岂得便自效之；果使天命有在，又何必汲汲①乎！"善长等复请说："昔汉高祖诛项氏，即登大位，以慰臣民。陛下功德协天，天命之所在，诚不可违。"太祖也不回复，即下殿还宫，以手谕诸臣说："始初勉从众言，已即王位。今卿等复劝即帝位，恐德薄不足以当之，姑俟再计。"乃掷笔易便服，带领二三校尉，竟出西门来访民情。迅步走到一个坍败的寺院，里面更没有一个僧人。但壁间墨迹未干，画着一个布袋和尚，旁边题一偈②道：

> 大千世界浩茫茫，收入都将一袋装。
>
> 毕竟有收还有散，放宽些子又何妨。

太祖立定了脚，念了几遍，说："此诗是讥诮我的。"便命校尉从内亟索其人。毫无所得。太祖怅怅而归。走到城隍庙边，只见墙上又画一个和尚，顶着一个禅冠；一个道士，头发蓬松，顶着十个道冠；一条断桥，士民各左右分立，巴巴地望着渡船。太祖又立定了身，看了半晌，更参不透中间意思，因教敕坊司参究回报。次日坊司奏说："僧顶一冠，有冠无发也；道士顶十冠，冠多发乱也；军民立断桥，望渡船，过不得也。"太祖于是稍宽法网。未知后事如何，且看下回分解。

---

① 汲汲——急切的样子。

② 偈(jì)——佛家的唱词。

# 第六十一回　顺天心位登大宝

话说太祖微行看了两处画壁,分明晓得是隐讽的,心中忽然儆①醒,因谕中书省御史台臣及刑部官定为律令,颁行四方,不许以意出入。次日视朝,李善长等复表劝进登皇帝大位。太祖又说:"中原未平,军旅未息。且当初朱升来见,我问天下大计,朱升复我说:'高筑墙,广积粮,缓称王。'此三语,我时时念及;你等何为如此着急。此事关系极大,尔等须一一酌礼仪而行,不可草草。"李善长等得蒙允奏,不胜之喜,便传军令着郭英领民兵三万,于南郊筑坛受禅。礼官议定择来年戊申岁,正月四日乙亥即皇帝位。三日之前,坛已告成,一应礼仪俱备。礼官备将行仪申奏。太祖传旨,着群臣斋戒沐浴,至期同赴南郊。銮舆所过,远近观看的填街塞巷。

不移时,驾到南郊。当时公侯将相诸臣,扶拥太祖高皇帝登坛。坛上列着皇天后土,日月星辰,风云雷雨,五岳四渎,名山大川之神,及伏羲三皇,少昊五帝,禹、汤三代圣君之位。坛下鼓乐齐鸣,作了三通。太祖行八拜礼。太史官弘文馆学士刘基读祭文道:

> 维大明洪武元年,岁次戊申,正月壬辰,朔越四日丁亥,天下大元帅皇帝臣朱,敢昭告于皇天后土,日月星辰,风云雷雨,天地神祇,历代圣君之灵。道:天地之威,加于四海。日月之明,昭于八方。云雷之势,万物咸生。雨露之恩,万民咸仰。伏以上天生民,俾以司牧,是以圣贤相承,继天立极,抚临亿兆。尧、舜相禅,汤武吊伐;行虽不同,受物则一。今胡元乱世,宇宙洪荒,四海有蜂虿之忧,八方有蛇蝎之祸。群雄并起,使山河瓜分;寇盗齐生,致乾坤鼎沸。臣生于淮甸,起自濠梁。提三尺以聚英雄,统一派而救困苦。托天之德,驱一队以破肆毒之东吴;仗天之威,连千艘以诛枭雄之北汉。因苍生无主,为群臣所

---

① 儆(jǐng)——让人自己觉悟而不犯过错。

推,臣承天之基,即帝之位,忝为天吏,以治万民。今改元洪武,国号大明。仰仗明威,扫静中原,肃清华夏;使乾坤一统,万姓咸宁。沐浴虔诚,齐心仰告,专祈协赞,永克不承。尚飨①。

刘基读了祭文,坛下音乐交奏。太祖合群臣设三十六拜。祭告之时,但见天宇澄清,风和景霁,氤氲香雾,上凝下霭,中星辉露。顿与连朝雨雪阴霾的气色迥异。人人说是景运休徵。祀毕下坛,李善长率文武百官及都城父老,扬尘舞蹈,山呼万岁,五拜三叩头毕。太祖引世子及诸王子、文武群臣,奉四代神主回城,送入太庙。追尊:

高祖考德祖玄皇帝,高祖妣②玄太皇后;曾祖考③懿祖桓皇帝,曾祖妣懿圣皇后;祖考熙祖裕皇帝,祖妣裕圣皇太后;考仁祖淳考皇帝,妣淳圣睿慈皇太后。

上玉玺宝册,行追荐之礼,因对群臣说:"朕何蒙先德,庆及朕躬,今遵行令典,尊崇先代,奉主之时,若或见之矣。"言讫,登辇升殿,受群臣称贺。命刘基奉宝册,立妃马氏为皇后;且说:"朕念皇后,偕起布衣,同甘共苦。常从朕在军,自忍饥饿,怀糗以饲朕。又朕素为郭氏所疑,皇后从中百般调停,百计庇护,得免于患。家之良妇,犹国之良相,未忍忘之。"退朝回宫,因以语皇后。后回报说:"尝闻夫妇相保易;君臣相保难。望陛下今日正位以后,时当兢惕④,以保久安长治之业,是所愿耳。"次日设朝,文武朝见毕,命立世子朱标为皇太子。赠李善长为银青荣禄大夫、上柱国中书左丞相、太子太师宜国公。赠刘基右丞相、太子太傅安国公。刘基再四恳辞不受,说:"臣赋命浅薄,若受大爵,必折寿命。"太祖见他恳切,乃授以弘文馆大学士太史令。赠徐达上柱国中书右丞相、太子太保信国公。赠常遇春中书平章鄂国公。其李文忠、邓愈、汤和、沐英、郭英、冯胜、廖永忠、吴祯、吴良、朱亮祖、傅友德、耿炳文、华云龙等,封爵有差。群臣叩首拜谢。命改建康金陵府为南京应天府。布告天下,改元洪武。只

① 尚飨——亦作"尚享"。旧时用作祭文的结语,表示希望死者来享用祭品的意思。

② 妣——已故的母亲。

③ 考——已故的父亲。

④ 兢惕——小心谨慎。

见翰林学士王祎出班叩头,上一篇报天下成大业,祈天永命的表章。中间要求减茶课,免军需,轻田租,蠲边郡税粮,以顺人心等语。太祖看了大喜,赐帛五匹。便宣大元帅徐达说:"朕思胡元未定,中原未收,又闽、广、浙东、两广等处,尚未归附,四海黎民未安,此心殊是歉然。卿宜与常遇春、冯胜、郭英、耿炳文、吴良、傅友德、华高、曹良臣、孙兴祖、唐胜宗、陆仲亨、周德兴、华云龙、赵庸、康茂才、杨璟、胡美、江信、张兴祖、张龙等,率兵十万,北伐大元,以定天下。以汤和为元帅,领吴祯、费聚、郑遇春、蔡迁、韩政、黄彬、陆聚、梅思祖等,率兵十万,伐陈友定,取闽广之地。李文忠为元帅,领沐英、朱亮祖、廖永忠、阮德、王志、吴复、金朝兴等,率兵十万,伐方国珍,取浙东之地。邓愈为元帅,领王弼、叶升、李新、陈恒、胡海、张赫、谭成、张温、谭兴、周武、朱寿、吴德济等,领兵五万,取东西两广未附州郡。"四将领命出朝,专候择日起兵前去。次早,徐达率领众将,入朝请旨。太祖命礼官将兴兵四讨救民伐暴的情由,做了祭文,上告天地山川之神祇。复命众将一一向前。吩咐:"决不许妄行杀害,荼毒生灵。"众将拜命,陆续分兵往各路进发。

先说李文忠统了诸将军马,离却金陵,望浙东而行。不一日,到温州城南七里外安营。那方国珍得知兵到,便与儿子方明善欲计谋厮杀。那明善细思了半晌,对父国珍说:"朱兵雄勇难当,且李文忠所统将校,个个是足智多谋之士,若待围城,必难取胜。不若乘其远来疲困之时,先出兵冲杀,或可取胜。"国珍说:"我意亦欲如此。"即日便领兵一万,至太平寨排开拒截。哨马报入营来,文忠便率兵将对阵,却见明善出马。文忠在旗门之下说:"今主上混一天下,指日可成,你们父子不思纳款,而区区守一隅之地,以抗天兵,将复为陈、张二姓乎?"明善大怒,骂道:"你们贪心无厌,自来寻死耳,何用多言。"便纵马杀来。恰有左哨上廖永忠抡刀向前迎敌,两下喊杀,约有四十余合。右哨朱亮祖恐难取胜,因从傍直向明善刺来;明善力怯而走。明兵乘势赶杀,破了太平寨,追到城边。那明善领着残兵,急急进城,坚闭了城门不出。未知如何,且看下回分解。

# 第六十二回　方国珍遁入西洋

却说明善领了残兵,奔回城中,紧闭着城门不出。李文忠召诸将商议,说:"今日大败,贼众心胆俱寒,即宜四下攻打,却可拔城。"众将得令。亮祖就遣指挥张俊、汤克明攻打西门,徐秀攻东门,柴虎率游兵接应。城下喊声雷动。亮祖自统精锐,不避矢石,驾着云梯径从西门而上,捉了员外郎刘本善及部将百余人。国珍看见城破,即便带领家属,出北门冲阵,径往小路,直走海口,落了大洋,遂向黄岩上台州与弟方国瑛合兵一处再图恢复,不提。

那朱亮祖奉了元帅李文忠入城抚辑。即日把军情申奏金陵,太祖看了表章大喜,便令承差到殿前,说:"那国珍遁入海洋,必向台州与弟国瑛合兵据守。事不宜迟,即着中书省写敕专付朱亮祖,仍带浙江行省参政职衔,率马步舟师,向台州进发。"差官星夜火速谕知。亮祖拜命,遂进天台。那天台县官汤盘闻知兵到,出二十八长亭迎降。亮祖在马上安慰了黎庶,着汤盘仍领旧职抚理本县地方。自己带了人马兼程直到台州城下搦战;一边把令牌一面,邀廖永忠入帐,说如此而行。永忠得令去讫。再令阮德、王志、吴复、金朝兴四将,领兵二千,前至白塔寺侧,左右埋伏,夜来行事,不提。那方国珍与弟国瑛及子明善三人商议,说:"这赤城形势最是险阻,今我军合兵一处迎敌,必然取胜。"便放了吊桥,出城对敌。未及十合,明善力不能支,转马而走。朱亮祖乘势剿杀,力气百倍。国珍父子三人,连忙驱众入城。亮祖因吩咐四下围住,只留东门听其逃走。约摸初更,亮祖令军中砍木伐薪,缚成三丈有余的燔燎①一般,立于城外。布起云梯;纵铁甲军五千,从西右而上。城中见四下火光烛天,军民没做理会,惊得国珍兄弟父子,胆怯心寒,开了东门,径寻小路,往海边进发。此时已是三更有余,谁想家眷带了细软什物,正好奔到白塔寺边,计到海口仅离二里,只听一声炮响,左边阮德、金朝兴,右边王志、吴复,两下伏兵尽

_____

① 燔燎——燃烧着的火把。

起,追杀而来。国珍等拼命登得海船,吩咐水手用力撑开,未及三五里之地,早有一带兵船,齐齐拦住去路。马上鸟嘴喷筒,如雨围将过来。火光之下,却有廖永忠绯袍、金甲,高叫道:"方将军,你父子兄弟何不知时势。我主上圣明英武,又是宽大仁慈,胡不归命来降,以图富贵,何苦甘为海岛之贼。况此去如将军逞有雄威,占得一城、一邑,亦不过外中国而别亲蛮夷。倘或不能为唐之虬髯,汉之天竺,则飘飘海上,将何底止。且将军纵能杀出此岛,前面汤将军见受王令,遵海往讨陈友定,舟师十万,把守大洋,亦无去路。怕一朝势败,将军悔无及矣。请自三思。"方国珍听了说话,便对国瑛、明善说:"我巢已失。今朱兵莫当,便出投降,以保身家,亦是胜算。"因回复道:"廖将军言之有理。"即于船内奉表乞降。次早仍回城,见了朱亮祖;亮祖慰劳了一番,吩咐拔寨来会李文忠。此时浙东地面,处处平服。文忠便差官申奏金陵,一面与朱亮祖等计议,道:"今汤元帅进征福建,未闻报捷,我们不如乘便长驱延平,合攻陈友定,令渠彼此受敌,还怕友定不亡乎。"亮祖说:"主帅所见极妙。"便发兵即日起身。

且说汤和统了吴祯、费聚等八员虎将,雄兵十万,前取闽、广,直到延平地面。拒守元将,正是陈友定。那元顺帝以友定败了朱将胡深,便命为福建行省平章政事。自行之后,友定益肆跋扈,遂有雄踞福建之心,兴兵取了诸郡,声势甚是浩大。且命儿子陈海据守将乐,以树犄角。元帅汤和屡次以书招谕,友定说:"我这八闽,凭山负海,为八州的上游;控番引夷,为东南的岭表。进足以攻,退足以守,你朱兵奈何我不得。"因与参政文殊、海牙等商议拒敌。汤和四次搦战,友定只是坚壁固守,以老其师。恰好报说,李文忠同沐英、朱亮祖等,率陆兵七万,前来接应。

且说廖永忠统领水师三万人,依水列营,以分友定之势。汤和得报,喜不自胜。便令哨兵传令沐英、阮德、吴复领所部径攻南门;朱亮祖、王志、金朝兴统所部径攻东门;李文忠统大队为游兵,接应东南二处。原在将校郑遇春、黄彬、陆聚统所部协攻北门;原在吴祯、费聚协助同新到廖永忠,统领水军径攻水西门;自领蔡迁、韩政、梅思祖率水陆游兵,接应西北二处,昼夜攻击。那友定在敌楼上看见明兵勇壮,不敢争锋。只见骁将萧院,慌慌张张向前禀说:"朱兵日夜攻打,精力必疲,倘驱十万兵奋勇出战,必可得胜,何苦坐视其危。"友定沉思不语者久之。未知后事如何,且看下回分解。

# 第六十三回　征福建友定受戮

　　自古道:"疑人莫用;用人莫疑。"又说道:"三思而行;再思可矣。"谁想这友定听了骁将萧院的言语,存省了半晌,方才说道:"彼兵正锐,何谓疲竭,汝等那得乱惑军心。"便叫阶下群刀手,推出斩讫报来。不多时,那萧院做了黄泉之鬼。自此之后,这些军将,哪个敢说一声;便有许多乘夜越城出来投降的。明营军中看他这等光景,四下里攻打益急。早有朱亮祖率着部军,攻破了东门,军校争呼而入。文殊海牙见势头不好,便也开水门出降。廖永忠率水军鼓噪,直杀到官衙河畔。友定仰天叹息,退入后堂,正要服毒而死,恰被官兵缚住,解送到营。

　　次日汤和着令部将蔡玉镇守延平。那友定儿子陈海,闻得父亲被执,也服毒而死。汤和令军中将友定送京,听旨发落。即会同李文忠所部人马,乘势径趋闽县,奄至成都。镇守元将乃郎中行省柏帖木儿,闻大兵到来,知城不可守,便引妻、妾上楼,说:"丈夫死国,妇人死夫,从来大义如此。今此城必陷,我亦旋亡,汝等能从之乎?"妻妾相对而泣,尽皆缢死,只有一乳媪,抱幼子而立。木儿熟视良久,叹道:"父死国;母死夫;惟汝半岁儿,于义何从,留尔存柏帖一脉可也。"便收拾金宝,嘱咐乳媪说:"汝可抱儿逃匿民间,倘遇不测,当以金珠买命。"乳媪领命自去。有顷,大兵进城,木儿从楼中放火,自焚而死。汤和闻知如此忠义,传令于灰烬中觅取骸骨,备冠带衣衾,葬于芙蓉山下。因将圣主恩德,驰谕省下郡邑,诸处俱各望风纳款。恰好胡天瑞率兵攻取兴化,那建阳守将贾俊畴、汀州守将陈国珍也都降顺。于是泉州、漳州、潮州等处悉皆平定。汤和见福建安妥,仍会李文忠整旅回京。未及一月,诸将解甲韬胄①,午门外朝见。太祖面加奖慰,赏赉有差。这方国珍反复无常,枭首示众;这陈友定赐予胡深之子胡祯,将渠脔取血肉②,以祭父亲。三军为之称快。

---

①　解甲韬胄——此处意为脱下战衣。
②　将渠脔(luán)取血肉——将他剁成肉块。渠,他;脔,切成肉块。

次日早朝，百官行礼方毕，走过中书左丞王溥出班奏说："近奉敕督采黄木建告皇殿，却于建昌蛇古岩采取，忽见岩上有一人，身着黄衣，口中歌道：

虎踞龙蟠势苕峣，赤帝重兴胜六朝。

八百余年正气复，重华从此继唐尧。

其声如雷，万众耸听，如此者三遭，歌毕忽然不见。乞付史馆，以纪符瑞。"太祖听了说："此事终属诬罔，今后如此无凭信的虚声，一切不可申奏。因令工人在大内图画的四壁，俱采豳风七月之诗①，及自己历来战阵艰难之事，绘图以示后世，"且说："朕家本农桑，屡世以来，皆忠厚长者，积善余庆，以及朕躬。乃荷皇天眷命，方有今日。特命尔为图，凡有流离困苦之状，悉无所讳②，庶几后世子孙，知王业之兴极其艰难，庶有儆惧，毋自干淫，以思守成之道；尔等做官的，亦宜照朕立法，以警后来，方可保有富贵。"群臣皆呼万岁。正及退朝，却见有个内官，着了新靴，在雨中走过。太祖大怒，道："靴虽微物，然皆出自民财，且非旦夕可就，尔等何敢暴殄天物③如此？朕尝闻元世祖初年，见侍臣着有花靴，便杖责说：'汝将完好之皮，为此费物劳神之事。'此意极美。大抵尝历艰难，便自然节俭。稍习富贵，便自然奢华。尔等急宜改换。"随发内旨，今后百官入朝，倘遇雨雪，皆许穿油衣雨服，定为常训。明日天晴，太祖黎明临朝，宣廖永忠、朱亮祖上殿，谕说："两广之地，远在南方，彼此割据，民困已久。定乱安民，正在今日。朕已令邓愈等率师征取，久无捷音。尔平章廖永忠可为征南将军；尔参政朱亮祖可为副将军，率师由海道取广东。然广东要地，惟在广州。广州一下，则沿海州郡自可传檄而定，海北以次招徕，务须留兵镇守。其有归款迎降的，尔可宣布德威，慎勿乱自杀掠，阻彼向化之心。仍当与平章邓愈等协心谋事。广东一定，径取广西，肃清南服，在此一举。"永忠与亮祖二人，受命出朝，择日领兵前去，不提。

且说徐达引大兵已到山东。镇守山东却是元将扩廓帖木儿，原是察罕帖木儿之子。先是癸卯年元顺帝曾着尹焕章将书币通好于太祖，太祖因遣都事汪可答礼。汪可去至元营，细为探访军务。这扩廓帖木儿便起疑心，拘留住

---

① 豳（bīn）风七月之诗——《诗经·国风》之一，讲稼穑勤劳之事。

② 讳——此处为隐蔽之意。

③ 暴殄天物——耗费物品，毫不爱惜。

汪可,不令还朝。后来太祖连修书二封问讨,那扩廓帖木儿倚着兵势,不以为然。才过一年,不意顺帝削了他的兵权,使他镇守山东,甲兵不上五万。是日闻徐达兵过徐州,扩廓帖木儿甚是惊恐,登时聚众商议。有平章竹贞说道:"元帅麾下,虽有数万之众,发散在山东、河南、山西等处,一时难聚。如今徐达智勇无双,常遇春盖世英雄,还有一个叫做朱亮祖,他能神运鬼输,当年曾在鹤鸣山,劈石压死陈友定许多军马,不知如今阵上,他来也不来。至如郭英、耿炳文、吴良、华云龙、傅友德、康茂才等一班,俱是骁勇的虎将。元帅与他拒敌,只恐多输少胜。莫若权弃山东,且往山西,再聚大兵,以图恢复。"扩廓帖木儿听竹贞许多言语,便说:"这话儿极讲得有理。"急忙领兵,夜间潜回山西太原府而去。哨兵报知徐达。徐达对众将说:"扩廓帖木儿算是元朝重臣,他今恐惧逃走,则各处守臣,必皆震惶无疑。料这山东、河南唾手可得;河北燕京亦指日可定矣。"便领兵直至山东沂州驻扎军马。守将王宣闻知,即率各司官吏出城迎降,峄州地方,也即投顺。大兵径到青州郡,青州守将恰是普颜不花。这不花守御地方,甚是了得,向来抵当徐寿辉并陈友谅,前后拒战三月有余。固守城池,调遣军马,俱有方法,誓与此城同存亡,真个是赤心报国的忠臣。他见大军压境,便领了三千敢死之士,当先出战。又分兵七千,为后哨埋伏。我这里郭英出马,对了不花说:"守将,尔可知天命么?"不花回说:"我等为臣的只晓得忠义为心;至于天命去留,付之命数,何必多说。"便挥刀直取郭英。两人力战良久,未分胜败。忽听一声呐喊,那七千埋伏元兵,尽行拼力杀来,把郭英困在核心,如铁桶铜墙,更无出路。郭英心中忖道:"从来闻这不花手段高强,今日方见他的力量。"便吩咐三军,面不带矢者斩。三军抖擞精神,奋力的冲杀。恰好向南一彪人马,为首的大将乃是常遇春,领了三万人从外攻入。郭英又从内攻出,内外夹攻。不花见势不好,便领着残兵急走入城,坚闭不出。徐达因令前军直至城下,四围攻打。不花退入官衙,见了母亲,说道:"此城危在旦夕,儿此身决以死报国,忠孝难以两全,如何是好?"那母亲回答道:"有儿如此,虽死何恨。况尔尚有二弟,我的老身,自可终养。"正要抱头而哭,只见外面报道:"平章李保保开门投降,明兵已入城了。"不花即至省堂服鸩酒而死。其妾阿鲁贞抱了幼子,携了幼女,俱到后院池中投水而亡。徐达命将不花及殉节家小,备整齐棺衾,以礼殡葬,一面安辑人民,三军不许混离队伍。于是山东、济宁、莱州、登州诸郡,望风归顺。未知后事如何,且看下回分解。

# 第六十四回　破元兵顺取汴梁

却说元帅徐达,即定了山东诸郡,便率兵向河南进发。不数日来到大梁,真实好个形势。但见:

中华闽奥,九州咽喉。虎踞龙蟠,从古来称为陆海;负河面洛,到今来人道天中。左孟门,右太行,沃野千里,描得上锦绣乾坤;东成皋,西渑池,平衍膏腴,赞不尽盘纡山水。中间有具茨山、白云山、黄花山、蓟门山、王屋山、女儿山、桐柏山、朗陵山、云梦山,簇簇堆堆,隐隐显显,都留下仙迹神踪;又有那灵岩洞、华阳洞、水帘洞、王母洞、白鹿洞、达摩洞、空同洞、浮戈洞、灵源洞,幽幽窈窈,折折弯弯,无非是罕见奇闻。钟灵毓美,多少帝,多少主,多杰少豪;建都立国,控齐秦,夸燕赵,俯视荆吴。

唐时有韦苏州诗说:

夹水苍茫路向东,东南山豁大河通。

寒树依微远天外,夕阳明灭乱流中。

孤村几岁临伊岸,一雁初晴下朔风,

为报洛阳游宦侣,扁舟不系与心同。

徐达领兵来到汴梁,与元将平章李景昌相持了二十余日。那李景昌只是紧闭上城门,日夜提防,不敢出战。副将军常遇春向前,谏道:“元帅攻山东,一鼓而下。今到此日久,不能拔得一城,倘河南诸郡及元帝遣兵来援,反而不美。我思量洛阳俞胜、商嵩、虎林赤、关保这四个人,号为胡元智勇之士。可分兵五万,随裨将先取洛阳,便攻河南诸郡,则汴梁自不能守;汴梁既得,据有东西二京,形势之地,虽有元兵来援,不足惧矣。”徐达大喜,说:“常公此言极妙。”遂命傅友德、康茂才、杨瞡、任亮、耿炳文等,领兵五万,随遇春向西进发。是日天晚,兵便到了洛阳。就令在洛阳之北,列阵搦战。那元将脱因帖木儿,恰同都统俞胜、商嵩、虎林赤、关保四人,率兵五万,对阵迎敌。那虎林赤生得好条大汉,甚是丑恶难看。你道如何?真个好笑:

黑踢塔一张阔脸，狠粗疏两道浓眉。尖着雷公嘴，好挂油瓶；弯着鹦鹉鼻，紧连脑髓。两耳兜风，尽道卖田祖宗；络腮胡子，怕看刷帚髭须。睁开了一双鬼眼，白多黑少，竟是那讨命的无常；洒开了两只毛拳，肉少筋多，何异那催魂的鬼判。喝一声，响索索，破锣落地；走几步，披离离，毒虺①轻移。

他也不打话，竟对了常遇春直杀过来。常遇春心下想道："天生出这班毛鬼，也敢在世间无礼。"叱咤一声道："看箭！"这箭不高不低，正望着咽喉射去，那虎林赤应弦而倒。遇春便招动三军，左有任亮、耿炳文；右有杨璟、傅友德；后军又有康茂才，一齐杀奔前来。杀得元兵大败亏输，俘获无算。那脱因帖木儿收了败兵，径走陕西去了。遇春入城安抚百姓；那百姓扶老携幼，说道："我等陷没元尘，已经九十余年，岂想到今朝还能复睹天日！"常遇春令三军秋毫无犯。百姓欢声动天。次日下令，着任亮往谕嵩州。那嵩州望风投款。遇春因令傅友德守洛阳，任亮守嵩州。自领兵攻取附近州郡，不提。

且说元朝知明兵攻取中原乃招扩廓帖木儿为大元帅，经略山东等处，保守河北。李思齐为左元帅，张良弼为右元帅，会陕西八路的兵马，出潼关恢复河南。又着丞相也速，领兵十万，捍御海口，以次恢复山东。那李思齐、张良弼，克日东出潼关，过了阌乡、灵宝等县，径到硖石山前屯扎。大兵一连布列数里地面。两个商议道："大明将士，颇善冲击。今此地最为平坦，可以依着山岸筑立排栅。两旁现有树木，坚立营寨，教他驰突不得，然后再议迎敌为是。"哨马备将军务报与徐达。徐达对众将说："今在此围困汴梁，徒耽日月，久无利益。今洛阳、新安、渑池等处，虽见新附，然常将军攻取颖川未还，倘他们元将仍来收复，占了形势之地，于我反为不利矣。况李景昌苦守汴梁，全望河北、陕西两处来援，我们不如且弃汴梁，将兵竟去破了李思齐，则汴梁不战自服。"诸将齐声赞道："此论极妙，元帅果是神算。"徐达便令三军，即日解围，向陕西进发。那李景昌在城，不知何故，也不敢来追赶。明兵不数日，已到陕西，与李军相近。徐达传令离山二十里安营，谨防元军冲突。三军各自饱食而进。未及半路，果然元兵大至。李思齐当先出马，明阵上郭英纵马迎敌。两将交战良久，思齐自己力量不加，转马逃

① 虺（huǐ）——古称蝮蛇一类的毒蛇。

回本阵而去。徐达即着冯胜扎驻大兵,亲身便同郭英领了三千人马,乘势追杀。冯胜上前,说:"我闻元兵二十余万,驻在碔石山边,元帅只带三千士卒,倘有不测,何以支应?"徐达不听,挥兵而行,约有六七里之地,那些元兵俱直登了碔石山。徐达吩咐便也追到山上,不得退步。早见山上木石如雨的打将下来,明兵不能抵挡,被他伤残的约有二百余众。徐达把眼仔细看了山寨,便令夺路而回。恰听一声喊叫,四下伏兵杀将拢来,东有张良臣,西有赵琦,南有张德钦,北有薛穆飞,统了五万人马,截住去路。徐达唤令不许交战,只是奔走,我军又折了千余,走得回营。冯胜接着,道:"元帅今日孤军深入贼营,竟受惊厄。"徐达回说:"此等小事,何忧之有。"急令帐中将奔回将士,重加犒赏,以慰劳力;如有伤残的,速为调治。徐达到晚筵宴,谈笑自若。冯胜等见他更不着意,便问:"元帅今日以轻身入虎穴,必有深思,偏裨愚才,敢问其略。"徐达道:"迎锋对敌,岂能保得士卒不伤。然用兵者,全要按其寨之虚实。吾舍不得千人,何以破李思齐二十万之众,故我冒危前去,以探敌情。今见他倚树立栅,左边积粮草,右边出军卒,于兵法大是不合。若以火攻之,其破必矣。"冯胜等深为敬服。

　　次日,徐达向辕门外传令各营将帅会齐,早入营前听令。只见营前不紧不慢,打了三通鼓,里面接应击了三通云板,吹了三声画角,这些将官,芸芸簇簇,整整齐齐,都站立在辕门之外,只等营门开了进来。徐达听见外面打了报时鼓,已知众将齐集,随将五方旗牌,交付了旗牌官,跟随着升了中军宝帐。三声铳响,鼓乐齐鸣,辕门外东西两班的将官,鱼贯而入,排在阶下。五军提点使,逐名点过,诸将应了本名,都立在两旁听令。徐达传令吴良、华高二将,统领刀斧手三千,乘夜上碔石山东寨,砍倒树栅,随带火器前进攻打,孙兴祖率本部铁甲军五百接应;陆仲亨、张兴祖二将,统领刀斧手三千,乘夜上碔石山西寨,砍倒树栅,随带火器进内攻打,赵庸率本部铁甲军五百接应;周德兴、华云龙二将,统领刀斧手三千,上碔石山南寨,砍倒树栅,带着火器进内攻打,唐胜宗率本部铁甲军五百接应;薛显、曹良臣二将,统领刀斧手三千,上碔石山砍倒北寨树栅,带着火器进内攻打,胡美率本部铁甲军五百接应;自领中军铁骑五千,张龙为左翼,郭英为右翼,直取李思齐中营;冯胜权守兵营;汪信率本部军校为游兵,捕获逃兵,左右来往报信。分拨已定,各将出营,整备行事,只待夜间进发。未知后事如何,且看下回分解。

# 第六十五回　攻河北大梁纳款

　　那李思齐见徐达追赶上山，四下里将木石打将下来。徐达急令退走，又被张良臣等四路伏兵喊杀，杀伤明兵有一千余人。这思齐不胜之喜，对了张良臣等，夸着大口说："如此光景怕中原不复，王业不兴。"即日大开筵宴称贺，自午至夜，那些小兵卒，都也熟睡，东倒西歪。也不见有摇铃击柝①的，也不见有查夜巡风的。约近二更光景，明兵衔枚疾走，各听将令，分行直至硖石山腰。四边一齐将树栅砍开，火铳、火炮处处发作，须臾之间，五七处火焰冲天，金鼓大震。元朝的兵，都在睡中惊醒，刀枪器械，俱被黑烟涨满，那处去寻。只是四散奔溃，被火烧死的，倒有大半。逃得下山，又被路上游兵捕捉投降的，也有七千余众。东寨张良臣，正要上马迎战，撞着吴良杀到面前，一枪中着面门而死。那张德钦看见烟尘徒乱，望寨外飞跑，被薛显大喊一声，吃了一惊，竟从山坡上直跌下去，撞着周德兴，手起刀落，砍做两段。赵琦、薛穆飞二人保着李思齐逃走山下，恰好徐达大兵迎住，左翼张龙，右翼郭英、冲杀将来，元将无心恋战，领着残兵前往葫芦滩而去。谁想冯胜在营，哨报明兵大胜，便令拔寨而行，已据葫芦滩，进取华州，将兵径向潼关。李思齐料知无可潜身，弃关径往凤翔去了。徐达鸣金收军，粮草、辎重、衣甲、头盔、器械、金鼓，所获不计其数。众将称贺，说："元帅舍小败成大功，真非诸人所及。"徐达回答道："列位将军，以为李思齐雄心顿输，于我看来，今日虽胜，他此行必还聚三秦之士，为右胁之患，不可不防。"因令冯胜、唐胜宗、陆仲亭、曹良臣四将，领兵五万，镇守潼关，以挡思齐之兵。自家引了大队，会齐常遇春兵马，收取河南之地。冯胜等四将即日领了将令自去。

　　且说李景昌坚守汴梁，只道李思齐及扩廓帖木儿两人驻扎太原，前来恢复河南，到如今闻得李思齐二十万人马，被徐达杀了八停；又闻扩廓帖木儿驻兵太原，公然不来接应，景昌十分畏惧，连夜引兵弃了汴梁，奔走河

---

　　① 柝（tuò）——旧时巡夜人敲击用以报更的梆子。

北地面。徐达正商攻城之策,恰有哨子报道:"汴梁黎民扶老携幼,烧烛焚香,直至营前迎接入城。"徐达唤令纳款民人,进营问了来由,便令十数骑官将,入城抚辑。路间凑巧,常遇春也平定了汝南一带郡县,撤兵而回,与徐达相见。徐达便写了表章,差官前到金陵报捷。那官儿兼程而进,得到朝门,正值早朝时候。那个光景,有唐王维诗为证:

绛绩鸡中报晓筹,尚衣方进翠云裘。

九天阊阖①开宫殿,万国衣冠拜冕旒。

日色才临仙掌动,香烟欲傍衮龙浮。

朝罢须裁五色诏,珮声归向凤池头。

差官跟随着一班申奏的使臣,上了表章。太祖看了,喜动颜色,便对李善长及合朝众臣说:"朕今欲幸河南,肃清北土,激励将士,共徐元帅谋取燕都,卿等以为何如?"善长等回奏说:"此乃陛下神明之见,有何不可?"太祖即令新回元帅汤和、李文忠,以及原在朝文臣刘基、宋濂等,整备择日起行,留李善长等辅佐皇太子保守京师,且吩咐道:"邓愈、朱亮祖、廖永忠,平定两广而回,可令邓愈领本部兵士暂驻京师,朱亮祖、廖永忠二人,前至汴梁,候旨调用。"善长等叩首受命。次日,太祖领兵十万,向北往汴梁进发,不数日驾到陈州郡。守将恰是元朝左君弼。当初左君弼因帮着吕珍与徐达战于牛渚渡,被我师追赶,杀奔至庐州。我师攻逼庐州,君弼弃州而逃。徐达拘了他的母亲与妻子来到金陵,太祖知君弼是个豪杰之士,因厚待其家属,不期君弼降于胡元,元顺帝使为陈州太守。太祖欲其来降,驾发之日,令军中携其家属而行,及至陈州,遣人致书说:

大明皇帝,书付左将军君弼:曩②者朕师与足下为敌,不意足下竟舍亲而之异国,是皆轻信他言,以至于此。今者足下奉异国之命,御彼边疆,与朕接壤,然得失成败,自可量也。且朕之国,乃足下父母之国;合肥之城,乃足下邱陇桑梓之乡,宁不思乎?天下兴兵,豪杰并起,宁独乘时以就功名哉!亦欲保亲属于乱世也。足下以身为质,而求仕异国,既已失察,且使垂白之母,糟糠之妻,天各一方,朝思暮想,

---

① 阊阖(chāng hé)——宫门。

② 曩(nǎng)——以往,以前。

以日为岁。足下纵不念妻子，何忍于老亲哉？富贵可以再图，亲身不可复得。足下若能幡然而来，朕当待以故旧之礼，足下亦于天理人心，无不顺也。特修书以表朕意。

君弼得书，犹豫未决。太祖复将他的家属给还君弼；君弼感泣，出城拜降，说："下愚迷谬，误抗天颜。今深荷仁恩，伏乞容宥！"太祖说："昔雍齿归刘①，岑彭降汉②，何尝念及旧恶。"便封君弼广西卫指挥佥事。太祖驾入陈州，抚慰百姓。仍留君弼把守，自率师前往汴梁。早有徐达率诸将出城迎接。太祖温旨慰劳。恰好陕西哨子报道："冯胜等杀入陕西，元将薛穆飞、张良弼阵亡，连取华阴、华州一带地面。"太祖不胜之喜，对诸将说："华阴等地，是潼关左股，今幸有此，可稍宽西顾之忧。"便令军中将金帛百端，白金五十两，黄金二十两，赍发潼关赏赉冯胜等将。

次日正值孟秋朔日，太祖行驾，驻跸③汴梁，受百官朝贺，即遣徐达、常遇春、张兴祖等，率兵攻取河北，并道而进，以克燕京，只留郭子兴、王志、陆聚、费聚、黄彬、韩政、蔡迁、吴美八员护驾。徐达等拜受敕旨，当日领了二十万军马，出汴梁，自中栾地方渡了黄河，便令薛顾、俞通源前攻卫辉、彰德、广平等地。薛显等得令，领兵到了卫辉。守将龙二，弃城而走。步将杨义卿，率有兵船八十五只来降。彰德、广平、顺德及东路临清、德州、沧州、长芦，以至直沽，俱望风而附，势如破竹。明兵径到直沽海口，前面却有元丞相也速领兵十万，水陆结寨，把住海口。徐达听了哨马来报，便拘集海船，先着顾时带领水兵一万，疏通一路坝闸，以通船只。复着常遇春领骑将张兴祖、吴良、周德兴、薛显、张龙、汪信、赵庸七员，率兵五万，由左岸而行。郭英领骑将孙兴祖、华云龙、康茂才、金朝兴、华高、郑遇春、梅思祖七员，率兵五万，由右岸而行。俞通源领水军耿炳文、俞通渊、杨璟、吴祯、吴复、阮德六员，率舟师三万，战艘二百只，随着顾时进发。李文

① 雍齿归刘——雍齿，沛县人，随刘邦起兵后即叛离，不久复归刘邦，从战有功。但刘邦总是有点不快。后从张良言，封雍齿为什邡侯。于是诸将皆喜曰："雍齿且侯，吾属无患矣。"

② 岑彭降汉——岑彭，韩阳人。王莽当政时被众推为县长。汉兵起，率众归附，封为归德侯。

③ 驻跸(bì)——古代帝王出行时留宿。

忠率兵三万,策应左岸。沐英率兵三万,策应右岸。自同汤和率舟师从水上分岸哨探,以为游兵,支应不虞。只见海口地面,丞相也速将舟师摆开阵势,专待厮杀。徐达传令水陆三军,一齐进战,以防贼众,彼此支持。那水师正是元平章俺普达朵儿。左边岸寨,是知院哈嗽孙;右边岸寨,是省丞相颜普达。明营军校得令,便各自准备厮杀,这一场真实稀罕。未知如何,且看下回分解。

# 第六十六回　克广西剑戟辉煌

却说那三军水陆鏖战,彼此相持,在那直沽海口之上,真个好场厮杀,但见:

> 怒涛涨海,杀气迷天。岸上旌旗倒映,水中波浪腾翻。浪里蛟龙,船中金鼓间敲;陆上烟尘,岸边骅骝奔逐。得志的横冲直撞,似陆走蛟龙,水奔骏马;失魂的东逃西窜,像龙游浅水,虎入深林。高高原上鹞儿飞,你猜我,咱忌他,认道是伏兵的号带;渺渺浪头鱼影跃,此担惊,彼受怕,都恐是策应的艋船。初时绿水黄沙,忽变做骨堆血海;正是青天白日,倏然间风惨云愁。

这三处正杀得热闹,尚未曾见得输赢,谁想一声炮响,后面翻江搅海的杀将来,恰是左翼朱亮祖、右翼廖永忠,各驾小船一百号,飞前奔杀救应。

原来朱、廖两将,前领敕旨,帮着邓愈等征攻两广。他二人宣力进兵,取了两广梧州,恰遇着颜帖木儿、张翔募兵,与明兵迎战,亮祖设奇应敌,他便率军千余人前走郁林。亮祖随领兵追至郁林,斩了张翔,余众降服。因而浔州、贵州、容州等处以次来附。亮祖遂出府江,克平乐,又进克了横州,兵到南宁、土浪。屯田千户何真,闻风降顺。亮祖即令何真把守南宁。恰好元平章呵思兰驻扎宾州等地,亮祖令指挥耿天璧追至宾州,势不能支,也率所部诣军门拜降。亮祖便同廖永忠等共收银印三颗,铜印三十七颗,金牌五面,广西悉平。

且闻邓愈统兵,亦克随州、信阳、舞阳、罗山、叶县等处,因此朱亮祖、廖永忠二将先回,来至汴梁,朝见拜复。太祖大喜,赏赉封爵有差。就于本日传令二将,星驰分兵策应北伐诸将。二人兼程而进,径至直沽海口。只见杀气横空,烟尘盖野,便喊杀进来。那水师俺普达朵儿转着船头迎敌,正好撞着亮祖的小船,从上风头溜来。亮祖趁势一跳,竟跳在俺普达朵儿的船上,大喊一声,把俺普达朵儿砍做两段。那把艄的好员狠将,弯着弓射将过来。那亮祖左手持刀,右手轻轻地把来箭抢在手内,叫声道:

"你要怎的!"飞一般跑入后艄,把那员狠将紧紧抱了,道:"下去!"竟丢在水中去了。众水军见杀了头脑儿,齐齐拜倒在船,都愿归附。廖永忠因与亮祖议道:"我们便舍舟登陆,分兵杀上岸去如何?"亮祖道:"极是好!"招动水军,两边各上了岸,一直径去劫他老营,焰焰的放起火来。那元军望见营中火起,急忙各自逃回。哈嗽孙恰被吴良一剑斩折了左臂,翻身落马。汪信赶上一枪,结果了性命。那俺普达领着败兵而逃。郭英勒马追及百步之内,背后一箭,直透心窝,众军乱砍做十数段。丞相也速领了残兵,夺路各自逃生,径往辽东去了。俘有将校二百六十三人,水、陆散兵四万七千余众,辎重器械三百五十六车,粮二万八千六百余石,马三万九千六百余匹,船七百四十三只,牛、羊之类,不计其数。徐达传令诸军,陆续俱到济宁会齐。各营拔寨起行,未及两日,俱到中军帐参见。徐达对朱亮祖、廖永忠道:"今日之捷,二位将军为最。且二位新平百粤而旋,未及解衣,复星驰而来,又是劳精费力,所到成功;功莫大焉,勤莫殷焉,真是难得!"朱亮祖与廖永忠谦让不胜。

当晚筵席间,徐达因问广西形胜。朱亮祖应声而起,说道:"这个广西,上应轸翼之星,古为荆州之域,为府十一,为州有八,为长官司有二;襟有岭,控南越,襟山带江,西南都会。唐叫建陵,宋叫静江,这是那桂林府。山水清旷,居岭峤之表,汉属郁林,晋叫象郡,唐叫龙城,这是那柳州府。江山峻险,为岭南要地,在汉名交趾、日南,在唐叫粤州、龙水,这是那庆远府。山极清,水极秀,为岭表之咽喉,汉属苍梧,吴名始安,唐为昭州,周为百粤,这是那平乐府。地总百粤,山连五岭,湖湘之襟带,水陆之要冲,汉叫交州,宋叫梧镇,这是那梧州府。山水奇秀,势若游龙,梁叫:桂平,唐叫浔江,这是那浔州府。内制广源,外控交趾,南濒海徼,西接溪岗,唐叫邕州,宋叫永宁,这是那南宁府。峻岭、长江,接壤交趾,汉叫丽江,唐为羁縻州,宋立五南寨,这是那太平府。石山峻立,江水潆洄①,唐置上石,宋置下石,这是那思明府。山雄水绕,势立形奇,这是那恩恩军民府。峰高岭峻,环带左右,这是那镇安府。若夫山明水秀,地僻林深,汉属交趾,今叫泗城,则州之最首者也。山高水深,为利州之胜;山环水带,是为奉议州之

_____

① 潆洄——水流回旋状。

胜。龙蟠虎踞，岭绝峰高，这是向武州。山嵬①江险，威生不测，这是都康州。控南交为极边之地，则为龙州。山林环秀，回顾有情，则为江州。诸峰簇秀，二水交流，则为思陵州。累峰据前，峻岭峙后，那是上林长官司。群峰耸峙，洞水环流，那是安降长官司。"诸将把酒在手，尽皆称奖，说："朱平章真可谓指顾山川，尽在掌上，敬服！敬服！"徐达又问："何真以岭表地方投降，今主上何以待之，不知当初何真何以据有此地？廖将军必悉知底里。"永忠对说："他是广州东莞人，英伟好书史，学剑术，出仕于元，后以岭海骚动，弃官保障乡里。却有邑人②王成构乱，他纠集义兵，共除乱首。谁想王成筑寨自卫，坚不可破，何真立榜于市。说：'有人缚得王成者，赏给黄金十斤。'不料，王成有奴缚之而出。何真大笑，对王成说：'公奈何养虎为害，此正自作之孽，天假手于奴耳。'便照数以金赏他，一面令人置汤镬③，驾于车轮之上，令将王成之奴，于镬中烹之，使数人鸣鼓推车，号于众说：'四境之内，无如奴缚主，以羁此刑也。'由是人人畏服，遂有岭南。一方之民，果蒙保障。闻明师至潮州，何真上了印章，即籍所部郡县户口、兵马、钱粮，奉册归附。主上特赐褒嘉，命其乘船入朝，宴赏甚厚。"说话之间，不觉军中漏下二鼓，诸军各回营安歇。次日，徐达备将军情，差官到汴梁申奏，不提。

　　且说元顺帝自从受了太尉哈麻女乐，宫中日夜欢娱，又有妹婿秃鲁帖木儿等，撺哄做造魔天之舞，雕龙之船，晏安失德④，四方战争的事，俱不奏闻。便略有些声响，都被这些奸人遮糊过去，顺帝也不留心。忽一夜间，顺帝在宫中甚是睡不安稳，朦胧之中，见有一个大猪徘徊都中，径入宫内，把身子直扑过来。顺帝连忙逃走，躲在一个沙尘烟障去处。惊醒了，甚是忧闷。披衣而起，待得天明，正将视朝，忽有两只狐狸，黑黢黢的毛片，披披离离，若啼若哭，从内宫内殿，直跑上金交椅边，咬了顺帝的袍服。拖扯出去的一般。顺帝如痴如醉，没个理会。两边宫娥、内监，看了急来救应，那两个狐狸，望外边直走，顷间，更不知哪里去了。欲知后事如何，且看下回分解。

---

①　山嵬——山高而不平。
②　邑人——同乡的人。
③　汤镬（huò）——盛装沸水的大锅，用来烹人。这是古代的一种残酷的刑具。
④　晏安失德——贪图安逸，有失品德。

# 第六十七回　元宫中狐狸自献

且说胡元满朝臣子,且不行君臣之礼,只去寻捉狐狸,那知道两个孽畜,一阵烟便不知哪里去了。倏忽间转出一个官来,奏道:"臣司天使者,前日癸酉,都城中红气布满,空中如火照人,自寅至巳,此气方息,如此二日。昨者乙亥,又见黑气弥漫,十步之内,昏不见人,亦自辰至巳方消。占及天文,似主不吉。今夜又闻清梦不宁,朝来又有二狐啼哭,伏乞陛下修省,以正天变。且又闻得大明之兵,已至济宁,此去甚近。倘或不备,都城恐难坚守。"元帝听了,惊得魂不附体,因对众将说:"前者脱脱为丞相,但有四方边警,他便在孤家面前百计商量,调兵征剿,近来闻得他已没了,此处更不见一人说及征战之事。今闻大明攻取中原,已诏谕扩廓帖木儿挂帅,经略山东,据保河北。李思齐为左帅,张良弼为右帅,会陕西八路之兵,出潼关转河南。丞相也速领兵十万御海口复山东。何以诸处不闻一些信号,反又说大明兵至济宁。众卿有何妙计,为朕分忧?"只见诸臣面面相视,不能对答。元帝长叹一声,闷闷排驾回宫。

且说徐达令诸将会集济宁,一面差官到汴梁申奏军情,一面与众将定取燕都之计。仍令朱亮祖同廖永忠俞通源等八将,选战船六百只,分为东西两路,进攻闸河。前番分班进征的陆兵,俱合大部听遣。又拨郭英领兵三万为先锋,吴复、周德兴、薛显、张兴祖,率兵一万为左翼。华云龙、孙兴祖、康茂才、华高,率兵一万为右翼。常遇春、李文忠领铁甲兵五千,为右军接应。汤和、沐英领铁甲兵五千为左军接应。徐达自己督领张龙、汪信、赵庸、金朝兴、郑遇春、梅思祖压阵而行。分拨已定。此时正是夏去秋来,一向苦于无水,一应船只,胶不可动。朱亮祖行了火牌①令济宁知府方克勤,火速派拨民兵一万,自己亦令舟师一万,星夜开浚。民与兵各分东西,量定丈数疏通,稍自迟延,依军法处斩。克勤看了火牌,欲待

_____

① 火牌——古时因公远行,由本地官署签发的符信,经过的州县,均会供给车马、夫役和食宿。

开浚①,苦于劳民;欲待不开,苦于违法。正在十分烦恼,那儿子叫方孝孺
上前对父亲说:"军令开浚,岂宜有违? 但非民力之所能为。我闻圣天子
行事,自有神助。父亲还当虔诚祷告于天,早赐甘霖,以济行兵,以苏民
苦,庶几有济,亦未可定。"克勤听了儿子的话,也不差派民工开浚,只在
府城中心,青衣素带,率了耆老百姓,连日哀告天地,拜了二日。亮祖的水
军,依令疏通东边,开有二十余里,更不见方知府差一个人儿浚掘,亮祖也
不知克勤如此情由,一时着恼起来,说道:"这是元帅军令,约着水、陆兼
程而行,那方知府何故敢于怠缓。即刻提他书史各于军前捆打三十大棍,
押解下来,火速拨民疏浚。"且说天有感应,夜来大雨如注。将及黎明,水
深六七尺。舟师奋力而进。遂克了河西,竟去湾头上岸。恰好郭先锋人
马也抵通州。只见大雾迷江,数步之间,不见人面。郭英大喜,便对水师
廖永忠、朱亮祖等十将说:"如今大雾迷江,不若乘此机会,公等十人,分
着东、西,各带兵五千埋伏道侧,我自领兵前进。只听连珠炮响,公等张两
翼而出。"永忠等依计而行。郭英直至城下骂阵。拒守的正是元将五十
八国公,从来号为万夫不当之勇。每常闻说大明将校智勇,他只狠狠的对
人说道:"只是不曾逢着敌手,天下哪有常胜的。可恨我不曾与他们对
手。"如今把守通州。他便摩拳擦掌,说道:"决不许朱兵驻足三十里之
内。"谁想大雾弥漫,直至朱军攻城,方才知觉,就同知院卜颜帖木儿率敢
死士一万,开城迎敌。郭英对敌多时,一来自觉力不能支;二来原欲诈败
诱他追赶着,即便把马紧加一鞭,夺路而走。那五十八招动元兵,拼命的
赶着。约将廿里之地,郭英把号带一招,从军便点起了连珠炮。轰天的振
响。早有廖永忠、吴祯、吴复、阮德、杨璟领着精兵从左边杀来。朱亮祖、
俞通源、俞通渊、耿炳文、顾时领着精兵从右边杀来,把元兵截做两处。杨
璟一箭射去,那卜颜帖木儿应弦而倒。朱兵横来直去,斩首七千余级。五
十八见势不好,不敢进城,被亮祖、炳文两将活捉过来,斩于马下。将至三
更,乘势克了通州,捉了元宗室孛罗、梁王等十人。徐达大兵也到,遂令城
外安营。次日进取燕京,不提。

　　且说元帝闻知兵到,因命丞相庆童把守宏文门,中丞满川把守建德
门,伯颜不花守安庆门,朴赛因不花守顺承门,大御署令赵弘毅守齐化门,

--------

①　浚(jùn)——疏通。

侍制王殷士守西宁门，枢密院黑厮宦守厚成门，左丞相失烈门守振武门，右丞相张康伯守天泰门。都总管郭允中率雄兵十万，在城外十里驻扎，防御朱兵近城攻打。左丞相于敬可率游兵五万，近城五里外策应。淮王帖木儿不花领铁甲兵十万，在城上为游兵，相机御敌，日夜戒严固守。恰有探子报说："大明兵已驻通州，不日即至大都。"顺帝甚是忧烦。群臣都说："陛下且请宽心，倘或近逼都城，城中粮草，已有十数万之积，还可坚壁而守。山、陕之间，必有勤王之师，前来救应。"顺帝道："到那地位，恐已迟了……"正说间，但闻杀气动地，金鼓振天。顺帝带领群臣，上城细看：只见郭英当先，左边吴良等四个翼着；右边华云龙等四个翼着；其后又有廖永忠、朱亮祖等十员大将，紧紧接应。未有五里，惟是茫茫荡荡，耀日的是刀枪，飘扬的是旗帜，漫天盖地而来，哪里算得出若干军马。顺帝捶胸顿足，只是叫苦。忽听得一声炮响，两阵对圆。一边郭允中，一边郭英，两马相交，战上二十余合。一个儿手高；一个儿眼快，一箭射来，恰中郭英冠上的红缨，嗭的一声响。郭英心中暗想道："这元将也有这般伎俩。"趁他弯弓未放，将画戟一转，正中在允中左肋之上，腾空跌将下来，被乱军踏做泥酱，便招动后军，直砍过来。左丞相于敬可急令精兵策应，左边周德兴正好迎着。两边张翼向前，把于敬可围在核心，更无出路。华高向前一刀砍死。这五万兵，当不得个砍瓜切菜，且战且进，直抵燕都城下。顺帝惊得木呆，做不得声。早有九门拒守将官，各将那火箭、石炮飞一般打将下来。郭英传令三军，且待后面大队人马齐到，另行攻取之计。顷间，徐达统率后军，到城下安营，便着哨子在城外绕转了一遍，看城中无甚动静，因同汤和、沐英、常遇春、李文忠四人，率领铁骑一千，自自在在，往城外逐步而行。看了形势，复到营中，对众将说："这等高城深池，若仅平平的照常攻打，他恃着积蓄，仓促难破。我意当趁此大胜之势，盛兵而前，使敌人心寒胆落；否则彼将老我之师，且外边必有相救之兵，那时反难料理。不如连夜乘势行事为妙。"未知如何，且看下回分解。

# 第六十八回　燕京破顺帝出亡

却说徐达细看了城池,回到营中,对众将说:"只宜乘势攻打才是。"即下令:安庆门,吴良、张龙领兵一万攻打;振武门,华云龙、赵庸领兵一万攻打;西宁门,康茂才、梅思祖领兵一万攻打;顺承门,朱亮祖、华高领兵一万攻打;天泰门,耿炳文、张兴祖领兵一万攻打;宏文门,薛显、吴祯领兵一万攻打;齐化门,俞通源、周朝兴领兵一万攻打;建德门,廖永忠、孙兴祖领兵一万攻打;厚成门,俞通渊、周德兴领兵一万攻打。再令沐英带游兵一万,在西城策应;李文忠带游兵一万,在南城策应;常遇春带游兵一万,在东城策应;汤和带游兵一万,在北城策应,截断外边来救军马。吴祯、杨璟、郭英、顾时分率铁骑四万,随处相机布设云梯,树筑高台,与城一般相似,施放火器,使元兵城上站立不住。自领大队压阵。郑遇春、阮德分为左右二哨,各带兵三千巡逻。调遣已定,诸将即刻分队行事,都令各带防牌、神枪手攀城而上。外边的或是云梯,或是高台,不住的将喷筒、鸟嘴、火铳、火箭俱打将进去。顺帝看见知难固守,便集三宫后妃、太子、太孙、驾着飞辇,点勇敢拼死的军士约有二万人,三更之际,潜夜开了建德门,杀条血路而走。众将死留不得。殆及天明,淮王帖木儿不花,被郭英火炮打死。中丞满川把守厚成门,正在敌楼边横枪出视,俞通渊看定一箭,正中咽喉而死。丞相庆童,闻知顺帝脱逃,正不胜悲哭,薛显飞刀砍来,把头劈做两块。安庆城楼,被吴良火箭射来,左角上焰焰火着。那伯颜不花,急令军卒打灭火焰,早被吴良、张龙派统卒,逾城直上,那伯颜不花撞着张龙,一枪仆于地下,取了首级。耿炳文同着张兴祖,攻打天泰门,那张康伯十分凶勇,朱兵上前不得。耿炳文斩袍而誓,说:"不杀张康伯,俱各自愿就死。"众军冒矢石先登,城上长枪乱杀下来,炳文乘势扭着长枪,从空一跃而上,杀倒了守跺子的统卒十有余人,叫声道:"好了!"诸军相继登城。张康伯舍命来战,恰被死尸绊倒,耿炳文向前结果了性命。黑厮宦把守建德门,谁想被廖永忠等领强兵一时拔掘,竟攻破了一角,三军躐级前行,黑厮宦知事不济,服鸩毒以死。王殷士在西宁城上,窥探朱兵,恰巧杨璟驾着飞天炮,直打过来,把头顶打得粉碎。华云龙、赵庸二将,发愤来攻振武门,恰好顾时筑起高台,便率众登台对杀,失烈门忽中流矢,平空的跌出城外来,被我军乱刀砍死。朴赛因不花领赢卒数千,把守顺承门,预知必不能守,因对赵弘毅说:"国事如此,有死而已。"忽报元帝已走,正要自尽,被朱亮祖捉住,终不肯屈,复送军前杀了。赵弘毅看四下军兵缭乱,即下城与妻解氏及儿子赵恭与孙女官奴共入中堂,穿了公服,北面拜罢,一家悬梁自缢。在城军将,俱开了城门,四边策应人马,一齐杀入。徐达即令军士,不许扰害良民,擅离队伍。因是燕京人民安堵①。徐达便入元宫,检有玉印二颗,承宗玉印一颗,就封了府库,锁了宫门,财帛、妇女,一无所取;即差官持表到汴梁奏捷,说道:"洪武元年,岁次戊申,秋八月二十庚午,平定了燕京。"太祖看了表章大喜,驰官赏赉封爵有差,改大都为北平府。即令都督冯胜移镇汴梁。都统孙兴祖领燕山、骁骑、虎贲永清、龙骧、豹韬六卫的兵镇守居庸关,以御北平。原守潼关总督指挥曹良臣移镇通州,以御辽东。取李文忠回汴梁,带领锦衣刀手羽林等军,护驾南还金陵。原任常遇春、汤和、沐英、朱亮祖、郭英、吴良、廖永忠、俞通源、俞通渊、耿炳文、吴祯、吴复、杨璟、阮德、顾时、华云龙、华高、康茂才、周德兴、薛显、张兴祖、张龙、赵庸、汪信、金朝兴、梅思祖、郑遇春二十七员,又新撤回傅友德、并汴梁护驾郭子兴等八员,共三十六员大将,俱随大元帅徐达攻取河北诸郡。

徐达拜受明旨,即日统兵二十万前行。所过涿州、定兴、保定、定州、易州、中山、河间等郡,不战而附。直至真定府。守将正是洛阳的逃贼俞胜。徐达传令常遇春、朱亮祖入营,附耳说了两句话,二将得令前去。因使赵庸、王志、韩政、黄彬各率精兵三千搦战。俞胜料来孤城难守,竟领兵西出小北门而去。未及数里,早有遇春在东边,亮祖在西边,截住去路。常遇春挺枪直入阵去,活捉了俞胜到营。原来徐达谅他必走太原府,与扩廓帖木儿会兵,以图后举,故先着两将截路,果然不出神机。军前把俞胜斩首,揭之竿头,一路号令去讫。次日便进攻山西。

且说驾返金陵,所过地方,备细访问民间的利病,做官的贤愚。忽见江左途中,有个孩儿充作驿卒。太祖召问:"何以充此,今年几岁?"那孩

---

① 安堵——安定如常。

儿奏道:"今年七岁,为父亲虽死,名尚未除,因而代役。"太祖当出一对道:"七岁孩儿当马驿。"孩儿应声道:"万年天子坐龙廷。"龙颜大喜,即令蠲恤。那孩儿谢恩而去。

未及半里,远望一簇人,抬着香烛,后面托着一个盒盘随着。太祖因也召问。只见盒盘中盛着一个杀死的小孩子,太祖惊说:"你们是何人,将此死儿何干?"那人道:"小人辈都是江伯儿的亲戚,这个江伯儿母病之时,割下自己肋肉煎汤,来救母亲,未及痊好,他便悬祷于泰山神前,告诉母好之日,杀子以祭。如今他的母亲病果脱体,他便杀这三岁的孩儿,为母亲还愿。小人们见他孝心感应,故也随他到庙烧香。"太祖听了喝骂道:"父子是天伦极重的至情,古礼原为长子服三年之服。今忍杀其子,绝伦灭礼,惨毒莫此为甚,还认是孝子!"发令刑官把伯儿重杖一百,着南海充军。这些亲戚忍心不救,各杖三十。因命礼部今后旌表孝行,须合于情理者,不许有逆理乱行。

发放伯儿等才去,只见两个使臣,及一个百姓,带一个女儿,到驾前跪说:"臣江西蕲州知州差来进竹簟①的;臣浙江金华府知府,差来进香米的。"太祖笑对中书省官说:"方物之贡,古亦有之。但收了竹簟,天下必争进奇异之物。朕闻所贡香米,俱于民间拣择圆净的,盛着黄绢囊中,封护而进,真是以口腹劳民!今后竹簟永不许献;朕用米粒,也同秋粮一体,纳在官仓,不必另贡。"使臣领旨自去。

又问这百姓领此女子来见何故?那人奏道:"此女年未及笄,颇谙诗律,特进宫中使用。"太祖怒道:"我取天下,岂以女色为心耶?可即选佳婿配之。你做父亲,不令练习女工,反事末务!"发刑官杖六十而去。途中许多光景,不能尽说。来至金陵,太子率百官出郊迎接。次日设朝,不提。

那元帝自领亲属,逃脱燕京,退居应昌府,乃下勤王之诏。以扩廓帖木儿为大元帅,督山西十八州及云中会宁之兵,攻取大都,恢复中原。他便集兵三十万,出雁门关,取保定路,来攻居庸。徐达进攻山西,出了滹沱河,令前军抄取近路,直抵泽州城外,便命安营搦战。未知后事如何,且看下回分解。

---

　　①　簟(diàn)——竹席。

# 第六十九回　豁鼻马里应外合

却说大明兵到泽州搦战,那守将就是原任山东劝扩廓帖木儿奔走山西的平章竹贞;率兵五万,由东门对阵。徐达见了竹贞,说道:"竹平章,今日之势,元室不振可知,公何不顺天而行? 我主仁圣,亦不轻待。"竹贞应道:"南北中分,从古自定。今与元帅讲和,我大元守陕西、山右、云中、应昌等处;大明守江、浙、闽、广、中原、河北、燕京等处,两相和好何如?"徐达答说:"中原本人伦之地,被汝等混乱百年。今日我主,应天挺生,不数间,灭汉歼吴,擒国珍,执友定,四海咸归,宁容讲和乎?"即令挥兵合战。元兵久未操练,未及交锋,奔溃而走。竹贞便弃了泽州。徐达进城,出了安民的榜文,便与众将定取山西之策。众将说:"今扩廓帖木儿进攻居庸,深恐北平难保,我兵宜先救心腹之忧,后除手足之患。"徐达说:"不然。彼率师远出,其势实孤,孙都督总六卫之师,自足捍御。我等正宜乘其不备,直抵太原,倾彼巢穴。则彼进不利,退无所栖,此兵书所谓:'推穴捣虚之法'也。"诸将称善。遂率兵前进。

太原守城的恰是统都贺宗哲,不敢出战,遣人星夜上居庸关求救。扩廓帖木儿得知信息,即统元兵来迎。徐达便令傅友德、朱亮祖、郭英、薛显领兵二千,分左右探听虚实。四将分做四路前往,见元兵队伍不整,旗号披离,因各回营报说:"元兵虽多而不严;虽锐而无备。我们步卒未至,然骑兵已集,不若乘夜劫营,贼众一乱,主将可缚也。"徐达说:"我正有此意。"只见扩廓步将豁鼻马使人求见。徐达令门上放他进来。那人向前禀说:"左部将豁鼻马,特着小人纳降,且为内应。"徐达细问了端的,因着郭英、傅友德领铁骑一千,依照元兵装扮随着使人,混入元营,半夜举火为号。即令:朱亮祖带部兵一万,埋伏正南方,顾时、阮德为左右翼;康茂才率部兵一万,埋伏东北方,赵庸、汪信为左右翼;常遇春率部兵一万,埋伏西南方,张龙、陆聚为左右翼;汤和率部兵一万,埋伏正东方,胡美、蔡迁为左右翼;杨璟率部兵一万,埋伏正西方,费聚、黄彬为左右翼;华云龙率部兵一万,埋伏正北方,韩政、王志为左右翼;张兴祖率部兵一万,埋伏东南方，梅思祖、郑遇春为左右翼；俞通源率部兵一万，埋伏正北方，周德兴、金朝兴为左右翼；自同沐英、吴祯等八将，统领大军，在后截杀。专候营中火起为号，众将得令而行。那郭英、傅友德领兵随了来使，混入元营。约至三更时分，郭英吹了一声觱篥①，朱军将火器四下里一齐举放。顷刻间营中火焰冲天，喊声动地，八面埋伏兵在外，也同声而起。元兵大乱。扩廓帖木儿方燃烛独坐帐中，听得众军扰乱，急急披甲而出，看见凶险势头，马也不及备鞍，脚也不及着靴，与十八个骑兵，冲阵向北而逃。元兵死者大半。豁鼻马率余众来降。计得六万六千七百余人，马亦如数；刀、枪、剑、杖、牛、羊、辎重，不可胜计。

此时天已大明，徐达即令前军直逼太原城下安营，城中早有王保保领兵出阵相拒。常遇春当先迎敌，华高、吴复、沐英、廖永忠、吴祯等，相继接应。他也势大不怯。惟是郭亮同着朱高祖二十余骑，望平原高阜②之处，纵马而行。在哪里立定，看了半晌，方才回营。王保保也高叫道："日已将晡③，各自收兵，明日再战何如？"保保领兵回营自去。我们众将，俱到大营，议道："王保保这厮，名不虚传。"徐达道："我兵连夜攻打，精神固是困倦的。且到明日，再做计较。"恰有郭英、朱亮祖上前，说："我二人方才登高细望，敌营终是散漫。不如乘夜劫他的寨，是为上着。"徐达说："有理！有理！"便令耿炳文、廖永忠、吴良、郭子兴四将，各带铁骑五千，近城埋伏，看见元兵追赶我军，赚开城门；吴祯、吴复、薛显、华高四将，各带本部人马，埋伏十里之外，以备我军移营时元兵赶来的救应；朱亮祖、傅友德、常遇春、郭英、俞通海、康茂才、梅思祖、顾时八将，带领二万人马，分为四处，近伏元营，若见他领兵追赶，即杀入他老营，四下放火烧他营寨；自率大队人马，乘此月光，急急退走，诱他追杀。军令一下，我兵纷纷逐逐，鸦飞雀乱的移营。恰有哨马报与王保保知道。那保保笑道："我今日力敌十将，故知朱兵退怯，不如乘此追击。"便令铁骑三万，随着自己赶杀，其余大队，俱听大将貊④高约束，守着本营，不得乱动。吩咐已罢，便跨上

---

①　觱篥（bì lì）——古代管乐器，用竹做管，用芦苇做嘴，汉代从西域传入。
②　阜——土山。
③　晡——午后。
④　貊（mò）。

了马,如云如电的杀来。朱军只是倒戈而走。约及十里境界,黑林之中,两边杀出四员将军。正是薛显、华高、吴祯、吴复带领伏兵迎敌。大队人马,因而都勒转马头,裹住元兵,厮杀不放。朱亮祖等八将,看见保保领兵追杀我军,约有十里之遥,一声炮响,四下伏兵俱杀入老营中来。貊高挺刀来战,被傅友德一箭射中左臂,朱亮祖赶上一刀砍死。其余杀得尸横血溅,投降的约有三万余众。日间密扎扎了多少营垒,到夜来光荡荡一般白地。耿炳文、廖永忠、郭子兴、吴良,黑暗里带了人马,径到城边,叫道:"快开门!快开门!"镇守的军士,只道王保保回来连忙放入。谁知恰是大明兵卒。贺知哲坐在官衙,着人探听,朱兵早已杀到衙前。他便往后堂寻条小路,逃脱六盘山去了。可怜这王保保被我兵围杀了一夜,三万铁骑,剩无十分之一。将至黎明,四下里叫道:"元帅将令,着各将暂且收军,听王保保自去。"王保保冲开血路,竟向旧寨而走,谁知成了一块白地。纵马来到城边,城上耀日迎风,都是大明旗帜。闷着一口气,只得往定西而逃。

徐达鸣金收军,但不见了朱亮祖、薛显两员大将,便令哨卒四下探望。半日之间,更没一毫影响,因唤各军之中,查原随朱、薛两部兵卒,这些人也都在哪里找寻,渐渐天色晚了,徐达垂着双泪,对众说:"朱平章、薛参使,勇智俱奇,若是被元兵杀了,也须有个骇骨;若是追杀元兵,也须带本部军兵。如此一日,查无下落,何以为情,日后又何以回复圣主!"此时正是腊尽春初,当晚飘飘的下了一夜大雪,越觉凄惨,越觉更长。猛想着武当山有个炼真的道人,髭髯如戟,不论寒暑,只衣一件衲衣,或处穷寂;或游市井。人问他吉凶,无不灵验,号叫张三丰,又自号为邋遢张。人如有斋供他,或升或斗,无不立尽;若没人供养他,半月一月,周年半载,也只如常。登山步岭,其行如飞。隆冬卧倒雪中,也只鼾鼾的睡。近闻得栖于五台山上,此处离彼不远,急唤请汤和、傅友德、华高、郭英四位,领马军五千,火速请来,叩问前事。比时军中漏下,才是一更时分。他们一来是军令;一来念及同胞最好,便骑马冒雪而行。抬头一望,正好一派五台景色。只见:

左带大河,右连恒岳。五峰高出于云汉,清凉回异于尘寰。月色横空,疏淡的是半山松影;雪风飘漾,氤氲①的是一阵梅香。初时天

---

① 氤氲(yīnyūn)——形容烟或气很盛。

连山，山连雪，洒洒扬扬，还认得有雁门关、石楼山、中条山、太行山、姑射山、贺兰山，都像玉攒银砌；后来月满山，山满雪，层层密密，纵然有玉华峰、盘秀峰、砥柱峰、过雁峰、五老峰、桃花峰，更无凸凹睄歌。征雁嗷呖断人肠，封不定禅心枯寂；孤鹤翩跹惊客梦，抛不开佛子凄凉。向来说：文殊舍利，在上修行，谁知那，道骨仙风，从中磨炼。

孟浩然题禅房诗道：

　　义公习禅寂，结字依空林。

　　户外一峰秀，阶前众壑深。

　　夕阳连雨足，空翠落庭阴。

　　看取莲花净，方知不染心。

四将一路叹赏不已，不觉早到了五台山。未知如何，且看下回分解。

# 第七十回　追元兵直出咸阳

四将乘夜冒雪而行。天色将明，已到五台山下。正要上山求见张三丰，恰有一个小童在门外扫雪，便对汤和说："四位将军，莫不是大明徐元帅差来，谒见三丰师父的么？"汤和听了这话，便道："你师父真好灵异，缘何得知我们到此？我四人正是来见三丰师父的，烦你指引。"这童子道："我们师父昨日早间在庵中与天目使者周颠、铁冠道人张景华、不坏天童张金箔三人，软流对弈饮酒，杯中忽见火光两道，直冲西北，便对他三位说：'今日大明之兵，以火攻取太原了，我们四人即可跨鹤下山，乘势引着朱亮祖、薛显追赶元兵，涉历了潞州、汾州、崞州、忻州、朔州、代州、岚州，使这些地面望风而降，庶几三府十八州，都属大明，以成一统之业；且救了多少生灵如何？'他三人应声道：'好'我师父跨鹤将行，吩咐我说：'明日黎明时候，有四位将军，冒雪来此寻我，你可直以此言回复，说我保护了朱、薛两将军，随到扬州琼花观看花，叫他们旋师之日，到琼花观中，便知分晓。此书一封，可付与汤、郭、傅、华四公开看。又有书一封，即烦四公带去，付与常遇春将军收拆。'这书都在这里。"四人听了消息，便知朱、薛二将军的事情，便带笑拆开前书来看。只见上面写诗一首，道：

　　琼枝玉树属仙家，未识人间有此花。

　　清致不沾凡雨露，高标犹带古烟霞。

　　历年既久何曾老，举世无双莫漫夸。

　　便欲载回天上去，拟从博望借灵槎。

　　右咏扬州琼花观一律，请政。汤、郭、傅、华四位将军麾下。

四人看罢，也不知其中之意，便将香烛礼仪，送在童子面前，说："此是徐元帅的下情。今日不见师父道范，敬留此山，以表微忱。"那童子对四将收了，因请上山清斋供养。四将说："军情重大，不敢迟延。"即刻辞了童子，跨马紧紧的走着。一路上雪霁天晴，风和日朗，处处是堪描堪画的人世蓬莱，种种是难说难穷的幽奇景致。未及下午，已到营中，恰值常遇春也在座。四人将前事备细说了一遍。徐达说："既如此，朱、薛两将

军必有下落了。"四人又将书一封,递与常遇春说:"此书是张三丰送与将军开拆的。"常遇春急急开来看时,也是四句诗:

> 一世多英武,胸中虎豹藏。

> 先于和里贵,后向柳中亡。

常遇春见了惊得呆了半晌,因向众位说:"这诗是当初老母生下不才之时,方才三日,忽有一位老人,走到堂前说道:'你家新生令郎,大有好处,我有小诗一首,是他终身谶兆,你可收而留之。'言罢,便不见了老者。后来不才长大,老母就将此诗,置在锦囊之中,付我收留。不才承命外出,也带之而行。今看此诗字迹,与前诗字迹毫无两样,因此心下惊奇。"一面说,一面就在左手佩带中,取出紫囊内的诗来看,果然无差。众人也都惊讶。恰好营前报道:"朱、薛两将军到来。"徐达连忙出帐接道:"两位将军哪里去来? 我等在营中,寻觅不见,十分焦躁。"朱亮祖、薛显便说:"我二人同诸将追逐王保保之时,意下也要收兵,忽遇一个道人,将手指说:'两位将军,前面骑马的不是王保保么? 你两位趁此不捉了他更待何时!'我们二人便纵马去赶,那王保保飞烟也似去,我们两马也飞烟也似的随着他,及至天晚,已过了潞安等府。只听路上人说:'真是神兵从天而降,哪个敢不顺服。'夜间也止不住马头,唯见一个头陀,三个道士,驾鹤而行,便觉七八万人,拥护在后边随着。因此潞州、汾州、朔州、忻州、崞州、代州、岚州,所有山西地面,三府十八州,俱皆纳款。今早旋马而回,来见元帅。"徐达不胜之喜,此是洪武二年己酉春正月,平定了山西,便一面差官申奏金陵,一面设宴与朱、薛二位将军称贺。把酒之中,说起张三丰神异等事,各人神情悚然。

次日徐达便领兵下陕西。兵至潼关,与唐胜宗、陆仲亨相会,议取陕西诸郡。众将俱说:"张思道之才,不如李思齐,且庆阳势弱,易于临洮。不如先取庆阳,后从陇西进取临洮为是。"徐达说:"那庆阳城险而兵悍,未易猝破。彼临洮之地,西通陇右,北界河湟,得其人民,足以备战斗;得其地产,足以供军储。我以大军蹙之,李思齐必然束手就降,临洮既克,诸郡自下矣。"诸将悦服。遂进兵克了陇州、秦州及巩昌地方。因集马骑步卒,一齐直趋临洮府正东五里紧兰滩安营。徐达对诸将说:"我想思齐其势已穷,得一人谕以利害,必来投顺。"只见蔡迁欲往。徐达便令轻装,直至城下,与思齐相见。蔡迁委委曲曲的劝他纳款。思齐犹豫未决,又有养子赵琦相阻说："如果不胜，尚有西番可连。"惟是诸将齐声道："还是早降，可免杀伤之厄；况今元兵百万，且不能胜，纵连西番，亦无用武之地，不如降为上策。"思齐便随蔡迁奉表乞降。徐达待以国士之礼。安抚了百姓，便起兵攻庆阳。

那城池是张思道同弟张良辅把守。朱军阵上，郭英扣城搦战。思道即欲率兵出迎。良辅向前说："大明兵势如山，李思齐尚且降伏，兄将何为！弟意不如假意献城，图个空隙，刺了徐达，以报元主，也显得我们的忠心。不然，孤军出战，既无后援；弃城而走，又遗耻笑，兄请度之。"思道从计，遂开门出降。郭英引见了徐达。徐达留了部将，镇守庆阳，令张思道等，随军中向西征平凉府。在路二日，军至延陵地界，思道自恃兵精将悍，且有王保保为声援，贺宗哲为羽翼，平章姚晖为爪牙，见徐达前军已行，便随后杀了军卒数千人，截了粮草一半，径向北而走。哨子报知徐达。徐达大惊，说："真个是海枯就见底，人死不知心。不料思道兄弟，如此奸毒。"即令郭英、朱亮祖、傅友德，各带兵马三千，分着三路追赶。

且说思道同弟良辅，杀死朱兵三千有余，抢得粮草数万，心中甚是快乐，向北而行，恰到泾州地面，当先一军，正是催粮骑将廖永忠，便勒马横枪来问。良辅不知情由，便道："吾乃张良辅同兄思道，近以庆阳降大明徐元帅，今奉军令，上山西、河北催粮。"廖永忠心下思量："我奉军令催粮，岂有用他再催之理？况从来钱粮重事，元帅决无差托新降之将，且原何更无他人同催，径用他兄弟两个？"便大叫道："你既催粮，何不向前行，反从北走，必是降而复叛之贼，劫我粮草的。"良辅被永忠说破，无以为应，便挥刀来敌。永忠奋力敌住他兄弟二人，战未数合，恰好郭英、朱亮祖、傅友德三人赶至，两下夹攻。良辅兄弟力不能支，遂逃入泾州。士卒死者过半。徐达便遣四将抄他出入之路，俞通源略其西，傅友德略其东，朱亮祖略其南，顾时略其北。良辅着人夜半缒城①往宁夏求救，又被巡军所拿，于是音信隔绝。城中乏食，只得煮人汁和泥食之。徐达四下着人布令，说："反叛的只是张良辅兄弟，其余皆是良民。如有生擒来献者，赏银千两；斩首来献者，赏银五百两；开门投降者，赏银一百两。如终抗拒，城破之日，尽行诛戮。"良辅部下万户挥使姚晖与子姚平商议，诈称西门城

---

① 缒(zhuì)城——从紧闭着四门的城中，缒挂城墙而出。

垣将倾,请良辅上西城审探修葺。良辅只道是真的,果然往到西门。他父子上前一刀砍死,乘势开门纳降。徐达统兵入城。张思道因挈妻正要投井被军士枭首来献。徐达令将首级一路号令前去,出榜安民。于是陕西八府,悉皆平定。次日上表奏捷。差官出得城来,恰报有圣旨到来。未知何事,且看下回分解。

# 第七十一回　常遇春柳河弃世

却说徐达见有圣旨到来,即忙整排香案,迎接到堂,三拜九叩首,山呼万岁礼毕。使臣宣读诏书道:

敕谕大元帅徐达:朕闻卿等屡次捷音,所向必克,此朕得所托也。不期元主,即今三路分兵,侵我边鄙。以丞相也速为南路元帅,领兵十万,从辽东侵蓟州;以孔兴同脱列伯为西路元帅,领兵十万,从云中攻雁门;以江文靖为中路元帅,领兵十万,攻居庸;三处最急。特令李文忠前到军中,副常遇春领兵十万,以当三路之患。卿宜统率大兵,镇守山西、陕西沿边地方,以杜王保保入寇。特此诏示,望勿羁迟。

徐达得诏,即令常遇春为大元帅,李文忠为左元帅,郭英为右元帅,傅友德为前部先锋,朱亮祖为左翼先锋,吴祯为右翼先锋,华高、薛显、蔡迁、费聚、金朝兴、梅思祖、黄彬、赵庸、韩政、顾时、汪信、王志、周德兴、张龙,十四员大将率本部军校步兵十万,随行听遣,即日出延安府进发。兵至潼关,常遇春对诸将说:"元兵三路来侵,乃虎护九谷之势,我军先救何处为是?"李文忠说:"孔兴与脱列伯二人进侵山西,有徐元帅沿边镇御,必无他患。今江文靖来攻居庸,那居庸是北平左辅,乃蓟镇所控,东至辽阳,西至宣府,约有一千余里,中间古北口、石门寨、喜峰口、镇边城、黄花岭、八达岭、俱极冲要,诚为紧急,兼之他进攻辽东,以为恢复北平之计,使我兵东西受敌,元帅宜领兵径抵居庸。若擒了江文靖,则余兵自然落胆。"常遇春依计,便整肃队伍,从蒲州、河北一路来援居庸关,不提。

且说元丞相也速,领兵过蓟州、遵化、香河、宝坻,前至通州正东十里安营。我们总管曹良臣镇守通州,闻知元兵大至,因与部将陈亨、张旭议道:"我兵只有三千,何以迎敌?还宜设计以破之。"因下令集民间驴、骡,不拘多少,身上缚草为人,穿戴衣甲,执着长枪、大弓,依着树木,插立鲜明旗号,于十里外,高原之上屯扎下,用妇女三百,俱扮作男人,擂鼓敲锣,不住的呐喊。城头之上,也一般装扮把守。陈亨可率精锐一千,于大河左边埋伏。张旭可率精锐一千,于大河右边埋伏。只看林莽中高悬红灯为号,一齐发伏追击。曹良臣自率精兵一千,二十里外迎敌。再选居民壮丁五百,执着五色旗号,按方而列,驻在城外深池之旁,中间设立高台,上缚草人,着了衣服,虚张声势。众将得令,依法而行。恰好也速大兵已到,良臣奋力来迎,自未至申①,天色渐渐将晚,良臣拨马便走,那也速乘势赶来。一路高原之上,但见军马摇旗呐喊,远望竟有数十万之众,驻扎不动。也速正在疑心,早见绿林中一盏红灯笼,朗然高挂,两边伏兵不知多少,横冲直撞的来,真所谓:"兵在精而不在多,将在谋而不在勇。"左有陈亨,右有张旭,后有曹良臣,三千兵拼死攻击,杀得元兵四散奔溃。也速只得领了败兵,向辽东而走。曹良臣等,只是鼓噪赶来,直到蓟州而还。恰有元兵江文靖领兵来攻居庸,也速幸得合兵一处。镇守居庸的原是都督孙兴祖,闻元兵合来侵犯,正要出兵迎敌,只见哨子报:"有常遇春领兵十万,前来救应。"不胜之喜。次日,江文靖在锦州列阵搦战,常遇春自挺枪相迎。未及五六合,把也速一枪刺死。江文靖舍命而逃。遇春骤马追到,便活擒于马上。元兵踏死者不计其数,斩首一万六百七十余级。常遇春对着孙兴祖说:"都督可仍镇此关,我们当提戈北往。"即日进发,克了大宁、兴和、开定,竟至开平府十里外安营。

开平守将乃元骁将孙伯役与平章王鼎。他二人便出城拒敌。常遇春令左翼朱亮祖,右翼吴祯三路分兵而进。郭英把王鼎活擒过来,送至军前枭首号令。逃脱了孙伯役,遇春既取开平府,遂进兵到柳河川安营。

当晚遇春独坐营中,忽然得疾,精神甚是恍惚。帐中军校,即时传与各营,众将都来问安。遇春说:"某与诸公数年共事,期享太平,不意今日在此地,与诸公永诀。"众将惊问缘故。遇春将生时老者的诗,与前者五台山张三丰送来诗的事情,重新说了一遍,因说:"'先于和里贵,后向柳中亡。'我于和州得遇圣主,幸而所在成功,受了显爵,今兵至柳川,其亡可知。且病体十分沉重,诸公可为我料理身后之事。"驻在营中,约摸半月,果然病笃,瞑目而逝。时年四十岁。李文忠下令诸将,且勿举哀,将衣衾、棺木,备得齐整,殡殓了,即着金朝兴领兵三千,保护灵柩而回。不一日来到龙江驿。太祖闻得信息大惊,御制祭文,亲至驿中致祭,驾诣枢前,拈香、敬酒、焚楮,长揖痛哭而还。且命葬于钟山草堂,追封翊运推诚宣德靖远功臣,开府仪同三司,上柱国、太保中书、右丞相、开平王。谥曰:忠武。配享太庙。长子

---

①　自未至申——午后一时至五时。

常茂袭郑国公;次子常荫袭开国公,三子常森袭武德侯。追赠祖考三代。

却说孔兴、脱列伯二人,闻知常遇春身故,进攻大同甚急。太祖传旨:李文忠为大元帅,汤和补左元帅,其余将佐,仍供旧职,来救大同。李文忠领兵过云中出雁门,次①马邑地方,遇着元兵数千突至。文忠乘其不备,挥兵一鼓而败之,捉了平章刘帖木儿及龙虎四大王。此时天大雨雪,文忠疑有伏兵,因令哨骑出入山谷,查视彼卒往来。却见哨马回报:"我军前队已去敌五十里之地屯驻。"文忠与诸将商议,说:"我军去敌五十里之遥,分明示之以弱。"即传令去敌五里,阻水为营,乘晚而进。一边传与原守大同将帅汪兴祖得知,以便彼此攻杀。大兵驻扎方定,忽见黑云一片,压住营垒,宛如复盖。文忠望了半晌,对诸将说:"有此云气,必主贼兵劫营。"传令傅友德率前军三万,张龙、周德兴二将接应;朱亮祖率后军三万,王志、汪信二将接应;吴祯率左军三万,顾时、韩政二将接应;郭英率右军三万,赵庸、黄彬二将接应。俱北退五十里,于白杨门四面埋伏。只候晓星将落,东日将升,林中放震天雷为号,便发伏围剿元兵。汤和统军五万,分作十营,如连珠相似,布列平坦地面,一路接应我军。但只护行,不必相杀。自领大队三万,秣马饷军,安住营寨,坚立不动,只待元兵来劫,便向北且战且走。众将得令而去。将及三更,果然脱列伯领着元兵,竟从西营杀入。李文忠挥兵北走,脱列伯骑兵赶来,路上早有十营军马相继救应。比及天明,前至白杨门,文忠大队人马,都投深林中去。只听轰天一声炮响,四下伏兵一齐杀出,密密的把元兵围住了厮杀。文忠立马于高原之上,着人高叫:"元兵中擒得脱列伯来降的,从重加赏,决不食言。"须臾之间,果有本部将士,缚着脱列伯来献。文忠即令军中取过白金五百两、彩绢二十匹,重赏来将。投降士卒,计有二万多人。辎重、马匹,不计其数。孔兴闻知信息,也解了大同之围。绥德部将,乘机斩首,来到军前纳降。哨马星飞报于元主;元主晓得事都不济了,从此以后,越发的往北而行,无复南向之心矣。西北一带地方,悉皆平定。李文忠便班师驻于汴梁,差官奏捷。太祖看表大喜。只见太史令刘基出班奏道:"臣观北兵今日势衰,不如乘此锐兵,四路穷追剿灭,庶几后无他患,古人说:'除恶务尽,树德务滋。'伏唯陛下圣裁,以便诸将行事。"未知后事如何,且看下回分解。

---

① 次——动词,止宿的意思。

# 第七十二回　高丽国进表颂场

　　且说刘基奏称："元兵既败，正宜乘势剿击。"恰好邓愈等向承钦命，征讨广东、广西洞蛮，及唐州一带地方，也得胜而回。太祖因对刘基说："平定中原及征南诸将，尚未赏赉。朕欲赏赐之后，方议出师。"刘基回奏说："陛下英明神武，所见极好。"即命库内办取赏赐纹银，次日颁出：徐达白金五百两，文币五十表里；李文忠、廖文忠各白银二百五十两，文币二十五表里；胡廷瑞、杨璟、康茂才各白银二百五十两，文币十七表里；傅友德、薛显各白金二百两，文币十七表里；冯胜、顾时、朱亮祖、郭兴等各白金二百两，文币十五表里；其余将士俱各赏赐有差；诸臣顿首拜谢。当日设宴殿臣，文臣刘基等在左班，武臣徐达等在右班，一一赐坐。唯有丞相李善长以有病不与。太祖因命刘基侍坐本席，附耳问道："朕向欲易相，不意去年九月，参政陶安卒于江西，今年冬，中丞章溢又丁忧①回乡，谁人可以代之？"刘基对道："国之有相，犹家之有栋梁，若未毁坏，不宜轻去；若无大木，不可轻易。今善长系陛下勋旧，且能和辑臣民②。"太祖便笑说："渠每每欲害汝，汝反为之保耶？杨宪可为相么？"刘基应声说："宪有相才，无相量。尝思为相的，宜持心若水，不得以己意衡之。今杨宪不然，恐致有败。"又问："汪广洋、胡惟庸二人若何？"刘基摇着头说："广洋懦不任事，且量小又褊浅③；胡惟庸小犊也，此人一用，必败辕破犁④。"太祖听了言语，红着圣颜说："朕之相，当无如先生。"刘基即离席叩首，说："臣福薄德浅，且多病惫。况性最刚狠，疾恶太深，又才短不堪烦剧，胡能当此？"言讫，赴本位而坐。当晚饮酒，极欢才罢。

　　次日，御文华殿。却有通政使司奏说："高丽国遣使虵哩嘛哈，以明

---

①　丁忧——遭父母丧，旧时称丁忧。
②　和辑臣民——使官民能融洽和睦。
③　褊浅——气量狭小。
④　败辕破犁——比喻败坏事情。

日是洪武三年元旦,故奉表称贺。"太祖将表章看了,因宣蜒哩嘛哈问彼国风俗。他便不烦检点,口中念出一首诗道:

国比中原国,人同上古人。

衣冠唐制度,礼乐汉君臣。

银瓮储新酒,金刀鲙锦鳞。

年年二三月,桃李一般春。

太祖听了,对朝臣道:"莫谓异地不生人才,只此一诗,亦觉可听。"传旨提督四夷宾馆官,好生陪宴,不提。

随有一个职官的内眷,满身素裳,向前行礼毕。太祖看他仪容闲整,因问:"老媪为谁?"那内眷跪奏道:"臣妾系原任江西中书省参政陶安之妻。"太祖惊道:"是陶先生之嫂乎?说起陶先生,使人心怀怆然!"又说:"嫂有儿子么?"老媪对说:"妾有不肖子二人,近被事无辜论死。家丁四十人,悉补军伍。今以一丁病故,州司督妾就道补数。犬马余年,无足顾惜。惟望圣恩,念先学士安一日之劳,令得保首领,以入沟壑①,则妾幸矣!"太祖立即召兵部官谕说:"朕渡江之初,陶先生首为辅佐,涉历诸艰,功在鼎彝②。方尔形寂③,遽令子孙残落,深可怜悯!尔可尽赦四十余军,还养老嫂。"再问老媪说:"你今家业何如?"那老媪唯有血泪千行,愁肠一缕,哪里回报得出。太祖即令内库将白金二千两,布二百匹,赐予老媪。又说:"原住舍宇,所在官司可为修葺;并记得朕前赐予门联说:'国朝谋略无双士,翰苑文章第一家。'可仍装刻,以显褒崇之意。"那夫人辞谢出朝。

翌朝,太祖因新年万几稍暇,命驾随幸多宝寺。步入大殿,见幢幡上,尽写多宝如来佛号,因出对说:"寺名多宝,有许多多宝如来。"学士江怀素在侧,进对道:"国号大明,无更大大明皇帝。"龙颜大喜,即刻擢为吏部侍郎。

寺中盘桓半晌,又步至方丈之侧,恰有彩笺,上书维扬陈君佐寓此。太祖因问住持说:"陈君佐非能医者乎?"僧人跪对说:"能医。"太祖道:

---

① 以入沟壑——古人谦称死去。

② 鼎彝——古代的彝器。上面刻有文字,以表彰有功之人。

③ 形寂——犹言人已死去。

"吾故友也,可即唤来相见。"陈君佐早到圣前,山呼拜舞毕。太祖带笑问道:"你当初极喜滑稽,别来虽久,谑浪①如故乎?"陈君佐默然。太祖便问:"朕今既有天下,卿当比朕似前代何君?"君佐应声说:"臣见陛下龙潜之日,饭糗②茹草,及奋飞淮泗,每与士卒向受甘苦,臣谓酷似神农;不然何以尝得百草。"太祖抚掌大笑,联手而行,命驾下人,俱各远避。只有刘三吾、陈君佐随着,便入一小店微饮,奈无下酒之物,因出对道:"小村店,三杯五盏,无有东西。"君佐立对说:"大明君,一统万岁,不分南北。"太祖对他说:"朕与卿一个官做如何?"君佐固辞不受。刘三吾将钱酬还了酒家。

　　正要出店,只见一个监生进来。太祖问道:"先生何处人,亦过酒家饮乎?"那人对道:"本贯四川。雅慕德化,背主远来坐监,聊寄食耳。"太祖便与生对席同坐,即属词道:"千里为重,重水、重山、重庆府。"监生对道:"一人是大,大邦、大国、大明君。"太祖便将几上片木,递与监生说:"方才对语颇佳,先生可为我即木赋诗。"监生便吟道:

　　　　片木原从斧削成,每于低处立功名。

　　　　他时若得台端用,还向人间治不平。

　　太祖私心自喜,拱手别去。回宫,即令监中查本生名字,拜受礼部郎中。次早视朝,监生朝见,方知酒肆中见的是太祖。

　　刘基因奏:"春气将和,乞命将四出,以犁边廷③。"便调徐达为征元大将军,带领沐英、耿炳文、华云龙、郭英、周德兴、梅思祖、王志、汪信八员虎将,并所部军兵十万,自潼关出西安以捣定西;李文忠为左副将军,带领傅友德、朱亮祖、廖永忠、赵庸、薛显、黄彬、吴复、张旭八员虎将,并所部军兵十万,由北平经万全进野狐岭一带地面北伐;汤和为右副将军,带领俞通源、俞通渊、胡廷瑞、蔡迁、郑遇春、朱寿、张赫、谢成八员虎将,并所部军兵十万,出雁门关北伐;邓愈为东路都总管,带领吴良、吴祯、康茂才、唐胜宗、陆仲亨、杨国兴、韩政、仇成八员虎将,并所部军兵十万,出辽东北伐,务在肃清,方许班师;再令中书省写敕旨,令汪兴祖、金朝兴守大同,孙兴

①　谑浪——说笑话。
②　饭糗(qiǔ)——干粮。
③　以犁边廷——扫荡边防。

祖守居庸,曹良臣守通州,郭子兴、张龙守潼关,张温守兰州,俱是切近边鄙地方,宜小心提防,操练军将。又念伪夏据有西蜀,明升尚幼,都为奸臣戴寿所惑,特令都督杨暻持书,谕以祸福,开其纳款之门。叶升、李新二将,辅翼同往。分遣已毕,诸将择日取路,分路进发。那徐达引兵,前至定西界安营。早有元兵护廓帖木儿与王保保互为犄角之势,列着营栅,向前拒敌。徐达传令沐英领兵三万,敌住护廓帖木儿,耿炳文、周德兴分为左右二哨接应。郭英领兵三万,敌住王保保,华云龙、梅思祖分为左右二哨接应。自领王志、汪信压后。两边一齐进发,杀得元兵大败。所获人马、辎重无数。生擒元将严奉先及元公主以下一百零七人,散卒六万有余。那扩廓帖木儿与王保保,竟望西北挣命的奔走去了。

且说李文忠统了将校,出居庸关,前至野孤岭。只见岭上突出一彪兵来,与我军对敌。旗号上写着:太尉蛮子佛思。未及战得五合,被傅友德一枪刺死,催动大兵,便至白海子骆驼山驻扎。这个山离应昌府七十里之程,却是应昌藩屏。元帝着太子爱猷识里达腊与丞相沙不丁及大将陈安礼、朵儿只八喇,率兵三十万,据守此山。文忠便令于山南安营。次日,排开阵势,在山下搦战。未知胜败如何,且看下回分解。

# 第七十三回　获细作将计就计

　　却说元太子知我军山下搦战,因与众将商议。丞相沙不丁上前,奏说:"殿下且勿忧愁,这骆驼山势若长城,险过华岳,臣请率兵下山迎敌,胜则乘势追杀,败则列寨固守。大明兵将,如或登山,只需将炮石打下,必不能当。况粮草积有六七年之资,军兵尚有三十万之众,彼南人不禁水草之苦,朔漠之寒,以臣计之,当得保胜。"太子道:"丞相虽然如此,勿视等闲。"沙不丁遂领兵一万来战。两阵方交,元兵终是气怯,奔溃而走。文忠便令薛显率领铁甲五百,乘势上山攻打。那山上矢石,如雨飞来,朱军伤死者七十余人,薛显只得收军回阵。次日,李文忠会集傅友德、朱亮祖、廖永忠、薛显等八将,细议说:"你们八人,可分兵四支,各带马兵三千,四下沿山,远哨山中虚实,并峰蛮夷险,回来做个计较。"各将分头去讫。恰好军前报说:"军师刘基到来。"文忠慌忙迎入,且说骆驼山难克一事,刘基也没个理会。将及半晌,四路哨军回来,都说山势甚是绵延险阻,元兵营寨,密密的驻扎。军马、钱粮,想都周实;况他只是坚壁不动,看来不易攻取。自此相持了二十余日。忽一日报有巡逻的捉得细作,在帐外听元帅发落。刘基便附李文忠耳朵说:"如此,如此,何如?"文忠一面同刘基升帐,一面低头说:"甚好!甚好!"只见那细作跪在面前,刘基看了,反佯问他说:"你是本营小卒,前者差你去上骆驼山打听,何故而今才回?"那人见刘基错认,也便奸诈,回说:"小人奉命打探元兵,山上把守极严,未可一时攻打。"刘基说:"正是。如此,奈何,奈何!"那人未见发落,尚跪在帐前,忽有一个官儿,口称军政司来说,军粮已尽,只可应今日支用。刘基便假意对李文忠并合帐将校说:"粮储大事,你这官所掌何事,且到没了,方才报知,推出辕门斩讫报来。"那官儿十分哀告求生。刘基便吩咐,着令辕门官捆打八十,就令三军今夜密地拔寨而行,回到开平,待秋深再议攻取,切不可把元兵知觉,恐其乘势追赶。因复发落那人说:"你可仍到元营细探下落。我在开平驻营,倘若他们把守稍懈,即来报知。"且叫军中取三两重的银牌一面赏他,以酬劳苦,待回来之日,再行奏请升职。那人领赏暗喜,径回骆驼山见了太子,备言前事,且说:"赏我银牌,如此侥幸。"太子听了大喜,便令陈安礼领兵三万为左哨,朵儿只八喇领兵三万为右哨,即同沙不丁领兵五万为中队,连夜下山追击。沙不丁说:"殿下且莫轻动,待臣同朵儿只八喇各领兵三万,分左右追赶,殿下还宜同陈安礼把守老营。"太子说:"这也有理,依卿所奏。"元将整备夜来追杀,不提。

且说刘基把细作发付出营,便令哨子暗地随他打探,回报今夜果来追赶。因密授傅友德、朱亮祖领兵四万,分伏骆驼山左右,只听本营的连珠炮响,便上山如此而行;赵庸、黄彬各领兵一万,分左右接应;胡美、吴复各率本部兵马五千,在营中乘暗迤逦而行,向开平原路走动,诱元兵追杀;廖永忠、薛显各领兵三万,在营两边深林里埋伏,待元兵来劫营,以赛月明①在空中放起为号,便两胁夹攻而入;李文忠自同军师刘基,领着大队人马,俱饱食带甲而睡,营中并不许张点灯烛,只待元兵到来,一声炮响,四下里齐燃庭燎杀出。分拨已定。约摸二更时分,是夜月色朦胧,烟雾四起,果有两员大将,领着兵马,分左右赶杀出来,正到营前,不见文忠动静。沙不丁传令三军,趁早上前追赶。未及说完,忽听暗地营中一声炮响,四下火光烛天,大队人马,东、西、南、北,处处杀将出来,早有赛月明不住的放到半空中明亮。沙不丁大叫中了刘基的计了,可即取路而回。却好廖永忠、薛显,两边发动伏兵,奋力夹攻过来。那沙不丁被廖永忠一枪,刺中咽喉而死。朵儿只八喇舍命而回,将到骆驼山,把眼一望,但见山上星罗的营寨,俱各火焰烘天,金鼓震地,满山都是大明的旗帜。正欲沿山逃走,被接应的左哨赵庸,一锤飞来,把脑盖打得粉碎。原来傅友德、朱亮祖听得老营炮响,明知元兵与我军大战,因乘机装做元兵杀输逃窜模样,把马直奔上山。那元兵黑夜中,只道是自家军马回来,也不提防,竟被朱兵杀入营寨。元太子慌忙上马,仅有残兵六七百骑相随,连夜走应昌去了。元将陈安礼被乱军中砍做数十段。真个杀得斗转星移、尸山血海。天已大明,李文忠把大队人马,径抵应昌城外安营。这正是刘军师施的调虎离山之计。

且说元太子领了残兵,不上一千,逃入应昌城中来见元帝。元帝闻说大惊,向染痢疾,愈加沉重,四月二十八日,身入黄泉。太子便权葬在城中玄隐山下。李文忠知元帝已死,传令众将围攻应昌。约定三日之间,决然

---

　① 赛月明——照明用的弹药。

要下。诸将四围攻打，却有元平章不花，看这势头破在旦夕，便对太子说："何不弃此北去？"太子含泪，吩咐部将百家奴、胡天雄、杨铁刀、花主帖木儿等，率领所有兵马万余，开了北门，杀条血路而走。谁想东西两彪人马，烟尘陡乱起来，截住去路。哨马探看，却是汤和带了俞通源等八将，统兵十万，出雁门，一路荡除未降元兵；邓愈带领吴良等八将，统兵十万，从辽东一路荡除未降元兵。恰好东、西合着混杀。元兵死者过半。百家奴等保着太子爱犹识里达腊，不上三千骑，落荒拼命逃去。李文忠率师入了应昌城，抚安百姓。获元太孙买的里八喇并后妃、宫嫔、王子里的罕、国公答失帖木儿，及宋、元所传玉玺、玉册、玉圭、玉斝、玉斧、玉图书等物。元臣达鲁化赤因也归顺。李文忠一概纳降。当日三处统兵元帅，都会齐在应昌，开筵庆叙。刘基说："元太子北走，诚为后患。汤、邓两位元帅，可领本部屯扎此城。李元帅还当剿捕余党。"即日，刘基、李文忠等，进兵北追，在路三日，到麻歌岭地面。时天气暑热，三军一路烦渴，更无滴水可济，沙尘噎人，死者竟至数千。李文忠便令三军驻扎。自己下马，便告天神，说："如大明圣主有福北征，诸将不致灭亡，愿天降甘霖，地开泉脉，以济三军之渴！"众将虔诚一齐下拜。恰有文忠所乘青骢捕影的龙驹，向天长鸣，把身子周围在军前，双足跑了三匝，向前跑在一个去处，爬开沙土，有五尺余深，忽见甘泉涌流，涓涓不竭。军士直如波罗蜜一般，个个死中复生。文忠便杀乌牛、白马，祭答天地。至今麻歌岭有马跑泉胜迹。又行了四日，只见哨马报说："前是红罗山，元太子在此屯扎。过此山后，但见茫茫白水，渺渺烟波，也没有桥梁，也没有舟楫，一望无际，更不知什么结局，特此报知。"刘基听了哨报，沉吟半晌，叹息道："可见定数，再莫能逃。"文忠便问道："军师何出此言，想来必有缘故，末将愿闻其详。"后事如何，且看下回分解。

# 第七十四回　现铜桥天赐奇祥

却说军师刘基听了红罗山三字，不胜叹息，被李文忠定要问个根底。刘基道："敝处青田，也有红罗山一座。不才当年未遇圣主之时，每爱此山幽僻，常在山中，行思坐想这道理。不期一日，见山岩中响亮一声，开了一条石窦，不才挨身而入，果有些异见异闻。当日回家，夜来忽梦金甲神口吟诗句，叫不才谨记在心；还说：'是你一生之事。'那诗道：

> 南北红罗一样名，只将神变显清声。
>
> 大大明大胡边靖，妙玄玄妙匣中兴。
>
> 卯金刀是角蛟精，未头一角尔峥嵘。
>
> 须念机关无尽泄，角①端见处一身清。

不才时常思量，只有首句与末句，未有应验。今日复遇有红罗山，想此生结局，只如此了。"文忠叹息了一回，因商议攻取之计。刘基说："必须先看山势，夷险如何，方可定策。"便令傅友德、廖永忠领兵三千，到前探望。但见林树参天，阴翳满地，密密营栅，甚是列得周匝。回来报知。文忠说："既是这般，便有固守之意。然我兵远来，只宜急攻，不宜缓取。我意今夜以火攻之，必然得胜。"刘基大笑道："我心下亦欲如此。"就遣赵庸、黄彬、吴复、胡美四将，各领铁甲五千，带着斧锯并火器，四面分头，夜至红罗山下埋伏。待半夜时候，炮响为号，一齐上山攻开树栅，便各处放火。朱亮祖、薛显领兵二万接应。傅友德领兵一万，直捣中营。廖永忠领兵四万，山下截杀逃兵。李文忠自率大兵随后。各将得令前去。待至二更左右，只听得半空中一声炮响，四将登时上山，砍开山栅，火铳、火炮、火箭处处发作。倏忽之间，火势焰天，惊得元兵在梦中醒觉，自相残杀，四散奔溃，挣命而逃。百家奴被傅友德砍死。胡天雄被薛显一枪当心刺死。杨铁刀恃着凶勇，保了元太子及些残兵败卒，约有二千余众，向北而驰，被朱亮祖同廖永忠赶上，朱亮祖一箭射去，正中杨铁刀脑后，落于马下。只有花

---

① 角（lù）——兽角。

主帖木儿紧随太子北行。殆及天明，李文忠大兵驻在红罗山上，埋锅造饭。恰有一个老儿，皓首苍髯，童颜鹤骨，来见李文忠，说："某乃此地居民，有一札启上。"李文忠看他言貌非常，将手接他札子看来，只见有诗四句，道：

兵过红罗山，须知见角端。

倘然不相信，士卒必伤残。

文忠看完时，抬头来看，那老儿随风冉冉的去了，即请刘基商议。刘基说："我因前者梦中神人的诗，因查得角端乃是神兽。既有此言，元帅不可不信。况茫茫沙漠之地，纵取来亦无益于朝廷。"文忠应道："军师之言有理，可即在此屯兵，末将当与傅、朱二先锋领兵过山，追袭元太子，试看此老之言，果有灵验否。"刘基说："这也使得。但元帅此去果见角端，可速回兵。"文忠唯唯而行，遂率兵追过红罗山。将及五十里地面，遥望元兵无食可飧，俱从旷野中拔草为粮。看见我兵将到，惊慌逃避。傅友德、朱亮祖奋击而前，斩获二千余级。只有三五百骑，随了元太子前至乌龙江，渺渺茫茫，无船可渡。朱兵又追赶渐渐近来，那太子血泪包着双珠，下马跪在地上，望着青天祷告，说："我世祖奄有中国已经百年，今大明追逐我们至此，无路可逃，全望苍天不殄灭我等，曲赐全周！"三五百人个个号天呼地。忽然江中雪浪分开，狂波四裂，显出一道长虹，横截那千顷碧水上一条铜桥，待元兵一拥而渡。朱兵连忙追击，将欲上桥，谁想是空中一条白浪，何从得济。文忠看了半晌，叹息数声，说道："可知皇天不欲绝彼。"惆怅之间，只听得响亮一声，看见红罗山上有个东西，身高六尺，色若乌云，头上一角，碧色的一双眼睛，如笙如簧的叫响。文忠对傅、朱两人并所领士卒，说："此必是角端神兽了。"因高叫说："角端，角端，尔乃天之神奇，物之灵异，必能识天地未来气数。倘元人此后更不复生，尔可藏形不叫；若是元人复生，尔可叫一声；若止南侵，不能进关，尔可叫两声；若复来犯边，尔可叫三声。"文忠吩咐方罢，那兽连叫三声而去。文忠心知天意，便引兵乘夜回红罗山。天明到了本营，将铜桥渡元兵，及山上见角端的事，一一对刘基说了一遍。刘基道："真是奇异。"即日拔寨而起，回至应昌，与邓愈、汤和等将相见了。文忠具言前事，诸将叹息不已，因留将镇守应昌抚慰军兵，其余兵卒，俱随文忠、邓愈、汤和等回京。恰好大将军徐达与诸将西征土番①，克了河州。那土番元帅何锁南、普花儿等，皆纳印请降。便将兵追元豫王至西黄河，直到黑枪林杀了阿撒秃子。于是河

① 土番——元、明时的外藩。即现在的新疆、甘肃一带。

州以西甘朵乌、思藏等部，来归者甚众。甘肃西北一带数千里，不见一兵卒，因也收兵回京。太祖闻得胜旋师，乃率众臣出劳于江上。

次日，徐达等进平沙漠表章。太祖因对朝臣说："尔等戮力王家，著有茂绩，非有世赏，何以报功。朕已命大都督府及兵部官，禄诸将功绩，吏部定勋爵，户部备礼物，礼部定礼仪，工部造铁券，翰林撰制诰①。明日是仲冬丁酉之吉。诸臣各宜明听朕言。"本日退朝。次日五鼓，太祖夙兴②，御奉天殿。皇太子及诸王、文武百官，朝见礼毕，排列在丹墀左右。太祖说："今日定行封赏，非出一己之私，皆仿古来之典。向以征讨未遑③，故延至今日。如左丞相李善长，虽无汗马之劳，然供给军粮，更无缺乏；右丞相徐达，朕起兵时，即从征讨，摧坚抚顺，劳勋最多，二人进列公爵，宜封大国，以示褒嘉，余悉照功加封。书经上说：'德懋懋官，功懋懋赏。'今日若爵不称德，赏不酬功，卿等宜廷论之，毋得退后有言。"于是封徐达为开国辅运推诚宣力武臣，进光禄大夫左柱国太傅中书右丞相，进封魏国公；参军国事，食禄五千石，赐诰命铁券。因着中书宣卷文，道：

> 朕闻自古帝王创业垂统，皆赖英杰之臣，削群雄，平暴乱；然非首将智勇，何能统率而成大功。如汉、唐初兴，诸大名将是也。当时虽得中原，四夷未及宾服，以其宣谋效力之将比之，岂有过我朝大将军之功者乎？尔徐达起兵以来，为朕首将。十有六年，廓清江汉、淮楚，电拂两浙，席卷中原，威名所振，直连塞外，其闻降王缚将，不可胜数。顷令班师，星驰来赴。朕念尔勤既久，立功最大，天下已定，论功行赏，无以报尔，是用加尔爵禄，使尔之子孙，世世承袭，朕本疏虞，皆遵前代之典礼。兹与尔誓：除谋逆不宥，其余若犯死罪，免尔二死，子免一死，以报尔功。呜呼！高而不危，所以长守贵也；满而不溢，所以长守富也。尔当慎守朕言，谕及子孙，世世为国之良臣，岂不伟欤？

宣读已毕。那铁券制度，宛如大瓦一片，面刻诰文，背锅免罪减死俸禄之数，字画俱用金嵌成。一片藏在内府，一片给与功臣。两边相合，因叫做铁券。这规矩依照宋时赐钱镠王的铁券造成。太祖特令使臣到浙江台州钱王的子孙那里，取样铸造的。要知后事如何，且看下回分解。

————————

① 制诰——敕封官职的文书。

② 夙兴——早起。

③ 未遑——未有闲暇。

# 第七十五回　赐铁券功臣受爵

却说太祖赐券与徐达后，因封李善长太师守正文臣韩国公；食禄四千石。封常遇春子常茂郑国公，李文忠曹国公，冯胜宋国公，邓愈卫国公；食禄三千石。封汤和信国公，耿炳文长兴侯，沐英西平侯，郭子兴巩昌侯，吴良江阴侯，廖永忠德庆侯，傅友德颍川侯，郭英武定侯，朱亮祖永嘉侯，吴祯靖海侯，顾时济宁侯，赵庸南雄侯，唐胜宗延安侯，陆仲亨吉安侯，费聚平凉侯，周德兴江复侯，陈德临江侯，华云龙淮安侯，胡廷瑞豫章侯，俞通源南安侯，俞通渊越西侯，韩政东平侯，康茂才蕲春侯，杨暻谕蜀未还，遥封营阳侯；并食禄一千五百石。王志六安侯，郑遇春荥阳侯，曹良臣宜宁侯，黄彬宜春侯，梅思祖汝南侯，陆聚河南侯；并食禄九百石。华高广德侯，食禄六百石；并赐铁券，子孙世袭。又封孙兴祖燕山侯，张兴祖东胜侯，薛显永成侯，胡美临川侯，金朝兴宜德侯，谢成永平侯，吴复六安侯，张赫航海侯，王弼定远侯，朱寿舳舻侯，蔡迁安远侯。叶升在蜀未回，封靖宁侯，仇成安襄侯。李新在蜀未回，封崇山侯，胡德济东川侯。其余诸将，各照功升赏。又追封冯国用邓国公，俞通海虢国公，丁德兴济国公，加封耿再成泗国公。

只有刘基初封上柱国安国公，他再四拜辞不受，说："臣命轻福薄，若今日受恩，必折寿算，伏乞陛下俯从臣请。"太祖因他力辞，改封为诚意伯；食禄二千四百石。应日筵宴而散。过了数日，杨暻率副将李新、叶升朝见，太祖便问伪夏明升的事务。杨暻说："那明升年只一十四岁，其罪虽轻，但为丞相戴寿专权，蠹①国残民，生黎极苦；况是梁王所封，是元朝余孽。前者臣受明命，将书晓谕祸福，那戴寿公然大言，说彼西川，北有陈仓之险，东有瞿塘之固，南有汉洋之隘；大明幸而得志中原，何敢轻我西夏？将圣谕丢弃在地，甚是无礼。伏望陛下大振神威，肃清巴蜀。"太祖听了大怒，便沉吟了一会，说："西川山水险阻，我军未知道路，不利进攻。

---

① 蠹（dù）——侵蚀。

奈何,奈何!"杨璟从袖中取出一个手卷,说:"臣前日行时,也虑及伪夏必然抗拒,因着画工随行,暗将地理夷险处,细细图画于此。他日进兵道路,尽可了然在目。"太祖含笑,就将手卷展开,果然山川形势,尽可揣摩,便下令徐达,以兵镇守山、陕等处;邓愈以兵镇守广、浙等处;李文忠以兵镇守山东、河南等处;汤和、傅友德二人,可率廖永忠、曹良臣、周德兴、顾时、康茂才、郭英等十八员大将随征,分道而进。因命太史择日,祭告行师。太史奏说:"今洪武四年辛亥,三月初二日可祭告天地,初八日可出师西行。"至日,太祖乘銮舆率文武群臣,直至南郊,设奠行礼,读祝文,道:

　　　　大明洪武四年三月初二日,皇帝臣谨以牢醴①致祭于昊天后土、太岁风云雷雨、岳镇海渎、山川城隍,旗纛②之神,曰:臣起布衣,率众渡江,平汉吴,立国业,削群雄,定四方,于今十有七年。有凡水陆征行,必昭告于神祇,受命于上苍,赖神阴佑,天下一统。惟西蜀戴寿,假幼主之权,恣行威福,据一隅之地,戕贼生民。声教既有彼此之殊,封疆实宜中原所统。若恣其杰傲,必损我藩篱。特拜汤和为征西大将军,率杨璟、廖永忠、周德兴、曹良臣、康茂才、汪兴祖、华云龙、叶升、赵庸,从瞿塘以攻重庆;傅友德为征西前将军,率耿炳文、顾时、陈德、薛显、郭英、李新、朱寿、吴复、仇成,从阶、文以趋成都。二路分行,咸祈神佑。

　　祭告礼毕,驾回奉天殿,命汤和挂征西大元帅金印,廖永忠为左副帅,周德兴为右副帅,康茂才为先锋,率京卫荆湘舟师一万,由瞿塘趋重庆;命傅友德挂前军元帅金印,汪兴祖为左副帅,耿炳文为右副帅,郭英为前锋,率河南、陕西步骑十万,由秦陇趋成都。因谕众将道:"今天下惟巴蜀未平,特命卿等,率水陆之师,分道并进,首尾攻之,势应必克,但行师之际,在严纪律,以率士卒;用恩信,以怀降附,无肆杀掠;王全斌之事,可以为戒,卿等慎之。"诸将拜辞。上复密谕傅友德道:"蜀人闻吾西伐,必悉其精锐,东守瞿塘,北拒金牛,以拒吾师。谓恃彼地险,我兵难至也。若出其不意,直捣阶文,门户既隳③,腹心自溃。兵贵神速,尔须留心。"友德复顿

---

①　牢醴——古代祭祀用的牲品和美酒。

②　纛(dào)——古代军队里的大旗。

③　隳(huī)——毁坏。

首听命。是月八日,大兵分南、北二路前进。

且说汤和率杨璟、廖永忠等九将,从南路进发,先令赵庸分兵五千,合攻桑植芙蓉洞及覃垢茅冈寨,皆平之。因逼取龙伏隘,恰有金事任文达迎敌。曹良臣奋马而前,把文达斩于马下,擒获五千余人,遂攻天门山。那山正是伪帅张应垣及小张金事把守。周德兴、华云龙各领兵三千,分左右冲杀。他也分两支接应。小张金事,看了华云龙凶勇,早已心寒,未及战得两合,被云龙一鞭,把腰脊打断。云龙乘势赶杀,看见张应垣与周德兴两马交锋,正是放泼,大叫道:"周将军,伪贼的枪杆都折了,不活捉他,再待何时?"那应垣听得枪杆折,只道果然,把头回转来看,被华云龙一箭正中左眼,翻空落马而死。朱兵大胜,便直至归州城下安营。汤和对康茂才说:"归州地面,去瞿塘不远,必期破敌,以震蜀人之心。"茂才回说:"不必元帅劳心,末将自有方略。"即率兵三千搦战。守归州的乃蜀中虎将龚兴,便出城对杀。茂才纵马向前,如入无人之境,力气百倍,喊杀震天。龚兴哪能抵挡,不敢进城,经往瞿塘关去了。茂才杀入城中,便令哨马报知汤和。抚安百姓。留参将张铨镇守。

次日起行,来到大溪,离瞿塘二十里屯驻。汤和随遣杨璟、汪兴祖、康茂才,领游兵五千,探取虚实。他两个出营西去,前至瞿塘关。关前是金沙江。应初诸葛武侯于此江中树立石椿铁柱,约有千余,便用铁索周遭绕住,以拒东吴之师。后来蜀王孟昶,复于柱间筑成关隘,名叫瞿塘关。此处正是夏丞相戴寿、元帅吴友仁、副将邹兴、枢密使莫仁寿,又有归州逃来龚兴在关把守。戴寿因看山势,南有赤甲山,北有羊角山,彼此相望,便把两山分开石窍,用铁索子万条相连,横截关口。铁索之上,铺着大片木板,号为飞桥,以通往来。桥上备着矢石、铳炮等物,以备攻击,真所谓:"一夫应关,万人莫敌。"桥下水势弥天,泙湃若立。盛夏雪消,水势汹涌,直如万马奔腾,不敢行船。数里之间,石刳①成穴,如箱子一般,因又名风箱峡。山高水深,峭壁万仞,惟是日正午时,始见日色。三将细看了形势,叹羡咨嗟②。只听得一声炮响,早有吴友仁的虎将,一个叫做飞天张,一个叫做铁头张,两边带领雄兵,夹击而来,直取汪、康、杨三将。茂才见势

---

①　刳(kū)——挖空。

②　咨嗟(jiē)——叹息声。

头不美,挥戈迎敌。杨瞡与兴祖也跃马相持,杀得伪兵大败,倒戈曳甲,拼命的走过铁索板桥。茂才同兴祖飞兵来赶,谁想桥上的矢石、箭炮,横冲过来,就如飞蝗猛雨一般,可惜茂才与兴祖两个英雄,竟被飞炮所中而死,杨瞡急收兵退回,亦被滚木滚来,连人和马扑入水中,幸得未受大伤,只害了坐下乌骓,只得步行,引着残兵,收了两将的尸首,来见汤和,具言失陷之事。汤和与众将放声大哭,具棺椁殡葬于大溪口山坡之麓。与廖永忠众将商论,都道:"这等汹涌险峻,舟楫难施,且待秋后,方可攻打。"不提。

且说太祖以诸将伐蜀,未见捷报,因复命永嘉侯朱亮祖为征西右将军,率兵往助,大会进征。亮祖得令,星夜驰发,至陕西西安府,恰好傅友德率大队暂住西安。亮祖备言上旨说久未见捷。傅友德说:"一来粮草未足;二来诸道兵马未集,所以暂住于此。"亮祖听了便对友德耳边说道:"如此如此。"未知所说何事,且看下回分解。

# 第七十六回　取西川剑阁兵降

却说朱亮祖对着傅友德说："今主将暂屯于此，齐集兵粮，不如乘机就机，一面声言进取金牛，入栈道攻剑阁；一面暗使他人，观青川、果阳地面虚实，以图进取何如？"友德道："极是妙见。"即刻差人哨听。不数日间，哨人打听回来，报说："青川、果阳守备空虚；阶、文地面，虽有兵垒，而兵资单弱。"友德听报，就拔寨直取陈仓。又令朱亮祖领精骑五千为先锋，攀缘山谷，昼夜兼行，两日夜竟抵阶、文之地，离城五里安营，方才整列队伍。守阶州的是伪夏平章丁世珍，正与虎将双刀王、众多官长宴乐，席间说及朱兵，便道："戴丞相同吴友仁等守着瞿塘，何大亨将十万雄兵守着剑阁，我这阶州，料他插翅也飞不来，且可安心把盏。"忽有哨子报道："大明兵不知何处过来，现在城外五里扎营搦战。"世珍对众将说："他既远来，必然劳困，即日便当点兵出城迎杀。"早有王子实上马，领着精兵二万，挺枪杀过阵来。亮祖大怒，纵马交兵，未及二合，手起一刀，那子实的头骨碌碌滚下地去。世珍看势头不好，急命双刀王接应。那双刀王跳马上前，说："平章放心，待小将砍他首级，以报前仇。"亮祖见他来得奋勇，便放马出阵，双刀王把刀儿舞得飞轮似的杀来。亮祖看的眼清，便一只手拿着刀，一只手展开浪索，从空中洒开，叫声："着！"将双刀王反缚的一般紧紧拴住，活捉过马上，便扯腰间宝剑，剁下头来，乘势杀入伪夏阵内。丁世珍望风逃脱，到文州去了。友德大队人马，却好也到，遂合兵至文州，离城二十里，行到白龙江边。蜀军把吊桥拆开，以阻朱军。郭英同朱亮祖督兵乘夜将寨栅登时转移，布成水桥，顷刻而度，直至五里关下寨。世珍复集兵据险而战。傅友德奋力急攻，伪兵大败。世珍只带得数骑往绵州而走。遂拔了文州，留将镇守，便统大兵来攻绵州。明军威势大振，人人震恐，都弃城遁逃。不劳寸刃，又连取川、阳二城。

兵到绵州，丁世珍对着守将马雄商议交锋。马雄说："此何足虑。他们长驱得志，只是未逢敌手，且请平章同到阵前，看下官击杀来将。"原来这马雄身长不满四尺，力敌万人，手中舞一把五十斤重的铁杆钢叉，飕飕的浑如灯草，一向负着雄名。他也自夸着大口。世珍认是真正好汉，果然同出搦战。朱亮祖看了马雄，便飞也杀将出来。两边一声锣响，两马合做一处，未及三合，亮祖大叫一声，把马雄一刀砍于马下。傅友德催兵涌杀，世珍大败而走。将及城门，只见城上都是大明旗号。原来傅友德先令耿炳文、顾时、薛显、陈德四将，带着雄兵一万，装作蜀军、赚开城门，复令郭英领兵五千，在城东埋伏。世珍看见城池已破。果然从东而走，当先一将，截住去路。世珍也举刀来挡，恰被郭英手起一枪，正中世珍的右眼，落马而死。明军驻于绵州城外。次早，便趋兵往汉阳江岸安营。友德要把取胜之事，报与汤和、廖永忠得知，以便彼此乘势攻取；奈山川遥隔，无路可通，幸得一夕水势涨大，便令军中造成木牌数千，上面备将克取阶、文等州年月写明，浮于江面那水流直下，这也不提。

　　且说汉阳蜀屯兵在西岸，那员大将恰是何大亨。隔江对阵，彼此相看了五日。朱亮祖说："今日之势，更不可缓，元帅尊意何如？"傅友德说："兵法上说：'察事而行。'今彼雄兵十万，阻绝汉水，我师明渡，必不得胜，我正待蜀兵少懈，然后攻之。"便令军中暗地造竹筏三百余扇，令郭英、李新、朱寿、吴复，率领铁甲兵二万，将筏尽载火器前进，余兵随筏而行。待夜三鼓，顺流而下，直抵汉阳江右。探那汉阳军卒，果然熟睡无备，便令士卒，将火器齐发，喊声震天，夏兵惊溃四散奔走。傅友德、朱亮祖率领大兵相杀，斩首二万余级，汉水为之咽流。何大亨潜夜匹马投汉州去了。纳降的军马，计有三万七千之数。友德即督兵困住汉州。

　　那夏主明升在重庆府设朝，闻报知大明军将明进金牛，暗渡了阶、文，三败了丁世珍，又取了青阳、绵州，今因汉州最急，便大惊讶，道："起初只听得大明攻瞿塘，因遣丞相戴寿，统精兵相敌，不料他探穴捣虚，竟从西北而来，据取剑阁汉江之险，若再失了汉州，都城必不能保。便差官星夜至瞿塘报戴寿得知，着他分兵来救汉州才是。"不只一月，戴寿探到信息，即对诸将商议，说："此事不可迟缓，可留莫仁寿、邹兴、龚兴、飞天张、铁头张五将，以三万兵固守关口；我与吴友仁元帅，领兵七万，去迎傅友德相杀。"吴友仁说："吾闻傅友德昔日曾辅先王，先王不用，便从了友谅；友谅待他甚薄，后方归了大明。友德文武兼全，且今又闻得大明皇帝，因久征无功，复敕朱亮祖为副，此人更是智勇足备。当年曾在鹤鸣山设奇运石，压死敌兵。今已入川，犹虎之入室也。我与丞相可分兵而进，丞相从西路,末将从东路,又约何大亨从南路,三处为犄角之势,以拒友德,只待他粮完师老,必可得胜。"戴寿说:"此说亦是;但分兵则势孤。今友德领着雄兵十万,来困汉州,我等只得七万,不如俱从西路进发为是。"次日,到汉州城下,正西安营。明兵闻他救兵已到,便撤围在南向驻扎。城中何大亨即与黄龙、梁士达,领精锐三万出城,与戴寿合兵列寨。傅友德整肃三军,下令说:"戴寿领兵远来,何大亨又一向怯弱,心中甚是慌张的,尔等各宜奋力,平蜀之功,只在今日。"便令朱亮祖统左军,陈德、薛显接应;顾时领右军,赵庸、李新接应;自与郭英等统着中军,向西南迎杀。两阵对圆,那夏阵中吴友仁、何大亨、黄龙、梁士达、胡孔章五将,一齐分兵来战。朱亮祖、郭英、顾时三路,也各寻着对头相杀。郭英一枪刺死了黄龙。顾时刀头转处,把梁士达砍在马下、胡孔章被朱亮祖一箭射倒了坐马,轮转枪来一枪,倒在尘埃。那戴寿即要走去,傅友德早已料定,便纵马赶来,一刀直砍过去,把金盔劈得粉碎。幸得马快逃得性命,便与何大亨脱逃往成都去了。吴友仁也从乱军中逃脱,往古城而去。傅友德招动大兵,杀入汉州城,活捉了招讨王隆,万户梁丞等一百余人。连夜追至古城,又捉了宜谕赵秉圭及马、骡五百余匹。友仁复逃走保宁去了。大军径向成都。那余川、九龙山等寨,并平章俞思忠,率官属,军民三千余人,献良马十匹,到军前纳降。

且说夏王明升对廷臣数说:"这蜀中之地,号为四川:以成都为西川,潼关为东川,利州为北川,菱州为南川。中有六个大山,是:峨眉山、青城山、锦屏山、赤甲山、白盐山、巫山。其间有金水江、白龙江、汉阳江,极为江之险阻。又如瞿塘为第一关,剑阁为第二关,阳平为第三关,葭萌为第四关,石头为第五关,百牢为第六关。从来说,秦资其富,汉用其财,今如此光景,险阻去其大半,奈何! 奈何!"未知后事如何,且看下回分解。

# 第七十七回　练猢狲成都大战

且说伪夏明升,对着众臣说:"巴蜀的险阻,已失去了一半,如何是好!"正在忧恼,恰有哨子来报:"大明兵将竟到成都府正东安营。"守成都的是戴寿、何大亨两将,又有吴友仁,也从古城逃来,便商议道:"今日之事,若用人力,必难取胜。此处城东七十里有座黑支山,极多猢狲,向来游手游食的人,都将他教成拖枪舞棒,扮演杂戏。我们不如下令,凡民家所养猢狲,尽行入宫,每猢狲十头,出狱中死囚一人,率领在前厮杀,继后便以大兵相随。那猢狲随高逐低,扳援林木,踏山越岭,极是便利,朱兵料难抵挡,此计何如?"众人应道:"大好,大好!"即刻拘集猢狲,接连在城中,令死囚演了十余日,只不开城迎敌。傅友德对众将说:"他们何故如此迟延,若是待救兵来,则重庆地面是个孤城,他恐我分兵攻取,必不分兵来救。瞿塘地面,去此甚远,且汤元帅等在彼攻打急迫,也难分兵来救;若要坐老我师,则内边兵粮闻得积聚不多,不知何故如此?他们必有奸计,我等须要提防。"因而下令哨子,暗行打探,不提。

且说太祖一日视朝,通使奏说:"外有一人,自称赤脚僧。从峨眉山到此,求见陛下,言国祚的事。"太祖恐他出言惑众,不令相见,次日,忽然龙体不安。太医院官,未敢造次进药。却又报道:"赤脚僧说,天目尊者着他转送药方。在午门外候旨,毕竟要求一见。"太祖因念当年师过五台,汤和等去访张三丰,那道童备言天目尊者便是周颠。且今赤脚僧道从峨眉山而来,大军已征巴蜀,未知下落,便令一见也可。乃传旨出去。那僧人见了太祖,袖中取出一件东西,说:"这是温良石,须以金盘盛水,磨药饮下,那病便好。"太祖看他来得奇异,即令内侍照方磨服,果然胸次即刻平安,倍觉精神。那赤脚僧即大步从外面走进,太祖连忙向前问道:"周颠年来未见,恰在何方?且师父说从峨眉山来,不知近来晓得征讨伪夏的消息否?"那僧答道:"天目尊者在庐山与张金箔、谦牧、宗泐四人,轮番较棋,你可着人往问;若是巴蜀事务,七月中旬,可以称贺。但此时傅、朱二元帅,陆路军马,大是犹疑。我此去可同冷谦一走,指与方略。"太祖便说："冷谦我一向闻他善于仙术,至于卜课、乐律之伎,更是精工。他如今在此做官,师父既同他至军中,不知几时得有晓报哩?"那赤脚僧道："这也容易,成都得胜,便着冷谦来见。"太祖允奏。他便同冷谦登云而去。按下云头,正是匡庐山上。赤脚僧与周颠等三人相见,备说把药医治了太祖。并说太祖要巴蜀近日攻讨信息,因要冷谦同行。冷谦道："我一向在金陵做个太常协律郎,近来颇厌尘务,今日尘累将满,我便同你巴蜀走遭去,报与大明之主也。"便同赤脚僧飞向成都而来。在云头一望,但见伪夏戴寿等,在城中演练猢狲,教他拖枪舞棍,抢箭夺刀的把式。看了一回,竟从朱、傅二元帅营前歇下。走到辕门,叫辕门军校报知。傅友德、朱亮祖听了,便着中军官迎到寨中,分宾主而坐。将伪夏闭门不战,拖延时日,忧闷无处,细说把二个得知。赤脚僧道："我们方才看城中百般演习猢狲,元帅可谨慎提防。"冷谦又道："细观气数,并按着干支,明日他决然出战。这只是些逆畜,其类属火,所以依山林、岩石而生。山林岩石,俱能生火。今在巴西,又为金方;火、金相克。他们用此,虽是困苦无奈,其实也合此道理。明日行军,俱可用赤旗、赤甲、赤马、火炮、火铳、火箭等物,取以火胜火之义。朱元帅为前锋,傅元帅当后阵,其余将军分翼而前,必然取胜。"傅友德听计,便令军中旗甲、鞍马,俱改做了赤色。但于号带之间及旗巾之上,暗分队伍,整备明日厮杀。待至天明,只听一声炮响,成都城中果然拥出许多猴子,并人马冲突将来。朱亮祖即令前军用标枪、椰棍,间着火器,密密的排列在前,施放过去。那些猢狲闻了硫磺、硝焰之气,又被杀伤,都转头望本阵而逃,自相冲杀。明兵乘势攻击,夏兵踏死者有一大半。吴友仁回阵要走,被郭英大喊道："你这贼惯会逃脱,今待哪里去!"一枪直透前心而死。戴寿、何大亨领了残兵,连忙进城不出,这也慢说。

只是明太祖接连三日,望着赤脚僧回报,也没有响动,恰有管内帑的奏说："臣把守内库,时常检点库中银两,每有缺失,细觅踪迹,更无可得。今日进库,忽见一张凭引①,失在地下,臣意库中严密,哪得有人进来,今金宝失去无踪,反而凭引一纸,伏乞圣裁。"太祖便令五城兵马司,照凭上

———————————

①　凭引——身份证之类的证件。

姓名,拘拿到殿鞫审①。不及半刻,那人拿到。太祖细行审问,那人道:"臣向与冷谦友善,渠怜臣亲老家贫,难以度日,即于臣寓所壁间,画着库门一座,白鹤一只,因对臣说:"若要银子时,可将画门轻敲,其门自开,一进内便有银两,但无得多取。"微臣依法行事,果然开门,可以进取。昨日之间,臣见金银满库,或多取也不妨,便恣意取之而出,不觉失下凭引。臣出无奈,实是冷谦所为。"太祖笑道:"那冷谦前日方与赤脚僧前往巴蜀去了,你何得调谎弄舌?"那人道:"臣岂敢妄言,他方才尚在家中。"太祖随令御前校尉收取冷谦。校尉一到,便说:"冷谦,圣旨所在,不得迟延。"便随校尉行至午门前,且对校尉说:"今日我死也。但是十分口渴,列位可将水一碗略解吾渴,亦感盛情!"校尉看他哀诉,便汲水一碗,把他喝了,一眼但见冷谦一个身子,都在碗中,恁你拽扯,只是不起,倏然之间,连形连影一些也看不见,只有清水一瓯②。校尉高声的叫道:"冷谦,冷谦,你既如此,我们都要死了!"正要啼哭,那水碗中忽发声响,说:"你们都莫忧虑,将水进上御前,你们必然无害;且我也有话正要奏闻。"那校尉只得收泪,把水盏进上,并他的言语一一申奏。太祖便说:"冷谦,可显出来见朕,朕必不杀你。"那碗中便应道:"臣有罪决不敢出。"龙颜大恼,将盏击碎于地,令内侍拾起,片片皆应。太祖因问巴蜀情由,他细把以火胜火的军情,备说了一番,便说:"臣自此同周颠、谦牧、张金箔游于清宇之间;朝北海,暮苍梧。唯愿圣躬万寿无疆,清宁多福,臣从此辞矣!"太祖听其自匿,吩咐管库官仍旧供职。那失凭引的,追出原盗金银;然孝念可原,但行笞罪去讫。

　　且说汤和、廖永忠等,向因江水泛涨,驻兵大溪口。一日间,巡江逻卒报说:"金沙江口,得木牌数百面。牌面恰是颖川侯傅友德把由陈仓取阶、文、青阳、绵州、汉州等日期,报与汤元帅得知的。"汤和便说:"既是如此,伪将俱必胆寒,我们正宜乘势攻取。"廖永忠细筹了一会,道:"今舟师既不得进,可急密遣精锐千人,照像树叶的青绿之色,做成蓑衣,各带糗粮、水筒,以御饥渴,只拣山崖峥险草木茂密处;鱼贯而前,且行且伏,逾山渡关,埋伏在上流。约定五月廿五日更,在上流接应;水寨将士,可将铁包裹船头,尽置火器,在船备用;元帅可带曹良臣、周德兴、仇成、叶升为左右

---

① 鞫(jū)审——审问。
② 瓯(ōu)——小碗。

哨,领陆兵六万去攻龚兴的陆寨,末将自带华云龙、杨璟为左右哨,领着水师,驾着小船,从黑叶渡攻邹兴的水寨。若水寨一破,便烧断了铁索,毁去了桥栅,一过瞿塘,自可直趋重庆。"汤和听计,因遣精兵千人,扮成青绿色的衣裳先行,只待廿五日在上流行事。那蜀兵见我们寨中向来毫无动静,也便懈怠,不甚提防。至廿五日五更,汤和领了陆兵去攻陆寨。廖永忠因令水师,奋力挽水而行,把火炮、火筒,一时发作,水将邹兴中着火箭而死。一边厮杀,一边炬火烧着铁索,趁红斩断,遂焚毁了三桥。早见上流埋伏的精锐,扬旗鼓噪,迅疾攻杀。蜀人上下抵挡不住,便活捉了有职的官员蒋达等八十余人,斩首二千余级,溺死者不计其数。莫仁寿却被华云龙一刀砍死。那陆兵飞天张、铁头张同龚兴前来相迎。廖永忠在船头望得眼清,那火箭射来,正中铁头张面门,落马而死。龚兴正要逃走,周德兴赶来一刀两断。飞天张便脱了衣甲,混在众军中奔逃,被军中缚了,解送军前。汤和令同职官蒋达等斩首号令。水陆二路兵马,直过了瞿塘关,仍合一处,汤和因与众将说:"趁此前往,可保势如破竹。廖永忠当率曹良臣、叶升、仇成率本部兵,从北路而行。我当同华云龙、周德兴、杨璟率本部兵从南路而行。"即日拔寨而往,四方州郡,望风投附。

洪武四年,七月中旬丙申日,大兵径抵了重庆府,离城十里正东铜罗峡安营,明升闻报大惧。右丞相刘仁劝说:"且奔成都,再图后举……"未及说完,只见探子又报道:"大明傅、朱二元帅,把成都攻困甚急,来求救兵。"那明升与刘仁面面相看,更无计较。其母彭氏,吞声饮泪,对着明升道:"事已至此,不如早降,以免生灵之苦。"明升从了母亲的说话,便写表着刘仁赴大明营中谒降。汤和便知会廖永忠,陈兵于重庆府朝天门外。明升带了家属,待罪军门。那成都城中戴寿、何大亨,知本王已降,也将城出献。傅、朱二元帅入城安民已毕。于是三巴地面,尽归大明。三月出兵,七月平蜀,百日之间,底定了伪夏。汤和、傅友德、朱亮祖、廖永忠择日班师回朝。在路早行暮止,于民间秋毫无犯。所得西蜀金宝、玉册、银印五十八颗,铜印六百四十颗。路府有七,元帅府有八,宣慰安抚司二十有五,州三十有七,县六十有七所。俘官吏将士,与所获牛、马、辎重,俱以万计。太祖临朝,等第平蜀功绩:傅友德第一,廖永忠第二,朱亮祖、汤和第三,各赐银一千两,彩缎五十匹;其余俱各赏赉有差。明升率家属门外候罪。未知如何处理,且看下回分解。

# 第七十八回　皇帝庙祭祀先皇

那伪夏明升率了家属,在午门外戴罪来降。太祖怜他年幼无知,因封为归命侯,赐以居第,在南京城里,随廷臣行礼朝谒。若致君无道,暴虐烝民,俱是权臣戴寿,命将戴寿斩首,为权臣误国之戒。其余胁从,罪有大小,咸各赦除。且亲制平蜀文,命官载入史籍,以彰诸臣勤劳王家之绩。唯有曹良臣、华高,因领人马追击夏兵,马陷坑阱,被枪而死,太祖甚是痛惜,追封安国公,且说"不意西征伤我康茂才、汪兴祖、曹良臣、华高四员大将!"因令所在有司,建祠岁祭。且与文臣宋濂等说:"从古历代帝王,礼宜祭祀。卿等当访旧制参酌奏行。"

未数日间,礼官备将具奏,请每年一祀,每位帝王之前,通酒一爵。时值秋享,太祖躬临祭献。序至汉高祖前,笑道:"刘君,刘君,庙中诸公,当时皆有凭借以得天下,惟我与公,不惜尺土,手提三尺,以登大宝,较之诸公,尤为难事,可供多饮二爵。"又到元世祖位前,只见面貌之间,忽成惨色,眼眶边若泪痕两条,直垂至腮。太祖笑道:"世祖,你好痴也!你已有天下几及百年,亦是一个好汉。你子孙自为不道,豪杰四起,今日我到你庙宇之中,你之灵气,亦觉有荣,反作儿女之态耶?"太祖慰谕才罢,世祖面貌稍有光彩。至今对汉高祖进酒三爵,遂为定制。至如元世祖泪痕宛然犹存,亦是奇迹,此话不提。

且说太祖出庙,信步行至历代功臣庙内。猛然回头,看见殿外有一泥人,便问:"此是何人?"伯温奏明:"这是三国时赵子龙。因逼国母,死于非命,抱了阿斗逃生。"太祖听罢,说道:"那时正在乱军之中,事出无奈,还该进殿才是。"话未说完,只见殿外泥人,大步走进殿中。太祖又向前细看,只见一泥人站立,便问:"此是何人?"伯温又道:"这是伍子胥。因鞭了平王的尸,虽系有功,实为不忠,故此只塑站像。"太祖听罢,怒道:"虽然杀父之仇当报,为臣岂可辱君,本该逐出庙外。"只见庙内泥人,霎时走至外边。随臣尽道奇异。太祖又行至一泥人面前,问道:"此是何人?"伯温奏道:"这是张良。"太祖听罢,烈火生心,手指张良骂道:"朕想当日汉称三杰,你何不直谏汉王,不使韩信封王,那蹑足封信之时,你即有阴谋不轨,不能致君为尧、舜,又不能保救功臣,使彼死不瞑目,千载遗恨。你又弃职归山,来何意去何意也?"太祖细细数说,只见张良连连点头,腮边吊下泪来。伯温在旁,心内踌躇,"我与张良俱是扶助社稷之人,皇上如此留心,只恐将来祸及满门,何不隐居山林,抛却繁华,与那苍松为伴,翠竹为邻,闲观麋鹿衔花,呢喃燕舞,任意遨游,以消余年。"筹划已定,本日随驾回朝。

且说太祖在龙辇中,遍望城外诸山,皆面面朝拱金陵,直是帝王建都去处。却远望牛首山并太平门外花山,独无护卫之意。太祖怅然不乐,命刑部官,带着刑具,将牛首山痛杖一百,仍于形像如牛首处穿石数孔,把铁索锁转,令伊形势向内,遂着隶属宣州,不许入江宁管辖。花山既不朝拱钟山,听大学中这些顽皮学生,肆行樵采,令山上无一茅,不许翠微生色。且谕且行,不觉已进东华门殿间。止见画工周玄素承旨绘天下江山图于殿中通壁之上,其规模形势,俱依御笔,挥洒所成,略加润色。太祖便问道:"你曾画牛首山与花山么?"素弃笔跪复说:"正在此临摹。"太祖命把二山改削。玄素顿首道:"陛下山河已定,岂敢动移。"太祖微笑而罢。然圣衷终以二山无情,便有建都北平之意。

次日太祖设朝,刘基叩首奏道:"臣刘基今有辞表,冒犯天颜,允臣微鉴。"太祖览表,说道:"先生苦心数载,疲劳万状,方今天下太平,君臣正好共乐富贵,何故推辞?"伯温又奏道:"臣基犬马微躯,身有暗病,乞放还田里,以尽天年,真是微臣侥幸,伏唯圣情逾允。"太祖不从。伯温恳求再三,太祖方准其所奏。令长子刘连,袭封诚意伯,刘伯温拜谢,辞出朝门,即日归回,自在逍遥,不提。

太祖便问待制王祎等官道:"朕看北平地形,依山凭眺,俯视中原,天下之大势,莫伟于此。况近接陕中尧、舜、周文之脉,远树控制边外之威,较之金陵更是雄壮。朕欲奠鼎彼处,卿等以为何如?"恰有修撰鲍频奏说:"元主起自沙漠,故立国在燕。及今百年,地气已尽。今南京是兴王本基,且宫殿已成,何必改图?古人说:'在德不在险。'望陛下察之。"太祖变色不语,看了王祎道:"还须斟酌。"王祎道:"前年鼎建宫阙,刘基原卜筑前湖为正殿基址,已曾立桩水中,彼时主上嫌其逼窄,将桩移立后边。刘基奏说:'如此亦好,但后来不免有迁都之举。'今日萌此圣念,或亦天数使然。但今四方虽是清宁，然尚有顺帝之侄，把匝刺瓦尔密封授梁王，据有云、贵等地，还是元朝子侄。以臣愚见，待剪灭此种之后，再议改建之事为是。"太祖道："梁王自恃地险兵强，粮多道远，因此不来款附，朕意欲草敕一道，谕以祸福，开其自新；一向难于奉使之人，所以未曾了此一段心事。"王祎便奏："臣当不避艰险，前奉圣旨招降。"太祖大喜，即日着翰林官写敕与王祎上道，复命参政吴云，副祎而行，两人在路上顺览风景，不提。

不一日前至云南，见了梁王，将书敕开读了，付与梁王尔密自家主张，梁王送王祎等在别馆室，日日供饮。数日后，王祎谕说："余奉命远来，一以为朝廷，一以念云南生灵，不欲罹于锋镝耳。公独不闻元纲解纽，陈友谅据荆湖，张士诚据吴会，陈友定据闽、广，明玉珍据全蜀。天兵下征，不四五年，尽膏斧钺。唯尔元君，北走而死，扩廓帖木儿辈或降或窜，此时先服的，赏以爵禄；违抗者，戮及子孙。公今自料勇悍强犷，比陈、张孰胜；土地甲兵，比中原孰胜；度德量力，比天朝孰胜；推亡固存，在天心孰胜；天之所废，谁能兴之？若是坚意不降，则我皇上卧榻之侧，岂肯容他人酣睡？必龙骧百万，会战于昆明，公等如鱼游釜中，不亡何待？"梁王君臣听了这些说话，都各心惊胆怯，乃有投降的念头。谁想故元太子爱猷里达腊仍集兵将立于沙漠，着侍郎雪雪从西番僻路而来，征收云、贵粮饷，且约连兵以拒大明，恰好来到。早有小卒把天使招降事情，说与雪雪得知。雪雪因责梁王说："国家颠覆而不能救，反欲降附他人，是何道理？"梁王看事势瞒隐不下，因引王祎、吴云与雪雪相见。雪雪也不交话，就把腰边剑砍将过来。王祎大骂道："你这不知进退的蛮奴，今日天亡汝元，我大明实代之。譬如爝火①之余燃，尚敢与日月争光乎？我承命远来，岂为汝屈，今日只有一死。但你一杀我，我大兵不日就到，将汝碎尸万段，那时悔将不及。"梁王便也软言苦劝，雪雪不听。王祎与吴云遂被害。此地时却洪武六年，冬尽的光景。梁把匝刺瓦尔密心暗想，惹起祸事，声声只是叫苦。因同丞相达里麻等商议，整备上好衣衾、棺、椁，连夜送到地藏寺左侧埋葬。又恐声闻到大明地面来便把那抬送安葬的人，尽行杀除，以灭其口。因此，后来更没有晓得大明使臣的葬处，这也休题。

---

①　爝(jué)火——火把。

且说太祖登基,宏开一统,自从洪武六年,直至洪武十四年,这几年间,也有时改筑天地、日月、星辰、风雪、雷雨的坛宇,上答乾坤的生化;也有时创四代祖宗的大庙,并同堂异室的规模;也有时教民间栽种桑麻,开衣食的本原;也有时量天时,浚免税粮,溥无穷的惠泽;最急的设立学校,养育千人之英,万人之杰;至紧的钦定律令,爱惜蝼蚁微命,草木残生。因北平沙漠之地,冰厚雪深,加给将士的衣袄;因倭番朝贡之便,梯山航海,曲致怀远的恩威。乐奏九章:其一曰本太初,二曰仰大明,三曰民初生,四曰品物亨,五曰御六龙,六曰太阶平、七曰君听清,八曰圣道成,九曰乐清宁。命尚书詹同、陶凯等,革去鄙陋的淫词,雍雍和和,播出广大宽平之趣。爵列九品,则有若:正一品与从一品,正二品与从二品,正三品与从三品,正四品与从四品,正五品与从五品,正六品与从六品,正七品与从七品,正八品与从八品,正九品与从九品。命学士宋濂等,分定尊卑的服制,冠冠冕冕,弘开声名文物之观。收罗天下英豪,有文、有武、有贡,并用三途。怜恤战死家丁、老亲、孤子、娇妻,赐居存养。仁政多端,说不尽洪恩大惠,天地万几。古诗说得好:"暑往寒来春复秋,夕阳西下水东流。将军战马今何在? 野草闲花满地愁。"数年来,那些功臣,如文有刘基,虽然因病致仕回家,以前者论相,说胡惟庸是败辕之犊,惟庸怀恨于心,转情医人下毒而死。学士宋濂,以胡惟庸谋逆事泄,语侵宋濂,太祖竟欲杀他,以太后苦劝赦死,充发茂州,惊泣而亡。邓愈在河南班师,路上得病而死。廖永忠以坐累而死。陈德从巴蜀回,以多饮火酒,病疽而死。吴祯以督海运,冒风寒而死。朱亮祖征蜀有功,随因浙江、金华等处多贼难治,太祖特命兼程以往,镇抚两浙。亮祖才到浙省,贼众改行自新。未及一年,太祖又以广东苦僮作叛,专命亮祖移镇广东。番禺知县道同,恰是方孝孺门生,孝孺为前者父亲方克勤,以河干不浚,王师不能征进,被亮祖提他吏书责治,此耻未雪,因谕道同上疏奏其不法。太祖以其功多,且所以示信,但令罢战归京。亮祖忧愤,不久病死。太祖哀悼不休,仍以侯礼赐葬。吴良偶以痰病而死。华云龙镇守北平而死。陆仲亨也因胡惟庸事,许令致仕还家。他如徐达率李新、郭子兴、周武三将,镇守山、陕一带边关。薛显督理屯田北平地面。李文忠镇守山东。朱文正镇守南昌。周德兴镇抚湖南五溪。冯胜镇抚汴梁。汤和镇抚两广。唐胜宗督理陕西二十二卫马政。谢成镇抚北平以训练士卒。耿炳文训练陕西军士,兼理屯田。俞通源、俞通渊、戴守、张温督理海运粮储。杨璭训练辽东士卒。

陆聚镇守徐州。胡廷瑞改名胡美,督造各王分封所在的宫殿,这也不提。

且说太祖每念:王祎前去云、贵招谕梁王来降,何以音信杳然,更无消息?忽一日,四川地面,把王祎、吴云被害的声息申报。太祖龙颜大怒,即刻令五军都督府,及兵部官将,留京听遣的将帅,一一备开点单奏闻,以便随时任使。次日黎明太祖驾御戟门。文武大臣朝见礼毕,五军提点使,将花名手册呈览,以便点用。却只有沐英、王弼、郭英、傅友德、金朝兴、仇成、张龙、吴复、费聚、陈桓、张赫、顾时、韩政、郑遇春、梅思祖、王志、黄彬、叶升一十八员大将。因命傅友德为征南大元帅,沐英为左副元帅,郭英为右副元帅,王弼为前部先锋,张龙统前军,陈桓、费聚为翼;吴复统后军,顾时、韩政为翼;仇成统左军,郑遇春、梅思祖为翼;金朝兴统右军,叶升、黄彬为翼;王志、张赫督理军储马料。九月初七黄道良辰,发兵起行。太祖出饯于龙江。但见那:

> 旌旗蔽江,干戈映日。三十万军马,浮舳舻①而上,个个虎贲龙骧;五十号艘船,载精锐而前,人人忠心烈性。尾接头,头接尾,鱼贯行来,哪敢挨挨挤挤;后照前,前照后,雁行列去,无非济济跄跄。明月映芦花,助我银戈挥碧汉;秋霜染枫叶,使人赤胆逼丹霄。刁斗风寒,漫应渔棕轻响;军营夜萧,频看鹤翅横空。白下溯浔阳,渺渺长江,盼不到楚天遥远;荆南控滇水,茫茫图宇,数不了大地山河。

正是:

> 山川扰扰战争时,浑似英雄一局棋。
>
> 最好当机先一着,由他诈狠到头输。

太祖对诸将说:"云南僻在遐荒,全在观其山川形势,以视进取。朕细览与图,咨询众人,当自永宁地方,先遣骁将分兵一支,以向乌撒,然后以大军从辰沅而入普定。分据要害,才可进兵曲靖,以抗云南之咽喉。彼必拼力以拒我师。审察形势,出奇制胜,正在于此。既下了曲靖,便可分兵直向乌撒,以应永宁之师。大军直捣云南,彼此牵制,彼疲于奔命,破之必矣。云南一失,可分兵径走大理。军声一振,势将瓦解。其余部综,可遣人招谕,不必苦烦也。"谕旨已毕,銮驾自回。诸军奋迅而往。未知后事如何,且看下回分解。

---

① 舳舻(zhú lú)——指首尾衔接的船只。舳,船尾;舻,船头。

# 第七十九回　唐之淳便殿见驾

　　且说傅友德领了大兵，一路由江而上，来至湖广地方。友德对众将军商议，道："皇上英明天纵，睿审性成。前日临行所谕旨极称神算，我等亦须依旨行师。我同郭元帅、王先锋率费聚、顾时、黄彬、梅思祖统兵十五万入四川、永宁路去攻乌撒；沐元帅可统大队人马，出辰沅路，入贵州、普定、普安、曲靖，共约在白石江会齐。"各将分兵前进。

　　且说沐英望辰沅前至贵州，那土酋安赞领着士兵出城迎敌。沐英当先出阵，那蛮兵未经汗马，一鼓成擒，士兵都四散逃窜。安赞上前叩头说："元帅若饶了蝼蚁的命，愿将贵州一路尽行投降。"沐英看他出于真情，因饶他性命，便入贵州城，抚慰了百姓，仍留安赞守城。次日起兵南行、三日内早至普安南五里安营。次早，沐英亲至城下搦战，守城的是梁王手下平章段世雄，甚是厉害。听了哨马的报，便着了虎皮袍，挂上犷猊铠，跨上一匹黄骠马，轮一把合扇刀，领着铁骑五万，横刀直取沐英。沐英大怒，手提钢锤，飞一般打去，战有二十余合，把世雄一锤打死于马下，蛮兵大败。沐英随杀进普安城。这些人民俱各烧香燃烛，家家归顺。沐英留部将张铨镇守，即刻起兵南至普定城池。罗鬼苗蛮子仡佬闻知天兵来到，率众投顺。明早正欲南行，恰见西角上一路兵马冲来，沐英疑是蛮兵来敌，令众急急迎敌，谁知傅元帅同郭副元帅领兵攻破了永宁，将欲进取乌撒，因此统兵前到白石江相会。沐英大喜。两下合兵，共取云南，不提。

　　且说梁王把匝刺瓦尔密闻大明兵分两路而来，心甚惊恐。遂遣大司徒达里麻为元帅，率兵十万，把住着曲靖、白石江的南岸，以拒朱军。大明军马离着白石江约有五十里地面，忽然一日大雾，从天而下，蔽塞四野，对面不辨形影。傅友德要待雾消进兵，沐英沉思了一会，说："彼方谓我师疲于深入，未必十分忧虑，趁其无备，必可败之。况如此大雾，恰是皇天助我机会，正当乘雾进兵，蛮人一鼓可破矣。"傅友德道："极是极是！"便直抵江岸驻扎，与蛮兵对面安营。依山附水，十分停当。恰好雾气开豁，蛮兵望见，报与达里麻知道，惊得舌吐头摇，脚忙手乱，说："大明兵分明从天而降，奈何，奈何！然事势既已如此，也须迎敌厮杀。"便分兵列阵在南岸。友德传令,兵卒登舟过江攻取,沐英说:"我看蛮兵俱用长枪、劲弩,排列江边,若我师渡水,未必得利。元帅不如先令郭英元帅、王弼先锋各领精兵五千,从下流分岸潜渡,绕出蛮兵之后比及彼处,各把铜角吹动于山谷林木之间,高立旗帜,以为疑兵。再分兵呐喊摇旗,从后杀来,岸边蛮兵,决然乱奔。我们舟中更把铁铳之士,并善于泅没者,长矛相向,中间再以防牌竹撽遮护前边,我师方可安然渡江。若得上岸,就把矢石,铳炮一齐发作,复用铁骑捣彼中坚,不愁蛮兵不破。"友德大笑道:"足下神算,真出万全!"因令郭、王二将,依计领兵先行,陈桓、顾时领兵三千接应,约定次日午时,彼此前进。再令沐英统率张龙、吴复、仇成、金朝兴四将,各乘大船,领兵先渡。傅友德自领大队随后,相继而行。吩咐已毕,各将整备前往。翌日辰刻,达里麻在岸边,望见明兵大部,要从舟而渡,将杀过江,因令沿岸一带精勇,俱各长枪、劲弩,与那火铳、火炮间花儿列着,拒着吾舟。真个是密密攒攒,我兵插翅也飞不上岸。蛮兵恰要施放火器,忽听背后山林之中,一声炮响,铜角齐鸣,不知多多少少人马,都排列在山上。正是寒心,又见两彪精勇,俱各摇旗呐喊,往后面杀将过来。达里麻欲待率兵转身迎敌,又见江舟奋迅而前。顷刻之间,舟师俱上彼岸,便把火炮、火铳一齐施放。那蛮兵背后受敌,前后相攻。我师声震林谷,水陆之师互为接应。蛮兵自相残杀,尸堆似岭,血溅成河。达里麻即欲逃脱,被郭英一枪刺死。曲靖一带地方,尽行降服。友德下令,凡在投降者,各归本业安生,前罪并不究治。夷人老老幼幼,个个顶礼拜谢,犹如时雨之至,喜其来悲其晚。友德因对沐英说:"我当率师三万,去击乌撒,足下当领前兵竟走云南。"沐英得令,即领神枪、火炮、精锐一万兼程而往,不提。

且说先年翰林院有个应奉官,唤做唐肃,太祖每喜他的才华。一日侍膳,自己食罢,把两手拿着箸儿甚是恭敬。太祖问:"此是何礼?"答说:"臣幼习的俗礼。"上怒,说:"俗礼可施之天子乎?"坐不敬,谪成桂林。生子名叫之淳,文名亦重。今大兵征取贵州,傅友德闻之淳文学,因延至军中,草为露布①上奏。太祖看露布做得好,随着使臣访于友德;友德把转延之淳的草笔事情,一一实报。太祖便令飞骑召之淳到京师。使者不将旨意明谕,之淳恐以文得罪,不能自保,悚惧特甚。到得京师,嘱托姑娘,

---

① 露布——古时战胜报捷的文书,不用封缄。

说:"圣威不测,姑娘可为我敛尸首。"使者急催进朝,行至东华门,门已关闭,守门的传旨说:"可将之淳把布包裹,从屋上递入。"守门官依旨奉行,把之淳如法从空累累递进,直至便殿,奏说:"之淳到了。"太祖命将布解开,之淳俯伏阶下,望见殿上灯烛辉煌,龙睛阅书者久之,忽问说:"尔草露布耶?"之淳奏说:"臣昧死代草。"太祖命中官将几一张,放在之淳面前,几上列烛二台,因说:"朕在此草封王册,你可膝坐,少为朕加润色。"之淳叩头奏,说:"龙章凤篆,出自神明,臣万死不敢。"太祖笑道:"尔即不敢,须为旁注之。"之淳如命。改定讫,上令中侍续报。遥望烛影之下,龙颜微喜,因次第下凡十篇。每改奏,俱嘉悦。此时夜犹未央,上命仍如法递出,且着之淳明早朝谒。之淳到得姑娘家中,深相庆幸。

次早朝见,命嗣父亲官职,因与说:"朕闻金华浦江有个郑家,他的匾额是'天下第一家'。卿可星夜召渠家长来问。"之淳得旨,不一日领郑家家长前到金陵朝见。太祖问道:"你何等人家,名为第一?"那人对说:"本郡太守,以臣合族已居八世,内外无有间言,因额臣家以励风俗,实非臣所敢当。"上复问:"族人有几?"对说:"一千有余。"太祖亦高其义。忽太后从屏后奏说:"陛下以一人举事有天下;彼既人众,倘有异图,不尤容易耶?"上深以为然,遂又问:"汝辈处家,亦有道乎?"那人再叩头,道:"但大小事,不听妇人言。"上大笑而遣去。

恰好河南进有香水梨,命赐二枚,此人叩谢,双手把梨顶之趋出。太祖早着校尉尾其行事。见他至家,召合族置水二缸于堂,将梨碎投水中,合族各饮梨水一杯,仍向北叩头拜谢。校还报,尉太祖因题为郑义门,推作粮长。屡以事入观,上必细询近来风俗并年岁丰歉。谁想有人告他家与权臣通相贩易,太祖将族长治罪。恰闻郑濂郑湜兄弟二人,争先就史就鞠,太祖可怜他道:"朕知义门,必无是事,残人诬之耳。"且官郑湜为福建参议;诬告者依律惩治。

发放才罢,有一刑官奏说:"东华安街,张校尉妻被卖菜王二杀死,邻右捉拿究罪,蒙旨将卖菜王二抵罪,及上法场,忽有一校尉出叫道:'张妻系我手杀,不得冤枉王二,甘心就刑。'待请圣裁。"太祖听了说:"此又是奇事了,快召来再审。"不移时,法官将愿死的跪在殿前。太祖一一细问,那校尉说:"臣向与张校尉妻和奸,前日五更,瞰渠亲夫出去,臣因而入门同寝,不意丈夫转意回来,臣惶急中伏于床下。其妇问他,何以复回,他说：'天色甚寒，恐你熟睡，脚露被外，特回与你盖被而去。'臣思其夫这般恩爱，此妇竟忍负情，一时愤怒，把佩刀杀死，即放步走出门外。不意卖菜王二，照常到彼卖菜，邻人因起而疑，捉送到官。今日临刑，人命关天，自作自受，臣岂敢妄累他人，故来就死。"太祖叹息了数声，说："杀一不义，生一无辜，尔亦义人也；张妻忍于背夫，罪当死。王二与你，俱各赦罪。邻右妄累平民，更无实迹，法官可各笞五十。"这也不必多说。

且说梁王把匝剌瓦尔密闻达里麻兵败亡，茫然无措。早有刀斯郎、郎斯理二将上前叩头，启道："臣等向受厚恩，且敌人虽是凶勇，臣等当矢志图报。臣看殿前，现有虎贲①之士五万，可用大象百只，尾上灌了焰硝、硫磺，头上身中都各带了利刃，驱到阵前，便把火点着，那猛兽浑身火痛难当，必然奔溃，纵是强兵，岂能对敌？后便以虎士相继而行，料来百战百胜。"军中设法得停停当当，只待大明兵到厮杀。本日恰好沐英统兵径薄城边。只见：

林翳间红日西沉，林梢内震起清风。雉堞②傍危峦，显得严城高爽；风铃应铁马，增添壮士凄凉。空蒙河汉照天衢，灭灭明明，早催动城头鼓角；隐嘷③云霞澈清碧，层层密密，偏惊闻塞上笳④声。

沐英看那城边，悄然无声，便吩咐前军，且莫惊动，只将部伍严整，待至明天，相机攻取。军中得令，各各驻扎。沐英独坐帐中，忽见一阵清风，辕门上报说："铁冠张道人要进帐相见。"沐英倒屣相迎，分宾主而坐。沐英开口，叙了寒温，便说："今日攻取云南，师父必有指教。"道人说："我适与张三丰、宗泐及昙云长老四人将一华渡过西海，望见云南梁王将殄灭；但明日元帅出战，恐军士亦遭刀火之伤，特来相报。"沐英应声说："昙云法师，不是先年护我圣主，后来在皇觉寺中坐化的么？"道人说："此老正是。"沐英听有刀火之惨，便说道："既有此厄，万望神圣周旋！"道人口中不语，把手向袖中扯出一条如纸如钢的东西来，约有三五寸阔，递与沐英手中，说："元帅可传令军中，连夜掘成土坑，长三百六十丈，深三丈六尺，

---

① 虎贲(bēn)——古代帝王左右的勇士。

② 雉堞——古代在城墙上面修筑的矮而短的墙，守城的人可借以掩护自己。

③ 嘷(dí)——声音。

④ 笳(jiā)——我国古代北方民族的一种吹奏乐器，似笛。通常称"胡笳"。

阔四十九丈，上用竹簟盖着浮土，以备蛮兵。若见畜类横行，便将此物从空丢去，必然获胜。"沐英说："谨领教诲。"即令军中连夜行事，不提。

却说梁王在城中，哨子将大明兵情，火速报知，梁王便令驱象出城迎敌。将及天明，只见郎斯理领虎贲二万，驱着猛象五十只，从南门杀出来；刀斯郎领虎贲二万驱猛象五十只，从东门杀出来。明兵擂动战鼓，正欲交兵，且见蛮兵将象尾烧着，那象满身火起，痛疼难当，飞也似冲将过来。沐英看见势头凶猛，把那一条如纸的物件，从空抛去，早见铁冠道人在云中把剑一挥，蛮兵和象俱陷入土坑之内，像缚住一般，不能转动。未知后事如何，且看下回分解。

# 第八十回　定山河庆贺封王

却说刀斯郎领得残兵二千，逃入城内。沐英下令，张龙、仇成率所领军士，将坑内人畜擒获。其余将帅，乘势追赶。刀斯郎正收兵殿后，沐英拽开劲弩，一箭飞去，正中咽喉而死。便要纵马入城，忽听一声炮响，城门左右并那城头上，飞砖走石，如骤雨打将下来。沐英大叫："云南之捷，在此一举。大小三军如有不带残伤者斩。"人人勇增百倍，展起神枪，施发火炮，间着防牌短剑，一齐而入。那守东门的，紧把城门紧闭。军中驾起火炮，一个打去，竟开了城门，明兵蜂拥蚁聚，杀入城中。梁王知事不济，领了眷属，走到滇池岛中，先把妃子缢死，便服药跳入水中而亡。后宫嫔妃，投水的亦难计数。城中父老，填街塞巷，在金马山边焚香拜迎。沐英出榜安谕士民，秋毫无犯。封锁府库，收得梁王金印并一应官吏符节，及户口田地图籍，遂定了云南。只有金朝兴被乱箭射死。实是洪武十四年十月廿四日也。次日升帐，正要具表申奏，恰好傅友德前者由曲靖过格孤山，合了永宁兵马，正直捣乌撤。明军鼓噪而登，元右丞实卜闻、胡升等俱各奔溃，因得了七星关。于是东川、乌蒙芒部诸蛮，皆来降服。傅友德也班师，还至云南省城相会。沐英不胜之喜，令军中排筵称贺。铁冠道人在筵头，驾着祥云一朵，对着诸将说："道人从此相辞，烦寄语圣君，万岁千秋，享有国祚。昙云法师自元朝丁卯十二月廿四夜，与滁州城隍在天门边看玉皇圣旨，吩咐金童玉女下世救民，到今一统山河，且喜亦是十二月廿四日。灵爽不贰，惟圣主念之。张三丰并多致意。"吩咐已毕，清风一阵，将祥云冉冉飞送而去。傅友德、沐英同诸将，不胜感慨叹说："圣人天助，有开必先。我等须即旋军，把神道变灵的事奏闻才是。"因算自九月出师，至今十二月，未及百日，底定了滇、黔两省，真是德威所播，万国咸安。择日起兵，离城望金陵进发。路途中好一派初春景色。但见：

桃杏争妍，蕙菊竞馥。无数旌旗掩映，名香朵朵；多般盔甲照耀，芳英累累。奏凯的把画鼓齐敲，一声声和着呢喃春燕；得腾处如大同递奏，响咙咙应着百转黄鹂。和风拂面，鞍马起轻尘；霁日亲人，征衣烘弱暖。潺潺流绿水，几湾湾处漾清波；点点缀清山，高顶顶头遮翠色。真个是：依依弱柳弄春晴，惹动关中万里情。幸得功臣青鬓在，堪从宇内乐平生。

不一日，前至南京，驻军于城外。次日，傅友德、沐英、郭英、王弼率诸将，入朝拜见，进了平定云南的表。太祖看罢，随降敕进封傅友德为颖国公，沐英为黔国公，其余将帅，郭英、王弼、张龙、费聚、吴复、顾时、韩政、郑遇春、梅思祖、叶升、黄彬、仇成、王志、张赫，俱各论功升赏有差。金朝兴令所在有司，岁时致祭。

却说太祖敕封已定，恰好徐达、子兴二人，令裨将李兴、周武署镇山陕一带边关；冯胜令裨将胡海署守汴梁；周德兴令裨将曹震署抚湖南；薛显、谢成、杨瞰三人，也令裨将盛庸、李坚、孙恪署领屯田训练之职，从辽东、北平取路向金陵进发朝贺。路过山东，谒见李文忠。文忠说："我与圣主分则君臣，思原甥舅，二位在路少待。"因托都门胡显署事，同日进京。比至徐州，恰好耿炳文、唐胜宗也将督理马政、训练士卒的职事，着张翌、濮玙代理，从陕西入京，同在徐州支应。把守徐州的陆聚说："我也同走一遭。"来至南京，在通政司报了朝见名姓。只见朱交正、汤和也从南昌两广来到。

次日，正是洪武十六年，岁次癸亥，正月元旦。各功臣齐集午门，又遇着督理海运的俞通源、俞通渊、朱寿、张温并督造各王分封宫殿的胡美也赶着岁旦回京。都顶朝冠，穿着朝服，履着朝靴，捧着朝笏，同征取云南新回元帅傅友德、沐英等一十七员，整整齐齐，在门外伺候。

太祖视朝，受百官称贺，礼毕，说道："今日喜是元辰，更见国泰民安，元勋聚集。前曾作册文，即日当分封诸子。"因封长子为皇太子，次子秦王都关中，普王都太原，成祖文王帝初封燕王，都北平，周王都开封。以上皆高太后诞生。楚王都武昌，齐王都青州，潭王国除，鲁王都京州，蜀王都成都，湘王都荆州，代王都大同，肃王都甘肃，移简州，辽王都广宁、移荆州，庆王都宁夏，宁王都大宁、移南昌，岷王都云南、移武冈，谷王都宣州、绝，韩王都平凉，沈王都潞州，安王、绝，唐王都南阳，郢王、绝，伊王都洛阳。皆诸王妃所生。诸王顿首受命，当即择日辞朝就国。再命将开国起兵时，御用盔甲，藏在内库，铁枪藏在五凤楼上，渡采石的龙船，复于龙沙江，护着朱阑，示后来创业艰难光景。武当建天玄宝殿，以报神庥。至如归德侯陈理,是友谅的嫡男;归义侯明升是玉珍的嫡侄,留在中华彼还不快,用船送往高丽,听其自乐;元太孙买的里八喇,以礼送归塞北。远方来贺臣僚,俱赐金帛燕赏。将及半月,太祖仍敕各公侯、将帅,分镇原有地方。加敕沐英镇云南,去讫。自后:瑞气常呈,祯祥累现。谷生三穗,年年社雨饱春膏;麦秀两歧,处处村云蒸夏泽。宅畔闲栽五柳,曾无小犬吠清霜;道旁似有遗舍,羞见途人撄白日。文明丕显于清庙,东壁映图书之灿;豪杰挺生于盛世,泰阶欣熙皞之年。是用渥沐皇床,讴歌颂美。然而天生圣人,岂徒一手足之烈;惟是从龙伟士,汇是桢干之材。贞淑聚于滁、和,清静贻于海宇。仰瞻莫馨,用吐长歌:

> 当年造化辟神奇,真龙崛起淮泗湄。
> 肇开宇宙还宁一,德威茂著天壤驰。
> 友谅士诚最叵测,潜借胡元为羽翼。
> 西川东浙举兵戈,鼎沸玄黄无霁色。
> 诸豪振振鬼神谋,谈笑功名千百州。
> 城上愁云洒锦绣,湖边春色润篁篌。
> 从今清化满冠裳,鳞在郊兮凤在冈。
> 太平无象谁能说,只有家家清酒香。

# 续英烈传

# 目　录

# 第 一 回

## 幸城南面试皇孙　承圣谕阻止传贤

诗曰：

> 治世从来说至仁，至仁治世世称淳。
>
> 谁知一味仁之至，转不如他杀伐神。

又曰：

> 称帝称王自有真，何须礼乐与彝伦①。
>
> 可怜正统唐虞②主，翻作无家遁逸人。

尝闻一代帝王之兴，必受一代帝王之天命，而后膺一代帝王之历数，决无侥幸而妄得者。但天命深微，或揖让而兴，或征伐后定，或世德相承，或崛起在位。以世俗论之，或惊以为奇，或诧以为怪。不知天心之所属，实气运之所至耳。必开天之圣主，名世之贤臣，方能测其秘密，而豫为之计，若诸葛孔明未出茅庐，早定三分天下是也。远而在上者，凡二十一传，已有正史表章，野史传诵，姑置勿论。单说这明太祖，姓朱，双名元璋，号称国瑞。祖上原是江东句容朱家巷人，后父母迁居凤阳，始生太祖。这朱太祖生来即有许多征兆，果然长大了，自生出无穷的帝王雄略，又适值元顺帝倦于治国，民不聊生，天下涂炭，四方骚动，这朱太祖遂纳结英雄豪杰，崛起金陵，破陈友谅于江右，灭张士诚于姑苏，北伐中原，混一四海，遂承天命，继了大位。开基功烈，已有《英烈正传》传载，兹不复赘。唯即位之后，兴礼乐，立纲常，要开万世之基。后来生了二十四子，遂立长子标为皇太子，次子为秦王，三子为晋王，四子为燕王，其下诸子，俱各封王。这长子标既立为皇太子，正好承继大统，为天下之大主，不期受命不永，到了洪武二十五年四月，竟一病而薨。太祖心甚悼之，赐谥号为懿文太子，遂立懿文太子的长子允炆为皇太孙。这皇太孙天性纯孝，居懿文太子之父

---

① 彝伦——天、地、人类社会的常道、常法。

② 唐虞——指上古陶唐氏（尧）、有虞氏（舜）。

丧，年才十有余岁，昼夜哭泣，水浆具不入口，形毁骨立。太祖看见，甚是怜他爱他，因对他说道："居丧尽哀，哭泣成礼，固是汝为人子的一点孝心，然此小孝也。但我今既已立汝为皇太孙，上承大统，则汝之一身，乃宗庙社稷臣民之身，自有事我之大孝。况礼称'毁不灭姓'①，若不竟竟保守，以我为念，只管哭泣损身，便是尽得小孝，失却大孝也。"皇太孙闻言大惊，突然颜色俱变，哭拜于地道："臣孙孩提无知，非承圣训，岂识大意。今当节哀，以慰圣怀。"太祖见了大喜，因用手搀起道："如此方好。"又将手在他头上抚摩数遍，细细审视，因见他头圆如日，真乃帝王之相，甚是欢喜，忽摸到脑后，见微微扁了一片，便有些不快，因叹息道："好一个头颅，可惜是半边月儿。"自此之后，便时常踌躇。又见第四子燕王棣，生得龙姿天表，英武异常，举动行事皆有帝王器度，最是钟爱，常常说："此儿类我。"

一日，春明花发，太祖驾幸城南游赏，诸王及群臣皆随侍左右。宴饮了半日，或献诗，或献颂，君臣们甚是欢乐。忽说起皇太孙近日学问大进，太祖乘着一时酒兴，遂命侍臣，立诏皇太孙侍宴。近臣奉旨而去，太祖坐于雨花山上。不多时，远远望见许多近臣，簇拥着皇太孙骑了一匹御马，飞一般上岗而来。此时东风甚急，马又走得快，吹得那马尾，飏飏拂拂，与柳丝飘荡相似。太祖便触景生情，要借此考他。须臾，皇太孙到了面前，朝见过，太祖就赐坐座旁，命饮了三杯，便说道："诸翰臣皆称你近来学问可观，朕今不暇细考，且出一对与你对，看你对得来么？"皇太孙忙俯伏于地，奏道："皇祖圣命，臣孙允炆敢不仰遵。"太祖大喜，因命侍臣取过纸笔，御书一句道：

　　　　风吹马尾千条线；

写毕，因命赐与皇太孙。太孙领旨，不用思索，一挥而就，书毕献上。太祖见其落笔敏捷，已自欢喜，乃展开一看，见其对语道：

　　　　雨洒羊毛一片毡。

太祖初看，未经细想，但见其对语精确，甚是欢喜，遂命传与诸王众臣观看。俱各称誉，以为又精工，又敏捷，虽老师宿儒，不能如此，真天授之资也。太祖大喜，命各赐酒，大家又饮了数杯。太祖也欲自思一对，一时思

---

①　毁不灭姓——应作"毁不灭性"，指不要因丧亲哀伤过度而毁形灭性。语出《孝经·丧亲》。

想不出，因问诸臣道："此对，汝诸臣细思，尚有佳者否？"诸臣未及答，只见诸王中早闪出一王，俯伏奏道："臣子不才，愿献一对，以祈圣鉴。"太祖定睛一看，不是别人，乃第四子燕王棣也，因诏起道："我儿有对，自然可观，可速书来看。"燕王奉旨，遂写了一句献上。太祖展开细视，却是：

　　　　日照龙鳞万点金。

太祖看了，见其出语惊人，明明是帝王声口。再回想太孙之对，虽是精切，却气象休雄，全无吉兆，不觉骇然道："才虽关乎学，资必秉于天。观我儿此对，始信天资之学，自不同于寻常，安可强也。"因命赐酒，遍示群臣。群臣俱称万岁。君臣们又欢饮了半日，方才罢宴还宫。

　　正是：

　　　　盛衰不无运，帝王自有真。

　　　　信口出天语，应不是凡人。

　　一日，太祖坐于便殿，正值新月初见，此时太孙正侍立于旁，太祖因指新月问太孙道："汝父在日，曾有诗咏此道：

　　　　昨夜严滩①失钓钩，是谁移上碧云头？

　　　　虽然未得团圆相，也有清光遍九州。

此汝父诗也。今汝父亡矣，朕每忆此诗，殊觉惨然。今幸有汝，不知汝能继父之志，再咏一诗否？"太孙忙应奏道："臣孙允炆，虽不肖不才，敢不勉吟，以承皇祖之命。"遂信口长吟一绝道：

　　　　谁将玉甲指，搯破青天痕。

　　　　影落江湖里，蛟龙不敢吞。

太祖听了，虽亦喜其风雅，但觉气象近于文人，不如燕王之博大，未免微微不畅。自是之后，每欲传位燕王，又因见太孙仁孝过人，不忍舍去，况又已立为皇太孙，一时又难于改命，心下十分狐疑不决。

　　忽一日，众翰臣经筵侍讲，讲毕，太祖忽问道："当时尧舜传贤，夏禹传子，俱出于至正至公之心，故天下后世，服其为大圣人之举动，而不敢有异议。朕今欲于传子之中，寓传贤之意，尔等以为何如？"言未毕，只见翰林学士刘三吾，早挺身而出，俯伏于地，厉声奏道："此事万万不可！"太祖

────────────

①　严滩——地名。故址在今浙江省富春山。因东汉严光（字子陵）隐居此处垂钓而得名。

道:"何为不可?"刘三吾道:"传贤之事,虽公而易涉于私,只有上古大圣人,偶一为之,传子传孙无党无偏,历代遵行,已为万世不易之定位矣,岂容变易,况皇太孙青宫①之位已定,仁孝播于四海,实天下国家之大本也,岂可无故而动摇!"太祖听了,心甚不悦,因责之曰:"朕本无心泛论,汝何得遂指名太孙,妄肆讥议。"刘三吾又奏道:"言者,事之先机也。天子之言,动关天下之祸福,岂有无故而泛言者。陛下纶音②,万世取法。今圣谕虽出于无心,而臣下狗马之愚,却不敢以无心承圣谕。故私心揣度,以为必由皇太孙与燕王而发也。陛下如无此意,则臣妄议之罪,乞陛下治之,臣九死不辞;倘宸衷③有为而言,则臣言非妄,尚望陛下慎之,勿开国家骨肉之衅。"太祖含怒道:"朕尝无心,即使有心,亦为社稷灵长计,为公也,非为私也。"刘三吾哭奏道:"大统自有正位,长幼自有定序,相传自有嫡派,顺之,则公,逆之,虽公亦私也。先懿文太子,长子也,不幸早薨,而皇太孙,为懿文嫡子,陛下万世之传,将从此始。如必欲舍孙立子,舍子立贤,无论皇太孙仁昭义著,难于废弃,且将置秦晋二王于何地耶?"太祖听之,默然良久道:"事未必然,汝何多言若此耶?"刘三吾又哭奏道:"陛下一有此言,便恐有人乘间播弄,开异日争夺杀伐之端,其祸非小。"太祖道:"制由朕定,谁敢争夺?"刘三吾道:"陛下能保目前,能保身后耶?"太祖愈怒道:"朕心有成算,岂迂儒所知也,勿得多言!"刘三吾再欲哭奏,而太祖已艴④然还宫矣。刘三吾只得叹息出朝,道:"骨肉之祸已酿于此矣。"次日有旨,降刘三吾为博士。

正是:

> 只有一天位,何生两帝王?
>
> 盖缘明有运,变乃得其常。

太祖由此,心上委决不下,一日坐于便殿,命中官单召诚意伯刘基入侍。只因这一召,有分教:天意有定,人心难逆。欲知后来如何,且看下回分解。

---

① 青宫——太子居东宫,东方色为青,故称太子宫为青宫。

② 纶(guān)音——称皇帝的诏书、制衣。典出《礼·缁衣》。

③ 宸(chén)衷——帝王的心意。

④ 艴(bó)——发怒的样子。

# 第 二 回

## 刘基就人论兴衰　太祖顺天传大位

却说太祖单召刘基入侍。你道这刘基是谁？他是处州府青田县人，表字伯温，幼时曾得异人传授，上知天文，下知地理，前知已往，后知未来，推测如神。在周可比姜子牙，在汉不让张子房①、诸葛孔明，在唐堪与李淳风②、袁天罡③作配。元末曾出仕，做过知县，后见元纲解纽，金陵有天子气，遂弃职从太祖创成，一统天下，受封诚意伯之爵。真足称明朝一个出类拔萃的豪杰。

这日闻太祖钦召，即随中官而入。朝见过太祖，赐座赐茶毕，太祖因说道："今天下已大定矣，无复可虞④，但朕家事尚觉有所未妥，故特召先生来商之。"刘基道："太孙已正位青宫，诸王俱分封有地，有何不妥，复烦圣虑？"太祖蹙了眉头道："先生是朕股肱，何得亦为此言！卿且论皇太孙为人何如？"刘基对道："陛下既以股肱待臣，臣敢不以腹心报陛下。皇太孙纯仁至孝，继世之令主也。"太祖道："仁孝能居天位否？"刘基道："仁则四海爱之，孝则神鬼钦之，于居天位正相宜。"太祖听了，沉吟良久，道："卿且说四子燕王为人何如？"刘基道："燕王龙行虎步，智勇兼全，英雄之主也。"太祖道："英雄亦能居天位否？"刘基道："英雄才略能服天下，于居天位又正相宜。"太祖道："负帝王之姿，亦有不居天位者乎？"刘基道："龙必居海，虎必居山。帝王不居天位，是虚生也。从来天不生无位之帝王。"太祖道："帝王并生，岂能并立？"刘基道："并立固不可，然天既生之，自有次第。故宋陈希夷⑤见了宋太祖与宋太宗，有一担挑两皇帝之谣，安

---

① 张子房——西汉张良，字子房。
② 李淳风——唐岐州人，明天文历法，造浑天仪，太宗时官至太史令。
③ 袁天罡——也作"袁天纲"。唐成都人，精于相人之术。据传撰有《九天元女六壬课》一卷。
④ 虞——忧虑。
⑤ 陈希夷——宋代陈抟。宋太宗赐号希夷先生，著有《指玄篇》，言道家修炼之事，精象数之术。

可强也。"太祖道:"废一兴一,或者可也。"刘基道:"天之所兴,人岂能废。"太祖道:"细听卿言,大有可思,但朕胸中,尚未了然。国家或废或兴,或久或远,卿可细细为朕言之。朕当躬采成法,以教子孙。"刘基道:"陛下历数万年,臣亦不能细详。"太祖道:"朕亦知兴废,古今自有定理,但虑长孙不克永终,故有此问。先生慎勿讳言。"刘基见太祖属意谆谆,因左右回顾,不敢即对。太祖知其意,即命赐羊脯汤、宫饼。刘基食毕,太祖乃屏退左右近侍,道:"君臣一体,出卿之口,入朕之耳,幸勿忌讳。"刘基道:"承圣恩下问,愚臣焉敢隐匿?但天意深微,不敢明泄,姑将图识之要,以言其略。陛下察其大意可也。但触犯忌讳,臣该万死,望陛下赦之。"太祖道:"直言悟君是功也,何罪之有?即使有罪,亦当谅其心而赦之。卿可勿虑。"刘基乃于袖中取出一册献上,道:"此柬明历也,乞陛下审视,自得其详。"太祖接了,展开一看,只见上写着:

　　戊申龙飞非寻常,日月并行天下光。

　　烟尘荡尽礼乐焕,圣人南面金陵方。

　　干戈既定四海晏,威施中夏及他邦。

　　无疆大历忆体恤,微臣敢向天颜扬。

　　谁知苍苍意不然,龙子未久遭夭折。

　　艮孙嗣统亦稀奇,五十五月遭大缺。

　　燕子高飞大帝宫,水马年来分外烈。

　　释子女子仍有兆,倡乱划策皆因劫。

　　六月水渡天意微,与难之人皆是节。

　　青龙火裹着袈裟,此事闻之心胆裂。

太祖看罢,怫然不悦道:"'五十五月',朕祚①止此乎?"刘基道:"陛下圣祚绵远,此言非关圣祚,别有所指也。"太祖道:"'燕子'为谁?'释子'又为谁?"刘基道:"天机臣不敢泄,陛下但就字义详察,当自得之。"太祖沉思半晌,道:"天机亦难细解,但观其大意,必有变更之举。朕日夜所忧者此也。先生道德通玄,有何良策,可以为朕消弭?"刘基道:"杀运未除,虽天地亦不能自主,神圣亦不能挽回,况臣下愚,有何良策?唯望陛下修德行仁,顺以应之,则天心人事,将有不待计而自完全矣。若欲后事而图,非徒无益,必且有害。"太

----

①　祚(zuò)——福气。

祖长叹不已,道:"天道朕岂敢违,但念后人愚昧仁柔,不知变计,欲先生指迷,庶可保全。"刘基道:"陛下深虑及此,子孙之永佑。"太祖道:"朕思'青龙'者,青宫也;'火里'者危地也;袈裟者,僧衣也。此中明明有趋避之机,先生何惜一言,明可指示乎?"刘基忙起立道:"臣蒙圣谕谆谆,敢不披沥肝胆。"反回头,左右一看,见四旁无人,因趋进一步,俯伏于圣座之前,细细密奏。语秘人皆不闻,只见太祖又加叹息。君臣密语半晌,刘基方退下就坐。太祖乃传旨,敕礼部立取度牒①三张,又敕工部立取剃刀一把,僧衣鞋帽齐备。又斥退左右,君臣们秘密缄封停当。又敕一谨慎太监王钺,牢固收藏,遵旨至期献出。又赐饮数杯,刘基方谢恩退出。

正是:

> 天心不可测,圣贤能测之。
>
> 祖宗有深意,子孙哪得知。

太祖自此之后,便安心立皇太孙为嗣,遂次第分遣诸王,各就藩封。诸王受命,俱欣然就道,唯燕王心下不服。原来这燕王为人智勇绝伦,自幼便从太祖东征西战,多立奇功。太祖深爱之,燕王亦自负其才,以为诸王莫及,往往以唐朝小秦王李世民自比。自见皇太孙立了东宫,心甚不悦,只因太祖宠爱有加,尚望有改立之命。不料一时竟遣就藩封,心下愈加不服,然圣旨已出,焉敢有违,只得怏怏就封燕国。这燕国乃古北平之地,自来强悍,金元皆于此而发;这燕王又是一北方豪杰;况且地灵人杰,适然凑合,自然生出许多事来,谁肯甘休老死。故燕王到了国中,便阴怀大志,暗暗招纳英豪,只候太祖一旦晏驾,便思大举。国中凡有一才一略之人,皆收养府中。但燕地终是一隅,不能得出类拔萃的异人,因遣心腹之人,分道往天下去求。只因这一求,有分教:熊飞渭水明王梦②,龙卧南阳圣主求③。不知访出何人,且看下回分解。

---

① 度牒——旧时官府发给僧尼的证明身份的文件,也叫戒牒。
② 熊飞渭水明王梦——指周文王梦飞熊于渭水边访吕尚(即姜子牙)事。
③ 龙卧南阳圣主求——指刘备于南阳隆中访诸葛亮事。

# 第 三 回

## 姚广孝生逢杀运　袁柳庄认出奇相

大凡天生一英武之君以取世，必生一异能之臣以辅佐之。且说南直棣长洲地方有一人姓姚，双名广孝，生得姿容肥白，目有三角，为人资性灵警，智识过人。幼年间父母早丧，只有一个姊姊，又嫁了人。因只身无依，便祝了发，在杭城妙智庵为僧，改个法名，叫做道衍，别号斯道。他一身虽从了佛教，却自幼喜的是窥天测地，说剑谈兵。常以出身迟了，不及辅太祖取天下成诰命功臣为恨。因此出了家，各处去遨游。

一日游于嵩山佛寺，同着几个缁流①，在大殿上闲谈。忽走进一个人来，无意中将道衍一看，再上下一相，忽然惊讶道："天下已定矣！为何又生出这等一个宁馨②胖和尚来？大奇，大奇！"因叹息了数声，便走出殿去了。道衍初听时，不知他是何人，不甚留心，未及回答。及那人走去了，因问旁人道："此人是谁？"有认得的道："他就是有名的神相袁柳庄了，名字叫做袁珙。"道衍听知，方心下骇异，便辞了同伴，急忙出寺赶上袁柳庄，高叫道："袁先生，失敬了，请暂住台驾，还有事请教，不可当面错过。"袁柳庄回转头来，见叫他的就是他称赞的那个胖和尚，便立住脚，笑欣欣说道："和尚来得好，我正要问你一个端的。"携了手同到一个茶馆中坐下。袁柳庄先问道："你这等一个模样，为何做了和尚？且问你是何处人，因甚到此？"道衍道："贫僧系长洲县人，俗家姓姚，双名广孝，只因父母早亡，因此出家，法名道衍，贱号斯道。不过是个无赖的穷和尚，有甚奇异处，劳袁先生这般惊怪？"袁柳庄笑道："和尚，你莫要自家看轻了。你容色皙白，目有三角，形如病虎，后来得志，不为宰相，则为帝王之师，盖刘秉

---

① 缁流——指僧尼之流。
② 宁馨——晋宋时语，意谓：这样、如此。

忠①之流也。但天性嗜杀，不像个佛门弟子。奈何！奈何！"道衍笑道：
"天有杀运，不杀不定。杀一人而生万人，则杀人者正所以生人也，嗜杀
亦未为不可。但宰相、国师，非英雄不能做，先生莫要轻易许人。"袁柳庄
道："和尚须自重，我袁柳庄许了人，定然不差。但愿异日无相忘也。"道
衍道："异日若果应先生之言，无论是人，虽草木亦当知报。"袁柳庄又道：
"这样便是了。只是还有一件要与你说，你须牢记，不可忘了。"道衍道：
"先生金玉，敢不铭心。"袁柳庄道："得意之后，万万不可还俗。"道衍连连
点头道："是，是！"仍又谈了半晌，方才作别。

正是：

> 破衲尘埃中，分明一和尚，
>
> 不遇明眼人，安能识宰相。

道衍自闻袁柳庄之言，心下暗暗喜欢，因想道："要为宰相、国师，必
须有为宰相、国师之真才实学，方能成事。这些纸上文章，口头经济，断然
无用。"遂留心寻访异人，精求实用。由此谢绝交游，隐姓埋名，独来独
往。一日偶然到郊外闲步，看看日午，腹中觉饿，足力疲倦，就在一个人家
门首石上坐下歇息。才坐不多时，只见门里一个白须老者，领着一个十来
岁的小学生走了出来，口里说道："日已午了，怎么还不见来？"忽抬头看
见道衍坐在石上，忙定睛将道衍看了两眼，遂笑嘻嘻地拱拱手道："姚师
父来了么？我愚父子恭候久矣。"道衍听了，忽吃一惊，忙立起身来道：
"老居士何人，为何认得贫僧俗家之姓？"那老者又笑笑道："认得，认得。
请里面坐了好讲。"道衍只得随着老者，入到草堂之上。分宾主相见过，
道衍忍不住又问道："贫僧与老居士素昧平生，何以认识，又何以知贫僧
今日到此？莫非俗姓相同，老居士错认了？"那老者道："老师俗讳可是广
孝，法讳可是道衍么？若不是便差了。"道衍听了，愈加惊骇道："老翁原
来是个异人！我贫僧终日访求异人，不期今日有缘，在此相遇。"遂立起
身来，要向老人下拜。那老者慌忙止住道："姚老师，不可差了！我老汉
哪里是甚异人，因得异人指教，正有事要求老师，故薄治一斋，聊申鄙
敬。"原来斋是备端正的，那老者一边说，家下人早一边拿出斋来，齐齐整

---

① 刘秉忠——元初邢州（今河北邢台市）人，字仲晦，自号藏春道人。辅助元
　世祖忽必烈登位，定朝仪官制等事。

整摆了一桌。道衍道："既蒙盛意，且请教老翁高姓？"那老者道："我知老师已饥，且请用过斋，自当相告。"道衍见老者出言如神，不敢复强，只得饱餐了一顿。斋罢，那老者方慢慢说道："我老汉姓金，祖籍原是浙江宁波鄞县人，因避军籍，逋逃至此。"因指着那小学生道："我老汉今年六十三岁，只生此子，名唤金忠，才一十三岁。去年九月九日，曾有一个老道士过此，他看见了小儿，说他十年后，当有一场大灾，若过得此灾，后面倒有一小小前程。老汉见他说得活现，再三求他解救。他说道：'我不能救你，你若要救时，除非明年三月三日午时，有一个胖和尚，腹饥到此，他俗名姚广孝，释名道衍，他是十年后新皇帝的国师，你可备一斋请他，求他救解。他若许你肯救，你儿子便万万无事了。'故老汉今日志诚恭候。不期老师果从天降，真小儿之恩星也，万望垂慈一诺。"道衍听了，又惊又喜，因说道："挂衲贫僧，哪能有此遭际？若果如老翁之言，令郎纵有天大之灾难，都是我贫僧担当便了。"金老听说，满心欢喜，遂领着儿子金忠，同拜了四拜。拜罢，道衍因说道："万事俱如台命矣。但这老道姓名居住，必求老翁见教。"金老道："那老道士姓名再三不肯说，但曾说小儿资性聪明，有一种数学要传授小儿，叫小儿过了十八岁，径到桐城灵应观，问席道士便晓得了。"道衍听了，心中暗暗惊讶道："桐城灵应观席道士，定是席应真了。此人老矣，我时常看见，庸庸腐腐不像有甚奇异之处，全不放他在心上，难道就是他？若说不是他，我在桐城出家，都是知道的，哪里又有一个席道士？或者真人不露相，心胸中别有些奇异，也不可知。不可轻忽于人，等闲错过。"遂谢别金老父子，径回桐城来寻访。

正是：

> 明师引诱处，往往示机先；
>
> 不是好卖弄，恐人心不坚。

道衍回到桐城，要以诚心感动席道士，先薰沐得干干净净，又备了一炷香，自家执着，径往灵应观来。原来这灵应观，旧时也齐整，只因遭改革，殿宇遂颓败了，徒众四方散去。此时天下才定，尚未修葺，故甚是荒凉。道衍走入观中，四下一看，全不见人。又走过了大殿，绝无动静。立了一回，忽见左边一间小殿，殿旁附着两间房屋，心中想道："此内料有人住。"遂从廊下转将入去。到了门边，只见门儿掩着。就在门缝里往内一张，只见一个老道士，须鬓浩然，坐在一张破交椅上，向着日色，在那里摊开怀,低着头捉虱子。道衍看明白,认得正是席应真。遂将身上的衣服抖一抖,一手执香,一手轻轻将门儿推开,捱身进去。走到席道士面前,低低叫一声:"席老师,弟子道衍,诚心叩谒。"席道士方抬起头来,将道衍一看,也就立起身来,将衣服理好,问道:"师父是谁? 有甚话说?"道衍道:"弟子就是妙智庵僧人,名唤道衍,久仰老师道高德重,怀窥天测地之才,抱济世安民之略。弟子不揣固陋,妄思拜在门下,求老师教诲一二,以免虚生。"席道士听了,笑起来道:"你这师父,敢是取笑我? 一个六七十岁的老道士,只晓得吃饭与睡觉,知道什么道德,什么才略,你要来拜我?"因同进小殿来让坐。道衍双手执着香,拱一拱就放在供桌上。忙移一张交椅,放在上面,要请席道士坐了拜见。因说道:"老师韬光敛采,高隐尘凡,世人固不能知,但我弟子,瞻望紫气,已倾心久矣。今幸得与老师同时同地,若不依傍门墙,则是近日月而自处暗室也,岂不成千古之笑。"说罢,纳头便拜。席道士急忙挽住道:"慢拜,你这师父,想是认差了。"道衍道:"席老师天下能有几个,我弟子如何得差?"席道士道:"你若说不差,你这和尚,便是疯子了。我一个穷道士,房头败落,衣食尚然不足,有甚东西传你? 你拜我做甚? 快请回去!"道衍道:"老师不要瞒弟子了。弟子的尘缘,已蒙老师先机示现,认得真真在此,虽死亦不回去,万望老师收留。"说罢,遂恭恭敬敬拜将下去。席道士挽他不住,只得任他跪拜。转走到旁边一张椅子上坐了,说道:"你这和尚,实实是个疯子。我老人家,哪有许多力气与你推扯,只是不理你便了。你就磕破头,也与我无干。"道衍拜完四拜,因又说道:"老师真人,固不露相,弟子虽愚,然尚有眼,能识泰山。望老师垂慈收录。"席道士坐在椅子上,竟不开口,在道衍打恭叩拜时,他竟连眼也闭了,全然不理。道衍缠了一会,见席道士如此光景,因说道:"老师不即容留,想是疑弟子来意不诚,容弟子回去,再斋戒沐浴三日,复来拜求。"因又拜了一拜,方转身退出。只因这一退,有分教:诚心自然动人,秘术焉能不传。欲知后来如何,再听下回分解。

# 第 四 回
## 席道士传授秘术　宗和尚引见英君

　　道衍拜完,出了观门,走在路上,心中暗想道:"我看此老年纪虽大,两眼灼灼有光,举动皆有深心,定然是个异人,万万不可当面错过。"回到庵中,志志诚诚又斋戒了三日。到第四日凌晨,便照旧执香,走到小殿来。只见殿旁小门已将乱砖砌断,无路可入,立在门边往里细听,静悄悄绝无人声。道衍嗟叹不已,要问人,又无人可问,只得闷闷地走了出来。刚走出观前,忽见个小道童,坐在门槛上玩耍。道衍有心,就也来坐在门槛上,慢慢地挨近前,问道:"小师父,我问你句话:里面席老爷,门都砌断,往哪里去了?"那小道童将道衍瞅了又瞅,方说道:"席老爷前日被一个疯和尚缠不过,躲到乡下去了。你又来问他怎地? 你莫非就是前日缠他的那位师父?"道衍笑道:"是不是你莫要管,你且说席老爷躲在乡里什么地方?"那道童道:"你若是前日的师父,我就不对你说,说了恐怕你又去缠他。"道衍又笑笑道:"我不是,我不是。说也不妨。"小道童道:"既不是,待我说与你:

　　　　东南三十里,水尽忽山通;
　　　　一带垂杨路,斜连小秘宫。"

道衍听了,因又问道:"如何'水尽'? 如何'山通'? 毕竟叫甚地名?"小道童道:"我又不曾去过,如何晓得? 但只听见席老爷常是这等说。你又不去,只管问他怎地?"说罢,遂立起身来,笑嘻嘻走了开去。道衍听了又惊又喜,暗想道:"此皆席师作用。此中大有光景。席师定是异人。"因回庵去。

　　又斋戒沐浴了三日,起个早,出山南门,沿着一条小溪河,往东南曲曲走来。走了半日,约有二三十里,这条溪河弯弯曲曲,再走不尽。抬头一望,并不见山,心下惊疑道:"他说'水尽'、'山通',如今水又不尽,山又不见,这是何故,莫非走差了? 我望'东南'而来,却又不差。欲要问人,却又荒僻无人可问。"只得又向前走。又想道:"莫非这道童耍我?"正犹豫间,忽远远望见一个牧童,骑着只牛,在溪河边饮水。道衍慌忙走到面前,叫他道:"牧童哥,借问这条溪河走到哪里才是尽头?"牧童笑道:"这条溪河,小则小,两头都通大河,如何有尽头之处?"道衍又问道:"这四面哪里有山?"牧童道:"四面都是乡村原野,哪里有山?"道衍听得呆了半晌,因又问道:"这地方叫甚名字?"牧童道:"这边一带只接着前面杨柳湾,都是干河地方。"道衍心下想道:"'水尽',想正是干河了。但不知如何是'山通'?"听得前面有杨柳湾,只得又向前走。走不上半里多路,只见路旁果有许多柳树,心下方才欢喜。又走得几步,只见柳树中又闪出一座破寺来。走到寺门前一看,这寺墙垣虽多塌倒,却喜匾额尚存,上写着"山通禅寺"四个大字。道衍看得分明,方才大喜道:"席老师真异人也!颜渊说'夫子循循然善诱人'①,恐正谓此等处也。"一发坚心勇往,又向前走。

　　走不上二三箭路,早望见一座宫观,甚是齐整。再走到面前,只见席道士坐在一株大松树下一块石上。看见道衍,便起身迎说道:"斯道来了。我在此等你,你果然志诚,信有缘也。"道衍看见席道士,已不胜欢喜,又见席道士不似前番拒绝,更加畅快,慌忙拜伏于地道:"蒙老师不弃,又如此垂慈引诱,真是弟子三生之大幸也。"在地下拜个不停。席道士忙挽起,就叫他同坐在树下道:"我老矣,久当隐去。但天生一新君以治也,必生一新臣以辅之,斯道正新君之辅臣也,故不得不留此以成就斯道。今日斯道果来从吾游,虽人事,实天意也。"道衍道:"老师道贯天人,自有圣神之才,详明国运。但弟子愚蒙,窃谓我太祖既能混一天下,又有刘青田名世斡旋,今日天下大定,若有未了之局,岂不能先事而图,何故隐忍又留待新君?"席道士道:"天下有时势,势之所重,必积渐而后能平。天地有气运,运之所极,必次第而后能回。戎衣一着,可有天下;而胜残去杀,必待百年。太祖虽圣,青田虽贤,也只好完他前半工夫;后人之事,须待后人为之,安能一时弥缝千古。"道衍听了,因又离席再拜道:"老师妙论,令弟子心花俱开,谨谢教矣。但还有请。"席道士道:"你坐了好讲。"道衍坐下,又问道:"定天下非杀伐不能,若今天下已定,自当舍杀伐而尚仁义。"席道士道:"仁义为圣贤所称,名非不美,但用之自有时耳。大凡

――――――――

　　① 　夫子循循然善诱人——语出《论语·宪问》。夫子,指孔子;循循,有次序的样子;诱,引导。

开创一朝,必有一朝之初、中、盛、晚,初起若促,则中盛必无久长之理。譬如定天下,初用杀伐,杀伐三十年,平复三十年,温养三十年,而后仁义施,方有一二百年之全盛,又数十年而后就衰。此开国久远之大规模也。若杀伐初定,而即继以仁柔,名虽美,吾恐其不克终也。"道衍听了大喜道:"老师发千古所未发,弟子方知治世英雄之才识,与经生腐儒相去不啻天渊。"席道士见道衍善参能悟,也甚欢喜,就留在观中住下。日夕计论,又将天文地理、兵书战策,一一传授。道衍又坚心习学,一连五年,无不精妙。

正是:

名世虽天生,学不离人事。

人事合天心,有为应得志。

一日,席道士对道衍说:"汝术已精,可以用世矣。今年丙子天下机栝将动,汝可潜游四方,以观机会。他日功成,再得相会。"道衍道:"弟子闻隆中有聘①、莘野有征②贤者之事,弟子虽不肖,岂宜往就?"席道士道:"彼一时,此一时。况征聘也不一道,有千金之聘,不如一顾之重者。存其意可也,不可胶柱而鼓瑟③。"道衍道:"老师吩咐,敢不佩服。即此行矣。"

又过了数日,道衍果别了席道士,又向四方遨游。但这番的道衍,与前番的道衍大不相同。

正是:

当日才华俱孟浪,而今学已贯天人。

从来人物难皮相,明眼方能认得真。

道衍胸中有了许多才略,便觉眼空一世,每每游到一处,看的世人都不上眼,难与正言,遂常作疯癫之状。一日游到帝阙之下,见许多开国老臣,俱已凋谢,而后来文武,皆白面书生,不知事变。天下所畏者,太祖一人耳。太祖若一旦不测,而诸王分到太侈,岂能常保无虞?遂逆流而上,游三山

---

① 隆中有聘——指三国时刘备往隆中聘诸葛亮事。

② 莘(shēn)野有征——莘野,有莘国之原野;征,征聘。《孟子·万章上》:"伊尹耕于有莘之野,而乐尧舜之道焉。"

③ 胶柱而鼓瑟——瑟;古乐器;柱,瑟上调节声音的短木。用胶把柱粘住,柱不能动,音调就不能调整。比喻拘泥固执,不知变通。

二水。又乘流而下，遂于金焦北固。历览那些山川形胜，因浩然长叹道：
"金陵虽说是龙蟠虎踞，然南方柔弱，终不能制天下之强。"一日坐在金山
寺中亭子上，偶赋览古诗一首，遂书于壁上道：

> 谯櫓①年来战血干，烟花犹自半凋残。
>
> 五州山近朝云乱，万岁楼空夜月寒。
>
> 江水无潮通铁瓮②，野田有路到金坛③。
>
> 萧梁④事业今何在，北固⑤青青眼倦看。

　　道衍题罢，甚是得意，不提防亭子背后，走出一个人来，将道衍劈胸扭
住道："好和尚，你在此鄙薄南朝，讥诮时政，将欲谋反耶？"道衍听了，吃
了一惊，吓得面如土色。忙忙回头一看，原来不是别人，却是一个老和尚，
法名宗泐，是太祖敬重的国师。看他道容可掬，不像是个坏人，心下方才
放了一半，因说道："弟子无心题咏，有何不到之处，老师便以谋反二字相
加，莫非戏乎？"宗泐道："你这和尚，还要嘴强！我说明了，使你心服。你
首二句，战血干、花凋残，说杀伐虽定，而民困未解，是也不是？第三句山
近云乱，明明讥刺江南浅薄，而王法无序。第四句夜月寒，明明讥诮时政，
而王纲不振。第五句至末句，明明是慕北平形势，胜江南浅薄，无乃有意
于北乎？你不要瞒我，我心亦与你相同，何不与我共商之。"道衍道："实
不瞒老师说，关中气竭，伊洛四冲⑥，当今形势，实在北平。但不识燕王何
如王耳？"宗泐道："燕王龙行虎步，大类当今皇上。你若不放心，我打听
得他，只在这些时该来朝。我同你候他一见，便知道了。"道衍道："如此
甚好。"

　　二人商量定了，遂同到金陵。恰好燕王来朝见过，就要回国，有敕大
小群臣，护送出城。这日，燕王起驾，群臣俱纷纷送出龙江关外。宗泐与
道衍见迟不得，只得也就混在众臣中，只说是奉旨护送。众臣都知道宗泐

---

① 谯櫓——设于道上的门楼，供守望之用。此处指战事。

② 铁瓮——即铁瓮城。江苏镇江县子城。相传为三国时孙权所建。

③ 金坛——县名，属江苏省。明清时属镇江府。

④ 萧梁——指南北朝时梁朝，为梁武帝萧衍所创立，故称。

⑤ 北固——即北固楼，在今江苏省丹徒县北固山。

⑥ 伊洛四冲——伊洛，伊水和洛水。伊水和洛水四出漫流则竭。《国语·周
　语》："昔伊洛竭而夏亡"，此处指建文朝气数将尽。

是太祖敬重的国师,皆让他先见。燕王素亦深知,便先宣他进去。宗泐见宣,就领道衍,一同入去。宗泐先进朝见,燕王道:"寡人还国,维蒙圣恩,敕诸臣护送,怎好劳重国师。"宗泐道:"贫衲一来奉旨护送,二来有一道友,愿见殿下,故领来一朝。"说罢,就叫道衍,也过来朝见。道衍一面朝见,一面就将燕王细视。见燕王龙形凤姿,瞻视非常,自是帝王气象,满心欢喜,便疯疯癫癫拜了四拜。燕王看见道衍形状奇古,不像和尚的举动,分明是个异人,便留心问道:"你这和尚,一向做何事体,今日要来朝见寡人?"道衍戏着脸答道:"贫僧朝见殿下,也没甚事,只要送一项白帽子与殿下戴。"此时百官俱在门外察听,左右近侍又多,燕王心知道衍话中有因,欲要再问,恐怕他又说出什么不逊之言,被人察听不便,只得转作含怒道:"原来是个疯和尚! 看国师面上,既朝见过,去了罢!"道衍道:"去,去,去!"遂下阶走出。只因这一去,有分教:驱将猛虎归去,引得神龙出来。不知燕王再说何话,且看下回分解。

# 第 五 回

## 姚道衍借卜访主　黄子澄划策劝君

　　当时燕王见道衍去了,然后宣宗泐上殿,赐座赐茶,又宣近前,密语道:"国师,这位道友哪里人氏?是何法号?甚不寻常。但此间属目之地,寡人不便领教,敢烦国师,为寡人道意,得能辱临敝国,则厚幸矣。"宗泐道:"此人俗家姓姚,名广孝,法名道衍,长洲县人。实抱经济之才,可备顾问。既蒙殿下令旨,当图机会,送至贵国。"燕王喜道:"如此则国师之赐也。是必留意,不可忘了。"宗泐领了令旨,起身辞出。燕王也就发驾去了。

　　宗泐回来就将燕王旨意细细与道衍说了。道衍欢喜,因又叹息道:"老师在上,不是弟子好为倡乱,因看燕王天生一个王者,如何教他不有天下!"宗泐也叹息道:"天心气运如此,你我只好应运而行,岂可强勉?此事当图一个机会为之。"

　　过了数日,恰好太祖夙病初起,坐在便殿,有旨召宗泐入侍。宗泐奉旨入朝,赐坐殿上,讲谈许多佛法。太祖大喜,因说道:"治天下,固有圣人之道,然佛法微妙,亦不可不闻。朕诸子俱分封在外,虽贤愚不等,未有不教而善者。卿秉教沙门,如有高僧能助教者,可荐数人来,待朕分遣诸王,使他们闻些佛法也好。"宗泐领旨退出,过了数日,就将几个高僧,分荐各地,因将道衍荐作北平庆寿寺住持,入侍燕王。

　　不数日,奉了圣旨,道衍拜谢宗泐,扬扬得意,竟往燕地而来。到了燕国,便报名来朝见燕王。燕王闻知大喜,但因想:"这和尚疯疯癫癫,有些自恃。如今若厚意待他,恐他一发狂妄,且挫他一挫,看他如何?"遂宣他进见,并不加礼。道衍也不放在心上。虽然做了住持,全不料理佛事,只疯疯癫癫,到处游戏。

　　却说燕府有一个心腹指挥,姓张名玉,是河南祥符人。在元时曾做过枢密知院。后元君北遁,归顺太祖。生得虎头燕颔,智勇兼备。太祖爱之,因燕王分封北平,与胡①相近,边防要紧,故赐与燕王,练兵防守。燕王知其为人,遂待以心腹。一日,有酒在庆寿寺请客。客散了,张玉问道:"我在这寺里半日,住持是谁,何不来见我?"管事僧答道:"住持法名道衍,有些疯癫,每日只是游行,寺中应酬之事,全不管账。因他是皇帝差来的,无人敢说他。"张玉道:"就是皇帝差来,不过是一个和尚,如何这等大?可叫他来见我。"管事僧道:"如今不知往哪里去了。"说完,只见道衍偏袒一领破衣,歪戴一顶僧帽,高视阔步,走进寺来。管事僧看见,忙迎着说道:"燕府张爷在此,老爷礼当接见。"道衍道:"燕府张爷,想是张玉了。他是个豪杰,我正要见他。"遂走进殿来,对着张玉拱手道:"张老先请了。"张玉此时听见叫他名字,又说他是豪杰,心下已有几分耸动,因假怒道:"你大则大不过是一个和尚,文不能安邦,武不能定国,如何这等放肆?"道衍笑道:"你这老先儿,也算是一个人物,怎么不达世务?我虽是一个和尚,若无隆中抱负,渭水才能,也不到这里来做住持了。"张玉听了,忙离席施礼道:"老师大才,倾慕久矣。此特戏耳。"说罢,二人促膝坐谈。道衍文谈孔孟,武说孙吴,讲得津津有味。把一个张玉说得心花都开,连连点头道:"我张玉阅人多矣,从未曾见如老师这等学问。明日当与千岁说知,自有优待。"

张玉别了道衍,到次日来见燕王,说道:"殿下日日去天下求访异人,如今有一个异人在目前,怎不刮目?"燕王道:"谁是异人?"张玉道:"庆寿寺住持道衍。臣昨日会见,谈天说地,真异人也。"燕王道:"此僧寡人向亦知他,故招他到此。但他疯疯癫癫,恐他口嘴不稳,惹出事来,故暂时疏他。"张玉道:"此人外虽疯癫,内有权术,非一味疯癫者,决不至败事。殿下不可久疏,恐冷贤者之心。"燕王点头道:"是。"

燕王因命人召道衍入内殿相见。燕王问道:"张玉说你有文武异才,一时也难验较。寡人闻古之圣贤,皆明易理。你今既擅才艺,未知能卜乎?"道衍道:"能卜。臣已知殿下要臣卜问,现带有卜问之具在此。"随即于袖中取出三个太平铜钱,递与燕王道:"请殿下自家祷祝。"燕王接了铜钱,暗暗祷祝了,又递与道衍。道衍就案上连掷了数次,排成一卦,因说道:"此卦大奇!初利建侯,后变飞龙在天。殿下将无要由王位而做皇帝

---

① 胡——封建时代对少数民族的蔑称。此指长城塞外的少数民族。

么?"燕王听了,忽然变色,因叱道:"你这疯和尚,不要胡说!"道衍又病癫癫答道:"正是胡说。"也不辞王,竟要出去。燕王道:"且住! 寡人再问你,除卜之外,尚有何能?"道衍笑道:"三教九流诸子百家,无所不知,任殿下赐问。"此时天色寒甚,丹墀中积雪成冰,燕王因说道:"你这和尚专说大话,寡人且不问你那高远之事,只出一个对,看你对得来否?"道衍又疯疯癫癫地道:"对得来,对得来。"燕王就在玉案上亲书两句道:

　　　天寒地冻,水无一点不成冰;

书毕,赐与道衍。道衍看见笑了笑道:"包含着水字加一点方成冰字,这是小学生对句,有何难哉!"因索笔即对两句,呈与燕王道:

　　　国乱民愁,王不出头谁是主?

燕王看见,王字上加一点,是个主字,又含着劝进之意,心内甚喜。但要防闲耳目,不敢招揽,假怒道:"这和尚一发胡说,快出去罢。"道衍笑道:"去,去,去!"遂摇摇摆摆,走出去。

　　张玉暗暗奏道:"殿下心事,已被这和尚参透。若只管隐讳,不以实告,岂倾心求贤之道?"燕王道:"参事已至此,料也隐瞒不得。"遂于深夜,悄悄召道衍入内殿,对他实说道:"寡人随皇上东征西战,立了多少功劳。若使懿文太子在世,他是嫡长子,让他传位,心也还甘。今不幸薨了,自当于诸子中择贤继立,如何却立允炆一小子为皇太孙,寡人心实不平。皇上若不悔,寡人决不能株守臣子之位。贤卿前在京,初见时即说以白帽相赠,寡人细思,今已为王,王上加白,是一皇字。昨又卜做皇帝,未知贤卿是戏言,还是实意?"道衍因正色道:"国家改革,实阴阳升降一大关,必经几番战戮,而后大定。唯我朝一驱中原,而即归命,于理察之,似有一番杀戮在后,方能泄阴阳不尽之败气。今观外患,似无可虞,故皇上不立殿下,而立太孙,正天心留此以完气运也。故臣敢屡屡进言。若以臣为戏,试思取天下何等事,殿下何如主,臣何如人,焉敢戏乎!"燕王听了,大喜道:"贤卿所论,深合寡人之心。但恐寡人无天子之福,不能上居天位耳。"道衍道:"以臣观殿下,明明是天子无疑。殿下若不信,臣荐一相士,殿下试召他来一相,便可决疑矣。"燕王道:"相士是谁?"道衍道:"相士姓袁名珙,号柳庄,风鉴如神。"燕王道:"寡人亦久闻其名,但不知游于何地,召之未必肯来。"道衍道:"这不难,目下国中逃军最多,只消命长史出一道勾军文书,差几个能事人役,将文书中串入袁珙名字,一勾即来,谁敢阻挡。"

燕王大喜,遂命长史行文,差人往南方一带去勾摄。原来袁柳庄名重天下,人人皆知,差人容易访问。去不多时,即将袁柳庄勾到燕国。燕王想到:"道衍既荐袁柳庄,自是一路人,我若召他相见,他自然称赞,如何辨得真假。莫若我私行,去试他一试,看他如何?"遂先命一个心腹侍臣,引袁柳庄在酒肆中饮酒。又在宿卫军士中,选了九个体格魁梧的。白家也取军士的衣服穿了,与九人打扮做一样,共凑成十人,一同步行到酒肆,就坐在袁柳庄对面吃酒。袁柳庄忽然抬头看见,吃了一惊,忙起身看着燕王道:"此相,帝王也。如何在此,莫非是燕王么?"因拜伏于地道:"殿下他日贵不可言,不宜如此轻行。"燕王假惊道:"你这人胡说,我十人皆宿卫长官,什么殿下!"袁柳庄又抬头一看道:"殿下不要瞒我。"燕王笑一笑,就起身去了。不多时,即召袁柳庄入见,因问道:"寡人之相,果是如何?汝当实言,不可妄赞。"袁柳庄道:"殿下龙形凤姿,天高地阔,额如圜璧,伏犀贯顶,日丽中天,五岳附地,重瞳龙髯,五事分明,二肘若玉,异日太平天子也。"燕王道:"汝之称许,虽不尽妄,但天子之言,则未足深信。"袁柳庄道:"殿下若果应天子之相,请自看脚底有两黑痣,文尽龟形,方知臣言不妄。"燕王喜道:"寡人足底,实有两黑痣,从无人知。卿论及此,真神相也。但寡人如今守王位,何时能脱?"袁柳庄道:"必待年交四十,须过于脐,方登大宝。"燕王大喜道:"若果如卿言,定当厚封。"赏赐千金,命出不提。

且说燕王原有大志,时时被道衍耸动,又经袁柳庄相得如神,便满心欢喜,决意图谋。因命心腹臣张玉、朱能,暗暗招兵买马,聚草屯粮,只候太祖晏驾,便行好事。时时差人入京察听。

此时天下太平。太祖虽则虑皇太孙不能常有天下,却见他仁孝异常,十分爱他,竟为他图谋万全。一日视朝,因问各边将官名姓。兵部对答不来,太祖又问道:"诸臣中也有知道的么?"只见礼部主事齐泰出班,将各边名姓,一一奏明,不遗一个,又且随并方略陈之。太祖大喜,就升齐泰为兵部尚书。因顾谓皇太孙道:"朕事事都为你处置停当,你只消安享太平,但要修身齐家,敬承天命。"

皇太孙叩头谢恩退出。因思皇祖之言,不觉忧形于色。就坐在东角门踌躇,适遇太常卿黄子澄走过。这黄子澄,曾为皇太孙侍读过。看见了,遂问道:"殿下为何在此,有不悦之色?"皇太孙道:"适才皇祖圣谕,说事事为孤处置停当,遗孤安享,真天高地厚之恩。但孤思之,尚有一事未妥,孤又不便启奏。"黄子澄道:"何事?"皇太孙道:"方今内外,俱安无事,独诸王分封太侈,又拥重兵,加以叔父之尊,倘不肯逊服,何以制之?"黄子澄道:"昔汉文帝分封七国,亦过于太侈,太傅贾谊痛哭流涕上书,言尾大不能掉,后来必至起衅。文帝不听,至景帝朝,吴王濞果警跸①出入,谋为不道。赖晁错划策,渐渐消夺浸弱。后虽举兵,便易制也。此前事也,异日若有所图,当以此为法。此时安可言也!"皇太孙听了,方欢喜道:"先生之言甚善,孤当佩之于心。"说罢,各各回去。只因这一语,有分教:君亲无仁义之心,骨肉起嫌疑之衅。不知后事如何,且看下回分解。

---

① 警跸(bì)——古时帝王出入称警跸。

# 第　六　回

## 建文帝仁义治世　程教谕术数谈兵

话说太祖在位三十一年,享年七十一岁,忽一日寝疾①不愈。皇太孙日夜侍奉,衣不解带,饮食汤药,俱亲手自进。太祖病了两月,到闰五月一日,鼎湖上升②。皇太孙躃踊③哭泣,哀毁骨立。群臣百姓,望见其毁瘠之容,深墨之色,与哭泣之哀,莫不举手加额,喟喟有至德之思。到十六日,始遵遗诏,登了大宝。改元建文,大赦天下,并颁孝诏于天下。诏颁去后,忽闻诸王皆来会葬。建文帝因诏百官商议道:"诸王各拥重兵,借会葬之名,一时齐集京师,恐有不测。奈何?"太常卿黄子澄出班奏道:"诸王齐集,诚为可忧,陛下虑之良是。但陛下颁诏止之,诸王必不肯服,且示疑畏。须早草遗诏一道,称地方为重,诏诸王唯在本国泣临,毋得奔丧。则会葬之举自然止矣。"建文帝道:"卿言有理,然既称遗诏,何不更于诏尾添一条,令王国所在吏民,悉听朝廷节制。"黄子澄道:"圣谕允合机宜,宜速为之。"建文帝因命翰林草诏,即刻颁行。

诏到各国,诸王开读了,皆大怒道:"父王殡天,何等大事! 即庶民父子,也须抚棺一恸,况诸子备居王位,哪有不奔丧会葬之理,这还说地方为重! 如何叫王国吏民,悉听朝廷节制! 殊与丧礼之遗诏无关,这明明是怕我们会葬生事,故假遗诏以弹压耳。"诸王虽怒,却也没奈何,只得于本国泣临罢了。

唯燕王有心窥伺,一闻太祖驾崩,即走马奔丧。及遗诏下时,早已到了淮安。燕王接了遗诏,不肯开读,道:"诏书原敕孤到本国开读,孤已先出境,今虽路遇,却不敢违旨路开。烦钦使先至本国,容孤走马到京会葬

---

① 寝疾——因病而卧床。
② 鼎湖上升——指皇帝死亡。典出黄帝铸鼎于荆山,鼎成,有龙迎黄帝上天。见《史记·封禅书》。
③ 躃(bì)踊——捶胸顿足,形容哀痛的情状。

过，然后回国开读，便情礼两尽了。"赍诏官听了，哪里敢强他开；又知诏书是只他会葬，若放他到京，岂不获罪，只得奏道："殿下大孝所感，既已匆匆出境，又匆匆而回，自非殿下之心；但适与遗诏相遇，若弃而竟行，亦似不可。乞殿下少缓数日，容臣遣人，星夜请旨定夺，方两不相碍。"燕王不得已，只得在淮安住下。不数日，只见朝廷差了行人，赍了敕书，勒令燕王还国。燕王见敕，起怒道："望梓宫①咫尺不容孤一展哭泣之诚，是断人天伦也。既无父子，何有君臣！"遂恨恨而归。还到本国，即与道衍商议道："父皇新逝，孤欲亲到京中，看他君臣行事如何。无奈一诏两诏，勒令还国，殊可痛恨。"道衍道："遗诏但只殿下一时不会葬，未尝只殿下终身不入朝。请待葬期已过，殿下悄悄去入朝，看他们行事，未为不可。他难道又好降诏拦阻？"燕王听了大喜道："汝言有理！"

　　到了建文元年二月，竟暗暗发驾入京。到了关外，报单入城，朝中君臣，方才知道。果然不好拦阻，只得宣诏入朝。燕王原是个英雄心肠，横视一世。此时建文帝是他侄子，素称仁柔，谅不能制他，又看得两班文武，如土木偶人，全不放在心上。故进了朝门，径驰丹陛，步步龙行虎跃，走将上去。到了殿前，又不山呼万岁，行君臣之礼，竟自当殿而立，候旨宣诏。忽左班中闪出一人，执简当胸，俯伏奏道："天子至尊，亲不敌贵，古之制也。今燕王擅驰御道，又当陛下不拜，请敕法司拿下究罪。"燕王听了大惊，忙跪奏道："臣棣既已来朝，焉敢不拜。但于路伤足，不能成礼，故鹄立候旨。"建文帝传旨道："皇叔至亲，可勿问说不了。"又见右班中闪出一人，俯伏奏道："天子伯叔，何代无之！自古虎拜朝天，殿上叙君臣之礼；龙枝拂地，宫中叙叔侄之情。今燕王骄蹇不法，法当究治。"建文帝又传旨道："皇叔至亲，朕为屈法，可勿问也。皇叔暂退，容召入宫相见。"燕王奉旨趋出。早有户部侍郎卓敬，俯伏奏道："燕王智虑绝人，酷类先帝，况都北平，乃强干之地，金元所兴也，不如乘其有罪，早除之以绝后患。若陛下念亲亲之谊，不忍加诛，当徙封南昌，以绝祸本。"建文帝大惊道："燕王至亲，卿何论至此！"卓敬道："杨广、隋文②，非父子耶？"建文帝听了，默然良久道："卿且退，容朕细思。"卓敬退出不提。却说燕王趋出，忙问左

①　梓宫——帝王、后妃所用，以梓木做成的棺材。
②　隋文——隋文帝杨坚。

右道："此二臣为谁?"左右道："右班乃御史曾凤韶,左班乃侍中许观。"燕王叹道："莫谓朝中无人!"候宫中朝见过,恐怕有变,忙忙还国去了。

再说齐泰、黄水澄密奏于帝道："燕王名虽入朝,实是窥伺动静。又当陛下不拜,藐视朝廷。既经御史、侍中弹劾,就该敕法司拿下,以绝祸根,不宜纵虎还山,以贻后患。"建文帝道："燕王为先帝爱子,今山陵骨肉未寒,即以小礼治之,不独失亲戚之义,而亦非孝治天下之道,朕不忍为也。"齐泰又奏道："陛下以仁义待人,真尧舜之心也,但恐人不以尧舜之心待陛下。今闻燕王以张玉、朱能为心腹,招军买马,聚草屯粮,又遣人招天下异人,以图不轨。今不剪除,必有后患。"建文帝道："燕王既所为不法,当徐图之,决不可因其来朝,辄加谋害,以生诸王之心。"因顾黄子澄道："先生尚记东角门之言乎?"黄子澄道："臣安敢忘! 但事须渐次图之,不可骤也。"建文帝道："渐次当从何国为先?"黄子澄道："燕王预备已久,一旦削之,彼或不反,是促其反也。今闻周王与燕王,相与甚密,结为唇齿。若是先削周王,使燕知警;燕不知警,再加削夺,则势孤而可取矣。"建文帝道："容朕熟思而行。"

到了次日,建文帝览表,竟然见四川岳池教谕程济一本,奏道："臣夜观乾象①,见荧惑守心②,此兵象也。臣以术数占之,明年七月,北方有大火起,侵犯京师,为害不小。乞陛下先事扑灭,无贻后悔。"建文帝见了,甚是忧惧,因下其章,命群臣合议。群臣奉旨会议,奏道："程济以一教谕,无故出位,妄言祸福,且事关藩主,大逆不道,罪当斩首。"建文帝见奏,暗想道："北平燕王,谋为不轨,已有形迹。这程济一小官,而敢于出位进言,必有所见。今其言安与不安,尚未可知,而无端先斩其首,岂不冤哉。"次日设朝,召程济入朝,而叱之道："你多大官儿,有何才能,辄敢妄言祸福! 可细细奏明。"程济道："臣子官阶,虽有大小,而忠君爱国之心,则无大小也。出位言事,固有大罪,然知而不言,则其罪不更甚于出位乎! 臣济幼年,曾遇异人传授,善天文术数之学。今观荧惑守心,久而不退,且

① 乾象——天象。
② 荧惑守心——荧惑,火星的别名;心,心宿,二十八宿之一,有星三颗。火星围绕心宿三星,古人认为是战争征兆。

王气见于朔方①,不但明年北方兵起,而弑夺之祸,有不忍言者。陛下躬
尧舜之仁,以至诚治世,文武群臣,又皆白面书生,但知守常,而不知驭变,
恐一旦噬脐②,悔之晚矣。臣明知其故,岂敢惜一死,而不为陛下陈之。"
一面奏,一面痛哭失声。建文帝听了,殊觉动情,尚不忍加罪,当不得左右
朝臣,一齐跪下,奏道:"今治国有道,臣子论事有体。今天下太平,国家
全盛,而程济借术数荒唐之说,敢痛哭流涕,而妄言祸福,以耸动人主,当
与妖言惑众同罪。陛下若不明正典刑,则谶纬之学进,而仁义道德之政
微,何以治世? 何以示后?"建文帝闻奏,心虽知程济之忠,但屈于群臣交
论,无可奈何。正要传旨拿人,忽视程济又叩头奏道:"臣罪至大,固不敢
求赦,但求陛下缓臣之死,将臣系狱,候至明年七月,北平若无兵起,臣到
那时,虽被斩首亦甘愿矣。"建文帝道:"此时斩汝,殊觉无名,到明年斩汝
未迟。"因传旨将程济下狱,候至期定夺。武士领旨,就将程济押入狱中
监禁。只因这一事,有分教:今日触怒皇上之日,异日可显忠臣之日。毕
竟后来如何应验,欲知端的,请看下回分解。

---

① 朔方——北方。
② 噬脐——比喻后悔已晚。

# 第 七 回

## 葛诚还燕复王命　齐黄共谋削诸藩

诗曰：

帝王立国最难论，治到亲亲更失伦。

大赦无加谁见德，严纶才及便伤恩。

仁柔寡断终非圣，惨刻由人亦是昏。

览史不须三叹息，枝柯虽异实同根。

话说建文帝将程济下了狱，群臣退出，遂驾至便殿，遣人密召齐泰、黄子澄入殿，说道："程济之言，虽未足深信，然燕王之心，路人知之，亦不可不备。"齐泰奏道："燕王久蓄异谋，但未发动，若以春秋无将之义①诛之，亦未为不可。但陛下存心仁义亲亲，又不欲以隐罪加兵。若不预备，恐一旦有警，猝难图也。"建文帝道："备固不可少，但何以备之？"齐泰道："臣已思之熟矣。目今北平缺布政，臣举工部侍郎张昺。此人忠直，有心计。改他为北平左布政使，圣上直谕其事，使他时时察访燕王举动。倘有异谋，即可扑灭。"黄子澄道："张昺文臣，恐不济事，莫若再升谢贵为都指挥使，同守北平，则万无一失。"建文帝听了大喜，遂传旨吏兵二部，着升张昺为北平左布政使，谢贵为都指挥使，二臣临行，建文帝诏入便殿，面谕同察燕王之事。

二臣领旨趋出，即时上任。报到北平，燕王忙召道衍商量道："朝廷差张昺、谢贵来，明明是疑我，预作防御之计，但不知是谁人起的衅端？又闻有一人奏称明年北平兵起，现今监候，不知此是何人，有此先见？寡人欲差一人前去打探。你道何如？"道衍道："打听固好，但得心腹机密之人方妙。"燕王道："长史葛诚，寡人素待之厚，况其人谨慎可用。"因召葛诚入内，面谕道："寡人本高皇帝嫡亲第四子，先懿文皇兄既已早薨，秦晋二王，又相继而逝，承大统者，舍寡人而谁？今允炆小子，侥侥得国，不思笃

----

① 春秋无将之义——无将，不得叛乱。《公羊传·庄公三十二年》："君亲无将，将而诛焉。"

亲亲之义,尊礼诸叔,乃当太祖晏驾之初,就假传遗诏,不许诸王会葬,断人父子之恩。今又铨选官吏,监察人国,全无叔侄之情。推其设心置虑,不尽灭诸王不已也。此虽允炆小子不知世故所为,当必有奸臣为他图谋,故至此也。今遣汝入朝,只说奏报边情,并防御之功,实欲汝细细访明:朝中当国者何人?用事者何人?朝廷意欲何为?寡人好为防备。汝若能打听详明,归来报命,寡人异日得志,定有重赏。"葛诚道:"臣既蒙殿下委用,敢不尽心图报。"燕王大喜,赐宴遣行。

葛诚领了王命,赴京而来。一路想道:"孔子尊周,尊天子也。我虽燕臣,然燕、王也,建文、天子也,即我之臣燕,实受天子之命,以臣燕也。若受燕王之命,而图建文,是尽小忠而失大忠也。岂孔子尊周之意哉。"主意定了,及到京师,报名朝见。建文帝正要问燕国消息,随即召人。葛诚朝见过,一一将燕王要他奏报边情并防御之事,数陈明白。建文帝道:"燕王为朕坐镇北平,使边疆无虞,非不劳苦功高,但君臣有分,各宜安之。朕既承先帝传位,年虽冲,君也;燕王职列藩位,分虽叔,臣也。前入朝时,擅驰御道,当陛不拜,藐视朕躬,廷臣交论。朕念亲亲,置之不问,自宜洗心涤虑,安守臣节。奈何北来之人,尽道燕王屯集军马,招致亡命,以图不轨。廷臣皆劝朕先事扑灭,朕思欲以仁孝治天下,先于骨肉摧残,岂齐家治国之道。故中外有言,朕俱不信。汝真诚之士,燕王所为,果系何如,可细细奏知。"葛诚因俯伏奏道:"臣蒙陛下圣恩,拔为燕府长史,则燕王、主也,臣、臣也,以臣言主之过,罪固当死。然陛下又天下主也,臣若讳而不言,则是以臣下之臣,而欺天下之主,罪尤当万死。故臣宁甘受负燕王之罪,而不敢当负天子之罪,故不得不实言。燕王近日所为,实如陛下所闻。即臣今日之朝,亦欲臣打探消息,非真为奏报边情也。"建文帝听了,叹息道:"汝一小臣,能斟酌大义,不欺朕躬,真忠义臣也。朕当留汝大用。但燕王既如此设谋,将来必有不测,朕若欲更遣人打探,未必忠义如卿,莫若暂屈卿,仍委身燕国,就以燕王之耳目,作朕之心腹。虽曰小就,实为朕之大用也。异日事定,当有重报。"葛诚道:"陛下既诚心委用,臣敢不竭其犬马?臣还国之后,凡有闻见,即报陛下。"建文帝大喜。又细细问燕王举动,葛诚俱一一奏知。建文帝长叹道:"燕王与朕同本同枝,何不相忘如此!"留葛诚数日,恐燕王动疑,即赐宴遣还。

葛诚回到燕国复命,燕王问道:"曾召见否?"葛诚道:"臣到之日,即蒙召见。臣将边情叵测,并殿下防御之功,细细陈说。皇上大喜,甚称殿下劳苦功高。"燕王又问道:"曾问寡人有异志否?"葛诚道:"竟不问及。"燕王又问:"你访得前日张簸、谢贵,是谁之意遣来?"葛诚道:"是兵部尚书齐泰,太常寺黄子澄二人之意。"燕王又问:"前日有人奏北平兵起者是谁?"葛诚道:"是教谕程济。皇上不听其言,今已监禁狱中,只待过期斩首。"燕王又问:"有人议论欲加兵于寡人否?"葛诚道:"时时有人,皇上都不深信,决不允行。"燕王道:"据你说来,他竟相忘于寡人矣。"葛诚道:"纵不相忘,亦实无苛求之意。殿下不必疑之。"燕王道:"既如此,寡人可无忧矣。"遂命出。因召道衍商量道:"吾观葛诚言语支离,似怀二心,以后有谋,不可使知。"道衍道:"葛诚腐儒,但知小忠,而不知开国承家之大计,宜有如殿下所虑者。但未可说破,留彼讹以传讹可也。"燕王点头称是,按下不提。

却说建文帝自闻葛诚之言,方信燕王阴谋不轨是实,日夜忧心。到了元年四月,忽有人告周王橚[①]与燕、湘、代、岷四府通谋,建文帝因召齐泰、黄子澄商议道:"二卿前言削周使燕知警,朕非不即举行,因念无实迹可据,而辄加废削,非亲亲之道。今既有人告周王与四国通谋,则废之削之,不为无辞矣。朕意欲降诏,削周王爵为庶人,迁之他方,使彼此不相顾,庶可无忧。"齐泰道:"陛下念及此,社稷之福也。若明明降诏削爵,则周王必不奉诏,即连合四国,而兵起矣。莫若密遣一武臣,提兵暗至其地,执之到京,然后削之迁之,方无他变。"黄子澄赞赏道:"齐泰之言甚善。"建文帝道:"二卿如此尽心谋国,何忧天下不治。但此举谁人可遣?"黄子澄道:"曹国公李景隆,实有文武全才,陛下遣之,当不辱命。"建文帝依奏,即传旨,令李景隆暗领兵马,擒捉周王并家属到京回话。

李景隆领了密旨,悄悄带了一千甲士,潜至河南,将周王府围住,一一捉出周王并世子阖宅眷属,不曾走了一个,尽解至京师复命。朝廷发下旨意,说周王大藩,不思卫关,乃交结诸王,谋为不道,本当加法,笃念亲亲,姑削王爵,废为庶人,改迁云南,涤心易虑,以保厥终。周王奉旨有屈无伸,只得领了世子眷属,迁往云南而去。

正是:

  九重龙种高皇子,一旦迁为滇庶人。

---

① 橚(sù)——草木茂盛。

王法无情乃如此,算来何贵又何亲。

周王迁废之后,各国亲王闻知,俱大惊疑,各不自安。山东齐王,恐怕朝廷议己,因轻身入朝,留住京师数月。看见朝廷举动,一味仁柔,全无重兵防御,心下想道:"京师重地,疏虞至此,若有精兵一支,可袭而得也。"因悄悄差一心腹归国,密令护卫柴真,训练兵马,以图袭取。不料差的心腹,一时不密,为青州中护卫军曾深探知,竟入京告柴真练兵从王谋反。有旨拿柴真赴京师典刑,废齐王傅为庶人还国。

过不多时,又有人告湘王伪造宝钞,及残虐杀人等事。廷臣议欲加罪。建文帝念其事小,但降诏切责,令其修省。原来湘王名柏,是太祖第十一子,生得丰姿秀骨,具文武全才,好结交名人贤士。自分封到荆州,造一景贤阁,以延揽四方俊彦,一国士民皆称为贤王。今忽被诏书切责,心甚不平,因口出怨言,谢恩表又词多不逊。朝廷大怒,发兵至荆州围其城,又围其宫,欲执之京师,削夺迁徙。湘王愤恨,便欲自尽。左右劝解道:"殿下无罪,到京自有辩处,何苦乃尔。"湘王道:"寡人非不自知无大罪。但思寡人是太祖之子,今上之叔,南面为王,尊荣极矣。如今为小人离间,遣兵相逮。若至京师,自当听一班白面书生、刀笔奴吏妄肆讥议,心实不堪。况太祖不豫,寡人不及视疾;太祖殡天,寡人又不能会葬,使寡人抱恨且痛,何乐为人!而犹欲向奴吏之手,苟求生活,寡人不愿也!"因痛哭,呼"太祖父皇"不已,洒泪满地,泪尽继之以血。左右见者,皆唏嘘不胜。湘王又道:"寡人王者,仓促效庶民自裁,殊失大体。"因命宫中纵火,聚妃妾于大殿,自具衣冠,向北拜辞宗庙。拜毕说道:"寡人文武才也,苟为乱,孰能当之!"遂乘马执弓,跃入火中而死。阖宫妃妾,尽皆赴火焚死。使者细细回奏,建文帝听了,惨然不乐。

过不多时,又有人告岷王凶悖,有旨削其护卫。过不多时,又有人告代王贪虐,将为不轨。朝廷议要发兵讨之,侍读方孝孺奏道:"治民者当以德化,不当以威武,况诸王至亲乎? 诸王有过,若尽用兵,则存者无几,枝叶尽而根本孤,岂立国亲亲之道哉?"建文帝道:"朕亦知威武不如德化,但诸王骄肆异常,非德化所能入。朕之用兵,不得已也。"方孝孺道:"人生有贤有不肖,贤者、不肖之师也。臣闻蜀王好善乐道,四海钦其贤哲。今代王不肖,与其发兵执之,莫若下认,迁之于蜀,使与蜀王相亲,则不肖者,将渐积而为贤矣。"建文帝闻奏大喜:"卿言是也,惜朕不早闻此佳谋,令骨肉多惭。"因诏迁代王于蜀。只因这废削五个亲王,有分教:衅起朝廷,祸生藩国。不知后来如何,且看下回分解。

# 第 八 回

## 徐辉祖请留三子　袁忠彻密相五臣

话说周王、齐王、湘王、岷王、代王，不上一年，尽皆废削。报到燕国，燕王大怒道："允炆小子，如此听信奸臣，杀戮诸王，如同草芥。今我若不发兵制人，后将渐次及我矣！"遂欲举兵。道衍忙止住道："举兵自有时，此时若动，徒费刀兵，未能成事。"燕王道："若不举兵，目今太祖小祥①，例当入祭。寡人不往，朝廷必疑；寡人若往，朝廷奸臣甚多，又恐不测，却将奈何？"道衍道："殿下不可往，宜遣世子代之。"燕王道："遣世子代往固妙，倘拘留世子为质，又将奈何？"道衍道："臣已算定，彼君臣不知大计。我以礼往，彼留之，畏我有辞，必不敢留。"燕王道："既不敢留，单遣世子高炽一人，莫若并遣次子高煦、三子高燧同往之，更为有礼，愈也使朝廷不疑。"道衍道："殿下之言是也。"燕王遂遣三子，备了祭礼同往。

到了京师，朝见过，齐泰密奏道："燕王不自来，却遣三子来，当拘留他。拘留三子，亦与拘留燕王无异。乞陛下降诏拘留之，以系燕王之心。"黄子澄道："不可，不可！前日废削五王，皆五王自作之孽，非朝廷无故加罪。今燕王遣三子来行祭礼，是尊朝廷，无罪也；无罪而拘留之，则燕王之举兵有辞矣。莫若遣还，以示无知。"建文帝道："拘留非礼，子澄之言是也。"

原来燕王之妃，即魏国公徐辉祖、都督徐增寿之妹，燕王三子，即辉祖之甥。三子到京，就住在母舅徐辉祖府中。辉祖见次甥高煦，勇悍无赖，因暗暗入朝密奏道："燕王久蓄异志，今遣三子来，实天夺其魂。陛下留而剪除之，一武士力耳；若纵归回，必贻后患。"建文帝道："留之固可除患，但恐无名。"徐辉祖又奏道："臣观三子中，次子高煦，骑射绝伦，勇而且悍，异日不独叛君，抑且叛父，陛下拘留无名，乞且遣世子并高燧还国，单留高煦，亦可剪燕王之一臂。"建文帝踌躇不决，命辉祖退出。召徐增

_____

① 小祥——父母死后一周年的祭礼。

寿问之,不期增寿与燕王相好,力保其无他。建文遂不听辉祖之言。俟太祖小祥,行毕祭礼,竟有旨着三子还国。辉祖闻旨,忙忙入朝,犹欲劝帝拘留。不期又被增寿得知消息,忙通知高煦。高煦大惊,此时旨意已下,遂不顾世子与高燧,悄悄走入厩中,窃辉祖一匹良马,假说入朝,竟驰马出城而去。辉祖候了一会,见建文帝无意拘留,因暗称道:"朝廷虽不拘留,我即以母舅之尊,留他些时,亦未为不可。"忙归府中。早有人报知高煦窃马逃去之事,辉祖大惊,忙差人追赶。去远追不及了,心下想道:"高煦既遁,留此二甥何益?"遂奉明旨送二甥归国。

正是:

> 忠臣虽有心,奸雄不无智;
>
> 岂忠不如奸,此中有天意。

却说世子高炽并高燧,赶上高煦,一同归见燕王,将前情一一说了。燕王大喜道:"吾父子相聚,虽彼君臣所谋不臧①,实天赞我也,何忧大事不成!"因问道:"近日朝廷有何举动?"世子道:"亦无甚举动,但闻要册立皇子文奎为皇太子。"燕王笑道:"先皇兄既号懿文,他又自名允炆,改年号又曰建文,今太子又命名文奎,何重复如此!使臣民呼年与呼名相同,无乃不祥乎?且文奎二字,乃臣下儒生之常称,岂有一毫帝王气象?小子吾见其败也。"

过不多时,忽闻有旨,以都督耿瓛②掌北平都司事,以左佥都御史景清署北平布政司参议,又遣都督宋忠,调缘边各卫马步军三万,屯开平备边,燕府精壮,悉选调隶于宋忠麾下。燕王闻报大怒,因与道衍说道:"前遣张籹、谢贵二人来,明明为我,又今遣耿瓛、景清、宋忠三人来,亦为我也。朝廷如此备我,我其危矣。"道衍笑道:"殿下勿忧。臣视此辈正如行尸耳。莫说这五人,即倾国而来,有何用处?"燕王道:"寡人闻人说,景清、宋忠,皆一时表表人物,汝亦不可轻视。"道衍道:"非臣轻视,彼自不足重耳。殿下若不信臣言,有神相袁柳庄之子,名唤袁忠彻,相亦称神。待三司官来谒见,例当赐宴。赐宴时,可令袁忠彻扮作服役之人,叫他细相五人,便可释大王之疑矣。"燕王道:"如此甚妙。"

---

① 臧——善。

② 瓛(huán)——古代的一种玉,长九寸。这里是人名。

　　不数日，景清等俱到，朝见过，燕王择了一日，令一同赐宴三司官。这日景清、宋忠、耿瓛，并张籔、谢贵，一齐都到，照官职次第坐定饮宴。燕王叫袁忠彻假作斟酒人役，杂于众人中，执着一把酒壶，将五个大臣细细相了。不多时，宴毕散去。燕王问袁忠彻道："五人之相何如？"袁忠彻道："宋忠面方头阔，可称五大，官至都督至矣，然身短气昏，两眼如睡，非大福令终之人。张籔身材短小，行步如蛇。谢贵臃肿伤肥，而神气短促。此二人不成大事，目下俱有杀身之祸。景清身矮声雄，形容古怪，可称奇相，为人必多深谋奇计，殿下当防之，然亦必遭奇祸。耿瓛颧骨踵鬓，色如飞火，相亦犯凶。以臣相之，此五臣皆不足虑也。"燕王闻言，大喜道："若果如此，寡人无忧矣。"只因这一相，有分教：今日评论术士之口，异日血溅忠臣之颈。欲知后事如何，请看下回便知。

# 第 九 回

## 避诏书假装病体　凑天时暗接龙须

话说五臣在燕府宴毕散去，到了次日，宋忠即奏诏旨，要调选燕府精壮兵马，隶守开平。燕王因问道衍道："如此奈何?"道衍道："任他调去不妨。"燕王道："府中精壮，能有几何，若被他调去，明日谁人为用?"道衍笑道："调是凭他调去，用是终为我用，殿下勿忧。"燕王犹不深信，然无可奈何，只得开了册籍，听宋忠选调。不期这护卫中有两个官旗，一个叫做于谅，一个叫做周铎，俱是精壮，大有勇力，恰恰宋忠选调中有他二人名字。他二人商量道："我二人皆燕王心腹，异日燕王举义，我二人在阵上一刀一枪，博得个封妻荫子，也不枉一身本事。今若调去守边，混杂行伍中，何日能出头?"遂用银子，在管事人手中，买脱名字，又另签两个。那两人不服，访知于谅、周铎密议之言，就告在百户倪谅处。倪谅闻知，见事有关系，就星夜奔到京师关下告变。建文帝即传旨，将于谅、周铎二人，拿至京师，付法司审问。法司严刑拷打，审出真情，遂将二人斩首。因二人口称"异日燕王举义"等语，遂降诏切责燕王，诏曰：

> 天下一家，国无两大。朕系高皇帝嫡孙，既承大统，王虽尊，属臣也。前入朝不拜，擅驰御道。朕念亲亲，屈法赦王。王宜改过，作藩王室。奈何蓄谋叵测，致及士卒有异日举义之词。其为大逆不道甚矣。姑念暧昧不究，诏书到日，宜尽削护卫，以尊朝廷。特诏。

诏书将到之日，燕王先已探知，忙与道衍商量道："朝廷有诏来，迫我甚矣。此时若不举事，尚待何时?"道衍道："此时尚早，王须耐之。"燕王道："非寡人不耐，诏书一到，何以对之。"道衍道："这也不难，殿下只托疾，不开读便了。"燕王点头解意，遂假装中恶之病，忽然佯狂起来，也不带人，也不冠履，竟跑出宫来，满街乱走。宫门近侍，谁敢拦阻，只得紧紧跟随。燕王走入市中，看见各店饮食，便取来乱吃。哭一回，笑一回，口中胡言乱语。走得倦了，看见街上土堆，便睡在上面，全不怕汗秽。近侍慌了，只得抬入宫去，遍召医生下药。或说中痰，或说中风，俱不知其故。

　　过了数日，诏书到了，因王病狂，不省人事，只得将诏书供在殿中，候王病好开读，写表申朝廷。布政张昺，都司谢贵，每日入宫问疾。此时夏月，天气炎热，见燕王拥着烘炉而坐，犹寒战不已。张昺退出，与谢贵说道："燕王何等英雄，今一旦狼狈如此，真朝廷之福也。我欲飞表，将燕王实病消息，报知朝廷。谢贵道："你我外臣，纵然体察，不过得其大概，内中发病详细，必须会同葛长史，共同出本详报，方见你我做事的确。"张昺道："有理。"遂密遣心腹吏李友直，请葛长史来议事。葛诚被请至，问道："二位大人，有何见谕？"张昺因斥退左右，邀入密室，说道："我等奉命，来守兹土，实为监制燕王。若有差池，我等罪也。今幸燕王大病，昨见他这等炎天，尚拥炉称寒，料不能痊矣。就使好了，也难图大事。故拟会同贵司，将燕王病状，细细奏闻，使朝廷得以安枕。你我责任，也可以少些。"葛诚道："二位大人若如此轻视燕王，我等不久皆为燕王戮矣。"张、谢大惊道："何以至此！"葛诚道："燕王之疾，诈也。就其诈而急图之，使彼不暇转圜，庶可扑灭。若信以为真，防守一懈，彼突然而起，则堕其术中矣。"张昺道："贵司何以知其诈，莫非有所闻见乎？"葛诚道："非有闻见，以理察之。盖因让责诏书将到，不便开读，故作此病态，固不可知。然夏月非拥炉之时，而故拥炉，拥炉非有寒可言，而特特言寒，非诈而何？"张、谢二人听了，连连点头道："若非贤长史才智深微，几乎被他瞒过。但此事如此区处？"葛诚道："如今可乘其诈病，人心解体之时，急急请旨，夺其护卫，拿其官属，然后系之逮之，一夫之力耳。"张昺大喜道："承教，承教！即当行之。"葛诚、谢贵辞出，张昺就在后堂，斥退书吏，写下表章稿儿，报说燕王之病是诈，乞速敕有司削夺护卫，并拿有名官属等事。做完本稿，又亲自写成表章，密密封印停当。犹恐怕内中有甚差讹，拿着本稿，只管思察。不料一时腹痛，要上东厕。本稿不敢放下，就带到东厕上，重复审视。看了半晌，觉无差错，便将本稿搓成一团，塞在厕中一堵破墙缝内，料无人知。上完厕，走了出来，将封印好的本章，差人星夜送往京师去了。

　　不料这事被那心腹吏李友直看在眼里。原来这李友直，最有机智，久知燕王是个帝王人物，思量要做个从龙功臣，时常将张昺的行事，报知燕王，以为入见之礼。燕王甚是欢喜，吩咐管门人说："这人来，即时引入见我，不可迟缓。"这日，恰恰李友直看见张昺叱退书吏，自坐后堂，写下表章。知与燕府有些干碍，便留心伏在阁子边，悄悄窥看。看见张昺写完表章，封印停当,又看见他将本稿带到厕上,去了半晌,及出来,都是空手,步到堂上,发过本,自回私衙去了。李友直放心不下,走到后堂,细细搜寻。不见有甚踪迹,又走到厕上来寻。也是合当有事,那厕边破墙缺中,露出一些纸角来。他信手扯出来,理清一看,恰正是参燕王的本稿,谢贵、葛诚,俱列名在内。遂满心欢喜,以为此本稿,又是一个进身好机会,忙忙拿了,即去报知燕王。走到燕府,管门人认得李友直,是燕王吩咐的人,即时引他入见燕王。李友直将张斆之事,说了一遍,就将本稿呈上。燕王看了,大怒道:"这等奸臣,怎敢如此害我,我必要先杀他!"就对李友直说道:"你为寡人如此留心打探,异日事成,寡人自然重重赏你。"李友直叩谢,退出去了。

燕王就召道衍,将本稿与他看,又说道:"寡人诸事已备,如今时势又急,正宜发动,不可迟缓。"道衍道:"大王独不记袁柳庄神相之言乎?他许大王年交四十,髯过于脐,方登大宝。今大王年虽才交四十,似乎可矣,但臣窃观大王,髯倘未过于脐,则犹未可也。"燕王听了,不悦道:"年可坐待,而髯之长短,却无定期,如何可待?若必待髯长过于脐,方登大宝,寡人恐大宝之登,又成虚望了。"道衍道:"大福将至,鬼神自然效灵,非可寻常测度。愿大王安俟之,髯生不过旦暮事耳。"燕王似信不信,无可奈何,只得退入内宫,时时览镜,自顾其髯,或拈弄而咨嗟,或抚视而叹息。

徐王妃见了,问知其故,暗想道:"髯乃气血所生,必积渐而后长,怎能顷刻便过其脐。王情急切,何以得安,必须如此如此,方可稍慰王怀。"算计定了,因治酒,苦劝王饮。燕王被诳,多饮几杯,不觉大醉,就倒在榻上睡下。徐妃乘王睡熟,因将自己头发,检选了数百根,摘下来,悄悄用手将一根根都打一个结儿,结在燕王龙须之上。接完了,再用手细细拂拭,竟宛然如生成一样。及燕王酒醒,坐起身来,徐妃贺道:"恭喜大王,美髯得时乘运,已长过于脐矣。"燕王听了,低头一看,用手一将,果然黑沉沉一缕香髯,直垂过脐,不觉又惊又喜。因看着徐妃笑说道:"我只睡得片时,为何须忽长如此?虽鬼神栽培,亦所不及。贤妃忙忙贺我,定知其故。"徐妃笑而不言,燕王再三盘问,徐妃方奏道:"此妾之发也,因见王情不悦,妾心正忧,故将妾发,戏接王须,以博大王之一笑。不期天假妾手,竟若生成,实大王之洪福也。"燕王听了,大喜道:"此乃凤毛接龙须也。"因挽徐妃同坐道:"贤妃有如此灵心,又有如此巧手,异日同享富贵,是贤妃自得,非寡人所及也。"二人甚喜。只因这一事,有分教:天心有定,人事凑合。欲知后事,请看下文。

# 第 十 回

## 北平城燕王起义　夺九门守将降燕

再说张籨疏到了京师,朝廷果差一个内官赍诏来,坐名捉拿护卫官属。又敕张籨、谢贵协同捉拿,不许走漏一人。张籨、谢贵得旨,便将北平城中护卫兵马,并屯田军士,俱调来布列城中,暗暗围着王府。又恐怕王城中有兵突出,复于端礼等门,尽将木栅塞断,甚是严谨。但未奉诏擒王,不敢逼入王宫,只日夜提防。而燕府中,只称王病,不开读诏书,内臣不敢拿人,捱了数日,见燕府只是如此,内臣急了,只得与张籨、谢贵商量道:"诏书原敕王自拿官属付我,而王只托病,不开读诏书,我辈岂敢妄动。"三人只得又共同飞疏,奏报朝廷。

朝廷又降下密敕与卫官张信,敕他乘入卫之便,手执燕王。张信接了密敕,大惊道:"朝廷殊无分晓,燕王何人,我一卫官,怎能手执?"又系密敕,不敢与人商量,只得告知母亲。其母甚是贤智,因说道:"此事断不可行。汝父在日,常说天下的王气,在于燕分。故今燕王所为所行,豁达大度,有王者气象。妾闻王者不死,岂汝所能手执? 若从密敕,轻举妄动,徒自取灭亡耳。"张信道:"若不执王,何以缴此密敕? 朝廷问罪,祸亦不免。"其母道:"不如转祸为福,密告于王。王无祸,则汝亦无祸矣。"张信细细忖度,知母言为是。遂暗怀密敕,走到燕府,要见燕王。府中人辞以王病,不敢通报。张信道:"我之要见王,非我私自要见,乃奉朝廷密敕要见。就病在床,也须一面。"府中人只得通报,就引他入去。燕王见张信奉敕来见,不知何意,愈加装出许多病态。张信见了,拜伏于地道:"微臣犬马之诚,实在殿下。殿下不必瞒臣,有事当与臣商之。王若必以臣为不诚,过加疑忌,则臣奉有密敕,在此执王,王须就执。"一面说,一面怀中就取出密敕,呈与燕王。燕王看了,真是密敕,忙忙起来,用手挽扶张信道:"贤卿救我一家性命,何以报德?"张信道:"君臣何言报也。但事急矣,愿大王早为之计,迟则恐有变。"燕王肯首道:"卿言是也。可暂退,即当举义,决不使朝廷累你。"张信因退出去。

　　燕王召道衍入宫,将密敕与他看了,遂问:"今用何计?"道衍道:"今大王不必问矣,年至四十,髯已过脐,将士聚集,兵马训练,钱粮充足,七月交秋,天时已至,朝廷一诏二诏,人事又迫,此时不举义,更待何时!"燕王大喜,遂召张玉、朱能入宫,谕以举义当从何起。朱能道:"士卫兵马,虽布满城中,不过虚张声势而已。大王起义之日,只消臣带护卫一二百人,先擒张昺、谢贵来,斩首祭旗,则其余自惊散矣。"道衍道:"将军以兵擒之,不如以计捉之。"朱能道:"国师有何计策?"道衍道:"只须依诏书将所逮官属收下,命谢贵、张昺入宫付之。彼一入宫,须如此如此擒之。"燕王大喜,遂传出命旨,称说病愈,约壬申日亲御东殿,将所逮护卫官属,照坐名拿下,召谢贵、张昺入宫,查明交付内宫,以复明诏。正传旨间,忽殿之前檐,堕下一片瓦来,跌得粉碎。燕王见了,不悦道:"莫非此举不祥?"道衍道:"此大吉之兆,非不祥也。"燕王道:"何以言之?"道衍道:"旧瓦碎,欲殿下易黄瓦耳。"燕王方才大喜。

　　到了壬申这日,燕王清晨出来,坐于东殿,暗暗埋伏精兵于殿旁之两庑,然后大集王府官僚,传出令言,召布政张昺、都指挥谢贵入宫,交付朝廷所逮官属。张昺、谢贵以为兵马围绕王府甚众,燕王计穷,诈病不能了局,故不得已而交付所逮官属,遂信为实情,昂然而入。走到殿前,望见殿上燕王,虽然病愈,却尚倚仗而坐,只得朝见。朝见过,因奏道:"前奉朝廷明诏,坐名逮护卫并官属人等,今又奉殿下令旨,捉拿交付臣等,故臣等特来朝见领去。"燕王道:"你要拿人么?这个容易。"将头一举,近侍就大呼道:"护卫何在,有旨拿人。"殿上只传得一声,两庑下早涌出二百精兵来。有许多跑到殿前,将张昺、谢贵绑缚起来。又有许多走到殿上,将长史葛诚拿将下去。三人被擒,忙大叫道:"此系朝廷明诏所为,与臣等何干?今殿下加罪臣等,莫非殿下之病尚未痊愈?"燕王大怒,因将所倚之杖,投于地上,大骂道:"我有何病,不过为你一班奸臣所逼耳!"张昺道:"殿下今日倚着伏兵,诱杀臣等,但恐朝廷闻知殿下擅杀钦命大臣,怎肯甘休!那时大兵临门,恐大王悔之晚矣。"谢贵道:"一时之怒,终身之祸,大王须三思而行。莫若姑留臣等,尚可挽回。"燕王道:"寡人大兵,就要南下,朝廷救死不暇,焉敢加予。今先斩汝三奸人之首,悬之藁街①,晓谕

_____

　　① 藁(gǎo)街——街市。

满城奸人，使他知警。留之何用！"因叱校尉，把三人推出斩首。

就要发兵去夺北平城九门，忽官僚中闪出一人，俯伏殿前，大声痛哭道："大王斩此三人，祸不久矣。"燕王视之，乃伴读余逢辰也。因骂道："迂儒！寡人今日起义，乃大吉之期，为何哭泣，说此不祥之语！"余逢辰道："臣见大王所为非礼，又有三大不可，故一时激切言之。至于吉不吉，祥不祥，不暇计也。"燕王道："有什么'三大不可'？"余逢辰道："朝廷，君也；大王，臣也。以臣杀君之臣，名分必有伤，此一大不可也。朝廷所有，天下也；大王所据，不过一隅。以一隅而欲抗衡天下，势力不敌，此二大不可也。朝廷不加兵，而以诏敕劝戒，仁义也；大王不谢过，而擅杀命臣，暴虐也。以暴虐而欲加仁义，人心必不服，此三大不可也。有此三大不可，故臣但见为取祸，不见为举义，乞大王加察。"燕王听了，又骂道："腐儒！只知死泥虚名，不知深思实义。寡人乃高皇帝嫡亲第四子，以上三皇兄皆薨，则高皇帝之天下，原寡人之天下，孰当为君，孰当为臣，天下虽大，而一小子与两班书生，岂能用之？寡人一隅纵小，明日兵出，不异汉之席卷三秦，势力又安在哉？若其不一年而废削五皇叔，今又兵围寡人，仁义乎？暴虐乎？寡人遵祖训，今日先诛此三奸，明日再举兵向关，尽除君侧之奸，使朝堂肃清，迹虽似乎暴虐，实大圣人之真仁义也。汝腐儒拘谨固执，安能知之！此等腐儒，留在世间，误天下苍生不少。"因命校尉，亦推出斩首。

随即令张玉、朱能，领兵擒捉围绕王城将士，并分夺省城九门。二将奉旨领兵突出，正要擒捉围城将士，不料围城将士，听见燕王杀了张昺、谢贵，大家心慌胆碎，一齐散去。及二将领兵突出王城，已不见一人。正欲分夺九门，忽见一将，领着千余人，竟奔府城而来。原来来的这将叫做彭二，也是一个都指挥，与谢贵同一营。听得谢贵被燕王诱去要杀，不胜愤怒，忙传号令，招呼兵将，要攻入王城去救。不料将士不齐心，一时招呼不来，招得半响，只招得千余人，遂领了竟奔王城而来。恰遇着张朱二将领兵而来，彭二一马当先，大叫道："燕王藩臣，敢于擅杀天子命吏，已犯大逆之罪。汝臣下之臣，复助纣为虐，其罪更当何如？"朱能大怒道："燕王举义靖难，汝等一辈为难奸臣，不杀何为！"因举枪劈面刺来，彭二忙侧躲过，亦举枪还刺。朱能初出王城，正要卖弄英雄，斗了数合，就乘空大喝一声"着"，将彭二刺死于马下。众兵见彭二刺死，早纷纷逃散。及张、朱分夺九门,九门将士,早有八门自知力不能敌,皆拱手而降。唯西直门守将坚持不下,有人报知燕王。燕王复遣指挥唐云,传谕守将:"汝毋自苦,朝廷已听燕王自制一方矣,汝为谁守?"守将信之,遂亦降燕。燕王一举义,诛了五臣,夺了九门,满心欢喜,遂与道衍商量后事。只因这一商量,有分教:征诛得计,仁义抱惭。不知后事如何,且看下回分解。

# 第 十 一 回

## 攻王城马俞败走　夺居庸二将成功

却说燕王既遣张玉、朱能、唐云，夺了省城九门，便要捉拿三司众官，道衍因说道："凡举义必须有名。今大王举义，若不倡一举之美名，则人必以为是夺建文之天下，则有或符或违，非为全算。"燕王道："然则将何为名？"道衍道："臣读祖训，见内有清君侧之恶训。今齐泰、黄子澄，是君侧之恶。朝廷之难，乃彼而作。大王何不以靖难为名，请诛二人，使天下知大王非私天下，则举义之名正言顺矣。"燕王听了大喜，遂命内臣为文，以誓师道：

> 予太祖高皇帝之子也，今为奸臣谋害。祖训有云："朝无正臣，内有奸恶，必训兵诛之，以清君侧之恶。"况今祸迫于躬，义与奸邪，不共戴天，故率尔将士讨之。罪人既得，则当法周公以辅成王。尔将士其体予心，毋违命！

文末止书二年七月，竟削去建文年号。

燕王誓师毕，又出榜于通衢道："三司奸臣张籅、谢贵、彭二，及长史葛诚，伴读余逢辰，同恶相济，今已擒诛。其兵从正者，速赴府报名，照传供职。"不一日，布政司秦政、郭资、按察司副使墨麟、都指挥同知李睿、陈恭，并府县各官，俱次第到王府报名入册。唯都指挥使马宣、俞瑱二将不服，竟统领麾下兵将，来攻王城。朱能、张玉闻知，便率兵抵敌。大家在城中，或大街，或短巷，东边赶到西边，南头杀到北头，竟混战了一日。马宣、俞瑱毕竟众寡不敌，被张玉、朱能杀败了。马宣逃走，往蓟州去。俞瑱逃走，往居庸关去，按下不提。

却说朱能、张玉，见马俞二人败走他方，也不追赶，忙收拾兵马，查点捉获兵卒。直乱三日，然后城中大定，百姓安靖如故。此时燕王雄踞北平，以为根本，竟自署官属，遂以邱福、张玉、朱能，为指挥佥事，统领合城兵马。又擢布政司吏李友直，为本司右参议，掌管府郡政事。凡有关系军务，不论大小，皆奏请燕王亲自裁夺。

城中既定，众将报功毕，遂将当阵擒获从乱士卒，册籍呈上，候旨枭首。不期燕王未出，适值道衍入见，偶将册籍一看，见内中有金忠名字，打动他十年前的心事。因叫长随去查问："这金忠系何处人，为何在此从马宣、俞瑱作乱？"长随问了，来回复道："这金忠说是浙江宁波鄞县人，为因有罪，遣戍到马宣卫所。马宣作乱，不得不从。"道衍问明，候燕王出殿，即奏道："臣有一故人，叫做金忠，今犯从乱之罪，乞大王赦之。"燕王问故，道衍遂将十年前席道士指点之事，细细说了。燕王听了，喜道："原来尘埃中，原有异人。"因传令旨，将从乱尽行枭首，单赦金忠，召入殿来。金忠承召，叩首谢恩，燕王因问道："姚国师说，你受了席道士一种数学，可为寡人细细一卜，看靖难师出，胜负何如，几时能成大事？"金忠领旨卜完，因奏道："此卦乃潜龙升天，大吉大卦。靖难师出，攻无不克，战无不胜。但遇大木穿日，小不利耳。若问成事，只候水拥马来，便登大宝矣。"燕王问道："何谓'大木穿日'？何谓'水拥马来'？"金忠道："此系天机，臣不敢泄，时至自知。"燕王大喜，遂令金忠为府中纪善，随侍帷幄。

金忠谢恩退出。燕王问道衍道："北平自城，既已定矣，靖难之师，亦已起矣，为今之举，当取何地？"道衍道："南征为缓，北伐为急。若不先清北地，必有内顾之忧。今宋忠拥兵居庸，意在图燕；既闻籔、贵受诛，其谋愈急；又兼俞瑱败走，与他合党，宜急攻之。"燕王深以为然，遂召集诸将，说道："居庸关路隘而险，乃北平之咽喉。我师必得此，方可无北顾之忧。今为宋忠、俞瑱所据，非我之利。又闻宋忠退保怀来，单留俞瑱守关，须乘其初至，众心未定，急往攻之，则易取也。若稍稍迟缓，彼部署一定，必增兵坚守，再欲取之，则未免费力。"诸将皆应道："是！"燕王就令指挥徐安为将，千户徐祥为先锋，率兵先行，自帅大兵在后压阵。徐安兵到关下，徐祥看见关前，并无准备，因领一队兵马，大呼杀入。俞瑱见了，慌忙招呼将士迎敌。仓促中怎挡得燕兵奋勇而来，左冲右突，杀得马倒人翻。俞瑱支持不住，只得弃关，领了残兵，逃往怀来，报知宋忠而去。

燕王兵到，见得了居庸要地，满心欢喜，就要发兵袭取怀来。诸将道："宋忠调集沿边的兵马甚众，今尽在怀来，我师若往袭取，不过数千，恐彼众我寡，难与争锋。况居庸一关，乃彼必争之地，俟彼来争，则破之易耳。"燕王道："凡用兵当以智胜，难以力论，宋忠拥兵虽众，然无才胆小，又轻躁寡谋，闻我诛了张籔、谢贵，今又夺了居庸，彼心已碎，焉敢出兵。今乘其无措，潜师而往，破之必矣。"遂亲帅八千兵马，倍道而进。只因这一进，有分教：兵称有制非关众，将贵先机亦在谋。欲知后来胜败，看下回分解。

# 第 十 二 回

## 设奇计先散士卒　逞英雄杀入怀来

　　却说宋忠奉旨来调集沿边兵马，又选燕府精壮，隶于麾下，一时兵多将广，可以压住燕王的邪谋。若使宋忠果有忠君之志，定乱之才，一闻燕王起义，杀了张籔、谢贵，便当率沿边将士，杀入燕府，可一时扑灭。不期宋忠果然无才胆小，忽闻燕王起义，恐祸及身，早退保居庸。及俞瑱败走居庸，他见势头不好，又退保怀来，单留俞瑱坐守居庸。不料燕王又夺了居庸，俞瑱逃到怀来，二人正慌张无措，忽又报燕王亲帅大兵，来取怀来。宋忠闻报，这一惊不小。因心生一计，聚集调选燕府的精壮，说道："燕王反叛朝廷，谋为不轨，汝等知道否？"众兵道："已知道了。"宋忠道："前日朝廷旨意，选调你们到我麾下，是爱你们精壮，可以边上立功名。故着你们家小，原住北平，异日立了功名，封妻荫子。不期燕王反了，道你们归顺朝廷，不助他为恶，一时恼怒，遂将你们家小都杀了。你们知道么？"众兵听了尽吃一惊道："这事小的们全不知道，只怕信还不确。"宋忠道："我已见报，怎么不确。"众兵见是确信，皆放声大哭道："朝廷调选我们，我们原不情愿，因被燕王送出册子，故无奈何，抛弃父母妻子而来，为何转说我们归顺朝廷，杀我们家眷。这冤屈何处去伸？"宋忠见人心已动，因说道："你们父母妻子，已被他杀了，哭也无用。莫若抖擞精神，与我去擒燕王，与你们去报仇。"众兵厉声答道："莫不致死！"宋忠大喜，遂命指挥彭聚、孙泰，率领众精壮为前部，先渡河迎敌。自领众兵在城，为阵以待。

　　早有细作探知其事，报与燕王。燕王因命军中查出选去精勇的子侄来，叫他张用旧时旗号。又叫众精壮的亲戚、朋友、乡邻，同聚一队，向前厮杀。又立起一面招降旗，招呼精壮归降。不多时，两军相遇，各各射住阵旗。众精壮远远望见燕阵中的旗帜，倒有一半是他们旧时名号。有眼快的说道："那个少年拿枪的，不是我儿么？"又有看见的，指说道："那个中年骑马的，不是我叔么？"这个认出家人，那个认出朋友；这边呼名，那边答应；那边招手，这边点头。大家看得明白，尽欢喜道："原来是主将骗我们！我们家眷俱各无恙。"又看见燕营竖着招降旗号，早纷纷过去了一半。彭聚、孙泰哪里禁压得住。

忽见燕阵上张玉提刀跃马，冲过阵来。彭聚忙提枪迎敌，两将并不答话，即时交战。战了数合，彭聚当不得张玉力大，渐渐要败。孙泰见了，只得把马冲出，提刀来攻，两下混战，张玉全无惧怯，愈觉精神。燕阵上朱能见两将夹攻，遂提枪跃马冲出，大喝道："我来也！"那马冲到彭聚面前，照左肋下一枪刺来。彭聚措手不及，早被枪尖刺着，挑下马来。那孙泰正与张玉苦战，忽见彭聚被朱能刺死落马，惊得魂魄全无，策马退后便走。张玉放马赶上，把刀砍来，孙泰躲闪不及，早已被砍为两段。合营将士看见两个主将阵亡，精勇又招去一半，谁敢守阵，只得抛旗弃鼓而走。

燕王看得分明，将鞭鞘一举，指挥将士渡河追赶。赶到城下，见宋忠将数万人马，摆成阵势，列于城外。他见自家的败兵涌至，早已冲动阵脚，又听说燕兵勇不可当，虽奉军令不许擅动，心下实是慌张。及燕师赶到，诸将还打算与他对垒。燕王忙召张玉、朱能，并诸将激之道："兵不在多而在精。我观宋营无头无尾，无正无变，阵不成阵；孰偏孰里，将不成将；东西散乱，兵不成兵。人马虽众，不过蜂蚁耳。众将军若奋勇直冲，自不战而鸦鹊乱矣。不乘此时擒捉宋忠、俞瑱，更待何时！"张玉、朱能与众将听了，齐应道："燕王详审兵势，有如观火，已明示臣等功名之路。臣等敢不效力！"燕王见众将齐心，大喜，因各赐酒三杯，命军中擂鼓发炮。众将一齐上马，带领精兵，乘着震天鼓炮，竟如一阵猛虎直往宋营杀来。宋忠看见，急合众将迎敌。众将虽有百余员，却你推我，我推你，无一将敢奋勇当前。宋忠见了大怒，遂挥剑临阵，要一一斩首。众将慌了，遂一齐拥出阵前。恰值燕将冲到，只得倚着人众，一齐上前混战。怎奈人虽多，却非惯战之将。战不多时，张玉早刀砍了两个，朱能早枪挑了三个，邱福早鞭打了一个，唐云早枪刺了两个，直杀得众将胆战心慌，这个东边闪开，那个西边遁去，一霎时杀得一个将官也不见了。众燕将看见宋营，果然将不成将，兵不成兵，阵不成阵，遂一齐呐喊，杀入阵中，横冲直撞，如入无人之境。宋忠看见势头不好，只得从后营飞马遁入城中去了。合营军士虽有数万，但见主帅已逃，哪个还立得住脚，遂一哄都往城里乱窜。

此时俞瑱正守城门，见宋忠逃走入城，恐燕兵乘势赶入，急令关闭城门。怎奈数万败兵一涌入城，几乎连城门都要挤破，怎容得你来关闭。败兵入城尚未一半，后边燕兵乘胜赶来，杀开一条血路，已冲入城中矣。俞瑱在城上看见燕兵入城，知守不住，慌忙下城，奔到宋府，要约宋忠同逃往宣府去。遍寻宋忠不见，乃要自逃，而燕兵已围住宋府，不能得出。燕兵拥入宋府，看见俞瑱，先捉了。遍搜宋忠，只是不见。直寻到东厕中，方才将宋忠捉出，就乘势夺了怀来城池。

　　此时燕王也飞马入城，出榜文，招降兵马，安抚百姓。不多时，宋忠沿边调来的三万兵马，都随着燕府选去的精壮来投降。燕王大喜，因谓张朱二将道："前日宋忠调选精壮时，姚国师就说，'调是凭他调去，用是终为我用'，今果然矣。"遂命张朱二将，将三万兵马，分隶各部。不多时，众将把宋忠、俞瑱解来，燕王因笑问道："二位将军，为国防制寡人，可谓劳苦矣。然不知天命，劳而无功，却将奈何！"宋忠、俞瑱一言莫对。燕王又说道："留汝不如杀汝，以成汝名。"因命军士推出斩之。

　　正是：

　　　尽忠自恨无才，甘死方知臣节。

　　未知燕王又取何方，再看下回分解。

# 第 十 三 回

## 燕王定计取两城　炳文战败回真定

燕王既得了怀来,斩了宋忠、俞瑱,又传檄山后诸州,而开平、龙门、上谷、云中诸守将,皆来归附,一时兵威大震。探马报到朝廷,朝廷闻知北平兵起,因命廷臣议计之。廷臣皆荐长兴侯耿炳文老将知兵。建文帝因降诏,命耿炳文佩征北大将军印,帅兵三十万北伐。耿炳文奉诏,忙下教场,点齐三十万人马,选都指挥杨松为先锋,都督潘忠、徐凯为左右翼,择吉出师,星夜往北进发。一日兵到真定,耿炳文探知燕兵已到涿州,相去不远,因命驻师,待燕王兵至好接战。又想兵聚一地,不足张威。就合先锋杨松,领兵九千,进据雄县,以为前部;又遣都督徐凯,领兵驻河间;又遣都督潘忠,领兵驻莫州,三路以为声援。自以为分拨有方,连络合法。

早有细作打探明白,报知燕王。此时正是八月十五,燕王因命众将,潜师屯于娄义。候至日晡①,乃谓诸将道:"用兵有机,机不可失。今夕中秋,南将贪饮为乐,必不设备。此破之一机也,愿众将军努力。"众将道:"大王神机妙算,自无遗策,敢不效命!"燕王大喜,遂命秣马会食,乘着黄昏时候,带领三千甲士,渡过白沟河,行到半夜方抵雄县。果然静悄悄,竟无准备。遂一声炮响,众将引军,竟破城而入。此时杨松已醉,听见炮响连天,吓得胆战心摇,急披挂上马,招呼麾下迎敌。众军皆在醉中,而燕兵已涌入营来,刀枪齐下,竟如砍瓜切菜,不独自身战死,而九军俱不能生还。

燕王遂取了雄县,诸将皆称大王用兵之妙,孙吴②不及也。燕王笑道:"不独此也,诸将军若不惜劳苦,寡人还有一计,可乘此生擒潘忠。"众将惊讶道:"潘忠在莫州,去此百里有余,大王何计可以生擒?末将不解也。"燕王道:"寡人今夜破雄县,潘忠未必知,可遣一人装做杨使,乘夜到

---

① 晡——古代指申时,即午后三时至五时。

② 孙吴——春秋战国时名将孙武、吴起。

莫州报与潘忠，只说燕兵围城，求他来救。耿炳文分他在莫州，原为声援，他闻报自然速来。来时伏兵断其归路，两处夹攻，未有不成擒者。"众将听了，皆称奇计。燕王就差人装做杨使，去报潘忠。又命谭渊领兵一千，伏于月漾桥水中，候潘兵过后，听号炮一响，即起据桥，以断归路。分拨已定，然后自率众将，在雄县以待。果然潘忠闻报雄县被围，即时领兵飞奔而来，以为救援。过了月漾桥，将到雄县，前哨探马来报道："杨松被杀，雄县已失。"潘忠听了大惊，方悔来差了，急急传命回兵。忽见城上金鼓齐鸣，炮声震地，燕将一齐拥出城来，喊杀连天。潘忠见退不及，只得指挥众将，上前迎敌。众将既传令要退，又指挥迎敌，便觉人心不一，虽勉强交锋，毕竟疲怠，怎挡得住。燕王以为得计，更加猛勇。潘兵战不多时，阵脚立不住，只管挫将下来。潘忠看见势头是个败局，遂令后营改作前营，速速退过月漾桥，以为接应。不期后营退到月漾桥，又被谭渊领水中的伏兵，排列于月漾桥之两岸，伏弩齐发，炮声震地。稍若近前，矢石如雨。潘兵见了，忙去报与潘忠道："不好了，归路已被燕兵阻断。"潘忠大惊，因传令道："前有劲敌，后无归路，为今之计，唯有舍命力战而已。"令虽传下，怎奈军心已乱，哪里禁约得定。前营战败，逃到后营，后营无路，又奔前去。前后一齐乱窜，燕兵四面围袭，只叫要拿活的，不许走了潘忠。潘忠主张不定，只得弃了众兵，策马往小路而逃。不期小路中又有埋伏，把挠钩套索将潘忠捉住绑缚，解去见燕王了。潘兵进退无路，又听见主将被捉，只得四散逃生。逃不去的，不是被杀，就是投降，还有许多淹死在月漾桥水中。燕王料莫州城空虚，乘胜进兵，取了莫州。众将皆进贺道："大王妙算，真有鬼神不测之机。如此取天下，不啻摧枯拉朽矣！"燕王道："此小敌耳，何足言奇。耿炳文虽称老将，实不知兵。今大队在真定，闻杨松之死，潘忠之擒，必不敢妄动。众将军不趁此时破之，更待何时？"众将道："大王胜算，自合兵机，末将敢不效力！"燕王遂点起精兵三万，命张玉、朱能领了前部，先去与耿炳文对垒，自率大兵在后压阵。

　　再说耿炳文兵马驻扎真定，指望杨松前进一步，然后自进。不期驻扎不久，早已报杨松战败而死，心内犹想尚有徐凯兵在河间，潘忠兵在莫州，相为犄角，燕兵或未敢深入。不期隔了一日，又报潘忠领兵救援雄县，已被生擒，心内十分惊惧。暗想道："久闻燕王善于用兵，我还不信，今我尚未与他接战，他竟袭破二军，取了两城，真可谓迅雷不及掩耳。但恐他乘胜突至真定，我须要严阵以待，使他知我有备，方不敢轻觑。"因命左副将李坚，右副将宁忠，与左都督顾成，列营于滹沱河，准备炮石，埋伏弓弩。知燕兵必由西北而来，遂将西北一带，守得铁桶相似。

燕王领兵乘胜而来，离真定还有二十里，不知耿兵屯于何处，因叫前哨，去捉了几个城中出来采樵的百姓，问他耿兵屯于何处，百姓道："耿元帅大兵，俱在真定城中。今闻得大王兵从西北来，遂命李、宁、顾三将军，列阵在滹沱河北岸，以待大王。雄兵战将，密密排布，七八停都聚于此。"燕王又问道："东南也有营阵么？"百姓道："营阵虽有，但守卫单薄，料大王不从此来包。"燕王问得明白，厚赏百姓遣去。就命张玉、朱能，领众兵鸣锣击鼓，从西北向直奔耿营作正兵，与之交战。自带邱福，暗暗领三千精骑，绕过城西，直逼东南的营阵作奇兵。

正是：

> 兵有奇正，所以能胜。
>
> 单奇不正，全无把柄；
>
> 单正不奇，只好听命。
>
> 奇正不知，如坐陷阱。
>
> 奇正之用，虽有万端，
>
> 奇正之理，则唯一定。

却说张玉、朱能，奉燕王令旨，领了大兵，向真定来到了耿炳文阵前。耿炳文打探燕兵将到，恐三将有失，亲自出城，临阵督战。张玉、朱能恐燕王的奇兵未曾绕到，不敢逼近耿营。见他矢石坚守，便也扎住营盘，休息兵力。到了次早，方同众将，跃马出阵前。南阵上耿炳文也领众将，立马门旗之上，请燕王答话。张玉厉声道："燕王乃高皇帝嫡子，今皇上之叔。汝何人，敢请答话！"耿炳文道："叛逆何尊之有？吾奉命讨燕，非不能战，而请燕王答话者，盖有善言奉劝，欲保全燕王也。"张玉大怒道："燕王举义是遵祖训，以靖难诛奸，何为叛逆？汝既奉命为将，而用兵之大义，尚且未知，更有何善之可言！"耿炳文道："皇上以仁义治天下，而天下安如磐石，有何难可靖！朝廷文武，尽皆忠良，有何奸可诛！若要靖难，除非自靖；若要诛奸，除非自诛。"张玉道："周、齐、湘、岷诸王，皆高皇帝之子，有何罪过？而听齐泰、黄子澄之谋，削之、夺之、迁之、死之，非难而何？非奸而何？今又屡诏，削夺燕王之护卫。燕王何如主，而肯受奸人之播弄！故举兵诛之若罪人。斯得自效周公之辅成王,非有他也。汝不达大义,摇唇鼓舌,以惑三军,真奸人之尤也。我若不先把你这老奸诛之,谁肯知警。今日汝来,是送死也。"因举刀纵马,直冲过阵来,要擒炳文。炳文因命李坚出战,李坚忙挺枪冲出阵前,大叫道:"反贼慢来,认得我李将军么?"张玉道:"我认得你是替耿炳文搠刀!"一面说,一面就举刀照头砍来。李坚忙用枪拨开,劈面相还。这一场好杀,但见战鼓齐鸣,阵面上征云滚滚,枪刀并举;沙场里杀气腾腾,一往一来,一上一下。两人直战了三十余合,不分胜败。耿炳文恐怕有失,忙令宁忠助战。宁忠马才到阵前,燕阵上朱能早飞马接住厮杀。耿炳文又令顾成助战,燕阵上谭渊又接着厮杀。六个将军作三对,正杀到龙争虎斗之时,耿炳文只顾立在阵前,催军督战,不提防燕王暗暗地从小路绕过城西,将东南二营袭破,转从东南直杀到耿炳文西北的营后而来。忽有东南的败卒报知耿炳文。炳文吃了一惊,急急分兵救应。而燕王与邱福的三千精骑,已从营后突入,横冲直撞,如一群猛虎。耿炳文营中,兵将虽多,今突然受敌,出其不意,便心下惊慌,把持不定。及听得燕兵喊声震地,杀将近来,部伍东西乱窜,自料是个败局。又闻燕兵个个大叫,要活捉耿炳文。炳文听见,十分慌张,哪里能顾得众将,竟带了一队亲兵,从右营突出,逃回真定城中去了。只因这一逃,有分教:尸横遍野,血流成河。不知后来如何抵敌,且看下回分解。

# 第 十 四 回

## 李元帅奉诏北征　康御史上疏直言

诗曰：

> 为将虽然拥节旄，威名却不在弓刀。
> 奇功早定风云略，胜算先成虎豹韬。
> 六国势分亏借箸①，八千人散赖吹箫②。
> 若无张玉轻来去，虽保头颅不被枭。

却说刘坚、宁忠、顾成三将，奉耿炳文之令，苦战张玉、朱能、谭渊等将，已讨不得半点便宜。忽听得东南二营破了，燕兵又从后营杀入，主帅已逃回城中去了，心下十分慌张，哪里有心恋战，要退入营中。见营中兵将，已鸦飞鹊乱，料难镇定，只得望斜刺里，各自逃生。李坚虚晃一枪，奔往西山，要逃入城去。不期转过山嘴，忽山凹里冲出一将，手持铁棒，劈头打来。李坚急用枪招架，那铁棒却不落下来，早掣回着地一扫，将马脚打断。马倒了，将李坚掀下马来。这将却是薛禄。忙用铁棒按定，叫跟随用绳索缚了解回。这边李坚被擒，不料那边宁忠、顾成要逃走过河，亦被燕将捉住。其余兵将莫不受伤。这一阵斩首三万余级，获马二万余匹，尸横满地，溺死于滹沱河中者无算，逃入城中者，不及十停之二三。此时耿炳文逃在真定城中，收拾残兵，紧守四门，不敢再战。燕王挥兵围城，攻打两日不下，道衍因对燕王道："燕之得天下，不在此城。请还师北平，以休养兵力。"燕王以为然，遂收兵舍之而去，按下不提。

---

① 六国势分亏借箸——秦末楚汉相争之时，郦食其劝刘邦立六国后代，共同攻楚。张良认为不可，借刘邦当时吃饭用的筷子，为他筹划形势。事见《史记·留侯世家》。

② 八千人散赖吹箫——秦末楚汉相争故事。项羽军队被刘邦军队包围于垓下。夜晚之中，汉营有人用箫吹起了楚调；有人唱起了楚歌，楚军军心涣散，无心再战纷纷逃散，楚军遂大败。八千人，即项羽起义时，跟随他的八千江东子弟兵。见《史记·项羽本纪》。

且说耿炳文兵败之信,报到朝廷,建文帝听知大惊。因问群臣道:"耿炳文宿将,领兵三十万,征进北平,不过一隅,为何一败至此。"黄子澄道:"胜败兵家之常,偶然失利,陛下不必深忧。若再调兵五十万,以天下之力,剿制一方,众寡不敌,燕王自成擒也。"建文帝道:"耿炳文既败,不可复任。不知谁堪为将?"黄子澄道:"曹国公李景隆,文武全才,可当此任。陛下前日若用李景隆去,必无今日之败矣。"建文帝深信之,遂召李景隆陛见,赐他斧钺,使得专征伐。师行之日,亲饯之江干。自北平起兵之时,已赦教谕程济出狱。以其言验,升为翰林院编修。今遣景隆为将,遂诏充军师,护诸将北征。程济辞道:"臣之术数,不过前知祸福,实非有经济之才。恐滥处师中,无济于用。乞陛下另选贤能,以当大任。"建文帝道:"祸福既能前知,则胜败自在掌握之中。卿幸勉为之勿辞。"程济只得受命而去。又传诏镇守北边诸将,各发兵征北平。

有人告大宁宁王,潜与燕王合谋,有事成中分天下之约,因降诏削宁王护卫。监察御史康郁因上疏奏道:"臣闻亲其亲,然后可以及于疏。此语陛下讲之有素,奈何辅佐无人,遂令亲疏莫辨。今夫诸王,以言其亲,则太祖高皇帝之遗体也;以言其贵,则懿文太子之手足也;以言其尊,则陛下之叔父也。彼虽有罪可废,而太祖之遗体可残乎?不可残乎?懿文之手足,可缺乎?不可缺乎?叔父之恩,可亏乎?不可亏乎?况太祖身为天子,而一旦在天,遂不能保其诸子,使迂儒苛求,以致受祸,则其心宁不怨恫乎?臣每念及至此,未尝不为之流涕。此岂陛下不笃亲亲哉?皆残酷竖儒,持惨刻之偏见,昧一本之大义,病藩王之太重,谋削夺之,所以至此也。吾其进言,不过曰六国反叛,汉帝未尝不削[1];二叔流言,周公未尝不诛[2]。一言耸动,遂使周王流离播迁,有甚于周公之诛管蔡[3]。况周王既

---

[1] 六国反叛,汉帝未尝不削——指汉初吴楚等诸侯王叛乱之事,六国应为七国。吴楚齐等七国势力强大,威胁到汉王朝中央政权,文帝、景帝两代来用贾谊、晁错建议,逐步削去王国封地。景帝时,吴王刘濞等七国起兵叛乱,被平定。

[2] 二叔流言,周公未尝不诛——二叔,即管叔、蔡叔;周公,即周公旦,西周周武王之弟。周武王死,成王继位,由于年幼,周公代为摄政。管、蔡二叔散布谣言,言周公想篡位。后管、蔡叛乱,被周公平定。

[3] 管蔡——管叔、蔡叔,为周公之弟。

窜，湘王自焚，代王被迁，而齐王又废为庶人，为燕计者，必曰兵不举，则祸必加。则是燕之举兵，皆朝廷激变之也。及燕举兵，至今两月，前后调兵，不下数十万，乃日闻丧师，并无一夫之获。何谋削夺则有人，谋残骨肉则有人，及谋应敌除患则无人？谋国如此，谓之有谋臣可乎？当今之时，将不效谋，士不效力，徒使中原无辜赤子，困于道路，迫于转输，民不聊生，日甚一日。而帷幄大臣，反扬扬得意，竟以削夺藩王为得计者，果何心哉？陛下此时，若再不悟削夺之非，异日必有噬脐之悔矣。俗语云：'亲者割之而不断，疏者续之而不坚。'伏愿少垂洞察，兴灭继绝，释齐王之困，封湘王之墓，还周王于京师，迎代王于蜀郡，使其各命世子，持书劝燕，以罢干戈，以敦亲戚，则天下安，而国家靖矣。"建文帝览表，虽则感动，然行之恐燕王未必便退，故置之不问。

次日，都督府断事高巍，亦上表奏道："昔贾谊有言：'欲天下治安，莫若众建诸侯而少其力。力少则易使，国少则无邪心。'此真制众侯之良策也。为今之计，莫若师其意，勿行削夺之谋，而行推恩之令。命秦、晋、燕、蜀四府子弟，分王于楚、湘、齐、兖；楚、湘、齐、兖四府子弟，分王于秦、晋、燕、蜀。其余比类皆然，则藩王之权，不削而自弱矣。"建文帝见奏，以为奇，因降诏命高巍，参督李景隆军务。

却说燕王自还北平，日与道衍商量南征之计。道衍道："朝廷不以北平为意者，以天下之兵众也。今欲以一方之寡，而往敌天下之众，是寡劳而众逸，非为胜算。莫若声言靖难，而且自展疆域。则彼必劳师而远来，师劳，则彼自就于弱；我展疆域，则地必广，地广，则我日就于强。然后一举而渡淮涉江，孰能当之？则大事成矣！"燕王大喜道："此论甚妙！"但广地而大宁最要，不可不取，然取之无计。忽闻朝廷有诏，削宁王护卫，因又大喜道："此天赞我也！"忽又闻朝廷拜李景隆为元帅，领兵五十万北伐，师已至德州。燕王因大笑道："李九江膏粱竖子耳，寡谋而骄矜，色厉而中馁，忮刻而自用，况又未尝习兵，见战阵而辄怯。今朝廷以五十万兵付之，是自丧之也。"忽又报朝廷诏各镇守诸将，发兵征燕，故辽东守将江阴侯吴高，已发兵围永平。燕王听了，谓诸将道："我欲取大宁以自广，但无故出师，而大宁将刘贞、卜万等，必惊而设备。今吴高来侵永平，吾欲借救永平之名，而便道暗袭大宁。不知诸将以为何如？"诸将道："吴高之围永平，势非危也，而李景隆大兵，闻已至德州，其势必压北平。大王兵出而李师猝至,却将奈何?"燕王道:"李景隆虽奉诏而来,然中心实怯,闻我在此,必不敢至。彼不至而吾往攻之,必不能覆其全师。莫若借援永平之名,吾率师自出,彼闻我出,必悉众来攻北平。俟其深入,吾回师击之。彼时坚城在前,大兵在后,彼虽欲走而无路,必成擒矣。"诸将道:"大王妙算固深得其情,但恐北平兵少,不足当景隆之众。"燕王道:"城中之众,以战则不足,以守则有余。且世子能推诚任人,足以御敌,不必忧也。"诸将道:"北平纵无忧,而芦沟桥乃北平之要地,亦须命将守之。"燕王道:"今吾之出,欲诱景隆之深入,若守芦沟桥,则景隆何由顿兵于城下而受困哉。诸君勿忧,吾筹之熟矣。"遂吩咐世子守城方略,而己竟帅大兵出援永平矣。只因这一援,有分教:进得雄疆,退擒大敌。不知后事如何,且看下回分解。

# 第 十 五 回

## 燕王智袭大宁城　刘贞误坠反间计

　　却说江阴侯吴高镇守辽东,今奉诏征燕,只以为李景隆大兵将到北平,燕王必无暇他援,故引兵来到永平。不期围不多时,忽闻燕王亲自率兵来援,自知不敌,遂引兵逃归山海。燕王探知,忙遣张玉率兵追之,斩首数十而还。

　　燕王既解永平之围,遂召诸将议取大宁。诸将道:"欲取大宁,必由松亭关而过。今松亭关有刘士亨率大兵守之,必破关然后得入。况此关险隘难破,倘迟留于此,而李景隆师至北平,北平兵少,恐城中惊恐,奈何?莫若且回师先破景隆,然后来取大宁,此万全之计也。"燕王道:"不然也。袭取之兵,妙乎神速,归遏之师,利其老顾。今由刘家口径取大宁,不数日便可至。况大宁城中精勇,俱调守松亭,守城者不过老弱军耳,兵到即可破。城破之日,因而抚绥守松亭将士家属,则松亭之众,若不迹,必自降也。大宁既得,则大宁之精勇,皆我之精勇。率兵而归击景隆,直摧枯拉朽。毋虑北平,北平深沟高垒,守备完固,纵有百万之众,未易敢窥。其师顿一日,老一日,诸君勿忧。"遂进兵往袭大宁。

　　却说大宁守将有四人。两个都督,一个叫做刘贞,一个叫做陈亨。两个都指挥,一个叫做卜万,一个叫做朱鉴。刘贞为人柔懦不断,易于欺瞒。陈亨小有才干,却怀二心,往往与燕府通谋。朱鉴一味朴实,却不知变。唯卜万智勇超群,一心护卫朝廷。此时燕王正虑卜万骁勇,欲思有以制之,未有计策。忽前军获大宁探卒十数人,解上帐来。燕王心思一计,因召一卒到面前,问道:"你叫什么名字?"其卒道:"小人叫做王才。"燕王道:"吾有一封紧要书,要寄与卜将军,你能替我悄悄送去,不但饶你之罪,且有厚赏。"王才道:"千岁爷告饶了小人之死,莫说送书小事,便蹈汤赴火,亦不敢辞。"燕王大喜,命赏他酒饭,吃得烂醉。遂写了一封书,叫人替他缝在衣襟之内。再三吩咐他,小心送去,不可遗失。又赏他十两银子,遣他去了。然后吩咐将众卒系了,叫人看守内中一卒。他叫做李代,为人甚奸，因问守者道："这王才，为何千岁爷不系，又赏他酒饭银子？"守者道："千岁爷要他送书与卜将军，故此赏他。"李代道："千岁爷差错人了。这王才好酒，不小心，最要误事。若差他下书，定要弄出事来。你需禀知千岁爷，改差我去，方才谨慎细密。我又不要赏赐。"守者道："你若果有好心，待我与你禀千岁爷。"因走去半晌复来，说道："我已禀明千岁爷，千岁爷说：'王才既已遣出，不便又改。他既不要赏，又肯出力，就遣他同去，候事成一总赏罢。'"李代听了大喜，遂辞守者，赶上王才，同回大宁。

　　李代要与王才分赏，王才不肯，道："这是燕王赏我的，为甚我分与你？"李代怀恨，遂悄悄报知刘贞、陈亨道："王才因探事被获，私受燕王之赏，替燕王传书与卜将军。"刘贞道："如今书在何处？"李代道："现在王才穿的衣内。"刘贞忙叫人将王才捉来，也不问长短，竟将他衣服剥下来。内中一搜，果然有书，密密地缝在衣内。拆出来打开一看，只见书中一半是褒奖卜万，并谢他通好的言语，一半是诋毁刘贞，叫他周旋之意。遂大怒道："原来卜万与燕王相通，怪道他屡屡要取大宁。"因与陈亨商量道："外有强敌，内有接应，此城危如累卵矣。这事若待奏闻，你我性命必不能保。"陈亨道："兵法云：'先发制人，后发制于人。'况将在外，君命有所不受。今事在危急，先发后闻也。"刘贞以为然，遂伏兵两廊，着人请卜万议事。卜万不知，竟只身而来。刘贞因喝伏兵拿下。卜万惊问道："为何拿我？"刘贞道："不必问我，你自做的事，岂有不知！"因取燕王之书与他看。卜万看了，急辩道："此燕王之反间计也，将军为何误信之，以自伤羽翼！"刘贞道："是真是反间，一时也难辩，但城池为重，既有通书，岂敢复以地土托将军！将军且请狱中坐一坐，候皇上裁酌可也。"因叫人押至狱中。卜万苦苦分辩，刘贞终是不听，竟置于狱，又将卜万的家私抄了。就写疏飞奏朝廷。又把王才监候，做个证见，不提。

　　却说燕王打听得卜万拿了，满心欢喜，遂发兵从刘家口暗袭大宁。大宁虽然设备，然精勇俱调往松亭守关。大宁不过老弱，闻知燕兵到了，慌做一团。报与刘贞，刘贞虽是都督，但武艺平常，临不得大敌。只有卜万善战，却又下在狱中，不便复委。陈亨又东西推脱。只差朱鉴一人出城迎敌。朱鉴虽奋不顾身，直杀向前，怎当得燕兵个个猛勇。战了半日，后无接济，竟被张玉斩了。朱鉴既死，众兵支持不住，竟败走入城。燕王遂乘胜夺了城池。刘贞闻知大惊，只得自负敕印，单人独马，走出东门，逃往辽东，浮海以归京师去了。

燕王入城，忙着人到狱中去请卜万。不期卜万在狱中，已被众兵杀了。燕王闻知，不胜叹息。一面出榜安民，一面在都督府取出册籍，查点调往松亭守关将士之家，皆开仓厚加存恤。初时报到松亭，众将士闻知大宁被燕王夺了，皆以为家属未免受伤，尽惶惶不宁，思量要图报复，不料过了两日，纷纷信来，皆传说燕王厚恤之事，众将皆感激道："燕王既厚恤吾家，则吾等皆受燕王之惠矣，如今何不降燕！"于是守关都督陈友，都指挥房宽，指挥徐理、陈文、景福，皆相率骁勇来降。燕王大喜，俱优礼厚赏，待以心腹。原来这大宁，城居辽东宣府之中，在喜峰口外，俯视北平，实一雄镇。太祖不轻托人，故分封宁王于此，作东北一大藩。不意朝廷疑宁王与燕王合谋，因诏削他护卫，故宁王无权，一任燕王袭取。

燕王虽得大宁，恐留宁王于此，终非己有，因将大营扎在城外，亲自单骑入城，到宁府来见宁王。宁王闻知，忙出来相见。行礼毕，燕王就执宁王手而大恸道："吾与王皆高皇帝之子，纵不能传位为天子，封列藩王，亦礼之自然。奈何建文小子，听信奸臣，苦苦见逼。周、齐、代、湘、岷五王，既已相继受祸，今又命李景隆以大兵五十万，直加于我。使我进不能陈情，退不能守位，万不得已而用兵以救命。其穷蹙为何如，王弟得不怜我乎？"宁王道："建文一味仁柔，但凭齐、黄作恶。前日有诏，说我与王兄通谋，将弟护卫削去，殊可痛恨。今王兄既穷蹙如此，弟应上表，细诉此情，自然有个处分。"燕王致谢道："得王弟用情，感激不尽。"彼此欢喜，留居数日，情好甚笃。燕王出入无忌，因得结交思归之士，并招致守边精勇，同归北平。临行之日，宁王不知燕王有谋，亲送之郊外。燕王已暗命众将，拥归北平。宁王大惊，问故众将，故众将道："大宁将士，皆四方遣戍之人，边地寒苦，实不愿居。今蒙燕王招归北平，尽乐从命。将士皆去，大宁城为之一空，大王独留于此，外临边地，岂不危乎？燕王有所不安，故命众将，启请大王，同至北平，共享富贵。"宁王道："燕王既有此意，何不早言。"众将道："燕王原欲早言，恐大王狐疑不决，故临行上请也。"宁王暗想事已至此，料难退去，只得说道："既蒙燕王美意，但寡人无孤行之理。"道得令旨，着王府官吏奉世子妃妾，将府中所有资财，悉装载明白，随向北平去。只因这一去，有分教：疆域广而兵威盛，精勇多而攻战克。不知后事如何，再看下回分解。

# 第 十 六 回

## 李元帅屯师北地　瞿都督保帅南奔

却说李景隆大兵驻扎德州，闻燕王在北平，不敢进逼。后打听得燕王率众去救永平，就要进兵，袭取北平，心下犹恐燕王有诈。过了数日，又打听吴高逃归山海，永平之围解了，燕王就乘便去袭大宁，心下想道："燕王只贪袭人，不顾自家非为妙算。此时北平只一空城，若不引兵去取，更待何时？"遂率全师，竟往北平而来。

到了芦沟桥，料必有人把守，不期兵到桥边，竟无一人。景隆喜道："燕兵不守此桥，则城中将帅，吾知其无能为矣。"遂令兵马直奔城下，高筑营垒，将九门紧围。又遣一将去攻通州，又恐燕兵从大宁一时突至，因结九营于郑坝村，以待之。时时亲督兵将攻城，见九门紧闭，不能得破，遂令兵将放火焚烧城门。燕府李让，及燕将梁铭等，奉令守城，见李兵放火烧门，随令军士汲水扑灭。景隆又命用炮打城，又命架云梯攻城，又命穴地道入城。外面百般攻打，内里百般拒守，并不能入。燕世子选募勇士，乘夜坠下城来，鸣锣击鼓惊搅，各营将士，睡不能安。景隆无奈，只得将营退下来。

忽一日，张仪门偶然守得单薄，被都督瞿能父子，借云梯之力，奋勇登城。守城军士敌他不住，遂被他砍开城门，领千余人，要杀入城。又恐城中宽大，千余人攻不入王府，又恐城外无兵接济，转被燕兵围住，不得脱身，因立在城门，招呼后兵接济。众兵看见，忙报景隆道："瞿将军父子，已夺了张仪门，立在城门，招呼后兵。元帅须速速发兵接应，便立刻破此城矣。"景隆听了，暗想道："我统五十万兵攻城，怎破城之功，倒被瞿能夺去？况此城已在垂危，既瞿能今日可登，则他将明日亦必可登。"因发令箭一支，叫人飞马传与瞿能，叫他千余孤军，万万不可轻易入城，恐被人暗算。俟明日率领大队，一齐杀入，未为迟也。瞿能得了令箭，不敢违他，只得退出。

正是：

　　　　小人别自具心胸，不望成功只忌功。

　　　　朝不识人用为将，江山那得不成空。

瞿能既退，燕世子吃了一惊，亲自临城审视。见城土干硬可登，忙督士卒汲水灌湿。时正天寒，一夜西北风起，早已水冻成冰，滑如油矣。景隆次日带领兵将，亲到张仪门，再要登城。见城上之冰，已冻成一片，哪里有容足之处。瞿能看了，深叹失了机会。李景隆全不追悔，竟想这城，破在旦夕。

不多时，忽探马来报道："燕王将大宁得胜之兵，已回至会州。"景隆听了，心下着急，急忙令都督陈晖，领兵一营，渡过白河迎敌，又令郑坝村九营兵，紧守要害，不许放燕兵过来。自却列成一大阵，命将士昼夜防守。时正苦寒，将士昼夜立在大雪中，不得休息，冻死者甚多。燕王兵到会州，探知其事，因对众将道："景隆违天时，自毙其众，我等可不劳而胜矣。"因检阅将士，分立五军，命张玉将中军，朱能将左军，李彬将右军，徐忠将前军，房宽将后军。五军又各置副将，把大宁归附强兵，分隶其中，连环而进。兵马正行，忽报南将陈晖，领兵在前面拦住归路。五军即欲并进，燕王道："此小敌也，何必动众。"因自率精骑薛禄等击之。薛禄早一骑马，冲至阵前，陈晖挺枪迎敌。战未三合，燕王早挥精骑，一齐冲突过来。陈晖只一营兵马，如何抵挡得住，早马倒人翻，尽被践踏。陈晖看见一营兵马尽覆，怎敢恋战，忙在败军中逃出，只剩一个身子，飞马报与景隆道："燕兵一大半是边关勇壮，锐不可当。小将一营兵将，被他铁骑冲突尽了。元帅须急准备。"景隆道："你一军或者抵他不住，吾于郑坝村，已结连九营，用重兵把守。燕兵纵勇，恐一时也难飞过。"陈晖道："燕兵势大，恐九营兵也拦他不住。"说尚未了，忽见探马来报道："郑坝村九营兵已被燕兵破了七营，那二营也怕难保，元帅须发兵急救。"景隆听了，着惊道："燕兵有限，为何如此厉害？"探马道："燕兵也不知有多少，但是人强马壮，杀到面前，就似猛虎一般，谁敢与他对敌。"景隆还踌躇裁划，忽又探马来报道："燕兵分做五军，连络而进。郑坝村九营兵俱被他破了，只在时刻，就逼近大营了。"景隆听了，十分着急，只得聚集众将，齐列辕门外，准备厮杀。但南兵虽众，俱是照策点来，未经选练。今忽闻燕王兵还，不一日之间，早杀了陈晖一军，又连破了郑坝村九营，今又逼近老营，先声赫赫，早使人惕怯，只思退避。唯瞿能父子猛勇，又因景隆忌功，不敢向前。

不多时，金鼓连天，炮声动地，燕王率领精兵，直压李营。张玉在阵前高叫道："李景隆，纨绔匹夫，膏粱竖子，怎敢妄领大兵，擅自围城，暗袭王府！早早出来授首，使齐泰、黄子澄知警。"李景隆出阵应道："吾奉诏讨叛逆,不知其他!"张玉大怒道:"谁是叛逆? 你要讨谁? 今且拿你来与千岁爷自问。"遂提刀跃马,冲过阵来,要捉景隆。景隆忙挥众将迎敌。众将看见张玉,俨若天神,俱皆退缩,不敢上前。还是瞿能看不过,就纵马出阵,喝道:"叛贼不要侥幸,得了小利,便眼底无人。你认得我瞿将军么?"张玉道:"且待我割下你头来,细细看,自然认得。"二人刀对刀,一搭上手,真是一双蛟龙,两只猛虎,直杀得天惨惨,日昏昏,云霭霭,雾腾腾。两人斗到四十余合,不分胜败。燕阵上朱能看见,大叫道:"五十万兵,如此俄延,杀到几时? 我且先杀了李景隆这奸贼!"遂挺枪跃马,飞过阵来。邱福看见,也挺枪跃马,飞过阵来,大叫道:"偏你会杀李景隆,难道我不会杀李景隆?"景隆在阵前,看见二将冲来,忙挥一班二十员将,一齐出阵迎敌。二十员将,见主帅催战甚急,只得一齐拥出来,迎着二将厮杀。战不上三四回合,朱能早左一枪,右一枪,挑了两将下马。邱福也一枪,刺死了一将。瞿能正战张玉,看见朱能、邱福,连刺三将下马,恐主帅有失,因丢了张玉,来与二人交战。张玉看见瞿能去战朱能、邱福,便乘空飞马,直奔李景隆。景隆远远望见,只倚人多,忙又挥一班众将来迎敌。谁知众将虽多,皆非惯战之人。看见阵上杀得山摇地动,早已慌张,及令他出战,未免胆怯。当不得军令催促,只得一齐出来,接着张玉厮杀。燕王在阵前,看见燕将只三人,南将倒有四五十。虽如虎入牛群,时时斩将落马,犹恐寡不能夺众之气,遂鞭鞘一举,挥喝五军并进。这五军人强马壮,一时并进,就似山岳一般压来。李景隆看见,恐怕冲入营来,忙吩咐排列炮石、弓弩,紧守阵脚。吩咐未完,忽后营兵马,纷纷来报说:"城中九门大开,无数兵马,杀了出来,势甚猛勇。元帅快分兵去迎敌。"李景隆又吃一惊,主张不定。张、朱、邱三将,在阵上看见本营中五军齐出,一发有势,枪刀到处,只见马倒人翻,直杀得南军人人害怕,个个胆寒,只管退缩下来。

　　李景隆看见内外夹攻,势头不好,思量要逃走,却又见燕兵四围合来,无个去路,只在营前立马观望。瞿能苦战多时,见众将渐败,主帅又无变通,料想独力难支,遂将枪一摆,回马对李景隆说道:"兵势已如破竹,元帅此时不走,更待何时?"景隆道:"非不欲走,奈无去路!"瞿能遂叫儿子,领了数百家将,保护李景隆在后,自却一马当先,杀开一条血路,向南而奔,回德州去了。燕将见瞿能父子英勇,便也不敢拦阻。南营将士,闻知元帅已逃,哪里有心坚守,便逃的逃,躲的躲,被杀的被杀,投降的投降,一时鼎沸。只因这一败,有分教:主帅掩饰托言,廷臣隐讳不奏。毕竟后事如何,再看下回分解。

# 第十七回

## 掩败迹齐黄征将　争战功南北交兵

燕王既破景隆之师，又解北平之围，又得大宁的雄镇雄兵，兵威一发大震。这日得胜回城，众将俱来称贺道："臣等前日见景隆兵到德州，皆请大王先破景隆，而后攻大宁。大王不从，要远袭大宁，而诱景隆深入，然后以归师遏之。臣等初以为危，然自今观之，一一皆如圣算，真睿计神谋，高出孙吴万万。"燕王道："寡人想景隆柔懦无谋，又想大宁有可乘之机，偶为之，赖诸君之力，得以成功。然诸君前言，自是万全之策。不可以此为常，后有所商，不妨直言。"诸将逊谢，按下不提。

再说李景隆败回德州，收拾残兵，不肯明明认败，见人只说天气严寒，进战恐苦士卒，故退回德州休养，以待来春大举。然败走之信，纷纷传到京师。黄子澄与齐泰，打听的确，皆吃一惊。欲要奏闻，又奈是黄子澄自家力荐的，只得隐忍住了。此时齐黄二人，得君宠任，二人不言，也无人奏闻。当不得外人传说得多，早有中官传到建文耳朵里。建文因召黄子澄问道："闻得外边传说李景隆兵战不利，不知果然否？"黄子澄奏道："此信不确。但闻得与燕兵相持一月，不分胜败，近因冬残，北地寒冷，恐士卒不堪，只得暂回德州休息，俟来春更图大举。外面闻知退回德州，故有此乱传。"建文帝道："既北地严寒，将士劳苦，李景隆督师于外，深为可怜，朕当遣使赐赍，使将士知感。"就遣中使赍貂裘文锦，以及美酒赐之。其余将士，俱各颁赏。李景隆得了此赐，知北平之败，弥缝过了，心方放下。又招集人马，以图掩饰。

燕王打探得知，因与诸将议道："李景隆虽然败去，然士卒实无大伤，使之安坐德州，以养锐气，殊非算也。"众将道："唯有发兵攻之，彼方不安。"燕王道："发兵去攻他，则我劳而彼逸，亦非算也。"道衍道："大王莫若领兵三千，去攻大同。大同必告急于景隆，景隆此时要整饬封疆，不得不往救。俟其往救，大王然后退师。大同苦寒之地，南军脆弱，疲于奔命，则冻馁逃散者必多。兵法所谓'逸而劳之，安而动之，不战而屈人之兵'

也。"燕王听了称善,遂亲领兵三千,出居庸关,围蔚州。蔚州守将王忠、李远,自知不敌,遂以城降。燕王得了蔚州,就进取大同。大同守将紧守关隘,飞骑告急于李景隆。景隆道:"大同雄镇,安可失守!"欲遣诸将往救,诸将皆以天寒推托。景隆大怒,遂亲自帅师,往救大同,众将士谁敢不从。大同连报燕兵围攻甚急,景隆急急率众出紫荆关,昼夜兼行,到了大同,而燕兵已由居庸关,退还北平矣。当此隆冬天气,紫荆关又道路崎岖,景隆驱众将士,星夜奔来,今燕兵已退,又要星夜奔回,南军柔脆,比不得北军生长北地,耐得岁寒,奔来奔去,早冻死了许多,饿死了许多,奔走了许多,驼负不起,铠甲与衣粮,委弃于道旁者,不可胜算。及回到德州,景隆就夸耀于人道:"往援大同,击走燕兵。今奏凯而旋,劳赏称贺。"而不知损了朝廷多少资财,丧了朝廷多少士卒。

景隆外面虽然夸张,而心中却甚惧怯,又不敢明告于人,只得暗暗恳求黄子澄道:"燕王兵马虽寡,却有张玉、朱能、邱福、薛禄一班战将,与次子高煦,皆能争惯战,力敌万人。朝廷将士照册点名,虽有数百余员,及至临阵,却无一人能挺身力战。唯瞿能父子,方算得好汉,又独力难支,所以往往失利。明春大举,必须举选几员名将,搴旗斩将,方可成功。"黄子澄深以为然,因与齐泰商量,又荐武定侯郭英,安陆侯吴杰,越隽侯俞通渊,都督平安、胡观,请旨俱着会兵真定,以征燕。又请旨赐李景隆斧钺旌旄,加阶进级,使得一意专征,节制诸将。朝廷俱准了,例下旨来,各各奉行。中官领了敕书、斧钺旌旄,往赐景隆。不期渡到江中,忽然风雨大作,浪颠舟覆,将所赐之物,尽没于水。人人见了,皆知为不祥之兆,只得另备诸物,遣别官往赐。景隆见进阶太子太师,又受斧钺旌旄,得专生杀,一发骄恣起来。及过了新春,又交四月,不得住在德州观望,只得发兵。前至河间,遍传檄文,会郭英、吴杰等众将,期于白沟河,合势征燕。

燕王探知,因率兵将,进驻固安。道衍奏道:"燕虽连胜,却是宋忠、耿炳文、李景隆一辈无谋之人,故所向无前。今朝廷会集名将,合势同进,却非前比。大王须命众将,鼓勇励志,方能克敌。若轻觑之,必有小失。"燕王道:"国师之言是也。然据寡人看来,李景隆志大无谋,又喜自专,固是无用之物。郭英虽系名将,然今老迈,定退缩而不敢前。平安虽英勇善战,却刚愎自用,无人帮助,不足畏也。至于胡观,骄纵不治。吴杰、俞通渊,懦而无断,皆匹夫耳,无能为也。所以敢来者,恃其兵众耳。然兵众岂可恃战？不知兵众则易乱，击前则后不知，击左则右不应。既不相救，又不相闻，徒多何益。欲如古人之'多多益善'者，能有几人。况彼将帅不专，而政令不一，纪律纵驰，而分数不明，皆致败之由也。甲兵虽多，何足畏哉！诸君但秣马厉兵，听吾指挥，吾取之如拾芥耳。"众将皆踊跃道："大王料敌如神，臣等敢不效命。"燕王大喜，遂进兵苏家桥，列营以待。

李景隆一向惧怕燕王，今见朝廷敕命郭英等诸将相助，合兵进讨，不觉一时又胆大起来，竟领诸军，进次于白沟河。因命郭英、吴杰、俞通渊，各自分营，相为犄角。瞿能、平安、陆凉、滕聚众将，俱齐集麾下。朝廷又虑景隆轻敌，复令魏国公徐辉祖，率军三万，以为景隆之殿。一时聚会白沟河，合兵共六十万，连营数十里，旌旗耀日，金鼓震天。视彼燕军，直如泰山压卵。

不知燕王龙观虎视，全不放在眼里，竟列两营，一营列于河南，一营列于河北，亲自往来指挥众将出战。李景隆见燕王临阵，也建大将旗号，立马营前发令道："燕王背负朝廷，系是反叛，谁能擒来，便算头功。"令还未曾传完，瞿能早飞马出阵应道："待末将擒来，献与元帅。"就冲过阵来。燕阵上邱福看见，忙接住厮杀。二人战了三十余合，不分胜败。瞿能之子，看见父亲不胜，便一马冲出夹攻。燕阵李彬，早接住厮杀。平安看见杀得热闹，因大叫道："无名小子，怎容他久战，我来也！"燕阵上陈忠看见，便纵马而出，接着厮杀。燕营将士见瞿能父子与平安勇不可当，邱福三将敌他不过，一时心惊，忙着人去报知燕王。

时燕王正在河北，与郭英等交战。郭英自恃老将英勇，阵上往来驰骋。忽燕阵上一个内官，小名叫狗儿，看见甚愤，因跃马挺枪，直刺郭英，道："你自夸是老将，我偏要杀你。"千户华聚亦跃马冲出道："老将不用汝杀，留与我杀罢。"两员将，两条枪，裹住郭英。郭英虽然英勇，果非少年，杀来杀去，只杀得个手平。燕王见了，率精兵从左右夹击，遂杀了数千人，生擒了都指挥何清。南阵上亏得吴杰、俞通渊两支兵护侍，郭英终是老将，久战不败，故不致大失。

燕王忽闻报河南失利，燕兵被杀甚众，忙忙率兵来救。奈天色已晚，日渐黄昏，分辨不出对手，只取巧便砍，乘空便杀，箭射来，撞着的受伤，炮打去，遇着的被害，你不肯休，我不肯罢，直杀到入夜，彼此俱看不见，方各鸣金收军回营。检点兵马，互相杀伤，两下相当，也算不得输赢。燕王因问道衍道："今日杀伤相当，算不得胜负。南兵势大，明日一战，如何得成功,令他丧胆?"道衍道:"南兵不独势大,而瞿能父子与平安,皆系战将,欲一战而令他丧胆,也不容易。"燕王道:"若如此说,却将奈何?"道衍道:"吾闻朝气锐,暮气衰,兵家之常也。大王若能鼓舞将士,朝气暮气,始终不衰,则明日一战成功矣。"燕王听了,遂激励诸将道:"剑不利不能斩蛟,箭不力不能穿杨。明日与南军血战,一日若不大破南军,誓不还营。"诸将皆应道:"愿效大王之命。"

燕王遂劳赏将士,秣马待旦。到了天明,令张玉将中军,朱能将左军,陈亨将右军,房宽为先锋,邱福为后继,共率马步十余万,尽渡过白沟河,直压南营。又令高煦率精奇左右策应。自却总兵督阵。南阵上瞿能见燕兵渡过河来,大怒道:"你是什么英雄,敢逼近我营?不要走,叫你认得我瞿将军。"遂提刀杀去。房宽正遇着,忙接住厮杀。两将战了二十余合,房宽正难招架,忽平安与瞿能之子分做两翼,又夹攻将来。房宽还抖擞精神,要极力抵挡;当不得众将士,见南军势大,渐渐披靡下来,故房宽独力难支,遂败下来。瞿能父子与平安,乘势追杀了数百余人。张玉将中军兵正进,忽见房宽败阵,忙报知燕王。燕王即麾亲随精锐数千,直欲突入南军。张玉中军,并朱能左军,陈亨右军,见燕王先驰,忙督兵齐进。燕王突至阵前,见瞿能与平安、俞通渊、陆凉,列阵甚坚,未易冲突,遂先率精勇七骑,驰击以试之。瞿能见燕王轻身而出,恐有奇计,不敢出应,但以炮石御之。燕王以七骑驰击,见无动静,麾众前突。乃突至前,见炮石交下,又复退回。退回无恙,仍又挥众前突。且进且退,如此者数十次,两下杀伤甚众。南军飞矢如雨,燕王全不惧避,故飞矢每每射中燕王之马。战不半日,燕王换过了三次马。燕王被射中了三次,而回箭射之,已不知射倒了许多南军。再欲射时,而所带三服箭皆已射完,只得提剑剁击。此时燕阵众将,见燕王如此血战,谁敢不努力向前。故南阵战将,皆有对头厮杀。只杀得阵云滚滚,杀气腾腾。

瞿能看见燕王马经屡换,箭已射尽,所挥之剑,剑锋又已击缺,渐渐往后退出,因叫道:"燕王倦矣,不趁此时擒之,更待何时!"遂提刀纵马赶来,道:"背负朝廷的逆贼,哪里走?我瞿将军来也!"燕王看见,急呼众将,而众将皆在阵上酣战;欲要自战,而剑锋又缺,吃了一惊,只得策马绕着一带长堤而走。不期跑到堤尽头,那堤高有五尺,战马又乏,一时跳不上去,后面瞿能又紧紧追来,十分紧急。只因这一追,有分教:八面威风,不及百灵相助。欲知明白,再看下回分解。

# 第 十 八 回
## 燕王乘风破诸将　景隆星夜奔济南

　　话说燕王被瞿能追到堤尽头,奈堤高马乏,跳不上去。瞿能渐渐赶上,燕王事急,大叫道:"什么小将,敢逼我至此! 要天地鬼神何用?"叫声未绝,座下的马,忽惊嘶一声,平地里一蹿,早蹿起五尺高,竟跳上堤去。瞿能赶到堤边,把马缰一提,也跳上高堤,随后赶去。忽见燕王次子高煦,领一队精勇来接应。看见瞿能追赶,因大骂道:"该死的贼,有甚本事,敢追逼我父王!"瞿能也不容话,就抡刀来战。高煦笑道:"你的威风,只好在别处去逞,怎敢在我面前施展?"因举铁槊,劈面相还。二人在这边酣战不止。

　　那边阵上,平安正与陈亨对战,忽见瞿能追燕王下去,因大怒道:"他倒擒王去了! 我怎一将也不能诛?"遂奋力一枪刺去。此时陈亨战久刀乏,躲闪不及,竟被平安刺死。朱能看见陈亨被刺,忙丢了别将,来与平安接战,道:"你能杀人,我岂不能杀你!"平安道:"来得好! 叫你来一个,死一个。"二人苦力相持。陈忠乱战时,忽被刀伤了两指,已将断了。陈忠恨一声道:"身犹不惜,何况两指!"因自割断,裂衣包好,复向前大战。当不得南阵上将广兵多,俞通渊、胡观、陆凉、滕聚,见阵上瞿能与平安战得兴头,亦引兵围上来。瞿能见有兵接应,因挥众进前,大呼道:"今日誓死,必要灭燕!"

　　此时日已过午,燕王已战得精疲力倦,又见南兵众盛,诸将血战,不能成功,因大怒,向天道:"鲁阳尚能挥戈返日①,光武尚且坚冰渡河②,我独不能乎?"说不了,忽旋风大作,一霎时沙土漫天,从北直卷入南营。战场

---

　　①　鲁阳尚能挥戈返日——鲁阳,鲁阳公,春秋时楚国县公。传说鲁阳与人酣战,日已暮,鲁阳挥戈,日为之返三舍。事见《淮南子·览冥》。
　　②　光武尚且坚冰渡河——光武,汉光武帝刘秀。刘秀一行人逃出饶阳,到呼沱河,没有船只,河水突然结冰,得以通过。事见《后汉书·光武帝纪》。

上的将士,俱开眼不得。燕王见烟云里,隐隐有一位尊神,披发仗剑,乘着风势向前杀去。因大喜道:"此天赞我也! 不乘此破敌,更待何时?"因传令众将努力,自引铁骑数千,乘着风沙迷目,人不留心,竟绕出南阵之后。又暗算道:"直突不如横冲。"遂从旁突入,喊声动地。南兵突然被冲,尽惊得乱窜。燕王冲来冲去,竟冲到瞿能之营。瞿能望见燕王冲破其营,心下甚慌,急欲回救,而高煦的铁槊,紧紧缠住。欲与高煦苦战,而燕兵又在脑后冲来。再看各阵,俱被风沙卷得乱纷纷,竟不知谁胜谁败。正在着急,忽又听得燕兵乱喊道:"大王有令,不许放走了瞿能。"瞿能听了,不敢恋战,只得回马就走。不期燕兵裹紧,无路可走,只得往前。正要冲开夺路,早被高煦赶上,一槊打落马下。瞿能之子,见父亲被打死,惊得魂飞魄散,那里还能交战,亦被燕兵杀了。平安力战朱能,正讨不得便宜,忽风沙北起,卷到面前,迷目难开。朱能乘着顺风,只管杀来。平安见势头不好,回马便走。南营众将,见瞿能父子被杀,平安败走,又见一班燕将,如龙似虎,哪个还有斗志,尽皆奔溃。俞通渊与滕聚奔不及,皆被北兵杀死。燕王见南兵虽败,营垒尚固,一时冲突不动,遂命众兵,乘着上风,放起火来,将营垒烧得烈焰腾空。此时郭英尚据住西营,李景隆尚守住老营,欲收拾败兵,待风定再战。不意燕兵乘风纵火,风狂火猛,霎时烧到营前。心下大惊,只得也随众而奔。此时两不相顾,郭英遂奔而西,李景隆遂奔而南,遗弃的器械辎重,有如山积。被燕兵杀死者,不下十余万。燕兵乘势追至月漾桥,一时杀溺蹂躏死者,又不下数万,尸横百余里。李景隆见事急,只得单骑走入德州。唯有徐辉祖领京军三万,在后为殿。见诸将纷纷败走,欲上前救援,因风势甚猛,知救援不得,唯密排炮石,紧守营寨。燕兵不敢犯,故得全军而还。燕王打探李景隆败走德州,因谕众将道:"追奔逐北,贵乎神速,不可令其停留长志。"遂检点兵将,来攻德州。

　　当时李景隆军中,有一个山东参政,姓铁名铉,朝廷命他督饷从征。他见景隆毫无才略,举动皆合败辙,心甚愤愤不平,每与参督军高巍谈论。今见景隆败走德州,自恨无兵权在手,不能出力支撑,只得随他奔到德州。又闻燕王追来,事势紧急。此时正值端午,铁铉置酒邀高巍同饮,饮到半酣,因慷慨涕泣道:"事有常变,不能守经,便当用权。我与你既为朝廷臣子,则朝廷之事,亦你我之事,岂可坐观成败? 今燕兵乘胜追来,李元帅又半筹莫展,唯有败走。败走一城,遂失一城,败走一邑,又失一邑,自北而南,多少城邑,可尽供其败走哉!"高巍道:"明公所论最是。但兵权在他掌握,岂容明公作主?"铁铉道:"德州已为彼据,不必论矣。但我乃山东参政,济南乃山东地界,我当为朝廷死守也。"高巍大喜道:"此论是也!"因沥酒誓死同盟,协力共守济南,以待后援。遂不告景隆,趋还济南,一面招集义勇兵将,一面收集溃亡士卒,坚守济南,以待燕兵。

再说李景隆逃入德州,喘息未定,忽又报燕兵追至,惊慌无措,只得写一封书,叫人上与燕王,求他息兵讲和。燕王得书,看了笑道:"乃已至此,兵可息乎?和可讲乎?"道衍道:"虽然不可,宜缓之以懈其心,不可说破。"燕王点头道:"是。"回书道:"要息兵讲和,必得齐泰、黄子澄二奸人方可。"景隆得书,只得将书上与朝廷。朝廷见了,遂暂罢齐泰、黄子澄之职,以谢燕。不意燕王竟不肯息兵,而追来愈急。李景隆欲要又逃,却不知逃往何处去好。忽有人说道:"闻铁铉招集兵将,保守济南,可往依之。"景隆大喜。欲明明遁去,又恐燕兵追赶,只捱至夜间,方率兵逃往济南。只因这一逃,有分教:逃身有路,再战无功。欲知后事,且看下回分解。

# 第 十 九 回

## 铁铉尽力守孤城　盛庸恢复诸郡县

却说李景隆率兵逃到济南，铁铉接了入城。李景隆就要归并其权，铁铉不肯，道："元帅奉旨讨燕，屡屡失利，驻扎无定。至于守济南之城，乃铁铉地方之责。若元帅并去，倘一旦有失，则罪将谁归？"景隆道："既如此说，你须坚守。"铁铉一力应承不提。

且说燕王到德州，见李景隆已走，城中空虚，遂入城出榜安民。一时官吏尽皆归顺，唯教谕王贵，闻知燕王破了城，因升明伦堂，召诸生齐集，大哭道："此堂名明伦，今日君臣之伦安在？倘欲苟活立于此，岂不愧死！"遂以头触柱而死。诸生哀而厚葬之。

燕王既下了德州，闻景隆逃往济南，遂又引兵追至济南。此时景隆虽然屡败，尚有兵十余万。打探来追的燕兵，只三千人，一时胆又大，欲列阵城外，候燕兵初至，人马困乏以击之。铁铉劝道："燕兵精勇，不在疲劳；我师柔靡，实难取胜。莫若协同坚守，我主彼客，久之不利，自然退去。"景隆道："三千人不能击走，倘后兵齐到，却将奈何？你不要阻我。"遂将十余万人马，都调出城，要列成阵势以待燕兵。不期阵尚未曾列定，而燕王早已追至。燕兵虽只三千人，却不与你将对将厮杀。但闻得金鼓连天，炮声动地，忽一队从东杀入，忽一队从西杀入，忽又一队从中突至。东边入的，忽杀到西边；西边来的，直杀往东去；中间突至的，又两头分杀，将南阵冲突得七零八落。景隆又没才干调度，一任兵将乱战，战不多时，当不得燕兵猛勇，逃的逃，躲的躲，早又败将下来。又听得燕王传令，要活捉李景隆。景隆慌了，早乘空单骑走入城去。铁铉知道景隆必败，单放了景隆入去，遂督兵排列炮石，紧紧守城。城外的胜败，他俱不管。南阵中没了主将，谁肯力战，都想要逃入城，又见城门紧闭，只得四散逃去。燕王也不追杀，但令兵将将济南的四门围了，按下不提。

且说李景隆自白沟河大败，逃至德州，德州再败，又逃入济南，今济南大败，亏铁铉死守城池。先后俱有飞报，报到朝廷。建文帝闻知大惊，忙问齐黄二人。二人隐瞒不得，黄子澄方伏谢误荐李景隆之罪，请召回诛之。齐泰因荐左都督盛庸，才勇过人，堪代其任，右都督陈晖大可副之。建文帝准奏，因降旨：诏李景隆回命，盛庸为征北大将军，以专其兵，陈晖副之，铁铉保守济南，升为山东布政使。命下，盛庸与陈晖星夜赶去督师。不日李景隆诏回，入朝请罪。黄子澄奏道："李景隆辱国丧师，罪应万死，乞陛下正法。"建文帝道："李景隆罪固当诛，但念系开国功臣之后，姑屈法赦之。"黄子澄道："法者，祖宗之法，行法者以激励将士也。今景隆奉皇命讨逆，乃怀二心，观望不前，以致丧师，虽万死不足以尽其辜，陛下奈何赦之？"建文帝道："论法本不当赦，但彼原无才，误用在朕，诛之有伤朕心，故不如赦之。"因命释去。景隆蒙赦，忙谢恩欲退，忽有副都御史练子宁，忙出班来，手执景隆，哭奏道："败陛下大事者，此贼臣也，断不可赦！"建文帝道："为何不可赦？"练子宁又哭奏道："受陛下隆恩，而拥节旄，专征伐者，此贼臣也，乃毫无才略，一败于北平，再败于白沟河，三败于德州，四败于济南，自南而北，疆界已失一半。今济南若无铁铉死守，不又引燕兵进犯淮上乎？臣备员执法，若法不行于此屡败之贼臣，则臣先受不能执法之罪，虽万死不辞。"建文帝道："卿执法固是，但朕既已赦出，不容反汗①。"因命退出。在廷诸臣，无可奈何，唯有浩叹而已。

正是：

　　　仁乃君之美，然而不可柔；

　　　一柔姑息矣，国事付东流。

且说燕兵见燕王先引精锐围了济南，遂一时云集，将济南围得水泄不通。铁铉在城中，督率将士，分班昼夜坚守，亲自领数百精骑，四门驰视，若一门有警，便飞骑救之，故燕兵虽勇，不能近城。燕兵架云梯，铁铉即放火炮，烧其云梯。燕兵穴地道，铁铉即用槌杵，坍其穴道。燕兵百计攻城，铁铉即百计御之。燕王无奈，道衍因说道："河高城低，何不决水以灌城？"燕王大喜，就令将士决河。铁铉探知，因与高巍商量，如此如此。就教几个能言的百姓，悄悄出城来，见燕王诈降道："济南孤城，苦苦坚守者，乃铁布政不知天命，非百姓之意。千岁爷若决水灌城，铁布政不过一逃，则满城百姓，皆为鱼鳖矣。百姓皆千岁爷赤子，闻决水之令，甚是惊

---

① 反汗——反回。汗一出就无法反回。

慌,故私自出城来见千岁爷,情愿瞒铁布政,开西门投降。请千岁爷切不可灌城,伤残百姓。"燕王大喜道:"汝百姓既知天命,开城迎降,我又决水灌城何为。但不知约在几时开城?"众百姓道:"铁布政守城甚严,今又闻朝廷差都督盛庸并陈晖领兵来帮手,只在早晚便到,若到了一发难下手。事急矣,只在今夜五鼓,便聚百姓开城。需求千岁爷亲自领兵入城接济,若是来迟,百姓便要受铁布政之屠戮矣。"燕王道:"汝等既输诚迎降,我自亲身入城,拿擒铁铉。但汝等切不可误事。"众百姓领命去了,燕王遂收回决水之令。张玉因说道:"小将闻铁铉足智多谋,今百姓来降,莫非是铁铉之计?"燕王道:"孤城被围了三月,百姓岂不困苦? 今又闻决水灌城,自然慌张出降。多是实情。纵是铁铉之计,不过伏兵城门。若吾兵得入,纵有伏兵,何足畏哉。"因检点兵将,伺候五更入城。到了五更,果听得西门城上,喊声动地,又见灯火乱明。燕王知是百姓有变,恐去迟失了众百姓之望,遂不候齐将士,竟先带数十亲随精勇,飞马而去。到得城边,是众百姓皆伏于地,齐呼千岁,欲拥燕王入城。燕王因往城中一看,见城中点得灯火就如白昼,静悄悄,并不见有一兵一将。一时忘情,遂随众百姓跃马入城。不期到了月城边,众百姓呐一声喊,忽城楼上一声锣鸣,早呼啦一声响,城门中忽放下一块千斤闸板来。燕王吃了一惊,忙拽马往后退时,仅仅躲过身子,那马早已被千斤闸板闸做两半。燕王跌下马来,喜得亲随精勇,俱跳下马,扶起燕王,另上一马,奔出城外。而铁铉在城上,把炮石弩箭,如雨放下。燕王身中数箭,幸有护身铠甲,不致透入。后兵接着归到营中,不胜大怒。遂命将士,绕城四面,架起无敌大将军铁炮来打城。那铁炮打到城上,轰轰喇喇,就像雷响一般,东边打倒了几处垛子,西边又震坍了一带垣基。铁铉看见城崩只在旦夕,因心生一计,叫人将白木为牌,上写"高皇帝神位"五个大字,用绳子遍悬挂于城上崩颓处。燕兵看见,不敢放炮,忙禀知燕王。燕王听了,也无法处,只得缓攻。铁铉乘其缓攻,叫人连夜修城,心内想道:"如此示弱,燕兵如何肯退?"因选募壮士,乘燕兵不意,突出击之。击了一处,忽又一处,燕兵虽不至大伤,也被他扰得不静。忽闻都督盛庸,与陈晖的救兵皆到了,道衍因劝燕王道:"凡用兵见可而进,知难而退。今围济南三月,顿师坚城之下,可谓老矣,纵胜亦不能长驱,莫若暂还,再乘机出。"燕王大悟道:"卿言是也。"因下令撤围,竟班师还北平去了。

铁铉就开城迎盛庸、陈晖入城，商量道："燕兵虽退，非败也。还须紧守，不宜轻视。"盛庸道："燕兵虽然屡胜，皆是李景隆毫不知兵之所致也。今遇明公才略超群，善于守御，仅一孤城，便不能破。今撤围而去，虽其知机，然用兵之妙，亦可见矣。何不乘其惰归①，恢复了德州，诸郡县也见得朝廷专天下之威命，虽暂败必复，非一隅之比。"铁铉以为然，遂与盛庸进兵北向。不月余，竟将李景隆所失的德州诸郡县，俱收复了。忙遣人报知朝廷。只因这一报，有分教：事动君心，谋生藩府。不知后事如何，且看下回分解。

---

① 惰（duò）归——精神不振、疲惫，无心前进。《孙子兵法》："避其锐气，击其惰归。"

# 第 二 十 回

## 燕王托言征辽东　张玉暗袭沧州城

　　却说建文帝闻报铁铉与盛庸，恢复了德州诸郡县，龙颜大喜，遂升铁铉为兵部尚书，主理大将军兵事，都督盛庸进封为历城侯，仍掌大将军事，总平燕诸军北伐，又命副将吴杰屯兵定州，都督徐凯屯兵沧州，相为犄角，一时兵威又复大盛。

　　再说燕王既归北平，因问道衍道："前番屡战屡胜，皆因是耿炳文、李景隆不知兵之将耳。今盛庸、铁铉等颇有才略，寡人欲再出破之，不知可能得意否？"道衍道："大王之兴，上合天心，安有不得意之理。盛庸纵有才略，不过多费两日耳，他何足虑！"燕王大喜，因打听得盛庸北居德州，吴杰屯定州，徐凯屯沧州，遂佯为不知，竟自下令，要率将士往征辽东。将士听了，尽皆不悦，多有闲言。燕王闻知大怒，遂立即出师，违令者斩。众将士无奈，只得奉命启行。行到通州，张玉与朱能也自狐疑，因乘间问燕王道："今敌兵已将压境，急思破敌为上，奈何远道征辽？况辽东严寒，士卒未免不堪。不知大王何故，定为此举？"燕王大笑道："寡人之征辽，正思破敌，诸君有所不知耳。"张玉道："臣等愚蠢，实不知征辽之为破敌，乞大王明示。"燕王道："寡人下令征辽者，是因目今盛庸、铁铉屯德州，吴杰、平安屯定州，徐凯、陶铭屯沧州，相为犄角，皆吾敌也。既已压境，岂不思破之？但思欲破德州，而德州城壁坚牢，又为敌众所聚，破之不易。欲破定州，而定州修筑已完，城守悉备，欲破之亦殊费力。唯沧州乃土城，况倾圮日久，徐凯兵至，虽欲修葺，而天寒地冻，兼之雨雪泥淖，谅亦未能成功。我乘其不备，出其不意，急趋而攻之，必有土崩之势。若明往攻之，彼必提防矣。故今扬言往征辽东，示无南伐之意，以怠其心耳。况往日李景隆兵至，吾下令征大宁，后实征大宁。今率师征辽，彼必信之。乘其信不为备，因偃旗息鼓，由间道直捣沧州，则破之必矣。沧州破，而德州、定州，自不能守而移营矣。岂非征辽即破敌乎？但机事贵密，故不敢令众知耳。"张玉与朱能听了大喜，因叩头称赞道："大王妙算，真鬼神莫测也。"

因明言征辽,而暗袭沧州。

正是:

> 兵机妙处无端倪,明击于东暗击西。
>
> 笑杀父书徒读者①,但能口说实心迷。

却说徐凯分守沧州,初到时,见城郭不完,也紧紧防燕,后来因探知燕王往征辽东,遂大喜,不为防备,竟遣军四出,伐木运土,昼夜修城,以为万万无虞。不期燕兵行到直沽地方,燕王因对诸将说道:"徐凯闻我征辽,必不防备,即能防备,亦不过但备青县与长卢二处,至于砖垜儿与灶儿坡数处,一路无水,必不知备。若从此急进,便可径至沧州城下,一鼓破之。"诸将以为然,遂率领士兵,于夜半起程,一昼一夜就行了三百里路。若撞着沧州的哨骑,皆尽杀之,故无人报信。第二日早饭时,燕兵已掩至城下,而徐凯不知,尚督军士运土筑城。及听得马嘶人喊,方知兵到,吃了一惊不小。急急再点兵,闭了城门,分守城堞。众军士皆仓皇股际,人不及甲,马不及鞍,且一时分拨不定,唯有东西乱蹿。燕兵见南兵惊慌,愈加鼓炮震天,四面紧攻。张玉见城东北一带坍城,尚未修好,遂带了一队勇士,将盔甲卸去,肉袒了,爬将过去。南兵看见,喊一声道:"不好了,燕兵已入城了!"遂乱纷纷尽都跑散。张玉既到了城里,遂率众砍开了城门,放燕兵入去。燕王见城破了,知徐凯要走,先命兵将埋伏于归路之旁。候徐凯马到,一齐拥出捉住,解往北平。朱能等入城乱战,将士见主帅被擒,尽皆投降。燕王急传令止杀。而众将报功,已斩首万余级矣。只因这一事,有分教:胜在兼程,败于两日。欲知后来之事,请看下回分解。

---

① 笑杀父书徒读者——用"纸上谈兵"典故。战国时赵国名将赵奢之子赵括,学习兵法,善于谈兵,连赵奢也难不倒他。后来带兵只知道根据兵书,不知灵活处理,结果全军覆没。事见《史记·廉颇蔺相如列传》。

# 第二十一回

## 假示弱燕王欺敌　恃英勇张玉阵亡

诗曰：

　　兴亡既已日天数，杀伐征诛，又是何缘故？若言战胜方遭遇，所卜天心无乃误。谁知一定者吾素，扰攘纷纭，无非乱其度。不然胜败顷刻中，何以先知早回护。

　　却说燕王既袭破了沧州，生擒了徐凯，报到德州，盛庸怒恨道："朝廷用无能之将，不如无将！"因与铁铉商量道："燕王出奇兵，暗袭沧州，必乘胜而骄，若与之战，恐难大破。莫若声言乏粮，移营东昌以示弱，诱其深入，然后伏兵合击之，未有不成功者。"铁铉道："移营东昌，伏兵合击，固是妙算。但燕王善战，麾下将士，俱皆勇猛。伏兵必须多伏精锐，合击必须遍合英雄，方能挫其狂锋。若突起不多，合围单薄，擒捉不住，令其冲驰而去，岂不反为所轻。"盛庸道："公言是也。"遂一面移营东昌，一面会合众兵，一面聚集大兵，分到四境，只候燕兵入境交战之时，号炮一响，即四面围来，合击燕兵，生擒燕王，若有一路放走燕王者斩。分拨已定，因宰牛犒将士，誓师励众。然后又率精兵，皆城而阵，以待燕兵。

　　却说燕王袭取沧州者，原为要震动德州，今打探得盛庸移营东昌，因大喜，谓诸将道："盛庸亦易取耳。"诸将问道："大王何以知其易取？"燕王道："今盛庸无故而移营，必乏粮草。彼既乏粮而就东昌，岂知东昌素无积蓄，其何所恃乎？吾乘胜掩攻，破之必矣。"众将军拜服，燕王遂挥众而进。燕兵恃其屡胜，不复提防，望见庸军，竟鼓噪而进。不期将近营垒，忽一声炮响，火器与矢石齐发，犹如雨打来。燕兵一时不曾准备，尽皆受伤。燕王看见，吃了一惊，忙令急退。而四面的伏兵，已一层一层紧紧围来，平安与吴杰的兵又到，与盛庸兵合做一处，就围了数重。燕王与张玉、邱福等一班战将，还认做是李景隆之师，一冲突便破。不期盛庸的令严法重，将士有进无退，任燕将左冲右突，战了半晌，竟冲突不开。燕王方才着急，因挥剑力战道："不努力破贼，不许生还！"张玉应道："今日正英雄效命之时,谁敢不努力!"因跃马提刀,东西驰击。盛庸看见燕将被围,犹敢战不惧,恐怕战久走脱,复又督兵紧围急战。

张玉见南兵苦战,皆是盛庸督战,暗想道:"要脱此围,除非斩了盛庸,方才能够。"因大喝道:"盛庸奸贼,勿要逞雄,且吃我一刀!"遂舞刀直杀过来。不期盛庸贴身,皆有精勇弓弩护持,看见张玉突来,一齐放箭。张玉躲闪不及,左臂上早中了两箭。再欲回马,而盛庸挥众齐上,竟将张玉斩于马下。原来燕兵壮气,全倚张玉,忽见张玉被斩,尽皆惊慌。又见南兵喊声动地,炮矢如雨,受伤者众,欲要逃走,却又围在垓心,无路可逃。事急了,要保性命,只得解甲而降。

燕王战到此时,四围冲突不出,未免力疲。喜得朱能、周长兵在后队,未曾被围。闻知燕王困在围中,因率一队兵,从东北角上,奋击救援。东北围兵被击得凶猛,渐渐有分开之势,盛庸看见,因撤西南围兵,往救东北。邱福看见,忙对燕王道:"东北上兵马纷纭,想有外兵冲突,大王何不乘此时,率众往东北内外夹攻,则此围可脱。"燕王道:"东北被击,盛庸既调西南兵往救,则东北正其属意之地,虽夹攻之,亦未易破。莫若转从西南,乘其不意,突然冲击,自可出也。"邱福点头道:"是。"燕王遂挥众兵,发一声喊,直攻西南。西南兵将早被撤去,围得单薄,竟被燕王率兵将冲开而去。盛庸听知,甚是懊恼,急急遣将来追。只杀了无数燕兵,而燕王已追之不及。盛庸心不肯甘,犹络绎不绝的遣将来追。燕王此时人困马乏,不复交战,唯向北奔。

盛庸追兵将及,忽燕王次子高煦,领兵前来策应。看见追兵追赶燕王,迎着说道:"父王请先行,待儿擒斩追将。"因横槊纵马当先。追兵不知,竟拥上来,早被高煦挺槊打死了数将,又生擒了指挥常荣而去。追兵方知高煦之勇,渐渐退回。燕王勒马看见大喜,深加赞奖道:"此儿肖我!"遂引残兵回北平去。只因这一去,有分教:虎离陷阱依然猛,龙脱深渊照旧飞。不知后来如何,且看下回分解。

# 第二十二回
## 闻捷报满朝称贺　重起义北平誓师

当时盛庸既战败燕王,遂与铁铉飞表奏捷。此时正是建文三年正月元日,正在设朝,而东昌捷至,建文帝亲览捷文,龙颜大悦,群臣称贺,遂降诏褒赏将士,一面入太庙告东昌大捷,一面诏回齐泰、黄子澄,仍预军国之事。又闻得燕王被围,几乎不免,因降诏谕众将道:"燕王虽然叛逆,然是朕叔父也,只可生擒,不可暗伤,使朕有杀叔父之名。"诏书下去不提。

且说燕王败回北平,因召道衍问道:"我前日去兵,你言无不得意,为何今日败还?"道衍道:"臣前已言之矣,特大王不察耳。"燕王道:"卿何曾言东昌之败?"道衍道:"臣言'多费两日','两日'非昌字而何? 非但臣言之,昔年金忠为大王卜数,他说'靖难师出,攻无不克,战无不胜,但逢大木穿日,小不利耳'。'大木穿日',非东字而何? 胜败皆已前定,大王再统众出师,万万勿疑。"燕王听了,回想前言,方大悟道:"原来东昌一败,也有定数。卿能知祸福,不啻蓍龟①矣,敢不敬从。"复下令检阅将士,以备南下。

临行之日,亲祭东昌阵亡将士张玉等。一面奠酒焚帛,一面大恸道:"胜败兵家常事,不足深计,所恨者艰难之际,丧吾一良辅,令吾至今寝不贴席,食不完咽。"说罢,涕零如雨,又自褫所服衣袍,命左右焚之,以衣亡者。诸将看见,尽皆感激,情愿效力。燕王祭毕,又烹宰牛羊,以飨将士。因谕诸将道:"凡为将惧死者必死,捐生者必生。前白沟河之战,南军怯懦,见敌即走,吾兵故得而杀之,所谓惧死必死也。尔等不畏刀枪,不顾首领,故能出百死而全一生,所谓捐生必生也。今贼势鸱张②,渐渐见逼,与其坐而受制,莫若先击之。诸君若体予言,自能一战而成功。"诸将皆顿首道:"谨遵令旨。"

燕王遂出师,行至保定,打探得盛庸已离德州,而进兵于夹河;平安之

---

① 蓍(shī)龟——古代用蓍草和龟甲占卜。此指卜卦。

② 鸱(chī)张——嚣张。

兵，驻于单家桥。因命兵将，由陈家渡过河，与盛庸之军相逆。盛庸探知，也列阵以待。到了次日，两阵对圆。燕王闻知朝廷因东昌之捷，有"只须破敌，无使朕有杀叔父之名"之诏，心胆愈大。因先帅三骑，掠阵而过，以观南营之虚实。盛庸恐其有诈，又受帝戒，不敢轻动。燕王掠阵归营，遂挥兵攻其左腋。看见南军拥盾自蔽，矢刀皆不能入，因制下铁钻，长六七尺，钻上皆横贯铁钉，钉末又有利钩，令勇士奋勇掷于盾上。若被钉钩钩住，遂牵连难动，不可轻举以为蔽。再以矢石攻之，南军无以蔽，遂弃盾而走。燕兵乘其走，驰骑蹂躏之，南军遂哄然奔溃。燕将谭渊看见南军败走，遂率部下指挥董中峰等，从旁转出而迎击之。不知南军奔溃，只因拥盾为铁钻钩牢，一时矢石骤至，无以为蔽，实非战败。今忽见谭渊阻其归路，南将庄得遂率众上前死战。南兵人人要归，则人人死战。谭渊虽勇，如何抵敌得住，遂同董中峰，皆被南军杀死。燕兵欲去救援，因天色近晚，遂各鸣金收兵。

到了次早，燕王谓诸将道："为将事敌，贵乎审机识变。昨南军虽少挫，然其锋尚锐，谭渊竟去逆击，欲绝其生路，彼安得不死战耶？皆致丧身！今日若败走，须顺势击之，自大破之。"众皆从计，因麾众进战。盛庸亦遣将来迎。先还是将对将，杀了半晌，不见胜负。这边添将，那边加兵。渐渐两家兵将，一齐拥出。遂战作一团，杀做一块。但见旌旗蔽日，金鼓震天，枪刀乱舞，人马纷驰，箭下如雨，炮响若雷。阵面上，杀气腾腾，不分南北；沙场中，征云冉冉，莫辨东西。虽不分胜败，早血流满地；尚未定高低，已尸积如山。自辰时战起，直到未时。真是棋逢对手，犹龙争虎斗不已。此时盛庸军在西南，燕王军在东北。燕王战急了，因又挥剑，仰天大叫："鬼神助我！"叫声未绝，忽东北风大起，卷得尘埃障天，沙砾满面。吹得南军眼目昏迷，咫尺看不见人。燕兵知是天助，乘风大呼纵击。南兵乱慌慌，只觉风声皆兵，哪里还敢恋战，遂兵不由将，将不顾兵，个个奔溃。燕兵乘胜从后追杀，斩首数万，溺死滹沱河及被追骑蹂躏死者，不可胜计。盛庸无奈，只得单骑逃归德州。

却说吴杰与平安，闻燕兵攻盛庸，遂引兵欲与盛庸会合，同破燕兵。未至夹河八十里，忽有人报燕兵已大破盛庸；盛庸已败去德州矣。吴杰、平安听了大惊，欲要上前，又恐燕兵乘胜，难与争锋，只得退还真定。燕王既击走盛庸，因谓诸将道："盛庸虽败去，尚有吴杰、平安据守真定，未经一创。欲移兵击之，但思野战易，攻城难，莫若设计以诱其来，则破之易

也。"邱福道："闻吴杰、平安,昨日来会盛庸,因探知盛庸兵败,遂引兵回,
焉肯复来。"燕王道："当计诱之。"因散军四出,声言各境取粮。又密令校
尉扮做百姓,怀抱婴儿作避兵之状,奔入真定城内,布散流言道："燕王在
夹河乘风之利,胜了一阵,却因胜而骄,凡精勇兵将,皆遣去四境取粮,军
中竟不设备。盛元帅是奉旨征燕的,今虽失利,焉肯就往。倘若再来,燕
兵定败。小民等住居,不幸与燕营相近,故各自逃生,以避其难。"吴杰与
平安听了,信为实然,立刻出师,欲掩其不备。不半日,即至滹沱河,距燕
营七十里。探马报知燕王,燕王大喜,忙下令起兵渡河。有将道："日将
暮矣,夜战不便,请俟明早,未为晚也。"燕王道："彼坚城不守,忽尔自至,
此时也机也。乘时与机,当急击之不可失。若缓至明辰,彼探知吾兵有
备,退守真定,城坚粮足,再攻之,难为力矣。"都指挥陆荣道："时机虽不
可失,但今乃十恶之日,为兵家所忌,不宜进兵,奈何犯之?"燕王笑道:
"拘小忌者误大谋,吾焉肯自误。"遂拔剑挥众道："敢有不进者斩!"将士
不敢少停,遂拔营急进,与南军遇于藁城。吴杰见燕王迎战,知其有备,虽
悔其误来,然而不可退矣,因列方阵于西南以待。燕王看见,谓诸将道:
"方阵四面受敌,岂能取胜? 我但以精兵攻其一隅,一隅败,则其余自
溃。"因令兵将盛陈旗鼓,以虚糜其三面,另命朱能、邱福率精勇,击其北
隅。朱能、邱福领命,引兵正与南军酣战。燕王就领骁骑数百,沿滹沱河
绕出其阵后,大呼突入,奋勇驰击。南军一时无将可敌,唯强弓硬弩,紧紧
守护。一时矢下如雨,燕王贴身所建的宝纛①旗,箭集于上,就如猬毛。
燕师多被射伤。燕王正无奈何,忽东北大风又起,一时风沙走石,废屋折
树,乱扑向南军。燕兵看见,以为天助,急乘势杀来,南军遂溃。燕王率众
紧追,直追至真定城下,俘斩六万余人,生擒都指挥邓戬、陈鹏等。吴杰与
平安,仅保入城。南兵被擒与投降者,燕王俱不杀,悉释之南还。南军甚
是感激,由是南军征燕之气,愈不振而解体矣。
　　正是:
　　　　三次大风起,三番成大功;
　　　　始知圣天子,消息与天通。
　　只因这一胜,有分教:强者愈强,弱者愈弱。欲知后事,再看下回分解。

————————

①　纛(dào)——古代军队里的大旗。

# 第二十三回

## 明降诏暗调兵马　设毒谋纵火焚粮

燕王既战胜还营，看宝纛旗上之箭，甚是寒心，因说道："寡人虽感上天庇保，身不被伤，然征战之危，亦可见矣。"即叫人将旗送回北平，谕世子可善藏之，使后世无忘今日创业之艰难也。遂发兵进徇河北诸郡县。诸郡县探知南兵败，多降于燕。燕兵遂进次于大名，一面休养人马，一面上书朝廷，请诛齐、黄，即罢兵息民，以懈朝廷之心。

朝廷先闻了盛庸兵败，后又报吴杰、平安亦败，甚是惊慌，急诏廷臣商议。廷臣并无别策，唯有请降之名，实征兵调将而已。今见燕王上书，请诛齐、黄，方肯罢兵。只得传旨逐齐泰、黄子澄于外，令有司籍其家，以谢燕人，希图燕王罢兵。但齐、黄虽然逐了，而帝心殊觉怏怏。方孝孺与侍中黄观同奏道："陛下令逐齐泰、黄子澄，虽因燕王要挟，然此一举，却实与兵机相合。"建文帝道："如何相合？"二人道："目今盛庸兵败，一时征调未集，正欲缓之，而燕王忽有此请。陛下既逐齐、黄以谢之，何不更遣一使臣，降诏以赦其罪，而令其罢兵还燕。况燕军久驻大名，暑雨为沴①，已将困矣。若将诏赦之，彼定依从。彼若依从，自然弛备。而我调兵马渐集，自强弱分矣。再调遣东军，以攻永平，扰燕根本。彼自然往救，俟其往救，然后集将调兵，追蹑其后，则破之必矣。"建文帝闻奏大喜，遂命黄观草诏，赦燕王之罪，使归本国，仍复王爵，永为藩屏，以卫帝室。诏成遣大理寺少卿薛岩赍往燕营，以谕燕王。又命黄观作宣谕，一道刊印数千纸，付岩带去，密散燕营将士，使归心朝廷。

薛岩受命而往，既至燕营，使人报知，燕王命入。薛岩捧诏直入，欲燕王拜受。燕王不肯，道："不知诏中何语，语果真诚，再拜不迟。"因索诏书读之。读完，燕王大怒道："此诈我也！既要我罢兵，为何自不罢兵，又遣吴杰、平安、盛庸，暗暗出兵，扼我饷道？此不过借此缓我进攻，少待其征

_____

① 沴(lì)——旧指灾气。

兵调将耳。你今敢入虎穴，而捋虎须，可谓目无寡人矣！"叫勇士把薛岩推出斩首。众勇士得令，竟将薛岩拖翻，要跣剥了去斩。薛岩大惊失色，忙大叫道："朝廷诚伪，朝廷之事，小臣不过奉命而来，焉能与知？大王斩臣，实系无幸！"燕王听了，方命放了。又说道："懿文皇兄既薨，齐晋二王又逝，当嗣大统者，非嗣人而谁？即使太祖误立建文，然寡人皇叔也，齿属俱长，正当尊礼。奈何听信奸人齐泰、黄子澄之言，乃迁张籨、谢贵等，至北平监制寡人；又明诏内臣，削夺护卫；又暗敕张信，手擒寡人，意何惨刻！寡人不得已，而举兵诛君侧之奸，使朝廷明亲疏之分。送齐、黄于寡人，则寡人自还燕而守臣节。乃转付托齐、黄以大权，而调天下兵以压制寡人，试思寡人从太祖征战以取天下，遇过了多少英雄，寡人俱视如土苴①。今日用这几个朽木之兵，粪土之将，来与寡人抗衡，何其愚也。彼其意，不过恃天下之兵多耳。何不思耿炳文以三十万败于真定，李景隆以五十万败于北平，吴杰、郭英等以六十万败于白沟河。由此观之，兵多岂足恃乎？岂不闻'兵不在多而在精'，一旅精兵，可破顽师十万，彼庸碌臣，乌足以知之。汝今既来我营中，我营兵将威武，也该看个明白，回去报知他君臣，方不虚此一行。"因传令着各营将士，分队扬兵较射。又着一将，领薛岩各营观看。薛岩死里得生，哪里敢违拗分毫，只得随着一将，一营看过，又是一营，戈甲相连，旗鼓相接，一路看来，约有百余里。各营兵将，莫不驰马试剑，演武较射，真是人人豪杰，个个英雄。薛岩细细看了，不觉胆寒，回见燕王，唯有称赞，以为天兵而已。燕王见薛岩称赞，因笑道："兵强何足道，妙在更有用兵之方略耳。吾欲直捣长驱，有何难哉！"因留薛岩住了数日，方才遣还。临行又说道："朝廷既诏求罢兵，寡人非不欲罢，但怪朝廷心不相应耳。汝且先归报知，寡人亦遣使来问明白。"薛岩即归，遂将燕王之言奏知，建文帝听了不悦。

　　过了数日，燕王果然遣指挥武胜来上书。书内称："朝廷既欲罢兵，昨获得总兵官四月二十日驲②书，又有会合军马之旨，此何意也？由此观之，则罢兵之言，为诚乎？为伪乎？不待智者面后知也。不过欲张机阱，以陷人耳。人虽至庸，岂能信此！"建文帝看了，知燕王不肯罢兵，遂大

---

①　苴（jū）——苴草。

②　驲（rì）——通"驿"。驿传，即以骑马传递。

怒,命系燕使武胜于狱。早有跟随武胜的人,忙报知燕王。燕王大怒道:"敌国虽隙,从无斩使臣之理!彼敢如此者,未遭吾毒手也。吾必要荼毒他一番!"众将道:"荼毒无过杀戮,但彼兵散处北地,纵能杀戮,亦算不得荼毒。"燕王道:"彼兵聚集北地,所资之粮,必由徐沛而来。吾今遣轻骑数千,邀截而烧绝之。则彼兵缺粮,兵虽多,势必瓦解矣。"众将道:"若能烧绝其粮,则此番涂毒,可谓真涂毒矣。"燕王见众将皆以为然,遂命指挥李远,领兵六千,由徐沛一带扰其粮道。又令邱福、薛禄合兵,潜攻济州,以焚沙河、沛县之粮。三将受命,各各分路而去。

且说李远,领兵六千,暗带火器,突至济宁。此时燕王大兵驻扎大名,去济宁甚远,故济宁守备不严。忽被李远等突至,忙聚众防守。李远等却不侵扰地方,待奔至,忽而将仓廒放火烧将起来。守兵知是焚粮,急来救营,可是火猛风狂,早已将所积之粮,俱已烧得罄尽矣。再说邱福、薛禄,合兵一处,往攻济州。原来济州,地非险要,城郭不坚。邱福、薛禄兵到了,也不攻打,竟命军士架起云梯,一拥登陴。城虽破了,却不据城。探知南来粮船,正在河下,遂潜师竟至沙河沛县,先分兵据在两头,再细细看来。果有数万号粮船,塞满于中。邱福、薛禄遂命军士,将带来的火药,分数十处放起火来。及火烧着了,南军方才知道,慌忙要救,而火势猛烈,扑灭不得。船多拥塞,撑放不开,只得任他延烧。一霎时,数百万粮米,悉被烧毁,直烧得河水有如沸汤,鱼鳖尽皆浮死。漕运军士,一哄逃去。邱福、薛禄与李远三人,见粮尽烧完,大功已成,归报燕王。燕王大喜,命各记功。原来朝廷虽然屡败,然天下终大,兵损又增,粮饷不缺,气尚未馁,今被此一烧,德州之粮饷,遂觉流难,将士之气,未免索然。一时报到京师,朝廷臣民,尽皆大震。无可奈何,只得又命户部行文,各处催解粮饷接济。只因这一事,有分教:南军不振,北军愈壮。不知后来如何攻战,再看下回分解。

# 第二十四回
## 间计不行于父子　埋伏竟困彼将士

却说燕王既烧了南粮,知南军不振,遂遣兵攻取彰德。彰德守将乃都督赵清,闻燕兵来攻,紧紧守护。燕兵攻之不克,遂绝其樵采,而伏兵诱之。赵清不知是计,又因城中乏薪,因遣兵追击,而欲护民樵采。忽城旁山麓,伏兵齐出,遂被杀伤千有余人。赵清忙闭城门,不敢复出,令民拆屋为炊,以救目前。燕王屡攻不下,因遣使入城招之道:"天下大势,已八九归燕,彰德孤城,何能坚守,莫若早早请降,可以转祸为福。"赵清应道:"天命在燕,臣非不识。时势归燕,臣非不知。但臣受朝廷之命,而守此城,今天命尚未改,时势尚未定,而一旦以城降人,恐燕殿下亦不乐有此不忠之臣也。殿下若朝至京城,夕下二指之帖以召臣,臣不敢不至。今为朝廷守此城,死则死此城,尚不敢贪富贵,而贻羞于古也。"使者以其言回报燕王,燕王听了,甚喜道:"此不随不抗,识时守正之臣也,姑缓之。"遂命撤兵,罢其攻。

忽燕世子星夜遣人,赍文书来告急,称南将平安,自真定率兵来攻北平。兵雄将猛,攻打甚急,乞速发兵救援,以固根本。燕王看完,大怒道:"平安怎敢大胆乘势袭我!"因问诸将:"谁敢往救北平?"忽见都指挥刘江,挺身出道:"臣不才,愿往救之。"燕王问道:"往救之兵,不过满万,而欲破平安围城之众甚难,不知计将安出?"刘江道:"末将闻'兵不厌诈',实击之,不如虚声惊走之为妙。末将此去,查明言救援,直与对垒,则众寡见矣,难保必胜。臣有一计,将兵分为二,以炮声为号。臣先率一半,不与之战。竟放一炮,突然决其围。若放第二炮,则臣已决围而入矣。若放第三炮,则臣已决围而入城矣。若不闻第三炮,则臣战死矣。臣若入城,声言救至,守城军士,自勇气倍增,而愿战矣,后兵一半,预令每人各带十炮,俟臣三次炮响后,远远近近,放炮不绝,使彼闻之,必谓有大兵来救援。臣再往城中杀出,平安虽勇,而将士人各一心,亦必震惊而走矣,何患北平之围不解哉?"燕王听了大喜,称为妙计,因呼酒壮其行。刘江率兵至北平,如其言而行之。果大败平安,擒斩数千人。

平安遁还真定,报马报到京师。建文帝愈加不悦,因诏群臣廷议。众臣皆无一言,唯方孝孺奏道:"目今河北师老无功,德州饷道又被烧绝,事势艰危,大有可忧。向以罢兵之说诱之,既不能行,则当别用一策以图之,安可坐视以待祸。"建文帝道:"卿有何策,可试言之。"方孝孺道:"臣闻燕王平素最爱次子高煦,及三子高燧。世子高炽,为朴实,尝为二弟所诱。今世子居守北平,而高煦、高燧,随征在外,正嫌疑之际,何不因其嫌疑,而用计离间之。使燕王信谗,则必疑其子,而趋归北平矣。俟彼趋归北平,然后徐图其后,不又易为力乎?"建文帝听之大喜,即命孝孺草诏赐燕世子,令其背父归朝,许以燕王之位。遣锦衣卫千户张安,赍赐燕世子。又令张安至北地,故露消息,与人知觉。

张安受命而行,既至燕国,遂悄悄进见世子,将朝廷诏书赐与,令其拜受开读。燕世子正色说道:"在朝廷则大君为重,在家庭则严父为尊。寻常细事,尚且父在子不得自专,何况朝廷诏命,为子者焉敢私开?"张安忙说道:"此天子密诏,单赐小殿下,不可使燕大王知之。"燕世子道:"为君可以疏臣,为子焉敢背父!"因命得当将官,将诏书并张安,送赴军前。张安百般劝诱,世子只是不听。张安此时不过一人,如何拗得世子过,只得听其送来。

且说燕王有一个宦臣,叫做黄俨,素与三子高燧相好,忽闻得朝廷赐书与世子之信,遂乘此而献谗言于燕王道:"世子近来与朝廷甚亲,往往有密谋相通。今又闻朝廷有秘诏至燕赐与世子,千岁爷不可不察。"燕王不信道:"世子为人纯谨,焉肯背父,而与朝廷交通?"高煦亦谮说道:"黄俨之言非虚,父王若不信,可遣人回国,访问朝中可曾差人来往,便明白了。"燕王踌躇不决,忽报世子遣官送诏并赍诏人张安至。燕王接诏书看了,因叹息道:"吾父子至亲,犹思离间,何况君臣乎?奸臣乘机播弄,安可免也。且建文小子,动以仁义为名,如此诏书,教子不孝,诱臣为奸,是仁乎?是义乎?殊可笑也。"因对张安道:"汝何等狗官,也敢来摇唇弄舌,离间吾父子!本当斩首,姑念非首谋。若竟纵汝还朝廷亦不知辱。"因命系之于狱。又想朝廷用计离间我父子,不胜愤怒,遂命邱福、朱能、房宽、张信、李远、陈文一班将士,各率靖难师,分路南伐。

众将领命,一时齐发,声势之盛,远近震惊。不多时,报靖难兵攻破河东及东平,擒获指挥詹瞰,其余官吏俱遁去。唯吏目郑华,知势不支,先托妻子于友人,自率民兵守城,城破而死。不多时,又报靖难兵攻破汶上,擒获指挥薛鹏。又报靖难兵攻沛县,未及战而指挥王显早以城降;知县颜伯玮,衣冠升堂,向南再拜恸哭道:"臣文臣,无能报国!"遂自缢死;主簿唐子清,典史黄谦,皆被擒获,不屈而死。

此时南兵屡败,各郡县守将,皆惊惧无策,但愿燕兵不至为幸。唯徐州乃南北必经之道,守将畏怯,只要坚守,不敢议战。却亏了翰林程济,正奉命监军于此,因对守将道:"诸君奉命守城,但务守城,未尝不是,但须知战守,原合一者也,未有不善战而能善守者。今燕兵乘胜而来,若容其围城,则必心高气扬,极力攻打矣。莫若伏兵要地,乘其远来疲劳,突出而迎击之,彼纵不大伤,亦必为吾一挫。挫后再来围城,亦为易守矣。"众守将听了,皆喜道:"参谋之论是也,末将等自当努力,但不知燕兵从何路来,当伏兵于何地,并乞参谋教之。"程济道:"燕兵自从北来,众将军可分兵作三队,俱出北门外,十里一队,十五里一队,二十里一队,俱捡由深树密处埋伏。燕兵初来,不可轻出。俟燕兵过尽围城,城中兵放炮出战之时,然后十里埋伏的人马,速放炮震天,从燕兵之后杀来。燕兵自着惊,不敢恋战而败走矣。燕兵败走之时,切不可苦苦邀截,若苦苦邀截,彼必死战矣。可纵其败走,却合兵逐之。至十五里,伏兵起而击之,至二十里,伏兵再起而击之,彼自心寒胆丧而远走矣。"众守将听了,更加欢喜,就要分兵去埋伏,程济止住道:"燕王三日后方到,埋伏太早,未免将士劳苦,后夜发兵,未为晚也。"众将皆依计而行。

果然三日之后,燕兵突然涌至。此时燕将张武、火真,因屡屡战胜,绝不提防徐州有埋伏,竟长驱而来。直到城下,正欲围城攻打,不意城上炮响如雷,鼓声动地。不多时城门大开,拥出两将,统兵出来大叫道:"从叛逆贼,不要逞强!今汝身入重地,料想不能生还,莫若速速投降归正,还保一条性命。若不悔悟,只怕顷刻之间,立为齑粉矣!"张武与火真大怒道:"一路来经过了多少城池,望见靖难旌旗,便远远迎降,稍若不知天命,即立见摧残。今汝这几个残兵败将,怎敢说此大话!"就挺枪直冲过来,与二将对敌。两下里战了十余合,忽听得燕兵阵后,炮响连天,鼓声震地。燕兵纷纷来报道:"南还埋伏精兵,转从阵后杀来,甚是凶勇,须速分兵迎敌!"张武、火真听了,着慌道:"不曾提防,误中他计了!"遂不敢向前苦战,忙撤回兵马,往阵后来救应。到了阵后,恐被南兵拦住,前后夹攻,遂拼死杀开一条血路而走。喜得南兵只是杀人,却不阻截归路,让燕兵败回,却合伏兵随后赶杀。燕兵既脱出了险地,犹自夸道:"南兵终是胆怯,若围紧了不放,岂不尽受伤残。"正说不了,忽又听得鼓炮震天,突出一支伏兵来邀杀。二将大惊失色,只得挥兵苦战了一番,被杀了许多,方才脱去。走不得四五里,忽又听得鼓炮震天,突出一支伏兵来邀杀。二将惊得魂魄全无,被伏兵杀得七损八伤,方才脱去,报知燕王。只因这一报,有分教:小小孤城,不当大敌。欲知后事,请看下回分解。

# 第二十五回
## 梅驸马淮上传言　何将军小河大捷

却说燕王见张武、火真来报徐州战败缘故,不觉大怒,复发兵来攻徐州。当时徐州众守将,见杀败燕兵,皆以为从来未有之功,便出檄文,申文书,各处报捷。又请文人铺叙战功,立一石碑,竖在北门外。程济再三劝止道:"不可,不可,此招灾惹祸之端也!"众守将正兴兴头头,哪里肯听。程济无法,只得捱到夜深,悄悄叫人备了祭礼,自往碑下祭之。众守将闻知,皆笑他作怪。不期过了些时,燕王亲率大兵,破了徐州。看见立碑在此,勃然大怒,命左右锤碎。左右领命,方锤得一锤,燕王又止住道:"且录下碑文来看了再锤。"及录下碑文来看时,而程济的名字,已被先一锤锤下去矣。后来燕王照碑上名字诛人,而独不及于程济,故程济得安然从建文帝之亡,人方知程济道术之妙,此是后话。

且说燕王攻破徐州,守将皆逃,就乘胜一路抢州夺县,而来势甚强旺,早有朱能、邱福,并一班将士,共上一表道:"大王功高德盛,宜早即皇帝位,以慰天下臣民之望。"燕王不允,道:"寡人举兵者,为靖难除奸也,非私天下也。此事岂可轻议?但诸将士,劳苦有功,不可不少为升擢。"就升邱福、朱能、张信、刘才、郑亨、李远、张武、火真、陈旵、李彬、房宽等,为五军都督金事;纪善、李忠,升为右长史;其余将士,俱进秩有差。一面发兵来攻淮安。

朝廷闻知,见声息日近,举朝张皇失措,无一人可用,因思驸马梅殷。他尚太祖宁国公主,大有才智,太祖最为眷注。临崩时,梅殷侍侧,太祖因嘱之道:"汝老成忠信,可托幼主。"复出遗诏授之道:"敢有违天者,汝讨之。"建文帝因事急,遂将各地招募的民兵,合在军营上,共四十万,命梅殷统领,驻诸①淮上,以扼燕师。梅殷受命统兵,谨守要害,以防燕师侵犯。报到燕王,燕王因思梅殷系太祖驸马,亲爱相关,难于攻逼。因写书

---

① 诸(zhā)——同"扎"。

一封，遣使送与梅殷，内言："往南者，欲进香金陵，以展孝思，非有他也。敢烦假道。"梅殷看了，回书道："进香乃王之孝，但皇考有禁，不许进香。遵禁者为孝，不遵禁即为不孝。况奉命守淮，岂敢假道？"燕王看了回书，因大怒，又致书道："进香有禁，是矣，寡人遵祖训；而兴兵以诛君侧之奸，难道亦有禁乎？况寡人乃太祖嫡子，伦叙当承，今又为天命所归，岂汝人力所能阻也！"梅殷览书亦大怒，因叫人将来使的耳鼻割去，道："来书词语狂悖，我也难回答，只好留汝口，报与燕王，说：'当今天下，乃太祖之天下。当今天子，乃太祖所立。王既系嫡子，太祖何不立王？太祖既不立王，则王臣也，宜安守臣位，不可作此叛逆之想，以成千古不忠不孝之罪人'。"使者归报燕王。燕王知梅殷忠直，难于煽动，遂舍淮安，竟往徐、宿而来。

不期平安自围北平被刘江炮声惊走后，访知燕王大兵进至淮徐，遂暗算道："燕王只知乘胜而前，却不防后，我今领兵从后追之，前后夹攻，自成擒矣。"因选精兵四万，随后赶来。燕探马报知燕王，燕王道："平安暗暗袭人，以为得计，必不防我有备。"因遣都督李彬等，领两队人马潜伏于流河左右以待之。平安一时贪功，果不防备，打听燕王的营寨，离此不远，遂进兵。不期到了淝河，忽一声炮响，左右突出两队伏兵，截住厮杀。平安吃了一惊。虽急急交战，终觉被算，人心慌张。而李彬又系勇将，战不多时，平安料不能胜，只得领兵退走。燕王见了，也不命将追赶，竟乘势分兵打破了宿州。一时齐鲁诸营堡将士，闻知燕王势盛，皆相率来降。

那平安虽遇伏兵截杀，一时退兵，但兵精将猛，不曾大损。闻知总兵官何福，领兵屯于小河，遂引兵前来，与之相合。何福正虑燕兵势大，己军单薄，见平安引兵来合，不胜欢喜，因商量道："燕兵一路来犯，乘胜至此。今既至此，离神京不远，若不努力，大杀他一两阵，使他心寒远遁，则朝廷事危矣。我虽拥兵于此，却恨寡难敌众。今幸将军天降，誓当同心，以报朝廷。但不知燕王之众，何以破之？"平安道："燕王自幼从太祖东征西战，久称知兵，凡诸巧计，俱算他不倒。唯有鼓励将士，奋勇血战，倘或朝廷福大，伤残得他，方能平此祸难。"何福道："将军之言是也。"因激励将士，打点鏖战。

却说燕兵到了小河，要渡过南来，见无桥梁，大将陈文令众军伐木为桥，先将步卒并辎重渡了过去，随后又渡骑兵，就分兵守桥。何福见了，因

对平安道:"此时不战,更待何时!"平安道:"将军请先率步兵,沿河而东,
争其所守之桥,诱其兵出,然后待末将驰骑兵奋击之,自无不胜。"何福以
为然,遂领了许多步兵,分做两翼,沿河而来,欲夺燕兵所守之桥。燕王看
见,先命大将王真,领兵过河追击,自却随后接应。王真过得河来,看见何
福的步兵散漫,犹未急击。不料平安领一队精骑,忽然冲至面前,大叫道:
"燕王逆贼,怎不自出,却叫你来替死!"就挺枪劈面刺来。王真暗吃一
惊,急急躲过,再举刀相还,怎奈一时神气不振,又当不得平安勇猛,斗不
上三合,早被平安刺死落马。陈文看见,吃了一惊,忙要上前接应,不期何
福率步兵从桥后突到,四围逼紧,脱身不得,也被何福杀了。南兵见杀了
两员燕将,不觉勇气百倍,遂乘势渡过桥来。燕将张武正在林中放马,忽
见王真、陈文被斩,忙忙提刀上马,从林中突出,大叫道:"什么人敢大胆
杀人!"此时燕王看见,也带着指挥韩贵,赶来接应。遂合兵一处,向前攻
击。南阵上早有丁良、朱彬二将,接着厮杀。平安看见燕王立在阵前,暗
想道:"射人先射马,擒贼必擒王。杀这些散贼何用?"遂乘众人酣战,竟
悄悄纵马挺枪,飞奔燕王。燕王看见大惊,欲挥将与战,而众将皆有敌手,
只得回马就走。平安紧紧追来,燕王见平安追得紧,欲待回身接战,却奈
剑系短兵,挡不得大战。又知平安雄勇,敌他不过。事急了,大叫道:"什
么贼将,敢追寡人!"平安道:"我是平将军,奉献大王一枪!"一面说,一面
将枪尖指着燕王的头。相去不远了,果是圣天子百灵相助,平安的战马,
忽一个前蹶,跪倒在地,早将平安跌下马来。平安急急爬起来,再翻身上
马,欲往前追,而燕王已驰去远矣。平安方知燕王有些奇异,不复来追。
再到桥边,早见丁良、朱彬战败,为燕兵捉去,而燕将韩贵,也被南兵杀死,
因又助着何福,大杀一阵。燕兵见燕王被追而去,不敢恋战,俱渐渐退过
桥去。何福见了欢喜,遂申文奏报小河之捷,又请增兵破敌。只因这一
请,有分教:勋臣统兵,勇将阵亡。不知后来如何,且看下回分解。

# 第二十六回

## 魏国公奉旨助战　李都督恃勇身亡

却说建文帝见何福上表报捷，龙颜大悦，因降诏褒奖，又敕魏国公徐辉祖，率京军五万助战。徐辉祖奉旨领军，连夜赶至小河。

此时燕兵屯在齐眉山下，与何福、平安，日日对垒，不能取胜，正自忧疑。忽又听得报徐辉祖率京军来助战，军心愈觉彷徨。燕王毫不在意，但激励众将，奋勇与战。临对阵时，何福、平安乘着屡胜，其气已壮，今又增了徐辉祖，领五万京军来助战，一发添上威风。何福又请徐辉祖掌了中军，却自与平安两骑马飞出阵前，往来索战。北阵朱能，光与平安对战。战不多时，又是薛禄与何福对战。北阵上又有一将出，南阵上就有一将与之交锋。南阵上又有一将冲来，北阵上就有一将与之抵敌。从午时杀到酉时，直杀得征云滚滚，战气腾腾，并不见有输有赢。

忽北阵上又突出一员大将，乃是都督李彬，十分骁勇，此时见两家苦战，并无胜负，因大叫道："厮杀不能斩将，直管杀些什么？待我斩一个大将，与你们看看。"遂一骑马飞过阵来，直奔徐辉祖。不期徐辉祖"忙家不会，会家不忙"，看见有将冲来，知他要乘空袭取，因将刀按在身边，只做不知。待他马冲到面前，枪刺近身边，方提起刀来，将枪隔去。还趁势劈一刀来，大骂道："你要枪刺人，独不怕刀砍你么？"李彬被徐辉祖伏刀将枪隔去，又随手还刀，知是惯家，方吃了一惊，急急勒马倒退以避刀。不料那马跑急了，陡然勒回，未免要往后一挫。谁知这一挫里一个后蹶，竟将李彬闪了下来。徐辉祖麾盖下一班将士，见李彬闪下马来，遂一齐上前捉人。李彬自知不免，遂弃长枪，拔出短剑，大叫道："今日之死，误也！但我也不肯独死！"独挥剑斩了数人，方被南兵乱刀杀死。

北阵将士，尽知李彬骁勇，今见他被杀，未免心寒，又见天已薄暮，遂个个皆退去。南阵平安、何福，并诸将见斩了李彬，诸将又皆败去，一发有兴，喊叫连天道："今日定要打破燕营，生擒叛贼！"如狼如虎，一齐逼近燕营。亏得燕王见势头不好，忙将强弓硬弩，射住阵脚。南兵攻打不入，方才退去。燕营将士，想起前日一路而来，俱是乘胜，意气扬扬，不期今日连输了两阵，又兼勇将李彬被杀，便觉兴致索然。诸将中就有进言的道："北兵虽强，不过一方；南兵纵弱，天下皆是，只管征调得来，况朝廷名分尚在。恐一时成功不易，莫若且还北平，养成精锐，俟有衅隙，以图再举。若不揣势力，强争苦斗，恐怕有失，非算也。"又有的说道："见可而进，知难而退，兵法也。大王深知兵法，岂可强为。"燕王听了，知人心摇动，不便以威势压之，因默然不语。喜得朱能挺身而出道："诸将为何出此言也？昔汉高祖与项羽争天下，汉高祖连败七十二阵，志气不衰，遂一战而胜，终有天下。今大王自起兵以来，所取非一地，所败非一人，自北而南，一路攻城，交战克捷多矣，今奈何偶然一挫，便辄议还师。且请问诸君，还师北平，还是自立乎？还是北面事人乎？凡为此言者，非不智则不忠也，乞大王速斩以警众。"燕王听了大喜，道："诸将亦非不忠，各人智略不同耳。然究竟思之，终以朱将军之言为是。为今之计，唯有急思破敌，再言还师者斩。"众将方不敢言。然虽不敢言，而请燕王北还之议，早纷纷传到何福耳朵里。何福满心欢喜，以为燕兵一还，则我执燕之功成矣，遂按捺不定，竟将燕王北归消息，报知朝廷。朝廷闻知又按捺不定，遂君臣商量道："燕王既北还，则徐辉祖率京军五万，无战可助矣。驻兵于外，未免要运粮接济，不如召还，以实京师。"建文帝以为然，遂降诏召还。只因这一召，有分教：南军失势，北将成功。欲知后事，再看下回分解。

# 第二十七回

## 燕大王料敌如神　何将军单骑逃脱

再说燕王自两败之后，因与众将商量道："平安、何福，皆久战之将，今又加徐辉祖相助，实难摧挫。若苦苦与之争锋，徒劳杀伤，莫若且坚壁勿战，只作北还，以懈其心。况彼驻扎之地，非城非廓，粮草皆须搬运，我但暗暗遣兵，或断其饷道，或绝其樵探，彼自不能安而搅乱矣。"众将皆以为然。燕王算计已定，故平安、何福屡屡来挑战，俱坚壁不出。平安、何福无可奈何，忽又有旨召徐辉祖还京，锐气未免减少了一半，也就不敢十分来挑战。

燕王打探得徐辉祖召还，知何福失势，遂遣朱荣、刘江，暗暗率兵，四处断其饷道，又遣游骑，四处捉其樵探。何福闻知，急急差兵救护。东边才保全了回来，西边又报劫夺，日日惊扰，不得安宁，乃愤怒要与他大战。燕兵又坚壁不出，每日空来空往，把一团锐气，又消磨了几分。因与平安商量道："我兵驻扎此地，要搬运粮草，利于速战，而燕王又不明战，只暗暗侵扰，未免我劳彼逸，殊非算也。莫若移营灵壁以就粮，既可免其惊扰，又可坚持以待战，不知将军以为何如？"平安道："此言是也。"遂令军士移营于灵壁。

此时燕王虽坚壁不出战，然而两垒相对，恐有意外之变，日夜提防，将士不解甲者月余，未免劳苦而生怨，诸将因请燕王道："目今盛夏，淮南一带，地土卑湿，又兼暑雨连作，军中常恐瘟疫。今南兵已移营灵壁，大王何不且渡过河去，择一善地，休息士马，相机再进，何如？"燕王道："诸君只知过河为安，却不知过河有大不安也。既两敌相持，进则人心奋，退则人心馁。今将士虽劳苦，然心中必惕厉而思破敌。若一渡河，乐于便安，则人心懈矣。人心一懈，则敌人乘势来击，未免被其戮辱。安乎？不安乎？今何福图安，移营灵壁，即诸君之劝我渡河也，吾见其锐气索然，不出数日，吾自有计击走之。"诸将道："大王妙算过人，臣等不及也。但击走何福，更有何计，请大王明示。"燕王道："兵贵乘隙。寡人闻得南军运粮五万将到，平安帅兵六万，前往护还，此隙也。我往击之，我自猛而彼自怯也。兵又贵击惰，我亲领兵与战，彼自尽力相持，俟彼此战疲，我败走以诱之，彼见我败走，力虽疲亦必追逐。疲而追逐，其惰可知。我再伏精锐，出而击之，彼纵英勇，亦未有不惰而败走者。”诸将听了，大喜道：“大王神算，真无遗策。但他运粮已近，宜速为之。”燕王因命次子高煦，领精兵一队，伏于林间，再三诫之道：“纵我战败，亦不许轻出，必要窥伺敌兵疲倦之极，方可出而击真惰归，不患不成功矣。”高煦领命而去。燕王就分遣壮士万人，四路掩击护粮之军。自引兵分作两翼，进攻灵壁。何福见燕王久不出战，今忽来攻，必然有谋也，坚壁不出。

　　且说平安率兵护粮，也防抢夺，将六万兵分列于外，叫负粮者居中而行。忽见燕兵来抢夺，就引兵纵击，杀伤燕王甚众。燕王乃回师，命众将与平安交战。战了许多，不见输赢。燕王临阵细观，见其兵将前后连络，更班出战，因亲麾一队，转出其旁，横冲其阵。南军不曾提防，被燕王冲做两段，首尾不能相顾，兵心遂乱。燕将乘其乱，一发奋勇力攻，平安渐渐退下。何福在壁上，远远望见平安有败阵之势，忙引大兵，开了壁门，冲将下来，大叫道：“平将军勿慌，我来也，誓必破贼！”平安见何福兵出，胆又壮了，遂复抖精神，向前力战。一班燕将虽不畏怯，但战已久，忽又何福的大兵齐出，一时只好抵敌，哪里又能斩将搴旗，何福、平安转攻，致使时有杀伤。此时高煦伏在林间窥看，早有副将说道：“燕师受伤矣，可出击之。”高煦道：“燕师虽小有杀伤，却大势不败。南兵何福初出，正在奋勇之时，此时我若出击，纵能击败，他亦未至寒心。非父王命我伏兵意也，须再俟之。”又窥了多时，见两军血战既久，俱有疲倦之色，燕王引众渐渐退去，高煦方挥众道：“此其时也。力战成功，在此一举！”遂放起号炮，一齐冲出林来，邀击南兵之后。南兵苦战了一日，虽侥幸战胜，却已精疲力竭，忽见有伏兵邀击，怎不心慌。又见邀击之将，乃是高煦，素知其勇，一发手忙脚乱，不敢恋战，唯有夺路而走。平安、何福虽亦吃惊，然欺高煦兵少，尚拼命相持。当不得燕王大兵听见炮响，知高煦伏兵已出，又复杀回。何福、平安不能支持，只得弃了粮，率领败残士卒，奔回灵壁，坚闭不出。高煦东西驰击，斩首万余，获马数千，五万南粮，俱为北兵得了。

　　何福败还，与平安商议道：“兵败犹可再胜，军中正尔乏食，五万粮饷，又尽失去，何以支给？”平安道：“将士乏食，守此何益？为今之计，唯有率众,乘燕王不备,突围而出,就食于淮,再作他图。"何福道:"将军之言是也。"因传令将士道:"粮饷被劫,军中乏食,需就食于淮,以待后运。但燕兵围营,必须突出,方能前往。尔众将士,俟明日号炮三声,即齐心奋勇而出。违误者斩!"众将士苦战了一日,又见有明旦突围之令,尽去安歇,以待炮声早起,好去突围。不期燕王用兵神速,见何福败还灵璧,坚守不出,锐气正衰,恐其停留长志,又有救援,遂不待天明,即躬率将士,悄悄攻其壁垒。诸将见燕王先登,谁敢不前,一时尽蚁附而上。燕王命放炮三声,众将齐攻壁门。燕王这边放炮,南军在睡梦中听见,认是本营将军放炮,催众突围,往淮就食,忙忙爬起来收拾了,奔到壁门。你见我来,我见你至,都认以为真,竟将壁门开了。走到门外一看,见外面燕兵摆满,方知误了。及再要重闭壁门,而燕将早已喊声如雷,有如潮水一般,一涌杀入矣。南兵不曾提防,突被杀入营中,一时鼎沸。诸将也有卧而未起的,也有起而未及披挂的,或被杀,或被擒,无一人得免。燕王忙传令禁止杀人,但早已杀得人马濠平堑满矣。诸将报功,生擒武臣陈晖、平安、马溥、徐真、孙成、王贵等三十七员,文臣陈性善、彭与明、刘伯完等一百五十人,降者无数,唯何福一人逃脱。只因这一败,有分教:满朝失色,再谋无功。欲知后事,且看下回分解。

# 第二十八回

## 燕王耀兵大江上　建文计穷思出亡

　　却说灵璧之败，报到朝廷，君臣闻之，皆无人色。廷臣只得又议各处召兵，建文帝又遣礼部侍郎黄观往安庆，翰林修撰王叔英往广德，都御史练子宁往杭州，三处招募义勇民兵，入援京师。三人受诏出朝，因诣黄子澄而问计。黄子澄大恸道："大势去矣，吾辈万死不足赎误国之罪！诸公此行，恐亦无济。不过臣子之心而已，他难论矣。"三人闻言，遂号泣而往。然所到之处，已知金陵不能守，并无一人应矣。

　　再说燕王既破了何福，遂引兵要渡过淮来。此时盛庸自夹河败后，不敢南还，因走至淮上，收拾了马步兵数万人，战船数千只，镇守淮河南岸。燕王兵到北岸，诸将说道："彼南岸有船，我北岸无船，何以能渡？"燕王笑道："同一淮河，彼南岸之船，即我北岸之船，又何分焉？"诸将不悟，无言可对。燕王因命众军，伐木造筏，又命扬旗击鼓，声张其势。若将待筏成，早晚即渡者。南军在南岸望见，虽知其造筏艰难，一时未必能渡，却见他猛勇之势，未免惧怕。盛庸因吩咐排列炮石，紧紧护守。不期燕王却遣朱能、邱福等将，率数千骁勇，悄悄西行二十里，于无人之处，用小舟潜渡过南岸。南军只虑北兵筏成要渡，哪里有防潜袭。忽炮声大作，邱福、朱能等将，率兵冲入其营，大叫道："燕王大兵已尽在此矣。有令不许走了盛庸！"南兵突然被攻，又见喊声动地，金鼓震天，心胆俱破，皆无斗心，四散而走。盛庸要逃，不及上马，只得登一小舟，潜逃却去。朱能、邱福见南兵逃走，忙挥南舰往渡北兵。燕王笑笑道："诸君试看，这些战舰，属南平属北平？"众将皆拜服道："大王胜算，真如观火，非诸将所能及也。"

　　燕王既渡，又与众将商议道："此去京师，东西皆路，不知当从何路为直截？"诸将中有说当先取凤阳为直截，有说当先取淮安无后患，燕王道："皆不然也。若先取凤阳，我想凤阳楼橹坚定，非攻不下。若攻，则未免震惊皇陵，试思皇陵岂可震惊乎？若先取淮安，我想淮安积储饶裕，人马众多，攻之岂易破乎？若攻不破，势必旷日持久，那时援兵再集，岂我之利乎？莫若乘胜直趋扬州、仪真，况两城兵弱，不须苦战，可招而下。既得真、扬，耀兵江上，则京师震骇，必有内变矣。京师既定，凤阳、淮安又何虑焉？"诸将皆喜道："大王之言是也。"燕王因遣指挥吴玉，前往扬州招降，然后发大兵随之。

此时扬州守备，乃指挥崇刚与御史王彬，二人皆忠义之臣。燕兵未至，有一个指挥叫做王礼，颇有才勇，闻知燕势日强，因说崇刚与王彬降燕以明知机，而图富贵。崇刚、王彬大怒不从，遂将王礼下狱，欲论其罪。及吴玉来招降，崇刚、王彬又拒绝道："奉命守土，但知杀贼，焉肯从贼！"吴玉见二人固执不降，遂密写了飞书，散入城中招降道："有人能擒守将献城者，加官重赏。"早有一个千户叫做徐政，原与王礼同谋，因王礼下狱，不敢复言。今得吴玉飞书，暗暗通知王礼，又会同一班党羽，候燕兵一到城下，即拥众鼓噪，打开狱门，放出王礼，同拥至守备衙，捉住崇刚与王彬，大开城门，献于燕王。燕王大喜，遂升二人为都指挥。又欲崇刚、王彬归降，二人不屈，遂命斩之。扬州既下，仪真孤城，不劳力而亦破矣。

仪真既破，北军登舟往来江上，旌旗蔽天。南军望见，知势难遏，尽皆解体。建文帝闻报，慌张无措，方孝孺奏道："事急矣，宜以计缓之。"建文帝道："何计可缓？"方孝孺道："如今事急，唯有遣人，许以割地，讲和或者可延数日。倘东南招募一集，况有长江之险，彼北军又不惯舟楫，再与决战江上，则成败未可知也。"建文帝不得已从之。又思外臣讲和，恐其不信，因假太后之命，遣庆成郡主往燕营讲和。郡主既至燕营，道达太后之命，以割地分南北为请。燕王笑道："此非太后意也，特欲假此缓我师耳。军中非叙亲情之地，郡主请回，无多言也。"郡主无奈，只得还朝复命。

燕王在江上，独往独来，并无一人与之相抗。唯盛庸又领许多海舰，至浦子口迎战，连战至于高资港。朝廷闻知，忙遣都督佥事陈瑄，帅舟师助之。陈瑄既至，知势不可为，遂叛而降燕。陈瑄既降，而盛庸败绩矣。燕师至龙潭，朝廷又遣李景隆并尚书茹瑺往龙潭，仍以割地讲和为请。燕王终是不肯，竟遣李景隆等回朝。建文帝见割地讲和不听，因急召齐泰、黄子澄，入朝议事。近侍奏道："齐泰已奔往广德，黄子澄已奔往苏州，口说征兵，实不知所为何事？"建文帝道："起事皆出汝辈，而今事败，皆弃朕去了！"因长叹不已。忽报燕兵已进屯金川门，左都督徐增寿守左顺门，竟对众宣反，谋开门迎降。御史魏冕听了大怒，因手击之，又奏闻于帝。

帝大怒，命左右擒徐增寿至廷，责以不忠，亲自下殿手诛之。

　　既诛徐增寿毕，有茹瑺等众臣劝帝幸湖湘以避之，又有王韦等众臣劝帝幸浙海以避之。方孝孺独奏道："国君与社稷同死生，避之非是，臣请效死勿去。"建文帝道："方卿之言是也，朕意已决，卿等且退。"众臣退出，忽又一臣跪下奏道："事已定矣，时已至矣，陛下宜早为之，不容缓矣。"建文帝视之，乃是向日奏北平兵起的程济。知他是个异人，因问道："大位已不可保，汝云事已定，时已至，莫非欲朕死社稷乎？"程济道："陛下大位虽不保，而太祖的社稷却未曾失，何必死殉。"建文帝道："社稷既不必死，臣下有劝应幸湖湘的，也有劝朕幸浙海的，莫非此中尚有义，可赴乎？"程济道："陛下以天下之大，尚不保此位，岂湖湘、浙海之死灰，得能复燃耶？"建文帝道："一方之死灰，既不能燃，则燕王北平一方，为何而猖獗至此乎？"程济道："此中盖有天命也。大命所在，不当以大小论也。"建文帝道："既天命在燕，太祖何不立燕王，而竟立朕，毋乃不知天命乎？"程济道："太祖，圣主也，又有贤臣刘青田辅佐之，岂有不知天命。然太祖不立燕王，而立陛下者，正知陛下亦有天命，且知天命之气运有后先，不可强，故委曲而为之也。"建文帝沉吟道："殉社稷既不必，图兴复又不能，然则朕一身将何所寄？"程济道："唯有出亡而已。"建文帝道："出亡固是一策，但行之于列国则可，行之于当今则不可。列国时诸侯割据，晋亡则于秦，楚亡则于吴，故出境则免。今天下一家，何地不入于版图，一稽查而即得，况燕王既不念君臣大义，又何有于叔侄之亲。万一后日求而得之以被害，莫若今日死社稷之为得体也。"程济道："兴亡既有天命，死生独无天命乎？陛下之大位固止于此，而陛下之生却正未艾，陛下又何虑乎？"建文帝道："天命既然一定，而人事亦当先谋。朕帝王也，一旦出亡，不知税驾何所？为士为农，为工为商，亦当先定其名，方不露相。"程济道："士农工商，皆非帝王之事，唯有祝发，庶可游方之外。"正说未完，忽一老太监哭奏道："万岁爷，今日遇难，奴婢有事，不敢不奏。"只因这一奏，有分教：龙体披缁，帝头削发。欲知后事，请看下文。

# 第二十九回
## 欲灭迹纵火焚宫　遵遗命祝发遁去

词曰：

> 弱者败来强者胜，尽忠虎斗龙争。谁知胜败是天生。得昌方得
> 位，无福自无成。暗测潜窥虽莫定，其中原有高明。似聋似哑似惺
> 惺，已将善后计，指点作前程。

却说建文帝正与程济商量出亡之事，忽一个老太监，叫做王钺，跪下
哭奏道："万岁爷，今日事急矣，奴婢有事，不敢不奏。"建文帝道："你有何
事奏朕，快快说来。"王钺道："昔年太祖爷未升遐之先，知奴婢小心谨慎，
亲同诚意伯刘基，封了一个大箧子，付与奴婢，叫奴婢谨谨收藏，在奉先殿
内，不许泄漏，只候壬午年，万岁爷有大难临身之日，方许奏知。今年已是
壬午，奴婢又见燕兵围城，万岁爷进退无计，想是大难临身了，故不敢不奏
知。"奏罢涕泪如雨。建文帝听了，忙命取来。王钺因往奉先殿，叫两个
小近侍抬到御前。建文帝一看，却是一个朱红箧子，四面牢固封好，箧口
用两柄大铁锁锁好，锁门俱灌了铁汁，使人轻易偷开不得。建文帝见了，
大恸道："前人怎为后人如此用心？"因命程济打去了铁锁，将箧子开了。
一看却无别物，只得为僧的度牒三张，袈裟三套，僧帽三顶，僧鞋三双，并
祝发的剃刀亦在内。度牒一张是应文名字，一张是应贤名字，一张是应能
名字。又朱书于箧旁："应文从鬼门出，其余从御沟水关而行，薄暮会于
神乐观西房。"建文帝细看明白，再三叹息，向程济道："你方才议及祝发，
朕犹诧以为奇异，不知太祖数年前，早已安排及此，唯智者所见相同，然亦
数也！"因对箧子再拜受命，就要叫人祝发。程济忙止道："且少缓，此秘
举也，不可令人知，宜应酬外事，掩饰耳目。"建文帝会意，乃传旨，着众亲
王并勋卫大臣，分守城门。

到了次早，乃六月十三日，燕王正围城攻打，谷王橞与李景隆分守金
川门，知大势已去，就开城门迎燕王。燕王大喜，遂率兵将一涌入城，先使
人在前宣言道："逆命者死，投诚者荣！"早迎降者，纷纷逃走者不绝，唯刑

科给事中叶福井、工部郎中韩节,也不降,也不逃,尚立于城门死守,早被燕兵杀了。又有一个门卒,叫做龚翊,年十七岁,众门卒见城破了,叫他同报名去降,他不听,竟大哭一场,逃遁而去,隐于昆山,终身不出。当日燕王兵到,城中迎接者,皆称功颂德,甚是快畅。忽御史连楹,冲着马头而来,燕兵只认他是迎降,遂让他走到马前,不期他对着燕王大声说道:"燕殿下乃太祖嫡子,既奉太祖之命,分列燕藩,便当尽孝,以遵太祖之成命,而羽翼王朝,为何乘朝廷之柔弱,遂为此叛逆之事?殿下纵恃兵强,篡了大位,而不忠不孝,如何能服天下?"燕王道:"此天命也,汝迂儒不知,但当顺受。"连楹道:"天命篡君,既可顺受,倘天命杀父,亦当顺受耶?"燕王听了大怒,尚未开言,而左右将士,竟用乱兵杀了。连楹身虽被杀,而尸犹僵立不仆。

燕王既杀了连楹,又见徐辉祖引一队兵来,与之巷战,故不敢便逼近阙下,建文帝因得在宫中打点。此时一班具位之臣,已各有所图,皆不入朝矣,唯有数十忠义之臣,或感恩深,或思义重,或激于君臣名分之难逃,竟不顾身家生死,入朝来相傍。程济因说建文帝道:"时至矣,不容缓矣!陛下虽不死殉,却当以死传。"建文帝道:"死何以传?"程济道:"纵火焚宫,而以烬余之衮冕为证,则不死而死矣。然后祝发遁去,便踪迹不露,可安然长往矣。"建文帝点头道"是",遂命内侍聚珠衣宝帐,并内帑珍异于兰香殿,纵火焚烧。一时宫中火起,皇后马娘娘知事不免,因领众亲幸嫔妃,皆赴火焚死。宫内外一时鼎沸,皆乱传上崩矣。程济同诸臣,请建文帝至一秘殿,就宣左善世僧溥洽,与帝将发剃去。剃完,帝脱去龙衣,换上袈裟,并僧帽、僧鞋,竟为和尚。

正是:

可怜王者身,忽为佛弟子。

细想不须惊,太祖曾如此。

太祖未及终,建文全其始。

程济就取出应文这张度牒,付与建文帝道:"此牒名与陛下相同,陛下应须领受。"建文帝受了。程济复取那一张度牒,问诸君道:"有师必有徒相从,不知谁愿为徒?"忽有二臣应声而出,一个是御史叶希贤,一个是吴王教授杨应能,俱说道:"臣二人名应度牒,已是前定之数,又何辞焉?"建文帝大悦。程济因又使溥洽替二人将发剃了,换上僧服,付与度牒,使其与帝相随。其余众臣看见，俱伏地哭道："臣等受陛下深恩，纵不剃发，也须从亡，少效涓埃①。何忍频年食禄，而一旦危亡，便戛然弃去！"建文帝道："相从固好，但恐人多，惹出是非，反为不美。"程济道："事急矣，非流连之时。"建文帝因举手挥诸臣退出。诸臣无奈，因大恸，拜别而去。程济遵太祖遗命，先令御史叶希贤，按察使王良，参政蔡运，教授杨应能、王资、刘伸，中书舍人梁良玉、梁中节、宋和、郭节，刑部司务冯淮，待诏郑洽，钦天监正王之臣等十三人，从御沟水关而出，约于神乐观相会。然后程济与兵部侍郎廖平，刑部侍郎金焦，侍读史仲彬，编修赵天泰，检讨程亨，刑部郎中梁田玉，镇抚牛景先，太监周恕等九人，请建文帝至鬼门。

这鬼门内门在于禁中，外门直在太平门外，乃太祖暗设下一条私路，以备不虞，紧紧封锁，无人敢走，不知内中是何径路，尽皆惶惶。此时燕兵满城，不敢从宫门直出，只得同走到鬼门。见鬼门的砖门坚厚，砖门外又有栅门紧护，建文帝心惊道："似此牢固，如何可启？"牛景先道："陛下勿忧，待臣启之。"遂在近侍手中，取了一条铁棒，要将栅门抉开。只道年久还要费力，不期铁棒只一拨，那一扇栅门，早已拨在半边，露出砖门。再将铁棒去捣砖门，谁知铁棒才到门上，还不曾用力，那两扇砖门早呼啦一声响，又双双开了。见一条路有物塞紧，众皆吃惊，程济忙上前，将塞路之物，扯了些出来看，原来是灯草，因奏道："太祖为陛下心机用尽矣。"建文帝道："何以知之？"程济道："只留此路，已见亲爱之心。又恐空洞中蛇虫成穴，一时难行，故将灯草填满其中，使蛇虫不能容身又无人窥视。今事急，陛下要行，只消一次，便肃清其路矣。非亲爱之至，谁肯如此设策？"建文帝听了，不胜感激，又望太庙拜了四拜，方命近侍，点起许多火把，一路烧去。果然灯草见火，只一点着，便顷刻成灰。只消半个时辰，早已将内鬼门直至外鬼门一路灯草，烧得干干净净，竟成了一条草灰之路，且温暖而无阴气。君臣们平平稳稳走了出来。程济恐人踪迹，被看出破绽，又吩咐近侍，将内外鬼门，照旧关好。然后九人随建文帝走到后湖边。只因这一走，有分教：大位不保，年寿尚长。不知后来如何，且看下回分解。

----

① 涓埃——滴水与轻尘。比喻微小的贡献。

# 第 三 十 回

## 梦先帝驾船伺候　即君位杀戮朝臣

当时程济等九人，随建文帝到后湖边，正欲寻船渡去，忽见一个道士，驾着一只船在那里观望，看见建文帝众人走近，忙叫人将船撑到岸边，自立在船头上迎请建文、众人上船。到了船中，建文坐下，就问道士道："汝是何人？怎知我到此，却舣舟①相待？"道士跪下奏道："臣乃神乐观道士，前蒙太祖圣恩，赐名王瑄。昨夜三更，梦见太祖万岁爷，身穿大红龙衣，坐在奉天门上，叫两个校尉，将臣缚至御前，诘问道：'汝为提点，职居六品，皆皇恩也，何不图报？'臣应道：'臣虽犬马，岂不感恩，但愧身为道士，欲报无门。'万岁爷道：'汝既思报，明日午时，今上皇帝要亲幸你观中，你可舣一舟，至后湖鬼门外伺候。迎请到观，便可算汝之报。汝能殷勤周旋，不致漏泄，则后福无边；倘不奉吾言，定遭阴殛②。今且赦汝。'因命校尉解缚臣，始惊醒。是以知陛下驾临，故操舟伺候也。"建文听了，感泣不尽。不多时，船到太平堤边，一同上岸。道士王瑄在前引路，君臣们散步随行。走到观中，时已薄暮。坐不多时，杨应能、叶希贤等十三人也来了，查一查，共是二十二人。建文道："今日沧桑已变，君臣二字，只合藏之于心，不可宣之于口。我既为僧，自有僧家的名分。向后但以弟子称师，师便尊矣，其余礼节，一概勿拘，方便于往来。"程济道："师言是也。"众人皆舍泣受命。程济又道："从亡，因众人恋主之心；倘相从而惹是非，不如不相从之为安也。众人既要相从，须斟酌定相从之行藏踪迹，方不致人之疑。"建文道："此言有理。"因酌定杨应能、叶希贤两个和尚，与程济扮做道人。此三人随师同行同止，顷刻不离，以防祸患。冯潅、郭节、宋和、赵天泰、王之臣、牛景先六人，各更名改号，往来道路，给运衣食。其余则遥为应援，不必拘也。议定同宿观中。按下不提。

---

① 舣(yǐ)舟——船泊岸边。
② 阴殛(jí)——殛，杀死。神明的处罚。

且说燕王战败了徐辉祖，正打点入宫，忽见宫中火起，遂忙率众，入宫救火。救灭了火，忙问：“建文何在？”皆称赴火死矣。燕王不信，亲于火中检看。一时不见尸骨，再三查问，内官因捡出皇后的尸骨，指着道：“这不是？”燕王方才信之，因哭道：“小子无知，何至此乎？”

燕王正清宫未了，早有谷王橞，安王楹，及文武大臣，上表请正大位。燕王初也逊谢，后见劝进者多，遂于六月十七日，亲御奉天殿，登了皇帝的大位，改元永乐，复周王橚、齐王榑的爵土，命翰林侍读王景，议葬建文之礼。王景议了，奏道：“建文虽为奸臣所惑，不为亲亲，然实系太祖高皇帝所立，已临莅天下四载，天下咸称其仁，乞仍葬以天子之礼为宜。”永乐君从之，遂降旨敕有司，以天子之礼葬之。又揭齐泰、黄子澄等奸臣，榜于朝，以完其诛奸之案。因众奸逃去，又悬赏格于朝，有能擒获奸臣者，重赏加官。自赏格一悬，而用事于建文的一班臣子，皆纷纷擒至。尚书齐泰被执到京，永乐君问道：“汝今倘能遣张籈、谢贵来监朕么？”齐泰无语，因命族诛之，妻发教坊司为娼。太常卿黄子澄逃至苏州，欲航海借兵，被太仓百户汤华擒至。永乐君痛恨之，问道：“谋削夺诸王是汝么？”亦命族诛之，子侄共六十五人，妻妹皆发教坊司为娼。右副都御史练子宁，被临海卫指挥刘杰擒至，永乐君问道：“当日入觐，朕当陛不拜，敕法司拿者是汝么？”练子宁道：“可惜先皇不听臣言！若听臣言，岂有今日？”永乐君大怒，命牵出碎磔之，族诛其宗一百五十人。兵部尚书铁铉，亦被擒至，永乐君道：“为君自有天命，天命在朕，人岂能违？当日济南铁闸，不过成汝今日之死，于朕何伤？”铁铉道：“人谁不死？死于忠，快心事也，胜于篡逆而生多矣！”因昂然反背立庭中，永乐令其转面反顾，铁铉不肯，道：“无面目对篡逆也！”永乐大怒，令人去其耳鼻。铉亦不顾，永乐愈怒，复令人碎分其体。铉至死骂不绝口。礼部尚书陈迪，刑部尚书恭昭，皆被擒至，俱谩骂不屈，同受惨刑而死。

燕兵初破金川时，宫中火起，尽道上崩。方孝孺闻知，即哀麻①日夜号哭。及永乐君悬了赏格，镇抚伍云，将方孝孺系了，献至关下。永乐君见其衰经，因问道：“汝儒者也，宜知礼。朕初登大宝，你服此哀麻，何礼也？”孝孺道：“孝孺先皇臣也，先皇遭变崩逝，孝孺既食其禄，敢不哭临！

---

① 衰(cuī)麻——古时的丧服。

至于殿下登大宝，孝孺不知也。"永乐默然，命系于狱。左右侍臣问道："方孝孺奏对不逊，陛下何不杀之？"永乐君道："朕在北平发兵南下时，姚国师再三奏道：'方孝孺好学笃行人也，金陵城下，文武归命之时，彼必不降而犯上，恳求勿杀之。若杀之，则好学之种子绝了。'朕已应允，故今舍容之，姑命系狱，以观其后。"过了几日，朝廷要颁即位诏于天下，命议草诏之人。在廷臣子，皆说道："此系大制作，必得方孝孺之笔为妙。"永乐因命侍臣，持节于狱中，召出孝孺。仍是衰麻而陛见，悲恸之声彻于殿陛。永乐见了，亲自降榻而慰道："朕为此举，初意本欲效周公辅成王耳。奈何成王今不在矣，故不得已，而受文武之请，以自立。"孝孺道："成王既不在，何不立成王之子而辅之？"永乐道："朕闻国利长君，孺子恐误天下。"孝孺道："何不立成王之弟？"永乐道："立弟，支也。既支可立，则朕登大位，岂不宜乎？且此乃朕之家事，先生无过。若今朕既即位，欲诏告天下，使众咸知。此岂小故，非先生之笔不可也，可勉为草之。"因命左右授以笔扎。孝孺大恸，举笔投于地下道："天命可以强行，武功可以虚耀，只怕名教中一个篡字，殿下虽千载之下，也逃不去！我方孝孺，读圣贤书，操春秋笔，死即死耳，诏不可草！"永乐大怒道："杀汝一身何足惜，独不顾九族乎？"孝孺道："义之所在，莫说九族，便十族何妨！"哭骂竟不绝口。永乐怒气直冲，遂命碎磔于市，复诏收其九族，坐死者八百七十三人。昔有人题诗，痛之道：

　　一个忠臣九族殃，全身远害亦天堂。

　　夷齐死后君臣薄，力为君臣固首阳①。

　　永乐既杀了方孝孺九族，忽见钦天监密奏道："臣夜观天象，见文曲星犯帝座甚急，陛下当防之。"永乐闻奏，暗想："降服之臣，何人可疑？"忽想起昔年袁忠彻细相景清之相，曾说他身矮声雄，形容古怪，为人必多深谋奇计，叫我当防之。莫非是此人欲犯我？到明早视朝之时，群臣皆在，独景清一人著绯衣。永乐愈疑之，遂命左右擒之，抄其身，暗藏短剑一口，欲以刺帝。永乐大怒，命擒出剥皮，实以草，系于城楼上。一日，永乐驾过

---

① "夷齐"二句——夷齐，伯夷与叔齐，传为商朝孤竹君两位儿子。周武王伐商纣，代商立周，伯夷与叔齐不食周粟，跑到首阳山，后饿死。事见《史记·伯夷叔齐列传》。

之,忽索断,景清之皮,坠于驾前,行三步为犯驾状。其神遂入殿庭为厉,永乐愈怒,命族诛之,并籍其乡。

当时忠臣被杀之外,还有侍郎黄观。领朝命征兵上江,后闻得燕王已渡江正位,自恨大势已去,乃朝服东向再拜,拜毕投江而死。妻翁氏,在京师闻朝廷有旨,将给配为奴,翁氏遂携一女,亦投水死。翰林王叔英,征兵广德,听得燕兵已入京城,暗想征兵亦无用矣,乃沐浴其衣冠,望阙再拜,拜毕又书一联道:"生既久矣,深有愧于当时;死亦徒然,庶无惭于地下。"书毕,自缢而死。妻亦缢死,女投井死。他如各省官员,并御史曾凤韶,及临海樵夫,尽节而死者,一笔如何能写得尽?只因永乐这一除异己之臣,有分教:柯枝既剪,渐及根株。不知后事如何,且看下回分解。

# 第三十一回
## 一时失国东入吴　万里无家西至楚

话说永乐既得了天下，又杀戮了一班异己之臣，遂封赏姚广孝等一班佐命之臣，各个晋爵，以酬其从前怂恿扶助之功。姚广孝等，既遭富贵，又各衣锦还乡，报答有恩，以酬其尘埃拔识之力。后来姚广孝终不蓄发娶妻。一日奉命赈济苏湖，往见其姊。姊拒之曰："贵人何用至贫家为？"不肯接纳。广孝乃易僧服往，姊坚不出，家人劝之，不得已出立中堂，广孝即连下拜，姊曰："我安用你许多拜？曾见做和尚不了，的确是个好人？"遂还户内，不复见。广孝赈济事毕，入朝复命，未几而卒。此是后话，不提。

却说建文一个仁主，同着二十二个忠臣，寄宿在神乐观中，有如失林之鸟，漏网之鱼，好不凄凄惶惶。到了次日，打听得燕王夺了大位，改元永乐，悬赏格追求效忠于建文之臣，杀戮了无数。建文与众人甚是心慌，建文道："此地与帝城咫尺，岂容久住？可往云南，依西平侯沐晟，暂寄此身。或者地远，无人踪迹。"史仲彬道："沐西平侯驻扎地方虽远，然受命分符，声息与朝廷相通，岂敢匿旧君而欺新王？况大家声势，耳目众多，非隐藏地也。"建文道："汝所虑亦是，但沐晟既不可依，则此身将何所寄？"程济道："师毋过虑，既已为僧，则东西南北，皆吾家也。只合往来名胜，以作方外之缘。倘弟子中，有家素饶，而足供一夕者，即暂驻锡一夕，亦无不可。"建文道："汝言有理，吾心殊竟一宽。但居此郊坛之地，甚不隐僻，必速去方妙。"程济道："是，明日即当他往。"

到了次早，牛景先与史仲彬商量道："师患足痛，岂能步行，必得一船，载之东去方妙。"遂同步至中和桥边寻船。原来这中和桥，在通济门外，是往丹阳的旱路，往来车马颇多，河下船只甚少。二人立了半晌，忽见一船远远而来。二人忙走到岸边，牛景先不等那船摇到面前，便大声叫道："船上驾长可摇船来装载？"船上人回说道："我侬船自有事，弗装载个。"史仲彬听见是同乡声音，忙打着乡语道："我是同乡，可看乡情面上，来装一装，重重谢你。"叫还未完，只见那船早摇近岸边，跳上两个人来道："哪里不找寻老爷？却在这里！"仲彬再看时，方认得是自家的家人。因家中闻知京中有变，不知消息，差来打探的。仲彬与景先见船来的凑巧，不胜之喜，因吩咐船在桥边，忙回观报知，就请师下船，且往仲彬家暂住。师与众弟子皆大喜。但恨二十二人不能同往，又未免恻恻。船中原议定叶杨两和尚，并程济一道人与师四人，仲彬、船主，自应随侍，其余俱使散走，总期于月终至吴江再晤。众人听了，各分路而去。

史仲彬暗暗载师与弟子转出大江，行了八日，方到吴江之黄溪。仲彬因请师入至大厅，尽率家人出拜。恐正居不静，遂奉师住于所旌之西边一座清远轩内。此轩一带九间，前临一池，后背一圃，树木扶疏，花竹掩映，甚是清幽。师徒四人同居于中，颇觉快畅。过了三四日，相约诸弟子俱陆续到了，大家相聚甚欢。牛景先道："弟前日过丹阳时，曾撞着一个老僧，见我匆匆而走，因笑道：'前程甚远，何用急走，徐行则吉。'弟想其言，深有意味，今欲弃去前名，改为徐行，以应僧言，不识可乎，求师指示。"师点头道："改名甚好，可以渐消形迹。"由此冯漼改称塞马先生，宋和改称云门生。赵天泰此时穿着葛衣，因说道："我即以衣为名，叫做葛衣翁罢。"大家相聚一堂，虽伤流落，却也欢喜。建文道："此地幽雅可居，又得众弟子相从，吾即投老于此，何如？"仲彬道："师若不弃布衣菜饭，弟子犹可上供。"程济叹道："世事岂能由人料定，且过两月再作区处。"建文听了，也不留意。

不期永乐即位之后，名列奸臣者既已杀尽，乃查各处在任诸臣。暗暗逃去者共有四百六十三人，欲要拿来处分，却又无大罪。到了八月，方降旨着礼部行文各府州县，将逃去诸臣尽行削籍，不容复仕。有诰敕者，俱是追缴。史仲彬是翰林侍读，受有诰命，该当追缴。早有人报知仲彬，仲彬一时不知详细，只道是走漏消息，心甚慌张，忙通知建文。建文也自着忙，因问程济道："你前日说'世事岂能由人'，今果然矣。莫非朝廷不能忘情于我，知我在此，故先追夺仲彬的诰命，以观动静，恐还有祸及我。"程济道："祸害必无，师请放心。但既为僧，即如孤立野鹤，原不宜久住人间。况此地离宫阙不过千里，纵使朝廷忘情，亦不安也。"建文听了道："是。"即欲远行。仲彬苦留道："追夺仲彬诰命，未必为师。请暂宽一日，容再打听。"建文只得住下。到了次日，只见吴江县丞，姓巩名德，奉府里文书，着他至仲彬家追夺诰命。仲彬相见，问知来意，只得捧出诰命缴上。

巩德收了又道："有人传说建文君在于君处，不知果有此事否？"仲彬听了，假作吃惊道："久闻建文君已火崩矣，如何得能在此？"巩德便不再言，微笑而去。仲彬送巩德去后，忙走来对建文痛哭，将巩德之言说了，又道："本欲留师久住，少尽犬马之私，不意风声树影，渐渐追求到此，倘有不测，祸及于师，却将奈何？"建文道："事已至此，我明白即当远行。但师弟相聚未久，又要分散，未免于心恻恻耳。"众弟子听了，俱各泪下。仲彬因命置酒，师弟作别，饮了半夜，说到伤心。郑洽不禁叹息道："临天下，当以仁义称至治，今天下谁不称仁慕义，乃不能保其位。此何意也？"梁良玉流涕答道："曹瞒篡汉，司马懿篡魏，反俨然承统，此又何意？总之天难问理难穷耳。"程济道："得失乃天数，而篡自篡，仁义自仁义，千古原自分明，诸君何不察也？"郭节道："这总难言，只合听之。且请问：师此行当往何地？不知何时得再晤？"程济道："目今福星在滇中，弟子欲奉师至云南。但云南道远，众弟子难至。襄阳中，当可以再晤，来春三月，当约会于廖平家。不知师意何如？"建文道："所议甚善，即如此可也。"大家议定，方各就寝。

到了次日，建文与两个和尚，一个道人，竟往京中而去。其余众弟子，各各分散。建文师弟四人，行藏不甚怪异，在路中虽无人物色，但心中终有些惧怯。及到了京中，不敢从金陵城外过去，恐有人认得，惹是招非。四人算计，竟买舟渡过了大江，望六合而来。到得六合，天色晚了，要往大寺去住，又恐有人认得，只得就借一个草店里歇宿。此时师弟四人，寂寂寥寥，在一间破屋内，吃了粗粝晚食，卧了稻草床铺，也说不得。到次早起来，离了草店，因想往楚，沿江西行。在路晓行夜宿，受过了许多风霜劳苦，方才到得襄阳。你道建文为何要到襄阳，来见廖平？原来燕兵入城时，建文意欲身殉社稷，却念太子文奎年小，无处着落，偶值廖平入朝，知他忠义，遂悄悄将太子托付与他。廖平慨然受命，藏太子而出，差的当家人送回襄阳，故建文要来看看太子。及到襄阳，访问廖平，不期廖平住在府前，正是众人瞩目之地。这日，忽然三个和尚，一个道人，突至其家，廖平出迎，似惊似讶，默然不语。竟邀入后堂去了。早有人看在眼里。此时京中有人传说建文帝不曾死，已削发为僧，逃亡在外，朝廷遣人各处追求，一发动人之疑，故就有人来问廖府家人说："前日那三个和尚，是何人？"家人报知廖平，廖平着惊，因暗暗与建文商议。建文道："我此来只为要看看文奎，今已见他平安，我心已放下。既此地有人踪迹，我即去矣。"廖平道："师间刚到此，坐席尚不曾温，怎忍就去？城中西北有一座西山，甚是幽僻，无人往来，我曾造个草庵在上，养两个村僧照管，今屈师暂住于中，再打探消息。"建文见廖平情意殷殷，只得应允，乘夜移到西山去住。

早有两个府役，将前日见三个和尚，一个道人，到廖侍郎家，廖侍郎邀入后堂，不见出来，踪迹可疑，恐是建文帝等情，悄悄报知知府。知府听了着惊，遂打轿来见廖平，问道："朝廷疑建文未死，出亡在外，部中行文书到各府州县搜查，此事干系甚大。本府昨闻得府上有三个和尚一个道人来相投，不知是老先生什么亲眷？故本府特来请教。"廖平听了变色道："老公祖此问甚奇！治生忝居司马，岂不知法度，有甚和尚道人敢来投我？"知府道："本府亦知无此事，因有人来报，不得不来请问。"廖平道："既有人报知此事，糊涂不得，倒要屈老公祖暂住，可叫此人来，入去一搜，看个有无，方见明白。"知府见廖平说话朗烈，料想搜也无用，只得打一恭道："既没有，转是知府有罪了。"忙忙退回，又唤府役来问道："这和尚道人你曾亲眼看见么？"府役道："小人实实亲眼看见。他侍郎人家，深房大屋，就搜也没用。这和尚道人，料不曾出城，只求老爷吩咐四门，添人防守，出入细查，他便插翅也飞不去。"知府大喜，即唤守门人来，吩咐严紧盘诘。只因这一盘诘，有分教：锤碎玉笼，劈开金锁。欲知后事，待下回分解。

# 第三十二回

## 士卒奉命严盘诘　君臣熟视竟相忘

却说廖平见知府去了，又打听得知府吩咐四门盘诘，心中还是一忧，只得乘夜到西山报知建文。建文大惊，因问程济道："雀投罗，鱼在网，却怎生能脱去？"程济道："师自天而坠渊，亦非小事，安能不被一惊？若要保全，还要经历几难。此第一难也。"建文道："后难且莫问，但不知今此一难，汝有何计，可以脱我否？"程济道："若无妙计，也不敢请师出亡，也不敢从师远遁了。"建文见程济说话有担当，颜色方才定了。廖平因问程济道："知府有心四门严紧盘诘，俗人还可改装逃去，三个僧人，到眼即见，怎生隐藏，不知有何妙计？"程济道："他严紧盘诘，我自有设法，使他不严紧盘诘。"建文道："既有设法，就可速行。"程济道："今日甲午，明日乙未，门奇俱不利。只到后日丙申，门是生方，又正值丁奇到门，又遇天德，贵人在西矣，保无事。"算计定了，等到丙申前一夜，先吩咐备一只小柴船，将三师藏伏其中，悄悄撑到西水城边伺候。只候岸上报捉住建文了，众水军跑去看时，就乘空而去。又吩咐草庵中一个僧人，叫他如此如此。又叫几个家人，吩咐他如此如此。众人俱领命去。

等到丙申清早，自扮做一个乡人，亲到西城门边来察听。只见城门一开，早有一个和尚，夹在人丛里慌慌张张，往外乱闯。众门军是奉知府之命，留心要捉建文的。看见有和尚要闯出城，遂一齐上前拦阻盘问。那和尚见有人拦阻，忙转身要跑。众门军看见有些诧异，忙捉住问道："你是哪寺里的僧人，莫非就是建文帝么？"那和尚惊呆了，口也不开，只是要跑。早有旁边看的人说道："这是建文无疑了。"这个人只说得一声，又有三四个一齐吆喝道："好了，捉住建文，你们大造化，都要到府里去领赏了！"众门军认了真，都来围着和尚，连守水城门的军也跑来，围着要分赏，哪里还盘诘那只小柴船。那小柴船早已不知不觉撑出水门去了。

建文脱了此难，方知永乐不能忘情，遂一意竟往云南。在路上因问程济道："你既有道术，又有才智，我命你充军师护李景隆兵北伐时，你为何半筹不展，坐看他们兵败？"程济道："胜败，天也。当其时，燕王应胜，景隆应败，皆天意也。弟子小小智术，安敢逆天？使逆天而强为之，纵好亦不过为项羽之老亚夫①，死久矣，安得留此身于今日，以少效区区。即今日之效区区，亦师之难原不至伤身，故侥幸亿中耳。"建文听了，不胜叹息。一日，行到夔州地方，见前面树林里，走出一个人来，建文道："前面来的，莫非是冯淮么？"程济举头一看，说道："正是。"遂上前叫道："冯兄，我们师弟都在此。"冯淮忽然看见，又惊又喜。路上不便说话，就邀四人同往馆中。到了馆中，却是一带疏篱，三间草屋。厅上坐着十数个村童，因有客至，俱放了回去。大家坐定，冯淮方说："自史家别后，回到黄岩，府县见我是削籍之人，为朝廷所忌，凡事只管苛求。我竟弃家来此，以章句训童子②为衣食计。只愁道路多歧，无处访问消息，不期天幸，恰逢于此。"建文亦诉说在襄阳廖平家之难，"我今要往云南去，不知他曾被我连累否？我甚放心不下。"冯淮道："师在，则廖平有罪，师既无踪，则廖平自然无恙，又何虑焉？"因沽村酒献师，大家同酌，草草为欢。住了三日，师弟四人方才起身往云南去。在路耽耽搁搁，直到永乐元年正月，方到云南。

　　果然云南离京万里，别是一天。人看见，只知是三个和尚，一个道人，并没别样的猜疑。故师弟四人，放下心肠，要寻一个丛林为驻栖之地。访知永加是个大寺，遂往投之。那寺中当家的老和尚，叫做普利，看见建文形容异众，又见两僧一道，皆非凡品。又想起昨夜伽蓝③托梦，说明日午时，有个文和尚，乃是天降的大贵人，领三个徒弟，要借这寺中栖身，你可殷勤留他，若怠慢不留，定遭神诵。恰好今日午时，果然有师弟四人来投，说要借寓，即时就满口应允，备斋款待。建文师弟四人，也安心在永加寺寄迹，按下不提。

　　且说廖平自师脱去，门军捉住他草庵和尚，解与知府。廖平虽叫人与知府辩明放了，却纷纷传说廖侍郎家窝藏建文帝。他着了忙，恐在家有祸，遂弃家只身走出，要往云南寻师。又恐不僧不俗，难以追随，只得向东

---

① 项羽之老亚夫——老亚父，即项羽谋士范增，人尊称亚父。项羽不听范增之谋，范增愤而离开楚营，于途中背痛发作而死。事见《史记·项羽本纪》。

② 以章句训童子——意即教儿童读书。

③ 伽蓝——佛教传说中的神。

而走。不期走到会稽，盘缠用尽，资身无策，竟自负柴薪上街货卖，以给衣食。这事且不表。

再说史仲彬与师分别之时，曾约明年三月于襄阳廖平家相会，时刻在心。一到正月尽，即起身往襄阳而来，至三月初三日，方到廖平家里。细细访问，方知廖平为前番之事，已将家眷移住于汉中，自家遁去，不知何方，只留下仆人看屋，以待众人来会。再问仆人：“曾有谁先在此？”仆人道：“只得牛爷在内。”仲彬忙入去相见，各诉别来之情：“不知师曾到云南也不曾？又不知今日之约，能践也不能践？”

过了六日，忽见冯漼走来，相见时，细问行藏，冯漼说自家行遁在夔州教书，并说了路中逢师，要往云南，留住三日之事。二人又问：“师到云南，不知可有居停之地？又不知今日之约，复能来践么？”冯漼道：“自师行后，我不放心，正月中，即到云南去访看。喜得师已安居于永加寺中。说起今日之约，不敢来践。恐旧事复发，故命我来，一者通知众弟子，二者访廖君消息，三者就约诸弟子，明年八月会于吴江，即便作天台之游。”仲彬、景先听了，放开心肠。又过了数日，众弟子俱陆续来到，唯梁良玉不至。再细细访问，方知已物故了，大家感伤了一番。说了师相约之话，方各各回去。唯牛景先留住在西山不去，冯漼仍回云南，报知诸事。

建文见廖平家中无恙，心中放下，但不知他行遁何处，未免有怀。及听到梁良玉物故，不胜悲涕。自此无事，潜踪匿影在永加寺，过着日子。到了永乐二年正月，建文想起吴江之约，便打点起身。此时冯漼已先告回，约于天台相会矣，只与两和尚一道人相伴而行。知牛景先住在西山，要会他同往，故就往襄阳。访知前知府已去，旧事无人提起，遂大着胆，竟到西山来见景先。景先忽见师到，欢喜不胜。建文竟先遣景先，到吴江报信，然后僧道们慢慢而来。将近四安，程济道：“明日辰时，我师又有一难。我四人可拆做四处孤行，方不犯它之忌。若聚在一处同走，未免动人耳目。”建文听了吃惊，忙问道：“此难得免么？”程济道：“不但今日可免，由此终身亦可免矣。但凡大难临身，必身亲历方才算得，若枉道避之，则违天命矣。本可不言，但恐临事师惊，故先说破耳。”到了次日，程济取出两件褴褛旧僧衣，替建文穿在身上，又取一个瓦钵盂，叫他托了，装做沿路乞食之状。又嘱咐道：“若有所遇，切不可惊张退避。”建文点头。四人遂分四路而走，约于前途相会三人不提。

　　单说建文听了程济的话，遂大胆从四安而来。走到市中，撞着一乘大官轿抬到面前，轿大街窄，走不得，只得立在旁边，让官过去。那官轿中的官人，早看见了建文，遂白瞪着眼，将建文熟视。建文因受程济之戒，便不退避，也瞪着眼看那官人。又恰值抬轿的立着换肩，彼此对看了半晌，方才过来。你道此官是谁？原来是都给事胡荧，为人忠厚老成。永乐君因察知建文未死，出亡在外，欲待相忘，又恐他潜谋起义；欲要行文书各处搜求，又念他无家可归；又感他屡诏不许杀叔，倘搜求着了，未免要受杀侄之名。故明敕他访求异人张邋遢，却暗暗命他察访建文踪迹，若有异谋，急召地方扑灭；倘安于行遁，便可相忘。故胡荧今日遇着建文，见他孤身褴褛，恻恻于心，故一字不问，让他过去。又恐一时被他瞒过，故复往来湖湘十余年，知其万万无他，直至永乐十七年，方才复命道："建文死灭矣，万不足虑。"永乐信之，故后来禁网渐开，建文得以保身归国。此是后话。且说建文见那官看得紧，未免心中突突。只等那官过去，急赶到前边，寻见两和尚，与程济说知撞见官府醉心看他之事。程济忙以手加额道："我师又一难过了。"建文道："这员官，我有些认得他，却一时想不起他的名字。"程济道："师尚认得此官，此官岂有不识师之理。识而不问，亦忠臣也。"建文点头。恐人心不测，遂急急入吴而来。

　　至八月初九日，船到黄溪，天色将暝，师上岸先行，两僧一道收拾了衣钵，就随在后。师到了仲彬家，因前住久路熟，竟突入前堂。原来仲彬自得了牛景先之信，便朝夕在堂等候。忽见师至，大喜，即款至后堂。不多时，两僧一道也到。仲彬家酒是备端正的，随即献上。师大喜，遂欣然而饮。饮至半酣，忽向杨、叶、程三弟子道："可痛饮此宵，我明晨当即去矣。"仲彬大惊道："师何出此言，弟子望师，不啻饥渴，今幸师至，快不可言，即留数月，亦不满愿，奈何限于明辰，岂弟子事师之念，有不诚乎？"建文道："非也。众弟子之心，可表天日，可泣鬼神，何况于我。我欲速去者，因新主尚苛求于我也。我前日到四安，遇一冠盖显臣，见我注目细看，定然认得。彼虽一时碍于名分，不便作恶，归必暗暗奏知朝廷。若明知我在，必然追求我。无处追求，必波及逋臣之家。东南逋臣，第一要数汝，有祸自然先及汝。我之速去者，为汝计也。"仲彬道："师若忧祸及弟子，弟子自甘之，请师勿虑。"建文道："留我者，愿我安也。我心惶惶，强留何益？"仲彬默然半晌道："师即急行，亦须十日。"程济道："行止随缘，何必谆谆断定。"

　　建文见仲彬留意殷勤,住了三日,至十三日,始决意往浙。仲彬亦请随行,遂分两路,师与两僧一道四人一路,景先、仲彬一路。既至杭州,恐有人识认,遂悄悄住在净慈寺内,暗暗与两和尚一道人,以及景先、仲彬,流览那两峰六桥之胜,甚觉快畅。流连了二十三日,方渡造江去,要游天台。不期牛景先忽然患病,不能从行,留在寺中养病,又不期师行后,竟一病不起,奄然而逝。只因这一逝,有分教:往来渐独,道路愈孤。不知后事如何,且看下回分解。

# 第三十三回

## 耶水难留再至蜀　西平多故遁入山

　　话说建文渡过钱塘江,乃是九日。到了重九这日,方登天台游赏。忽见冯淮约会了金华、蔡运、刘伸,同走到面前谒师。大家相见甚喜,遂相携在雁宕、石梁各处,游赏了三十九日,方才议别。蔡运不愿复归,也就祝发,自号云门僧,留住在会稽云门寺。冯淮、刘伸、仲彬各各别去,建文依旧同两僧一道,从旧路而回。一日行到耶溪,因爱溪水澄清,就坐在溪边石上歇脚。建文忽远远望见隔溪沙地上,坐着一个樵夫,用手在浅沙上划来划去,就像写字一般,因指与他三人道:"你们看,隔溪这个樵子的模样,好似廖平。"三人看了,说道:"正是他。"程济因用手远招道:"司马老樵,文大师在此。"那樵子听见,慌忙从溪傍小桥上,转了过来。看见大师,便哭拜道:"弟子只道今生不能见师,不料今日这里相逢!"建文扶他起来,亦大恸道:"我前日避难逃去,常恐遗祸于你。后冯淮来报知汝家无恙,我心才放下。但不知你为何逃遁至此?"廖平道:"知府捉师不着,明知是我放走,无奈不得,却暗暗申文,叫抚按起我做官,便好追求。我闻知此信,所以走了。"建文道:"我前过襄阳,打听得知府已去任。汝今回去,或亦不妨。"廖平道:"弟子行后,家人已报府县死于外矣,今归岂非诓君?"建文道:"汝若不归,则流离之苦,皆我累你。"廖平道:"弟子之苦,弟子所甘,师不足念。但师东流西离,弟子念及,未免伤心耳。欲留师归宿,而茅屋毫无供给,奈何,奈何!"建文听了,愈觉惨然,遂相携而行,直送三十里,方痛哭分别而去。建文师弟四人,向蜀中而来。
　　到了永乐三年,要回云南,行至重庆府,觉身子有些不爽,要寻个庵院,暂住几日,养养精神,方好再行。因四下访问,有人指点道:"此处并无大寺院,唯有向西二里,有一村坊,叫做善庆里。里中有个隐士,姓杜名景贤,最会在佛面上做工夫。曾盖了一个庵儿,请一位雪庵师父,在内居住。你们去投他,定然相留。建文师弟听了,就寻善庆里庵里来。走到庵中,叫声雪庵,雪庵听见,因走出来,彼此相见,各各又惊又喜。你道为何?

原来这雪庵和尚，是建文帝的朝臣，叫做吴成学，自遭建文之难，便弃官削发为僧，自称雪庵。恐近处有人知觉，遂遁至四川重庆府住下，访知善庆里杜景贤为人甚有道气，因往投之。杜景贤一见，知非常人，因下榻相留，朝夕谈论，十分相契，遂造一间静室，与雪庵居住。当日出来，与建文相见，各各认得，惊喜交集。建文道："原来雪庵就是你。"雪庵道："弟子哪里不访师？并无消息，谁知今日这里相逢！"因以弟子礼拜见了，又与三人见礼。就请师到房中，各诉变后行藏，悲一回，感一回，又叹息一回。建文住了几日，因见庵门无匾额，又见案有观音经，因写了"观音庵"三个大字，悬于庵前。杜景贤闻知庵中又到了高僧，便时时来致殷勤。建文因住得安妥，便住了一年。直到永乐四年三月，方才别了雪庵，又往云南。

　　到了云南，建文问程济道："我今欲投西平侯沐晟家去住，你以为何如？"程济听了，默然半晌，方说道："该去，该去，此天意也。"建文着惊道："汝作此状，莫非又是难么？"程济道："难虽是难，却一痕无伤，请师勿虑。"建文道："事既如此，虑亦无用。但他一个侯门，我一个游僧，如何入去与他相见？"程济道："若要照常通名请谒，假名自然拒绝，真名岂不漏泄，断乎不可。我看这四月十五日巳时，开门在南，太阴亦在南，待弟子用些小术，借太阴一掩，吾师径入可也。"你道建文为何要见沐晟？只因这沐晟，乃西平侯沐春之弟，建文即位时，沐春卒，沐晟来袭爵，建文爱他青年英俊，时时召见，赐宴赐物，大加恩礼，有此一段情缘，故建文想见。这日听见程济说得神奇，不敢不听。等到十五日巳时，果然见沐晟开门升堂，遂不管好歹，竟闯进门来。真也奇怪，就像没人看见的一般，让他摇摇摆摆，直走上堂，将手一举道："将军请了，别来物是人非，还认得贫僧么？"沐晟见那僧来的异样，不觉心动。再定睛细看，认得是建文帝，惊得直立起来。一时人众，不敢多言，只说一声："老师几时到此？"就吩咐掩门，叫人散去。将建文请入后厅，伏地再拜道："小臣不知圣驾到此，罪该万死！"建文忙扶他起来，道："此何时也，怎还如此称呼？此虽将军忠不忘君之雅意，然祸害相关，却非爱我，切宜戒之。"沐晟受命，亦作师弟称呼，就留师在府中住下。

　　不期此时安南国王胡整不靖，永乐差严震直作使臣，到云南诏沐晟发兵往征。宣过了诏书，到第二日，要回朝复命，来辞沐晟，忽看见一个和尚走进去。沐晟便吩咐掩门，不容相见。此时建文做和尚，出亡在外的消息,已有人传说在严震直耳朵里,今日又亲眼看见,怎不猜疑到此,遂趋近沐晟,低低说道:"犬马之心,正苦莫申,今幸旧君咫尺,敢望老总戎曲赐一见。"沐晟听了,假惊道:"旧君二字,关祸害不小,天使何轻出此言?"严震直道:"老总戎休要忌我,我已亲眼看见。同是旧臣,自同此忠义,断无他念。"沐晟暗想:"他看见是真,若苦苦推辞,恐不近人情,转要触怒。"只得低低说道:"天使既念旧君明此,自同此肝胆,同此死生,但须谨慎。"遂入内与建文说知,随引震直入见。震直入到内厅,看见建文一个九重天子,今为万里孤僧,不胜痛楚,因哭拜道:"为臣事君不终,万死,万死!"建文亦泣道:"变迁改革,此系天命,举国尽然,非一人之罪。今还恋恋,便足断迹夷齐。但须慎言,使得保全余生,则庶几无负。"震直听了,哽咽不能出声,唯说道:"臣愧其无辞,但请以死,明心而已。"遂再拜辞出,归到旅舍。忽忽如有所失,竟吞金而死。

地方官见使臣死了,自然备棺衾收殓,申交上司。上司自然奏闻天子。沐晟听知,暗暗与建文商议道:"震直一死,固是灭己明心之念。但死得太急,地方官奏报朝廷,朝廷未免动疑,又要苛求。虽昨日之见,无人得知,但府中耳目众多,不可不防。况晟今又奉诏南征,师居此地,恐不稳便。"建文道:"汝言是也。"因问程济,程济道:"居此者,正师之一难也。今虽已过,自宜远隐,以避是非。"师方大悟,遂别沐晟出来。又问程济道:"出便出来了,却于何处去隐?"程济道:"隐不厌山深。弟子闻永昌白龙山,僻在西围,甚是幽邃,可到那里,自创一店,方可常住。"建文道:"此言有理。"大家遂同至永昌白龙山,选择了一块秘密之地。此时因有沐晟所赠,贤能二和尚,遂伐木结茆①,造成一座小庵,请师居住。

到永乐五年七月间,住了一年有余,虽喜平安,却不抄不化,早已无布无食,渐近饥寒。程济无奈,只得出来四下行乞。一日行乞到市中,忽遇见史仲彬,两人皆大喜,仲彬忙问道:"如今师在哪里?"程济道:"师如今在白龙山上,结茆为庵,草草栖身。你为何独身到此?"仲彬道:"我非独身。我因放师不下,遂约了何洲、郭节、程亨同来访师。料师必在云南,故相伴而来。因路上闻得朝廷遣都给事胡荧,往来湘湖云贵,秘密访师,故我四人不敢作伙招彰,夜虽约了行,当日里则各自分行。这两日,因我寻

①　茆(máo)——同"茅"。此指茅屋。

不着,正苦莫可言。今幸相遇,方不辜负我心。"说罢,就引程济到寄宿之处,候何洲、郭节、程亨。三人齐归了,与程济相见过,算计夜行。此时是七月十八夜,月上皎洁,彼此相携出门。上下山坡,坐坐行行,直行了二十余里,方到庵前。天已亮了,程济叩庵。应能和尚开门,看见仲彬四人,忙入报师。仲彬四人,亦随入而拜于榻前,建文喜而起坐榻上。众人问候了一番,各各泪下。随即取出礼物献上,建文一一收了。自此情兴颇畅,因率仲彬等四人,日日在白龙山游赏以为乐。住了月余,四人要辞去,建文不舍。许何洲、郭节、程亨三人先行,又留仲彬住到永乐六年三月,方许其行。到临行日,建文亲送,痛哭失声,再三嘱咐道:"今后慎勿再来,道路修阻,一难也。关津盘诘,二难也。况我安居,不必虑也。"仲彬受命而去。建文在庵中,住过了两年,乃是永乐八年。这两年中,众弟子常常来问候建文,不至寂寞。一日说道:"想我终身,只合投老于此处。"程济笑道:"且住过了一年,再算计也不迟。"建文惊问道:"为何住过一年,又要算计,莫非又有难么?"程济笑而不言。不期到永乐九年,地方报知府县说:"白龙山庵中,常有不僧不俗之人,往来栖止,或歌或哭,踪迹可疑。恐害地方,求老爷做主。"府县听了,竟行牌地方,叫将白龙山庵拆毁。只因这一拆毁,有分教:困龙方伏地,惊雀又移巢。不知后来如何,再看下回分解。

# 第三十四回

## 忠心从亡惜身亡　立志逊国终归国

　　话说地方看了牌文,立即将白龙山庵拆毁。建文大惊,急问程济道:"你旧年曾说'且住过一年再看',今果住了一年,就被有司拆毁。你真是个神人!莫非还有大难么?"程济道:"即此就是一难。已过了,师可勿忧。"建文道:"难虽过了,而此身何处居住?"程济道:"吾闻大理浪穹,山水比白龙更美,何不前往一游。倘若可居,再造一庵可也。"建文大喜。师弟四人收拾了,竟往浪穹。到了浪穹,登山一览,果然山苍苍,林郁郁,比白龙更胜。两僧一道见师意乐此,遂分头募化,草草盖造一庵。不消一月,早已庵成。建文安心住在庵中。不期到永乐十年二月,而应能和尚竟卒矣。到了四月,而应贤和尚亦亡矣。建文见贤能两弟子,一时俱死,大恸数日,不忍从僧家火化,遂命程济并葬于庵东。过了月余,无人相傍,只得纳一个弟子,取名应慧。到十一年九月,因应慧多病,又纳个弟子,取名应智。到十二年十月,应慧死了,又纳个弟子,取名辨空。到十三年四月,同程济出游衡由,闻知金焦、程亨、冯淮、宋和、刘伸、郑洽、黄直、梁良玉皆死了,不胜悲伤,无意游览,遂回庵中。到十五年二月,又别筑一个静空于鹤庆山中,时常往来。忽雪庵和尚的徒弟了空,来报知前一月其师雪和尚死了,建文大哭一场。自此之后,想起从亡诸臣,渐渐凋谢,常拂拂不乐。直到十七年四月,在庵既久,忽想出游。又同程济先游于蜀,次游于粤,后游于海南,然后回来。到十九年十二月,不喜为僧,蓄起发来,改为道士。到二十年正月,命徒弟应智、辨空,为鹤庆静室之主,自与程济别居于渌泉。到二十一年,建文又动了游兴,遂与程济往游于楚。此时二人俱是道装,随路游赏,就在大别留住了半年有余。到二十二年二月,因想起史仲彬,一向并无音信,就随路东游,按下不提。

　　却说史仲彬自戊子年谒师东还之后,日日还思复往。忽被仇家将奸党告他,虽幸辩脱,却不敢远行。到今甲辰年,相间十七年,不知师音来,心愈急切;又闻新主北狩,已晏驾了,革除之禁,渐渐宽了,遂决意南游访

师，竟往云南而来。一日行到湖广界上，因天色晚了，住一旅店投宿。主
人道："客人来迟，客房皆满，唯有一房甚宽，内中只两个道者，客官可进
去同住罢?"仲彬入房，看见两个道人，酣睡床上，忙上前看时，恰一个是
师，一个是程济。欢喜不胜，因自通名道："史仲彬在此!"建文与程济梦
中听了，惊而跃起，看见仲彬，满心欢喜。建文问道："汝为何到此来?"仲
彬道："违师十七年，心中不安，故欲来问候。不知师将何往，又为何改了
黄冠?"建文道："我东游正为思汝，改黄冠亦无他意，不过逃禅，久而思入
道耳。"仲彬又问："贤能二师兄，何不同来?"建文道："他二人死已十余年
了。"仲彬听了，不胜感伤。又说道："师可知新主北狩回銮，已晏驾于榆
林川了?"建文闻言，喜动颜色道："此信可真么?"仲彬道："怎么不真，弟
子从金陵过，闻人传说太子即位，已改元洪熙矣。"建文听说是真，因爽然
道："吾一身释矣。"到了次日，即相率从陆路东游。因偕行有伴，一路看
山玩水，直至十一月，方到吴江，重登仲彬之堂。仲彬忙置酒堂上，程济东
列，仲彬西列，相陪共饮。忽仲彬有个叔祖，叫做史弘，住在嘉兴县，偶有
事来见仲彬，在堂下窥见，忙使人招出仲彬，问道："此建文帝也，我要一
见。"仲彬还打算瞒他，说道："不是。"史弘道："你不须瞒我，帝在东宫时，
我即认得了。后来我家当抄没，若非天恩赦了，我死无所矣。不独君臣义
在;文，恩主也。今幸瞻天，安敢不拜。"仲彬不得已，报知建文，史弘进拜
堂下。拜毕，即命坐于仲彬之上，就说："所曰感恩之事，建文不胜感激。"
四人饮至夜深而止。

　　住了数日，建文欲起身往游海上，史弘道："弟子才得面师，不忍即
别，愿随行一程，以表挛挛①。"仲彬亦要随行，建文不欲拂其意，只得允
了，遂行到了杭州方辞。史弘、仲彬回去，只同程济渡过钱塘江，直到南
海，礼过大士②，方才从福建、两广，回到渌泉。此时已是洪熙元年六月。
洪熙又晏驾，又是太子即位，改元宣德。建文闻知，说道："吾心可放下
矣。"

　　到了宣德二年，建文又将发剃去，复移居鹤庆静室中。忽闻赵天泰、
梁田玉、王资、王良皆死了，不胜悲恸。到宣德三年正月，又闻知史仲彬，

————————————————

　① 挛挛(luàn)——挚爱、不能忘记的心意。
　② 大士——即观音菩萨。

为仇家讼其从亡之事,竟以此累死,又恸哭不已。到了十月,游行汉中,遇见廖平之弟廖年,报知廖平已于元年死于会稽山中。未死之前,曾寄书家中,叫将他妹子配与太子文奎为室。今已成亲三年矣。建文听了,又大恸不已。想起从亡诸臣,死去八九,竟神情恍惚,中心无主,又蓄发出游。自此以后,东西游行,了无定迹。直到宣德八年,朝廷因奸僧李皋反,就下令:"凡是关津,但遇削发之人,即着押送原籍治罪。"建文闻知,又还渌泉。到宣德十年,闻知何洲、蔡运、梁中节、郭节、王之臣、周恕又俱死了,心下更惊惕不安,因谓程济道:"诸从亡皆东西死矣,我不知埋骨何所?"程济道:"叶落还是归根。"建文道:"可归么?"程济道:"事往矣,人老矣,朝代已换矣,恩怨全消矣,天下久定矣,何不可归?"建文自此遂萌归念。到正统二年,又削发行游。

到正统五年庚申,建文年已六十四,遂决意东归,命程济卜其吉凶。程济卜完道:"无吉无凶,正合东归。"建文遂投五华山寺,登梵宫正殿,呼众僧齐集,大声说道:"我建文皇帝也,一向行遁于此,今欲东归,可报知有司。"众僧听了皆惊,忙报知府县,不敢怠慢,因请至藩司堂上。建文竟南面而坐,自称原姓名,追述往事:"前都给事胡荧,名虽访张邋遢,实为我也。"府县不敢隐,报知抚按,飞章奏闻。不多时,有旨着乘驿道至京师。既到京师,众争看之,则一老僧也,诏寓大兴隆寺。此时正统皇帝,不知建文是真是伪,因知老太监吴亮,曾经侍过建文,遂命他去辨观真假。吴亮走到面前,建文即叫道:"汝吴亮也,还在耶?"吴亮假说道:"我不是吴亮。"建文笑道:"你怎不是? 我御便殿食子鹅,曾掷片肉于地,命汝舔吃,你难道忘了?"吴亮听说是真,遂伏地痛哭,不能仰视。建文道:"汝不必悲,可为我好好复命,说我乃太祖高皇帝嫡孙。今朱家天下正盛,岂可轻抛骸骨于外? 今归无他,不过欲葬故乡耳。"吴亮复命后,恐不能取信,遂缢死以自明。正统感悟,命迎入大内,造庵以居,厚加供奉,不便称呼,但称老佛。后以寿终,敕葬于北京西城外黑龙潭北一邱,一碑碑题曰"天下大师之墓"。因礼非天子,故相传言之西山不封不树。此时从亡二十二臣俱死,唯程济从师至京,送入大内,方还南去,不知所终。程济当革除时,与魏冕言志,魏冕道:"愿为忠臣。"程济道:"愿为智士。"今从亡几五

十年,屡脱主于难,后竟致主归骨,自称智士,真无愧矣。后人览靖难逊国①遗编,不胜感愤,因题诗叹息道:

风辰日午雨黄昏,时势休教一概论。

神武御天英烈著,仁柔逊国隐忠存。

各行各是何尝悖,孤性孤成亦自尊。

反复遗编深怅望,残灯挑尽断人魂。

---

①　逊国——指建文帝。逊国即让国之意。